W0386759

Nicci French – hinter diesem Namen verbirgt sich das Ehepaar Nicci Gerrard und Sean French. Seit dem Erscheinen ihres Longsellers *Der Sommermörder* sorgen sie mit ihren Psychothrillern international für Furore und verkauften weltweit über 8 Mio. Exemplare. Die beiden leben in Südengland. *Blauer Montag* ist der erste Band der achtteiligen Thrillerserie. Zuletzt erschien *Blutroter Sonntag* – der vorletzte Fall für die Therapeutin Frieda Klein.

Nicci French in der Presse:

»Nicci French schreibt brillante Psychothriller!«
Brigitte

»Endlich: Ein guter psychologischer Kriminalroman.«
DIE ZEIT

»Adrenalinkickende Doppelermittlungen.«
Der Tagesspiegel

»Die Woche dürfte gern auch noch aus mehr als sieben Krimi-Tagen bestehen.«
NDR Kultur

Außerdem von Nicci French lieferbar:

Eisiger Dienstag
Schwarzer Mittwoch
Dunkler Donnerstag
Mörderischer Freitag
Böser Samstag
Blutroter Sonntag

Besuchen Sie uns auf www.penguin-verlag.de und Facebook.

NICCI FRENCH

BLAUER MONTAG

PSYCHOTHRILLER

Aus dem Englischen
von Birgit Moosmüller

PENGUIN VERLAG

Die englische Originalausgabe erschien 2011
unter dem Titel *Blue Monday*
bei Michael Joseph (Penguin Random House), London.

Sollte diese Publikation Links auf Webseiten Dritter enthalten,
so übernehmen wir für deren Inhalte keine Haftung,
da wir uns diese nicht zu eigen machen, sondern lediglich auf
deren Stand zum Zeitpunkt der Erstveröffentlichung verweisen.

FSC www.fsc.org
MIX
Papier aus verantwortungsvollen Quellen
FSC® C014496

Verlagsgruppe Random House FSC® N001967

PENGUIN VERLAG

PENGUIN und das Penguin Logo sind Markenzeichen
von Penguin Books Limited und werden
hier unter Lizenz benutzt.

2. Auflage
Copyright © 2011 by Joint-up Writing, Ltd.
Copyright © der deutschsprachigen Ausgabe 2011 by
C. Bertelsmann, München,
in der Verlagsgruppe Random House GmbH,
Neumarkter Straße 28, 81673 München
Umschlag: www.buerosued.de
nach einem Entwurf von Roland Eschelbeck
Umschlagmotive: Ocean/Corbis Images/Getty Images, Arcangel
Druck und Bindung: GGP Media GmbH, Pößneck
Printed in Germany
ISBN 978-3-328-10245-8
www.penguin-verlag.de

Dieses Buch ist auch als E-Book erhältlich.

1987

In dieser Stadt gab es viele Geister. Sie musste aufpassen. Deshalb übersprang sie die Ritzen im Pflaster und hüpfte jedes Mal gerade so weit, dass ihre Füße, die in abgewetzten Schnürschuhen steckten, auf den Flächen zwischen den Spalten landeten. Mittlerweile war sie dabei sehr flink, sie beherrschte dieses Himmel-und-Hölle-Spiel fast schon im Schlaf. Sie hatte es jeden Tag auf dem Schulweg geübt, und auch davor, so lange sie denken konnte: zunächst an der Hand ihrer Mutter, die ungeduldig an ihr zerrte, während sie von einem sicheren Platz zum nächsten sprang, und später allein. Nur nicht auf die Ritzen treten, oder … oder was? Vermutlich war sie mit ihren neun Jahren inzwischen viel zu alt für dieses Spiel. In ein paar Wochen – kurz bevor die Sommerferien anfingen – wurde sie sogar schon zehn. Trotzdem spielte sie es weiter, größtenteils aus Gewohnheit, aber auch aus Angst vor dem, was passieren könnte, wenn sie damit aufhörte.

Das nächste Stück hatte es in sich, denn hier war das Pflaster in ein von Zacken durchzogenes Mosaik aufgebrochen. Sie überwand den schwierigen Abschnitt, indem sie auf Zehenspitzen von einer kleinen Insel zur nächsten hüpfte. Dabei schlugen ihr die Zöpfe gegen die heißen Wangen, und die Schultasche mit den schweren Büchern und ihrer nur halb geleerten Lunchbox an die Hüfte. Hinter sich hörte sie Joannas Schritte, wandte sich jedoch nicht um. Ihre kleine Schwester trödelte wie immer hinter ihr her und hielt sie auf. Gerade hörte sie sie wieder jammern: »Rosie, Rosie! Warte auf mich!«

»Beeil dich ein bisschen!«, rief sie über die Schulter zurück. Obwohl sich mittlerweile mehrere Leute zwischen ihnen befanden, erhaschte sie einen Blick auf Joannas erhitztes Gesicht, das unter dem dunklen Pony rot leuchtete. Ihre kleine Schwester machte einen ängstlichen Eindruck und hielt vor lauter Konzentration die Zungenspitze an die Unterlippe gepresst. Ihr Fuß landete auf einer Ritze. Sie schwankte einen Moment lang und trat dann auf eine weitere Spalte. Das passierte ihr ständig. Sie war ein ungeschicktes Kind, das oft Essen verschüttete und sich regelmäßig die Zehen anschlug oder in Hundekacke trat. »Beeil dich!«, wiederholte Rosie ärgerlich, während sie weiter an den anderen Fußgängern vorbeihüpfte.

Es war vier Uhr nachmittags, und der Himmel strahlte in einem wolkenlosen Blau. Das grelle Sonnenlicht auf dem Pflaster tat ihr in den Augen weh. Rasch bog sie in Richtung Süßwarenladen ab und befand sich plötzlich im Schatten, wo sie sofort ihr Tempo drosselte, da die Gefahr nun gebannt war. Die Pflastersteine wurden hier von Asphalt abgelöst. Sie ging an dem Mann mit dem pockennarbigen Gesicht vorbei, der tagtäglich in der Tür saß und eine Büchse neben sich stehen hatte. An seinen Schnürstiefeln fehlten die Schuhbänder. Rosie vermied es, ihm ins Gesicht zu sehen. Sie mochte es nicht, wie er lächelte, ohne wirklich zu lächeln, genau wie ihr Vater es manchmal tat, wenn er sich am Samstag von ihnen verabschiedete. Heute war Montag: Am Montag vermisste sie ihn am meisten, weil sie dann noch die ganze Woche vor sich hatte und genau wusste, dass er wieder nicht da sein würde. Wo blieb Joanna bloß? Während Rosie wartete, eilten andere Leute an ihr vorüber – ein Pulk Jugendlicher, eine Frau mit einem Schal um den Kopf und einer großen Tasche, ein Mann mit einem Stock –, und dann trat endlich ihre kleine Schwester aus dem gleißenden Licht in den Schatten, eine magere Gestalt mit überdimensionaler Schultasche, Knubbelknien und schmuddeligen weißen Söckchen. Das Haar klebte ihr an der Stirn.

Rosie wandte sich wieder um, steuerte auf den Süßwarenladen zu und begann zu überlegen, was sie sich kaufen sollte.

Vielleicht Fruchtgummis … oder Eiskonfekt, allerdings schmolz das bei der Hitze bestimmt, bis sie zu Hause war. Joanna würde sich wie üblich für Erdbeerstangen entscheiden und davon einen rosa verschmierten Mund bekommen. Hayley, eine Klassenkameradin von Rosie, befand sich bereits im Laden. Sie gesellte sich zu ihr an die Theke, und gemeinsam suchten sie ihre Süßigkeiten aus. Weingummis, beschloss Rosie. Mit dem Zahlen musste sie warten, bis Joanna kam. Sie warf einen Blick zur Tür und hatte einen Moment lang das Gefühl, etwas zu sehen – irgendetwas Verschwommenes, das anders war als sonst, wie ein Schimmer in der heißen Luft, als wollte ihr das Licht einen Streich spielen. Dann aber war es verschwunden. Die Tür war leer, niemand stand da.

Während draußen Bremsen quietschten, ereiferte Rosie sich laut.

»Immer muss ich auf meine kleine Schwester warten!«

»Du Ärmste«, meinte Hayley.

»Sie ist eine solche Heulsuse. Das nervt!« Sie sagte das, weil sie das Gefühl hatte, dass es von ihr erwartet wurde. Man musste auf seine jüngeren Geschwister herabblicken, die Augen verdrehen und über sie herziehen.

»Das kann ich mir vorstellen«, antwortete Hayley mitfühlend.

»Wo bleibt sie bloß?« Mit einem theatralischen Seufzer legte Rosie ihr Päckchen Süßigkeiten ab und ging zur Tür, um hinauszuspähen. Auf der Straße rauschten die Autos vorbei. Eine Frau in einem Sari ging vorüber, von Kopf bis Fuß in Gold- und Rosétöne und einen lieblichen Duft gehüllt, gefolgt von drei Jungs aus der nahe gelegenen höheren Schule. Die drei rempelten einander die spitzen Ellbogen in die Rippen.

»Joanna! Joanna, wo bist du?«

Sie merkte selbst, wie schrill und ärgerlich ihre Stimme klang, und dachte: Ich höre mich schon an wie meine Mum, wenn sie schlechter Laune ist.

Hayley stand daneben und kaute schmatzend auf ihrem Kaugummi herum. »Wo ist sie denn hin?« Aus ihrem Mund tauchte eine blassrosa Blase auf, die sie aber gleich wieder einsaugte.

»Sie weiß genau, dass sie bei mir bleiben soll!«

Rosie lief zu der Ecke, wo sie Joanna zuletzt gesehen hatte, und blickte sich mit zusammengekniffenen Augen um. Sie rief erneut nach ihrer Schwester, wobei ihre Stimme von einem Lastwagen übertönt wurde. Vielleicht war Joanna über die Straße gelaufen, weil sie auf der anderen Seite eine Freundin entdeckt hatte. Ähnlich sah ihr das nicht. Sie war ein gehorsames kleines Mädchen. Fügsam, so sagte ihre Mutter immer.

»Findest du sie nicht?« Hayley tauchte an ihrer Seite auf.

»Wahrscheinlich ist sie ohne mich nach Hause«, meinte Rosie so lässig wie möglich. Trotzdem war der panische Unterton in ihrer Stimme auch für sie selbst nicht zu überhören.

»Na dann, bis morgen.«

»Bis morgen.«

Sie versuchte, in ihrem normalen Tempo zu gehen, doch das funktionierte nicht. Ihr Körper ließ sie nicht ruhig bleiben, sodass sie schließlich in einen gehetzten Galopp verfiel. Das Herz schlug ihr bis zum Hals, und sie hatte einen scheußlichen Geschmack im Mund. »So eine blöde Kuh!«, stieß sie immer wieder hervor, und dann: »Ich bringe sie um! Wenn ich sie sehe, dann …« Während sie auf wackligen Knien weiterlief, stellte sie sich vor, wie sie Joanna an den knochigen Schultern packen und schütteln würde, bis ihr der Kopf brummte.

Zu Hause. Eine blaue Haustür und eine Hecke, die niemand mehr geschnitten hatte, seit ihr Vater gegangen war. Als sie stehen blieb, verspürte sie jenen leichten Anflug von Übelkeit, den sie immer empfand, wenn sie sich mit irgendetwas in Schwierigkeiten brachte. Sie betätigte den Klopfer, so fest sie konnte, weil die Klingel nicht mehr funktionierte. Und wartete. Lass sie da sein, lass sie da sein, lass sie da sein! Die Tür ging auf, und vor ihr stand ihre Mutter, noch im Mantel. Sie war wohl gerade erst aus der Arbeit gekommen. Einen Moment sah sie Rosie an, dann wanderte ihr Blick ein Stück tiefer, auf den leeren Platz neben ihr.

»Wo ist Joanna?« Die Worte hingen zwischen ihnen in der Luft. Rosie registrierte die plötzliche Anspannung in den Zügen ihrer Mutter. »Rosie? Wo ist Joanna?«

So leise, dass sie es selbst kaum hörte, antwortete sie: »Vorhin war sie noch da. Es ist nicht meine Schuld. Ich dachte, sie wäre schon vorausgegangen.«

Ehe sie es sich versah, hatte ihre Mutter sie auch schon an der Hand gepackt, und sie liefen gemeinsam den Weg zurück, den Rosie gekommen war: die Straße entlang, in der sie wohnten, und dann vorbei am Süßwarenladen, vor dem ein paar Kinder herumhingen, vorbei an dem Mann mit dem pockennarbigen Gesicht und dem leeren Lächeln und um die Ecke, hinaus aus dem Schatten ins gleißende Licht. Obwohl Rosie bereits Seitenstechen hatte, liefen sie immer weiter, und ihre Füße trommelten über die Ritzen ohne haltzumachen.

Die ganze Zeit hörte sie über alle anderen Geräusche hinweg – das laute Pochen ihres Herzens und das asthmatische Rasseln ihres Atems – die Rufe ihrer Mutter: »Joanna? Joanna? Wo bist du, Joanna?«

Deborah Vine hielt sich ein Taschentuch vor den Mund, als wollte sie den herausströmenden Worten Einhalt gebieten. Durch das Fenster, das auf die Rückseite des Gebäudes hinausging, sah der Polizeibeamte ein schlankes, dunkelhaariges Mädchen ganz still in dem kleinen Garten stehen, die Arme dicht am Körper, die Schultasche noch über der Schulter. Deborah Vine starrte ihn an. Er wartete auf ihre Antwort.

»Ich weiß es nicht genau«, sagte sie schließlich, »gegen vier. Auf dem Heimweg von der Schule, Audley Road Primary. Normalerweise hätte ich sie selbst abgeholt, aber es ist so schwierig, von der Arbeit rechtzeitig hinzukommen, außerdem war sie mit Rosie unterwegs, und es sind keine Straßen zu überqueren, deswegen dachte ich, es könnte nichts passieren. Andere Mütter lassen ihre Kinder ganz allein nach Hause gehen, schließlich müssen sie es ja lernen, nicht wahr, sie müssen lernen, auf sich selbst aufzupassen, und Rosie hat versprochen, ein Auge auf sie zu haben.«

Während sie keuchend nach Luft rang, notierte er etwas in seinem Buch. Dann fragte er sie noch einmal nach Joannas genauem Alter. Fünf Jahre und drei Monate. Wo sie zuletzt gesehen worden sei. Vor dem Süßwarenladen. An den Namen des Ladens erinnerte Deborah sich nicht, erklärte jedoch, sie könne die Polizei hinführen.

Der Beamte klappte sein Notizbuch zu. »Wahrscheinlich ist sie bei einer Freundin«, mutmaßte er, »aber vielleicht hätten Sie trotzdem ein Foto? Ein aktuelles.«

»Sie ist klein für ihr Alter«, antwortete Deborah. Sie bekam die Worte kaum heraus. Der Beamte musste sich vorbeugen, um sie zu verstehen. »Ein mageres kleines Ding. Sie ist ein braves Mädchen. Schrecklich schüchtern, wenn man sie das erste Mal trifft. Sie würde niemals mit einem Fremden mitgehen.«

»Ein Foto«, wiederholte er.

Während sie sich auf die Suche machte, betrachtete der Beamte wieder das Mädchen im Garten. Ihr blasses Gesicht wirkte ausdruckslos. Er würde mit ihr sprechen müssen. Vielleicht konnte einer seiner Kollegen das übernehmen. Am besten eine Frau. Aber womöglich tauchte Joanna ja wieder auf, bevor das nötig wurde. Kam einfach ins Haus gestürmt. Vermutlich war sie mit einer Freundin davonmarschiert und spielte gerade, mit was auch immer fünfjährige Mädchen so spielen – Puppen oder Malkreiden oder Teegeschirr oder Prinzessinnenkrönchen. Er starrte auf das Foto, das Deborah Vine ihm reichte. Es zeigte ein Mädchen, das wie seine Schwester dunkles Haar und ein schmales Gesicht hatte. Ein Mädchen mit einem abgebrochenen Zahn, einem strengen Pony und einem Lächeln, das aussah, als hätte sie pflichtbewusst die Mundwinkel hochgezogen, als der Fotograf sie aufforderte, »Cheese« zu sagen.

»Haben Sie Ihren Mann erreicht?«

Sie verzog das Gesicht.

»Richard – mein ... besser gesagt, der Vater der Mädchen – lebt nicht bei uns.« Dann, als müssten die Worte einfach noch heraus, fügte sie hinzu: »Er hat uns wegen einer Jüngeren verlassen.«

»Sie sollten ihn verständigen.«

»Demnach glauben Sie also, dass etwas wirklich Schlimmes passiert ist?« Natürlich wünschte sie, er würde Nein sagen. Sie wollte von ihm hören, dass es im Grunde gar nicht nötig war, den Vater zu verständigen. Dabei rechnete sie ja selbst mit etwas Schlimmem. Nicht umsonst war ihr vor lauter Angst der kalte Schweiß ausgebrochen. Der Polizist konnte ihre Angst fast riechen.

»Wir bleiben in Kontakt. Eine Kollegin ist bereits auf dem Weg hierher.«

»Was soll ich tun? Es muss doch etwas geben, das ich tun kann. Ich kann nicht einfach hier herumsitzen und warten. Sagen Sie mir, was ich tun kann. Irgendwas.«

»Sie könnten bei ihren Freundinnen anrufen«, schlug er vor. »Überall dort nachfragen, wo sie vielleicht hingegangen sein könnte.«

Sie hielt ihn am Ärmel fest. »Sagen Sie mir, dass alles wieder gut wird!«, beschwor sie ihn. »Sagen Sie mir, dass Sie sie finden werden!«

Verlegen wandte der Beamte den Blick ab. Er konnte ihr das nicht versprechen und wusste auch nicht, was er ihr sonst sagen sollte.

Jedes Mal, wenn das Telefon klingelte, wurde es ein bisschen schlimmer. Leute klopften an die Tür. Sie hatten davon gehört.

Was für eine schreckliche Sache, aber natürlich werde es gut ausgehen. Alles werde wieder gut werden, der Albtraum ein Ende haben. Konnten sie irgendetwas tun? Was es auch sei, sie bräuchten es nur zu sagen. Ein Wort genüge.

Nun stand die Sonne bereits tief am Himmel, und lange Schatten fielen über Straßen, Häuser und Parks. Es wurde allmählich kühl. In ganz London saßen die Leute vor dem Fernseher oder standen am Herd und rührten in ihren Töpfen oder scharten sich in verrauchten Pubs zu Grüppchen, um miteinander über ihre Urlaubspläne oder die Fußballergebnisse vom Samstag zu sprechen oder sich stöhnend über allerlei Beschwerden und Wehwehchen auszutauschen.

Rosie hockte mit weit aufgerissenen Augen auf einem Sessel. Einer ihrer Zöpfe hatte sich halb aufgelöst. Die Polizistin, eine große, füllige und sehr freundliche Frau, saß neben ihr und tätschelte ihr die Hand. Aber Rosie konnte sich an nichts erinnern, sie wusste nichts und durfte auch nicht darüber reden: Worte waren gefährlich. Davon war sie überzeugt, obwohl ihr das niemand gesagt hatte. Sie wollte, dass ihr Vater nach Hause kam und alles wieder in Ordnung brachte, doch kein Mensch wusste, wo er sich aufhielt. Er war nicht zu erreichen. Ihre Mutter meinte, er sei wahrscheinlich irgendwo unterwegs. Rosie stellte ihn sich auf einer Straße vor, die sich endlos vor ihm erstreckte, bis sie sich in der Ferne unter einem dunklen Himmel verlor.

Sie kniff die Augen fest zu. Wenn sie sie wieder aufschlug, würde Joanna da sein. Sie hielt die Luft an, bis ihr die Brust wehtat und das Blut in den Ohren dröhnte. Sie konnte die Dinge beeinflussen. Doch als sie die Augen schließlich wieder öffnete und das nette, besorgte Gesicht der Polizistin vor sich sah, weinte ihre Mutter immer noch und nichts hatte sich verändert.

Am nächsten Morgen um halb zehn fand in dem Raum, der auf dem Polizeirevier von Camford Hill zur Einsatzzentrale erklärt worden war, eine Besprechung statt. Was zunächst eine hektische Suchaktion gewesen war, verwandelte sich in eine systematische polizeiliche Ermittlung. Der Fall bekam eine Nummer. Detective Chief Inspector Frank Tanner übernahm das Kommando und hielt eine Ansprache. Leute wurden einander vorgestellt und Schreibtische vergeben, was bei einigen zu Diskussionen Anlass gab. Ein Techniker installierte Telefonleitungen, und an den Wänden wurden Korkflächen angebracht. Im ganzen Raum herrschte eine Atmosphäre besonderer Dringlichkeit. Da war aber noch etwas anderes, das niemand laut aussprach, aber alle spürten: ein ungutes Gefühl in der Magengegend. In diesem Fall ging es nicht um einen Teenager oder einen Ehemann, der nach einem Streit verschwunden war. Hier ging es um ein fünfjähriges Mädchen. Siebzehneinhalb Stunden waren vergangen, seit sie zum letzten Mal gesehen worden war. Das war zu lange. Eine ganze Nacht, noch dazu eine kalte. Zum Glück hatten sie Juni und nicht November, aber trotzdem – eine ganze Nacht.

DCI Tanner war gerade dabei, das Team über eine für den späteren Vormittag angesetzte Pressekonferenz zu informieren, als er unterbrochen wurde. Ein Beamter in Uniform hatte den Raum betreten. Er bahnte sich einen Weg nach vorn und sagte zu Tanner etwas, das keiner der anderen Anwesenden mitbekam.

»Ist er unten?«, fragte Tanner. Der Beamte bejahte. »Ich spreche gleich mit ihm.«

Tanner forderte einen anderen Detective mit einer Kopfbewegung auf, ihn zu begleiten. Gemeinsam verließen sie den Raum.

»Der Vater?«, fragte der Detective, der Langan hieß.

»Er ist gerade erst eingetroffen.«

»Sind sie im Streit auseinandergegangen?«, erkundigte sich Langan. »Er und seine Ex?«

»Das nehme ich an«, antwortete Tanner.

»Meistens ist es jemand aus dem näheren Umfeld«, bemerkte Langan.

»Was für eine erfreuliche Neuigkeit.«

»Ich meine ja nur.«

Mittlerweile waren sie vor dem Verhörraum angelangt.

»Wie wollen wir vorgehen?«, fragte Langan.

»Wir haben es mit einem besorgten Vater zu tun«, erwiderte Tanner, ehe er die Tür aufschob.

Richard Vine hatte sich erhoben – oder gar nicht erst hingesetzt. Er trug einen grauen Anzug ohne Krawatte. »Gibt es etwas Neues?«, fragte er.

»Wir tun alles in unserer Macht Stehende«, antwortete Tanner.

»Also nichts Neues?«

»Es ist noch zu früh«, erklärte Tanner, obwohl er genau wusste, dass das nicht stimmte. Das genaue Gegenteil entsprach eher der Wahrheit. Mit einer Handbewegung forderte er Richard Vine auf, sich zu setzen.

Langan bezog an einer Seite des Raums Stellung, um den Vater während des Gesprächs beobachten zu können. Vine war hochgewachsen und hatte die schlechte Haltung eines Mannes, der sich wegen seiner Körpergröße unwohl fühlte. Sein dunkles Haar begann an den Schläfen bereits grau zu werden, obwohl er kaum älter als Mitte dreißig sein konnte. Er hatte dunkle, buschige Augenbrauen und war unrasiert. Sein blasses, leicht aufgeschwemmtes Gesicht ließ ihn ziemlich mitgenommen aussehen. Seine braunen Augen waren rot gerändert und wirkten entzündet. Er machte einen benommenen Eindruck.

»Ich war unterwegs«, erklärte Vine ungefragt. »Ich wusste nichts davon. Ich habe es erst heute früh erfahren.«

»Können Sie mir sagen, wo Sie waren, Mr. Vine?«

»Unterwegs«, wiederholte er. »Meine Arbeit…« Er hielt inne und strich sich eine Haarsträhne aus dem Gesicht. »Ich bin Handelsvertreter. Ich verbringe viel Zeit auf der Straße. Was hat das mit meiner Tochter zu tun?«

»Es geht lediglich darum zu klären, wo Sie waren.«

»Ich war in St. Albans. Dort gibt es ein neues Sportzentrum. Brauchen Sie die genauen Zeiten? Brauchen Sie Beweise?« Seine Stimme klang plötzlich schärfer. »Ich war nicht hier in der Nähe, falls es das ist, was Sie denken. Was hat Debbie über mich erzählt?«

»Ich hätte tatsächlich gern die exakten Zeiten.« Tanner behielt seinen ruhigen Ton bei. »Und die Namen sämtlicher Personen, die Ihre Angaben bestätigen können.«

»Was glauben Sie eigentlich? Dass ich sie entführt und irgendwo versteckt habe, weil Debbie nicht zulässt, dass die Mädchen bei mir übernachten, und die beiden gegen mich aufhetzt? Oder gar, dass ich …« Er konnte die Worte nicht aussprechen.

»Das sind reine Routinefragen.«

»Für mich nicht! Mein kleines Mädchen ist verschwunden, mein Baby!« Er sackte in sich zusammen. »Natürlich werde ich Ihnen die gottverdammten Zeiten nennen. Sie können sie gern überprüfen. Aber Sie vergeuden Ihre Zeit mit mir, und während dieser ganzen Zeit suchen Sie nicht nach ihr.«

»Wir suchen sehr wohl«, widersprach Langan. Und zwar schon seit siebzehneinhalb Stunden, ging ihm durch den Kopf. Nein, inzwischen sind es schon achtzehn. Sie ist erst fünf Jahre alt und seit achtzehn Stunden verschwunden. Er starrte den Vater an. Man konnte nie wissen.

Später kauerte Richard Vine neben dem Sofa, auf dem sich Rosie in eine Ecke drückte. Sie trug noch ihren Schlafanzug und die Zöpfe vom Vortag, auch wenn sich diese immer mehr auflösten.

»Daddy?«, fragte sie. Das war so ziemlich das Erste, was sie von sich gab, seit ihre Mutter am Vortag die Polizei angerufen hatte. »Daddy?«

Er nahm sie in die Arme. »Hab keine Angst«, sagte er, »sie kommt bestimmt bald nach Hause. Du wirst schon sehen.«

»Versprochen?«, flüsterte sie in seinen Hals hinein.

»Versprochen.«

Aber sie spürte seine Tränen auf ihrer Kopfhaut. Dort, wo der Scheitel war.

Sie fragten sie, woran sie sich erinnere, aber sie konnte sich an nichts erinnern. Nur an die Ritzen im Pflaster, an die Süßigkeiten, die sie sich ausgesucht hatte, und an Joannas Rufe, sie solle doch auf sie warten. Und an ihre Wut auf die kleine Schwester, ihren Wunsch, sie möge anderswo sein. Die Polizeibeamten erklärten ihr, wie wichtig es sei, dass sie ihnen sämtliche Leute, die sie auf dem Heimweg von der Schule gesehen habe, genau beschreibe. Sowohl diejenigen, die sie kannte, als auch solche, die sie nicht kannte. Dabei spiele es keine Rolle, ob ihr selbst etwas wichtig erscheine oder nicht: Es sei Aufgabe der Polizei, darüber zu entscheiden. Aber sie hatte niemanden gesehen, nur Hayley im Süßwarenladen und den Mann mit dem pockennarbigen Gesicht. Schatten schwirrten durch ihr Gehirn. Ihr war sehr kalt, obwohl draußen vor dem Fenster die Sonne schien. Sie steckte das Ende eines ihrer in Auflösung begriffenen Zöpfe in den Mund und saugte heftig daran.

»Sagt sie noch immer nichts?«

»Kein Wort.«

»Sie glaubt, dass es ihre Schuld war.«

»Die arme Kleine, wie soll sie nur damit leben?«

»Schhh! Sprich nicht, als wäre es schon vorbei.«

»Glaubst du wirklich, dass sie noch am Leben ist?«

Sie zogen Linien und wanderten ganz langsam über das Brachland in der Nähe des Hauses, wobei sie sich hin und wieder bückten, um Dinge vom Boden aufzuheben und in Plastiktüten zu stecken. Sie gingen von Tür zu Tür und zeigten den Leuten das Foto, das Joannas Mutter ihnen am Montagnachmittag gegeben hatte und das die Fünfjährige mit einem gerade geschnittenen Pony und einem gehorsamen Lächeln im schmalen Gesicht zeigte. Inzwischen hatte dieses Foto Berühmtheit erlangt, denn auch die Zeitungsleute hatten es in die Finger bekommen. Vor dem Haus drängten sich Journalisten, Fotografen, ein Fernsehteam. Aus Joanna wurde »Jo« oder – noch schlimmer – »die kleine Jo«, als wäre sie die kindliche, fast schon heilige Heldin eines viktorianischen Romans. Gerüchte wurden laut. Es war unmöglich, ihre Quelle auszumachen, aber sie verbreiteten sich rasch durchs ganze Viertel. Es war der Obdachlose. Es war ein Mann in einem blauen Kombi. Es war der Vater. Man hatte ihre Kleidung auf einer Müllhalde gefunden. Man hatte sie in Schottland gesehen, und in Frankreich. Sie war definitiv tot, und sie war definitiv noch am Leben.

Rosies Oma kam, um für eine Weile bei ihnen zu bleiben, und Rosie ging wieder zur Schule. Dabei wollte sie das gar nicht. Sie hatte Angst, dass die anderen sie anstarren und hinter ihrem Rücken flüstern, sich andererseits aber bei ihr einschleimen und um ihre Freundschaft bemühen würden, weil ihr diese große Sache passiert war. Sie saß an ihrem Pult und versuchte sich auf die Worte der Lehrkraft zu konzentrieren, spürte dabei jedoch die Blicke ihrer Mitschüler. *Sie hat zugelassen, dass ihre kleine Schwester entführt wurde.*

Sie wollte nicht in die Schule, wollte aber auch nicht zu Hause bleiben. Ihre Mutter benahm sich nicht mehr wie ihre Mutter. Sie tat nur noch so, als wäre sie eine Mutter, während sie sich in Wirklichkeit längst anderswo befand. Ihr Blick irrte suchend umher. Immer wieder schlug sie die Hände vor den Mund, als versuchte sie etwas zurückzuhalten – eine Wahrheit, die andernfalls ungehindert hervorquellen würde. Ihr Gesicht wurde hager, verhärmt und alt. Abends, wenn Rosie längst im

Bett lag und beobachtete, wie das Scheinwerferlicht der vorbeifahrenden Autos über die Zimmerdecke zuckte, hörte sie ihre Mutter unten rumoren. Selbst dann, wenn alles dunkel war und der Rest der Welt schlief, war ihre Mutter noch wach. Ihr Vater hatte sich ebenfalls verändert. Er lebte jetzt wieder allein. Wenn er Rosie umarmte, drückte er sie viel zu fest. Außerdem roch er komisch – süß und sauer zugleich.

Deborah und Richard Vine saßen zusammen vor den Fernsehkameras. Obwohl sie nach wie vor denselben Familiennamen führten, sahen sie sich nicht an. Tanner hatte ihnen geraten, sich möglichst kurz zu fassen: Sie sollten der Welt nur sagen, wie sehr sie Joanna vermissten, und an ihren Entführer – wer auch immer das sein mochte – appellieren, das Mädchen doch nach Hause gehen zu lassen. Sie sollten sich nicht scheuen, Gefühle zu zeigen. Den Medien würde das gefallen – vorausgesetzt, diese Gefühle hinderten sie nicht am Sprechen.

»Lassen Sie meine Tochter zurück nach Hause!«, flehte Deborah Vine. Als ihr kurz die Stimme versagte, hielt sie eine Hand vor ihr neuerdings so hageres Gesicht. »Lassen Sie sie einfach wieder nach Hause!«

In heftigerem Ton fügte Richard Vine hinzu: »Bitte geben Sie uns unsere Tochter zurück! Alle, die irgendetwas wissen, sollen bitte helfen!« Auf seinem blassen Gesicht leuchteten rote Flecken.

»Was halten Sie davon?«, wandte sich Langan an Tanner.

Tanner zuckte mit den Achseln. »Sie meinen, ob sie ehrlich sind? Ich habe keine Ahnung. Wie kann ein Kind auf diese Weise verschwinden – als hätte es sich in Luft aufgelöst?«

Dieses Jahr gab es keinen Sommerurlaub. Ursprünglich hatten sie vorgehabt, nach Cornwall zu fahren und auf einem Bauernhof zu wohnen. Rosie wusste noch genau, wie sie es sich ausgemalt hatten: Auf den Feldern würde es Kühe geben und auf dem Hof Hühner und sogar ein altes, fettes Pony, auf dem sie vielleicht reiten konnten, wenn die Besitzer es erlaubten. Natürlich wollten sie auch zu den nahe gelegenen Stränden. Joanna fürchtete sich vor dem Meer, sie kreischte jedes Mal, wenn eine Welle an ihre Knöchel klatschte, aber sie liebte es, Sandburgen zu bauen, nach Muscheln zu suchen und Eistüten zu mampfen, in denen oben Schokosplitter steckten.

Stattdessen fuhr Rosie für ein paar Wochen zu ihrer Oma. Dabei wollte sie gar nicht weg. Sie wollte unbedingt zu Hause sein, wenn Joanna gefunden wurde. Sie befürchtete, Joanna könnte es falsch verstehen, wenn sie nicht da war. Womöglich glaubte sie dann, es wäre Rosie nicht wichtig genug gewesen, auf ihre kleine Schwester zu warten.

Bei manchen ihrer Besprechungen blätterten die Detectives durch die Aussagen von Fantasten, einschlägig Vorbestraften und angeblichen Augenzeugen, von denen in Wirklichkeit keiner etwas gesehen hatte.

»Ich glaube immer noch, dass es der Vater war.«

»Er hat ein Alibi.«

»Das haben wir doch schon besprochen. Er könnte zurückgefahren sein. Die Zeit hätte gerade gereicht.«

»Kein Mensch hat ihn gesehen. Nicht mal seine eigene Tochter.«

»Vielleicht doch. Vielleicht sagt sie deswegen nichts.«

»Wie auch immer. Selbst wenn sie etwas beobachtet hat, wird sie sich jetzt nicht mehr daran erinnern. Nach so langer Zeit bleiben nur noch Erinnerungen an Erinnerungen an irgendwelche Suggestionen. Alles ist längst von anderem überdeckt.«

»Was willst du damit sagen?«

»Ich will damit sagen, dass die Kleine verloren ist.«

»Tot?«

»Tot.«

»Das heißt, du gibst auf?«

»Nein.« Er schwieg einen Moment, ehe er hinzufügte: »Aber ich ziehe ein paar Männer von dem Fall ab.«

»Sage ich doch: Du gibst auf.«

Ein Jahr später wurde von einem neuen Computerprogramm, bei dem sogar sein Erfinder warnte, es sei spekulativ und unzuverlässig, ein Foto erstellt, das zeigte, auf welche Weise Joanna sich verändert haben könnte. Ihr Gesicht wirkte ein wenig voller, ihr dunkles Haar noch eine Spur dunkler. Ihr Zahn war nach wie vor abgebrochen, ihr Lächeln immer noch ängstlich. Ein paar Zeitungen brachten das Bild, wenn auch nicht auf der Titelseite. In der Zwischenzeit war eine besonders fotogene Dreizehnjährige ermordet worden, deren Gesicht seit Wochen die Schlagzeilen dominierte. Joanna war inzwischen Schnee von gestern – eine alte Geschichte, an die sich die Öffentlichkeit nur noch dunkel erinnerte. Rosie starrte das Foto an, bis es ihr vor den Augen verschwamm. Sie hatte Angst, ihre Schwester nicht mehr zu erkennen, wenn sie ihr über den Weg lief. Gleichzeitig befürchtete sie, Joanna würde sie ihrerseits auch nicht mehr erkennen – oder sie zwar erkennen, sich aber trotzdem von ihr abwenden. Manchmal setzte sie sich in Joannas Zimmer, das seit dem Tag ihres Verschwindens nicht verändert worden war. Noch immer thronte ihr Teddy auf dem Kissen, ihr Spielzeug war in den flachen Behältern unter dem Bett verstaut, und ihre Anziehsachen – die ihr inzwischen bestimmt nicht mehr passten – lagen ordentlich gestapelt in Schubladen oder hingen im Schrank. Rosie war inzwischen zehn. Nächstes Jahr wollte sie auf die höhere Schule wechseln. Sie hatte darum gebeten, in die knapp drei Kilometer und zwei Busstationen entfernte Schule im benachbarten Stadtteil gehen zu dürfen. Dort würde sie nicht mehr das Mädchen sein, das ihre kleine Schwester verloren hatte, sondern einfach Rosie Vine, Jahrgangsstufe sieben: eine schüchterne, für ihr Alter eher kleine

Schülerin, die in allen Fächern recht gut war, wenn auch in keinem Klassenbeste, außer vielleicht in Biologie. Inzwischen war sie alt genug, um zu wissen, dass ihr Vater mehr trank, als er sollte. Gelegentlich musste ihre Mutter kommen und sie abholen, weil er sich nicht mehr richtig um sie kümmern konnte. Sie war auch alt genug, um sich wie eine ältere Schwester ohne jüngere Schwester zu fühlen, und manchmal spürte sie Joannas Anwesenheit wie die eines Geistes – eines Geistes, der einen abgebrochenen Zahn hatte und ihr mit weinerlicher Stimme nachrief, sie solle doch warten. Manchmal entdeckte sie ihre Schwester auf der Straße, und jedes Mal setzte ihr Herz einen Schlag aus, bevor sich das betreffende Gesicht in das einer Fremden verwandelte.

Drei Jahre nachdem Joanna verschwunden war, zogen sie in ein kleineres, knapp zwei Kilometer entferntes Haus, das näher bei Rosies Schule lag. Es hatte zwar drei Schlafzimmer, aber das dritte war winzig, eher eine Abstellkammer als ein richtiger Raum. Deborah Vine wartete, bis Rosie morgens in die Schule aufgebrochen war, ehe sie Joannas Sachen wegpackte. Dabei ging sie ganz systematisch vor, indem sie erst die weichen Stapel ihrer Jacken und Shirts in Schachteln verstaute und dann die Kleider und Röcke zusammenlegte, in Müllsäcke steckte und zu festen Paketen verschnürte. Dabei gab sie sich große Mühe, nicht zu den rosafarbenen Plastikpuppen mit den langen Nylonhaarmähnen und starr geradeaus blickenden Augen zu schauen.

Auf dem jüngsten, vom Computer erzeugten Bild wirkte Joanna recht gelassen, als hätte sie ihre kindliche Ängstlichkeit inzwischen abgelegt. Ihr abgebrochener Zahn war einem neuen, unversehrten gewichen.

Rosie bekam ihre Periode und begann sich die Beine zu rasieren. Sie verliebte sich zum ersten Mal: in einen Jungen, der ihre Existenz kaum zur Kenntnis nahm. Jeden Abend schrieb sie unter der Bettdecke in ihr Tagebuch und verschloss es mit einem silbernen Schlüssel. Als ihre Mutter irgendwann anfing, sich mit einem fremden Mann zu treffen, der einen braunen Stoppelbart hatte, tat Rosie, als machte ihr das nichts aus. Bei ihrem Vater schüttete sie regelmäßig den Schnaps ins Spülbecken, obwohl sie genau wusste, dass es nichts nützen würde. Anlässlich der Beerdigung ihrer Großmutter trug sie ein Gedicht von Tennyson vor, sprach dabei aber so leise, dass kaum jemand ihre Worte verstehen konnte. Bald darauf schnitt sie sich die Haare kurz und begann sich mit dem Jungen zu treffen, in den sie so verliebt gewesen war, doch leider wurde er den Vorstellungen, die sie sich von ihm gemacht hatte, nicht gerecht.

In der Schublade mit ihrer Unterwäsche bewahrte sie einen kleinen Stapel Computerausdrucke auf: Joanna mit sechs, sieben, acht, neun. Joanna mit vierzehn. Sie fand, dass ihre Schwester genau aussah wie *sie*. Aus irgendeinem Grund fühlte sie sich deswegen noch schlechter.

»Sie ist tot.« Deborahs Stimme klang ruhig, fast ausdruckslos.

»Bist du die ganze Strecke gefahren, um mir das zu sagen?«

»Ich dachte, wir beide wären uns zumindest das schuldig, Richard. Lass sie los.«

»Woher willst du wissen, dass sie tot ist? Du lässt sie einfach im Stich!«

»Nein.«

»Weil du einen neuen Ehemann gefunden hast und jetzt…« Angewidert starrte er auf ihren schwangeren Bauch. »Jetzt bekommst du eine neue glückliche Familie.«

»Richard.«

»Und vergisst sie ganz und gar.«

»Das ist nicht fair. Es ist nun schon zehn Jahre her. Das Leben muss weitergehen, und zwar für uns alle.«

»*Das Leben muss weitergehen*. Willst du mir womöglich auch noch sagen, dass das Joannas Wunsch gewesen wäre?«

»Joanna war fünf, als wir sie verloren haben.«

»Als *du* sie verloren hast.«

Deborah erhob sich: schlanke Beine auf hohen Absätzen und ein runder Bauch, über dem der Rock spannte. Er konnte ihren Nabel erkennen. Ihr Mund war ein schmaler, zitternder Strich. »Du Mistkerl!«, stieß sie hervor.

»Und jetzt lässt du sie im Stich.«

»Soll ich mich auch noch kaputt machen?«

»Warum nicht? Immer noch besser als ›Das Leben muss weitergehen‹. Aber keine Sorge, ich warte weiter auf sie.«

Als Rosie zu studieren begann, nahm sie den Namen ihres Stiefvaters an und nannte sich von nun an Rosalind Teale. Ihrem Vater sagte sie nichts davon. Sie liebte ihn nach wie vor, auch wenn ihr sein chaotischer, niemals nachlassender Kummer Angst machte. Sie wollte nicht, dass irgendein Kommilitone zu ihr sagte: »Rosie Vine? Warum kommt mir der Name nur so bekannt vor?« Obwohl damit immer weniger zu rechnen war. Joanna war mit der Vergangenheit verschmolzen. Sie war nur noch ein Hauch von Erinnerung, eine in Vergessenheit geratene Berühmtheit, sozusagen eine Eintagsfliege. Rosie fragte sich manchmal, ob sie ihre Schwester womöglich nur geträumt hatte.

Deborah Teale – ehemals Vine – betete insgeheim voller Inbrunst darum, einen Sohn zu bekommen und keine Tochter. Trotzdem erblickten zuerst Abbie und dann Lauren das Licht der Welt. Sie saß nachts über ihre Körbe gebeugt, um sie atmen zu hören. Sie hielt sie ständig an den Händen und ließ sie keine Sekunde aus den Augen. Die beiden erreichten Joannas Alter, überholten sie und ließen sie hinter sich zurück. Die Schachteln mit Joannas Sachen standen weiterhin ungeöffnet auf dem Dachboden.

Der Fall wurde nie wirklich abgeschlossen. Niemand rang sich zu dieser Entscheidung durch. Dennoch gab es immer weniger zu berichten. Die zuständigen Beamten waren mit anderen Fällen beschäftigt. Besprechungen fanden nur noch sporadisch statt. Irgendwann wurden sie mit anderen Besprechungen zusammengelegt, bis der Fall schließlich überhaupt keine Erwähnung mehr fand.

Rosie, Rosie! Warte auf mich!

1

Es war kurz vor drei Uhr morgens. Vier Personen gingen um diese Zeit über den Fitzroy Square. Ein junges Paar trotzte eng aneinandergeschmiegt dem Wind. Die beiden kamen aus Richtung Soho, wo sie einen Nachtklub besucht hatten. Für sie näherte sich der Sonntagabend allmählich seinem Ende. Obwohl sie es einander nicht eingestanden hatten, zögerten sie den Moment hinaus, in dem sie entscheiden mussten, ob sie in getrennte Taxis oder in ein gemeinsames steigen wollten. Eine dunkelhäutige Frau, die einen braunen Regenmantel und einen transparenten Plastikhut trug, dessen Bänder sie unter dem Kinn fest zusammengebunden hatte, schlurfte entlang der Ostseite des Platzes in Richtung Norden. Für sie war bereits Montagmorgen. Sie war unterwegs in ein Büro an der Euston Road, um dort in aller Herrgottsfrühe, während es draußen noch dunkel war, für Menschen, die sie nie zu Gesicht bekam, Mülleimer zu leeren und Teppiche zu saugen.

Bei der vierten Person handelte es sich um Frieda Klein, und für sie war es weder Sonntagabend noch Montagmorgen, sondern irgendetwas dazwischen. Als sie den Platz betrat, schlug ihr der Wind mit voller Kraft entgegen. Um überhaupt etwas sehen zu können, musste sie sich erst einmal das Haar aus dem Gesicht streichen. Im Verlauf der letzten Wochen hatte sich das Laub der Platanen zunächst rot und dann goldgelb gefärbt, doch nun war es durch Wind und Regen von den Ästen befreit worden und umwogte Frieda wie ein Meer aus Blättern. Ihr ging es im Grunde nur darum, London für sich allein zu haben. Näher konnte sie der Erfüllung dieses Wunsches kaum kommen.

Einen Moment lang blieb sie unschlüssig stehen. In welche Richtung sollte sie gehen? Nach Norden, über die Euston Road zum Regent's Park? Der wäre tatsächlich menschenleer, denn selbst für die Jogger war es noch zu früh. Im Sommer ging Frieda manchmal mitten in der Nacht dorthin, kletterte über den Zaun und tauchte in die Dunkelheit des Parks ein, um zu beobachten, wie das Mondlicht auf dem Wasser des Sees glitzerte, oder um den Geräuschen aus dem Zoo zu lauschen. Heute Nacht aber wollte sie nicht so tun, als wäre sie gar nicht in London. Nach Süden zog es sie ebenso wenig. Dort würde sie über die Oxford Street nach Soho gelangen. An manchen Abenden verlor sie sich gern zwischen den seltsamen Kreaturen, die mitten in der Nacht noch dort ausharrten oder gerade erst aus ihren Löchern gekrochen kamen. Zwielichtige kleine Taxiunternehmen brachten einen rund um die Uhr nach Hause, verlangten dafür aber so viel, wie sie einem nur abknöpfen konnten. Polizisten rotteten sich zu Pulks zusammen. Lieferwagen wichen Fußgängerscharen aus. Außerdem gab es da noch die City-Maut, ganz zu schweigen von der ständig zunehmenden Zahl von Menschen, die weiter aßen und tranken, egal, wie spät es schon war.

Nicht in dieser Nacht. Nicht an diesem Tag. Nicht jetzt, wo eine neue Woche gerade im Begriff stand, widerwillig in die Gänge zu kommen. Eine Woche, die gezwungen sein würde, dem November ins Auge zu blicken und sich auf Dunkelheit und Regen einzustellen, mit der Aussicht auf noch mehr Dunkelheit und Regen. Es war eine Zeit, in der man eigentlich in einen Winterschlaf versinken und erst im März oder April oder Mai wieder aufwachen sollte. Schlaf. Frieda hatte plötzlich das beklemmende Gefühl, von lauter schlafenden Menschen umgeben zu sein, die allein oder paarweise in Wohnungen, Häusern, Pensionen und Hotels lagen und sich als Träumende die Filme in ihren Köpfen ansahen. Zu diesen Menschen wollte Frieda nicht gehören. Sie setzte sich in Richtung Osten in Bewegung, vorbei an den geschlossenen Läden und Restaurants. Einen Augenblick kam es in der Tottenham Court Road mit ihren Nachtbussen und Taxis zu einem Aufblitzen von Aktivität, doch dann war alles wieder ruhig, und Frieda hörte nur noch das Klacken ihrer eigenen Schritte, während sie weiterging, vorbei an anonymen Wohnblöcken, schäbigen Hotels, Universitätsgebäuden und auch ein paar einzelnen Häusern, die erstaunlicherweise überlebt hatten. Obwohl in diesem Viertel viele Menschen wohnten, fühlte es sich gar nicht danach an. Hatte es überhaupt einen Namen?

Zwei Polizeibeamte in einem geparkten Streifenwagen sahen sie auf die Gray's Inn Road zusteuern. Die beiden betrachteten sie mit gelangweiltem Interesse. Für eine Frau, die allein umherwanderte, war das hier nicht unbedingt eine sichere Gegend. Die beiden Männer hatten Schwierigkeiten, sie richtig einzuordnen. Eine Prostituierte schien sie jedenfalls nicht zu sein. Sie war nicht mehr ganz jung, vielleicht Mitte dreißig. Langes dunkles Haar. Mittelgroß. Ihr langer Mantel verbarg ihre Figur. Sie sah auch nicht aus wie eine Frau, die gerade von einer Party zurückkam.

»Anscheinend hatte sie keine Lust, die ganze Nacht mit ihm zu verbringen«, meinte einer der beiden.

Der andere grinste. »Ich würde sie in einer solchen Nacht bestimmt nicht aus dem Bett werfen«, antwortete er, während er das Fenster öffnete. »Alles in Ordnung, Miss?«, sprach er sie an, als sie vorbeiging.

Sie schob nur die Hände ein wenig tiefer in die Taschen ihres Mantels und eilte weiter, als hätte sie nichts gehört.

»Sehr charmant«, bemerkte einer der Beamten und wandte sich wieder seiner Arbeit zu: Nach einem kleinen Vorfall, der im Grunde kaum die Bezeichnung »Vorfall« verdiente, galt es, ein Formular auszufüllen.

Während Frieda ihren Weg fortsetzte, hatte sie plötzlich die Worte ihrer Mutter im Ohr. Es hätte nicht geschadet, hallo zu sagen, oder? Aber was wusste ihre Mutter schon? Das war einer der Gründe, warum sie diese Spaziergänge unternahm: damit sie nicht reden, sich niemandem präsentieren musste. Sie wollte nicht angestarrt und beurteilt werden. Um diese Zeit wollte sie einfach nur nachdenken oder aber jeden Gedanken ausblenden. In solchen Nächten, in denen sie nicht schlafen konnte, genoss sie es, endlos dahinzumarschieren und auf diese Weise das ganze Zeug aus ihrem Kopf herauszubekommen. Eigentlich sollte das ja im Schlaf passieren, aber bei ihr funktionierte das nicht. Da brachte es auch kaum etwas, wenn sie liegen blieb und doch von Zeit zu Zeit ein wenig einnickte.

Sie überquerte die Gray's Inn Road, wo es weitere Busse und Taxis gab, und nahm dann eine Abkürzung durch eine schmale Gasse, die so verlassen wirkte, dass man hätte glauben können, die Welt hätte sie vergessen.

Als sie in die King's Cross Road einbog, sah sie sich plötzlich mit zwei Jungs im Teenageralter konfrontiert. Die beiden trugen Kapuzenpullis und weite Jeans. Einer von ihnen sagte etwas zu ihr, das sie nicht recht verstand. Sie starrte ihn an, woraufhin er den Blick abwandte.

Wie dumm von mir, schalt sie sich selbst. Das war wirklich dumm gewesen. Eine der wichtigsten Regeln für solche Märsche durch London lautete: keinen Augenkontakt aufnehmen! Das konnte als Herausforderung aufgefasst werden. Dieses Mal hatte der Betreffende einen Rückzieher gemacht, aber es reichte schon ein Einziger, der anders reagierte.

Fast schon automatisch schlug Frieda einen Weg ein, der von der Hauptstraße wegführte und dann wieder in sie einmündete, um kurz darauf erneut wegzuführen. Für die meisten Leute, die dort arbeiteten oder mit dem Auto durchfuhren, war dies nur ein hässlicher und unbedeutender Teil Londons: Bürogebäude, Wohnungen, ein Eisenbahndurchstich. Frieda jedoch folgte dem Lauf eines alten Flusses. Sie fühlte sich seit jeher von ihm angezogen. Einst war er durch Felder und Obstgärten zur Themse hinuntergeflossen. Menschen hatten an seinem Ufer gesessen, um sich auszuruhen oder zu fischen. Was wäre jenen Männern und Frauen, die damals an warmen Sommerabenden dort saßen und die Füße im Wasser baumeln ließen, wohl durch den Kopf gegangen, wenn sie in der Lage gewesen wären, die Zukunft vorherzusehen? Der Fluss war zu einem Müllabladeplatz verkommen, einer schmutzigen Kloake, verstopft mit Fäkalien und Tierkadavern und all den anderen Dingen, bei denen die Menschen sich nicht die Mühe machten, sie anderweitig zu entsorgen. Am Ende war er zugebaut worden und in Vergessenheit geraten. Wie konnte ein Fluss in Vergessenheit geraten? Wenn Frieda hier vorbeikam, blieb sie stets an einem Metallrost stehen, durch den aus der Tiefe immer noch das Rauschen des Flusses heraufdrang – fast wie ein Echo aus der Vergangenheit. Und hatte man diese Stelle hinter sich gelassen, konnte man zwischen den Ufern, die zu beiden Seiten anstiegen, dahinspazieren. Hin und wieder erinnerte sogar noch ein Straßenname daran, dass es hier früher einmal Kais gegeben hatte, an denen Lastschiffe entladen wurden, und noch früher Uferböschungen, an deren grasbewachsenen Hängen die Leute saßen und einfach nur zusahen, wie das kristallklare Wasser zur Themse floss. Das war London: Dinge, gebaut auf Dingen, gebaut auf Dingen, gebaut auf Dingen, von denen eines nach dem anderen in Vergessenheit geraten war, aber dennoch eine Spur hinterlassen hatte, und sei es nur ein Wasserrauschen, das man durch einen Metallrost hören könnte.

War es ein Fluch, dass die Stadt so viel von ihrer Vergangenheit zudeckte, oder konnte eine Stadt nur auf diese Weise überleben? Einmal hatte Frieda davon geträumt, dass in London Gebäude, Brücken und Straßen abgerissen wurden, damit die alten, in die Themse mündenden Flüsse wieder ans Tageslicht geholt werden konnten. Aber was hätte das für einen Sinn? Wahrscheinlich blieben diese Flüsse ohnehin lieber, wie sie waren: verborgen, unbemerkt und voller Geheimnisse.

Als Frieda die Themse erreichte, beugte sie sich wie immer über das Wasser. Meist konnte sie in der Dunkelheit gar nicht erkennen, wo der Zufluss aus seinem erbärmlichen kleinen Rohr quoll. So auch an diesem Morgen. Sie konnte nicht einmal sein Rauschen hören. Hier unten am Wasser wehte der aus Süden kommende Wind ziemlich stark, aber seltsam warm. An einem dunklen Novembermorgen wirkte er irgendwie fehl am Platz. Frieda warf einen Blick auf ihre Armbanduhr. Noch nicht einmal vier. Welche Richtung? East End oder West End? Sie entschied sich für den Westen, überquerte den Fluss und lief flussaufwärts. Jetzt wurde sie endlich müde, sodass sie den Rest der Wegstrecke nur noch verschwommen wahrnahm: eine Brücke, Regierungsgebäude, Parks, große Plätze. Dann ging es quer über die Oxford Street, und als sie schließlich die vertrauten Pflastersteine ihrer Wohngegend unter den Füßen spürte, war es immer noch so dunkel, dass sie mit ihrem Schlüssel an der Haustür herumfummeln musste, um ins Schloss zu finden.

2

Carrie sah ihn schon aus der Ferne, trotz des bereits schwächer werdenden Lichts. Die Hände tief in den Taschen vergraben, kam er mit leicht hängenden Schultern quer über die Wiese auf sie zu. Dabei pflügte er mit den Schuhen durch feuchte Haufen braunen Laubs. Er sah Carrie nicht, denn er hielt den Blick starr auf den Boden gerichtet. Seine Bewegungen wirkten so langsam und schwerfällig, als wäre er gerade erst aus einem tiefen Schlaf erwacht. Als fühlte er sich immer noch etwas benommen, eingehüllt in seine Träume. Oder Albträume, dachte Carrie, während sie ihren Ehemann beobachtete. Als er schließlich doch hochblickte, hellte sich seine Miene auf, und er beschleunigte seine Schritte ein wenig.

»Danke, dass du gekommen bist!«

Sie hakte sich bei ihm unter. »Was ist denn los, Alan?«

»Ich musste einfach weg von der Arbeit. Ich habe es dort nicht mehr ausgehalten.«

»Ist etwas passiert?«

Achselzuckend zog er den Kopf ein. Sie dachte, dass er noch immer aussah wie ein Junge, auch wenn sein Haar vorzeitig ergraut war. Er besaß die Schüchternheit, aber auch die Unbefangenheit eines Kindes. Man konnte alle seine Empfindungen von seinem Gesicht ablesen. Oft wirkte er ein wenig verloren und weckte bei den Leuten den Wunsch, ihn zu beschützen. Vor allem bei Frauen. Auch *sie* wollte ihn beschützen, es sei denn, sie wünschte sich ausnahmsweise mal selbst einen Beschützer. Bei solchen Gelegenheiten trat an die Stelle ihrer sonst so zärtlichen Gefühle eine Mischung aus Frustration und Verärgerung.

»Der Montag ist immer ein schlimmer Tag.« Sie bemühte

sich um einen lockeren, frischen Ton. »Vor allem im November, wenn der ewige Nieselregen anfängt.«

»Ich musste dich unbedingt sehen.«

Sie zog ihn den Pfad entlang. Sie waren diesen Weg schon so oft miteinander gegangen, dass ihre Füße sie von selbst in die richtige Richtung zu lotsen schienen. Inzwischen hatte es zu dämmern begonnen. Sie kamen am Spielplatz vorbei. Carry vermied es hinüberzublicken, wie sie es inzwischen immer tat, aber es war ohnehin niemand da, abgesehen von ein paar Tauben, die auf dem gummierten Asphalt herumpickten. Sie bogen auf den Hauptweg ein und schlenderten am Musikpavillon vorbei. Vor Jahren hatten sie mal dort gepicknickt. Carrie wusste selbst nicht, warum sie sich so deutlich daran erinnerte. Es war im Frühling gewesen, an einem der ersten milden Tage des Jahres. Während sie damals ihre Schweinefleischpasteten aßen und ihr mitgebrachtes, schon viel zu warmes Bier tranken, sahen sie den Kindern zu, die vor ihnen im Gras herumtollten und sogar über ihre eigenen Schatten stolperten. Carrie erinnerte sich noch genau, wie sie an jenem Tag auf dem Rücken gelegen hatte, den Kopf auf Alans Schoß, und er ihr das Haar aus dem Gesicht gestrichen und ihr dann gesagt hatte, dass sie ihm alles bedeute. Er war kein Mann vieler Worte. Vielleicht war das der Grund, warum sich solche Dinge derart in ihr Gedächtnis eingruben.

Sie wanderten über den Hügel zu den Teichen hinüber. Früher hatten sie gelegentlich Brot mitgebracht, um die Enten zu füttern, auch wenn das normalerweise wohl eher eine Beschäftigung für Kinder war. Wobei die Enten mittlerweile sowieso von den Kanadagänsen vertrieben wurden, die sich oft angriffslustig in die Brust warfen und mit lang gestrecktem Hals auf einen zustürmten.

»Vielleicht sollten wir uns einen Hund zulegen«, sagte Carry unvermittelt.

»Sowas hast du noch nie erwähnt.«

»Einen Cockerspaniel. Die sind nicht zu groß, aber auch nicht so klein, dass sie ständig kläffen … Möchtest du mir vielleicht erzählen, was dir so zusetzt?«

»Wenn du einen Hund willst, dann lass uns einen besorgen. Wie wäre es, wenn wir uns gemeinsam einen zu Weihnachten schenken?« Er versuchte sich für die Vorstellung zu begeistern.

»Einfach so?«

»Einen Cockerspaniel, sagst du. Gerne.«

»Es war nur so eine Idee.«

»Wir können ihm einen Namen geben, je nachdem, ob es eine Sie oder ein Er ist. Vielleicht nehmen wir ein Männchen. Dann wäre ich für Billy, Freddie oder Joe.«

»So habe ich es nicht gemeint. Ich hätte den Mund halten sollen.«

»Entschuldige, es liegt an mir. Ich bin nicht …« Er sprach den Satz nicht zu Ende. Irgendwie wusste er selbst nicht so recht, was er nicht war.

»Ich wünschte, du würdest mir erzählen, was passiert ist.«

»So ist das nicht. Ich kann es nicht erklären.«

Inzwischen waren sie wieder am Spielplatz gelandet, als würden sie wie magisch von ihm angezogen. Die Schaukeln und die Wippe waren leer. Alan blieb stehen. Er entzog ihr seinen Arm und umklammerte mit beiden Händen das Geländer. Ein paar Augenblicke blieb er reglos stehen, dann presste er plötzlich eine Hand flach auf die Brust.

»Geht es dir nicht gut?«, fragte Carrie.

»Ich fühle mich so seltsam.«

»Auf welche Weise seltsam?«

»Das kann ich nicht sagen. Einfach seltsam. Als stünde ein Sturm bevor.«

»Was denn für ein Sturm?«

»Warte.«

»Nimm meinen Arm. Stütz dich auf mich.«

»Warte einen Moment, Carrie.«

»Sag mir, was du spürst. Hast du Schmerzen?«

»Ich weiß nicht«, flüsterte er. »Das Gefühl ist in meiner Brust.«

»Soll ich einen Arzt rufen?«

Er stand inzwischen vornüber gebeugt, sodass sie sein Gesicht nicht mehr sehen konnte.

»Nein. Lass mich nicht allein.«

»Ich hab mein Handy dabei.« Sie fummelte unter ihrem dicken Mantel herum, bis sie das Handy aus der Hosentasche gefischt hatte.

»Mein Herz schlägt so heftig, dass ich das Gefühl habe, als würde es mir gleich die Brust zerreißen.«

»Ich rufe einen Krankenwagen.«

»Nein. Es vergeht gleich. Es vergeht immer ganz schnell.«

»Ich kann doch nicht einfach danebenstehen und zusehen, wie du dich quälst!«

Sie versuchte, einen Arm um ihn zu legen, was aber wegen seiner gekrümmten Haltung schlecht ging, so dass sie sich völlig nutzlos vorkam. Sie hörte ihn wimmern. Einen Moment verspürte sie den starken Drang, einfach davonzulaufen und ihn, gebückt und hoffnungslos, wie er war, in der Dämmerung stehen zu lassen. Natürlich brachte sie das nicht übers Herz. Außerdem spürte sie, dass das, was ihn im Griff hatte – was auch immer es sein mochte –, allmählich nachließ. Schließlich konnte er sich wieder aufrichten. Carrie sah die Schweißtropfen auf seiner Stirn, doch als sie nun seine Hand nahm, war sie kalt.

»Besser?«

»Ein wenig. Tut mir leid.«

»Du musst etwas dagegen unternehmen.«

»Das wird schon wieder.«

»Nein, ganz im Gegenteil, es wird schlimmer. Glaubst du, ich höre dich nachts nicht? Und deine Arbeit beeinträchtigt es auch. Du musst zu Dr. Foley gehen.«

»Bei dem war ich doch schon. Er verschreibt mir nur wieder diese Schlaftabletten, die mich völlig außer Gefecht setzen. Wenn ich die nehme, fühle ich mich am nächsten Tag wie verkatert.«

»Du musst noch einmal mit ihm reden.«

»Er hat mich von Kopf bis Fuß durchgecheckt. An seiner Miene habe ich gemerkt, dass es mir nicht schlechter geht als den meisten anderen Leuten, die ihren Arzt aufsuchen. Ich bin einfach nur müde.«

»So ein Zustand ist doch nicht normal. Versprich mir, dass du zum Arzt gehst. Alan?«

»Wenn du unbedingt meinst.«

3

Von ihrem Platz auf dem roten, mitten im Raum platzierten Lehnstuhl konnte Frieda verfolgen, wie die Abbruchbirne drüben auf der anderen Straßenseite, wo sich eine große Baustelle befand, in die alten Gebäude schwang. Ganze Hausmauern erzitterten und stürzten dann in Brocken zu Boden. Innenwände wurden plötzlich zu Außenwänden, und Frieda entdeckte gemusterte Tapeten, ein altes Poster, ein Stück von einem Regal oder einem Kaminsims. Bisher verborgene Leben waren auf einmal für alle sichtbar. Den ganzen Vormittag schaute sie diesem Treiben nun schon zu. Ihre erste Patientin, eine Frau, deren Ehemann zwei Jahre zuvor überraschend gestorben war und deren Kummer und Schock nie nachgelassen hatten, saß in gebeugter Haltung und laut schluchzend vor ihr. Das hübsche Gesicht der Frau war vom vielen Weinen schon ganz rot und verquollen. Obwohl Friedas ganze Aufmerksamkeit ihrer Patientin galt, bekam sie dennoch aus dem Augenwinkel mit, was auf der anderen Straßenseite vor sich ging.

Später, als ihr zweiter Patient, der wegen seiner immer schlimmer werdenden manisch-depressiven Störung an sie überwiesen worden war, auf seinem Platz herumzappelte und dann aufstand, um sich anschließend sofort wieder zu setzen und in zornigem Ton die Stimme zu erheben, beobachtete Frieda, wie die Birne in den großen Wohnblock krachte. Wie konnte etwas, dessen Bau so viel Zeit in Anspruch genommen hatte, derart schnell zusammenbrechen? Schornsteine knickten ein, Fenster zerbarsten, Böden verschwanden, Gehwege wurden ausradiert. Bis zum Ende der Woche würde alles in Schutt und Asche liegen, und Männer mit Schutzhelmen würden über das verwüstete Gelände laufen und auf Kinderspielzeug und Möbelstücken herumtrampeln. Binnen eines Jahres würden neue Gebäude auf den Ruinen der alten stehen.

Frieda erklärte den Männern und Frauen, die den Weg in ihre Praxis fanden, sie wolle ihnen einen geschützten Raum bieten, in dem sie ihre finstersten Ängste und unzulässigsten Begierden erforschen könnten. Im Sprechzimmer war es kühl, sauber und ordentlich. Der Wandschmuck beschränkte sich auf eine einzige Zeichnung, das Mobiliar auf zwei einander gegenüberstehende Stühle mit einem niedrigen Tisch dazwischen. Eine Lampe spendete im Winter sanftes Licht, und auf dem Fensterbrett stand eine Topfpflanze. Draußen wurde gerade eine ganze Häuserreihe abgerissen, doch hier drinnen waren die Menschen, wenn auch nur für eine Weile, sicher vor der Welt.

Alan war klar, dass Dr. Foley sich seinetwegen keinen Rat mehr wusste. Wahrscheinlich sprach er mit seinen Kollegen aus der Gemeinschaftspraxis über ihn: »Dieser verdammte Alan Dekker schon wieder! Dauernd jammert er mir vor, dass er nicht schlafen kann und mit seinem Leben nicht klarkommt. Kann der Kerl sich nicht einfach zusammenreißen?« Dabei hatte er so sehr versucht, sich zusammenzureißen. Er hatte die Schlaftabletten genommen, seinen Alkoholkonsum reduziert und mehr Sport getrieben. Trotzdem lag er nachts wach und spürte, wie der Schweiß in Strömen an ihm hinabfloss und sein Herz rasend schnell schlug. In der Arbeit saß er stocksteif und mit geballten Fäusten an seinem Schreibtisch, starrte auf die vor ihm liegenden Papiere hinunter und wartete verzweifelt darauf, dass seine Angstzustände sich wieder legten, ohne dass die Kollegen etwas davon mitbekamen. Er empfand es als demütigend, derart die Kontrolle zu verlieren. Es machte ihm Angst. Carrie sprach von Midlife-Crisis. Immerhin war er schon zweiundvierzig. In diesem Alter tickten viele Männer aus. Plötzlich begannen sie zu trinken, kauften sich ein Motorrad und hatten Affären – in der Hoffnung, sich dadurch wieder jung zu fühlen. Aber er wünschte sich weder ein Motorrad noch eine Affäre. Jung wollte er auch nicht mehr sein: nichts als Peinlichkeiten und Schmerz und ständig das Gefühl, im falschen Leben zu stecken. Erst jetzt, mit Carrie, war er in seinem richtigen Leben angekommen. In dem kleinen Haus, auf das sie so lange gespart hatten und das sie noch dreizehn weitere Jahre abbezahlen würden. Es gab durchaus Dinge, von denen er träumte, aber bestimmt hatte jeder irgendwelche Träume und Hoffnungen. Wobei andere im Gegensatz zu ihm nicht im Park zusammenbrachen oder nachts weinend aus dem Schlaf hochschreckten. Manchmal hatte er auch diese Albträume – über die er nicht einmal nachdenken wollte. Das war einfach nicht normal. Ganz bestimmt war es alles andere als normal. Er wollte, dass diese Albträume aufhörten. Er wollte nicht die Sorte Mensch sein, die solche Dinge im Kopf hatte.

»Die Tabletten, die Sie mir gegeben haben, wirken nicht«, erklärte er Dr. Foley. Am liebsten hätte er sich dafür entschuldigt, dass er schon wieder da war und dem Arzt die Zeit stahl, obwohl sein Wartezimmer doch voller Patienten mit echten Krankheiten und echten Schmerzen war.

»Immer noch Probleme mit dem Schlafen?« Dr. Foley sah ihn nicht an. Stattdessen blickte er auf seinen Computerbildschirm und tippte stirnrunzelnd irgendetwas ein.

»Nicht nur das.« Alan bemühte sich um einen ruhigen Ton. Sein Gesicht fühlte sich an wie aus Gummi, als gehörte es einer anderen Person. »Ich bekomme so schreckliche Zustände.«

»Sie meinen Schmerzen?«

»Mein Herz fühlt sich an, als würde es aufgepumpt, und gleichzeitig habe ich einen metallischen Geschmack im Mund. Ich weiß auch nicht.« Verzweifelt versuchte er, die richtigen Worte zu finden, brachte am Ende aber nur heraus: »Irgendwie bin ich mir so fremd.« Anders konnte er es nicht ausdrücken, und jedes Mal, wenn er diese Formulierung gebrauchte, hatte er das Gefühl, ein Loch in sein eigenes Inneres zu bohren. Einmal hatte er Carrie gegenüber ausgerufen: »Ich bin gar nicht mehr ich selbst!« Schon damals war ihm aufgefallen, wie seltsam das klang.

Dr. Foley ließ seinen Stuhl herumschwingen und betrachtete ihn. »Bereitet Ihnen in letzter Zeit irgendetwas Kummer?«

Alan mochte es nicht, wenn der Arzt nur auf seinen Computer starrte, aber es war ihm immer noch lieber, als derart gemustert zu werden: als könnte der Doktor in sein Innerstes hineinblicken und dort Dinge entdecken, von denen Alan gar nichts wissen wollte. Was sah er dort drinnen?

»Als ich noch viel jünger war, hatte ich oft so ein Gefühl von Panik. Ich fühlte mich ganz einsam, wie in einem Albtraum. Als wäre ich der einzige Mensch im Universum. Als würde mir etwas Wichtiges fehlen. Aber ich wusste nicht, was. Nach ein paar Monaten legte sich das wieder. Jetzt geht es von Neuem los.« Er wartete, aber Dr. Foley reagierte nicht. Alan hatte den Eindruck, dass seine Worte bei dem Arzt gar nicht angekommen waren. »Damals war ich am College«, fuhr er fort. »Vielleicht sind solche Probleme in dem Alter ja ganz normal. Und jetzt habe ich wahrscheinlich so eine Art Midlife-Crisis. Blöd, ich weiß.«

»Die Medikamente wirken offenbar nicht. Ich hätte gern, dass Sie jemand anders aufsuchen.«

»Wie meinen Sie das?«

»Jemanden, mit dem Sie reden können. Über Ihre Gefühle.«

»Sie glauben, das spielt sich alles nur in meinem Kopf ab?« Vor seinem geistigen Auge sah er sich mit wild verzerrter Miene wie einen Verrückten wüten, weil die Gefühle, die er die ganze Zeit tief in seinem Inneren unter Verschluss zu halten versuchte, plötzlich aus ihm hervorbrachen und ganz und gar von ihm Besitz ergriffen.

»Das kann sehr hilfreich sein.«

»Ich brauche keinen Psychiater.«

»Probieren Sie es aus«, widersprach Dr. Foley. »Wenn es nicht funktioniert, ist ja nichts verloren.«

»Ich kann mir das finanziell gar nicht leisten.«

Dr. Foley tippte erneut etwas in seinen Computer. »Sie bekommen eine Überweisung. Die Behandlung kostet Sie nichts. Allerdings wird es eine ziemliche Fahrerei werden, aber diese Leute sind wirklich gut. Man wird sich wegen eines Termins für eine erste Beurteilung mit Ihnen in Verbindung setzen. Dann sehen wir weiter.«

Das klang so ernst. Alan wäre es lieber gewesen, Dr. Foley hätte ihm ein anderes Medikament verschrieben und damit seine Zustände beseitigt – wie einen Fleck, den man einfach wegwischen konnte, ohne dass eine Spur zurückblieb. Ratlos legte er die Hand ans Herz und spürte wieder dieses schmerzhafte Rasen. Er wünschte sich doch nur, ein ganz normaler Mann mit einem ganz normalen Leben zu sein.

Es gibt einen Ort, wo man sehen kann, ohne gesehen zu werden. Man braucht nur mit einem Auge durch ein kleines Loch im Zaun zu spähen. Es ist gerade Pause. Sie strömen aus ihren Klassenzimmern und rennen über den Hof. Jungs und Mädchen in allen Hautfarben und Größen. Schwarz und braun und rosa. Mit blondem Haar und dunklem Haar und sämtlichen Nuancen dazwischen. Manche sind fast schon erwachsen, pickelige Jungen mit linkischen Füßen und Mädchen, unter deren dicken Wintersachen bereits Brüste sprießen. Solche kommen nicht in Frage. Manche aber sind noch ganz klein. Mit ihren dünnen Beinchen und ihren Babystimmen wirken sie kaum groß genug, um schon von ihren Müttern getrennt zu sein. Das sind diejenigen, nach denen man Ausschau halten muss.

Auf dem Schulhof nieselt es, und auf dem Boden sind überall Pfützen. Nur ein paar Schritte entfernt springt ein kleiner Junge mit kurz geschorenem Haar mitten in eine dieser Pfüt-

zen hinein und verzieht dann grinsend das Gesicht, weil es so schön geplatscht hat. Ein Mädchen mit strohblonden Zöpfen und dicken, beschlagenen Brillengläsern steht in der Ecke und beobachtet die anderen. Die Kleine schiebt sich den Daumen in den Mund. Zwei winzige asiatische Mädchen halten sich an der Hand. Ein untersetzter weißer Junge tritt nach einem mageren farbigen Jungen und rennt davon. Ein paar Mädchen flüstern sich gehässige Bemerkungen zu, lachen höhnisch und blicken dann mit fies funkelnden Augen zur Seite.

Doch sie alle sind nur Teil einer wuselnden Menge. Niemand sticht besonders hervor. Noch nicht. Es gilt, weiter Ausschau zu halten.

4

Nachmittags um zwei verließ Frieda den Raum, den sie im zweiten Stock eines Wohnblocks gemietet hatte, und machte sich auf den Weg nach Hause. Durch die kleinen Nebenstraßen, die sich hinter den großen Verkehrsadern der Stadt verbargen, brauchte sie dafür nur sieben Minuten. Ein paar hundert Meter entfernt lag die Oxford Street mit ihrem Gedränge und ihrem Lärm, hier aber war kaum jemand unterwegs. Das gedämpfte Novemberlicht ließ alles grau und still wirken, wie auf einer Bleistiftzeichnung. Eiligen Schrittes marschierte Frieda dahin, vorbei an dem Elektrogeschäft, in dem sie immer ihre Glühbirnen und Sicherungen kaufte, an dem Zeitungskiosk, der rund um die Uhr geöffnet hatte, an den schwach beleuchteten Lebensmittelgeschäften und den Wohnhäusern, die nur wenige Stockwerke hoch waren.

Frieda blieb erst stehen, als sie ihr Haus erreichte. Wie immer beim Heimkommen verschaffte es ihr ein Gefühl von Erleichterung, die Welt auszusperren, indem sie einfach die Tür hinter sich zuzog und den Geruch nach Sauberkeit und Sicherheit einsog. Als sie das Haus drei Jahre zuvor zum ersten Mal gesehen hatte, war ihr sofort klar gewesen, dass sie es haben musste – auch wenn es jahrelang vernachlässigt worden war und auf den ersten Blick schäbig und fehl am Platz wirkte, eingeklemmt zwischen die hässlichen Garagen zu seiner Linken und die Sozialwohnungen zu seiner Rechten. Nun, nachdem die Renovierungsarbeiten abgeschlossen waren, befand sich alles genau dort, wo es hingehörte. Selbst mit geschlossenen Augen wäre Frieda noch in der Lage, jeden einzelnen Gegenstand zu ertasten. Sogar die frisch gespitzten Bleistifte auf ihrem Schreibtisch.

Oder hier in der Diele den großen Stadtplan von London und die Garderobenhaken, wo ihr Trenchcoat hing. Auch drüben im Wohnzimmer, dessen Fenster auf die Straße hinausgingen, fände sie sich blind zurecht: Ein dicker Läufer lag auf den ansonsten blanken Bodendielen, und links und rechts von dem offenen Kamin, in dem sie von Oktober bis März jeden Abend Feuer machte, standen ein weicher Sessel und ein tiefes Sofa. In Fensternähe befand sich ein Schachtisch – das einzige Möbelstück, das sie je geerbt hatte. Das Haus war sehr schmal, es hatte lediglich die Breite eines einzelnen Raums. Eine steile Treppe führte hinauf in den ersten Stock, wo ein Schlafzimmer und ein Bad untergebracht waren, und von dort ging es noch steiler hinauf ins Dachgeschoss, das nur aus ihrem Arbeitsbereich bestand: einem Mansardenzimmer, in das durch ein Dachfenster ein wenig Licht fiel. Unter diesem Fenster stand ihr Schreibtisch, auf dem sie alle ihre Zeichenutensilien aufbewahrte. Reuben nannte ihr Zuhause gern ihre Räuberhöhle, manchmal sogar ihre Drachenhöhle (mit ihr als dem Drachen, der dafür sorgte, dass die Leute draußen blieben). In der Tat handelte es sich um eine recht dunkle Behausung. Viele Leute entfernten Zwischenmauern und vergrößerten die Fenster, um Licht und Luft hereinzulassen. Frieda hingegen bevorzugte kuschelige, kaum durchbrochene Räume. Sie hatte die Wände in satten Farben gestrichen, Weinrot und Flaschengrün, sodass das Haus sogar im Sommer düster wirkte, als befände es sich halb unter der Erde.

Sie nahm die Briefe von der Türmatte und legte sie auf den Küchentisch, ohne auch nur einen Blick darauf zu werfen. Mitten am Tag machte sie ihre Post grundsätzlich nicht auf. Manchmal dachte sie eine ganze Woche oder noch länger nicht daran, bis die Leute schließlich anriefen, um sich zu beschweren. Wobei sie ihren Anrufbeantworter ebenfalls nur selten abhörte. Erst letztes Jahr hatte sie sich endlich dazu durchgerungen, so ein Ding zu erstehen, weigerte sich jedoch nach wie vor hartnäckig, sich ein Handy zuzulegen – sehr zum Befremden all jener Menschen in ihrer Umgebung, die nicht begriffen, wie man ohne überhaupt existieren konnte. Frieda aber wollte vermeiden, dass jeder sie nach Belieben mit irgendwelchen Mitteilungen oder Forderungen belästigen konnte. Sie hatte keine Lust, ständig für alle erreichbar zu sein, sondern schnitt sich gern mal ab von den ach so dringenden Belanglosigkeiten der Welt. Wenn sie allein war, wollte sie sich auch so fühlen: ohne Kontakt und völlig losgelöst.

Ihr blieben dreißig Minuten bis zu ihrem nächsten Termin. Oft aß sie im Café ihrer Freunde in der Beech Street Nr. 9 zu Mittag, aber heute war ihr nicht danach. Sie bereitete sich eine schnelle Mahlzeit zu: Toast mit Marmite, ein paar kleine Tomaten, eine Tasse Tee, einen Haferkeks und einen Apfel, den sie viertelte und entkernte. Sie trug den Teller ins Wohnzimmer und ließ sich im Sessel neben dem offenen Kamin nieder, wo sie bereits das Holz für ihr abendliches Feuer aufgerichtet hatte. Sie schloss einen Moment die Augen und wartete, bis sich die Müdigkeit in ihr gesetzt hatte. Dann aß sie langsam ihren Toast.

Das Telefon klingelte. Zunächst ging sie nicht ran, aber das Band war nicht eingeschaltet, und der Anrufer – wer auch immer es sein mochte – gab einfach nicht auf. Schließlich hob sie doch ab.

»Frieda, hier ist Paz. Alles in Ordnung bei dir? Warst du in der Wanne?«

Frieda seufzte. Paz leitete die Verwaltung des Warehouse, bei dem es sich keineswegs um ein Lagerhaus, sondern um eine Klinik handelte, die Anfang der achtziger Jahre in die Räume eines ehemaligen Warenlagers gezogen war und daher diesen – damals durchaus progressiv klingenden – Namen angenommen hatte. Frieda hatte an der Klinik ein Praktikum gemacht und nach Abschluss ihrer Ausbildung weiter dort gearbeitet. Inzwischen saß sie im Aufsichtsrat. Wenn Paz sie zu Hause anrief, verhieß das nichts Gutes.

»Nein, ich war nicht in der Wanne. Es ist mitten am Tag.«

»Wenn ich zu Hause wäre, würde ich sehr wohl mitten am Tag ein Bad nehmen. Vor allem montags. Ich hasse Montage. Du auch?«

»Eigentlich nicht.«

»Jeder hasst diesen Tag. Es ist der Tiefpunkt der Woche: Wenn am Montagmorgen der Wecker klingelt und es draußen noch dunkel ist und man genau weiß, dass man sich aus dem Bett hieven und den ganzen Mist von vorn beginnen muss.«

»Hast du mich wirklich nur angerufen, um mit mir darüber zu reden, wie schrecklich du den Montag findest?«

»Nein, natürlich nicht. Ich wünschte, du würdest dir ein Handy zulegen.«

»Ich will aber kein Handy.«

»Du Dinosaurier. Bist du am Donnerstag im Haus?«

»Ich habe einen Termin mit Jack.« Jack arbeitete als Praktikant an der Klinik, und Frieda fungierte als seine Tutorin.

»Könntest du ein bisschen früher kommen?«, fragte Paz. »Wir hätten gern deinen Rat.«

»Den kann ich dir auch am Telefon geben. Worum geht's?«

»Das sage ich dir lieber persönlich«, antwortete Paz.

»Es geht um Reuben, stimmt's?«

»Nur ein kleines Gespräch. Und nachdem du und Reuben…« Sie führte den Satz nicht zu Ende und ließ damit eine ganze Geschichte unausgesprochen.

Frieda, die sich in etwa vorstellen konnte, was ablief, biss sich auf die Lippe. »Wann soll ich denn kommen?«

»Ginge es um zwei?«

»Bis zwei habe ich einen Patienten. Ich schaffe es erst gegen halb drei. Ist das in Ordnung?«

»Perfekt.«

Sie wandte sich wieder ihrem Toast zu, der mittlerweile kalt war. Sie wollte nicht über die Klinik nachdenken, und erst recht nicht über Reuben. Ihre Aufgabe bestand darin, sich um das Chaos und den Schmerz in den Köpfen anderer Leute zu kümmern – aber nicht um *sein* Chaos und *seinen* Schmerz. Er war für sie tabu.

Joe Franklin war ihr letzter Patient an diesem Tag. Seit sechzehn Monaten hatte er jeden Dienstagnachmittag um zehn nach fünf einen Termin bei ihr, auch wenn er es manchmal nicht schaffte oder erst auftauchte, wenn seine Zeit gerade abgelaufen war. Frieda wartete jedes Mal unverdrossen und nutzte die Gelegenheit, ihre Aufzeichnungen auf den neuesten Stand zu bringen, oder kritzelte ein wenig auf ihrem Block herum. Niemals ging sie, ehe seine ganzen fünfzig Minuten vorüber waren. Sie wusste, dass sie der einzige wirkliche Fixpunkt seiner Woche war, während alles Übrige wie bei einem Kaleidoskop durcheinanderpurzelte. Einmal hatte er zu ihr gesagt, dass nur der Gedanke an ihre schlanke, aufrechte Gestalt in dem großen roten Sessel ihn dazu bringe weiterzumachen, selbst wenn er es des Öfteren nicht zu ihr schaffe.

An diesem Tag verspätete er sich um fünfunddreißig Minuten. Mit leerem Blick kam er über die Schwelle gestolpert, als hätte er gerade einen Unfall überlebt und stünde noch unter Schock. Sein Mund bewegte sich, aber es kamen keine Worte heraus. Frieda sah, dass seine Schuhbänder offen herabhingen. Außerdem hatte er sein Hemd nicht richtig zugeknöpft, sodass der Bauch – erschreckend weiß – hervorblitzte. Seine Fingernägel waren zu lang und ein wenig schmutzig, sein blonder Haarschopf hätte ebenfalls eine Wäsche vertragen. Rasiert hatte er sich auch schon länger nicht mehr. Frieda nahm an, dass er mehrere Tage im Bett verbracht und sich nur herausgekämpft hatte, um hier bei ihr zu erscheinen.

Er ließ sich ihr gegenüber in den Sessel auf der anderen Seite des kleinen Couchtisches sinken. Noch immer sah er sie nicht an, sondern starrte stattdessen durchs Fenster auf die Reihe der reglos verharrenden Kräne, die im Zwielicht der Dämmerung wie gespenstische Gestalten wirkten. Allerdings fragte sich Frieda, ob er dort draußen überhaupt etwas wahrnahm. Er machte einen geschafften Eindruck. Zwar war er im Grunde ein schöner junger Mann, dem der Goldton seines Haars und seiner Haut etwas Leuchtendes verlieh, doch an Tagen wie diesem sah man das nicht. Sein Gesicht war verzerrt, das Licht daraus gewichen. Er wirkte angeschlagen und schwerfällig.

Stille erfüllte den Raum. Es war keine angstvolle, sondern eine friedliche Stille, und sie beide saßen mittendrin. Dies war ein Ort der Geborgenheit. Joe stieß einen langen Seufzer aus und wandte den Kopf. Seine Augen füllten sich mit Tränen.

»Schlimm?«, fragte Frieda. Sie schob ihm die Schachtel mit den Papiertaschentüchern hin.

Er nickte.

»Immerhin haben Sie es geschafft herzukommen. Das ist doch schon mal was.«

Er zog ein einzelnes Taschentuch aus der Schachtel, fuhr damit sanft über sein Gesicht, als wäre es wund, und tupfte sich dann die Tränen aus den Augen. Anschließend knüllte er es zusammen und legte es als feste feuchte Kugel auf der Tischplatte ab, ehe er den Prozess mit einem frischen Exemplar wiederholte. Schließlich beugte er sich vor und ließ das Gesicht in die Hände sinken. Nach einer Weile hob er den Kopf wieder und öffnete den Mund, als wollte er zum Sprechen ansetzen, doch es kamen keine Worte heraus. Auf Friedas Frage hin, ob er ihr etwas sagen wolle, schüttelte er nur verzweifelt den Kopf, wie ein in die Enge getriebenes Tier. Als es um sechs Uhr Zeit für ihn wurde aufzubrechen, hatte er noch kein einziges Wort von sich gegeben.

Frieda erhob sich und hielt ihm die Tür auf. Sie sah ihm nach, wie er mit offenen Schuhbändern die Treppe hinunterpolterte, und beobachtete anschließend durchs Fenster, wie er unten auf die Straße trat und an einer Frau vorbeiging, die ihm keine besondere Aufmerksamkeit schenkte. Frieda warf einen

Blick auf ihre Armbanduhr. Sie hatte noch eine Verabredung und musste sich fertig machen. Aber es eilte noch nicht.

Acht Stunden später schwang Frieda die Beine aus einem Bett, das nicht das ihre war. »Hast du was zu trinken da?«, fragte sie.

»Im Kühlschrank steht Bier«, antwortete Sandy.

Frieda ging in die Küche und nahm eine Flasche aus dem Fach in der Kühlschranktür. »Hast du auch einen Öffner?«, rief sie ins Schlafzimmer hinüber.

»Wenn wir zur Abwechslung mal zu dir gingen, wüsstest du, wo alles ist!«, rief er zurück und fügte dann hinzu: »In der Schublade neben dem Herd!«

Nachdem Frieda den Verschluss der Bierflasche entfernt hatte, kehrte sie ins Schlafzimmer von Sandys kleiner Wohnung im Barbican Centre zurück. Durchs Fenster blickte sie auf die Lichter hinunter, die in der Dunkelheit funkelten. Ihr Mund fühlte sich trocken an. Sie nahm einen Schluck von dem Bier. »Wenn *ich* im fünfzehnten Stock wohnen würde, müsste ich die ganze Zeit aus dem Fenster sehen. Es ist, als stünde man auf dem Gipfel eines Berges.«

Sie kehrte zum Bett zurück. Sandy lag noch immer halb in sein Laken eingehüllt. Frieda ließ sich auf der Bettkante nieder und blickte auf ihn hinab. Er sah gar nicht aus wie ein Sandy, sondern war eher ein mediterraner Typ mit olivfarbener Haut und einem Haarschopf, der so blauschwarz glänzte wie ein Rabenflügel, von ein paar silbernen Strähnen mal abgesehen. Er erwiderte ihren Blick, ohne zu lächeln.

»Ach, Frieda«, sagte er.

Frieda erschien ihr Herz wie eine alte Truhe, die vom Meeresgrund geborgen und nach langer Zeit aufgestemmt worden war. Wer wusste, welche Schätze sie darin finden würde? »Möchtest du auch ein Bier?«

»Gib mir ein bisschen aus deinem Mund.«

Frieda nahm einen Schluck und beugte sich dann über ihn,

bis ihre Lippen sich fast berührten. Sie spürte, wie die kalte Flüssigkeit in seinen Mund tröpfelte. Er versuchte, alles zu erwischen, verschluckte sich und musste lachten.

»Wahrscheinlich schmeckt es aus der Flasche besser«, meinte sie.

»Nein«, widersprach er, »aus deinem Mund schmeckt es besser.«

Sie lächelten sich einen Moment an, dann wurden sie beide wieder ernst. Frieda legte eine Hand auf seine glatte Brust. Sie setzten gleichzeitig zum Sprechen an, entschuldigten sich beide und versuchten erneut gleichzeitig etwas zu sagen.

»Du zuerst«, ließ Frieda ihm den Vortritt.

Er strich ihr über die Wange. »Ich war darauf nicht vorbereitet«, erklärte er, »es ging alles so schnell.«

»Das klingt, als fändest du das schlimm.«

Er zog sie neben sich aufs Bett, beugte sich über sie und ließ eine Hand an ihrem Körper hinabgleiten. »Ganz und gar nicht«, entgegnete er, »aber ich habe das Gefühl, nicht zu wissen, wo ich stehe.« Er schwieg einen Moment. »Sag was.«

»Ich glaube, ich wollte genau das Gleiche sagen. Das mit uns beiden war überhaupt nicht eingeplant.«

Sandy lächelte. »Du hast einen Plan?«

»Nein, eigentlich nicht. Ich verbringe meine Zeit damit, Menschen zu helfen, die Geschichte ihres Lebens zu entwirren. Sozusagen ihren roten Faden zu finden. Dabei weiß ich selbst nicht so recht, wie mein eigener roter Faden aussieht. Im Moment habe ich das Gefühl, von etwas mitgerissen zu werden, bin mir aber nicht sicher, worum es sich dabei handelt.«

Sandy küsste sie erst leicht auf Hals und Wange und dann leidenschaftlich auf den Mund, die Lippen fest auf ihre gepresst. »Bleibst du über Nacht?«

»Eines Tages«, antwortete Frieda, »aber nicht heute.«

»Darf ich dann auch mit zu dir?«

»Eines Tages.«

5

Detective Constable Yvette Long blickte zu ihrem Chef hinüber, Detective Chief Inspector Malcolm Karlsson. »Sind Sie bereit für die Meute?«, fragte sie.

»Spielt das eine Rolle?«, entgegnete er, woraufhin sie ins Freie traten.

Obwohl es sich um den Seitenausgang des Gerichtsgebäudes handelte, gab es vor den Reportern und Kameras kein Entrinnen. Er versuchte, trotz des Blitzlichtgewitters keine Miene zu verziehen, weil das sonst später, wenn die Bilder in den Nachrichten kamen, wie die Nervosität eines Verlierers wirken würde. Einige der Gesichter erkannte er wieder, er hatte sie in den vergangenen Wochen oft genug auf den Presserängen des Gerichtssaals gesehen. Ein Wirrwarr aus Fragen schallte ihm entgegen.

»Bitte der Reihe nach«, sagte er. »Mr. Carpenter«, wandte er sich an einen kahlköpfigen Mann, der ein Mikrofon umklammert hielt.

»Sehen Sie die Tatsache, dass das Verfahren eingestellt wurde, als persönliche Niederlage oder als ein Versagen des Systems?«

»Ich habe mich in Übereinstimmung mit der Staatsanwaltschaft dazu entschlossen, den Fall vor Gericht zu bringen. Mehr habe ich dazu nicht zu sagen.«

Eine Frau hob die Hand. Sie arbeitete für eine der seriösen Zeitungen, auch wenn ihm gerade nicht einfiel, für welche.

»Man hat Ihnen vorgeworfen, den Fall vorschnell vor Gericht gebracht zu haben. Was sagen Sie dazu?«

»Ich habe die Ermittlungen geleitet. Ich übernehme die volle Verantwortung.«

»Werden Sie Ihre Ermittlungen nun von vorne aufrollen?«

»Falls neue Hinweise auftauchen sollten, werden wir diesen selbstverständlich nachgehen.«

»Glauben Sie, das ganze Unterfangen war eine Verschwendung von Arbeitskraft und öffentlichen Geldern?«

»Ich war der Meinung, wir hätten genügend stichhaltige Beweise gesammelt«, erwiderte Karlsson, während er versuchte, ein Gefühl von Übelkeit zu unterdrücken. »Das Gericht war offenbar anderer Meinung.«

»Werden Sie zurücktreten?«

»Nein.«

Einer alten Tradition folgend, traf man sich später im Duke of Westminster. In einer Ecke des Pubs, wo in einer Glasvitrine allerlei Seemannsknoten zu bewundern waren, hatten sich ein paar Beamte zu einem ziemlich lauten Haufen zusammengefunden. DC Long ließ sich neben Karlsson nieder. Sie hielt zwei Whiskygläser in Händen, stellte dann aber fest, dass er dasjenige, das vor ihm stand, noch kaum angerührt hatte.

Karlsson schaute zu den anderen Beamten hinüber. »In Anbetracht der Umstände«, bemerkte er, »sind sie recht guter Laune.«

»Weil Sie die ganze Schuld auf sich genommen haben«, antwortete sie. »Das hätten Sie nicht tun sollen.«

»Es gehört zu meinem Beruf«, erwiderte er.

Yvette Long sah sich um. »Nicht zu fassen«, stieß sie erbost hervor, »Crawford ist auch da! Dieser Mistkerl hat vielleicht Nerven, sich hier blicken zu lassen. Schließlich hat er Ihnen das Ganze doch eingebrockt.«

Karlsson lächelte. Er hatte sie noch nie so aufgebracht erlebt. Demnach war sie wirklich wütend.

Der Polizeipräsident blieb einen Moment an der Bar stehen, ehe er herüberkam und sich zu ihnen setzte. Die zornigen Blicke von DC Long schien er nicht zu bemerken. »Hier haben

Sie noch ein Exemplar für Ihre Sammlung.« Mit diesen Worten schob er ein Whiskyglas zu Karlsson hinüber. »Sie haben es sich verdient.«

»Danke, Sir«, antwortete Karlsson.

»Sie haben heute für das Team den Kopf hingehalten«, fuhr Crawford fort. »Glauben Sie bloß nicht, ich hätte das nicht registriert. Mir ist klar, dass ich Sie da zu etwas gedrängt habe, aber dafür gab es politische Gründe. Es galt zu demonstrieren, dass wir nicht untätig waren.«

Karlsson stellte seine Gläser enger zusammen, als überlegte er, aus welchem er zuerst trinken solle. »Es war meine Entscheidung«, antwortete er, »ich habe die Ermittlungen geleitet.«

»Sie sprechen jetzt nicht mit der Presse, Mal«, meinte Crawford. »Cheers!« Er leerte sein Glas auf einen Zug und erhob sich. »Ich kann nicht bleiben«, erklärte er. »Man erwartet mich zu einem Abendessen mit dem Innenminister. Sie wissen ja, wie so was ist. Ich gehe nur noch kurz rüber und spreche ein paar mitfühlende Worte mit den Jungs.« Dann neigte er sich Karlsson entgegen, als wollte er ihm etwas Persönliches anvertrauen. »Trotzdem hätte Ihnen ein Erfolg zugestanden. Viel Glück fürs nächste Mal!«

Reuben McGill rauchte immer noch, als lebte er in den Achtzigern. Oder in den Fünfzigern. Nachdem er sich eine seiner Gitanes angezündet hatte, ließ er das Feuerzeug zuschnappen und hüllte sich erst einmal in Schweigen. Frieda schwieg ebenfalls. Sie saß ihm gegenüber am Schreibtisch und musterte ihn prüfend. In gewisser Weise sah er besser aus als bei ihrer ersten Begegnung fünfzehn Jahre zuvor. Sein dichter Haarschopf war inzwischen grau, sein Gesicht faltiger. Er hatte sogar leichte Hängebacken bekommen, was jedoch seinem lässigen Charme keinen Abbruch tat, ganz im Gegenteil. Er trug immer noch Jeans und ließ bei seinen Hemden den Kragen offen. Dies war ein Mann, der jedem – auch seinen Patienten – zu verstehen gab, dass er nicht zum Establishment gehörte.

»Schön, dich zu sehen«, sagte er schließlich.

»Paz hat mich angerufen.«

»Ach ja? Es kommt mir vor, als wäre ich von lauter Spionen umgeben. Bist du auch eine Spionin? Also, wie schätzt du die Lage ein? Schließlich hat man dich nicht ohne Grund zu Hilfe gerufen.«

»Ich bin im Aufsichtsrat der Klinik«, antwortete Frieda. »Das bedeutet, dass ich reagieren muss, wenn jemand Bedenken äußert.«

»Na dann reagier mal schön«, meinte Reuben. »Was sollte ich deiner Meinung nach tun? Meinen Schreibtisch aufräumen?«

Die Tischplatte war unter Stapeln von Büchern, Unterlagen, Akten und Zeitschriften verborgen. Hinzu kam eine Sammlung von Stiften, Tassen und Tellern.

»Es ist gar nicht das Chaos an sich«, antwortete Frieda, »aber ich kann nicht umhin festzustellen, dass es sich um dasselbe Chaos wie bei meinem letzten Besuch vor drei Wochen handelt. Mir ist nicht klar, warum du nicht für neues Chaos gesorgt hast. Warum sich nichts verändert hat.«

Er lachte. »Du bist gefährlich, Frieda. Ich sollte mich nur auf neutralem Boden mit dir treffen. Wie du wahrscheinlich schon gehört hast, sind Paz und die anderen der Meinung, ich hätte nicht genug Kästchen abgehakt, nicht genug i-Tüpfelchen gemacht. Es tut mir leid, aber ich bin zu sehr damit beschäftigt, mich um Menschen zu kümmern.«

»Paz macht sich doch nur Sorgen um dich«, entgegnete Frieda. »Genau wie ich. Du sprichst davon, Kästchen abzuhaken. Vielleicht ist das ein Alarmsignal. Und vielleicht ist es besser, das von den Leuten zu hören, die dich mögen, bevor es denen auffällt, die dich nicht mögen. Angeblich soll es solche ja auch geben.«

»Ja, angeblich«, antwortete Reuben. »Weißt du, was du tun

könntest, wenn du wirklich den Wunsch hättest, mir zu helfen?«

»Was denn?«

»Wieder Vollzeit hier an der Klinik arbeiten.«

»Ich glaube nicht, dass das eine gute Idee wäre.«

»Warum nicht? Du könntest trotzdem deine eigenen Patienten behalten. Und gleichzeitig ein Auge auf mich haben.«

»Ich will kein Auge auf dich haben, Reuben. Ich bin nicht für dich verantwortlich, und du nicht für mich. Ich lege Wert auf meine Unabhängigkeit.«

»Was habe ich falsch gemacht?«

»Wie meinst du das?«

»Mehr oder weniger ab dem Moment, als du damals als eifrige junge Studentin zu uns kamst, bin ich davon ausgegangen, dass du die Klinik eines Tages von mir übernehmen würdest. Was ist passiert?«

Frieda runzelte ungläubig die Stirn. »Erstens würdest du dein Baby niemals jemand anderem übergeben. Zweitens möchte ich keine solche Institution leiten, ich möchte mein Leben nicht damit verbringen, zu überprüfen, ob die Telefonrechnungen bezahlt und die Brandschutztüren geschlossen sind.« Frieda hielt einen Moment inne. »Als ich damals an die Klinik kam, war mir sofort klar, dass es für mich – zu dem Zeitpunkt – auf der ganzen Welt keinen besseren Platz zum Arbeiten gab. Es ist schwer, etwas auf einem solchen Niveau zu halten. Ich wäre dazu nicht fähig.«

»Du meinst, mir ist es auch nicht gelungen? Ist es das, was du sagen willst – dass die Klinik heruntergekommen ist?«

»Es ist wie mit einem Restaurant«, antwortete Frieda. »Eines Abends kocht man ein großartiges Essen. Aber dann muss man es am nächsten und übernächsten Abend wieder so gut hinbringen. Die meisten Leute schaffen das nicht.«

»Ich backe doch keine verdammte Pizza. Ich helfe Leuten dabei, mit ihrem Leben fertig zu werden. Was mache ich falsch? Sag es mir!«

»Ich habe nicht gesagt, dass du etwas falsch machst.«

»Aber du zerbrichst dir meinetwegen den Kopf.«

»Vielleicht«, meinte Frieda vorsichtig, »solltest du ein bisschen mehr delegieren.«

»Ist es das, was ihr alle denkt?«

»Das Warehouse ist dein Werk, Reuben. Du hast damit Außerordentliches vollbracht. Die Klinik hat vielen Leuten geholfen. Aber du darfst sie nicht zu sehr als dein Eigentum betrachten. Sonst bricht alles zusammen, wenn du eines Tages gehst. Das willst du doch bestimmt nicht. Es ist nicht mehr dieselbe Klinik wie damals, als du in deinem kleinen Hinterzimmer angefangen hast.«

»Natürlich nicht.«

»Ist dir je in den Sinn gekommen, dass dein momentaner Kontrollverlust vielleicht deine Art ist loszulassen, ohne dir und deiner Umwelt eingestehen zu müssen, dass du loslässt?«

»Kontrollverlust? Weil auf meinem Schreibtisch Chaos herrscht?«

»Und dass es vielleicht besser wäre, dabei ein wenig rationaler vorzugehen?«

»Verschwinde. Mir ist heute nicht nach Therapie zumute.«

»Ich wollte sowieso gerade gehen.« Frieda erhob sich. »Ich habe eine Besprechung.«

»War das jetzt so eine Art Abmahnung?«, fragte Reuben.

»Wieso widerstrebt es dir derart, Kästchen abzuhaken und i-Tüpfelchen zu machen? Ohne Tüpfelchen weiß man doch nicht, dass es ein *i* sein soll.«

»Mit wem hast du eine Besprechung? Geht es dabei um mich?«

»Ich treffe mich mit meinem Praktikanten. Es handelt sich um unseren üblichen wöchentlichen Termin, und wir werden dabei nicht über dich sprechen.«

Reuben drückte in einem bereits überquellenden Aschenbecher seine Zigarette aus. »Du kannst dich nicht den Rest deines

Lebens verstecken, indem du dich in dein kleines Zimmer setzt und mit den Leuten redest, Frieda. Du musst hinaus in die Welt und dir die Hände schmutzig machen.«

»Ich dachte immer, genau das wäre unser Job: in einem kleinen Zimmer zu sitzen und mit den Leuten zu reden.«

Als Frieda aus Reubens Büro kam, hing Jack Dargan bereits auf dem Gang herum. Er war ein schlaksiger junger Mann, der sich durch leidenschaftlichen Lerneifer, Intelligenz und Ungeduld auszeichnete – und von der Klinik genau so begeistert war wie Frieda in seinem Alter. Er nahm als Zuhörer an Gruppentherapiesitzungen teil und betreute einen eigenen Patienten. Einmal die Woche traf Frieda sich mit ihm, um über seine Fortschritte zu sprechen. Bei ihrer ersten Begegnung hatte Jack sich Hals über Kopf in sie verliebt. Er wusste, dass es sich dabei um ein Klischee handelte und dass Frieda sich über seinen Zustand im Klaren war, und verachtete sich selbst dafür.

»Ich muss hier raus«, erklärte sie nun, »lassen Sie uns einen Kaffee trinken gehen.«

Während sie sich in Bewegung setzten, kam ihnen ein rundgesichtiger Mann entgegen, der einen ziemlich verlorenen Eindruck machte und sich mit Spanielaugen suchend umblickte.

»Kann ich Ihnen helfen?«, fragte Frieda.

»Ich bin auf der Suche nach Dr. McGill.«

»Das ist sein Wartezimmer.« Sie nickte zu einer geschlossenen Tür hinüber.

Beim Verlassen der Klinik kamen sie an Paz vorbei, die an der Strippe hing und gerade einen ganzen Schwall von Worten ausstieß, während sie gleichzeitig schwungvoll mit ihren beringten Händen herumfuchtelte. Frieda fühlte sich plötzlich wie eine Entenmutter mit einem einsamen Küken im Schlepptau. Als sie mit Jack auf die Straße trat, zuckelte soeben ein Bus den Hügel herauf. Nervös stieg Jack hinter ihr ein. Er wusste nicht, ob er sich neben sie setzen oder lieber den Platz vor oder hinter ihr nehmen sollte. Als er sich schließlich neben sie sinken ließ, klemmte er aus Versehen ihren Rock ein und sprang wie von der Tarantel gestochen wieder hoch.

»Wohin fahren wir?«

»Bekannte von mir haben vor Kurzem ein Café eröffnet. Ein Tagescafé. Von dort habe ich nicht mehr weit nach Hause.«

»Wunderbar«, sagte Jack. »Großartig. Ja.« Dann fiel ihm nichts mehr ein.

Während Frieda wortlos aus dem Fenster starrte, musterte er sie verstohlen. Noch nie war er ihr so nahe gewesen. Sein Oberschenkel berührte den ihren, und er konnte ihr Parfüm riechen. Als der Bus um eine Ecke bog, presste ihn die Fliehkraft noch fester an ihren Körper. Jack ging durch den Kopf, dass er nicht das Geringste über ihre Lebensumstände wusste. Sie hatte keinen Ring an der linken Hand, war also vermutlich nicht verheiratet. Aber lebte sie mit jemandem zusammen? Hatte sie einen Geliebten? Womöglich war sie ja lesbisch – er konnte es nicht sagen. Was tat sie, wenn sie die Klinik verließ? Wie kleidete sie sich, wenn sie nicht ihre maskulinen Anzüge oder einfachen Röcke trug? Ließ sie ihr Haar jemals offen über die Schultern fallen, tanzte wild und trank zu viel?

Nachdem sie ausgestiegen waren, hatte Jack Mühe, mit Frieda Schritt zu halten, die ihn durch ein Labyrinth aus Nebenstraßen in die Beech Street führte. Es gab dort etliche Restaurants, die nur aus einem einzigen Gastraum bestanden, überladen eingerichtete Cafés, kleine Kunstgalerien und diverse Läden, die Käse, Keramikfliesen oder Schreibwaren verkauften. Außerdem entdeckte Jack eine Schnellreinigung, einen Eisenwarenladen und einen Supermarkt, der mit einem Zeitungssortiment in Polnisch, Griechisch, aber auch Englisch warb.

In Nummer 9 war es warm und die Einrichtung schlicht. Es roch nach frischem Brot und Kaffee. Der Raum war alles andere als vollgepfercht, es gab nur ein halbes Dutzend Holztische, von denen die meisten im Moment unbesetzt waren.

Die Frau hinter der Theke hob grüßend die Hand. »Na, Frieda, wie ist es dir denn seit heute Morgen ergangen?«

»Gut. Kerry, das ist mein Kollege Jack. Jack, das ist Kerry Headley.«

Vor lauter Freude darüber, dass Frieda ihn als Kollegen vorstellte, bekam Jack einen roten Kopf und stammelte ein paar verlegene Worte.

Kerry strahlte ihn an. »Was darf ich euch bringen? Kuchen ist nicht mehr viel da – Marcus wird nachher frischen backen. Er holt gerade Katya aus der Schule ab. Im Moment kann ich euch bloß ein paar kleine Haferküchlein anbieten.«

»Danke, für mich nur einen Kaffee«, antwortete Frieda, »aus eurer schimmernden neuen Maschine. Jack?«

»Ich schließe mich an«, sagte Jack, obwohl er vor lauter Koffein und Anspannung schon ganz hibbelig war.

Sie setzten sich an einen Fenstertisch. Jack nahm gegenüber Frieda Platz. Als er seinen dicken Mantel auszog, sah sie, dass er über seiner braunen Cordhose ein bunt gestreiftes Hemd trug, unter dem ein limonengrünes T-Shirt hervorblitzte. Seine Turnschuhe wirkten abgetragen, und sein gelbbrauner Haarschopf sah aus, als würde er sich den ganzen Tag vor Verzweiflung die Haare raufen.

»Sind Sie auch so angezogen, wenn Sie sich mit Ihrem Patienten treffen?«, fragte Frieda.

»Nicht genau so, aber in dem Stil. So kleide ich mich eben. Ist das ein Problem?«

»Ich finde, Sie sollten etwas Neutraleres tragen.«

»Sie meinen, Anzug und Krawatte?«

»Nein, nicht Anzug und Krawatte. Irgendetwas Langweiliges, ein Hemd in einer gedeckten Farbe oder eine schlichte Jacke. Etwas Unauffälligeres, das bei Ihrem Patienten nicht allzu viel Interesse für Sie weckt.«

»Die Gefahr besteht sowieso nicht.«

»Wie meinen Sie das?«

»Der Typ, den ich therapieren soll, ist völlig auf sich selbst fixiert. Das ist sein eigentliches Problem. Und meines auch. Ist das nicht übel? Wenn man als Therapeut feststellt, dass einem sein erster Patient total auf den Geist geht?«

»Sie müssen ihn nicht mögen. Sie müssen ihm nur helfen.«

»Dieser Kerl«, fuhr Jack fort, »hat Probleme in seiner Ehe. Wie sich nun aber herausstellt, sind diese Probleme deswegen entstanden, weil es in seinem Büro eine Frau gibt, mit der er schlafen möchte. Im Grunde macht er die Therapie nur, weil er von mir hören will, dass seine Frau ihn nicht versteht und es daher in Ordnung ist loszuziehen und andere Möglichkeiten auszuloten. Mir kommt es so vor, als fühlte er sich gezwungen, diese ganze Prozedur durchzumachen, damit er sich hinterher die Lizenz zum Fremdgehen geben und ein gutes Gefühl dabei haben kann.«

»Und?«

»Während meiner Ausbildung wurde mir beigebracht, Menschen zu heilen. Körperlich und geistig. Ich bin nicht allzu glücklich darüber, wenn meine Aufgabe als Therapeut nur darin besteht, ihm beim Betrügen seiner Frau ein gutes Gefühl zu vermitteln.«

»Sehen Sie Ihre Arbeit hier wirklich so?« Frieda musterte ihn aufmerksam und registrierte dabei eine Mischung aus Nervosität und leidenschaftlichem Eifer. Ihr entging weder der Ausschlag an seinen Handgelenken noch die Tatsache, dass er Nägel kaute. Jack wollte ihr gefallen und sie gleichzeitig herausfordern. Er sprach schnell, die Worte quollen nur so aus ihm heraus, und die Farbe seiner Wangen wechselte zwischen Röte und Blässe.

»Ich weiß nicht, wie ich meine Arbeit hier sehen soll«, antwortete Jack. »Genau das will ich damit ja zum Ausdruck bringen. Ihnen gegenüber kann ich doch ehrlich sein, oder? Ich habe kein gutes Gefühl dabei, ihn zum Fremdgehen zu ermutigen. Andererseits kann ich auch nicht einfach zu ihm sagen: ›Ehebruch ist eine Sünde.‹ Das ist keine Therapie.«

»Warum sollte er denn Ihrer Meinung nach keinen Ehebruch begehen? Sie wissen doch gar nicht, wie seine Frau ist. Vielleicht treibt sie ihn ja regelrecht in die Arme einer anderen. Oder womöglich begeht sie selbst auch Ehebruch.«

»Über seine Frau weiß ich nur, was er mir erzählt. Wenn ich Sie richtig verstanden habe, sollen die Leute doch einen roten Faden in der Geschichte ihres Lebens finden. Dieser Typ hat offenbar einen gefunden – und zwar einen, der ihm verdammt gelegen kommt. Ich versuche, mich in ihn hineinzufühlen, auch wenn er mir das nicht gerade leicht macht, aber er selbst versucht seinerseits überhaupt nicht, sich in seine Frau hineinzufühlen. Oder in sonst jemanden. Damit habe ich ein Problem. Ich weiß nicht, was ich tun soll. Ich möchte ihn nicht einfach darin bestärken, ein Mistkerl zu sein. Was würden Sie denn an meiner Stelle tun?«

Mit diesen Worten lehnte er sich zurück, griff nach seiner Tasse und verschüttete prompt ein wenig Kaffee. Hinter ihm kam ein untersetzter Mann mit einem Mädchen im Schlepptau zur Tür herein. Mit ihrem riesigen Schulranzen sah die Kleine aus wie eine Schildkröte. Der Mann nickte Frieda zu und hob grüßend die Hand.

»Sie können nicht die ganze Welt therapieren«, erklärte Frieda. »Genauso wenig können Sie losziehen und die Welt verändern, bis sie Ihren Vorstellungen entspricht. Sie können sich lediglich um das kleine Stück Welt kümmern, das sich im Kopf Ihres Patienten befindet. Sie brauchen ihm nicht die Erlaubnis für irgendetwas zu geben. Das ist nicht Ihre Aufgabe. Aber Sie sollten ihn dazu bringen, ehrlich zu sich selbst zu sein. Wenn ich vom roten Faden einer Lebensgeschichte spreche, meine ich damit nicht irgendeinen beliebigen roten Faden. Ihr Ausgangspunkt könnte sein, dass Sie versuchen, ihm begreiflich zu machen, warum er sich für sein Handeln Ihren Segen wünscht. Warum marschiert er nicht einfach los und setzt sein Vorhaben in die Tat um?«

»Wenn ich es so formuliere, tut er vielleicht genau das.«

»Zumindest müsste er dann selbst die Verantwortung dafür übernehmen, statt sie auf Sie abzuwälzen.« Frieda überlegte einen Moment. »Wie kommen Sie denn in den Gruppentherapiesitzungen mit Dr. McGill klar?«

Jack formulierte seine Antwort ziemlich vorsichtig. »Ich glaube, er hat einfach nicht genug Zeit, um sich mit mir abzugeben. Oder überhaupt mit uns Praktikanten. Bevor ich diese Stelle hier am Warehouse bekam, hatte ich so viel von ihm gehört, aber in natura erscheint er mir nun recht gestresst und zerstreut. Ich habe nicht das Gefühl, dass wir auf seiner Prioritätenliste besonders weit oben stehen. Vielleicht täusche ich mich auch. Sie kennen ihn viel besser als ich.«

»Ja, vermutlich.«

6

Neuerdings empfand Reuben McGill fünfzig Minuten ohne Zigarette als lange Zeit. Nachdem er in seinem Büro noch schnell eine geraucht hatte, schob er sich ein extrastarkes Minzbonbon in den Mund. Er wusste, dass es nichts half. Heutzutage merkten die Leute sofort, wenn man geraucht hatte, da konnte man lutschen, was man wollte. Vor zwanzig Jahren war das noch ganz anders, weil damals die ganze Welt ein wenig nach Zigaretten roch. Andererseits, was spielte das für eine Rolle? Warum lutschte er überhaupt dieses Minzbonbon? Rauchen war schließlich nichts Illegales.

Als er ins Wartezimmer trat, fand er dort Alan Dekker vor, der zu seiner ersten Sitzung erschienen war. Reuben führte ihn in eines der drei Sprechzimmer der Klinik. Alan blickte sich um. »Ich habe mit einer Couch gerechnet«, erklärte er, »wie in den Filmen.«

»Man sollte nicht alles glauben, was man im Kino oder Fernsehen sieht. Ich halte es für besser, sich gegenüberzusitzen. Wie normale Menschen.«

Mit einer Handbewegung forderte er Alan auf, Platz zu nehmen. Der graue Sessel, auf den Reuben deutete, hatte eine harte, gerade Rückenlehne, die den Patienten zu einer aufrechten, dem Gesprächspartner zugewandten Sitzhaltung zwang. Reuben ließ sich ihm gegenüber nieder. Sie waren knapp zwei Meter voneinander entfernt. Weit genug auseinander, um kein bedrückendes Gefühl von Nähe aufkommen zu lassen, aber doch so nahe, dass niemand die Stimme erheben musste.

»Was wollen Sie nun von mir hören?«, fragte Alan. »Ich habe mit so etwas noch keine Erfahrung.«

»Sagen Sie einfach, was Ihnen einfällt«, antwortete Reuben. »Wir haben jede Menge Zeit.«

Es war erst drei oder höchstens vier Minuten her, dass Reuben seine letzte Zigarette ausgemacht hatte. Er hatte sie am Geländer draußen auf der Feuertreppe ausgedrückt, obwohl sie nur zur Hälfte geraucht war, und dann auf den asphaltierten Bereich darunter fallen lassen. Nun hatte er schon wieder Lust zu rauchen oder bekam den Gedanken an eine Zigarette zumindest nicht aus dem Kopf. Dabei ging es ihm gar nicht so sehr ums Rauchen an sich, sondern eher um eine Maßeinheit, mit der sich die Zeit in Abschnitte einteilen ließ. Außerdem hatte man dann etwas in der Hand, woran man sich festhalten konnte. Plötzlich wusste er nicht mehr, was er mit seinen Händen anfangen sollte. Sie auf den Armlehnen seines Sessels abzulegen erschien ihm zu förmlich. Faltete er sie jedoch auf dem Schoß, empfand er seine Körperhaltung als nicht offen genug, als hätte er etwas zu verbergen. Unschlüssig wechselte er zwischen beiden Positionen hin und her.

Als Reuben die Klinik 1977 gegründet hatte, war er erst einunddreißig gewesen und bereits einer der berühmtesten Psychoanalytiker des Landes. Im Grunde hatte sein Projekt mehr Ähnlichkeit mit einer Gruppe oder Bewegung gehabt als mit einer Klinik. Er hatte eine Therapieform entwickelt, die eklektischer und weniger regelgebunden war als die damals üblichen Therapien. Dadurch sollte sich die ganze Disziplin verändern. Sein Bild erschien in Zeitschriften. Er wurde von Reportern interviewt. Er präsentierte Fernsehdokumentationen und schrieb Bücher mit Titeln, die mysteriös und sogar leicht erotisch klangen *(Verlangen und erlernte Hilflosigkeit, Das spielerische Wesen der Liebe)*. Begonnen hatte das alles im Wohnzimmer seines viktorianischen Reihenhauses in Primrose Hill, doch selbst dann, als die Klinik schließlich vom staatlichen Gesundheitsdienst bezuschusst wurde und nach Swiss Cottage umziehen konnte, bewahrte sie sich eine Aura von Boheme. Das

Warehouse war von einem modernistischen Architekten entworfen worden, der die Stahlträger und groben Ziegelwände des ursprünglichen Gebäudes beibehielt und dann eine Menge Glas und Edelstahl ins Spiel brachte. Ganz allmählich aber war irgendetwas verloren gegangen. Reuben fiel es schwer, sich einzugestehen, dass es niemals eine wirklich neue Therapieform gegeben hatte. Reuben McGill war ein gut aussehender und charismatischer Mann gewesen, der Kollegen und Patienten anzog wie ein religiöser Führer seine Jünger. Im Lauf der Jahre waren sowohl sein gutes Aussehen als auch sein Charisma langsam verblasst. Wie sich herausstellte, ließen sich seine therapeutischen Methoden schwer replizieren, und die Bandbreite der Fälle, für die sie geeignet schienen, wurde immer kleiner. Den Erfolg des Warehouse schmälerte das keineswegs, es genoss nach wie vor großes Ansehen. Die Klinik hatte das Leben einiger Leute verändert, aber die Welt würde sie nicht verändern.

Obwohl Reuben ein begnadeter Therapeut blieb, war in den letzten Jahren etwas passiert. Er hatte irgendwo gelesen, dass Piloten, die viele Jahre lang für eine Fluglinie gearbeitet hatten, ohne je einen Fehler zu machen, im Lauf der Zeit so etwas wie Flugangst entwickeln konnten. Angeblich gab es auch alte Schauspieler, die plötzlich unter so schlimmem Lampenfieber litten, dass sie es nicht mehr schafften, im Theater aufzutreten. Er hatte gehört, dass manche Therapeuten eine ähnliche Angst befiel: die Angst, kein richtiger Arzt zu sein und daher nicht die Art von Heilung anbieten zu können wie andere Zweige des Berufs, sondern nur sinnloses Geschwafel, nichts als Schall und Rauch und Täuschung. Diese Erfahrung hatte Reuben nie gemacht. Wie sah eine Heilung denn letztendlich aus? Er war sich ganz sicher, eine Art Heiler zu sein. Er wusste, dass er etwas für die Leute tun konnte, die zu ihm kamen, nachdem sie auf eine Weise verwundet worden waren, die sie nicht in Worte fassen konnten.

Nein, in seinem Fall war die Erklärung viel einfacher und peinlicher. Plötzlich – oder war es ein schleichender Prozess gewesen? – hatte er angefangen, seine Patienten langweilig zu finden. Das war der wahre Unterschied zwischen der Psychoanalyse und anderen Formen der Medizin. Bei Letzteren berichtete der Patient von seinen Beschwerden, und dann machte man eine Röntgenaufnahme von einem Arm oder einer Brust oder warf einen Blick unter eine Zunge. Als Psychoanalytiker aber musste man sich die Symptome unzählige Male anhören, man musste immer weitermachen, Stunde für Stunde. In den ersten Jahren hatte Reuben das nicht so empfunden. Ganz im Gegenteil, manchmal hatte er sogar das Gefühl gehabt, einer besonders reinen Form von Literatur zu lauschen, einer mündlichen Literatur, die einer genauen Interpretation und Entschlüsselung bedurfte. Im Lauf der Zeit aber war er zu dem Schluss gelangt, dass es sich um eine schreckliche Art von Literatur handelte, eine vorhersehbare Literatur voller Klischees und Wiederholungen. Später hatte er dann gar nichts mehr Literarisches darin gesehen, sondern nur noch einen Schwall ungeschliffener, unreflektierter Wörter. Er hatte angefangen, sie an sich vorbeiströmen zu lassen wie einen Fluss oder einen Verkehrsstrom. Als stünde er auf einer Autobahnbrücke und würde beobachten, wie die Autos und Lastwagen unter ihm dahinrauschten: Menschen, von denen man nichts wusste und auch nichts wissen wollte. Sie redeten, und manchmal weinten sie auch, während er verständnisvoll nickte und dabei an ganz andere Dinge dachte oder die Zigarette herbeisehnte, die er exakt neun Minuten vor der vollen Stunde endlich rauchen durfte.

»Diese Gedanken waren wie ein Krebsgeschwür«, sagte Alan gerade. »Wissen Sie, was ich meine?«

Plötzlich entstand eine peinliche Pause.

»Verzeihung?«, stieß Reuben hervor.

»Ich habe gesagt: ›Wissen Sie, was ich meine?‹«

»Inwiefern?«

»Haben Sie mir überhaupt zugehört?«

Eine weitere peinliche Pause. Verstohlen warf Reuben einen Blick auf seine Armbanduhr. Es waren bereits fünfundzwanzig Minuten der Sitzung vergangen. Er konnte sich an kein einziges Wort erinnern. Krampfhaft zermarterte er sich das Gehirn. »Haben Sie das Gefühl, man hört Ihnen nicht zu?«, fragte er schließlich. »Sollen wir darüber sprechen?«

»Sparen Sie sich die Mühe«, antwortete Alan. »Sie haben mir nicht zugehört.«

»Warum sagen Sie das?«

»Wiederholen Sie irgendetwas von dem, was ich Ihnen gerade erzählt habe. Nur einen einzigen Punkt. Egal, was.«

»Es tut mir leid, Mr.... ähm ...«

»Erinnern Sie sich überhaupt an meinen Namen? Ich heiße James.«

»Es tut mir leid, James ...«

»Mein Name ist nicht James, sondern Alan! Alan Dekker. Und jetzt gehe ich und beschwere mich über Sie. So werden Sie nicht davonkommen. Jemand wie Sie sollte nicht auf Patienten losgelassen werden.«

»Alan, wir müssen ...«

Beide Männer erhoben sich, und einen Moment standen sie sich von Angesicht zu Angesicht gegenüber. Reuben streckte einen Arm aus, um Alan am Ärmel festzuhalten, doch im letzten Moment zögerte er, hob beide Hände und ließ ihn gehen.

»Ich fasse es nicht«, erklärte Alan. »Mir war ja von vornherein klar, dass das nichts bringen würde, aber es hieß, ich müsse dem Ganzen eine Chance geben. Es werde bestimmt helfen. Ich solle einfach kooperieren.«

»Es tut mir leid«, flüsterte Reuben, aber Alan war bereits hinausgestürmt und hörte es nicht mehr.

7

Am Freitagnachmittag war Frieda wieder in der Klinik, um sich aus der kleinen, hauseigenen Bibliothek ein paar Bücher zu holen. Sie brauchte sie für einen Vortrag, den sie in ein paar Wochen halten sollte. Die meisten Leute hatten bereits Feierabend gemacht, aber Paz war noch da und winkte Frieda zu sich.

Paz arbeitete erst seit sechs Monaten im Warehouse. Sie war in London aufgewachsen, aber ihre Mutter stammte aus Andalusien. Von ihr hatte Paz die dunklen Haare und Augen. Mit ihrer lebhaften Art brachte sie ein wenig Melodramatik in die Klinik – sogar an ruhigen Tagen. Im Moment machte sie den Eindruck, als hätte sie etwas besonders Dringendes auf dem Herzen.

»Ich versuche schon die ganze Zeit, dich zu erreichen«, brach es aus ihr heraus. »Hast du mit Reuben gesprochen?«

»Das weißt du doch. Warum? Was hat er denn wieder angestellt?«

»Zum einen ist er heute Nachmittag einfach nicht zu den Terminen mit seinen Patienten erschienen. Außerdem kann ich ihn nicht erreichen.«

»Das klingt in der Tat nicht gut.«

»Da ist noch mehr. Dieser Patient.« Paz blickte auf ihre Unterlagen. »Es ging ihm ziemlich schlecht, er hatte Panikattacken und wurde deshalb von seinem Hausarzt an Reuben überwiesen. Bei der ersten Sitzung ist irgendetwas schiefgelaufen. Richtig schief. Der Mann will sich an offizieller Stelle beschweren.«

»Weswegen denn?«

»Er behauptet, Reuben habe kein Wort von dem mitbekommen, was er ihm erzählt hat.«

»Und was sagt Reuben dazu?«

»Gar nichts. Wahrscheinlich glaubt er, er kommt damit durch. Vielleicht schafft er das ja auch. Aber er hat bei diesem Patienten gepfuscht, und darüber war der Mann sehr wütend. Extrem wütend.«

»Bestimmt findet sich eine Lösung für das Problem.«

»Genau darum geht es, Frieda. Tut mir leid, dass ich dir das aufhalsen muss. Aber ich habe ihn mehr oder weniger schon dazu überredet – Alan Dekker, meine ich –, mit seiner Beschwerde zu warten, bis er mit dir gesprochen hat. Ich dachte mir, du könntest ihn vielleicht übernehmen.«

»Als Patient?«

»Ja.«

»Lieber Himmel«, meinte Frieda, »kann Reuben sich denn nicht selbst um sein Schlamassel kümmern?« Paz gab ihr keine Antwort, sondern warf ihr lediglich einen flehenden Blick zu. »Hast du schon mit Reuben darüber gesprochen?«, fuhr Frieda fort. »Ich kann ihm nicht einfach seinen Patienten wegnehmen.«

»Mehr oder weniger.«

»Was soll das heißen?«

»Es soll heißen, dass man im Moment nicht viel aus ihm herausbekommt. Aber wenn ich ihn richtig verstanden habe, möchte er, dass du den Mann übernimmst. Falls es dir recht ist.«

»Also gut, also gut! Ich schätze, ich kann ihn mir ja mal ansehen.«

»Morgen?«

»Morgen ist Samstag. Er kann am Montag einen Termin haben. Um halb zwei in meiner Praxis.«

»Danke, Frieda.«

»In der Zwischenzeit solltest du Reubens Terminkalender durchsehen. Vielleicht wäre es sinnvoll, weitere Patienten an Kollegen abzugeben.«

»Du meinst, es geht ihm so schlecht?«

»Vielleicht war Alan Dekker bloß der Erste, der es gemerkt hat.«

»Das wird Reuben nicht gefallen.«

Jeden Freitag ging Frieda zu Fuß nach Islington, um ihrer Nichte Chloë einen Besuch abzustatten. Sie besuchte sie nicht zum Vergnügen: Chloë war gerade sechzehn geworden und würde im Juni ihre Abschlussprüfung machen, und Frieda gab ihr Nachhilfe in Chemie, einem Fach, das Chloë (die sich vorstellen konnte, selbst ebenfalls Ärztin zu werden) mit einer Mischung aus Abscheu und Wut betrachtete, fast als handelte es sich dabei um eine Person, die es auf sie abgesehen hatte. Der Vorschlag war von Chloës Mutter Olivia gekommen, aber Frieda hatte sich erst bereit erklärt, nachdem sich ihre Nichte selbst – wenn auch widerstrebend – eine wöchentliche Nachhilfestunde verordnet hatte, am Freitagnachmittag von halb fünf bis halb sechs. Chloë hatte sich nicht immer daran gehalten. Einmal war sie überhaupt nicht aufgetaucht (nach Friedas heftiger Reaktion hatte sie das kein zweites Mal gewagt), und des Öfteren erschien sie mit einiger Verspätung. Missmutig knallte sie dann ihre Ordner inmitten von Stapeln ungespülten Geschirrs und ungeöffneter Rechnungen auf den Küchentisch und funkelte ihre Tante, die ihre Launen ignorierte, wütend an.

Heute würden sie die kovalente Bindung durcharbeiten. Chloë hasste die kovalente Bindung ebenso wie die Ionenbindung. Gleichungen mochte sie auch nicht, und ganz besonders verabscheute sie die Berechnung von Molekulargewicht. Während sie Frieda nun gegenübersaß, hing ihr das dunkelblonde Haar ins Gesicht, und sie hatte die Ärmel ihres übergroßen Kapuzenshirts über die Hände gezogen, sodass nur die Finger mit den schwarz lackierten Nägeln hervorlugten. Frieda fragte sich, ob sie etwas verbergen wollte. Knapp ein Jahr zuvor hatte

Olivia völlig aufgelöst bei Frieda angerufen und ihr erzählt, dass Chloë sich ritzte. Sie benutzte dazu die Klinge ihres Bleistiftspitzers oder die Nadel ihres Kompasses. Olivia war nur dahintergekommen, weil sie die Badezimmertür geöffnet hatte, ohne anzuklopfen, und die Ritzspuren an den Armen und Oberschenkeln ihrer Tochter entdeckt hatte. Chloë hatte ihr einzureden versucht, das sei nicht der Rede wert, sie brauche deswegen kein solches Theater zu veranstalten, schließlich täten das alle, und es sei überhaupt nicht schlimm. Die Schuld daran gab sie sowieso Olivia, weil diese ihrer Meinung nach nicht verstand, wie man sich als Einzelkind fühlte, wenn einen die Mutter wie ein Baby behandelte und der Vater mit einer Frau davongelaufen war, die kaum älter war als die eigene Tochter. *Widerlich*. Wenn man das unter Erwachsensein verstand, wollte sie niemals erwachsen werden. Nach diesen Erklärungen hatte sie sich im Badezimmer eingeschlossen und sich geweigert, wieder herauszukommen – woraufhin Olivia Frieda anrief. Frieda eilte herbei und bezog auf den Stufen vor dem Bad Stellung. Sie rief zu ihrer Nichte hinein, dass sie da sei, falls Chloë mit ihr reden wolle, und dass sie eine Stunde warten werde. Zehn Minuten bevor ihre Zeit abgelaufen war, kam Chloë heraus. Ihr Gesicht war vom Weinen ganz verquollen, und sie hatte neue Ritzspuren an den Armen, die sie Frieda mit trotziger Wut zeigte: *Da, schau, wozu sie mich gebracht hat…* Dann redeten sie miteinander, besser gesagt stieß Chloë in bruchstückhaften Sätzen hervor, was für eine Erleichterung es sei, eine Klinge über ihre Haut zu ziehen und die kleinen roten Tropfen hervorquellen zu sehen, und was für eine Wut sie auf ihren *erbärmlichen* Vater empfinde, ganz zu schweigen von – *o Gott!* – ihrer hysterischen Mutter, und wie sehr sie sich vor ihrem eigenen heranwachsenden, sich verändernden Körper ekle. »Warum muss ich das alles durchmachen?«, schrie sie.

Frieda war nicht der Meinung, dass Chloë sich noch ritzte,

fragte aber nie danach. Auch jetzt kommentierte sie weder die heruntergezogenen Ärmel noch die mürrische Miene ihrer Nichte, sondern konzentrierte sich wieder auf die Chemie.

»Wenn Metalle mit Nichtmetallen reagieren, was passiert dann, Chloë?«

Chloë gähnte laut und riss dabei den Mund weit auf.

»Chloë?«

»Keine Ahnung. Warum müssen wir uns an einem Freitagnachmittag mit diesem Mist beschäftigen? Ich wäre viel lieber mit meinen Freundinnen in die Stadt gegangen.«

»Diese Diskussion hatten wir doch schon. Sie teilen sich Elektronen. Beginnen wir mit einer kovalenten Einfachbindung. Zum Beispiel Wasserstoff. Chloë?«

Chloë murmelte irgendetwas Unverständliches.

»Hörst du überhaupt zu, was ich sage?

»Du hast *Wasserstoff* gesagt.«

»Stimmt. Möchtest du ein Heft herausholen?«

»Wozu?«

»Es ist oft hilfreich, wenn man etwas niederschreibt.«

»Weißt du, was Mum gemacht hat?«

»Nein, weiß ich nicht. Papier, Chloë.«

»Sie hat sich bei einer Partnervermittlungsagentur angemeldet.«

Frieda klappte das Schulbuch zu und schob es von sich weg. »Hast du etwas dagegen?«

»Was denkst du denn? Natürlich habe ich etwas dagegen.«

»Warum?«

»Das ist doch erbärmlich – als bräuchte sie ganz dringend Sex.«

»Vielleicht ist sie ja nur einsam.«

»Häh? Sie ist doch nicht allein!«

»Du meinst, sie hat dich?«

Chloë zuckte mit den Achseln. »Ich möchte nicht darüber sprechen. Du bist schließlich nicht meine Therapeutin.«

»Gut«, meinte Frieda sanft, »dann lass uns zum Wasserstoff zurückkehren. Wie viele Elektronen hat Wasserstoff?«

»Dir ist das alles egal, oder? Es interessiert dich kein bisschen. Mein Dad hatte recht mit dem, was er über dich gesagt hat!« Der Ausdruck auf Friedas Gesicht ließ sie verstummen. Chloë wusste inzwischen, dass jede Erwähnung von Friedas Verhältnis zu ihrer Familie streng verboten war, und trotz ihrer jugendlichen Aufsässigkeit hatte sie großen Respekt vor ihrer Tante und fürchtete ihre Missbilligung. »Eines«, stieß sie in mürrischem Ton hervor, »Wasserstoff hat nur ein einziges gottverdammtes Elektron.«

8

Während des neurologischen Teils ihrer Ausbildung hatte Frieda einen Mann behandelt, der bei einem Autounfall schwere Kopfverletzungen davongetragen hatte. Dabei war derjenige Teil seines Gehirns beschädigt worden, der für das Erkennen von Gesichtern zuständig war. Plötzlich konnte der Mann die Leute nicht mehr unterscheiden: Für ihn war ein Gesicht nur noch eine Ansammlung von Merkmalen, ein Muster ohne emotionale Bedeutung. Er erkannte seine Frau und seine Kinder nicht wieder. Angeregt durch diesen Fall hatte Frieda über die Einzigartigkeit jedes menschlichen Gesichts nachzudenken begonnen und über unsere erstaunliche Fähigkeit, in den Zügen anderer Menschen zu lesen. Zu Hause hatte sie Dutzende von Büchern voller Porträts stehen, zum Teil Bände berühmter Fotografen, aber auch andere, die aus Antiquariaten stammten und Bilder unbekannter, längst verstorbener Menschen enthielten, aufgenommen von anonymen Fotografen. Manchmal, wenn sie wieder nicht schlafen konnte und selbst ihre nächtlichen Wanderungen sie nicht müde genug machten, nahm sie ein Buch heraus und blätterte es durch. Dann starrte sie in die Gesichter von Männern, Frauen und Kindern und versuchte, vom Ausdruck ihrer Augen auf ihr Innenleben zu schließen.

Sie erkannte Alan Dekker sofort als den Mann, den sie vor Reubens Büro gesehen hatte. Sein rundes, bereits ziemlich faltiges Gesicht mit den blassen, fleckigen Sommersprossen wirkte zwar nicht richtig schön, aber durchaus ansprechend. Irgendetwas in seinen traurigen braunen Augen erinnerte Frieda an einen Hund, der damit rechnete, geschlagen zu werden, aber dennoch um Zuneigung bettelte. Seine Stimme klang unsicher, und beim Sprechen schlug er immer wieder mit der einen, zur Faust geballten Hand gegen die andere Handfläche. Frieda bemerkte, dass seine Nägel bis aufs Fleisch heruntergekaut waren.

»Sie glauben – Sie glauben – Sie glauben …«, stammelte er. Offenbar war er es gewohnt, unterbrochen zu werden. Er sprach, um die Lücken zu füllen, bis er die richtigen Worte herausbekam. »Sie glauben, es war leicht für mich, zu diesem Mann zu gehen?«

»Das ist niemals leicht«, erwiderte Frieda. »Bestimmt hat es Sie große Überwindung gekostet.«

Alan starrte sie einen Moment verwirrt an. »Ich bin nur wegen Carrie hin, meiner Frau. Sie wollte unbedingt, dass ich es mache. Sie hat mich bis vor die Tür gefahren. Ich glaube nicht, dass ich sonst hingegangen wäre. Der Mann hat mich zum Narren gehalten.«

»Er hat Sie enttäuscht.«

»Er hat mir überhaupt nicht zugehört. Der Typ konnte sich nicht mal an meinen Namen erinnern!«

Er sah Frieda erwartungsvoll an, doch sie nickte nur wortlos und beugte sich dabei ein wenig weiter vor.

»Und so jemand kassiert das Geld der Steuerzahler! Dem werde ich es aber zeigen!«

»Das steht Ihnen frei«, antwortete Frieda. »Ich möchte hiermit in aller Deutlichkeit zum Ausdruck bringen, dass es für sein Verhalten Ihnen gegenüber keine Entschuldigung gibt.« Sie überlegte einen Moment, während sie innerlich vor sich hin fluchte. »Was auch immer Sie deswegen zu unternehmen gedenken – ich hatte trotzdem gehofft, wir beide könnten das alles noch einmal durchsprechen.«

»Sie wollen mich dazu überreden, von einer Beschwerde abzusehen?«

»Nein, ich möchte mit Ihnen über Ihre Gefühle sprechen, Ihr Leiden. Denn Sie leiden doch unter irgendetwas, nicht wahr?«

»Darum geht es nicht.« Alan blinzelte die Tränen weg, die ihm schlagartig in die Augen traten. »Deswegen bin ich nicht hier.«

»Wie würden Sie Ihre Gefühle beschreiben?«

Alan hob den Kopf und sah sie an. Seine Gesichtszüge wurden weicher, als erlahmte seine Gegenwehr.

»Ich kann mich nicht gut ausdrücken«, erklärte er. »Alles fühlt sich irgendwie falsch an. Ich habe mich krankschreiben lassen. Es kommt mir vor, als wäre mein Herz auf einmal zu groß für meine Brust. Ich habe einen unangenehmen Geschmack im Mund, wie nach Metall. Oder Blut. Und mir gehen so komische Gedanken durch den Kopf. Sie lassen mich nachts aufwachen. Ich kann nicht … Es ist, als befände ich mich nicht mehr in meinem eigenen Leben. Ich fühle mich gar nicht mehr wie ich selbst, und das macht mir Angst. Ich kann nicht …«, er schluckte, »… ich kann nicht mehr mit meiner Frau schlafen. Obwohl ich sie liebe, schafft mein Körper es nicht mehr.«

»Das ist gar nicht so ungewöhnlich«, antwortete Frieda. »Sie glauben gar nicht, wie häufig das vorkommt.«

»Ich fühle mich deswegen ganz schrecklich«, sagte Alan. »Und auch wegen all der anderen Dinge.«

Sie sahen sich an.

»Als Sie zu Dr. McGill gegangen sind, haben Sie den ersten Schritt gewagt«, brach Frieda das Schweigen. »Dass Sie dabei solches Pech hatten, tut mir sehr leid. Meinen Sie, Sie könnten es noch einmal versuchen? Mit mir?«

»Deswegen bin ich nicht gekommen, ich …« Er brach ab, als kostete ihn das Sprechen zu große Mühe. »Glauben Sie, Sie können mir helfen?«

Frieda betrachtete ihn: die abgekauten Nägel, das angsterfüllte, mit Sommersprossen gesprenkelte und schlecht rasierte Gesicht, die flehenden Augen. Sie nickte ihm zu. »Ich möchte, dass Sie dreimal die Woche zu mir kommen«, sagte sie, »und dass Sie diese Termine sehr ernst nehmen. Jede Sitzung wird fünfzig Minuten dauern. Wenn Sie zu spät kommen, höre ich trotzdem zum vereinbarten Zeitpunkt auf. Glauben Sie, Sie schaffen das?«

»Ich denke schon. Ja.«

Sie holte ihren Terminplaner aus der Schublade.

9

Sie standen zusammen auf der Waterloo Bridge. Friedas Blick war nicht auf die Parlamentsgebäude gerichtet und auch nicht auf London Eye oder St. Paul's. Die glitzernde Masse der Stadt interessierte sie im Moment nicht, ihre ganze Aufmerksamkeit galt den Strömungen des Flusses, die um den Fuß der Brücke wirbelten. Sie hatte fast vergessen, dass Sandy bei ihr war, als er unvermittelt das Wort an sie richtete.

»Ist dir Sydney nicht lieber?«

»Sydney?«

»Oder Berlin?«

»Nein. Ich fürchte, ich muss jetzt los, Sandy, die Arbeit ruft.«

»Vielleicht Manhattan.«

»Man kann nur eine einzige Stadt wirklich lieben. Diese hier ist meine.«

»Ist das Essex?«, fragte Alan mit einem Blick auf das Bild, das in der Praxis an der Wand hing.

»Nein«, antwortete Frieda.

»Wo ist das dann?«

»Keine Ahnung.«

»Warum haben Sie es aufgehängt?«

»Ich wollte ein Bild, das nicht zu viel Interesse erregt. Damit die Leute dadurch nicht abgelenkt werden.«

»Ich mag es lieber, wenn man auf einem Bild etwas sieht, zum Beispiel altmodische Segelschiffe, bei denen man alle Einzelheiten erkennen kann, die Seile und die Segel. Das da entspricht gar nicht meinem Geschmack. Ich finde es zu verschwommen, die Stimmung zu melancholisch.«

Frieda hätte ihm beinahe zur Antwort gegeben, dass sie ja auch nicht hier waren, um über Bilder zu reden, doch dann überlegte sie es sich anders. »Ist eine melancholische Stimmung denn notwendigerweise etwas Schlechtes?«

Alan nickte. »Ich verstehe schon«, meinte er. »Sie glauben, dass alles etwas zu bedeuten hat. Sie interpretieren in alles, was ich sage, etwas hinein.«

»Worüber würden *Sie* denn gerne reden?«

Alan lehnte sich zurück und verschränkte die Arme, als müsste er Frieda abwehren. Am Montag hatte er einen ängstlichen und hilfsbedürftigen Eindruck gemacht. Heute wirkte er selbstbewusster, aber auch defensiv. Immerhin war er erschienen. »Sie sind doch die Ärztin. Oder zumindest so eine Art Ärztin. Sagen Sie es mir. Wollen Sie mich nicht dazu bringen, über meine Träume zu sprechen? Oder über meine Kindheit?«

»Sie haben recht«, pflichtete Frieda ihm bei, »ich bin eine Art Ärztin. Also erklären Sie mir, was Ihnen fehlt. Erklären Sie mir, warum Sie hier sind.«

»Wenn ich das richtig sehe, bin ich hier, damit ich mich nicht über den anderen Doktor beschwere. Der Kerl ist eine absolute Schande für seinen Beruf. Ich weiß natürlich, dass ihr alle zusammenhaltet. Vielleicht beschwere ich mich trotzdem.«

Alan wechselte ständig die Position. Gerade noch hatte er die Arme verschränkt, nun fuhr er sich mit beiden Händen durchs Haar, sah Frieda an, wandte den Blick wieder ab.

»Es gibt Stellen, wo Sie sich beschweren können«, antwortete Frieda, »falls Sie sich dazu entschließen sollten. Aber nicht hier. Dies ist ein Ort, wohin Sie kommen, um über sich selbst zu sprechen, und zwar offen und ehrlich. Sie können hier auf eine Weise sprechen, wie Sie es wahrscheinlich mit keiner anderen Person können, weder mit engen Freunden noch mit Ihrer Frau, noch mit Kollegen. Vielleicht sehen Sie das als Chance.«

»Mein Problem mit alledem hier ist« – Alan machte eine ausladende Handbewegung –, »dass Sie sich einbilden, Sie könnten durch bloßes Gerede Probleme lösen. Ich habe mich immer als praktischen, zupackenden Menschen betrachtet. Wenn es ein Problem gibt, halte ich es für das Beste, die Ärmel hochzukrempeln und die Sache in Ordnung zu bringen. Durchs Reden allein geht nichts voran.«

Friedas Gesichtsausdruck blieb unverändert, doch in ihr machte sich ein vertrautes Gefühl von Müdigkeit breit. Schon wieder diese alte Leier. Oft verlief die erste Sitzung wie ein besonders peinliches erstes Rendezvous. Beim ersten Mal mussten die Leute unbedingt loswerden, dass sie eigentlich gar keine Hilfe brauchten, dass sie überhaupt nicht wüssten, was sie hier täten, und dass es keinen Sinn habe, nur über die Dinge zu reden. Manchmal dauerte es Wochen, bis man über dieses Stadium hinaus war. In manchen Fällen kam man nie darüber hinaus.

»Wie Sie schon sagten, bin ich eine Art Ärztin«, erklärte Frieda, »also beschreiben Sie mir Ihre Symptome.«

»Es sind die gleichen wie damals.«

»Wann damals?« Frieda beugte sich ein wenig vor.

»Wann? Ich weiß es nicht mehr genau. Ich war noch recht jung, Anfang zwanzig – also müsste es einundzwanzig oder zweiundzwanzig Jahre her sein. Warum?«

»Wie sind Sie damals damit umgegangen?«

»Es hat von selbst aufgehört.« Alan zog eine seltsame, ängstliche Grimasse. »Irgendwann.«

»Demnach hatten Sie gut zwanzig Jahre lang keine derartigen Probleme, und plötzlich geht es wieder los?«

»Stimmt, ja. Aber das bedeutet nicht notwendigerweise, dass ich eine solche Therapie brauche. Ich glaube, mein Hausarzt hat die Überweisung nur ausgeschrieben, um mich loszuwerden. Meine Theorie ist, dass alle Ärzte ihre Patienten im Grunde so schnell wie möglich wieder loswerden wollen. Und zwar endgültig. Um das zu erreichen, verschreiben sie meistens irgendwelche Pillen, aber wenn das nichts hilft, schicken sie die

Leute zu einem anderen Arzt. In Wirklichkeit wollen sie natürlich nur …«

Abrupt brach er ab. Einen Moment lang herrschte Schweigen.

»Alles in Ordnung?«, fragte Frieda.

Alan drehte langsam den Kopf. »Hören Sie das?«

»Was?«

»So eine Art Knirschen«, antwortete er. »Es kommt von dort drüben.« Er deutete auf die Seite des Raums, die dem Fenster gegenüberlag.

»Wahrscheinlich Baulärm«, meinte Frieda. »Da drüben ist eine Baustelle …«

Sie runzelte die Stirn. Da knirschte tatsächlich etwas, und zwar nicht auf der anderen Straßenseite, sondern irgendwo im Haus. Nein, nicht irgendwo, sondern ganz in der Nähe. Das Geräusch wurde lauter. Aus dem Knirschen wurde ein Krachen, und plötzlich konnten sie es nicht nur hören, sondern auch fühlen. Es gab eine Art Explosion in der Zimmerdecke, und etwas fiel herunter: Verputz und Holzstücke, hauptsächlich aber ein Mensch. Schwer schlug er auf dem Teppich auf. Geröll rieselte auf ihn herunter. Schlagartig war der ganze Raum erfüllt von hellem Staub. Frieda saß sprachlos da. Das Ganze kam so unerwartet, dass sie gar nicht richtig begriff, was vor sich ging. Sie starrte lediglich auf die betreffende Stelle, als fände direkt vor ihrer Nase ein Theaterspektakel statt. Und sie wartete, was als Nächstes passieren würde.

In der Zwischenzeit war Alan aufgesprungen und zu der am Boden liegenden Person gelaufen. Frieda fragte sich, ob es sich womöglich um eine Leiche handelte. Wie konnte ein Toter durch ihre Zimmerdecke fallen? Als Alan neben der Gestalt in die Knie ging und sie vorsichtig berührte, begann sie sich zu bewegen. Langsam drehte sich die Person herum, hievte sich auf alle viere und stand dann auf. Es handelte sich um einen Mann. Einen kräftig gebauten, zottelhaarigen Mann, der einen Overall trug. Recht viel mehr war nicht zu erkennen, weil er mit einer dicken grauen Staubschicht überzogen war. Nur an einer Stelle seines Gesichts, seitlich der einen Augenbraue, klebte kein Staub, denn dort quoll ein wenig Blut hervor, das ihm über den Wangenknochen lief. Verwirrt schaute er erst Alan und dann Frieda an.

»In welchem Stockwerk bin ich?«, fragte er. Sein Akzent klang osteuropäisch.

»In welchem Stockwerk?«, wiederholte Frieda. »Im dritten. Alles in Ordnung mit Ihnen?«

Der Mann blickte durch das Loch nach oben, dann wieder auf Frieda. Er klopfte sich die Arme und den restlichen Körper ab, wodurch er eine Staubwolke auslöste. »Entschuldigen Sie mich einen Moment«, sagte er und eilte aus dem Raum.

Frieda und Alan sahen sich an. Alan deutete auf den Sessel, von dem er vorhin aufgesprungen war. »Haben Sie etwas dagegen?«

»Wogegen?«

Er zerrte den Sessel unter das Loch und stellte sich darauf. Frieda starrte einen Augenblick zu dem Loch hinauf, durch das soeben Alans Kopf verschwand, dann wanderte ihr Blick zu seinen Füßen und Schuhen auf ihrem Stuhl. Sie wusste nicht, was sie sagen sollte. Oben hörte sie ein gedämpftes »Hallo« und andere Worte, die sie jedoch nicht verstand. Dann eine zweite Stimme, die noch weiter entfernt klang. Schließlich stieg Alan wieder herunter.

»Sieht es nach einer größeren Katastrophe aus?«, fragte Frieda, die inzwischen aufgestanden war und neben ihn trat.

Alan zog ein Gesicht. »Zum Glück bin ich nicht in der Arbeit.«

»Arbeiten Sie in der Baubranche?«

»Nein, im Wohnungsamt. Wenn ich jetzt im Dienst wäre, hätte ich zu der Sache einiges zu sagen.«

»Ich muss die Decke reparieren lassen. Glauben Sie, das wird schwierig?«

Alan blickte zu dem Loch hinauf, schüttelte nachdenklich den Kopf und sog dann durch die Zähne laut hörbar Luft ein. »Ich bin jedenfalls froh, dass es nicht meine Decke ist, sondern Ihre«, meinte er. »Was für gottverdammte Idioten! Wenn er sich den Hals gebrochen hätte, wer würde dann dafür bezahlen? Diese verfluchten Polen!«

»Aus der Ukraine!«, schallte es durch das Loch.

»Hören Sie?«, rief Frieda hinauf.

»Was?«, antwortete die Stimme.

»Haben Sie sich verletzt?«

»Verletzt ist hauptsächlich Ihre Decke«, warf Alan ein.

»Ich komme gleich!«, verkündete die Stimme.

Frieda trat von dem Schutt zurück. »Es tut mir leid«, erklärte sie, »aber ich fürchte, wir müssen die Sitzung abbrechen.«

»Haben Sie das inszeniert?«, fragte Alan. »Ist das Ihre Art, das Eis zu brechen?«

»Wir sollten einen neuen Termin vereinbaren. Wenn Sie damit einverstanden sind.«

Alan blickte zu dem Loch hinauf. »Das Beunruhigende daran ist«, erklärte er, »abgesehen vom ersten Schock, dass es einem zeigt, wie eng wir aufeinandersitzen. Wie Tiere in Käfigen, einer auf dem anderen.«

Frieda hob die Augenbrauen. »Sie reden mir zu sehr wie ein Psychoanalytiker. Manchmal ist ein Mensch, der durch ein Loch in der Decke fällt, einfach nur ein Mensch, der durch ein Loch in der Decke fällt. Das hat keine tiefere Bedeutung. Es war einfach nur ein Unfall.« Sie ließ den Blick durch den Raum schweifen. Inzwischen hatte sich der Staub etwas gesetzt, und alles war mit einer grauen Schicht überzogen. »Ein besonders ärgerlicher Unfall.«

Alans Miene wurde ernst. »Ich bin derjenige, der sich entschuldigen sollte. Ich war ein bisschen grob zu Ihnen. Sie können schließlich nichts dafür, dass Ihr Kollege sich so unmöglich benommen hat. Und für meinen Hausarzt können Sie auch nichts. Es gibt gewisse Dinge, über die ich gerne mit Ihnen reden würde. Gedanken. In meinem Kopf. Vielleicht schaffen Sie es, dass sie verschwinden.«

»Sie waren nicht grob, jedenfalls nicht sehr. Wir sehen uns dann also am Freitag. Vorausgesetzt, ich habe dieses Chaos bis dahin beseitigt.«

Nachdem sie Alan hinausgeführt hatte, kehrte sie wie immer an ihren Schreibtisch zurück und begann sich Notizen zu ihrer Sitzung zu machen, auch wenn diese kaum zehn Minuten gedauert hatte. Ein Klopfen an der Tür ließ sie innehalten. Ein Klopfen, nicht die Türklingel, die unten an der Straße angebracht war. Deswegen ging sie davon aus, dass es sich um Alan handelte, doch es war der Mann von oben, immer noch voller Staub.

»Fünf Minuten«, sagte er.

»Fünf Minuten? Was soll das heißen?« fragte Frieda.

»Sie bleiben hier«, antwortete er, »und ich komme in fünf Minuten wieder.«

Frieda führte zwei Telefonate, um die restlichen Sitzungen des Tages abzusagen. Dann, als sie gerade ihre letzten Notizen machen wollte, klopfte es erneut an der Tür. Es dauerte einen Augenblick, bis sie den Mann wiedererkannte, der vor ihr stand, denn inzwischen war er sauber, roch nach Seife und trug Jeans, T-Shirt und Turnschuhe. Sein dunkelbraunes Haar war ordentlich aus dem Gesicht gekämmt. Er streckte ihr die Hand hin. »Mein Name ist Josef Morozow.«

Frieda hatte das Gefühl, das alles nur zu träumen. Benommen schüttelte sie ihm die Hand und stellte sich vor. Einen Moment lang rechnete sie fast damit, dass er ihre Hand an die Lippen führen und küssen würde.

In der anderen Hand hielt er eine Packung Schokokekse. »Mögen Sie Kekse?«

»Nein, nicht besonders.«

»Wir müssen reden. Haben Sie Tee da?«

»Wir müssen definitiv reden.«

»Dazu brauchen wir Tee. Ich koche Tee für Sie.«

Frieda hatte so gut wie nichts zu essen oder zu trinken in der kleinen Wohnung, wo sie nur ihre Patienten empfing, aber hin und wieder machte sie sich eine Tasse Tee oder Kaffee. Also führte sie ihn in den Nebenraum und verfolgte, wie er in ihrer Küche herumwerkelte. Da sie ihm erst sagen musste, wo sich alles befand, dauerte es länger, als wenn sie es selbst gemacht hätte. Mit je einer großen Tasse kehrten sie ins Sprechzimmer zurück.

»Sie hätten sich das Genick brechen können«, stellte Frieda fest. »Fehlt Ihnen wirklich nichts?«

Er hielt den linken Arm hoch und betrachtete ihn, als gehörte er einer anderen Person. Über die Innenseite zog sich eine leuchtend rote Narbe. »Ich bin von einer Leiter gefallen«, erklärte er, »und durch ein Fenster. Einmal habe ich mir ein Bein gebrochen, als ein…« Den Rest wischte er mit einer Handbewegung beiseite. »Egal, jedenfalls ist etwas Größeres über mich drüber, und hinter mir war eine Wand. Dagegen war das eben gar nichts.«

Er nahm einen Schluck von seinem Tee und blickte durchs Fenster auf die Abbrucharbeiten. »Das ist ein großes Projekt.«

»Sollten wir nicht lieber über das große Projekt hier drin sprechen?«

Josef wandte den Kopf und betrachtete den Schutt auf dem Boden, dann das Loch in der Decke. »Eine üble Sache«, stellte er fest.

»Ich arbeite hier«, sagte Frieda.

»Sie können hier nicht mehr arbeiten«, entgegnete Josef.

»Was soll ich dann Ihrer Meinung nach tun? Besser gesagt, was werden *Sie* tun?«

Josef sah erneut zu dem Loch hinauf. Ein melancholisches Lächeln breitete sich auf seinem Gesicht aus. »Es ist meine Schuld«, räumte er ein, »aber eigentlich ist es die Schuld von denen, die den Boden gebaut haben.«

»Ihr Boden macht mir weniger Sorgen«, meinte Frieda. »Mir geht es um meine Decke.«

»Es ist nicht mein Boden. Ich mache nur die Arbeit, während die Leute in ihrem Haus auf dem Land sind. Das hier ist ihre Stadtwohnung.«

»Sie arbeiten jeden Tag hier?«

»Jeden Tag. Außer am Wochenende.«

Während er in der einen Hand noch die Teetasse hielt, wandte er sich wieder Frieda zu und führte dabei mit einem gewissen theatralischen Schwung die freie Hand ans Herz. Zusätzlich verneigte er sich leicht. »Ich werde alles für Sie reparieren!«

»Wann?«

»Es wird besser sein als vorher – bevor ich durch das Loch gefallen bin.«

»Sie sind nicht durch das Loch gefallen. Sie haben das Loch *gemacht*.«

Nachdenklich runzelte er die Stirn. »Wann wollen Sie wieder hier arbeiten?«

»Am liebsten schon morgen, aber das kann ich vermutlich vergessen.«

Josef blickte sich um. Dann lächelte er. »Ich bringe eine Trennwand an«, verkündete er. »Dahinter kann ich arbeiten, und Sie haben Ihr Büro zurück. Wenn Sie mal nicht da sind, werde ich alles neu tapezieren. Oder streichen. In einer richtig schönen Farbe.«

»Das ist eine richtig schöne Farbe.«

»Wenn Sie mir einen Schlüssel geben, mache ich das mit der Trennwand gleich heute, dann haben Sie Ihr Büro zurück. Nur ein bisschen kleiner.«

Er hielt ihr die Hand hin. Frieda überlegte kurz. Sie war im Begriff, ihren Schlüssel einem Mann auszuhändigen, den sie noch nie zuvor gesehen hatte. Aber was blieb ihr anderes übrig? Sollte sie sich lieber einen anderen Handwerker suchen?

Was konnte schlimmstenfalls passieren? Eine Frage, die man sich besser nicht stellte. Sie zog eine Schublade heraus, fand einen Zweitschlüssel und reichte ihn Josef. »Sie sind Ukrainer?«, fragte sie.

»Kein Pole.«

Am besten sind die Schüchternen mit ihrem ängstlichen Lächeln und ihrer zitternden Unterlippe. Diejenigen, die Sehnsucht nach ihrer Mutter haben und trotz des kalten, feuchten Wetters auf der Treppe sitzen, bis ihre Lehrkraft kommt und sie dazu drängt, aufzustehen und herumzulaufen. Man braucht solche, die es allen recht machen wollen und gehorchen. Die sich gut formen lassen.

Ein kleiner Junge sitzt auf der hölzernen Wippe und wartet darauf, dass sich jemand aufs andere Ende setzt. Obwohl niemand kommt, bleibt er sitzen. Zuerst lächelt er noch voller Hoffnung, aber nach und nach gefriert das Lächeln auf seinem Gesicht. Er merkt, wie die anderen Kinder ihn ansehen und dann beschließen, sich nicht zu ihm zu gesellen. Er versucht, einen Jungen herbeizurufen, doch der ignoriert ihn.

Möglicherweise ist er der Richtige. Man muss wissen, wonach man Ausschau hält, aber man muss auch sehr vorsichtig sein. Es spielt keine Rolle, wie lange es dauert. Zeit ist kein Thema.

10

Das war interessant«, meinte Sandy.

Hand in Hand gingen sie durch die Innenstadt. Ihr Ziel war Sandys Wohnung, die nur noch ein paar hundert Meter entfernt lag. Auf beiden Straßenseiten ragten imposante Gebäude auf – so hoch, dass sie fast den Blick zum Himmel versperrten: Banken, Finanzinstitute und noble Anwaltskanzleien mit illustren Namen über der Tür. Es roch regelrecht nach Geld. Die Straßen wirkten sauber und verlassen. Ampeln schalteten von Rot auf Grün und wieder zurück, aber nur hin und wieder fuhr ein Taxi durch.

Sie kamen von einer Abschiedsparty, veranstaltet für einen Arzt, der mit Sandy zusammenarbeitete und den auch Frieda schon seit Jahren kannte. Sie waren getrennt voneinander eingetroffen, aber irgendwann im Lauf des Abends war Sandy hinter Frieda getreten, die gerade bei einer Gruppe stand, und hatte ihr die Hand auf den Rücken gelegt. Als sie sich umwandte, beugte er sich zu ihr hinunter und küsste sie auf die Wange. Sein Kuss landete zu nahe an ihrem Mund und währte zu lange, um noch als Begrüßung zwischen Bekannten durchzugehen. Sandy setzte damit ein klares Zeichen, und natürlich wollte er, dass alle es mitbekamen. Als Frieda sich anschließend wieder den Leuten zuwandte, mit denen sie sich unterhalten hatte, sah sie, wie in ihren Augen Interesse aufblitzte, auch wenn niemand etwas sagte. Als Sandy und sie schließlich gemeinsam die Party verließen, waren sie sich der Blicke bewusst, die ihnen folgten, und auch der Spekulationen, die jetzt wohl angestellt wurden: Frieda und Sandy – habt ihr das gewusst, hättet ihr das gedacht?

»Demnächst stellst du mich wahrscheinlich deinem Boss vor. Oh, ich vergaß – du *bist* der Boss, stimmt's?«

»Hast du etwas dagegen?«

»Wogegen?«

»Dass die Leute jetzt wissen, dass wir ein Paar sind.«

»Sind wir das?«, fragte sie leicht spöttisch, obwohl ihr Herz dabei heftig schlug.

Sie hatten das Barbican erreicht. Sandy wandte sich Frieda zu und legte ihr die Hände auf die Schultern. »Nun komm schon, Frieda. Warum ist das so schwer? Sag es doch mal laut.«

»Was soll ich sagen?«

»Wir sind zusammen, ein Paar. Wir schlafen miteinander, schmieden Pläne, erzählen einander von unserem Tag. Ich denke die ganze Zeit an dich: Was du gesagt hast und wie du dich in meinen Armen angefühlt hast. Meine Güte, sieh mich doch an – vor dir steht ein über vierzigjähriger Facharzt, dessen Haare bereits grau werden und der sich trotzdem vorkommt wie ein Teenager. Warum ist es so schwer für dich, es auszusprechen?«

»Ich fand es irgendwie aufregend, als es noch ein Geheimnis war«, antwortete Frieda. »Als noch niemand von uns wusste.«

»Es konnte nicht ewig ein Geheimnis bleiben.«

»Ich weiß.«

»Du bist wie ein wildes Tier. Ich habe fast Angst, dass du mir davonläufst, wenn ich mich mal ruckartig bewege oder ein falsches Geräusch von mir gebe.«

»Du solltest dir einen Labrador zulegen«, meinte Frieda. »Ich hatte als Kind eine Labradorhündin. Sobald man sie allein ließ, fing sie zu jaulen an. Wenn man wieder nach Hause kam, war sie jedes Mal so dankbar, als wäre man zehn Jahre weg gewesen.«

»Das will ich gar nicht«, entgegnete Sandy. »Ich will dich.«

Sie trat näher an ihn heran und schob die Arme unter seinen dicken Mantel und seine Anzugjacke. Durch das dünne

Hemd konnte sie die Wärme seines Körpers spüren. Er presste die Lippen auf ihr Haar. »Ich will dich auch«, flüsterte sie.

Schweigend betraten sie das Gebäude. Sobald sich die Aufzugtüren hinter ihnen geschlossen hatten, wandten sie sich einander zu und küssten sich derart leidenschaftlich, dass Frieda Blut auf den Lippen schmeckte. Erst als sie Sandys Stockwerk erreichten, lösten sie sich wieder voneinander. In der Wohnung nahm er Frieda den Mantel ab und ließ ihn auf den Boden fallen. Dann zog er den Reißverschluss ihres Kleides auf, hob ihr Haar etwas an und öffnete den Verschluss ihrer Halskette. Er ließ die feine Silberkette auf seine Handfläche gleiten und legte sie auf das kleine Tischchen in der Diele. Anschließend kniete er sich auf den Holzboden und zog Frieda erst den einen und dann den anderen Schuh aus. Als er zu ihr aufblickte, lächelte sie scheu. Glücklich zu sein machte ihr fast Angst.

»Ich bin nicht aus Polen.« Dieses Mal gingen Josefs Worte an die Adresse des einzigen anderen Mannes, der noch mit ihm im Pub saß. Der Gastraum wirkte etwas heruntergekommen, war aber dennoch so warm und gemütlich, dass Josef eigentlich gar nicht gehen wollte.

»Mir ist das egal«, meinte der andere Mann, »ich mag Polen. Hab nichts gegen sie.«

»Ich komme aus der Ukraine. Das ist etwas ganz anderes. Im Sommer machen wir …«

»Ich bin Busfahrer.«

»Ah.« Josef nickte. »Ich fahre hier gern mit dem Bus. Am liebsten oben und ganz vorn.«

»Du bist dran.«

»Bitte?«

»Ich hätte gern noch so einen, Kumpel.«

Der Mann hielt ihm sein Glas hin. Josef war fast sicher, dass die vorherige Runde auch schon auf sein Konto gegangen war. Er versenkte die Hand in der Tasche seiner Jacke, die nicht dick genug war, um ihn den ganzen Winter hindurch zu wärmen, und tastete nach seinen Münzen. Er bezweifelte, dass er noch genug für eine weitere Runde hatte, wollte aber nicht unhöflich zu seinem neuen Freund sein, der Ray hieß und ein rosiger, rundlicher Typ war.

»Ich gebe dir noch ein Bier aus, werde selbst aber wohl keines mehr trinken«, meinte er schließlich. »Ich muss langsam aufbrechen. Ab morgen arbeite ich für eine Frau.«

Ray bedachte ihn mit einem verschwörerischen Lächeln, das jedoch sofort aus seinem Gesicht verschwand, als er Josefs Miene sah.

Sie genoss es, den Wind auf dem Gesicht zu spüren. Sie genoss die kühle Dunkelheit und die menschenleeren Straßen um sich herum, wo nur ihre eigenen Schritte und das Rascheln trockenen Laubs die Ruhe störten. Nur aus der Ferne drang gedämpfter Verkehrslärm herüber. Sie trat unter die kleine Brücke, von der ein Paar Stiefel baumelten und im Wind hin und her schwangen. Die Stiefel hingen dort schon von der Brüstung, seit Frieda diese Strecke zum ersten Mal gegangen war. An der Waterloo Bridge blieb sie immer eine Weile stehen, um die großartigen Gebäude zu betrachten, die sich auf beiden Seiten des Flusses reihten, und um dem sanften Platschen zu lauschen, mit dem das Wasser an das Ufer schlug. Die Stelle war ein guter Aussichtspunkt. Von hier breitete die Stadt sich meilenweit in alle Richtungen aus, bis sie schließlich in die Vororte überging und dann in fast schon ländliche Gegenden mit einer gezähmten Art von Natur, in die Frieda sich nur begab, wenn es sich nicht vermeiden ließ. Nun wandte sie sich wieder dem Fluss zu. Gar nicht weit entfernt wartete ihr schmales kleines Haus auf sie – mit seiner dunkelblauen Tür, dem Sessel neben dem Kamin und dem Bett, das sie heute Morgen so ordentlich gemacht hatte.

Es war bereits drei Uhr vorbei, als sie schließlich zu Hause ankam. Obwohl ihr Körper sich durchaus müde fühlte, kreisten in ihrem Kopf Gedanken und Bilder. Sie wusste, dass sie mal wieder nicht würde schlafen können. Eine Kollegin, die Expertin für Schlafverhalten war, hatte ihr erzählt, dass es oft half, sich auf ein ruhiges Bild zu konzentrieren – einen See oder eine Wiese mit hohem Gras, hatte sie vorgeschlagen. Genau das versuchte Frieda nun, nachdem sie zu Bett gegangen war – wobei sie die Vorhänge nicht zugezogen hatte, weil sie den Mond sehen wollte. Sie stellte sich vor, sie könnte in das Bild eintauchen, das in ihrer Praxis an der Wand hing. Doch statt durch die warmen, rauchigen Farben der gemalten Landschaft zu spazieren, ertappte Frieda sich dabei, wie sie sich das Bild vorstellte, von dem Alan Dekker gesprochen hatte: ein Schiff, das in ein Unwetter geraten war, sodass der Sturm die Seile durch die Luft peitschte und alles durcheinanderflog. So ähnlich ging es manchmal wohl auch in Alans Kopf zu. Dieser Gedanke erinnerte Frieda daran, wie ihre Decke explodiert und ein menschlicher Körper durch das Loch gefallen war, begleitet von rieselndem Staub und Verputz. Sie fragte sich, ob ihr Praxisraum morgen tatsächlich wieder für sie benutzbar wäre – wobei mittlerweile natürlich schon morgen war und sie in etwa drei Stunden aufstehen musste.

Als Josef in der Wohnung eintraf, konnte Frieda ihn hinter den riesigen Spanplatten, die er trug, zunächst kaum sehen. Er lehnte die Platten gegen eine Wand des Sprechzimmers und blickte zu dem Loch empor.

»In einer halben Stunde kommt ein Patient«, erklärte Frieda.

»Ich brauche dafür nur zehn Minuten«, entgegnete Josef, »höchstens fünfzehn.«

»Wollen Sie damit das Loch schließen?«

»Bevor das Ganze wieder gut werden kann, muss es erst schlimmer werden. Ich muss das Loch noch vergrößern, die Bruchstellen entfernen. Danach kann ich die Decke wieder stark und heil machen.« Er deutete auf die Platten. »Damit werde ich hier eine Wand einziehen und Ihnen Ihr Zimmer zurückgeben. Ich habe es ausgemessen und zwei Stücke zugeschnitten. Es wird bestimmt passen.«

Frieda hatte hinsichtlich dieses Prozesses so viele Fragen und Einwände, dass sie gar nicht wusste, wo sie anfangen sollte. »Wie wollen Sie rein- und rauskommen?«, fragte sie lahm.

»Durch das Loch«, antwortete Josef. »Ich lasse die Leiter runter, und hinterher ziehe ich sie wieder hoch.«

Er verließ den Raum und kehrte ein paar Minuten später mit zwei Taschen zurück. Eine enthielt Werkzeug, die andere unterschiedlich große Holzstücke. Mit erstaunlicher Geschwindigkeit wuchtete er die erste Platte an Ort und Stelle. Dann hörte Frieda von dort, wo sie nicht mehr hinsah, lautes Gehämmer. »Wie wird es hier aussehen, wenn Sie fertig sind?«, fragte sie, während sie neben den bereits stehenden Teil der Trennwand trat und in den kleinen Bereich des Raums blickte, der schon halb abgeteilt war.

Josef schlug gegen die Platte, um ihre Stabilität zu prüfen. Er wirkte zufrieden. »Erst wird das Loch gefüllt«, erklärte er, »dann kann die Trennwand wieder weg. Auf die ausgebesserte Decke kommt eine Schicht Tapete, die ich anschließend noch streiche. Für das Tapezieren und Malern brauche ich nur einen Nachmittag. Wenn Sie wollen, streiche ich auch den Rest des Raums. Am selben Nachmittag.« Er blickte sich um. »In einer richtigen Farbe.«

»Das ist die richtige Farbe.«

»Ihre Entscheidung. Meinetwegen auch in einer langweiligen Farbe. Die Leute oben bezahlen. Ich mogle es ihnen auf die Rechnung.«

»Ich weiß nicht, ob das richtig ist«, meinte Frieda.

Josef zuckte mit den Achseln. »Die lassen mich an einem gefährlichen Ort arbeiten, wo man durch den Boden fällt. Dafür können sie ruhig ein bisschen was bezahlen.«

»So ganz überzeugt mich diese Argumentation nicht«, entgegnete Frieda.

»Ich hole jetzt die zweite Platte, dann haben Sie Ihren Raum zurück. Nur ein bisschen kleiner. Vorübergehend.«

»In Ordnung.«

Frieda warf einen Blick auf ihre Armbanduhr. Bald würde sie in diesem verkleinerten Zimmer sitzen, und Alan würde ihr erzählen, was für grimmige Sachen er träumte und wie traurig er sich fühlte, wenn er wach war.

11

»Also ehrlich, Alan, ich verstehe nicht, wieso du plötzlich so ein Geheimniskrämer bist.«

Sie hatten zu Abend gegessen, und danach hatte Carrie eine Weile mit der Fernbedienung durch die Programme gezappt. Nun aber schaltete sie den Fernseher aus und wandte sich mit verschränkten Armen ihrem Mann zu. Da sie den ganzen Abend über gereizt und empfindlich gewesen war, hatte Alan schon mit so etwas gerechnet.

»Ich bin kein Geheimniskrämer.«

»Du erzählst mir überhaupt nicht, was bei diesen Sitzungen vor sich geht. Immerhin war ich diejenige, die dich ermutigt hat hinzugehen, und jetzt schließt du mich aus.«

»So ist das nicht.« Alan versuchte sich ins Gedächtnis zu rufen, wie Frieda es ein paar Stunden zuvor formuliert hatte. »Das Zimmer, in dem die Sitzungen stattfinden, ist ein besonderer Ort«, erklärte er, »wo ich alles sagen kann.«

»Kannst du das hier denn nicht?«

»Es ist nicht dasselbe. Du bist meine Frau.«

»Du kannst also einer Fremden Sachen sagen, die du deiner eigenen Frau nicht sagen kannst?«

»Ja«, antwortete Alan.

»Was denn für Sachen? Oh, entschuldige, ich vergaß. Das kannst du mir ja nicht verraten, weil es ein großes Geheimnis ist.« Sie hatte keine Übung darin, sarkastische Bemerkungen zu machen. Ihre Wangen waren gerötet.

»Es ist nichts Schlimmes. Kein Geheimnis, wie du es dir vielleicht vorstellst. Ich erzähle ihr nicht, dass ich eine Affäre habe oder so etwas in der Art – falls es das ist, was du denkst.«

»Ach, mach doch, was du willst!« Carries Stimme klang gepresst und hoch. Achselzuckend schaltete sie den Fernseher wieder ein.

»Sei doch nicht so.«

»Wie denn?«

»So beleidigt. Als hätte ich absichtlich etwas getan, um dich zu verletzen.«

»Ich bin nicht beleidigt«, widersprach sie, immer noch in gereiztem Ton.

Er nahm ihr die Fernbedienung aus der Hand und schaltete den Fernseher wieder aus. »Wenn du es unbedingt wissen musst: Wir haben heute darüber gesprochen, dass wir beide schon so lange vergeblich versuchen, ein Baby zu bekommen.«

Sie wandte sich ihm zu. »Geht es dir deswegen so schlecht?«

»Ich weiß nicht, ob das der Grund ist«, antwortete er, »ich erzähle dir nur, worüber wir heute gesprochen haben.«

»Das betrifft mich genauso.«

»Ich weiß.«

»Ich bin diejenige, in deren Körper dauernd herumgestochert wird und die jeden Monat warten muss, ob die Periode kommt oder nicht.«

»Ich weiß.«

»Dabei ist es nicht mal meine …« Sie brach ab.

»Es ist nicht deine Schuld«, führte Allen ihren Satz mit müder Stimme zu Ende, »sondern *meine*. Ich bin derjenige mit der niedrigen Spermienzahl. Und neuerdings auch noch impotent.«

»Ich hätte das nicht sagen sollen.«

»Das ist schon in Ordnung. Du hast ja recht.«

»Ich habe es nicht so gemeint. Das ist keine Frage der Schuld. Schau nicht so.«

»Wie denn?«

»Als würdest du gleich zu weinen anfangen.«

»Was ist so schlimm daran, wenn man weint?«, fragte Alan

zu seiner eigenen Überraschung. »Warum sollte ich nicht weinen? Oder du?«

»Ich weine tatsächlich manchmal, wenn du es genau wissen willst. Wenn ich allein bin.«

Er griff nach ihrer Hand und spielte an ihrem Ehering herum. »Du hast also auch Geheimnisse vor mir.«

»Wir hätten mehr darüber reden sollen. Aber ich bin nach wie vor der Meinung, dass es irgendwann schon klappen wird. Viele Frauen warten jahrelang. Und wenn es nicht passiert, können wir vielleicht eines adoptieren. Ich bin ja noch ziemlich jung.«

»Ich wollte immer einen eigenen Sohn«, sagte Alan leise, fast wie zu sich selbst. »Darüber habe ich in der heutigen Sitzung gesprochen. Dass wir kein Kind bekommen, macht mich nicht nur traurig. Ich fühle mich deswegen richtig mies, als würde mir ein Stück fehlen. Als wäre ich innerlich nicht fertig – und dann strömen all diese Dinge in mich hinein, um die Leere zu füllen.« Er hielt inne. »Das klingt blöd.«

»Nein«, entgegnete Carrie, obwohl sie am liebsten laut geschrien hätte: *Und was ist mit mir? Mit meinem Sohn, meiner Tochter? Ich wäre eine gute Mutter gewesen.* »Sprich weiter.«

»Es ist nicht gerecht. Auch dir gegenüber nicht. Ich habe dich enttäuscht und kann es nicht wiedergutmachen. Bestimmt wünschst du dir, du wärst mir nie begegnet.«

»Nein.« Obwohl ihr natürlich schon des Öfteren durch den Kopf gegangen war, wie viel leichter es mit einem anderen Typ Mann gewesen wäre. Einem Mann mit Selbstvertrauen und starken Spermien, die in der Lage wären, tief in ihren Körper einzudringen. Sie verzog das Gesicht. Die beiden Eigenschaften schienen Hand in Hand zu gehen, aber sie wusste, dass das nicht stimmte. Es war nicht Alans Schuld.

»Plötzlich ist alles aus mir herausgeströmt – auch Dinge, die mir gar nicht bewusst waren. Sie ist eine ziemlich beängstigende Frau, aber irgendwie kann man auch gut mit ihr reden.

Nach einer Weile hatte ich gar nicht mehr das Gefühl, mit jemandem zu sprechen. Es war, als ginge ich durch ein Haus, in dem ich noch nie zuvor gewesen war. Ich fand dort allerlei Dinge, nahm sie in die Hand und sah sie mir an. Ich gestattete mir, einfach in mir selbst herumzuwandern, und auf einmal ertappte ich mich dabei, wie ich diese Worte aussprach…« Er brach abrupt ab und strich sich mit der Hand über die Stirn. Plötzlich war ihm ein bisschen übel, und sein Puls ging schnell.

»Was?«, fragte Carrie. »Was denn für Worte?«

»Ich habe da so ein Bild im Kopf – es klingt verrückt. Das Bild wirkt so real, dass ich das Gefühl habe, es tatsächlich sehen zu können oder mich irgendwie daran zu erinnern. Als existierte es nicht nur in meiner Vorstellung. Es ist fast, als würde ich es wirklich erleben.«

»*Was* denn? Was ist das für ein Bild, Alan?«

»Ich sehe mich mit meinem Sohn. Einem kleinen Fünfjährigen mit leuchtend rotem Haar, Sommersprossen und einem breiten Grinsen. Ich sehe ihn ganz deutlich vor mir.«

»Du siehst ihn?«

»Und ich bringe ihm bei, wie man Fußball spielt.« Er deutete auf den kleinen Garten hinter dem Haus, den er in letzter Zeit sträflich vernachlässigte. »Er stellt sich recht geschickt an, hat den Ball gut unter Kontrolle, und ich bin so stolz auf ihn. Auf mich selbst auch, weil ich ein richtiger Dad bin, der mit seinem Sohn alles macht, was Väter mit ihren Söhnen eben so tun.« Er empfand ein beklemmendes Gefühl in der Brust, als wäre er eine weite Strecke gelaufen. »Und du stehst am Fenster und siehst uns zu.«

Carrie schwieg. Tränen liefen ihr über die Wangen.

»In letzter Zeit bekomme ich das Bild überhaupt nicht mehr aus dem Kopf. Manchmal will ich das auch gar nicht, aber manchmal habe ich das Gefühl, dass es mich in den Wahnsinn treibt. Sie hat mich gefragt, ob ich glaube, dass ich mich selbst als kleinen Jungen sehe, oder vielleicht das Kind in mir, das ich irgendwie retten möchte. Aber so ist das nicht. Ich sehe meinen Sohn. Unseren Sohn.«

»Lieber Himmel!«

»Den Sohn, auf den wir warten.«

So ist es immer. Es kommt ein Moment, da weiß man es plötzlich. So einfach ist das. Nach all den Monaten des Beobachtens. Die ganze Zeit wartet man darauf, dass die Leine zuckt und der Fisch anbeißt. Man übt sich in Geduld und Vorsicht. Man fragt sich, ob es dieser oder jener sein könnte. Niemals gibt man auf oder verliert den Mut, und dann passiert es plötzlich. Man muss nur bereit dafür sein.

Er ist klein und mager, vielleicht noch recht kindlich für sein Alter, obwohl sich das schwer sagen lässt. Anfangs bleibt er ein Stück hinter seinen Klassenkameraden zurück. Nervös hält er Ausschau, wo er willkommen sein könnte. Er trägt eine Jeans, die ihm ein wenig zu groß ist, und eine dicke Jacke, die ihm fast bis zu den Knien reicht. Er kommt näher. Er hat runde braune Augen und kupferrote Sommersprossen. Sein Haar ist zunächst unter einer grauen Wollmütze mit Bommel verborgen, doch dann nimmt er die Mütze ab. Er hat leuchtend rotes Haar. Es ist ein Zeichen, ein Geschenk – perfekt.

Nun ist es nur noch eine Frage der Zeit. Man darf keinen Fehler machen. Nie wieder wird ein Kind so perfekt sein wie dieses.

12

Josef mochte diese Art zu arbeiten. Die Kunden waren nicht da und schauten höchstens alle zwei Wochen mal vorbei. Die meiste Zeit konnte er in der Wohnung schlafen und auch dort essen, wenn er wollte. In der Vergangenheit hatte er hauptsächlich als Teil eines Teams gearbeitet. Das hatte er in vielerlei Hinsicht auch gut gefunden: all die Leute mit ihren verschiedenen Fachgebieten – der Verputzer, der Zimmermann, der Elektriker. Man kam sich vor wie in einer Art Familie, deren Mitglieder diskutierten und sich stritten, letztendlich aber doch miteinander auszukommen versuchten. Verglichen damit war das hier fast ein Urlaub. Er konnte arbeiten, wann er wollte, sogar mitten in der Nacht, wenn es draußen dunkel und still war, zumindest für städtische Verhältnisse. Dafür konnte er manchmal tagsüber, zum Beispiel an einem Tag wie diesem, wenn ihm gegen zwei Uhr nachmittags die Augenlider schwer wurden, sein Werkzeug weglegen und sich ein wenig ausstrecken. Er schloss die Augen und dachte eine Weile über das Problem mit dem Loch nach – darüber, wie weit er es vergrößern musste, um das beschädigte Holz und den gerissenen Putz zu entfernen. Plötzlich dachte er ohne besonderen Grund an seine Frau Vera und die Jungs. Er hatte sie seit dem Sommer nicht mehr gesehen und fragte sich, was sie wohl gerade taten. Dann verblasste ihr Bild allmählich, als tauchten sie in einen Nebel ein, aber nur ganz langsam, sodass er nicht genau sagen konnte, ab wann er sie nicht mehr sah. Ohne es zu merken war er eingeschlafen und träumte Dinge, an die er sich nicht mehr erinnern würde, wenn er aufwachte, weil er sich nie an seine Träume erinnerte.

Zuerst dachte er, die Stimme wäre Teil seines Traums. Es handelte sich um eine Männerstimme, und noch ehe Josef die Bedeutung der Worte begriff, spürte er ihre Traurigkeit – eine besondere, schmerzliche Art von Traurigkeit, die bei einem Mann fast seltsam anmutete. Nach einer Pause meldete sich eine andere Person zu Wort. Diese Stimme kannte Josef. Es war die Frau von unten, die Ärztin. Als Josef vorsichtig die Hand hob, spürte er unter seinen Fingern die raue Oberfläche der Spanplatte. Über ihm fiel Licht durch das Loch in der Decke. Obwohl er vom Schlaf noch ganz benommen war, dämmerte ihm allmählich, wo er sich befand: auf dem Boden ihres Praxisraums. Während er nebenan weiter die beiden Stimmen hörte – die unsichere des Mannes und die klare, ruhige der Frau –, wurde ihm immer mulmiger zumute. Er belauschte gerade eine Beichte, die nicht für die Ohren eines Dritten bestimmt war. Sein Blick fiel auf die Leiter. Wenn er jetzt versuchte hinaufzusteigen, hörten ihn die beiden bestimmt. Besser, er blieb einfach liegen, wo er war. In der Hoffnung, dass es bald vorbei sein würde.

»Meine Frau war böse auf mich«, berichtete der Mann. »Es kam mir fast so vor, als wäre sie eifersüchtig. Sie wollte genau wissen, was ich Ihnen erzählt habe.«

»Und? Haben Sie es ihr gesagt?«

»Mehr oder weniger«, antwortete der Mann. »Eine abgemilderte Version. Doch während ich es ihr erzählte, bekam ich plötzlich das Gefühl, dass ich Ihnen gar nicht alles gesagt habe.«

»Was haben Sie mir denn verschwiegen?«

Nun folgte eine lange Pause. Josef konnte seinen eigenen Herzschlag hören und den Alkohol in seinem Atem riechen. Wie war es möglich, dass die beiden ihn weder hörten noch rochen?

»Kann ich hier wirklich alles sagen?«, fuhr der Mann schließlich fort. »Ich frage das deswegen, weil mir bei meiner

Diskussion mit Carrie klar geworden ist, dass ich sonst immer nur bestimmte Dinge zur Sprache bringen kann. Dass es immer eine Art Grenze gibt. Mit meiner Frau rede ich nur über Dinge, die man als Mann eben mit seiner Ehefrau bespricht, und wenn ich mit einem Freund auf ein Bier gehe, kann ich auch nur die Sorte Sachen sagen, die man halt unter Freunden so sagt.«

»Hier können Sie alles sagen. Es gibt keine Grenzen.«

»Sie werden sich bestimmt denken, dass das blöd von mir ist…«

»Es ist mir völlig egal, ob es blöd ist oder nicht.«

»Und Sie erzählen es wirklich niemandem?«

»Wieso sollte ich?«

»Versprechen Sie mir das?«

»Alan, ich bin beruflich verpflichtet, Ihre Privatsphäre zu respektieren. Es sei denn, Sie gestehen mir ein schlimmes Verbrechen. Oder planen eines.«

»Ich gestehe Ihnen schlimme Gefühle.«

»Erzählen Sie mir davon.«

Josef dachte, dass er sich jetzt eigentlich die Finger in die Ohren stecken sollte. Diese Worte waren nicht für ihn bestimmt. Er sollte sie *nicht* hören. Trotzdem hielt er sich die Ohren nicht zu. Er konnte einfach nicht anders, er wollte es unbedingt wissen. Was spielte es letztendlich auch für eine Rolle?

»Ich habe nachgedacht«, erklärte der Mann. »Letztes Mal habe ich Ihnen doch erzählt, dass ich mir ein Kind wünsche, einen Sohn. Warum unterziehe ich mich nicht einfach einer Behandlung, die meine Spermienzahl erhöht, und nehme wegen meiner Potenzprobleme Viagra? Es ist schließlich ein medizinisches Problem. Mit meinem Kopf hat das nichts zu tun.«

»Warum machen Sie dann nicht, was Sie gerade gesagt haben?«

»Einerseits hatte ich in letzter Zeit oft dieses seltsame Gefühl im Zusammenhang mit meinem Sohn – diesem kleinen Jungen, der aussieht wie ich. Es ist wie eine Art Hunger. Zusätzlich plagen mich aber auch schlimme Anfälle, bei denen ich fast zusammenbreche, beinahe die Besinnung verliere und mich komplett zum Narren mache. Dabei geht es nicht nur um diesen Hunger. Da kommt noch etwas anderes ins Spiel.«

»Nämlich?«

»Schuld.«

Wieder folgte eine Pause.

»Was für eine Art von Schuld?«, hakte Frieda nach.

»Ich habe auch darüber nachgedacht«, erklärte der Mann, »und bin zu folgendem Schluss gekommen: Ich wünsche mir diesen Jungen. Ich sehe ihn vor mir, wie er mit mir Fußball spielt. Aber während ich hier sitze und mir nichts sehnlicher wünsche, als ihn um mich zu haben, ist er noch nicht da und hat seinerseits womöglich gar nicht den Wunsch, mich um sich zu haben. Ergibt das für Sie einen Sinn?«

»Nicht so ganz«, gestand Frieda, »zumindest noch nicht.«

»Es liegt doch eigentlich auf der Hand: Die Kinder fragen nicht danach, geboren zu werden. Wir wollen sie haben. Ich schätze mal, das ist ein angeborener Instinkt. Aber worin besteht der Unterschied zwischen diesem Kinderwunsch und einer krankhaften Sucht? Man nimmt Heroin, um nicht mehr nach Heroin zu lechzen. Man wünscht sich ein Kind und bekommt eines, um diesen Hunger zu stillen.«

»Sie haben also das Gefühl, dass es ein selbstsüchtiger Akt ist, ein Kind in die Welt zu setzen?«

»Natürlich ist es das«, erwiderte der Mann. »Schließlich fragt man das Kind nicht nach seiner Meinung.«

»Wollen Sie damit sagen, dass Sie sich schuldig fühlen, weil Ihre Sehnsucht nach einem Kind selbstsüchtig ist?«

»Ja.« Eine lange Pause. »Außerdem …« Er brach gleich wieder ab. Sowohl Frieda als auch Josef waren gespannt, was nun kommen würde. Da steckte doch mehr dahinter. »Außerdem macht es mir Angst, wie heftig ich diesen Kinderwunsch empfinde. Vielleicht geht es mir dabei so wie sonst nur den Frauen.«

»Wie meinen Sie das?«

Er sprach mittlerweile im Flüsterton. Josef lauschte angestrengt, um ihn überhaupt noch zu verstehen. »Ich habe von Frauen gehört, die sich erst wie ein vollständiger Mensch fühlen, wenn sie ein Kind haben. Bei mir ist es fast noch schlimmer. Ich habe das Gefühl – schon immer gehabt –, dass bei mir ein Stück fehlt. Als würde in meinem Innern so etwas wie ein Loch klaffen.«

»Ein Loch in Ihrem Innern? Sprechen Sie weiter.«

»Und wenn ich ein Kind hätte, würde es dieses Loch füllen. Klingt das nicht gruselig?«

»Nein, aber ich möchte diese heftige Sehnsucht, die Sie auch als Hunger beschrieben haben, gern noch genauer unter die Lupe nehmen. Was würde denn Ihre Frau sagen, wenn Sie ihr davon erzählen würden?«

»Sie würde sich fragen, was für eine Art Mann sie geheiratet hat. Ich frage mich ja sogar selbst, wen sie da geheiratet hat.«

»Vielleicht gehört es zu einer Ehe, dass man manches für sich behält.«

»Ich habe von meinem Sohn geträumt.«

»Wenn Sie das so sagen, klingt es, als würde er tatsächlich existieren.«

»In meinem Traum war das so. Er stand da und sah genau so aus wie ich in seinem Alter. Rotes Haar, kleine Schuluniform. Aber er war weit weg, auf der anderen Seite irgendeiner großen Schlucht, ähnlich dem Grand Canyon. Wobei diese Schlucht ganz schwarz und unglaublich tief war. Ich stand am Rand des Abgrunds und blickte zu meinem Sohn hinüber. Ich wollte unbedingt zu ihm, wusste aber, dass ich in die Dunkelheit stürzen werde, sobald ich einen Schritt vortrat. Es war nicht gerade ein glücklicher Traum.«

Josef musste an seine eigenen kleinen Söhne denken. Auf einmal schämte er sich wirklich. Er schob die Knöchel seiner zur

Faust geballten Hand zwischen seine Zähne und kaute darauf herum. Er wusste selbst nicht so recht, warum er das tat. Vielleicht als Bestrafung oder als Ablenkung, damit er weniger auf das achtete, was er hörte. Zwar bekam er es nach wie vor mit, ließ die Worte aber nicht mehr in seinen Kopf. Er versuchte, sie wie Musik an sich vorbeiplätschern zu lassen. Schließlich hatte er den Eindruck, dass die Sitzung sich ihrem Ende näherte. Die Stimmen klangen gedämpfter und weiter entfernt. Die Tür wurde geöffnet. Das war seine Chance. So leise er konnte, stand er auf und begann die Leiter hinaufzuklettern, wobei er sich bemühte, möglichst vorsichtig auf die Sprossen zu treten, damit sie auf keinen Fall knarrten. Plötzlich klopfte jemand gegen die Spanplatte.

»Sind Sie das?«, fragte eine Stimme. Wem sie gehörte, war klar: Es handelte sich um die Frau. »Sind Sie da drin?«

Einen verzweifelten Moment lang zog Josef in Betracht, sich einfach ganz still zu verhalten. Vielleicht ging sie dann wieder weg.

»Ich weiß, dass Sie da sind. Versuchen Sie ja nicht, mich für dumm zu verkaufen. Kommen Sie sofort herunter zu mir! Auf der Stelle!«

»Ich habe nichts gehört«, stammelte Josef. »Alles kein Problem.«

»Auf der Stelle!«

»Wie lange waren Sie da?«, wollte Frieda wissen, als sie sich von Angesicht zu Angesicht gegenüberstanden. Ihr Gesicht war vor Wut ganz weiß.

»Ich habe geschlafen«, antwortete Josef. »Erst habe ich gearbeitet, an dem Loch. Dann bin ich eingenickt.«

»In meinem Zimmer.«

»Hinter der Trennwand.«

»Sind Sie denn vollkommen verrückt geworden?«, rief Frieda. »Das war ein Gespräch unter vier Augen! Er hat mir ganz persönliche Dinge anvertraut. Was würde er wohl denken, wenn er davon erführe?«

»Ich werde es ihm nicht sagen.«

»Wie bitte? Natürlich werden Sie es ihm nicht sagen! Sie wissen doch gar nicht, wer er ist. Was haben Sie sich bloß dabei gedacht?«

»Ich habe geschlafen, und dann bin ich durch die Stimmen aufgewacht.«

»Wie bedauerlich, dass wir Sie gestört haben.«

»Ich habe versucht, nicht zuzuhören. Es tut mir so leid. Ich werde es nicht wieder tun. Sie müssen mir sagen, wann ich drüben arbeiten kann, dann mache ich das Loch ganz schnell zu.«

Frieda holte tief Luft. »Nicht zu fassen, dass ich eine Therapiesitzung abgehalten habe, während sich ein Bauarbeiter im Raum befand. Aber gut, in Ordnung. Ändern kann ich es sowieso nicht mehr. Sehen Sie bloß zu, dass Sie dieses Loch schnell schließen.«

»Ich brauche nur noch einen Tag, höchstens zwei. Oder vielleicht ein klein bisschen länger. Nachdem es nun so kalt geworden ist, trocknet die Farbe bestimmt sehr langsam.«

»Machen Sie, so schnell Sie können.«

»Eines verstehe ich allerdings nicht«, verkündete Josef.

»Und das wäre?«

»Wenn man sich als Mann ein Kind wünscht, dann unternimmt man doch etwas. Man redet nicht nur darüber, sondern begibt sich hinaus in die Welt und versucht, das Problem zu lösen. Man geht zu einem Arzt und tut, was nötig ist, um einen Sohn zu bekommen.«

»Ich dachte, Sie haben geschlafen!«, schnaubte Frieda. Aus ihrem Blick sprach fast so etwas wie Entsetzen.

»Ich habe geschlafen, aber durch die Geräusche bin ich aufgewacht. Deswegen habe ich ein wenig von dem Gespräch gehört. Er ist ein Mann, der einen Sohn braucht. Ich musste an meine eigenen Söhne denken.«

Auf Friedas eben noch so wütendem Gesicht breitete sich ein Lächeln aus. Sie konnte nicht anders. »Sie wollen mit mir über meinen Patienten diskutieren?«

»Mir ist nur durch den Sinn gegangen, dass Worte allein nicht reichen. Er muss sein Leben ändern. Einen Sohn zeugen. Wenn er kann.«

»Haben Sie, als Sie uns belauschten, zufällig auch mitbekommen, wie ich ihm erklärt habe, dass ich beruflich zu absoluter Geheimhaltung verpflichtet bin? Und dass niemand je erfahren wird, was er mir erzählt hat?«

»Aber was ist der Sinn von dem ganzen Gerede, wenn er nichts tut?«

»Sie meinen, wie ein Mann, der es vorzieht zu schlafen, statt das Loch in der Decke zu schließen, durch das er gefallen ist?«

»Ich schließe es schon noch. Es dauert gar nicht mehr lang, dann bin ich fertig.«

»Ich weiß nicht, wieso ich überhaupt mit Ihnen über dieses Thema rede«, meinte Frieda, »aber ich sage es trotzdem: Ich kann Alans Leben nicht in Ordnung bringen. Es steht nicht in meiner Macht, ihm einen rothaarigen Sohn zu besorgen. Die Welt ist ein chaotischer, unberechenbarer Ort. Vielleicht, aber wirklich nur vielleicht, kann ich ihm mit meinem Gerede, wie Sie es nennen, ein klein wenig helfen, besser mit alledem umzugehen. Das ist nicht viel, ich weiß.«

Josef rieb sich die Augen. Er wirkte noch immer nicht richtig wach. »Darf ich Ihnen als Wiedergutmachung ein Glas Wodka spendieren?«

Frieda warf einen Blick auf ihre Armbanduhr. »Es ist drei Uhr nachmittags«, gab sie zu bedenken. »Sie dürfen mir als Wiedergutmachung eine Tasse Tee machen.«

Als Alan Frieda verließ, dämmerte es bereits. Der Wind hatte Regen im Schlepptau und wehte mit seinen kleinen Böen abgestorbenes Laub von den Bäumen. Der Himmel wirkte grau und düster. Die Pfützen auf dem Asphalt schimmerten dunkel. Ziellos stolperte er durch irgendwelche Nebenstraßen, vorbei an unbeleuchteten Gebäuden. Er konnte noch nicht zurück nach Hause. Er war nicht bereit für Carries ängstliche Blicke, ihre sorgenvolle Nervosität. In dem warmen, hellen Praxisraum war es ihm ein wenig besser gegangen. Das kribbelige Flattern in seinem Innern hatte sich gelegt. Er hatte nur noch gespürt, wie müde er war, wie erschöpft. Fast hätte er einschlafen können, während er ihr gegenüber auf dem kleinen grauen Sofa saß und Dinge aussprach, die er zu Carrie nie sagen könnte, weil Carrie ihn liebte und er dem kein Ende setzen wollte. Er konnte sich genau vorstellen, wie seine Frau reagieren würde: wie sie einen Moment lang vor Kummer das Gesicht verziehen, diese Regung dann aber schnell unterdrücken würde. Diese Frau dagegen verzog nie eine Miene. Sie fand nichts von dem, was er sagte, verletzend oder abstoßend. Wenn sie schwieg, wirkte sie still und stumm wie ein Gemälde. Das war er nicht gewöhnt. Die meisten Frauen ermunterten einen durch zustimmendes Nicken oder Gemurmel zum Weitersprechen, achteten gleichzeitig aber darauf, dass man nicht zu weit ging. Sie hielten einen in der richtigen Spur. Zumindest war seine Mutter so gewesen, und seine Kolleginnen Lizzie und Ruth waren auch so. Und natürlich Carrie.

Nun, nachdem er die Praxis verlassen hatte, fühlte er sich allerdings nicht mehr so gut. Die beunruhigenden Gefühle brachen wieder über ihn herein oder stiegen in ihm hoch. Er wusste nicht, woher sie kamen. Am liebsten wäre er in das Sprechzimmer zurückgekehrt – wenigstens so lange, bis diese Gefühle sich wieder beruhigt hatten. Wobei allerdings zu befürchten war, dass Frieda darüber gar nicht begeistert wäre. Ihm fiel wieder ein, wie sie zu ihm gesagt hatte, jede Sitzung dauere genau fünfzig Minuten. Sie war streng, dachte er und fragte sich, was Carrie wohl von ihr halten würde. Sie würde Frieda wahrscheinlich als »harte Nuss« bezeichnen. Eine harte Nuss, die schwer zu knacken war.

Zu seiner Linken befand sich eine kleine, umzäunte Grünfläche mit je einer Bank an beiden Seiten. Auf der einen saßen ein paar Saufbrüder und tranken Cider aus Dosen. Alan stolperte über den Rasen und ließ sich auf der anderen Bank nieder. Das leichte Nieseln wuchs sich allmählich zu einem richtigen Regen aus: Alan spürte die Tropfen bereits auf dem Kopf und hörte sie auf das feuchte Laub platschen, das in Häufchen auf dem Boden lag. Er schloss die Augen. Nein, dachte er, Carrie verstand ihn nicht. Frieda im Grunde auch nicht. Er war allein. Das war das Grausamste. Allein und unvollständig. Schließlich stand er wieder auf.

Es war, als hätte es so sein sollen. Man konnte es nennen, wie man wollte: Bestimmung, Schicksal, irgendetwas in den Sternen. Der kleine Junge mit dem roten Haar und den Sommersprossen war ganz allein. Seine Mutter kam wieder zu spät. Sie würde schon sehen, wozu das führte. Nun blickte der Kleine sich um. Er starrte auf das offene Tor, hinaus auf die Straße. Komm. Komm schon, mein Kleiner. Komm durch das Tor. Ja, genau. Das ist die richtige Richtung. Nicht so hastig. Schau dich nicht um. Komm zu mir. Ja, komm. Jetzt gehörst du mir.

Seine Mutter hatte einen leuchtend blauen Regenmantel und rotes Haar. Sie stach aus jeder Menge hervor. Heute aber hatte sie nicht mit den übrigen Müttern am Tor gestanden, und die meisten anderen Kinder waren schon weg. Er wollte nicht, dass Mrs. Clay ihn im Klassenzimmer warten ließ. Nicht schon wieder. Ihm war klar, dass er eigentlich nicht allein nach Hause gehen durfte, aber er kannte den Weg. Außerdem würde ihm seine Mutter sowieso irgendwo entgegenkommen – im Laufschritt und mit halb aufgelöster Frisur, weil sie so spät dran war. Unauffällig schob er sich in Richtung Tor. Anfangs hatte Mrs. Clay ihn noch im Auge, aber dann musste sie sich die Nase putzen. Dabei bedeckte sie ihr ganzes faltiges Gesicht mit einem großen weißen Taschentuch. In dem Moment entwischte er. Niemand sah ihn hinausschlüpfen. Draußen auf der Straße entdeckte er in einer flachen Pfütze eine Pfundmünze. Nachdem er sich umgeschaut hatte, um sicherzugehen, dass sich niemand einen Scherz mit ihm erlaubte, hob er die Münze auf und rieb sie mit einem Zipfel seines Hemds trocken. Wenn seine Mutter ihm nicht vorher entgegenkam, würde er sich im Laden an der Ecke Süßigkeiten oder eine Tüte Chips kaufen. Er ließ den Blick die Straße entlangwandern, konnte sie aber immer noch nicht sehen.

13

Schon vor sehr langer Zeit hatte Frieda gelernt, ihr Leben so zu organisieren, dass es heiter und verlässlich wie ein Wasserrad dahinlief – ein Rad, bei dem jedes Segment in Bewährtes eintauchte, ehe es wieder nach oben strebte. So verlebte sie einen vertrauten Tag nach dem anderen mit dem guten Gefühl, klar umrissenen Zielen zu folgen: Ihre Patienten kamen an den vereinbarten Tagen, sie traf sich mit Reuben, unternahm etwas mit Freunden, unterrichtete Chloë in Chemie und saß abends mit einem Buch am Kamin oder fertigte in ihrem Arbeitszimmer oben unter dem Dach mit einem weichen Bleistift kleine Zeichnungen an. Olivia betrachtete Ordnung als eine Art Gefängnis, das einen davon abhielt, neue Erfahrungen zu machen. Dagegen war es für sie ein Ausdruck von Freiheit, wenn man leichtsinnig und chaotisch lebte. Nach Friedas Meinung aber gab einem Ordnung die Freiheit zu denken – seine Gedanken in den Raum hineinfließen zu lassen, den man für sie geschaffen hatte, und die richtige Bezeichnung und Form für Ideen und Gefühle zu finden, die im Lauf des Tages das Wasser trübten wie Schlamm oder Tang. Indem man sie benannte, bettete man sie sozusagen zur Ruhe. Manche Dinge aber wollten nicht ruhen. Sie waren wie aufgewühlter Schlamm, der sich unter der Oberfläche bewegte und Frieda Unbehagen bereitete.

Jetzt gab es in ihrem Leben auf einmal Sandy. Sie aßen, redeten und schliefen miteinander, doch dann kehrte Frieda nach Hause zurück, ohne bei ihm zu übernachten. Auf eine sehr komplizierte, beunruhigende und aufregende Weise fingen sie gerade an, eine Bindung aufzubauen, einander immer besser kennenzulernen, einander zu erforschen und Dinge anzuvertrauen. Wie weit wollte sie ihn in ihr Leben lassen? Wollte sie Teil eines Paars werden und in Zukunft zu zweit durchs Leben marschieren wie zwei Bergsteiger an einem Seil?

Nun hatte Sandy zum ersten Mal in ihrem Haus übernachtet. Frieda hatte ihm nicht verraten, dass noch kein anderer Mann dort über Nacht geblieben war, seit sie es gekauft hatte. Sie waren im Kino gewesen, hatten danach in einem kleinen italienischen Restaurant in Soho zu später Stunde noch eine Kleinigkeit gegessen und waren anschließend zu ihr gegangen. Schließlich lag ihr Haus ganz in der Nähe, da bot sich das an, hatte sie erklärt, als wäre es ein spontaner Entschluss und kein entscheidender Schritt. Inzwischen war Sonntagmorgen. Frieda war sehr früh aufgewacht und hatte beim Anblick der Gestalt neben ihr einen Schreck bekommen. Dann war es ihr wieder eingefallen. Sie war leise aus dem Bett gekrochen, hatte geduscht und war dann hinuntergegangen, um Feuer im Kamin und sich eine Tasse Kaffee zu machen. Dass sich außer ihr noch jemand im Haus befand, fühlte sich seltsam an und brachte sie irgendwie aus dem Konzept. Wann würde er nach Hause gehen? Was, wenn er es nicht tat?

Als Sandy herunterkam, war Frieda gerade damit beschäftigt, die Rechnungen und Geschäftsbriefe zu öffnen, die sie immer bis zum Wochenende liegen ließ.

»Guten Morgen!«

»Hallo.« Sie klang so kurz angebunden, dass Sandy fragend die Brauen hob.

»Ich kann sofort gehen«, erklärte er, »oder du machst mir eine Tasse Kaffee, und ich verschwinde dann.«

Frieda blickte auf und lächelte, wenn auch ein wenig gequält. »Entschuldige. Ich mache dir einen Kaffee. Oder …«

»Ja?«

»Normalerweise gehe ich am Sonntagmorgen immer in das Café gleich um die Ecke. Dort frühstücke ich und lese die Zeitung. Dann spaziere ich zum Markt in der Columbia Road und kaufe mir Blumen oder schaue sie mir einfach nur an. Du kannst mitkommen, wenn du magst.«

»Ja, gern.«

Gewöhnlich frühstückte Frieda am Sonntag immer das Gleiche: einen getoasteten Zimtbagel und eine Tasse Tee. Sandy bestellte sich eine Schüssel Porridge und einen doppelten Espresso. Kerry, die ihre Bestellungen entgegennahm, bemühte sich um eine geschäftsmäßige Miene. Als sie jedoch Friedas Blick auffing, zog sie anerkennend die Augenbrauen hoch, was Frieda mit einem Flunsch quittierte. Kerry ließ sich davon nicht aus dem Konzept bringen. Allerdings hatten sie und Marcus ohnehin wenig Zeit für die beiden, weil sich die Nummer 9 rasch füllte. Nur Katya war ohne Beschäftigung und wanderte zwischen den Tischen umher. Hin und wieder machte sie am Tisch von Sandy und Frieda halt, befeuchtete ihren Zeigefinger und steckte ihn in die Zuckerdose, um ihn anschließend genüsslich abzulecken.

Neben der Theke lag immer ein Stapel Zeitungen. Frieda holte ein paar davon und legte sie zwischen sich und Sandy. Dabei hatte sie plötzlich das beunruhigende Gefühl, dass sie beide sich im Lauf der letzten Tage in ein typisches Pärchen verwandelt hatten – eines, das zusammen Veranstaltungen besuchte, die Nacht miteinander verbrachte und am Sonntagmorgen in einvernehmlichem Schweigen Zeitung las. Sie biss ein großes Stück von ihrem Bagel ab und trank einen Schluck Tee. War das denn so schlimm?

Während der Woche kam Frieda selten dazu, die Zeitung von vorn bis hinten zu lesen, deshalb gönnte sie sich diesen Luxus meist am Sonntag. In der letzten Zeit aber war sie ganz auf Sandy fixiert gewesen. Irgendwie hatte sie zugelassen, dass sich ihre Welt nur noch um ihn und ihre Arbeit drehte. Nun machte sie Sandy gegenüber eine dahingehende Bemerkung. »Wobei es vielleicht gar nicht schadet, hin und wieder vom Geschehen auf der Welt abgeschnitten zu sein«, fügte sie hinzu.

»Ändern kann ich ja sowieso nichts daran. Deshalb muss ich auch nicht unbedingt wissen, ob irgendwelche Aktien um einen Punkt gestiegen sind oder nicht. Oder dass jemand, den ich nicht kenne, einer Person, die ich ebenso wenig kenne, etwas Schreckliches angetan hat. Oder dass eine Berühmtheit, von der ich noch nie etwas gehört habe, mit einer anderen Berühmtheit Schluss gemacht hat, von der ich auch noch nie etwas gehört habe.«

»Ich muss zu meiner Schande gestehen, dass ich eine Schwäche für die Klatschspalten habe«, entgegnete Sandy. »Ich … Was ist?«

Frieda hörte ihm nicht mehr zu. Sie war plötzlich ganz von einer Nachricht gefangen, die sie gerade überflog.

Sandy beugte sich zu ihr hinüber und las die Schlagzeile: »›Kleiner Mattie immer noch vermisst: Mums tränenreicher Hilferuf‹. Davon hast du doch bestimmt gehört. Es ist gerade erst passiert. Gestern waren alle Zeitungen voll davon.«

»Nein«, murmelte Frieda.

»Stell dir vor, was die Eltern durchmachen müssen.«

Frieda betrachtete das drei Spalten breite Foto eines kleinen Jungen mit leuchtend rotem Haar, Sommersprossen und einem schiefen Grinsen im Gesicht. Der Blick seiner braunen Augen war dem Fotografen zugewandt. »Freitag«, sagte sie.

»Wahrscheinlich ist er inzwischen schon tot. Die arme Lehrerin, die ihn nicht aufgehalten hat, tut mir leid. Sie ist zu einer Zielscheibe des Hasses geworden.«

Frieda hörte gar nicht so richtig, was er sagte. Sie überflog den Rest des Artikels über Matthew Faraday, der am Freitagnachmittag unbemerkt aus seiner Grundschule in Islington entwischt war und zuletzt gesehen worden war, als er auf einen etwa hundert Meter entfernten Süßwarenladen zusteuerte. Frieda griff nach einer anderen Zeitung und las dieselbe Geschichte noch einmal. Diese zweite Version war ein wenig lebendiger geschrieben und brachte als Zusatzinformation die

Meinung eines Experten für Täterprofile. Frieda blätterte nacheinander alle Zeitungen durch – wie es schien, waren alle Blickwinkel abgedeckt worden: Es gab Artikel über das Leid der Eltern, über die polizeilichen Ermittlungen, die betroffene Schule, die Reaktionen der Gemeinde und die Frage, wie sicher unsere Kinder heutzutage waren.

»Was für ein seltsamer Zufall«, sagte Frieda, als spräche sie mit sich selbst.

Es regnete, sodass sich auf dem Blumenmarkt nicht viele Leute aufhielten. Frieda war froh über den Regen. Sie spürte ihn gern auf ihrem Haar, und sie war dankbar für die menschenleeren Straßen. Zusammen mit Sandy schlenderte sie an Ständen vorbei, die große Blumensträuße und Pflanzen verkauften. Obwohl erst Mitte November war, boten sie schon die ersten Dinge für Weihnachten an: Amaryllisblüten, Stechpalmenzweige, Weihnachtssterne in schönen Keramiktöpfen, Kränze für die Haustüren und sogar Sträuße aus Mistelzweigen. Frieda schenkte all dem keine Beachtung. Sie hasste Weihnachten und auch die Vorweihnachtszeit, die Hektik der Leute beim Einkaufen, den ganzen Tand in den Läden, die weihnachtliche Beleuchtung der Straßen, die viel zu früh angebracht wurde, die Weihnachtslieder, die Tag für Tag aus überheizten Läden schallten, die Flut aus Katalogen, die auf ihrer Türmatte und anschließend sofort in der Mülltonne landeten, und vor allem, dass unablässig der Wert der Familie betont wurde. Für Frieda hatte die Familie keinen Wert. Von ihrer eigenen hielt sie überhaupt nichts, und ihre Familie nichts von ihr. Zwischen ihnen klaffte eine große, unüberwindbare Kluft.

Der Wind zerrte an den Markisen der Stände. Frieda blieb stehen, um einen großen Strauß bronzefarbener Chrysanthemen zu kaufen. Alan Dekker hatte von einem Sohn mit rotem Haar geträumt. Der rothaarige Matthew Faraday war verschwunden. Ein unheimlicher, aber sicher bedeutungsloser

Zufall. Sie steckte ihr Gesicht in die duftende Feuchtigkeit der Blumen und atmete tief ein. Ende der Geschichte.

Trotzdem ging ihr die Sache nicht aus dem Kopf. An diesem Abend – an dem ein heftiger Wind die Deckel von den Mülltonnen wehte und die Straßen entlangscheppern ließ, die Bäume zu seltsamen Formen verbog und die Wolken in dunklen Knäueln am Himmel dahinjagte – erklärte sie Sandy, dass sie eine Weile allein sein wolle, und unternahm einen Spaziergang. Wie sich herausstellte, führte ihr Weg sie nach Islington, vorbei an den vornehmen Häusern und gepflegten Plätzen, hinein in den weniger wohlhabenden Teil. Es dauerte nicht lange, nur so um die fünfzehn Minuten, bis sie schließlich vor dem Teppich aus Blumen stand, der sich bereits vor der Grundschule ausgebreitet hatte, wo Matthew zuletzt gesehen worden war. Zum Teil begannen die Blumen in ihren Zellophanhüllen schon zu welken, sodass Frieda ein süßlicher Hauch von Fäulnis in die Nase stieg.

Wale sind keine Fische. Spinnen haben acht Beine. Schmetterlinge entwickeln sich aus Raupen und Frösche aus Kaulquappen und Kaulquappen aus dem dicken getüpfelten Gelee, das Mrs. Hyde manchmal in einem Marmeladenglas in die Schule mitbrachte. Zwei und zwei macht vier. Zwei und zwei macht vier. Zwei und zwei macht vier. Er wusste nicht, was als Nächstes passierte, er konnte sich nicht erinnern. Mummy wird bestimmt bald kommen. Wenn er die Augen fest zusammenkniff und ganz langsam bis zehn zählte – ein Rhinozeros, zwei Rhinozerosse – und sie dann wieder aufschlug, würde sie da sein.

Er schloss ganz fest die Augen, zählte und schlug sie dann wieder auf. Es war immer noch dunkel. Sie war böse auf ihn, das war der Grund. Sie wollte ihm eine Lektion erteilen, weil er den Schulhof verlassen hatte, ohne dass sie ihn fest an ihrer warmen Hand hielt. Das darfst du niemals tun, hatte sie gesagt, versprich mir das, Matthew. Er hatte es ihr versprochen. Großes Indianerehrenwort. Er hatte die Süßigkeiten gegessen. Nimm niemals von einem Fremden etwas zu essen an, Matthew. Es war ein Zauber. Zaubertränke konnten einen in etwas anderes verwandeln, so klein machen wie ein Insekt in einer Ecke des Raums, und dann würde Mummy ihn nicht sehen. Womöglich *trat* sie sogar auf ihn. Oder er hatte ein anderes Gesicht, einen anderen Körper, den Körper eines Raubtiers oder eines Monsters, in dem er feststeckte. Sie würde ihn ansehen und nicht begreifen, dass er es war, Matthew, ihr kleiner Muffin, ihr Honigkuchen. Aber seine Augen wären noch dieselben, nicht wahr? Er würde immer noch mit seinen eigenen Augen aus seinem Körper blicken. Vielleicht musste er auch rufen und schreien, ihr sagen, wer er in Wirklichkeit war, aber sein Mund war zugeklebt, und wenn er weinte, hörte er nur ein Summen in seinem Kopf, fast wie ein Echo. Er musste an das Tuten denken, das man hörte, wenn man mit Mummy und Daddy auf dem Weg in den Urlaub war und mit einer Fähre über das Meer fuhr. Ein einsames Tuten in der Ferne, von dem man eine Gänsehaut bekam, auch wenn man eigentlich nicht wusste, warum. In dem Moment wollte man nur in den Arm genommen werden und sich sicher fühlen vor der Welt, die so weit und tief und voller Überraschungen war, dass einem vor Angst fast das Herz in der Brust zersprang.

Er musste aufs Klo. Verzweifelt konzentrierte er sich darauf, doch nicht aufs Klo zu müssen. Er war zu groß, um in die Hose zu pinkeln. Die Leute lachten über große Jungs, die noch in die Hose machten. Sie zeigten mit dem Finger auf sie und hielten sich die Nase zu. Erst war die Nässe warm, dann kalt, dann brannte die Kälte an seinem Oberschenkel, und er bekam den schwachen, aber trotzdem durchdringenden Geruch nicht mehr aus der Nase. Seine Augen waren auch nass und brannten. Er konnte sich die Tränen nicht aus dem Gesicht wischen. Mummy. Daddy. Es tut mir so leid, dass ich unartig war. Wenn ihr mich jetzt mit nach Hause nehmt, werde ich ganz brav sein, das verspreche ich.

Oder er war in eine Schlange verwandelt worden, denn seine Arme waren keine Arme mehr, sondern irgendwie an seinem Körper festgewachsen, auch wenn er die Finger noch bewegen konnte. Genauso waren seine Füße keine Füße mehr, sondern klebten aneinander. Es war einmal ein kleiner Junge namens Matthew, der einen Zaubertrank kostete und daraufhin zur Strafe in eine Schlange verwandelt wurde – dazu verurteilt, auf dem Boden dahinzukriechen. Unter seiner Wange war Holz. Er spürte es nicht nur, sondern roch es auch. Konnte er sich vielleicht wie eine Schlange bewegen? Er zog die Beine an und streckte sich dann wieder, wodurch sein Oberkörper ruckartig nach vorn glitt. Plötzlich stieß er mit dem Gesicht an etwas Kühles, Festes, das in einer abgerundeten Spitze endete. Er stieß mit dem Kopf ein wenig dagegen, doch es rührte sich nicht von der Stelle. Daraufhin reckte er den Hals und legte die Wange auf das Ding, um herauszufinden, worum es sich handelte. Beim Versteckspielen war er einmal in den Kleiderschrank seiner Eltern gekrochen. Kichernd hatte er sich in der Dunkelheit zusammengerollt, dabei aber auch ein bisschen Angst gehabt, weil durch den Spalt in der Doppeltür nur noch ein schmaler Streifen Licht hereinfiel. Er konnte seine Eltern im ganzen Haus hören. Sie suchten ihn an albernen Orten, zum Beispiel hinter den Vorhängen. Damals hatte er den Kopf auch auf so etwas gelegt. Jetzt spürte er unter seiner tränennassen Wange die Schleife eines Schnürsenkels und einen Knoten.

Der Schuh wurde weggezogen, sodass sein Kopf unsanft auf dem Boden landete. Der Schuh stieß ihn grob in die Seite. Als plötzlich eine kleine grelle Lampe aufleuchtete, rollte er sich auf den Rücken, sodass er nun nach oben blickte, von der gleißenden Helligkeit aber so sehr geblendet wurde, dass er außer dem Licht überhaupt nichts sehen konnte. Es stach ihm in die Augen und explodierte mitten in seinem Kopf zu einer leuchtenden Blüte, doch rund um diesen pulsierenden Kern herum wirkte die Dunkelheit nur noch schwärzer.

Das Licht ging aus. Der Schuh schob ihn zur Seite. Einen Moment lang war in der Dunkelheit ein graues Rechteck zu erkennen, dann machte es Klick, und das Grau verschwand.

14

Frieda läutete an der vertrauten Tür. Die Klingel war nicht zu hören. Vielleicht war sie kaputt oder läutete irgendwo tief im Haus. Frieda drückte erneut auf den Knopf. Noch immer nichts zu hören. Sie betätigte mehrfach den schweren Türklopfer, trat ein paar Schritte zurück und spähte durch die Fenster. Es war kein Licht zu sehen, keine Bewegung – keinerlei Anzeichen dafür, dass jemand zu Hause war. Hatte er sich womöglich zu einer Urlaubsreise entschlossen? Sie klopfte erneut, dieses Mal so heftig, dass die Tür wackelte. Dann beugte sie sich hinunter und spähte durch den Briefschlitz. Auf der Matte lagen etliche Briefe. Frieda wollte gerade gehen, als sie drinnen etwas hörte. Sie klopfte noch einmal. Nun regte sich im Haus definitiv etwas. Schritte näherten sich, irgendetwas klapperte, ein Riegel wurde zurückgeschoben, dann ging die Tür auf.

Reuben kniff die Augen zusammen, als wäre selbst das graue Licht eines bewölkten Novembermorgens zu viel für ihn. Er trug eine schmuddelige Jeans und ein nur teilweise zugeknöpftes Hemd. Frieda hatte den Eindruck, dass er sie erst auf den zweiten Blick erkannte. Er wirkte benommen und verwirrt. Frieda stieg eine Mischung aus Alkoholfahne, Tabak- und Schweißgeruch in die Nase. Spätestens jetzt war ihr klar, dass Reuben mindestens eine Nacht in seinen Klamotten verbracht hatte.

»Wie spät ist es?«, fragte er.

»Viertel nach neun«, antwortete Frieda.

»Morgens oder abends?«

»Für mich sieht es nach morgens aus.«

»Ingrid ist weg«, erklärte Reuben.

»Wo ist sie denn?«

»Sie hat mich verlassen. Sie hat gesagt, sie kommt nicht zurück. Wo sie hin ist, weiß ich nicht. Das wollte sie mir nicht sagen.«

»Darf ich reinkommen?«

»Besser nicht.«

Frieda schob sich an ihm vorbei. Sie war seit über einem Jahr nicht mehr bei ihm zu Hause gewesen und stellte nun erschrocken fest, wie vernachlässigt alles wirkte. Bereits in der Diele entdeckte sie ein Fenster, das einen Sprung aufwies, und eine lockere Lampenfassung, die so weit von der Zimmerdecke hing, dass die Drähte zu sehen waren. Frieda blickte sich suchend um. Schließlich fischte sie unter einer Zeitung ein Telefon heraus, zog einen Zettel aus der Tasche und wählte die darauf notierte Nummer. Nachdem sie ihr kurzes Gespräch beendet hatte, wandte sie sich wieder Reuben zu.

»Wo soll das Telefon hin?«

»Egal«, antwortete er, »ich finde es sowieso nie.«

»Ich mache dir einen Kaffee.«

Als Frieda Reubens Küche betrat, schlug ihr ein solcher Gestank entgegen, dass sie die Hand vor den Mund schlagen musste, um nicht zu würgen. Entsetzt betrachtete sie das Chaos aus schmutzigen Tellern, Pfannen, Gläsern und Alubehältern voller Fastfoodreste.

»Ich habe nicht mit Besuch gerechnet«, erklärte Reuben. Sein Ton klang fast trotzig, wie der eines Kindes, das seine Spielsachen kaputt gemacht hat. »Hier fehlt die Hand einer Frau. Wobei das noch harmlos ist, verglichen mit dem Zustand oben.«

Der schreckliche Anblick, den die Küche bot, weckte bei Frieda den spontanen Drang, einfach die Flucht zu ergreifen und Reuben seinem Schicksal zu überlassen. Hatte nicht Reuben selbst vor Jahren einmal etwas Derartiges zu ihr gesagt? »Man muss die Leute ihre eigenen Fehler machen lassen. Man kann sie höchstens im Auge behalten und dafür sorgen, dass sie nicht die Pferde scheu machen oder im Kittchen landen oder außer sich selbst auch noch anderen schaden.« Aber sie brachte es nicht übers Herz. Das komplette Haus aufzuräumen, stand für sie nicht zur Debatte, aber sie beschloss, zumindest eine Art Schneise durch den Dreck zu schlagen. Energisch schob sie Reuben auf einen Stuhl, wo er tatsächlich sitzen blieb, sich verlegen das Gesicht rieb und irgendetwas Unverständliches vor sich hin murmelte. Frieda schaltete den Wasserkocher ein. Über die ganze Küche waren halb oder viertel volle Flaschen verteilt: Whisky, Cinzano Bianco, Wein, Drambuie. Frieda entleerte sie alle ins Spülbecken. Anschließend suchte sie sich einen Müllbeutel und füllte ihn mit den Essensresten. Immerhin bewies deren Existenz, dass Reuben nicht nur getrunken hatte. Frieda stapelte das schmutzige Geschirr im Spülbecken und dann, als dieses voll war, rundherum. Anschließend öffnete sie mehrere Schränke, bis sie schließlich irgendwo ganz weit oben ein vergessenes, noch ungeöffnetes Glas löslichen Kaffee fand. Mit einem Löffelstiel riss Frieda das feste Papier auf, mit dem das Glas versiegelt war. Sie spülte zwei große Becher aus und bereitete für Reuben und sich heißen schwarzen Kaffee zu. Bei seinem Anblick schüttelte Reuben stöhnend den Kopf, aber Frieda hielt ihm den Becher einfach an die Lippen. Er nahm ein paar Schlucke, ehe er erneut aufstöhnte. »Nun habe ich mir die Zunge verbrannt!«

Frieda ließ trotzdem nicht locker, sondern flößte ihm einen Schluck nach dem anderen ein, bis er die halbe Tasse getrunken hatte.

»Na, macht es dir Spaß, dich an meinem Unglück zu weiden?«, fragte Reuben. »So weit ist es mit mir gekommen. Ein solch schlimmes Ende hat es mit Reuben McGill genommen. Oder willst du mir dein Beileid aussprechen? Mir sagen, wie schrecklich leid dir das alles tut? Oder hast du womöglich vor, mir eine Standpauke zu halten?«

Frieda griff nach ihrer Kaffeetasse, warf einen Blick darauf und stellte sie wieder auf den Tisch. »Eigentlich wollte ich dich um Rat fragen«, erklärte sie.

»Soll das ein Witz sein?«, entgegnete Reuben. »Sieh dich doch um! Glaubst du wirklich, dass ich in der Lage bin, anderen Menschen Ratschläge zu erteilen?«

»Alan Dekker«, sagte Frieda, »der Patient, den ich von dir übernommen habe. Erinnerst du dich an ihn?«

»Übernommen? ›Weggenommen‹ trifft es wohl eher. Du meinst doch den, der dafür gesorgt hat, dass ich an meiner eigenen Klinik nicht mehr praktizieren darf, oder? Das Problem ist, dass es kaum etwas gibt, woran ich mich im Zusammenhang mit ihm erinnern kann, weil mich nämlich ausgerechnet meine ehemalige Lieblingsstudentin, die ich nach Kräften gefördert habe, von dem Fall hat abziehen lassen. Also, was ist das Problem? Hat er sich jetzt auch über dich beschwert?«

»Das Problem ist, dass er mir ziemlich zusetzt.«

»Ach, tatsächlich?«

»Ich kann schon seit Tagen nicht mehr richtig schlafen.«

»Du konntest doch noch nie richtig schlafen.«

»Aber jetzt habe ich seinetwegen Albträume, ich fühle mich wie von ihm infiziert. Deswegen habe ich mich gefragt, wie es dir mit ihm ergangen ist. Ob das vielleicht auch der Grund war, warum es zwischen euch beiden schiefgelaufen ist.«

Reuben nahm einen Schluck Kaffee. »Lieber Himmel, ich hasse dieses Zeug!«, stieß er aus. Dann fuhr er fort: »Du erinnerst dich an Dr. Schoenbaum?«

»Er war einer von deinen Dozenten, oder?«

»Genau. Er wurde von Richard Steiner analysiert, und Richard Steiner von Thomas Bayer, und Thomas Bayer von Sigmund Freud. Schoenbaum war sozusagen mein heißer Draht zu Gott. Er hat mir beigebracht, dass du als Psychoanalytiker kein menschliches Wesen mehr bist, sondern eher so etwas wie ein Totempfahl.«

»Ein Totempfahl?«

»Du bist einfach nur da. Wenn dein Patient hereinkommt und dir erzählt, dass gerade seine Frau gestorben ist, sprichst du ihm nicht dein Beileid aus. Stattdessen analysierst du, warum er das Bedürfnis verspürt, dir davon zu erzählen. Doch obwohl Schoenbaum brillant und charismatisch war, dachte ich mir: Zum Teufel damit! Ich wollte mit meinen Patienten das genaue Gegenteil von dem machen, was er tat. Ich wollte ihnen die Hand halten und in unserem kleinen Raum alles tun, was sie taten, allen Pfaden folgen, die sie einschlugen, und alles fühlen, was sie fühlten.« Reuben beugte sich so weit zu Frieda hinüber, dass sie seine Augen aus nächster Nähe sehen konnte: gelblich verfärbt und in den Augenwinkeln rot geädert. Sein säuerlicher Atem roch nach Kaffee, Alkohol und ungesundem Essen. »Du glaubst gar nicht, durch welchen Mist ich gewatet bin. Du glaubst nicht, was für eine Scheiße durch das menschliche Gehirn fließt. Ich bin bis zum Hals darin gewatet. Männer haben mir schlimme Sachen über Kinder erzählt und Frauen über ihre Väter und Onkel. Ich weiß nicht, wieso sie nicht einfach aus dem Raum gegangen sind und sich ihr gottverdammtes Gehirn weggeblasen haben. Ich bildete mir ein, ich wäre ihnen vielleicht eine Hilfe, indem ich mit ihnen auf die Reise ging und ihnen zeigte, dass sie nicht allein waren, sondern das Ganze mit jemandem teilen konnten. Vielleicht wären sie dann in der Lage zurückzukehren und etwas aus ihrem Leben zu machen. Und weißt du, was? Nachdem ich das nun fünfundzwanzig Jahre lang praktiziert habe, bin ich am Ende. Weißt du, was Ingrid zu mir gesagt hat? Sie hat gesagt, ich sei erbärmlich, trinke zu viel und hätte mich zu einem richtigen Langweiler entwickelt.«

»Du hast Menschen geholfen«, erklärte Frieda.

»So, meinst du?«, entgegnete Reuben. »Wahrscheinlich wäre es auf dasselbe hinausgelaufen, wenn sie sich ein paar Pillen eingeworfen oder ein bisschen Sport oder einfach gar nichts gemacht hätten. Wie auch immer, ich weiß nicht, welche Wirkung es auf sie gehabt hat, aber mir hat es alles andere als gutgetan. Sieh dich doch mal um. Das kommt dabei heraus, wenn man diese Leute in seinen Kopf hineinlässt. Falls du also wirklich einen Rat von mir möchtest, dann gebe ich dir hiermit einen: Sobald dir ein Patient unter die Haut geht, gib ihn sofort an einen anderen Therapeuten ab. Du wirst diesem Menschen nicht helfen, und dir selbst tust du damit auch nichts Gutes. So, jetzt kannst du gehen.«

»Ich habe gar nicht zugelassen, dass er mir unter die Haut geht – jedenfalls nicht auf die Art, wie du meinst. Es ist nur irgendwie … nun ja, seltsam. *Er* ist seltsam.«

»Inwiefern?«

Frieda erzählte ihm von ihren Sitzungen mit Alan und wie überrascht sie gewesen sei, als sie die Zeitung aufschlug und von Matthew las. Reuben hörte ihr zu, ohne sie zu unterbrechen. Einen Moment lang vergaß Frieda fast, wo sie sich befand. Die Jahre lösten sich in Luft auf, und sie war wieder eine Studentin, die mit ihrem Mentor Reuben über ihre Ängste sprach. Er konnte richtig gut zuhören, wenn er wollte. Dabei saß er leicht nach vorn gebeugt und wandte den Blick keine Sekunde von ihrem Gesicht ab.

»Tja«, sagte sie am Ende, »verstehst du jetzt, was ich meine?«

»Erinnerst du dich an die Patientin, die du vor Jahren mal hattest? Sie hieß Melody oder so ähnlich.«

»Du meinst Melanie?«

»Ja, genau die. Sie war eine typische psychosomatisch reagierende Patientin. Reizmagen, Schwindelanfälle bis hin zur Ohnmacht, das ganze Programm.«

»Und?«

»Ihre Ängste und unterdrückten Gefühle kamen durch ihre körperlichen Symptome zum Ausdruck. Die Patientin konnte sich ihre Probleme nicht eingestehen, aber ihr Körper fand eine Möglichkeit, sie zum Ausdruck zu bringen.«

»Du glaubst also ...«

»Es gibt sehr seltsame Leute mit noch seltsameren Vorgängen im Gehirn. Denk an die Frau, die eine Allergie gegen das zwanzigste Jahrhundert hatte. Worum ging es dabei? Ich vermute, Alan tut etwas Ähnliches. Weißt du, Panik ist manchmal etwas frei Schwebendes, das sich an alles hängt, was gerade des Weges kommt.«

»Ja«, antwortete Frieda langsam, »aber seine Gedanken kreisten ausgerechnet um einen rothaarigen kleinen Jungen, und zwar kurz bevor Matthew verschwand.«

»Hmm. Auf jeden Fall war es eine gute Theorie. Im Grunde ist es immer noch eine gute Theorie – nur trifft sie auf dich selbst zu und nicht auf deinen Patienten.«

»Genial.«

»Ich meine das durchaus ernst, zumindest bis zu einem gewissen Grad: Du bist wegen Alan nervös, weil du nicht ganz schlau aus ihm wirst. Deswegen verbindest du seinen Fantasiesohn mit einem passenden Symbol.«

»Ein entführtes Kind ist ja wohl kaum ein Symbol.«

»Warum nicht? Alles ist ein Symbol.«

»Schwachsinn«, sagte Frieda, musste aber trotzdem lachen. Ihr war schon viel wohler. »Und was ist mit dir?«

»Ach ja, klar. Nun ist es an dir, einen Rat zu erteilen. Hier sitze ich, habe weder Frau noch Job und trinke schon eine ganze Weile Gin aus Kaffeetassen. Was empfehlen Sie mir, Frau Doktor? Hat das nicht alles etwas mit meiner Mutter zu tun?«

Frieda blickte sich ruhig um. »Ich finde, du solltest aufräumen.«

»Bist du neuerdings Behavioristin?«, fragte Reuben in sarkastischem Ton.

»Ich mag bloß kein Chaos. Ein bisschen mehr Ordnung würde dir bestimmt nicht schaden.«

Reuben schlug sich so fest gegen den Kopf, dass Frieda erschrocken zusammenzuckte. »Es hat keinen Sinn, seine Umgebung aufzuräumen, solange man hier *drin* am Rad dreht.«

»Wenigstens könntest du dann in einem ordentlichen Haus am Rad drehen.«

»Du klingst wie meine Mutter.«

»Ich mochte deine Mutter.«

Es klopfte an der Tür.

»Wer, zum Teufel, kann das sein?«, stieß Reuben gereizt hervor. Er schlurfte aus dem Raum. Frieda griff nach ihrem Kaffeebecher und schüttete seinen Inhalt über das schmutzige Geschirr im Spülbecken. Reuben kehrte in die Küche zurück. »Irgendein Typ fragt nach dir.«

Hinter ihm tauchte Josef auf.

»Das ging aber schnell«, meinte Frieda.

»Ist der von einer Putztruppe?«, fragte Reuben.

»Ich bin Bauarbeiter«, erklärte Josef feierlich. »Haben Sie eine Party gefeiert?«

»Was will der Mann hier?«, wandte Reuben sich erneut an Frieda.

»Ich habe ihn gebeten herzukommen«, antwortete sie. »Er schuldet mir einen Gefallen. Für den du bezahlen wirst. Also sei höflich zu ihm. Josef, ich habe mich gefragt, ob Sie hier vielleicht das eine oder andere reparieren könnten. Zum Beispiel die Türklingel und ein gesprungenes Fenster. Und eine Lampe, die bald von der Decke fällt.«

»Der Boiler funktioniert auch nicht richtig«, meldete Reuben sich zu Wort.

Josef schaute sich interessiert um. »Ist Ihnen die Frau davongelaufen?«

»Sie war nicht meine Frau«, entgegnete Reuben, »und ja, sie ist mir davongelaufen. Wie Sie sehen können. Das habe ich alles ganz allein geschafft.«

»Das tut mir leid«, sagte Josef.

»Ich brauche Ihr Mitleid nicht«, fauchte Reuben.

»O doch, genau das brauchst du«, widersprach Frieda. Sie berührte Josef leicht an der Schulter. »Vielen Dank. Und Sie hatten recht. Reden allein reicht nicht immer aus. Manchmal muss man etwas tun.«

Josef äußerte seine Zustimmung auf für ihn typische Art, indem er galant den Kopf neigte.

15

Frieda?«

»Entschuldige.«

»Du bist gar nicht richtig da. Woran denkst du gerade?«

Frieda hasste es, wenn jemand sie das fragte. »An nichts Besonderes«, antwortete sie. »Den vor mir liegenden Tag. Sachen, die mit meiner Arbeit zu tun haben.« Sie hatte extrem schlecht geschlafen. Ihre Augen brannten, und sie war so gereizt, dass sie sich nicht mit Sandy unterhalten wollte, der die ganze Nacht tief und fest neben ihr geschlafen und dabei im Traum unverständliches Zeug vor sich hin gemurmelt hatte.

»Es gibt ein paar Dinge, über die wir reden sollten.«

»Dinge?«

»Ja.«

»Wird das jetzt das Mit-wie-vielen-Männern-habe-ich-schon-geschlafen-Gespräch?«

»Nein. Das sparen wir uns für später auf. Ich möchte mit dir über unsere Pläne sprechen.«

»Du meinst, was ich diesen Sommer vorhabe? Ich sollte dich vielleicht vorwarnen: Fliegen hasse ich wie die Pest, und Sonnenbaden am Strand auch.«

»Hör auf.«

»Entschuldige. Ignorier mich einfach. Es ist halb acht Uhr morgens und ich habe den Großteil der Nacht wach gelegen. In meinem Kopf geht es dann immer drunter und drüber. Die einzigen Pläne, die ich im Moment schmieden kann, sind die für die nächsten acht Stunden.«

»Komm doch heute Abend zu mir. Dann koche ich uns eine Kleinigkeit, und wir können reden.«

»Irgendwie habe ich das Gefühl, das verheißt nichts Gutes.«
»Da irrst du dich.«
»Ich habe um sieben noch einen Patienten.«
»Komm einfach danach.«

Frieda machte sich während einer Sitzung niemals Notizen. Das erledigte sie erst hinterher, und am Abend oder am Wochenende tippte sie die Notizen dann am Computer ins Reine. Hin und wieder aber fertigte sie kleine Zeichnungen an oder kritzelte einfach ein wenig auf dem Block herum, den sie stets zur Hand hatte. Das half ihr dabei, sich gedanklich auf den Patienten zu konzentrieren. Sie tat es auch jetzt, während sie in ihrem wiederhergestellten und frisch gestrichenen Raum saß. Die neue Wandfarbe trug die Bezeichnung »Nebelgrau«. Was Josef davon hielt, war ihm deutlich anzusehen gewesen. Im Moment fertigte Frieda gerade eine lockere Skizze von Alans linker Hand an, die er – zumindest vorübergehend – auf der Armlehne seines Sessels abgelegt hatte. Hände zu zeichnen war schwierig. Er hatte einen dicken goldenen Ehering am dafür vorgesehenen Finger, wund gekaute Haut rund um den Daumennagel und hervorstehende Adern. Sein Zeigefinger war länger als sein Ringfinger. Angeblich hatte das etwas zu bedeuten, auch wenn sie sich nicht erinnern konnte, was. An diesem Tag wirkte er noch rastloser als sonst. Ständig rutschte er auf seinem Platz herum, beugte sich vor, lehnte sich wieder zurück und rieb sich die Seite der Nase. Frieda bemerkte, dass er am Hals einen Ausschlag und auf dem Hemd einen Zahnpastafleck hatte. Er sprach in sehr schnellem Tempo über den Sohn, den er sich wünschte. All die Worte, die so viele Jahre lang verboten und in seinem Inneren versiegelt gewesen waren, quollen nun plötzlich hervor. Während sie den Knöchel seines kleinen Fingers zeichnete, lauschte sie ihm aufmerksam und versuchte dabei, das Unbehagen zu unterdrücken, das durch ihren Körper kribbelte und ihr eine Gänsehaut verursachte.

»Das wunderbare Gefühl, von ihm Dad genannt zu werden«, sagte er gerade. »Sein Vertrauen in mich zu spüren. Ihn nie enttäuschen zu wollen. Er spielt Fußball, und Brettspiele mag er auch. Abends genießt er es, wenn ich ihm vorlese. Bücher über Dinosaurier und Züge.«

»Sie sagen das, als würde er tatsächlich existieren.«

»Ist das ein Problem?«

»Sie wünschen es sich so sehr, dass Sie es in Ihrer Vorstellung wahr werden lassen.«

Alan rieb mit beiden Händen über sein müdes Gesicht, als würde er es gerade gründlich waschen. »Es tut mir gut, jemandem davon zu erzählen«, erklärte er, »es endlich laut auszusprechen. Das fühlt sich fast so an wie damals, als ich mich in Carrie verliebte. Natürlich hatte ich vor ihr schon andere Freundinnen, aber das war etwas ganz anderes. Ich kam mir vor wie von mir selbst befreit.« Er schaute Frieda an. Sie merkte sich die Formulierung für später. »Während der ersten paar Monate hatte ich nur den Wunsch, ihren Namen laut auszusprechen, egal, mit wem ich redete. Ich fand immer einen Weg, sie ins Gespräch einfließen zu lassen. ›Meine Freundin Carrie‹, sagte ich ständig. Erst wenn ich es zu jemand anderem sagte, fühlte es sich richtig real an. So ähnlich ist das jetzt auch. Als müsste ich es einfach jemandem erzählen, weil dadurch dieser Druck in mir ein bisschen nachlässt. Falls das für Sie einen Sinn ergibt.«

»Das tut es durchaus. Allerdings ist es nicht meine Aufgabe, Ihnen etwas als real vorzugaukeln, was nicht real ist, Alan«, erklärte Frieda.

»Sie haben doch gesagt, jeder muss den roten Faden in der Geschichte seines Lebens finden.«

»Wie wollen Sie denn mit Ihrer Geschichte weiter verfahren?«

»Carrie meint, wir könnten ein Kind adoptieren, aber das möchte ich nicht. Ich will keine Formulare ausfüllen und andere Leute darüber entscheiden lassen, ob ich als Vater geeignet bin. Ich wünsche mir einen eigenen Sohn, nicht den eines anderen. Schauen Sie«, Alan zog seine Geldbörse aus der Jackentasche, »ich möchte Ihnen etwas zeigen.«

Er holte ein altes Foto heraus. »Hier. So stelle ich mir meinen Sohn vor.«

Widerstrebend nahm Frieda die Aufnahme entgegen. Einen Augenblick fehlten ihr die Worte.

»Sind Sie das?«, fragte sie schließlich und starrte dabei weiter wie gebannt auf den pausbäckigen kleinen Jungen, der in seiner kurzen blauen Hose neben einem Baum stand, einen Fußball unter dem Arm.

»Ja, mit fünf oder sechs.«

»Verstehe.«

»Was verstehen Sie?«

»Sie hatten sehr rotes Haar.«

»Es begann schon grau zu werden, als ich noch keine dreißig war.«

Rotes Haar, Brille, Sommersprossen. Sie empfand leichtes Unbehagen, und dieses Mal hielt sie damit nicht hinter dem Berg: »Sie haben auf dem Foto große Ähnlichkeit mit dem vermissten kleinen Jungen.«

»Ich weiß. Natürlich weiß ich das. Er ist die Verkörperung meines Traums.«

Alan sah sie an und versuchte zu lächeln. Eine einzelne Träne lief ihm übers Gesicht in seinen lächelnden Mund.

Er durfte nichts essen. Das war ihm klar. Es war in Ordnung, Wasser zu trinken, warmes abgestandenes Wasser aus einer Flasche, aber essen durfte er nichts. Wenn er etwas aß, würde er nie wieder nach Hause zurückkehren können. Er würde für immer hier festsitzen. Grobe Finger drückten seine Kiefer auseinander. Man schob ihm etwas in den Mund, das er sofort wieder ausspuckte. Nur ein paar einzelne Erbsen blieben unten. Er hustete und würgte, um sie wieder herauszubefördern, spürte jedoch, wie sie abwärtsglitten. Zählten ein paar Erbsen schon? Er kannte die Regeln nicht. In seiner Verzweiflung hatte er versucht, die Hand zu beißen, woraufhin die Hand ihn geschlagen hatte. Als er zu weinen anfing, schlug sie gleich noch einmal zu.

Er war ein schmutziger Junge. Seine Hose wurde von seiner Pisse schon ganz steif und stinkig, und gestern Abend hatte er in die Ecke gekackt. Es war nicht mehr anders gegangen. Sein Bauch hatte innen so schlimm gebrannt, dass er das Gefühl gehabt hatte, sterben zu müssen. Er verwandelte sich allmählich in Flüssigkeit und Feuer. In seinem Inneren war alles am Zerfließen. Ihm war heiß und kalt zugleich. Alles tat weh und fühlte sich widerlich an. Obwohl er inzwischen wieder sauber war. Geschrubbt mit einer Bürste und abgespült mit brennend heißem Wasser. Rosa Haut, wund und empfindlich. Borsten an seinen Zähnen und seinem Gaumen. Einer seiner Zähne wackelte. Bald würde die Zahnfee kommen. Wenn er wach blieb, konnte er sie vielleicht sehen und ihr sagen, dass sie ihn retten solle. Aber sie würde ja gar nicht kommen, wenn er wach blieb. Das wusste er.

Außerdem war da etwas Schreckliches auf seinem Haar. Schwarzes, klebriges Zeug, das scheußlich roch – wie wenn man an den Männern vorbeiging, die auf der Straße manchmal mit ganz großen Bohrern arbeiteten und dabei ein lautes, dröhnendes Geräusch machten, das einem bis in den Kopf drang. Sein Haar fühlte sich auf einmal ganz komisch an. Er war dabei, sich in jemand anders zu verwandeln. Hätte er jetzt einen Spiegel, würde er darin schon jemand anders sehen. Aber wen? Jemanden mit stechenden Augen und einem bösen Gesicht. Bald würde es zu spät sein. Er kannte die Worte nicht, die man sagen musste, um den Zauber zu bannen.

Blanke Bretter. Hässliche grüne Wände. Geschlossene Jalousien. Eine Glühbirne, die an einer ausgefransten Kordel von der Decke hing. Ein weißer Heizkörper, der ihm die Haut verbrannte, wenn er ihn berührte, und der nachts ächzte fast wie ein Tier, das auf der Straße im Sterben lag. Ein weißes Plastiktöpfchen mit einem Sprung. Wenn er es ansah, schämte er sich. Auf dem Boden eine Matratze mit dunklen Flecken darauf. Ein Fleck war ein Drache, ein anderer ein Land, auch wenn er nicht wusste, welches. Außerdem gab es noch einen Fleck, der aussah wie ein Gesicht mit einer Hakennase. Bestimmt war es das Gesicht einer Hexe. Ein Fleck war von ihm. Es gab auch eine Tür, aber die öffnete sich nicht für ihn. Selbst wenn er Hände hätte, die er benützen könnte, würde er es nicht schaffen, durch die Tür zu gelangen. Das wusste Matthew. Auf der anderen Seite war etwas, das ihn fangen würde.

Detective Constable Yvette Long ließ den Blick durch das Wohnzimmer der Faradays schweifen. Auf dem Boden lagen Spielsachen verstreut: ein großer roter Plastikbus und mehrere kleine Autos, Bücher zum Lesen und Bilderbücher, eine Affen-Handpuppe. Auf dem Couchtisch entdeckte die Polizistin einen großen linierten Block mit Matthews Schreibversuchen: mühsam mit einem roten Filzstift gekrakelte Buchstaben, die Bs und Ds jeweils falsch herum. Ihr gegenüber saß Andrea Faraday. Ihr langes rotes Haar war zerzaust und fettig, ihr Gesicht verquollen. Für Yvette sah sie aus, als hätte sie tagelang nur geheult.

»Was soll ich Ihnen noch erzählen?«, fragte Andrea. »Es gibt nichts zu erzählen. Nichts. Ich weiß einfach nichts. Glauben Sie, ich würde es Ihnen nicht sagen? In meinem Kopf dreht sich schon alles, so oft bin ich es in Gedanken durchgegangen.«

»Ist Ihnen denn gar nichts Verdächtiges aufgefallen? Irgendeine seltsame Gestalt, die herumhing?«

»Nein! Nichts. Wenn ich nicht zu spät gekommen wäre – mein Gott, wenn ich nur nicht zu spät gekommen wäre! Bitte bringen Sie ihn mir zurück. Meinen kleinen Jungen. Er macht nachts manchmal sogar noch ins Bett.«

»Ich weiß, wie qualvoll das für Sie ist. Wir tun alles in unserer Macht Stehende. In der Zwischenzeit …«

»Diese Leute wissen doch nichts über ihn. Er reagiert allergisch auf Nüsse. Was, wenn sie ihm Nüsse zu essen geben?«

DC Long versuchte ihren gütigen Gesichtsausdruck beizubehalten und legte tröstend die Hand auf Andreas Arm. »Vielleicht fällt Ihnen noch etwas ein, das uns weiterhelfen könnte.«

»Er ist doch im Grunde noch ein Baby. Bestimmt weint er nach mir, und ich kann nicht zu ihm. Können Sie sich vorstellen, wie sich das anfühlt? Ich hatte den Bus verpasst und war zu spät dran.«

Jack hatte Friedas Rat befolgt. An diesem Tag trug er eine schwarze Hose, ein blassblaues Hemd, bei dem nur der oberste Knopf offen stand, und eine graue Wolljacke, bei der, wie Frieda bemerkte, die Taschen noch zugenäht waren. Seine glänzenden schwarzen Halbschuhe machten einen billigen Eindruck. Vermutlich klebten die Preisetiketten noch an den Sohlen. Er hatte sich sogar das Haar aus dem Gesicht gekämmt und sich rasiert, auch wenn er unter dem Kinn einen Fleck übersehen hatte. Nun wirkte er nicht mehr wie ein unordentlicher Student, sondern wie ein Buchhalterlehrling oder vielleicht auch ein frisch angeworbenes Mitglied einer religiösen Sekte. Jack warf hin und wieder einen Blick in sein Notizbuch und sprach über seine Fälle. Er ging dabei ziemlich planlos vor, sodass es Frieda schwerfiel, sich zu konzentrieren. Verstohlen spähte sie auf ihre Uhr. Mit einem Nicken gab sie Jack zu verstehen, dass sie am Ende ihrer Besprechung angelangt seien. Dann sagte sie zu ihm: »Stellen Sie sich vor, ein Patient gesteht Ihnen ein Verbrechen. Was tun Sie?«

Jack setzte sich ein wenig aufrechter hin. Misstrauisch starrte er sie an. Versuchte Frieda, ihm eine Falle zu stellen? »Was für eine Art von Verbrechen? Fahren mit überhöhter Geschwindigkeit? Ladendiebstahl?«

»Nein, ich meine etwas wirklich Schlimmes. Wie zum Beispiel Mord.«

»Nichts verlässt den Raum«, antwortete Jack zögernd. »Das versprechen wir den Leuten doch, oder?«

»Sie sitzen nicht als Priester im Beichtstuhl«, entgegnete Frieda lachend. »Sie sind ein normaler Bürger. Wenn jemand Ihnen einen Mord gesteht, rufen Sie die Polizei.«

Jack lief rot an. Er hatte den Test nicht bestanden.

»Aber mal gesetzt den Fall, Sie haben lediglich den *Verdacht*, dass ein Patient ein Verbrechen begangen hat. Was dann?«

Jack zögerte erneut. Nervös kaute er an der Spitze seines Daumens herum.

»Es geht mir nicht um falsche oder richtige Antworten«, fügte Frieda hinzu.

»Worauf beruht Ihr Verdacht?«, fragte er schließlich. »Nur auf einem Bauchgefühl? Ich meine, man kann nicht einfach aufgrund eines Bauchgefühls zur Polizei gehen, oder? Mit solchen Gefühlen liegt man oft völlig falsch.«

»Ich weiß nicht.« Frieda sprach mittlerweile mehr mit sich selbst als mit ihm. »Schwer zu sagen.«

»Das Problem ist«, meinte Jack, »dass mir auf Anhieb eine Menge Leute einfallen, denen ich ein Verbrechen zutrauen würde. Erst gestern habe ich mit einem Mann gesprochen, der absolut widerliche Sachen gesagt hat. Ich habe mich allein schon vom Zuhören irgendwie infiziert gefühlt. Ich musste die ganze Zeit daran denken, was Sie mir mal über den Unterschied zwischen Fantasien und realen Taten gesagt haben.«

Frieda nickte ihm zu. »Ein guter Punkt.«

»Außerdem sagen Sie doch immer, dass wir Therapeuten uns nicht mit dem Chaos in der äußeren Welt, sondern mit dem Chaos in den Köpfen der Leute beschäftigen sollen.« Er schwieg einen Moment, ehe er fortfuhr. »Es geht um einen Ihrer Patienten, stimmt's?«

»Genau genommen nicht. Oder vielleicht doch.«

»Am einfachsten wäre es, ihn ganz offen danach zu fragen.«

Frieda sah ihn lächelnd an. »Würden Sie das tun?«

»Ich? Nein. Ich würde mich an Sie wenden und anschließend Ihren Rat befolgen.«

Nachdem ihr letzter Patient gegangen war, marschierte Frieda zu Fuß zum Barbican, weshalb sie erst um halb neun dort eintraf. Zunächst hatte es nur leicht genieselt, doch dann war ein richtiger Schauer daraus geworden. Auf dem Gehsteig hatten sich Pfützen gebildet, und von den Reifen der vorbeifahrenden Autos spritzte Wasser hoch.

»Ich hole dir ein Handtuch«, erklärte Sandy bei Friedas Anblick, »und eines von meinen Hemden.«

»Danke.«

»Warum hast du dir kein Taxi genommen?«

»Mir war nach ein bisschen Bewegung zumute.«

Er fand ein weiches weißes Hemd für sie, zog ihr Schuhe und Strumpfhose aus, trocknete ihre Füße ab und frottierte anschließend auch noch ihr Haar. Nachdem sie sich auf das Sofa gekuschelt hatte, reichte er ihr ein Glas Wein. In der Wohnung war es warm und hell, während draußen in der Dunkelheit ein stürmischer Wind den Regen durch die Straßen peitschte.

»Hier lässt es sich aushalten«, erklärte Frieda. »Was rieche ich denn da Gutes?«

»Knoblauchgarnelen mit Reis und grünem Salat. Ist das in Ordnung?«

»Besser als in Ordnung. Ich bin selbst ja keine große Köchin.«

»Damit kann ich leben.«

»Gut zu wissen.«

Zum Essen setzten sie sich an den kleinen Tisch. Sandy zündete eine Kerze an. Er trug ein dunkelblaues Hemd und Jeans. Die Eindringlichkeit, mit der er Frieda musterte, machte sie fast ein wenig nervös. Sie war es zwar gewöhnt, von ihren Studenten und Patienten neugierig angestarrt zu werden, doch das hier war etwas völlig anderes.

»Warum weiß ich nichts über deine Vergangenheit?«

»Wird das ein ernstes Gespräch?«

»Nicht unbedingt. Mir fällt nur auf, dass du in der Hinsicht nicht sehr gesprächig bist.«

»Findest du?«

»Ich habe das Gefühl, dass du wesentlich mehr über mich weißt als ich über dich.«

»Es dauert eben eine Weile, bis man sich richtig kennt.«

»Ja, natürlich. Aber wir haben jede Menge Zeit, nicht wahr?«

Sie wich seinem Blick nicht aus. »Ich denke schon, ja.«

»Das alles kommt für mich völlig überraschend.«

»So ist das nun mal mit der Liebe.« Die Worte waren ihr herausgerutscht, ehe Frieda sie sich verkneifen konnte. Wahrscheinlich lag es am Wein.

Sandy legte seine Hand auf ihre. Er wirkte plötzlich sehr ernst. »Es *gibt* da etwas, das ich dir sagen muss.«

»Du wirst mir doch jetzt nicht eröffnen, dass du verheiratet bist?«

»Nein«, antwortete er lächelnd, »das nicht. Mir ist eine neue Stelle angeboten worden.«

»Oh.« Ein Gefühl von Erleichterung durchflutete sie. »Ich dachte schon, nun käme irgendetwas Schreckliches. Das ist doch gut, oder nicht? Was für eine Stelle denn?«

»Eine volle Professur.«

»Sandy, das ist ja fantastisch!«

»In Cornell.«

Frieda platzierte Messer und Gabel ordentlich auf ihrem Teller, ehe sie ihn von sich wegschob und beide Ellbogen auf die Tischplatte stützte. »Du meinst Cornell in New York.«

»Ja«, antwortete Sandy, »genau das.«

»Du ziehst also in die Staaten.«

»Das ist der Plan.«

»Oh.« Plötzlich war ihr kalt, und sie fühlte sich schlagartig nüchtern. »Wann hast du zugesagt?«

»Vor ein paar Wochen.«

»Du hast es also schon die ganze Zeit gewusst.«

Sandy wandte das Gesicht ab. Er wirkte verlegen und gleichzeitig verärgert über sich selbst, weil er verlegen war. »Als mir die Stelle angeboten wurde, kannte ich dich noch gar nicht.«

Frieda griff nach ihrem Glas und nahm einen Schluck Wein. Er schmeckte sauer. Es war, als hätte sich das Licht verändert. Als sähe plötzlich alles ganz anders aus.

»Komm mit mir«, sagte er.

»Wie es sich für eine brave Frau gehört.«

»Du hast doch gute Kontakte. Du kannst dort genauso arbeiten wie hier. Wir könnten gemeinsam neu anfangen.«

»Ich möchte nicht neu anfangen.«

»Ich weiß, ich hätte es dir sagen sollen.«

»Ich habe meinen Schutzschild gesenkt«, erklärte Frieda, »dich in mein Haus gelassen, in mein Leben. Ich habe dir Sachen gesagt, die ich vor dir noch keinem anderen Menschen erzählt habe. Dabei warst du schon die ganze Zeit am Pläneschmieden.«

»Pläne, die *dich* mit einschließen.«

»Du kannst nicht für mich planen. Du hast etwas gewusst, wovon ich keine Ahnung hatte.«

»Ich wollte dich nicht verlieren.«

»Wann fängst du dort an?«

»Zu Neujahr. In ein paar Wochen. Die Wohnung hier ist verkauft. Ich habe etwas in Ithaca gefunden.«

»Da *war* aber jemand fleißig.« Ihre Stimme klang sogar in ihren eigenen Ohren kühl und beherrscht. Das war ihr selbst nicht recht geheuer, denn in Wirklichkeit war ihr heiß, und sie fühlte sich ganz schwach vor Kummer.

»Ich wusste nicht, was ich tun sollte«, erklärte er. »Bitte, meine geliebte Frieda, komm mit mir. Schließ dich mir an.«

»Du verlangst von mir, hier alles aufzugeben und in Amerika neu anzufangen?«

»Ja.«

»Was, wenn ich von dir verlangen würde, deine dortige Professur aufzugeben und mit mir hierzubleiben?«

Er stand auf und trat ans Fenster, sodass er Frieda den Rücken zukehrte. Ein paar Sekunden lang starrte er aus dem Fenster, dann wandte er sich wieder zu ihr um. »Ich würde es nicht tun«, antwortete er. »Ich kann nicht.«

»Also?«, sagte Frieda.

»Heirate mich.«

»Du kannst mich mal.«

»Das war als Heiratsantrag gedacht, nicht als Beleidigung.«

»Ich sollte einfach gehen.«

»Du hast mir noch keine Antwort gegeben.«

»Ist das dein Ernst?«, fragte Frieda. Sie hatte plötzlich das Gefühl, den Alkohol deutlich zu spüren.

»Ja.«

»Ich muss in Ruhe darüber nachdenken.«

»Heißt das, du sagst vielleicht Ja?«

»Das sage ich dir morgen.«

16

Als Tanner aufmachte, starrte er den Mann, der vor seiner Haustür stand, überrascht an. Detective Inspector Malcolm Karlsson stellte sich vor.

»Meine Assistentin hat mit Ihnen telefoniert«, fügte Karlsson hinzu.

Tanner nickte und führte ihn in ein schäbiges Wohnzimmer. In dem Raum war es kalt. Tanner ließ sich auf die Knie nieder und fummelte an einem elektrischen Heizkörper herum, der im offenen Kamin stand. Anschließend hantierte er eine Weile hektisch in der Küche, um für seinen Gast Tee zu kochen. Während er ihn zubereitete und servierte, blickte Karlsson sich im Zimmer um. Er musste daran denken, wie er als Kind oft mit seinen Großeltern Freunde oder entfernte Verwandte von ihnen besucht hatte. Selbst dreißig Jahre später roch diese Erinnerung noch nach Langeweile und lästiger Pflicht.

»Ich mache Ihren früheren Job«, erklärte Karlsson und hatte dabei sofort das Gefühl, dass seine Worte wie ein Vorwurf klangen. Tanner sah gar nicht aus wie ein Detective. Nicht einmal wie ein pensionierter. Er trug eine alte Strickjacke und eine glänzende graue Hose und hatte sich nicht sehr sauber rasiert, sondern etliche kleine Stoppelfelder stehen lassen.

Tanner goss Tee in zwei unterschiedlich große Becher, von denen er den größeren seinem Gast reichte. »Ich hatte ursprünglich nicht vor, in Kensal Rise zu bleiben«, bemerkte er. »Nachdem ich frühzeitig in Pension gegangen war, wollten wir eigentlich an die Küste umziehen. An irgendeinen netten Ort im Osten, vielleicht Clacton oder Frinton. Wir hatten uns sogar schon Broschüren besorgt. Dann erkrankte plötzlich meine

Frau. Dadurch wurde das alles ein bisschen kompliziert. Sie ist oben. Vermutlich werden Sie sie irgendwann nach mir rufen hören.«

»Das tut mir leid«, sagte Karlsson.

»Normalerweise sind es doch immer die Männer, die unmittelbar nach der Pensionierung krank werden. Aber mir fehlt nichts. Abgesehen davon, dass ich mich oft ziemlich fertig fühle.«

»Ich habe mich mal ein paar Tage um meine Mum gekümmert, nachdem sie operiert worden war«, erzählte Karlsson. »Das fand ich viel anstrengender als meine Arbeit als Polizist.«

»Sie klingen gar nicht wie ein Polizist«, meinte Tanner.

»Wie klinge ich denn?«

»Anders. Ich nehme an, Sie haben studiert.«

»Ja, stimmt. Sie meinen, ich unterscheide mich dadurch von den anderen Jungs?«

»Ja, vermutlich. Was haben Sie studiert?«

»Jura.«

»Pure Zeitverschwendung.«

Karlsson nahm einen Schluck von seinem Tee. Er konnte auf der Oberfläche kleine Milchklümpchen herumschwimmen sehen und registrierte einen leicht säuerlichen Geschmack.

»Ich weiß, warum Sie hier sind«, fuhr Tanner fort.

»Wir suchen nach einem vermissten Jungen. Wir haben ein paar Parameter erstellt. Alter des Kindes, Tageszeit, Örtlichkeit, äußere Umstände, all diese Dinge. Daraufhin hat unser Computer einen Namen ausgespuckt. Nur einen. Joanna Vine. Oder hieß sie Jo?«

»Joanna.«

»Meiner heißt Matthew Faraday. Die Zeitungen nennen ihn Mattie. Wahrscheinlich passt das besser in eine Schlagzeile. Der kleine Mattie. Aber sein Name ist Matthew.«

»Sie ist vor zwanzig Jahren verschwunden.«

»Zweiundzwanzig.«

»Außerdem wurde Joanna in Camberwell entführt. Bei dem kleinen Jungen war es Hackney, nicht wahr?«

»Sie haben die Geschichte verfolgt.«

»Es bleibt einem gar nichts anderes übrig.«

»Das stimmt. Sprechen Sie weiter.«

»Joanna verschwand im Sommer. Jetzt haben wir Winter.«

»Sie sind also nicht überzeugt?«

Tanner überlegte einen Moment, ehe er antwortete. Langsam bekam er wieder mehr Ähnlichkeit mit dem leitenden Detective, der er einmal gewesen war. »Überzeugt?«, wiederholte er schließlich. Dann zählte er die Unterschiede an den Fingern ab. »Mädchen, Junge. Londoner Norden, Londoner Süden. Sommer, Winter. Hinzu kommt der zeitliche Abstand von zwanzig Jahren. Wie stellen Sie sich das vor? Er schnappt sich ein Kind, wartet ein halbes Leben lang und holt sich dann ein zweites? Trotzdem sind Sie der Meinung, dass die beiden Fälle zusammenhängen. Gibt es da etwas, das Sie der Presse verschwiegen haben?«

»Nein«, antwortete Karlsson. »Sie haben recht. Auf den ersten Blick weisen die beiden Fälle keinerlei Parallelen auf. Ich bin die Sache aus einer ganz anderen Richtung angegangen. Jedes Jahr verschwinden Tausende von Kindern. Ein Großteil sind Teenager, die von zu Hause ausreißen. Zieht man dann auch noch die Kinder ab, die von Familienangehörigen entführt werden oder Unfällen zum Opfer fallen, bleibt am Ende nur eine ganz kleine Zahl übrig. Wie viele Kinder werden bei uns jährlich von einem Fremden getötet? Vier oder fünf?

»In etwa, ja.«

»So gesehen, ähneln sich diese beiden Vermisstenfälle sehr wohl. Ich brauche Ihnen nicht zu sagen, wie schwierig es ist, ein Kind zu entführen. Man muss sich das Kind schnappen, ohne dass es Theater macht und jemand anderer etwas davon mitbekommt. Bei einem ermordeten Kind gilt es, die Leiche so gut zu verstecken, dass sie nicht gefunden wird. In anderen

Fällen müssen die Kleinen erst ins Ausland verfrachtet werden oder was weiß ich noch alles.«

»Ist die Presse über Ihre Theorie informiert?«

»Nein, und ich werde sie auch bestimmt nicht mit der Nase darauf stoßen.«

»Es handelt sich nur um eine Theorie, nicht um Tatsachen«, gab Tanner zu bedenken. »Sie können nicht Ihre ganzen Ermittlungen darauf aufbauen. Das war damals auch unser Problem. Wir sind davon ausgegangen, dass es jemand aus der Familie war. Das legt allein schon die Statistik nahe. Es ist immer jemand aus der Familie. Wenn die Eltern getrennt sind, ist es der Vater oder ein Onkel. Wenn ich mich richtig erinnere, konnte der Vater anfangs kein wasserdichtes Alibi vorweisen, deswegen haben wir viel zu viel Zeit mit ihm vergeudet.«

»Hat sich sein Alibi dann doch als wasserdicht entpuppt?«

»Zumindest als ausreichend«, antwortete Tanner bedrückt. »Zuerst dachten wir, wir müssten ihm nur genug zusetzen, dann würde er schon zusammenbrechen – in der Hoffnung, dass er seine Tochter nicht schon getötet hatte. Denn so läuft es doch immer, von wenigen Ausnahmen abgesehen. Aber das brauche ich Ihnen alles ja gar nicht zu erzählen. Sie haben bestimmt die Akte gelesen.«

»Stimmt. Ich habe dafür einen ganzen Tag gebraucht. Herausgekommen ist dabei so gut wie nichts. Ich wollte Sie fragen, ob es damals irgendetwas gab, das Sie nicht in die Akte geschrieben haben. Vielleicht einen Verdacht, ein Bauchgefühl, irgendwelche Vermutungen.«

Tanner lehnte sich auf dem Sofa zurück und atmete tief durch. »Wollen Sie jetzt von mir hören, dass mir der Fall keine Ruhe ließ? Dass ich deswegen frühzeitig in Pension gegangen bin?«

»War es so?«

»Mit den Leichen konnte ich umgehen. Ich konnte sogar damit umgehen, wenn einer ungestraft davonkam, obwohl ich genau wusste, dass er es war. Ich konnte damit umgehen, wenn der Anwalt neben ihm auf dem Gehsteig stand und sich darüber ausließ, dass sein Mandant nun rehabilitiert sei, und dem Gericht für sein Urteil danke. Am Ende lief es nur auf den Papierkram und die Zielvorgaben hinaus. Am Ende konnte ich es einfach nicht mehr ertragen.«

»Joanna Vine«, sagte Karlsson in sanftem Ton. »Was ist aus den Ermittlungen geworden?«

»Nichts. Absolut nichts. Ich werde Ihnen sagen, wie das war. In meiner Küche habe ich ein Schränkchen, an dessen Tür der Griff fehlt. Um sie aufzubekommen, muss man die Fingernägel in die Ritze schieben. Bei den Ermittlungen im Fall Joanna Vine ging alles seinen gewohnten Gang. Wir richteten eine Einsatzzentrale ein, nahmen Hunderte von Zeugenaussagen auf, schrieben Berichte, gaben Pressekonferenzen und hielten Besprechungen über unsere Fortschritte ab. Aber es gab keinen einzigen richtigen Hinweis – keinen Ansatzpunkt, in den man die Fingernägel schieben konnte.«

»Wie ging das damals weiter?«

»Für die Pressekonferenzen waren bald keine großen Räume mehr nötig. Wir wussten nicht mehr, was wir noch tun sollten. Plötzlich war ein Jahr vergangen. Nichts war passiert. Niemand war zusammengebrochen.«

»Was für einen Eindruck hatten Sie?«

»Was für einen Eindruck? Das habe ich Ihnen doch gerade gesagt.«

»Ich meine, wonach roch die Sache für Sie? In welche Richtung gingen Ihre Vermutungen?«

Tanner lächelte säuerlich. »Ich bin aus dem Fall nicht schlau geworden. Nach ein paar Tagen befürchtete ich, dass wir sie in einem Graben oder Kanal finden würden oder in einem flachen Grab. Diese kranken Mistkerle handeln doch meistens aus einem spontanen Impuls heraus. Hinterher wollen sie nur möglichst schnell alles loswerden, was sie belasten könnte. In diesem Fall hatte ich nicht das Gefühl, dass es sich so verhielt, konnte aber auch nicht sagen, was für ein Gefühl ich stattdessen hatte. Da war einfach nichts. Wie analysiert man nichts? Vielleicht hat er – oder sie – schlicht und ergreifend den richtigen Ort für ihr Grab gefunden. Wie laufen denn *Ihre* Ermittlungen?«

»So ähnlich wie Ihre. Ein paar Stunden lang haben wir gehofft, dass er wieder auftauchen würde. Dass er sich verlaufen oder in einem Schrank versteckt hatte oder bei einem Freund geblieben war. Wir haben mit den Eltern gesprochen. Sie sind nicht getrennt. Wir haben mit einer Tante gesprochen. Der Bruder der Frau wohnt ganz in der Nähe. Er ist arbeitslos und trinkt. Wir haben ihn ziemlich in die Mangel genommen. Jetzt warten wir.«

»Wie sieht es mit Überwachungskameras aus?«

»Er ist entweder sehr clever oder hatte Glück. Wie sich herausgestellt hat, funktioniert die Kamera am Schultor nicht. Es ist ein gut gehütetes Geheimnis, dass etwa ein Viertel der Kameras kaputt oder nicht eingeschaltet ist. Trotzdem wissen wir, dass der Kleine aus dem Schulhof marschiert ist. In der Nähe seines Elternhauses gibt es ein paar Kameras, die an Geschäftsgebäuden und neben einem Pub angebracht sind. Auf denen war er nicht zu sehen, aber angeblich sind sie schlecht ausgerichtet, sodass sich daraus auch keine gesicherten Erkenntnisse ziehen lassen. Fest steht allerdings, dass er auf dem Heimweg an einem Park vorbeimusste, wo es keinerlei Kameras gibt.«

»Könnten Sie nicht die Kennzeichen der Autos überprüfen, die in das Viertel hineingefahren sind und dann wieder heraus?«

»Wir sprechen hier von Hackney, nicht von einem Rotlichtviertel um zwei Uhr morgens. Da wüssten wir doch gar nicht, wo wir anfangen sollten.«

»Vielleicht müssen Sie nun auch wieder zwanzig Jahre warten.«

Karlsson erhob sich. Er zog eine Karte aus seiner Brieftasche und reichte sie Tanner, der auf eine ironische Weise amüsiert wirkte. »Sie wissen ja, was jetzt kommt«, meinte Karlsson, »aber wenn Ihnen noch etwas einfällt, und sei es nur eine Kleinigkeit, dann rufen Sie mich an.«

»Das ist kein gutes Gefühl, stimmt's?«, antwortete Tanner. »Wenn man sich auf den Weg machen und mit jemandem wie mir sprechen muss?«

»Unser Gespräch war für mich durchaus hilfreich. Ich bin fast froh darüber, dass es für Sie auch so schlimm war wie für mich.«

Zusammen gingen sie zur Tür.

»Das mit Ihrer Frau tut mir leid«, bemerkte Karlsson. »Besteht Aussicht auf Besserung?«

»Nein, es wird immer schlechter«, entgegnete Tanner. »Der Arzt sagt, es wird lange dauern. Brauchen Sie ein Taxi?«

»Mein Fahrer wartet draußen.«

Als Karlsson vor die Tür trat, fiel ihm noch etwas ein, das er eigentlich gar nicht hatte sagen wollen. »Ich träume von ihm«, gestand er. »Wenn ich aufwache, kann ich mich an keine Einzelheiten erinnern, weiß aber, dass der Traum von ihm handelte.«

»So ist es mir damals auch ergangen«, meinte Tanner. »Ich habe es dann mit ein paar Gläschen vor dem Zubettgehen versucht. Manchmal hat es geholfen.«

»Du hast mir gestern Nacht gefehlt«, erklärte Sandy.

Frieda blickte sich in der Küche um. Sie erschien ihr bereits wie fremdes Territorium.

»Ich habe gerade gefrühstückt«, fuhr er fort. »Möchtest du …«

»Nein, danke.«

»Wenigstens regnet es nicht mehr. Du siehst heute sehr gut aus. Ist das eine neue Jacke?«

»Nein.«

»Ich quatsche wie ein Idiot vor mich hin. Das mit gestern Abend tut mir leid. Bitte entschuldige. Du hattest allen Grund, wütend zu sein.«

»Jetzt bin ich nicht mehr wütend.«

»Nein«, sagte Sandy. »Weil du beschlossen hast, nicht mitzukommen. Habe ich recht?«

»Ich kann hier nicht alles stehen und liegen lassen«, erklärte sie. »Nicht einmal, um mit dir zusammen zu sein.«

»Hast du denn gar keine Angst davor, das zu verlieren, was wir beide haben?«

Frieda hatte es nicht vorgehabt, aber irgendwie küssten sie sich plötzlich. Dann zog er ihr Jacke und Bluse aus, und sie stolperten gemeinsam zum Sofa hinüber. Sandy presste seinen Mund auf den ihren, und sie schlang die Arme um seinen nackten Rücken, um ihn ein letztes Mal an sich zu ziehen. Er rief immer wieder ihren Namen. Sie wusste, dass sie nachts aufwachen und diesen Ruf hören würde.

Hinterher sagte sie: »Das war ein Fehler.«

»Das sehe ich nicht so. Ich fahre doch erst nach Weihnachten. Lass uns die Zeit bis dahin noch gemeinsam verbringen. Lass uns darüber reden.«

»Nein. Ich mag keine langen Abschiede.«

»Wie kannst du es ertragen, jetzt zu gehen? Nach dem, was gerade war?«

»Leb wohl, Sandy.«

Nachdem sie die Wohnung verlassen hatte, trat er ans Fenster und blickte auf den Platz hinunter, auf dem sie gleich auftauchen würde. Nach ein paar Minuten war sie da: eine schlanke, aufrechte Gestalt, die raschen Schrittes auf die Straße zusteuerte. Sie sah nicht zu ihm empor.

17

Der Chef wird stinksauer sein«, bemerkte DC Foreman düster.

Sie saßen zu mehreren in der Einsatzzentrale. Karlsson war unterwegs und wurde erst später zurückerwartet. Sie blätterten durch die Morgenzeitungen, in denen das Matthew-Fieber unvermindert weiterwütete. Eines der Boulevardblätter brachte neun Seiten über den Jungen: etliche Fotos von ihm, Interviews mit Leuten, die ihn kannten oder zumindest behaupteten, ihn zu kennen, Artikel über Täterpsychogramme und einen langen Text über Matthews Familienleben, in dem darüber spekuliert wurde, dass es mit der Ehe der Faradays nicht zum Besten stehe. Als angebliche Quellen wurden Personen genannt, »die direkten Einblick in die Ermittlungen« hätten.

»Wer, zum Teufel, hat da geplaudert?«

»Die schreiben das aufs Geratewohl. Weil sie genau wissen, dass es für gewöhnlich der Vater oder der Stiefvater ist.«

»Matthews Dad war zur betreffenden Zeit meilenwert entfernt. Er kommt als Verdächtiger überhaupt nicht in Frage. Warum drucken die so was?«

»Tja, warum wohl? Matthew bedeutet Geld. Irgendwo habe ich gelesen, dass die Zeitungen ihre Auflagen um Zehntausende von Exemplaren erhöhen können, wenn sie auf der Titelseite Nachrichten über den Jungen bringen. Die Sache entwickelt sich womöglich zu einem Dauerbrenner.«

»Blutgeld.«

»Das sagt sich so leicht. Wem von euch ist schon Geld angeboten worden?«

»Wofür denn? Fürs Ausplaudern?«

»Dich fragen sie auch noch. Wart's nur ab.«

»Der Chef wird nicht begeistert sein.«

»Genauso wenig wie *sein* Chef. Es heißt, der Polizeipräsident nimmt großen Anteil an dem Fall.«

»Crawford ist ein Wichser.«

»Ein Wichser, der einem das Leben ganz schön schwer machen kann.«

»Karlsson ist die wahre Spürnase. Wenn jemand diesen Fall lösen kann, dann er.«

»Demnach sieht es im Moment wohl so aus, als könnte es keiner, was?«

Das Ganze lag zweiundzwanzig Jahre zurück, doch als Karlsson Deborah Teale seinen Namen nannte, sah er in ihren Augen Hoffnung aufglimmen, aber auch Angst. Sie presste zwei Finger gegen die Unterlippe und lehnte sich an den Türpfosten, als bebte unter ihren Füßen die Erde.

»Ich kann Ihnen wirklich nichts Neues über Ihre Tochter berichten«, erklärte er rasch.

»Nein, natürlich nicht.« Sie stieß ein kleines, unsicheres Lachen aus und hob eine Hand an die Brust. »Das haben Sie ja schon am Telefon gesagt. Es ist nur…« Sie sprach den Satz nicht zu Ende. Was hätte sie auch sagen sollen? Es ist nur… so schwer, mit dem Warten aufzuhören? Wie hörte man auf zu warten, zu hoffen und zu bangen?

Karlsson wollte sich gar nicht erst vorstellen, wie sehr ihr der Verlust ihrer Tochter auch nach all den Jahren noch zusetzen musste. Die Entdeckung einer kleinen Leiche in einem Graben hätte für sie vermutlich eine Art Erlösung bedeutet. Wenigstens wüsste sie dann Bescheid, und es gäbe ein Grab, auf das sie Blumen legen könnte.

»Darf ich reinkommen?«, fragte er, woraufhin sie nickte und einen Schritt zur Seite machte, um ihn eintreten zu lassen.

Jedes Haus hat seinen eigenen Geruch. Bei Tanner war es ein

leicht modriger, abgestandener Geruch gewesen, als wären die Fenster schon monatelang nicht mehr geöffnet worden – ein Geruch, der sich hinten in der Kehle einnistete, genau wie der Gestank fauligen Blumenwassers. Deborah Teales Haus roch nach Putzmitteln und Möbelpolitur und ein wenig nach Gebratenem. Während sie ihren Gast in das Zimmer führte, das auf die Straße hinausging, entschuldigte sie sich für die nicht vorhandene Unordnung. Überall im Raum sah Karlsson Fotos, aber kein einziges von Joanna.

»Ich möchte Ihnen nur ein paar Fragen stellen.« Er ließ sich in einen Sessel sinken, der zu niedrig für ihn war und sich außerdem als so weich entpuppte, dass er das Gefühl hatte, darin zu versinken.

»Fragen? Was gibt es da denn noch zu fragen?« Er wusste nicht recht, was er ihr darauf antworten sollte. Allmählich fragte er sich selbst, warum er überhaupt gekommen war. Um noch einmal kurz in eine Tragödie einzutauchen, die mit ziemlicher Sicherheit nichts mit Matthew Faraday zu tun hatte? Er betrachtete die Frau, die ihm gegenübersaß, ihr schmales Gesicht und ihre zarten Schultern. Er hatte in der Akte nachgesehen, sie musste inzwischen sechsundfünfzig sein. Manche Menschen – wie zum Beispiel der neue Lebensgefährte seiner Exfrau – wurden mit den Jahren immer breiter, verfestigten sich sozusagen zu einer behäbigeren Version ihrer ursprünglichen jugendlichen Figur. Deborah Teale dagegen sah aus, als hätte der Druck des Lebens im Lauf der Jahre ihre Weichheit und Jugend weggeschliffen.

»Ich habe mir den Fall noch einmal angesehen.«

»Warum?«

»Weil wir ihn nie aufklären konnten«, antwortete er. Das war keine Lüge, aber auch nicht die ganze Wahrheit.

»Joanna ist tot«, sagte Deborah Teale. »Natürlich stelle ich mir immer noch manchmal vor, sie könnte irgendwo dort draußen sein, aber im Grunde weiß ich, dass sie tot ist, und Sie wissen es bestimmt auch. Wahrscheinlich ist sie schon an dem Tag gestorben, als wir sie verloren haben. Warum müssen Sie noch einmal in den alten Wunden herumstochern? Wenn Sie ihre Leiche finden, dann lassen Sie es mich wissen. Ihren Mörder finden Sie jetzt doch sowieso nicht mehr, oder?«

»Ich weiß es nicht.«

»Vermutlich müssen Sie hin und wieder mal die ungelösten Fälle durchgehen, weil irgendeine bürokratische Vorschrift das von Ihnen verlangt. Aber ich habe alles gesagt, was es zu sagen gibt. Ich habe es unzählige Male wiederholt, bis ich irgendwann das Gefühl hatte, verrückt zu werden. Können Sie sich überhaupt vorstellen, wie es sich anfühlt, ein Kind zu verlieren?«

»Nein, vermutlich nicht.«

»Das ist doch schon mal was«, sagte sie. »Wenigstens behaupten Sie nicht, Sie wüssten genau, wie es mir geht.«

»Sie haben Joanna als ängstliches kleines Mädchen beschrieben.«

»Ja.« Deborah Teale runzelte die Stirn.

»Und sie wusste, dass sie Fremden nicht vertrauen durfte?«

»Natürlich.«

»Trotzdem ist sie mitten am Nachmittag auf einer belebten Straße spurlos verschwunden.«

»Ja. Auf einmal war sie weg. Als hätten wir sie nur geträumt.«

Oder als hätte sie ihrem Entführer vertraut, dachte Karlsson.

»Irgendwann muss man sich klarmachen, dass es vorbei ist. Verstehen sie? Anders geht es nicht. Ich habe bemerkt, wie Sie vorhin beim Hereinkommen die Fotos betrachtet haben. Ich kann mir denken, was Ihnen dabei durch den Kopf gegangen ist: dass keine Aufnahmen von Joanna darunter sind. Sie finden das wahrscheinlich ein bisschen seltsam.«

»Nein, ganz und gar nicht«, entgegnete Karlsson wahrheitsgemäß. Nach seiner Erfahrung war Verdrängung in solchen

Fällen oft das einzig Richtige. Nur so schafften es die Leute, nicht wahnsinnig zu werden.

»Das da ist Rosie, und das mein Mann George. Und hier sehen Sie meine beiden jüngeren Töchter, Abbie und Lauren. Ich habe geweint, gebetet und getrauert, und am Ende habe ich mich dann verabschiedet und die Vergangenheit hinter mir gelassen. Ich möchte mich nicht mehr an diese Zeit erinnern, sondern nur noch nach vorne blicken. Das bin ich auch meiner neuen Familie schuldig. Klingt das für Sie herzlos?«

»Nein.«

»Für manche Menschen schon.« Ihr Mund bekam einen bitteren Zug.

»Sie meinen Ihren Exmann?«

»Richard hält mich für ein Ungeheuer.«

»Haben Sie noch Kontakt zu ihm?«

»Sind Sie deswegen gekommen? Glauben Sie immer noch, dass er es war?«

Karlsson betrachtete sie – ihr hageres Gesicht und ihre leuchtenden Augen. Er mochte diese Frau. »Ich glaube gar nichts. Ehrlich nicht. Es lässt mir nur keine Ruhe, dass der Fall nie aufgeklärt wurde.«

»Angeblich sieht es bei ihm aus wie in einem Schrein. Die heilige Joanna inmitten von lauter Whiskyflaschen. Wobei das vermutlich nichts heißen muss.«

Da hatte sie recht. Nach Karlssons Erfahrung waren Mörder oft sentimentale, narzisstische Menschen. Er konnte sich durchaus vorstellen, dass ein Vater seine Tochter ermordete und dann bitterlich um sie weinte, wenn er im Suff vor Selbstmitleid zerfloss.

»Sehen Sie ihn noch manchmal?«

»Schon seit Jahren nicht mehr. Im Gegensatz zu der armen Rosie. Ich versuche immer, es ihr auszureden, aber sie fühlt sich irgendwie für ihn verantwortlich. Sie ist zu weichherzig. Für sie selbst ist das gar nicht gut. Ich wünschte ...«

Sie hielt inne.

»Was?«

Aber sie schüttelte nur heftig den Kopf. »Ich weiß gar nicht, was ich eigentlich sagen wollte. Ich wünschte nur ... Sie wissen schon.«

Richard Vine bestand darauf, aufs Polizeirevier zu kommen, statt Karlsson bei sich zu Hause zu empfangen. Er hatte einen Anzug angezogen, der so alt war, dass er an manchen Stellen glänzte und um den Bauch und die Brust herum spannte. Darunter trug er ein weißes Hemd, das er bis obenhin zugeknöpft hatte, sodass es seinen Adamsapfel einengte. Sein Gesicht wirkte aufgeschwemmt, seine Augen ein wenig blutunterlaufen. Mit zitternden Händen griff er nach der Kaffeetasse und nahm einen Schluck.

»Wenn es keine Neuigkeiten gibt, wozu dann dieses Gespräch?«

»Ich nehme den Fall noch einmal unter die Lupe«, erwiderte Karlsson vorsichtig. Viel lieber hätte er Richard Vine in dessen eigener Behausung befragt. Die Umgebung eines Menschen sagte viel über den Betreffenden aus, selbst wenn dieser in Erwartung des Besuchs vorher aufräumte. Wahrscheinlich schämte sich Vine, Fremde sehen zu lassen, wie er hauste.

»Ihre Kollegen haben damals die ganze Zeit versucht, mich zu einem Geständnis zu bewegen. Währenddessen ist der wahre Mistkerl ungestraft davongekommen.« Er fuhr sich mit dem Handrücken über den Mund. »Haben Sie mit ihr auch geredet, oder befragen Sie nur mich?«

Karlsson gab ihm keine Antwort. Es machte ihm zu schaffen, dass er seine Nase in Menschenleben stecken musste, die derart von Kummer und Chaos geprägt waren. Warum saß er jetzt überhaupt hier? Doch nur aus einer spontanen Eingebung heraus, einem Bauchgefühl, das jeder rationalen Grundlage entbehrte. Weil er ein Gefühl von Ohnmacht empfand und keine richtigen Spuren hatte. Matthew Faraday und Joanna Vine, zwei Fälle, zwischen denen zweiundzwanzig Jahre lagen und die nichts anderes gemein hatten als die Tatsache, dass die Opfer zum Zeitpunkt ihres Verschwindens im gleichen Alter waren und beide sich mitten am helllichten Tag in der Nähe eines Süßwarenladens in Luft aufgelöst hatten.

»Schließlich war sie diejenige, der Joanna abhanden gekommen ist. Es wäre ihre Aufgabe gewesen, auf sie aufzupassen, aber sie hat sie einer Neunjährigen aufgehalst. Und danach hat sie Joanna einfach aufgegeben. Sie hat ihre Fotos zusammengepackt und in einer Schachtel verschwinden lassen, ist in ein anderes Haus gezogen und hat Mr. Ehrenwert geheiratet. Mich und Joanna hat sie einfach vergessen. *Das Leben muss weitergehen.* Das hat sie zu mir gesagt, als sie mich mal besuchen kam. *Das Leben muss weitergehen.* Also, ich gebe unsere Tochter nicht auf.«

Den Kopf auf eine Hand gestützt, hatte Karlsson ihm zugehört und dabei mit seinem Stift sinnlose Kritzeleien über seinen aufgeschlagenen Notizblock verteilt. Für ihn klang es, als hätte Vine das alles schon viel zu oft erzählt – und zwar jedem, der bereit war, ihm an der Kneipentheke zuzuhören.

»Würden Sie Joanna als vertrauensvolles Kind beschreiben?«, fragte er, wie er auch Deborah Teale gefragt hatte.

»Sie war eine kleine Prinzessin.«

»Aber hatte sie auch Vertrauen zu anderen Leuten?«

»Man kann auf dieser Welt niemandem trauen. Das hätte ich ihr sagen sollen.«

»Hätte sie einem Fremden vertraut?«

Ein seltsamer Ausdruck trat in Richard Vines Gesicht. Er wirkte misstrauisch und nachdenklich zugleich. »Ich weiß es nicht«, antwortete er schließlich, »vielleicht, vielleicht auch nicht. Herrgott noch mal, sie war doch erst fünf. Das Ganze hat mein Leben ruiniert, müssen Sie wissen. Erst lief alles recht gut, und dann – nun ja, es war, wie wenn jemand an einem von den Strickzeugen ziehen würde, die Rose immer dabeihat, wenn sie mich besuchen kommt: Alles löst sich einfach auf, und nach wenigen Augenblicken gibt es keinerlei Beweis mehr dafür, dass überhaupt jemals etwas existiert hat.« Er sah Karlsson an, und für einen Moment bekam der Detective eine Ahnung von dem Mann, der er einmal gewesen war. »Das ist auch der Grund, warum ich meiner Ex nicht verzeihen kann. Ihr Leben hat sich nicht so aufgelöst wie meines. Sie hätte mehr leiden müssen. Sie hat nicht den angemessenen Preis bezahlt.«

Als er nach ihrem Gespräch aufstand, sagte er: »Wenn Sie mit Rosie sprechen, dann sagen Sie ihr, dass sie mich mal wieder besuchen soll. Wenigstens sie hat ihren alten Dad nicht im Stich gelassen.«

Der erste Schlag verfehlte sein Kinn und traf stattdessen seinen Hals. Der zweite landete in seiner Magengrube. Während er rückwärtstaumelte und abwehrend die Hände vors Gesicht hielt, fiel Alec Faraday auf, wie still es war. Zwar konnte er über sich am Himmel ein Flugzeug hören, und von der Hauptstraße zu seiner Rechten drang Verkehrslärm herüber – er bildete sich sogar ein, in der Ferne Radiomusik zu hören –, aber das einzige Geräusch, das die Männer von sich gaben, war ihr schweres Atmen, das jedes Mal fast wie ein Grunzen klang, wenn sie wieder einen Schlag landeten.

Sie waren zu fünft, und sie trugen Kapuzen. Einer hatte eine Sturmhaube auf. Faraday ging in die Knie und gleich darauf ganz zu Boden, wo er sich zu einer Kugel zusammenrollte, um möglichst wenig von ihren Schlägen abzubekommen und gleichzeitig sein Gesicht zu schützen. Er spürte, wie ein Stiefel in seine Rippen knallte. Ein zweiter traf ihn am Oberschenkel. Einer der Männer trat ihm ganz gemein in den Schritt. Irgendwo hörte er etwas krachen. Schmerz durchflutete ihn. Unter sich sah er einen Moment lang den frostigen Asphalt glitzern, ehe er die Augen schloss. Es hatte keinen Sinn, sich zu wehren. Begriffen sie denn nicht, dass der Tod für ihn eine Erlösung wäre?

Endlich sagte jemand etwas: »Verdammter Drecksack!«

»Pädophiler Scheißkerl.«

Jemand räusperte sich, und etwas Feuchtes landete auf seinem Hals. Dann folgte ein weiterer Schlag, den er aber gar nicht mehr richtig spürte. Als passierte das alles eigentlich einem anderen Mann. Er hörte Schritte, die sich entfernten.

Er hatte ein bisschen Kartoffelbrei mit Soße hinuntergeschluckt, weil er den Rest nicht mehr länger im Mund behalten konnte, nachdem er schon das meiste davon ausgespuckt hatte. Das Zeug war wie Kotze über den Boden verteilt. Außerdem lag da noch ein Hühnerbein, das bereits komisch roch. Ein paar Spaghettiringe hatte er auch gegessen, weil er weinen musste, sodass die Nudeln einfach hinunterrutschten, ohne dass er etwas dagegen tun konnte. Der ganze Raum roch nach verfaulendem Essen und nach seinem eigenen Körper. Er beugte den Kopf über seinen Arm und schnüffelte daran. Seine Haut roch säuerlich. Als er mit der Zunge darüberfuhr, stellte er fest, dass er gar nicht gut schmeckte.

Immerhin hatte er herausgefunden, dass er, wenn er sich auf seiner Matratze auf die Zehenspitzen stellte und den Kopf unter die steife Jalousie zwängte, durchs Fenster sehen konnte. Zumindest die untere Ecke. Sie war ganz verschmiert, und dann ließ sein Atem sie auch noch beschlagen. Wenn er die Stirn gegen das Glas legte, wurde seine Haut so kalt, dass es richtig wehtat. Er konnte den Himmel erkennen. Heute leuchtete er in einem harten Blau, das ihn blendete. Gegenüber war ein weißes, funkelndes Dach mit einer Taube darauf, die ihn anschaute. Wenn er sich anstrengte, konnte er sogar ein kleines Stück von der Straße sehen. Sie war nicht wie die Straße, in der er gewohnt hatte, als er noch Matthew war. Alles war kaputt, alles war leer. Alle waren davongelaufen, weil sie wussten, dass schlimme Sachen passieren würden.

»Ich kann mich nicht erinnern. Ich kann mich wirklich nicht erinnern. Verstehen Sie denn nicht? Ich kann nicht mehr unterscheiden, was ich selbst weiß und was man mir seitdem alles erzählt hat. Oder was ich erfunden habe, um mich zu trösten. Oder was ich geträumt habe. In meinem Kopf ist das alles durcheinandergeraten. Es hat keinen Sinn, mich danach zu fragen. Ich kann Ihnen nicht helfen. Es tut mir leid.«

Aus ihrer Miene sprach Bedauern.

Karlsson hatte Fotos von Rosie Teale gesehen, auf denen sie noch ein Kind war. Nun saß sie ihm als Einunddreißigjährige gegenüber. Es war seltsam, sozusagen im Schnelldurchlauf zu erleben, wie aus einem Mädchen eine Frau wurde. Ihr dunkles Haar war streng zurückgebunden, ihr schmales, dreieckiges Gesicht völlig ungeschminkt. Die dunklen Augen wirkten zu groß für ihr Gesicht, die Lippen bleich und ein wenig aufgesprungen. Ihre knochigen, unberingten Hände waren im Schoß verschränkt. Sie wirkte zugleich jünger und älter, als sie war. Und leicht unterernährt, ging Karlsson durch den Kopf. »Ich weiß. Sie waren damals ja erst neun. Trotzdem frage ich mich, ob Ihnen seit Ihrem letzten Gespräch mit der Polizei noch irgendetwas eingefallen ist. Ganz egal, was, und sei es nur eine Kleinigkeit. Etwas, das Sie gesehen oder gehört haben, oder – keine Ahnung – vielleicht auch nur gerochen oder gespürt. Was auch immer. Erst war Ihre Schwester noch da, und plötzlich war sie weg. In diesen paar Sekunden muss doch *irgendetwas* passiert sein.«

»Ich weiß. Und manchmal kommt es mir vor …« Sie sprach nicht weiter.

»Was?«

»Es kommt mir so vor, als wüsste ich tatsächlich etwas. Etwas, dessen ich mir aber nicht bewusst bin – falls das für Sie nicht sehr blöd klingt.«

»Nein, gar nicht.«

»Aber es nützt nichts. Ich weiß nicht, was es ist, und je mehr ich mich bemühe, es zu fassen zu bekommen, desto mehr entschlüpft es mir. Wahrscheinlich bilde ich es mir sowieso nur ein. Ich versuche, etwas zu finden, das nie da war, nur weil ich mir so verzweifelt wünsche, es zu finden. Oder es war irgendwann tatsächlich da, ist aber inzwischen längst verschütt gegangen. Meine Erinnerung kommt mir vor wie einer Ihrer Tatorte: Erst konnte ich diesen Tatort beim besten Willen nicht besichtigen, allein schon die Vorstellung war mir unerträglich, und als ich schließlich dazu in der Lage war, bin ich so viele Male mit schlammigen Stiefeln darüber hinweggetrampelt, dass nun nichts mehr davon übrig ist.«

»Melden Sie sich bei mir, wenn Ihnen doch noch etwas einfällt?«

»Natürlich.« Nach einer kurzen Pause fügte sie hinzu: »Hat es etwas mit dem kleinen vermissten Jungen zu tun, Matthew Faraday?«

»Warum fragen Sie mich das?«

»Warum sonst säßen Sie jetzt hier, nach all den Jahren?«

Karlsson hatte plötzlich das dringende Bedürfnis, ihr etwas zu sagen. »Sie waren damals erst neun. Kein Mensch, der ganz bei Trost ist, würde Ihnen die Schuld daran geben.«

Sie lächelte ihn an. »Dann bin ich wohl nicht ganz bei Trost.«

18

Karlsson war bereits schlechter Laune, als Yvette Long in sein Büro kam und ihn darüber informierte, dass eine Frau ihn sprechen wolle. Nervös studierte sie die Miene ihres Chefs.

»Wie geht es Faraday?«, erkundigte er sich.

»Nicht gut. Kieferbruch, mehrere Rippenbrüche. Sie müssen in etwa einer halben Stunde eine Erklärung an die Medien abgeben. Die Presseleute warten schon.«

»Die sind doch schuld!«, ereiferte sich Karlsson. »Sie haben das Ganze schließlich angezettelt. Wie dämlich kann man eigentlich sein? Kein Wunder, dass sie jetzt geschockt sind. Irgendwelche Anhaltspunkte, wer es war?«

»Nichts.«

»Wie geht es seiner Frau?«

»Das können Sie sich ja denken.«

»Wer kümmert sich um sie?«

»Zwei Beamtinnen von der Opferhilfe. Ich fahre später auch noch hin.«

»Gut.«

»Außerdem möchte Sie der Polizeipräsident sehen, sobald Sie Ihre Erklärung abgegeben haben.«

»Nicht gut.«

»Tut mir leid.« Yvette Long überlegte einen Moment, ob sie ihm eine Hand auf die Schulter legen solle. Er wirkte so müde.

»Wissen Sie, mit wem ich gerade gesprochen habe?«, riss er sie aus ihren Gedanken.

»Nein.«

»Brian Munro.« Yvette sah ihn fragend an. »Er kümmert sich um die Aufzeichnungen der Überwachungskameras.«

»Hat er etwas gefunden?«

»Autos. Jede Menge Autos. Zum Teil mit nur einer Person besetzt, zum Teil mit mehreren. Bei manchen lässt sich die Zahl der Insassen nicht genau feststellen. Aber wie er ganz richtig sagt, kann man ohne konkrete Anhaltspunkte nicht einmal von der berühmten Suche nach der Nadel im Heuhaufen sprechen. Es ist eher, als würde man in einem Heuhaufen nach einem bestimmten Halm suchen.«

»Wir könnten seine Informationen mit den Daten aller Straftäter vergleichen, die schon einmal wegen einer Entführung aktenkundig geworden sind. Oder mit den registrierten Sexualtätern.«

»Ja, dieser Gedanke ist uns auch gekommen. Brian hat mir gerade des Langen und Breiten erklärt, was für ein aufwendiger, komplizierter Prozess das sein wird. Und dass ich diesen Prozess ein wenig abkürzen könnte, indem ich ein paar Leute darauf ansetze. Von denen auch welche von Tür zu Tür gehen könnten, um Aussagen aufzunehmen.«

»Was diese Frau betrifft…«, wechselte Yvette Long das Thema.

»Wer ist sie?«

»Sie sagt, sie möchte mit Ihnen über die Ermittlungen sprechen.«

»Soll doch jemand von den Kollegen mit ihr reden.«

»Sie hat ausdrücklich gesagt, sie wolle den leitenden Beamten sprechen.«

Karlsson runzelte die Stirn. »Warum vergeuden Sie mit so etwas meine Zeit?«

»Die Frau hat Sie namentlich genannt. Sie klang so kompetent.«

»Es ist mir egal, ob sie…« Karlsson brach ab und stöhnte. »Wahrscheinlich geht es schneller, wenn ich rasch mit ihr spreche. Aber sie hat sich keinen guten Tag ausgesucht, um meine Zeit zu verschwenden. Wer ist sie?«

»Ich weiß es nicht genau. Eine Ärztin.«

»Lieber Himmel! Nun bringen Sie sie schon rein.«

Karlsson hatte vor sich auf dem Schreibtisch ein großes Notizbuch liegen, in dem er sich Dinge notierte, Listen anlegte oder einfach nur herumkritzelte. Er blätterte auf eine leere Seite um. Dann griff er nach einem Kugelschreiber und ließ ihn ein paarmal klicken. Die Tür ging auf, und Yvette Long trat halb in den Raum. »Das ist Dr. Frieda Klein«, stellte sie die Besucherin vor. »Sie … ähm … sie wollte mir nicht sagen, worum es sich handelt.«

Die Frau schob sich an ihr vorbei, woraufhin DC Long den Rückzug antrat und die Tür schloss. Karlsson war leicht irritiert. Normale Leute benahmen sich der Polizei gegenüber immer etwas seltsam. Sie wurden nervös oder bemühten sich krampfhaft, alles richtig zu machen, weil sie irgendwie den Eindruck hatten, etwas Unrechtes getan zu haben. Bei dieser Frau war das nicht so. Sie blickte sich mit unverhohlener Neugier in seinem Büro um, und als sie sich schließlich ihm zuwandte, hatte Karlsson das Gefühl, begutachtet zu werden. Nachdem sie ihren langen Mantel abgelegt und auf einen Stuhl an der Wand geworfen hatte, zog sie sich einen von den anderen Stühlen vor seinen Schreibtisch und ließ sich darauf nieder. Plötzlich kam es ihm vor, als wäre *er* derjenige, der mit *ihr* sprechen wollte. Ein höchst irritierendes Gefühl.

»Ich bin Detective Chief Inspector Malcolm Karlsson«, stellte er sich vor.

»Ja, ich weiß.«

»Wenn ich das richtig verstanden habe, wollten Sie mit mir persönlich sprechen.

»Das stimmt.«

Karlsson schrieb den Namen »Frieda Klein« in sein Notizbuch und unterstrich ihn.

»Und es hat etwas mit dem Verschwinden von Matthew Faraday zu tun?«

»Möglicherweise.«

»Dann legen Sie am besten gleich los, weil wir nämlich nicht viel Zeit haben.«

Einen Moment wirkte sie verlegen. »Es fällt mir nicht ganz leicht, mit Ihnen darüber zu sprechen«, begann sie, »weil ich mir ziemlich sicher bin, dass Sie mir vorwerfen werden, Ihre Zeit zu vergeuden.«

»Wenn Sie sich sicher sind, dann sollten Sie lieber wieder gehen und nicht noch mehr davon vergeuden.«

Zum ersten Mal blickte Frieda Klein ihn mit ihren großen, dunklen Augen direkt an. »Mir bleibt keine andere Wahl«, erklärte sie. »Ich denke schon die ganze Woche darüber nach. Ich werde Ihnen sagen, was ich zu sagen habe, und anschließend gleich wieder gehen.«

»Na, dann raus damit.«

»In Ordnung.« Sie atmete tief durch. Einen Augenblick lang kam sie Karlsson vor wie ein kleines Mädchen, das auf einer Bühne etwas aufsagen sollte und noch einmal tief Luft holte, ehe es ins kalte Wasser sprang.

»Ich bin Psychotherapeutin«, begann sie. »Haben Sie eine ungefähre Vorstellung davon, worin meine Tätigkeit besteht?«

Karlsson lächelte. »Ich habe hier und dort ein wenig Bildung aufgeschnappt«, antwortete er. »Das kommt auch bei Polizisten vor.«

»Ich weiß«, sagte sie, »Sie haben in Oxford Jura studiert. Ich habe mich über Ihren Werdegang informiert.«

»Ich hoffe, dafür gebührt mir selbst in Ihren Augen ein wenig Respekt.«

»Ich betreue seit Kurzem einen neuen Patienten. Sein Name ist Alan Dekker. Er ist zweiundvierzig. Er hat sich an mich gewandt, weil er schon seit Längerem unter schweren und immer wiederkehrenden Angstattacken leidet.«

Karlsson notierte sich den Namen. Alan Dekker. »Hat das mit dem Verschwinden des Jungen zu tun?«

»Ja«, antwortete sie.

»Hat der Mann gestanden?«

»In dem Fall hätte ich die 999 angerufen.«

»Also?«

»Alan Dekkers Angst hat damit zu tun, dass er davon träumt, einen Sohn zu haben – oder besser gesagt, *keinen* zu haben. Seine Fantasien manifestieren sich in einem Traum, in dem es offenbar darum geht, ein Kind zu entführen, und zwar auf eine Art und Weise, die mich sehr an das Verschwinden dieses Jungen erinnert. Und falls Sie mich jetzt darauf hinweisen wollen, dass der Traum womöglich durch die Medienberichte ausgelöst wurde, kann ich das definitiv verneinen. Seine Träume setzten bereits ein, bevor Matthew Faraday verschwand.«

»Sonst noch was?«, fragte Karlsson.

»Ich hatte zunächst das Gefühl, dass es sich bei Dekkers Kinderwunsch um eine narzisstische Fantasie handelte. Was bedeutet hätte, dass der Traum nur mit ihm selbst zu tun hat.«

»Ich weiß, was narzisstisch bedeutet.«

»Aber dann sah ich zufällig ein Kinderfoto von meinem Patienten, auf dem er eine erstaunliche Ähnlichkeit mit Matthew Faraday aufwies.«

Statt sich weiter Notizen zu machen, ließ Karlsson seinen Stift nur noch zwischen zwei Fingern hin und her pendeln. Dann schob er seinen Stuhl zurück. »Das Problem ist, dass wir einerseits nicht über genug Hinweise verfügen. Niemand hat gesehen, wie Matthew entführt wurde. Vielleicht ist er ja gar nicht entführt worden. Vielleicht ist er weggelaufen und hat sich einem Zirkus angeschlossen. Oder er ist in die Kanalisation gefallen. Andererseits haben wir mehr Hilfe, als wir bewältigen können. Allein heute Vormittag haben schon fünf Leute gestanden, ihn entführt zu haben, obwohl es kein Einziger von ihnen wirklich gewesen sein kann. Seit letzte Woche die Fernsehsendung über ihn lief, mussten wir uns mit gut dreißigtausend Anrufen herumschlagen. Er ist in verschiedenen Teilen Großbritanniens gesehen worden, aber auch in Spanien und Griechenland. Frauen haben ihre Ehemänner, Freunde und Nachbarn verdächtigt. Sein armer Vater ist gestern Abend brutal zusammengeschlagen worden, weil der Boulevardpresse seine Nase nicht gefällt. Ohne dass ich darum gebeten hatte, sind mehrere Experten mit Täterprofilen an mich herangetreten. Demnach haben wir es entweder mit einem Einzelgänger zu tun, der Probleme im Umgang mit anderen hat, oder mit einem Paar oder aber mit einer Bande, die im Internet einen Handel mit Kindern betreibt. Ich habe von einem Medium gehört, dem zufolge Matthew sich in einem abgeschlossenen Raum unter der Erde befindet. Was ungemein hilfreich ist, weil wir ihn dann wenigstens nicht am Piccadilly Circus suchen müssen. Außerdem schreiben mittlerweile ein paar Journalisten, das alles sei nur passiert, weil wir nicht genug Bobbys oder Streifenwagen oder funktionierende Überwachungskameras im Einsatz hatten. Einer vertrat auch die Meinung, die sechziger Jahre seien an all dem schuld.«

»Die Sechziger?«, fragte Frieda.

»Diese Erklärung gefällt mir am besten, weil es so ziemlich das Einzige ist, wofür nicht in erster Linie ich verantwortlich bin. Sie werden mir also verzeihen, wenn ich nicht automatisch dankbar dafür bin, dass Sie mir jemanden nennen, der unter Umständen auf eine recht unspezifische Weise mit dem Verbrechen zu tun haben könnte. Es tut mir wirklich außerordentlich leid, Dr. Klein, aber was Sie mir da erzählt haben, klingt für mich nicht recht viel anders, als wenn mir jemand sagt, sein Nachbar halte sich in letzter Zeit auffallend viel in seinem Gartenschuppen auf.«

»Sie haben recht«, antwortete Frieda, »genau so hätte ich an Ihrer Stelle wahrscheinlich auch reagiert.«

»Warum haben Sie sich dann überhaupt herbemüht?«

»Weil ich nicht anders konnte. Nachdem sich der Verdacht erst einmal in meinem Kopf festgesetzt hatte, musste ich ihn einfach loswerden.«

Karlssons Miene versteinerte sich. »Sie meinen, damit es im Protokoll steht? Damit die Verantwortung nicht mehr bei Ihnen, sondern bei mir liegt, falls etwas schieflaufen sollte?«

»Weil ich es für richtig hielt.« Frieda stand auf und griff nach ihrem Mantel. »Ich dachte mir schon, dass es nichts zu bedeuten hat. Ich wollte nur sichergehen.«

Karlsson stand auf und kam hinter seinem Schreibtisch hervor, um sie hinauszubegleiten. Er hatte das Gefühl, zu grob mit ihr umgesprungen zu sein. Nach dem schlimmen Vormittag hatte er seinen Frust an einer Frau ausgelassen, die nur zu helfen versuchte. Wenn auch ohne Erfolg. »Sie müssen es mal aus meiner Warte betrachten«, erklärte er. »Ich kann doch nicht losziehen und Leute verhören, nur weil irgendjemand seltsame Träume hat. Mir ist klar, dass Sie sich auf diesem Gebiet besser auskennen als ich, aber letztendlich träumen doch viele Leute solches Zeug, und es hat nie etwas zu bedeuten.«

Nun war es an ihr, einen scharfen Ton anzuschlagen. »Ich brauche mir von einem Detective wirklich keine Vorträge über die Bedeutung von Träumen anhören. Wenn Sie mir die Bemerkung gestatten.«

»Ich wollte damit doch nur sagen …«

»Keine Sorge«, fiel Frieda ihm ins Wort, »ich verschwende nicht länger Ihre Zeit.« Sie schlüpfte in ihren Mantel. »Das war nicht nur irgendein kleiner Traum, der ihn schon seit Jahren quält, wie das bei den meisten Angstträumen der Fall ist. Er hatte diesen Traum schon einmal vor langer Zeit, als er noch ein junger Mann war, und nun hatte er ihn plötzlich wieder.«

Karlsson war schon fast im Begriff, sich zu verabschieden und sie zur Tür hinauszuschieben, als er abrupt innehielt. »Was meinen Sie mit ›wieder‹?«, fragte er.

»Sie interessieren sich bestimmt nicht für die Einzelheiten«, entgegnete Frieda, »aber damals bezog sich sein Kinderwunsch definitiv auf eine Tochter und nun auf einen Sohn. Eine seiner Sorgen war, dass dieses Umschwenken eine sexuelle Ursache haben könnte.«

»Dieses Umschwenken?« Habe ich das jetzt richtig verstanden? Er hatte den Traum schon einmal? Und zwar vor langer Zeit?«

»Spielt das eine Rolle?«

Karlsson schwieg einen Moment.

»Ich bin nur neugierig«, sagte er schließlich. »Aus Gründen, auf die ich nicht näher eingehen möchte. Wie alt war er damals?«

»Er hat mir erzählt, er sei dem Teenageralter gerade erst entwachsen gewesen. Zwanzig oder einundzwanzig, schätze ich. Es passierte, lange bevor er seine Frau kennenlernte. Dann hörten die Träume plötzlich auf.«

»Ziehen Sie Ihren Mantel wieder aus«, befahl Karlsson. »Setzen Sie sich. Ich meine, bitte. Bitte setzen Sie sich.«

Mit leicht misstrauischer Miene legte Frieda ihren Mantel über denselben Stuhl wie zuvor und nahm wieder Platz. »Ich verstehe nicht so recht…«, begann sie.

»Wie alt ist Ihr Patient? Dreiundvierzig?«

»Zweiundvierzig, glaube ich.«

»Das mit seinem früheren Traum war demnach vor zweiundzwanzig Jahren?«

»So in etwa.«

Karlsson hockte sich auf die Schreibtischkante. »Lassen Sie mich noch einmal zusammenfassen: Vor zweiundzwanzig Jahren träumte er von einem kleinen Mädchen. Davon, ein kleines Mädchen zu entführen. Dann ist lange Zeit Ruhe. Und jetzt träumte er auf einmal davon, sich einen kleinen Jungen zu schnappen.«

»Genau.«

Plötzlich kniff Karlsson misstrauisch die Augen zusammen. »Sie verarschen mich aber nicht, oder? Sie haben mit niemandem über den Fall gesprochen und auch nicht selbst recherchiert?«

»Wovon sprechen Sie?«

»Sie sind nicht von irgendeiner Zeitung auf mich angesetzt?«

»Wie bitte?«

»Es wäre nicht das erste Mal, dass Journalisten hier auftauchen und sich als Zeugen ausgeben, um herauszufinden, was wir wissen. Falls Sie mich hereinlegen wollen, sollten Sie sich bewusst machen, dass Sie mit rechtlichen Schritten zu rechnen haben.«

»Gerade wollte ich noch meinen Mantel nehmen und gehen, und jetzt drohen Sie mir mit rechtlichen Schritten?«

»Sie verfügen nicht über Informationen, die über das Verschwinden von Matthew Faraday hinausgehen?«

»Ich komme nicht so oft zum Zeitunglesen. Ich weiß kaum etwas über den Faraday-Fall. Ist das ein Problem?«

Karlsson rieb sich das Gesicht, als wäre er gerade erst aufgewacht. »Es gibt in der Tat ein Problem«, antwortete er. »Das Problem ist, dass ich nicht mehr weiß, was ich denken soll.« Er murmelte noch etwas, das Frieda nicht verstand. Für sie klang es fast, als würde er mit sich selbst reden. Mit diesem Eindruck lag sie genau richtig. »Ich glaube, ich werde mit Ihrem Patienten sprechen.«

19

Mit einem kleinen Seufzer der Erleichterung trat Frieda in ihr Haus und ließ die Einkaufstüte zu Boden fallen, während sie Mantel und Schal ablegte. Draußen war es kalt und dunkel, die Luft roch nach Frost und dem nahenden Winter, aber drinnen war es gemütlich. Im Wohnzimmer brannte Licht, und die Scheite fürs Kaminfeuer waren bereits aufgeschichtet. Sie heizte an, ehe sie mit der Tüte in die Küche ging. Reuben sagte immer, es gebe zwei Sorten von Köchen: den Künstler und den Wissenschaftler. Er war eindeutig der Künstlertyp, der wild improvisierte, während sie selbst zur wissenschaftlichen Sorte zählte, die es beim Kochen ganz genau nahm und fast schon pedantisch jede Anweisung des Rezepts bis ins Kleinste befolgte. Ein gestrichener Teelöffel gehörte tatsächlich gestrichen. Wenn ein Rezept Rotweinessig vorschrieb, kam auch kein anderer in Frage, und ein bestimmter Kuchenteig musste auf die Minute genau eine Stunde im Kühlschrank bleiben. Frieda kochte nur sehr selten. Sandy war der Koch in ihrer Beziehung gewesen, aber jetzt… Nein, sie wollte nicht an Sandy denken, weil das zu wehtat – wie ein schlagartig einsetzender Zahnschmerz, der ihr den Atem raubte. Während sie die Zutaten auf ihrer Platte anordnete, versuchte sie sich nicht vorzustellen, wie er mit seinen Töpfen, Pfannen und Holzlöffeln hantierte, um sich ein Ein-Personen-Menü zu brutzeln. Bei ihr stand heute ein eher schlichtes Rezept auf dem Programm, das Chloë ihr aus unerfindlichen Gründen gemailt hatte, mit der dringenden Bitte, es möglichst bald auszuprobieren: Blumenkohlcurry mit Kichererbsensalat. Skeptisch studierte sie die Anleitung.

Sie band ihre Schürze um, wusch sich die Hände, ließ die

Jalousie herunter und begann gerade, die Zwiebeln zu schneiden, als es an der Tür klingelte. Sie erwartete niemanden, und unangemeldete Besucher standen bei ihr nur höchst selten vor der Tür – mal abgesehen von dem einen oder anderen jungen Mann, der ihr mit aufgesetztem Lächeln Staubtücher andrehen wollte, zwanzig Stück für einen Fünfer. Vielleicht war es ja Sandy. Wünschte sie sich das? Sofort fiel ihr wieder ein, dass er es gar nicht sein konnte, weil er an diesem Morgen mit dem Eurostar zu einer Konferenz nach Paris aufgebrochen war. Noch wusste sie über all seine Termine Bescheid und konnte sich daher vorstellen, wie er das Leben weiterlebte, aus dem sie sich verabschiedet hatte, aber schon bald würde sich das ändern. Er würde Dinge tun, von denen sie nichts wusste, Leute treffen, die sie weder vom Sehen noch vom Hören kannte, Klamotten tragen, in denen sie ihn nie zu Gesicht bekommen hatte, und Bücher lesen, die er nicht mehr mit ihr diskutierte.

Als es erneut klingelte, legte sie das Messer beiseite, spülte sich die Hände mit kaltem Wasser ab und ging zur Tür.

»Komme ich ungelegen?«, fragte Karlsson.

»Könnte man so sagen.«

»Hier draußen ist es ziemlich kalt.«

Frieda trat einen Schritt zurück und ließ ihn vorbei. Ihr fiel auf, wie sorgfältig er sich an ihrer Türmatte die Schuhe abputzte – ziemlich elegante schwarze Exemplare mit blauen Schnürsenkeln –, ehe er seinen schwarzen, regengesprenkelten Mantel neben den ihren hängte.

»Sie waren gerade beim Kochen.«

»Brillant. Jetzt weiß ich, warum Sie Detective geworden sind.«

»Ich werde Ihre Zeit nur ganz kurz in Anspruch nehmen.«

Sie führte ihn in das Wohnzimmer, wo das Feuer noch recht zögerlich brannte und kaum Wärme abstrahlte. Frieda kauerte sich vor den Kamin und blies ein paarmal vorsichtig in die Flammen, ehe sie gegenüber Karlsson Platz nahm und bedächtig die Hände im Schoß verschränkte. Ihm fiel auf, wie kerzengerade sie dasaß, während sie ihrerseits bemerkte, dass einer seiner Schneidezähne leicht angeschlagen war. Sie fand das insofern bemerkenswert, als Karlsson ansonsten sehr penibel auf sein Äußeres zu achten schien, ja fast ein wenig dandyhaft wirkte: Zu seinem weichen, anthrazitgrauen Jackett trug er ein schönes weißes Hemd und eine rote Krawatte, die so schmal war, dass sie auf seiner Brust eine Art ironischen Streifenakzent setzte.

»Geht es um Alan?«, fragte sie.

»Ich dachte mir, Sie würden vielleicht gerne wissen, was bei seiner Überprüfung herausgekommen ist.«

»Haben Sie mit ihm gesprochen?«

Sie setzte sich noch aufrechter hin. Obwohl sie keine Miene verzog, wirkte sie auf Karlsson ein wenig angespannt, vermutlich, weil sie mit einer schlechten Nachricht rechnete. Sie war blasser als bei ihrem ersten Gespräch und sah außerdem müde aus. Er fand, dass sie einen unglücklichen Eindruck machte.

»Ja. Mit ihm und mit seiner Frau.«

»Und?«

»Er hat mit dem Verschwinden von Matthew Faraday nichts zu tun.«

Er spürte, wie sie sich entspannte.

»Sind Sie sicher?«

»Matthew ist am Freitag, den dreizehnten November, verschwunden. Ich glaube, Mr. Dekker hatte an diesem Nachmittag einen Termin bei Ihnen.«

Frieda überlegte einen Moment.

»Ja. Bis zehn vor drei.«

»Seine Frau sagt, sie habe sich gleich darauf mit ihm getroffen. Die beiden sind zusammen nach Hause. Kurz nachdem sie dort eintrafen, schaute jemand aus der Nachbarschaft vorbei und blieb auf eine Tasse Tee. Wir haben das überprüft.«

»Dann wäre das ja geklärt.« Frieda biss sich auf die Unterlippe und verkniff sich die Frage, die ihr auf der Zunge brannte.

»Das Ganze war für die beiden ein ziemlicher Schock«, erklärte Karlsson.

»Das kann ich mir vorstellen.«

»Sie fragen sich vermutlich, was ich zu ihnen gesagt habe.«

»Das spielt keine Rolle.«

»Ich habe behauptet, wir würden eine Routinebefragung durchführen.«

»Was bedeutet das?«

»Es ist nur so eine Phrase.«

»Ich werde es ihm selbst sagen.«

»Das dachte ich mir.« Karlsson streckte die Beine vor dem Kaminfeuer aus, das inzwischen fröhlich vor sich hin knisterte. Er wünschte sich halb, Frieda würde ihm eine Tasse Tee oder ein Glas Wein anbieten, sodass er eine Weile in diesem Kokon aus schummrig beleuchteter Wärme bleiben konnte, aber sie machte keine Anstalten in diese Richtung. »Er ist ein eigenartiger Typ, nicht? So verspannt. Aber nett. Seine Frau mochte ich auch.«

Frieda zuckte mit den Achseln. Sie hatte keine Lust, über Alan zu reden. Vermutlich hatte sie auch so schon genug Schaden angerichtet. »Es tut mir leid, dass ich Ihre Zeit verschwendet habe«, bemerkte sie in sachlichem Ton.

»Das braucht Ihnen nicht leidzutun.« Er sah sie mit hochgezogenen Augenbrauen an. »Träume sind doch laut Freud am tiefgründigsten, wenn sie am verrücktesten scheinen.‹«

»Sie kommen mir mit *Freud*?«

»Selbst Polizisten lesen hin und wieder mal ein Buch.«

»Ich halte Träume nicht für tiefgründig. Eigentlich kann ich es nicht ausstehen, wenn die Leute mir ihre Träume erzählen, als handelte es sich dabei um magische Fabeln. Aber in diesem Fall …« Sie brach ab. »Nun ja, ich habe mich getäuscht. Und darüber bin ich froh.«

Karlsson erhob sich, und Frieda folgte seinem Beispiel.

»Ich lasse Sie zurück an Ihre Kochtöpfe.«

»Darf ich Sie noch etwas fragen?«

»Was denn?«

»Geht es dabei um Joanna Vine?«

Karlsson starrte sie einen Moment verblüfft an, dann wurde sein Blick misstrauisch.

»Sie brauchen gar nicht so überrascht zu schauen. Vor zweiundzwanzig Jahren, darauf sind Sie angesprungen. Ich brauchte nur fünf Minuten im Netz, um es herauszufinden. Dabei bin ich am Computer nicht mal besonders gut.«

»Sie haben recht«, antwortete er. »Irgendwie war das … nun ja, ich weiß auch nicht, ein seltsamer Zufall.«

»Und damit ist die Sache jetzt erledigt?«

»Sieht ganz danach aus.« Er zögerte. »Darf ich Sie auch noch etwas fragen?«

»Schießen Sie los.«

»Wie Sie sicher wissen, leben wir in einem Zeitalter, in dem viele Firmen Aufträge an externe Mitarbeiter vergeben.«

»Das ist mir auch schon aufgefallen.«

»Sie wissen ja, wie das läuft: Man hat in den Büchern weniger Personal stehen, auch wenn es am Ende mehr kostet. Selbst wir bei der Polizei müssen mit bestimmten Dingen Außenstehende beauftragen.«

»Und was hat das mit mir zu tun?«

»Ich habe mich gerade gefragt, ob Sie mir vielleicht eine zweite Meinung liefern könnten. Natürlich gegen Honorar.«

»Eine zweite Meinung wozu?«

»Könnten Sie sich vorstellen, ein Gespräch mit der großen Schwester von Joanna Vine zu führen? Sie war damals neun und sollte eigentlich auf Joanna aufpassen, als diese verschwand.«

Frieda sah Karlsson nachdenklich an. Er machte einen leicht verlegenen Eindruck. »Warum ich? Sie wissen doch gar nichts über mich, und bestimmt haben Sie für solche Fälle Ihre eigenen Leute.«

»Das stimmt natürlich. Es war nur so eine Idee von mir. Ein Bauchgefühl.«

»Ein Bauchgefühl!« Frieda musste lachen. »Das klingt ja nicht sehr rational.«

»Ist es auch nicht. Und Sie haben recht, ich kenne Sie nicht, aber Sie haben da eine Verbindung gesehen …«

»Eine falsche Verbindung, wie sich herausgestellt hat.«

»Tja, das kann passieren.«

»Sie müssen ganz schön verzweifelt sein«, stellte Frieda fest, klang dabei aber nicht unfreundlich.

»In den meisten Fällen läuft alles ganz glatt. Man führt eine Routineermittlung durch und folgt dabei den üblichen Regeln. Man verfügt über Blutspuren, Fingerabdrücke, DNA, Aufzeichnungen aus Überwachungskameras und Zeugen. Die Lösung liegt mehr oder weniger auf der Hand. Hin und wieder aber hat man es mit einem Fall zu tun, auf den sich die üblichen Regeln irgendwie nicht anwenden lassen. Matthew Faraday hat sich einfach in Luft aufgelöst, und es gibt keinerlei Hinweise. Wir haben keinen einzigen Anhaltspunkt. Also müssen wir nehmen, was wir kriegen können – jedes Gerücht, jede Idee, jede mögliche Verbindung mit einem anderen Verbrechen, egal, wie unwahrscheinlich sie auch erscheinen mag.«

»Mir ist trotzdem noch nicht klar, was ich da zuwege bringen sollte, was ein anderer nicht auch könnte.«

»Vermutlich gar nichts. Wie gesagt, es war nur so eine Idee von mir, und wahrscheinlich bekomme ich dafür nur eine auf den Deckel, weil ich öffentliche Gelder verschwende, indem ich die Arbeit unnötigerweise zweimal machen lasse. Aber wer weiß, vielleicht finden Sie ja etwas heraus, das jemand anderer nicht herausfinden würde. Außerdem kommen Sie von außen. Möglicherweise fallen Ihnen Dinge auf, für die wir blind geworden sind, weil wir uns schon so lange und so intensiv damit beschäftigen.«

»Diese Idee, die Sie da hatten …«

»Ja?«

»Wegen der Schwester.«

»Ihre Name ist Rose Teale. Die Mutter hat noch einmal geheiratet.«

»Hat sie etwas gesehen?«

»Angeblich nicht. Aber sie macht den Eindruck, als wäre sie vor lauter Schuldgefühlen wie gelähmt.«

»Ich weiß nicht so recht«, meinte Frieda.

»Sie meinen, Sie wissen nicht so recht, ob Sie helfen können?«

»Das kommt darauf an, was Sie unter helfen verstehen. Wenn ich Sie so reden höre, würde ich der Frau am liebsten helfen, über ihre Schuldgefühle hinwegzukommen und ihr Leben weiterzuleben. Aber wahrscheinlich wollen Sie eher von mir wissen, ob ich der Meinung bin, dass sie irgendwo in ihrem Gedächtnis eine Erinnerung versteckt hat, die man aufspüren könnte? Ich glaube nicht, dass das Gedächtnis tatsächlich so einfach funktioniert. Jedenfalls ist das nicht mein Ding.«

»Was ist dann Ihr Ding?«

»Den Leuten zu helfen, besser mit ihren Ängsten, Begierden, Neidgefühlen und Sorgen fertig zu werden.«

»Wie wäre es, wenn Sie zur Abwechslung mal mithelfen würden, einen verschwundenen Jungen zu finden?«

»Was ich meinen Patienten bieten kann, ist ein geschützter Raum.«

Karlsson blickte sich um. »Sie haben es hier sehr schön«, bemerkte er. »Ich kann gut verstehen, dass Sie keine Lust haben, diese Oase der Ruhe zu verlassen und sich ins Chaos der Welt zu stürzen.«

»Das Chaos im Kopf eines anderen Menschen ist auch nicht unbedingt ungefährlich, das dürfen Sie mir glauben.«

»Würden Sie trotzdem über meinen Vorschlag nachdenken?«

»Sicher. Aber rechnen Sie nicht damit, von mir zu hören.«

An der Tür sagte er: »Unsere Berufe sind recht ähnlich.«

»Finden Sie?«

»Bei Ihnen geht es genau wie bei mir um Symptome, Anhaltspunkte, lauter solche Dinge.«

»Ich sehe da kaum Parallelen.«

Nachdem er gegangen war, kehrte Frieda in die Küche zurück. Sie teilte den Blumenkohl gerade in einzelne Rosetten auf, wie in Chloës Rezept beschrieben, als es erneut an der Tür klingelte. Sie hielt inne und lauschte. Das war bestimmt nicht noch einmal Karlsson. Olivia konnte es auch nicht sein, denn die klopfte und klingelte immer gleichzeitig oder schrie obendrein auch noch ein energisches Juu-huu durch den Briefschlitz. Während Frieda die Pfanne mit den Zwiebeln von der Platte nahm, ging ihr durch den Kopf, dass sie ohnehin keinen großen Hunger hatte. Im Grunde brauchte sie nur ein paar Cracker mit Käse. Oder gar nichts, nur eine Tasse Tee, und dann ab ins Bett – auch wenn sie wusste, dass sie sowieso nicht schlafen konnte.

Sie öffnete die Tür einen Spalt weit, ließ die Kette aber vorgelegt.

»Wer ist da?«

»Ich bin's.«

»Wer ist ich?«

»Ich bin's, Josef.«

»Josef?«

»Mir ist kalt.«

»Was wollen Sie hier?«

»Sehr kalt.«

Friedas erster Impuls war, ihm zu sagen, er solle Leine ziehen, und ihm die Tür vor der Nase zuzuschlagen. Was fiel ihm ein, hier einfach bei ihr auf der Matte zu stehen? Dann überkam sie plötzlich wieder jenes Gefühl, mit dem sie sich schon herumschlug, seit sie ein Mädchen war. Sie stellte sich vor, dass jemand sie prüfend betrachtete, ein Urteil über sie fällte und ihr Tun kommentierte. Was würde die betreffende Person jetzt wohl sagen? »Nun seht euch diese Frieda an. Sie ruft diesen armen Kerl an und bittet ihn um einen Gefallen, und er tut sofort, was sie will, ohne Fragen zu stellen. Dann kommt er durchgefroren und einsam zu ihr, aber sie schlägt ihm die Tür vor der Nase zu.« Manchmal wünschte Frieda, diese imaginäre Person möge einfach verschwinden.

»Na, dann kommen Sie mal rein.«

Frieda löste die Kette und öffnete die Tür.

Ein schneidender Wind fegte aus der Dunkelheit in ihre Diele, begleitet von Josef.

»Woher wissen Sie überhaupt, wo ich wohne?«, fragte sie misstrauisch. Als er ihr das Gesicht zuwandte, zog sie scharf die Luft ein. »Was ist denn mit Ihnen passiert?«

Josef antwortete nicht gleich, ging stattdessen in die Knie und versuchte seine Schnürsenkel aufzuknüpfen, die zu einem komplizierten und noch dazu klatschnassen Knoten verschlungen waren.

»Josef?«

»Ich darf keinen Dreck in Ihr schönes Haus tragen.«

»Das macht doch nichts.«

»Na bitte.« Er zog einen dicken Stiefel aus, dessen Sohle sich bereits löste. Seine roten Socken hatten ein Rentiermuster. Er wandte sich dem zweiten Stiefel zu. Frieda betrachtete währenddessen sein Gesicht. Die linke Wange war blau und geschwollen, und an seiner Stirn klaffte eine Platzwunde. Nun hatte er auch den zweiten Stiefel geschafft. Nachdem er ihn ordentlich neben den ersten an die Wand gestellt hatte, richtete er sich auf.

»Kommen Sie.« Frieda führte ihn in die Küche. »Setzen Sie sich.«

»Sind Sie gerade am Kochen?«

»Nicht Sie auch noch!«

»Bitte?«

»Ich wollte, bin aber irgendwie wieder davon abgekommen.« Sie ließ kaltes Wasser über ein zusammengelegtes Handtuch laufen und reichte es ihm. »Drücken Sie das gegen Ihre Wange, und lassen Sie mich einen Blick auf Ihren Kopf werfen. Ich werde die Wunde erst einmal säubern. Das wird ein bisschen brennen.«

Als sie ihm das Blut von der Stirn wischte, blickte Josef starr geradeaus. Frieda sah den wilden Ausdruck in seinen Augen. Was ihm wohl durch den Kopf ging? Er roch nach Schweiß und Whisky, kam ihr aber nicht richtig betrunken vor.

»Was ist passiert?«

»Da waren ein paar Männer.«

»Sind Sie in eine Schlägerei geraten?«

»Sie haben mich angeschrien und geschubst. Ich habe zurückgeschubst.«

»Geschubst?«, wiederholte Frieda entgeistert. »Josef, Sie müssen vorsichtiger sein. Eines Tages zieht einer ein Messer.«

»Die haben mich einen verdammten Polen genannt.«

»Das ist es doch nicht wert«, meinte Frieda. »Das ist es nie.«

Josef blickte sich um. »London«, sagte er, »da ist es nicht überall so wie in Ihrem schönen Haus. Jetzt können wir zusammen Wodka trinken«

»Ich habe keinen Wodka da.«

»Whisky? Bier?«

»Ich kann Ihnen einen Tee machen, bevor Sie wieder gehen.« Sie betrachtete die Wunde an seiner Stirn, die immer noch ein wenig blutete. »Ich klebe Ihnen da ein Pflaster drauf. Es braucht wahrscheinlich nicht genäht zu werden. Sie könnten allerdings eine kleine Narbe zurückbehalten.«

»Wir helfen uns gegenseitig«, stellte er fest. »Sie sind meine Freundin.«

Frieda überlegte, ob sie widersprechen sollte, aber es erschien ihr zu kompliziert.

Er wusste, dass die Katze nicht wirklich eine Katze war, sondern eine Hexe, die nur so tat, als wäre sie eine Katze. Sie sah grau aus und nicht schwarz wie meistens in den Büchern, und sie hatte dicke Fellklumpen am Körper hängen. Normale Katzen besaßen solche Klumpen nicht. Ihre Augen waren gelb und starrten ihn an, ohne zu blinzeln. Sie hatte eine raue Zunge und Krallen, die ihn kratzten. Manchmal tat sie, als würde sie schlafen, aber dann ging plötzlich ein gelbes Auge auf, und er merkte, dass sie ihn die ganze Zeit beobachtet hatte. Wenn Matthew auf seiner Matratze lag, kletterte sie auf seinen nackten Rücken und schlug ihm die Krallen in die Haut, und ihr schmutziges graues Fell brachte seine Nase zum Jucken. Sie lachte ihn aus.

Wenn die Katze da war, konnte Matthew nicht aus dem Fenster schauen. Es war sowieso schwer hinauszusehen, weil seine Beine so zitterten und das Licht hinter der Jalousie seine Augen blendete, das Licht aus einer anderen Welt. Das lag daran, dass er sich in etwas anderes verwandelte. Er verwandelte sich in Simon. Er hatte rote Flecken auf der Haut. Im Mund hatte er auch Flecken. Sie brannten, wenn er Wasser trank. Die eine Hälfte von ihm war Matthew, die andere Simon. Er hatte das Essen hinuntergeschluckt, das ihm in den Mund geschoben wurde. Kalte Bohnen und labberige fette Pommes, die ihn an Würmer erinnerten.

Wenn er den Kopf gleich neben seiner Matratze auf den Boden presste, konnte er Geräusche hören. Ein leises Scheppern. Böse Stimmen. Etwas Brummendes. Einen Moment lang erinnerte es ihn an vorher, als er noch ganz war und seine Mummy – als sie noch seine Mummy war und er ihre Hand noch nicht losgelassen hatte – das Haus putzte und alles so machte, dass ihm nichts passieren konnte.

Als er heute durch die untere Ecke des Fensters spähte, hatte sich die Welt schon wieder verändert. Nun war sie weiß und glänzend, und eigentlich hätte sie schön sein sollen, aber ihm tat der Kopf weh, und Schönheit war nur grausam.

20

Der schäbige kleine Zug war fast leer. Ächzend ratterte er durch die unbekannten Teile Londons – vorbei an den Rückseiten der Reihenhäuser mit ihren winterlich matschigen Gärten, den dunkel gefleckten Mauern verlassener Fabriken, wo Nesseln und Weidenröschen aus den Ritzen zwischen den Ziegelsteinen sprossen. Gelegentlich erhaschte man einen Blick auf einen Kanal. Frieda entdeckte die gebeugte Gestalt eines Mannes in einem dicken Mantel, der eine Angel über das braune, ölige Wasser hielt. Beleuchtete Fenster flogen vorüber, und hin und wieder sah Frieda jemanden dahinter: einen jungen Mann, der fernsah, eine alte Frau, die ein Buch las. Von einer Brücke blickte sie auf eine Hauptstraße hinunter, wo weihnachtliche Lichterketten um die Lampenpfosten geschlungen waren und die Leute mit Einkaufstüten die Straße entlangeilten, zum Teil mit Kindern im Schlepptau. Von den Reifen der Autos spritzten Wasserfontänen hoch. Vor Friedas Augen lief London ab wie ein Film.

In Leytonstone stieg sie aus. Es dämmerte bereits, und alles wirkte grau und trüb. Das orangegelbe Licht der Straßenlampen schimmerte auf den nassen Gehsteigen. Busse schaukelten vorbei. Die Straße, in der Alan wohnte, war lang und gerade, ein Korridor aus spätviktorianischen Reihenhäusern, gesäumt von stämmigen Platanen, die dort vermutlich schon genauso lange standen wie die Häuser. Alan wohnte in Nummer 108, am hinteren Ende. Frieda verlangsamte ihr Tempo, um die Konfrontation mit ihm noch ein wenig hinauszuzögern. Sie blickte durch die Erkerfenster von Häusern in große Erdgeschossräume, an deren Ende man in die dahinter angrenzenden, im Winterschlaf liegenden Gärten sehen konnte.

Obwohl Frieda für die Begegnung gewappnet war, spürte sie Beklemmung in der Brust, als sie schließlich das Tor aufschob und an der dunkelgrünen Tür läutete. Irgendwo tief im Haus hörte sie einen zweifachen, fröhlichen Glockenton. Ihr war kalt, und sie war müde. Sie musste an ihr eigenes Haus denken – das wärmende Kaminfeuer, das sie später entzünden würde, wenn sie die Sache hier hinter sich gebracht hatte. Drinnen hörte sie Schritte, dann schwang die Tür auf.

»Ja?«

Die Frau war klein und stämmig. Sie stand vor ihr, als wollte sie Frieda zum Zweikampf herausfordern: die Beine leicht gespreizt, die Füße fest auf den Boden gestemmt. Ihr braunes Haar war kurz geschnitten. Sie hatte große, schöne graue Augen, eine blasse, glatte Haut mit einem Muttermal direkt über dem Mund und ein energisches Kinn. Sie trug Jeans und ein graues Flanellhemd, bei dem sie die Ärmel bis zu den Ellbogen hochgekrempelt hatte. Ihr Gesicht war ungeschminkt. Sie musterte Frieda eindringlich. Ihr Mund wirkte verkniffen.

»Ich bin Frieda. Ich glaube, Alan erwartet mich.«

»Ja. Kommen Sie herein.«

»Sie müssen Carrie sein.«

Frieda trat in die Diele. Irgendetwas drückte gegen ihre Wade. Als sie nach unten blickte, stellte sie fest, dass sich eine große Katze an ihr Bein schmiegte. Frieda beugte sich hinunter und streichelte sie am Rücken. Mittlerweile schnurrte das Tier so heftig, dass selbst seine Wirbelsäule zu vibrieren schien, als Frieda mit einem Finger darüberstrich.

»Hansel«, sagte Carrie. »Gretel muss auch irgendwo sein.«

Im Haus war es warm und dunkel, und die Luft roch angenehm holzig. Frieda hatte das Gefühl, eine ganz andere Welt betreten zu haben, als es die Fassade vermuten ließ. Sie war davon ausgegangen, dass es innen so sein würde wie die anderen Häuser auf dem Weg hierher: ein einziger offener Raum, den man geschaffen hatte, indem man Wände entfernte und große Verandatüren einbaute. Stattdessen befand sie sich in einem Labyrinth aus Gängen, kleinen Räumen, großen Schränken und breiten, vollgestopften Regalen. Carrie führte sie am Wohnzimmer vorbei, aber Frieda blieb genug Zeit, um einen Blick auf eine gemütliche Nische mit einem in die Wand eingelassenen Holzofen zu erhaschen. Außerdem erspähte sie eine Vitrine voller Vogeleier, Federn und Nester aus Moos und Zweigen. Auf einem der gläsernen Regalböden thronte sogar ein ausgestopfter, am Kopf schon ein wenig kahler Eisvogel. Der angrenzende Raum – dessen Wände die meisten Leute herausgebrochen hätten – war noch kleiner und wurde von einem riesigen Schreibtisch beherrscht, auf dem mehrere Flugzeugmodelle aus Balsaholz standen, wie sie auch Friedas Bruder als Junge gebaut hatte. Schon allein beim Anblick stieg ihr sofort wieder der Geruch nach Kleber und Lack in die Nase. Sie wusste noch genau, wie sich die kleinen Bläschen aus Klebstoff anfühlten, die damals immer an seinen Fingerspitzen hafteten, und an die kleinen Tuben mit grauer und schwarzer Farbe konnte sie sich ebenfalls noch gut erinnern.

Im Vorraum der Küche hing eine Gruppe gerahmter Familienfotos. Auf ein paar von ihnen war Carrie als kleines Mädchen zu sehen, mit zwei Schwestern auf eine Gartenbank gequetscht oder in steifer Haltung neben ihren Eltern posierend. Andere zeigten Alan. Auf einem war er ebenfalls mit seinen Eltern abgebildet, eine kleine, stämmige Gestalt zwischen zwei großen, spindeldürren. Im Vorübergehen versuchte Frieda, einen genaueren Blick darauf zu werfen.

»Setzen Sie sich«, sagte Carrie, »ich hole ihn.«

Frieda zog ihren Mantel aus und ließ sich an dem kleinen Tisch nieder. Die Katzenklappe in der Hintertür klackte, und eine zweite Katze huschte herein. Mit ihrem schwarz, weiß und orangerot gefleckten Fell wirkte sie wie aus einem Puzzlebild entsprungen. Ohne jede Scheu hüpfte sie auf Friedas Schoß.

Nachdem sie es sich dort gemütlich gemacht hatte, fing sie an, behutsam eine ihrer Pfoten zu putzen.

Die Küche teilte sich in zwei Hälften. Frieda empfand das als sichtbare Manifestation zweier völlig unterschiedlicher Interessensgebiete, als deutliche Abgrenzung der Rollen, die Alan und Carrie im Haus zukamen: die Frau, die kocht, und der Mann, der baut und ausbessert. Auf einer Seite befanden sich all die Dinge, die man normalerweise in einer Küche vorfindet: Ofen, Mikrowelle, Wasserkessel, Waage, Küchenmaschine, ein Magnetstreifen für die scharfen Messer, ein Gewürzbord, ein Turm aus Töpfen und Pfannen, eine Schale mit grünen Äpfeln, ein kleines Regal für die Rezeptbücher, von denen ein paar alt und abgegriffen aussahen, während andere noch ganz unberührt wirkten, eine Schürze an einem Haken. An der gegenüberliegenden Wand stand ein großes Regal, unterteilt in unzählige kleine, mit Behältern versehene Fächer, von denen jedes einzelne in großer, ordentlicher Druckschrift beschriftet war: »Nägel«, »Reißzwecken«, »Schrauben 4,2 x 65 mm«, »Schrauben 3,9 x 30 mm«, »Meißel«, »Beilagscheiben«, »Sicherungen«, »Schlüssel zum Entlüften der Heizkörper«, »denaturierter Alkohol«, »Schleifpapier – grob«, »Schleifpapier – fein«, »Bohrspitzen«, »Batterien – AA«. Es waren bestimmt Dutzende, wenn nicht sogar Hunderte solcher Fächer. Das Ganze erinnerte Frieda an einen Bienenstock. Alan musste da eine Menge Arbeit hineingesteckt haben. Sie stellte sich vor, wie er mit seinen dicken Fingern behutsam all diese kleinen Gegenstände in die Fächer legte, einen zufriedenen Ausdruck auf seinem runden Babygesicht. Sie sah das Bild so deutlich vor sich, dass sie einen Moment brauchte, um es wieder loszuwerden.

Unter anderen Umständen hätte sie vielleicht eine spöttische Bemerkung gemacht, doch sie spürte, dass Carrie sie fixierte, und war sich der besonderen Dynamik zwischen ihnen beiden durchaus bewusst. Statt ihrer sagte Carrie in trockenem Ton: »Er baut gerade einen Gartenschuppen.«

»Und ich dachte, *ich* wäre gut organisiert«, meinte Frieda, »aber das hier schlägt alle Rekorde.«

»Die Gartensachen sind momentan da drin.« Carrie nickte zu einer schmalen Tür neben dem Fenster hinüber. Vermutlich eine Kammer, die eigentlich für Vorräte gedacht war. »Allerdings hat er in letzter Zeit kaum noch im Garten gearbeitet. Ich sehe jetzt mal nach ihm. Vielleicht schläft er ja. Er ist die ganze Zeit so müde.« Sie zögerte einen Moment, dann fügte sie hinzu: »Ich möchte nicht, dass er sich aufregt.«

Frieda schwieg. Es gab zu viele Dinge, die sie darauf hätte sagen können, doch nichts davon hätte Carrie davon abgehalten, Frieda als Bedrohung zu sehen.

Sie lauschte Carries Schritten auf der Treppe. Frieda gegenüber war sie kurz angebunden gewesen, doch als sie nun nach ihrem Mann rief, klang ihre Stimme zärtlich, fast wie die einer Mutter. Kurz darauf hörte Frieda die beiden herunterkommen. Carries Schritte waren zugleich leicht und energisch, die von Alan langsamer und schwerer, als würde er den Fuß jedes Mal mit dem ganzen Gewicht seines kraftlosen Körpers belasten. Als er in der Tür auftauchte und sich dabei mit beiden Fäusten die Augen rieb, war nicht zu übersehen, wie müde und fertig er wirkte.

Sie setzte die Katze auf den Boden und erhob sich. »Es tut mir leid, wenn ich Sie geweckt habe.«

»Ich weiß gar nicht, ob ich wirklich geschlafen habe«, antwortete er. Er machte einen verwirrten Eindruck. Frieda entging nicht, wie Carrie ihm eine Hand auf den Rücken legte, um ihn in den Raum zu schieben, und dann wie eine Wächterin hinter seinem Stuhl Stellung bezog. Alan beugte sich hinunter, hob Gretel hoch und drückte sein Gesicht in ihr Fell.

»Es war mir ein Bedürfnis, mit Ihnen zu sprechen«, erklärte Frieda.

»Soll ich gehen?«, fragte Carrie.

»Das ist keine Therapiesitzung.«

»Keine Ahnung«, meinte Alan, »bleib, wenn du magst.«

Carrie wuselte erst einmal geschäftig in der Küche herum, füllte den Wasserkessel, öffnete Schranktüren und schloss sie wieder.

»Sie wissen, warum ich hier bin«, begann Frieda schließlich.

Die Art, wie Alan die Katze auf seinem Schoß streichelte, erinnerte Frieda an seine Angewohnheit, ständig mit beiden Händen über seine Oberschenkel zu reiben, wenn er bei ihr im Praxisraum saß, als könnte er sich nie ganz stillhalten. Sie holte tief Luft.

»Während unserer Sitzungen sind mir gewisse Parallelen zum Fall eines verschwundenen Jungen aufgefallen. Sein Name lautet Matthew Faraday. Deswegen habe ich mit der Polizei darüber gesprochen.«

Hinter ihrem Rücken klapperte Carrie zornig mit dem Besteck. Einen Moment später stellte Frieda die Tasse mit einem Knall hin. Tee schwappte über den Rand.

»Ich hatte unrecht. Es tut mir sehr leid, wenn ich Ihnen zusätzlichen Kummer bereitet habe.«

»Tja«, antwortete Alan bedächtig, wobei er das Wort in die Länge zog. Offenbar hatte er nichts weiter dazu zu sagen.

»Ich weiß, dass ich Ihnen gesagt hatte, in meinem Raum könnten Sie sich sicher fühlen und ohne Bedenken alles aussprechen«, fuhr Frieda fort. Carries Gegenwart machte sie befangen. Statt wirklich mit Alan zu reden, rezitierte sie Worte, die sie vorher im Geiste geprobt hatte. Sie klangen gestelzt und unehrlich. »Aber angesichts der auffallenden Übereinstimmungen zwischen Ihren Fantasien und den Ereignissen in der realen Welt hatte ich das Gefühl, keine andere Wahl zu haben.«

»Dann tut es Ihnen also gar nicht wirklich leid«, bemerkte Carrie.

Frieda drehte sich zu ihr um. »Wieso sagen Sie das?«

»Sie sind doch der Meinung, in Anbetracht der Umstände richtig gehandelt zu haben. Sie halten Ihr Tun für gerechtfertigt. In meinen Augen ist das kein echtes Bedauern. In solchen Fällen sagen die Leute *Es tut mir leid, wenn*, weil sie sich nicht dazu überwinden können zu sagen *Es tut mir leid, dass …* Genau das tun Sie gerade. Sie entschuldigen sich, ohne sich wirklich zu entschuldigen.«

»Das war nicht meine Absicht«, erwiderte Frieda vorsichtig. Sie war beeindruckt von Carries Kampfgeist und gleichzeitig gerührt über ihren starken Beschützerinstinkt gegenüber Alan. »Ich habe mich geirrt. Ich habe einen Fehler gemacht. Dass ich Ihnen die Polizei auf den Hals gehetzt habe, muss für Sie beide sehr schockierend und schmerzhaft gewesen sein.«

»Alan braucht Hilfe, keine gemeinen Unterstellungen. Wie sind Sie nur auf die Idee gekommen, er könnte den armen kleinen Jungen entführt haben! Sehen Sie ihn sich doch an! Können Sie sich wirklich vorstellen, dass er zu so etwas fähig wäre?«

Frieda hatte keinerlei Probleme damit, sich bei jedem Menschen so ziemlich alles vorzustellen.

»Ich mache Ihnen keinen Vorwurf«, mischte Alan sich ein. »Ich frage mich schon die ganze Zeit, ob es nicht doch stimmt.«

»Was soll stimmen?«, fragte Carrie entgeistert.

»Was Dr. Klein und der Detective vermutet haben. Vielleicht habe ich den Jungen tatsächlich entführt.«

»Sag doch so was nicht!«

»Vielleicht werde ich wahnsinnig. Mir kommt es tatsächlich ein bisschen so vor.«

»Sagen Sie ihm, dass er nicht wahnsinnig ist«, wandte Carrie sich in drängendem Ton an Frieda. Dabei klang ihre Stimme ein wenig unsicher.

»Ich komme mir vor wie in einem Albtraum, in dem alles außer Kontrolle gerät«, fuhr Alan fort. »Erst werde ich von einem beschissenen Doktor zum nächsten weitergereicht. Dann finde ich endlich eine Ärztin, der ich vertraue. Sie bringt mich dazu, Dinge auszusprechen, von denen ich vorher nicht einmal wusste, dass sie mir im Kopf herumgingen, und dann hängt sie mich deswegen bei der Polizei hin. Ein Detective taucht bei mir auf und möchte wissen, was ich an dem Tag gemacht habe, an dem der kleine Junge verschwunden ist. Dabei wollte ich doch nur wieder richtig schlafen können. Ich wollte nur meinen Frieden.«

»Alan«, sagte Frieda, »nun hören Sie mir mal zu. Viele Leute haben das Gefühl, wahnsinnig zu werden.«

»Das heißt aber nicht automatisch, dass es in meinem Fall nicht zutrifft.«

»Nein, da haben Sie recht.«

Plötzlich lächelte er. Das Grinsen, das sich über sein Gesicht ausbreitete, ließ ihn schlagartig jünger wirken. »Warum fühle ich mich besser und nicht schlechter, wenn ich Sie das sagen höre?«

»Wie auch immer, ich wollte Sie wissen lassen, was ich getan habe, und mich dafür entschuldigen. Ich verstehe auch, wenn Sie die Therapie bei mir nicht fortsetzen möchten. Ich kann Sie an jemand anderen überweisen.«

»Nicht noch jemand anderen.«

»Soll das heißen, Sie wollen weitermachen?«

»Meinen Sie, Sie können mir helfen?«

»Das weiß ich nicht.«

Alan schwieg einen Moment. »Ich kann mir nichts vorstellen, was nicht noch schlimmer wäre«, sagte er schließlich.

»Alan!«, stieß Carrie hervor, als hätte er sie verraten. Plötzlich empfand Frieda Mitleid mit Carrie. Obwohl es sehr häufig vorkam, dass Patienten ihr von ihren Partnern oder anderen Familienmitgliedern erzählten, war Frieda es nicht gewohnt, die Betreffenden persönlich kennenzulernen und auf eine so unmittelbare Weise in deren Angelegenheiten hineingezogen zu werden.

Sie stand auf, nahm ihren Trenchcoat von der Stuhllehne und zog ihn an. »Vielleicht sollten Sie beide erst einmal in Ruhe darüber reden«, sagte sie.

»Da gibt es nichts zu reden«, widersprach Alan. »Wir sehen uns am Dienstag.«

»Nur wenn Sie wirklich sicher sind, dass Sie das wollen.«

»Das bin ich.«

»Gut. Ich finde selbst hinaus.«

Sie zog die Küchentür hinter sich zu und blieb draußen noch einen Moment stehen, um einen weiteren Blick auf die Fotos an der Wand zu werfen. Dabei kam sie sich vor wie eine Spionin – als würde sie die beiden absichtlich belauschen. Sie vernahm ihre Stimmen, konnte aber nicht hören, ob sie sich stritten. Sie betrachtete das Foto von Alan und seinen Eltern etwas genauer. Er machte darauf einen eher pummeligen Eindruck und hatte eine feierliche Miene aufgesetzt. Schon damals wirkte sein Lächeln ängstlich, sein Blick kummervoll. Frieda entdeckte eine Porträtaufnahme seiner Eltern, die aussah, als wäre sie anlässlich irgendeines Jahrestags von einem Straßenfotografen gemacht worden. Sie trugen jedenfalls ihre Sonntagskleidung. Die Farben wirkten fast grell. Frieda musste lächeln, aber dann gefror das Lächeln plötzlich. Sie murmelte etwas vor sich hin, als wollte sie es zumindest leise aussprechen, um es ja nicht zu vergessen.

»Warum, zum Teufel, hast du ihn verlassen?«

»Ich habe nicht gesagt, dass ich ihn verlassen habe. Ich habe gesagt, dass es vorbei ist.«

»Ach, nun hör aber auf, Frieda!« Olivia tigerte durch ihr Wohnzimmer. Hin und wieder stolperte sie, weil sie so hochhackige Schuhe trug. Ohne Rücksicht auf Verluste trampelte sie damit über Klamotten und Gegenstände, ein sehr volles Glas Rotwein in der einen Hand, eine Zigarette in der anderen. Der Wein schwappte immer wieder über den Rand des Glases, sodass sie eine Spur aus kleinen roten Tropfen hinterließ. Die Asche an ihrer Zigarette wurde immer länger, bis sie ebenfalls zu Boden fiel und von Olivias Absätzen in den schmuddeligen Teppich getreten wurde. Sie trug eine golden glitzernde

Strickjacke, die ihr viel zu eng war, sodass sie zwischen den Brüsten auseinanderklaffte, dazu eine blaue Jogginghose mit Längsstreifen an den Außenseiten und Sommersandalen mit Stilettabsätzen. Frieda fragte sich, ob es sein konnte, dass ihre Schwägerin gerade einen Nervenzusammenbruch erlitt. Irgendwie schien momentan die Hälfte der Leute rund um sie herum mehr oder weniger zusammenzubrechen. »Er hätte dich niemals verlassen, nicht mal in einer Million Jahren«, verkündete Olivia gerade. »Also warum?«

Eigentlich wollte Frieda gar nicht über Sandy reden, und schon gar nicht mit Olivia. Wie sich herausstellte, sollte sie auch gar keine Gelegenheit dazu bekommen.

»Erstens ist er ein Bild von einem Mann. Mein Gott, wenn du ein paar von den Kerlen gesehen hättest, mit denen ich mich in letzter Zeit getroffen habe! Ich habe wirklich keine Ahnung, woher sie den Mumm nehmen, sich als attraktiv zu bezeichnen. Da überfällt einen schon das kalte Grauen, wenn sie nur zur Tür reinkommen. Sie wollen eine tolle Blondine, halten es aber offensichtlich nicht für nötig, selbst auch ein bisschen Mühe auf ihr Äußeres zu verwenden. Für wie verzweifelt halten die uns eigentlich? Einen Traummann wie Sandy würde ich mir sofort schnappen.«

»Du hast ihn doch nie persönlich kennengelernt.«

»Warum eigentlich nicht? Wo war ich die ganze Zeit? Ach ja. Zweitens, er ist reich. Zumindest gehe ich davon aus, schließlich ist er Arzt oder so was in der Richtung. Denk an seine Rente! Du brauchst mich gar nicht so anzuschauen! Das ist durchaus wichtig, lass dir das von mir gesagt sein. Sogar verdammt wichtig. Als alleinstehende Frau hat man es nicht leicht, das darfst du mir glauben. Auf dich trifft das besonders zu, weil du über keinerlei Sicherheitsnetz verfügst, seit dich deine verfluchte Familie aus ihrem Testament gestrichen hat. Lieber Himmel, ich hoffe, du hast das schon gewusst! Oder habe ich jetzt womöglich die Katze aus dem Sack gelassen?«

»Es kommt nicht allzu überraschend«, meinte Frieda trocken. »Aber ich will ihr Geld sowieso nicht. Außerdem glaube ich auch gar nicht, dass sie genug haben, um mir was zu hinterlassen.«

»Na, dann ist es ja gut. Wo war ich gerade?«

»Bei zweitens. Aber wahrscheinlich hast du nach zweitens ohnehin nicht mehr viel aufzuzählen, oder?«

»Ach ja, reich. Allein dafür würde ich ihn heiraten. Ich würde alles tun, um aus diesem Dreckloch herauszukommen.« Wütend trat sie nach einer umgefallenen Weinflasche, die neben dem Sofa lag. »Drittens wette ich, dass er dich liebt, und deswegen sollte drittens auch viertens und fünftens sein, weil es eine so seltene und kostbare Sache ist, von jemandem geliebt zu werden.« Abrupt brach sie ab und warf sich aufs Sofa. Ein Teil von dem Rotwein, der in ihrem Glas noch übrig war, schwappte heraus und landete als purpurroter Fleck auf ihrem Schoß. »Viertens – oder sollte ich sagen sechstens? – ist er nett. Oder nicht? Vielleicht auch nicht, denn wenn ich mich richtig erinnere, hast du ein Faible für furchterregende Männer. Schon gut, schon gut, ich habe es nicht so gemeint, also vergiss es gleich wieder. Siebtens …«

»Hör auf. Das ist erniedrigend.«

»Erniedrigend? Soll ich dir mal zeigen, was wirklich erniedrigend ist? Du brauchst dich bloß umzusehen!« Sie machte eine ausladende Handbewegung, die zur Folge hatte, dass rund um sie herum die Asche zu Boden rieselte. »Fünftens oder zehntens oder wie auch immer, du wirst nicht jünger.«

»Olivia. Halt endlich den Mund, ja? Du bist schon viel zu weit gegangen, und wenn du noch ein Wort in diese Richtung sagst, stehe ich auf und verschwinde. Eigentlich bin ich ja gekommen, um Chloë ein bisschen Chemie beizubringen.«

»Tja, nachdem Chloë noch nicht da ist, musst du wohl mit mir vorliebnehmen, bis sie auftaucht – was vielleicht niemals der Fall sein wird. Bald bist du zu alt für eigene Kinder, wobei das aus meiner Sicht vielleicht sogar ein Glücksfall ist. Hast du über das Thema schon mal nachgedacht? Schon gut, schon gut! Sieh mich ruhig mit diesem Blick an, bei dem einem das Blut in den Adern gefriert. Nachdem ich inzwischen schon zwei, nein drei Gläser Wein intus habe« – mit diesen Worten nahm sie einen letzten theatralischen Schluck aus ihrem Glas –, »kannst du mich nicht mehr einschüchtern. Ich bin gut isoliert. Außerdem kann ich in meinem eigenen Haus sagen, was ich will, und meiner Meinung nach bist du eine verdammte Närrin, Frau Dr. Frieda Klein-mit-Unmengen-von-Buchstaben-hinter-dem-Namen. Wie gesagt, drei Gläser Wein. Womöglich sogar vier. Ja, es müssen wohl vier gewesen sein. Du solltest auch mehr trinken. Du magst ja ein helles Köpfchen sein, aber gleichzeitig bist du unsäglich blöd. Das muss bei euch Kleins in der Familie liegen. Wie hat es Freud noch mal ausgedrückt? Ich werde dir sagen, wie er es ausgedrückt hat. Er hat sich gefragt: ›Was wollen Frauen?‹ Und weißt du, wie er die Frage beantwortet hat?«

»Ja.«

»Ich werde es dir sagen. Seine Antwort lautete: ›Sie wollen Liebe und Arbeit.‹«

»Nein. Er kam mehr oder weniger zu dem Schluss, dass sie Männer sein wollen. Seiner Meinung nach müssen sich Mädchen damit herumschlagen, dass sie missglückte Jungs sind.«

»So ein Wichser. Jedenfalls … wo war ich gerade?«

»Wer macht denn da so einen Lärm?«

Olivia stürmte aus dem Zimmer, stieß ein lautes Kreischen aus und kehrte dann mit glasigen Augen zurück. »Den Lärm«, erklärte sie, »macht Chloë. Sie kotzt gerade draußen in der Diele auf die Fußmatte.«

21

Als Frieda den Taxifahrer bezahlte, sah sie Josef vor ihrer Haustür stehen.

»Was machen Sie denn schon wieder hier?«, fragte sie. »Ich kann mich nicht erinnern, eine Dauereinladung ausgesprochen zu haben. Sie können nicht einfach hier auftauchen, wann immer Ihnen nach Gesellschaft zumute ist.«

Wortlos hielt er eine Flasche hoch, als wäre das Erklärung genug. »Das ist guter Wodka«, sagte er. »Kann ich jetzt reinkommen?«

Frieda schloss auf. »Wie lange stehen Sie denn schon hier?«

»Ich habe einfach auf Sie gewartet. Weil ich mir dachte, dass Sie bestimmt irgendwann zurückkommen.«

»Ich werde nicht mit Ihnen schlafen. Ich hatte einen beschissenen Tag.«

»Nix schlafen!« Josef bedachte sie mit einem vorwurfsvollen Blick. »Nur einen Drink.«

»Einen Drink könnte ich schon vertragen«, räumte Frieda ein.

Während Josef sich um das Feuer kümmerte, stöberte Frieda in einem Schrank und entdeckte ganz hinten ein Päckchen Chips. Sie füllte sie in eine Schüssel, nahm zwei Gläser und ging damit ins Wohnzimmer, wo bereits ein Feuer knisterte, sodass Josef sie nicht hereinkommen hörte. Der Gesichtsausdruck, mit dem er in die Flammen starrte, unterschied sich sehr stark von dem Lächeln, mit dem er sie begrüßt hatte.

»Sind Sie traurig, Josef?«

Er drehte sich zu ihr um. »Nur weit weg«, antwortete er.

»Warum kehren Sie nicht nach Hause zurück?«

»Vielleicht nächstes Jahr.«

Frieda setzte sich. »Brauchen wir zu diesem Gesöff Saft?«

»Schmeckt auch so«, meinte er. »Guter Wodkageschmack.«

Er schraubte den Deckel ab und goss die beiden Gläser so voll, dass nur noch wenige Millimeter Rand übrig waren. Vorsichtig reichte er eines davon Frieda. »Trinken Sie das erste auf einen Schluck«, riet er ihr.

»Gute Idee«, antwortete sie.

Nachdem sie beide ihren Drink hinuntergekippt hatten, grinste Josef. »O Gott!«, keuchte Frieda. Sie griff nach der Flasche und studierte das Etikett. »Was ist denn das für ein Teufelszeug?«

»Russisch«, gab er zurück, »aber gut.« Er schenkte ihnen nach. »Was war schlimm an Ihrem Tag?«

Frieda nahm einen weiteren Schluck von Josefs Wodka. Er brannte in der Kehle und breitete sich dann warm in der ganzen Brust aus. Sie erzählte Josef, wie sie auf Olivias Badezimmerboden gesessen hatte, während Chloë neben ihr über der Badewanne hing und selbst dann noch vor sich hin röchelte und würgte, als ihr Magen längst nichts mehr enthielt, was sie noch hätte erbrechen können. Frieda hatte nicht viel gesagt, sondern sich nur hin und wieder zu ihr hinübergebeugt und ihr die Hand in den Nacken gelegt. Hinterher hatte sie Chloë mit einem kalten Waschlappen das Gesicht abgewischt.

»Ich wusste nicht, was ich sagen sollte. Ich habe mir vorzustellen versucht, wie es sich wohl anfühlt, wenn einem speiübel ist und man sich dann auch noch von einer älteren Frau einen Vortrag über vernünftigen Umgang mit Alkohol anhören muss. Also habe ich den Mund gehalten.«

Josef sagte nichts dazu, sondern starrte nur in sein Glas, als leuchtete mitten im Wodka ein schwaches Licht, das seine ganze Aufmerksamkeit in Anspruch nahm. Frieda fand es irgendwie tröstlich, mit jemandem zu sprechen, der nicht versuchte, besonders schlaue oder witzige oder beruhigende Antworten zu geben. Deswegen berichtete sie Josef auch noch von ihrem Besuch bei Alan. Zu ihrer eigenen Überraschung hörte sie sich sagen, dass sie vorher wegen Alan zur Polizei gegangen war.

»Wie denken Sie darüber?«, fragte sie ihn anschließend.

Ganz langsam und so vorsichtig, dass es fast schon übertrieben wirkte, schenkte Josef ihr ein weiteres Mal nach. »Ich denke«, erwiderte er, »dass Sie nicht mehr darüber nachdenken sollten. Es ist besser, wenn man nicht so viel nachdenkt.«

Frieda nippte an ihrem Drink. War das ihr drittes oder viertes Glas? Oder womöglich schon das fünfte? Oder hatte Josef ihnen jeweils schon nachgeschenkt, ehe sie ausgetrunken hatten, sodass man gar nicht von einzelnen Gläsern sprechen konnte? Sie wollte Josef gerade zustimmen, dass es tatsächlich besser sei, nicht so viel nachzudenken, als ihr Telefon klingelte. Sie war selbst derart erstaunt über das, was sie hatte antworten wollen, dass sie das Telefon vor lauter Überraschung ein paarmal läuten ließ.

Josef sah sie fragend an. »Wollen Sie nicht rangehen?«

»Doch, doch.« Frieda holte tief Luft. Ihr war ein bisschen schummrig. Zögernd meldete sie sich. »Hallo.«

»Ich liebe dich.«

»Wer ist da?«

»Wie viele Frauen rufen dich denn an, um dir zu sagen, dass sie dich lieben?«

»Chloë?«

»Ich liebe dich, auch wenn du so streng und kalt bist.«

»Bist du immer noch betrunken?«

»Muss ich betrunken sein, um dir zu sagen, dass ich dich liebe?«

»Hör zu, Chloë, du solltest jetzt besser ins Bett gehen und deinen Rausch ausschlafen.«

»Ich bin schon im Bett. Mir geht's miserabel.«

»Bleib, wo du bist. Trink die ganze Nacht über möglichst

viel Wasser, selbst wenn dir davon noch schlechter wird. Ich melde mich morgen bei dir.« Sie legte auf, sah Josef an und verzog verzweifelt das Gesicht.

»Nein«, sagte er, »das ist schon gut so. Sie bringen Sachen wieder in Ordnung. Genau wie ich. Vor zwei Tagen hat mich eine Frau angerufen, für die ich mal gearbeitet habe. Sie schreit, also fahre ich zu ihrem Haus. Dort schießt Wasser wie eine Fontäne aus einem Rohr. In ihrer Küche steht das Wasser schon fünf Zentimeter hoch. Sie schreit immer noch. Dabei ist es nur ein einfaches Ventil. Ich schließe das Ventil und kümmere mich um die Überschwemmung. Sie machen es auch so. Es gibt einen Notfall, die Leute rufen Sie an, und Sie fahren hin und retten sie.«

»Ich wünschte, es wäre so«, meinte Frieda. »Ich wäre so gerne die Person, die weiß, was zu tun ist, wenn jemandes Boiler nicht funktioniert oder der Wagen nicht anspringt. Mit solchen Fachkenntnissen kann man wirklich etwas ausrichten. Sie sind derjenige, der den Rohrbruch repariert. Ich bin diejenige, die vom Hersteller des Rohrs engagiert wird, damit sie hinfährt und versucht, die schreiende Person dazu zu überreden, die Firma nicht zu verklagen.«

»Nein, nein«, widersprach Josef, »sagen Sie das nicht. Sie sind viel zu selbst …«

»Selbstkritisch?«

»Nein.«

»Selbstzerstörerisch?«

»Nein.« Josef fuchtelte wild mit den Händen herum, als versuchte er die Bedeutung des Worts, das ihm nicht einfiel, durch Gesten zum Ausdruck zu bringen. »Sie sagen: ›Ich bin schlecht‹, aber ich sage: ›Nein, Sie sind gut, Sie sind sehr gut.‹«

»Vielleicht haben Sie ja recht.«

»Sie sollen nicht einfach zustimmen«, meinte Josef, »Sie sollen mit mir diskutieren.«

»Dazu bin ich zu müde. Ich habe zu viele Wodkas getrunken.«

»Ich arbeite für Ihren Freund Reuben«, sagte Josef.

»Er ist nicht unbedingt mein Freund.«

»Ein seltsamer Mann. Aber er spricht über Sie. Ich erfahre etwas über Sie.«

Frieda zuckte mit den Schultern. »Die Zeit, als Reuben mich gut gekannt hat, liegt schon zehn Jahre zurück. Damals war ich noch ganz anders. Wie geht es ihm?«

»Ich mache sein Haus schöner.«

»Das ist gut«, antwortete Frieda. »Das ist wahrscheinlich genau das, was er braucht.«

»Möchten Sie mir erzählen, warum Sie so dringend einen Termin bei mir wollten?«

Sasha Wells war Mitte zwanzig. Sie trug eine dunkle Hose und eine Jacke, die so geschnitten war, dass man nicht viel von ihrer Figur sah. Das schmutzig blonde Haar der jungen Frau wirkte zerzaust. Ständig fuhr sie mit den Fingern hindurch und strich sich Strähnen aus den Augen, die ihr gar nicht in die Augen hingen. Außerdem war sie einen Tick zu dünn, und die Finger ihrer linken Hand hatten vom vielen Rauchen gelbe Flecken. Hinzu kam, dass sie Frieda nicht in die Augen schauen konnte und sie höchstens mal von der Seite halb anlächelte. Trotz alledem konnte die junge Frau ihre Schönheit nicht verbergen, auch wenn sich ihre großen Augen dafür zu entschuldigen schienen. Sie erinnerte Frieda an ein verwundetes Tier, allerdings eines, das sich nicht zur Wehr setzte, sondern sich möglichst klein zusammenrollte oder die Flucht ergriff. Eine Weile herrschte zwischen ihnen Schweigen. Sasha spielte nervös mit ihren Händen herum. Frieda, die ihr ansah, wie sehr sie nach einer Zigarette lechzte, war fast schon versucht, sie eine rauchen zu lassen.

»Mein Freund Barney hat einen Freund namens Mick, der sagt, dass Sie sehr gut sind. Und dass ich Ihnen vertrauen kann.«

»Sie können mir alles sagen. Was Sie wollen.«

»Gut.« Sasha flüsterte das so leise, dass Frieda sich vorbeugen musste, um sie zu verstehen.

»Wenn ich richtig informiert bin, waren Sie schon bei einem anderen Therapeuten.«

»Ja. Er hieß James Rundell. Ich glaube, er ist ziemlich berühmt.«

»Stimmt«, bestätigte Frieda. »Ich habe von ihm gehört. Wie lange waren Sie bei ihm?«

»Ungefähr sechs Monate. Vielleicht ein bisschen länger. Als ich mit der Therapie anfing, hatte ich gerade erst meine jetzige Stelle angetreten.« Sie strich sich das Haar aus dem Gesicht und ließ es dann wieder nach vorne fallen. »Ich bin Wissenschaftlerin, Genetikerin. Ich mag meine Arbeit und habe nette Freunde, aber irgendwie steckte ich zu der Zeit in einem Loch, aus dem ich nicht mehr herauskam.« Sie verzog das Gesicht zu einer Grimasse, die ihre Schönheit nur noch mehr unterstrich. »Unglückliche Beziehungen, Sie wissen schon. Ich habe mich ein bisschen verarschen lassen.«

»Aus welchem Grund sind Sie hier?«

Sie schwieg eine ganze Weile.

»Das ist schwierig«, antwortete sie schließlich. »Ich weiß nicht so recht, wie ich es sagen soll.«

Plötzlich hatte Frieda das Gefühl, genau zu wissen, was gleich kommen würde. Sie musste daran denken, wie es sich anfühlte, wenn man unten in der U-Bahn am Gleis stand und den Zug kommen spürte. Noch bevor man etwas hörte oder das Licht am Zug ausmachte, spürte man einen warmen Lufthauch auf dem Gesicht oder sah ein Stück Papier hochflattern. Frieda war klar, was Sasha sagen würde. Da tat sie etwas, das sie, soweit sie sich erinnern konnte, noch während keiner Therapiesitzung getan hatte: Sie stand auf, ging zu Sasha hinüber und legte der jungen Frau eine Hand auf die Schulter.

»Das ist schon in Ordnung«, sagte sie. Dann nahm sie wieder Platz. »Sie können hier alles aussprechen. Egal, was.«

Im Anschluss an die fünfzig Minuten Therapie vereinbarte Frieda eine weitere Sitzung mit Sasha. Nachdem die junge Frau gegangen war, notierte sie sich ein paar Telefonnummern und eine Mailadresse. Anschließend saß sie mehrere Minuten schweigend da. Dann führte sie ein Telefongespräch und gleich darauf noch eines, das länger dauerte. Ein drittes Telefonat folgte. Als sie es beendet hatte, schlüpfte sie in eine kurze Lederjacke, verließ ihre Praxis und marschierte zur Tottenham Court Road. Sie winkte ein Taxi heran und gab eine Adresse an, die sie sich auf der Rückseite eines Umschlags notiert hatte. Das Taxi fuhr zunächst durch die Straßen nördlich der Oxford Street, dann die Bayswater Road entlang und in südlicher Richtung durch den Hyde Park. Frieda starrte aus dem Fenster, ohne wirklich etwas wahrzunehmen. Als das Taxi hielt, wurde ihr bewusst, dass sie kaum auf ihre Umgebung geachtet hatte und daher auch keine genaue Vorstellung davon hatte, wo sie sich befand. Es handelte sich um einen Stadtteil, den sie kaum kannte. Nachdem sie den Fahrer bezahlt hatte und ausgestiegen war, stellte sie fest, dass sie vor einem kleinen, bistroähnlichen Restaurant stand, in der Straße ansonsten aber Wohnhäuser aus weißem Stuck vorherrschten. Vom Dachvorsprung des Restaurants hingen kleine Blumenkörbchen. Im Sommer aßen die Leute hier bestimmt im Freien, aber dazu war es an diesem Tag selbst für abgehärtete Londoner zu kalt.

Als Frieda hineinging, schlugen ihr ein Schwall warmer Luft und gedämpftes Stimmengewirr entgegen. In dem Restaurant standen höchstens ein Dutzend Tische. Ein Mann, der eine gestreifte Schürze umgebunden hatte, kam auf sie zu.

»Madame?«, sprach er sie an.

»Ich wollte mich hier mit jemandem treffen«, erklärte sie.

Was, wenn er nicht da war? Was, wenn sie ihn nicht erkannte? Doch, da war er ja. Sie hatte ihn bei ein paar Konferenzen gesehen und außerdem auf Fotos, die zusammen mit einem Interview in einer Zeitschrift abgedruckt gewesen waren. Er saß in Begleitung einer Frau in der hintersten Ecke. Die beiden waren anscheinend gerade beim Hauptgang und in ein angeregtes Gespräch vertieft. Frieda durchquerte den Raum und stellte sich neben den Tisch. Er hob den Blick. Er trug eine dunkle Hose und ein schönes Hemd aus einem schwarz-weiß gemusterten, schimmernden Stoff. Sein dunkles Haar war sehr kurz geschnitten, und er wirkte auf eine lässige Art unrasiert.

»Dr. Rundell?«, fragte Frieda.

Er stand auf. »Ja?«

»Mein Name ist Frieda Klein.«

Er sah sie fragend an. »Frieda Klein. Ja, ich habe von Ihnen gehört, aber …«

»Ich habe gerade mit einer Patientin von Ihnen gesprochen. Sasha Wells.«

Sein Blick wirkte immer noch fragend, aber auch misstrauisch. »Worum geht es?«

Frieda hatte noch nie zuvor jemanden geschlagen. Zumindest nicht richtig. Nicht mit der Faust und auch nicht mit voller Wucht. Sie erwischte ihn direkt am Kinn, woraufhin er rückwärts über den Tisch fiel, den er dabei umriss, sodass dieser samt Essen, Wein, Wasser und den beiden Flaschen mit Essig und Öl auf Rundell landete. Sogar Frieda selbst, die keuchend über ihm stand und ihr eigenes Blut in den Ohren rauschen hörte, war bestürzt über das Chaos, das sie angerichtet hatte.

Als Detective Chief Inspector Karlsson in den Verhörraum trat, bemühte er sich nach Kräften, die Stirn in Falten zu legen.

»Wenn man die Chance bekommt, einen Anruf zu tätigen, nutzt man sie üblicherweise, um seinen Anwalt anzurufen«, erklärte er, »oder seine Mutter.«

Frieda blickte mit finsterer Miene zu ihm auf. »Mir sind spontan nur Sie eingefallen.«

»Sie meinen, im Eifer des Gefechts?«, entgegnete Karlsson. »Wie geht es Ihrer Hand?«

Frieda hielt ihre Rechte hoch. Sie war mit einem Verband umwickelt, bei dem allerdings an manchen Stellen bereits ein wenig Blut durchsickerte.

»Es ist ganz anders als im Film, stimmt's? Wenn man jemanden niederschlägt, steht er nicht einfach wieder auf, sondern ist verletzt. Genau wie man selbst.«

»Wie geht es ihm?«, fragte Frieda.

»Es ist nichts gebrochen«, antwortete Karlsson. »Aber er hat scheußliche Blutergüsse, die morgen noch viel schlimmer aussehen werden und übermorgen vermutlich *noch* schlimmer.« Als er sich über sie beugte und nach ihrer rechten Hand griff, zuckte sie leicht zusammen. »Können Sie die Finger bewegen?« Sie nickte. »Ich habe schon Leute gesehen, die sich mit einem solchen Schlag sämtliche Knöchel zerschmettert haben.« Er tätschelte ihr Hand ganz leicht, woraufhin Frieda erneut zusammenzuckte, und ließ sie dann los. »Haben Sie übrigens schon mal davon gehört, dass man nicht nach einem Mann treten soll, der bereits am Boden liegt? Wenn ich das richtig verstanden habe, ist Dr. Rundell ein Kollege von Ihnen. Regeln Sie berufliche Differenzen immer auf diese Weise?«

»Wenn Sie hier sind, um mich unter Anklage zu stellen, dann tun Sie sich keinen Zwang an. Ich möchte es nur möglichst schnell hinter mich bringen.«

»Die Sache fällt nicht in meinen Zuständigkeitsbereich«, erklärte Karlsson. »Aber ich schätze, unter normalen Umständen müssten Sie mit einer Anzeige wegen Körperverletzung und Sachbeschädigung rechnen. Ich gehe einfach mal davon aus – Gott allein weiß, warum –, dass Sie keine Vorstrafen haben. Vielleicht kommen Sie mit einem Monat in Holloway davon.«

»Ich habe keine Angst vor einem Prozess«, sagte Frieda.

»Tja, so bedauerlich das auch ist, aber ich fürchte, Ihr großer Auftritt vor Gericht wird Ihnen verwehrt bleiben. Ich habe gerade mit dem Beamten gesprochen, der Sie verhaftet hat. Offenbar beharrt Dr. Rundell darauf, von einer Anzeige abzusehen. Mein Kollege ist darüber gar nicht glücklich. Ganz und gar nicht.«

»Was ist mit dem Restaurant?«

»Gute Frage«, antwortete Karlsson. »Ich habe die Fotos gesehen. Wissen Sie, ich hatte in der Vergangenheit ja schon öfter mit Fällen zu tun, bei denen der Tatort so zugerichtet war und das Opfer trotzdem von einer Anzeige absah. Was in der Regel aber damit zu tun hatte, dass der Betreffende vorher durch irgendwelche Mafiosi eingeschüchtert worden war. Kann es sein, dass Sie uns etwas verschweigen?« Mittlerweile konnte er ein Lächeln nicht mehr unterdrücken. »Vielleicht einen schiefgelaufenen Drogendeal oder so was in der Art?«

»Es ist etwas Privates.«

»Selbst wenn dem so sein sollte«, entgegnete Karlsson, »ist mir noch nie zu Ohren gekommen, dass das Opfer einer solchen Attacke darauf bestanden hat, für den ganzen Schaden aufzukommen.« Er legte eine Pause ein. »Außerdem sind Sie nicht die Sorte Frau, von der ich erwarten würde, dass sie wegen Randalierens in der Öffentlichkeit verhaftet wird. Und nun wirken Sie nicht mal besonders froh darüber, dem Los entgangen zu sein, vor dem sich die meisten Leute ziemlich fürchten – Sie wissen schon: Prozess, Verurteilung, Gefängnis, all das.«

»Davor habe ich keine Angst«, erwiderte Frieda.

»Sie sind schon eine harte Nuss«, stellte er fest. Dann veränderte sich sein Gesichtsausdruck. »Gibt es im Zusammenhang mit dieser Geschichte irgendetwas, das ich wissen sollte? Etwas Kriminelles, meine ich?«

Frieda schüttelte den Kopf.

»Was hat er denn dann angestellt?«, fragte Karlsson. »Mit seinen Patientinnen geschlafen?«

Frieda verzog keine Miene.

»Ich kann das nicht gutheißen«, erklärte Karlsson, »wir sind hier schließlich nicht in Sizilien.«

»Es ist mir egal, ob Sie es gutheißen oder nicht.«

»Immerhin haben Sie mich angerufen.«

Friedas Züge wurden etwas weicher. »Sie haben recht«, sagte sie. »Es tut mir leid. Und vielen Dank.«

»Ich bin gekommen, um Ihnen mitzuteilen, dass Sie nach Hause gehen dürfen, und werde Sie auch gleich ein Stück mitnehmen, wenn ich schon mal da bin – aber trotzdem …«, sagte er und klang dabei ein wenig verzweifelt. »Wie sähe die Welt aus, wenn jeder seine Angelegenheiten auf diese Weise regeln würde?«

Frieda erhob sich. »Wie *sieht* sie denn aus?«, gab sie zurück.

22

Am Dienstagnachmittag sagte Frieda zu Alan: »Erzählen Sie mir von Ihrer Mutter.«

»Meiner Mutter?« Er zuckte mit den Schultern. »Sie war…« – er brach ab und blickte stirnrunzelnd auf seine Handflächen hinunter, als könnte er dort die Antwort finden – »…eine nette Frau«, führte er den Satz schließlich recht lahm zu Ende. »Sie ist schon gestorben.«

»Ich meine, Ihre andere Mutter.«

Es war, als hätte sie ihn mit voller Wucht in den Bauch geboxt. Sie hörte das gequälte Stöhnen, als er vor lauter Überraschung die Luft ausstieß. »Was wollen Sie damit sagen?«, keuchte er in leicht gekrümmter Haltung und mit verzerrtem Gesicht.

»Ich spreche von Ihrer leiblichen Mutter, Alan.«

Erneut stieß er einen leisen, klagenden Laut aus.

»Sie *wurden* doch adoptiert, oder nicht?«

»Woher wissen Sie das?«, flüsterte er.

»Man muss nicht zaubern können, um das in Erfahrung zu bringen. Ich habe Ihre Adoptiveltern auf dem Foto gesehen, das in Ihrer Diele hängt.«

»Und?«

»Die beiden haben blaue Augen. Ihre sind braun. Das ist genetisch nicht möglich.«

»Oh«, sagte er.

»Wann hatten Sie denn vor, mich darüber zu informieren?«

»Keine Ahnung.«

»Nie?«

»Es hat nichts mit meinen Problemen zu tun.«

»Glauben Sie das wirklich?«

»Ich bin adoptiert worden. Ende der Geschichte.«

»Sie sehnen sich nach einem eigenen Kind, und zwar so sehr, dass sich dieser Wunsch in lebhaften Fantasien und anhaltenden Panikattacken äußert. Und Sie glauben, die Tatsache, dass Sie adoptiert wurden, hat nichts damit zu tun?«

Alan zuckte erneut mit den Schultern. Er blickte einen Moment zu ihr auf, senkte aber sofort wieder den Kopf. Draußen reckte der Kran seinen Arm immer höher in den grellblauen Himmel. Große Schlammklumpen fielen von seinen gezackten Kiefern herab. »Ich weiß es nicht«, murmelte Alan.

»Sie wünschen sich einen Sohn, der genau so aussieht wie Sie. Die Vorstellung, ein Kind zu adoptieren, widerstrebt Ihnen. Sie wollen Ihr eigenes Fleisch und Blut – mit Ihren Genen, Ihrem roten Haar und Ihren Sommersprossen. Als wollten Sie sich selbst adoptieren, sich selbst retten und umsorgen.«

»Hören Sie auf!« Alan sah aus, als würde er sich am liebsten die Finger in die Ohren stopfen.

»Ist es denn ein so großes Geheimnis?«

»Carrie weiß es natürlich. Außerdem ein Freund, dem ich es mal nach ein paar Drinks verraten habe. Aber warum sollte ich jedem davon erzählen? Das ist doch etwas sehr Persönliches und geht niemanden etwas an.«

»Nicht einmal Ihre Therapeutin?«

»Ich hielt es nicht für wichtig.«

»Das glaube ich Ihnen nicht, Alan.«

»Was Sie glauben, ist mir egal. Ich sage Ihnen, dass es so war.«

»Meiner Meinung nach wissen Sie sehr genau, wie wichtig es ist. Für Sie ist es sogar so wichtig, dass Sie es nicht schaffen, es zu erwähnen oder auch nur darüber nachzudenken.«

Er schüttelte langsam den Kopf – wie ein müder alter Kampfstier, den jemand mit Spießen traktierte.

»Manche Geheimnisse verleihen einem eine Form von Freiheit«, erklärte Frieda. »Persönlichen Freiraum. Das ist gut. Jeder braucht solche Geheimnisse. Andere Geheimnisse können düster und bedrückend sein, wie ein gruseliger, feuchter Keller, in den man sich nie hinunterwagt, von dem man aber immer weiß, dass er da ist: voller hässlicher Kreaturen, die unter der Erde hausen, und voller Albträume. Das sind die Geheimnisse, denen man sich stellen sollte. Es ist wichtig, dass man sie beleuchtet und sich genau ansieht, was hinter ihnen steckt.«

Während Frieda das sagte, musste sie an all die Geheimnisse denken, die ihr im Lauf der Jahre anvertraut worden waren, all jene verbotenen Gedanken, Wünsche und Ängste, die ihr die Leute zur sicheren Aufbewahrung übergaben. Reuben hatte sich dadurch irgendwann vergiftet gefühlt, während Frieda es schon immer als eine Art Privileg betrachtete, dass die Menschen sie einen Blick auf ihre Ängste werfen ließen und ihr gestatteten, das Licht zu sein, mit dem sie diese beleuchteten.

»Ich weiß nicht«, entgegnete Alan. »Vielleicht gibt es auch Dinge, die man besser ruhen lässt.«

»Um was genau zu verhindern?«

»Um zu verhindern, dass man sich über Sachen aufregt, die man ohnehin nicht ändern kann.«

»Könnte es sein, dass Sie vielleicht deswegen hier bei mir sitzen, weil es zu viele Dinge gibt, mit denen Sie sich nicht auseinandergesetzt haben? Sodass sich in Ihrem Inneren eine große Spannung aufgebaut hat?«

»Keine Ahnung. Zu Hause haben wir nie darüber gesprochen«, entgegnete Alan. »Irgendwie wusste ich instinktiv, dass das Thema tabu war. Sie wollte, dass ich sie als meine richtige Mutter ansah.«

»Ist Ihnen das gelungen?«

»Sie *war* meine Mutter. Mum und Dad, etwas anderes kannte ich nicht. Die andere Frau hat nichts mit mir zu tun.«

»Sie kannten Ihre leibliche Mutter nicht?«

»Nein.«

»Sie haben keinerlei Erinnerung an sie?«

»Nicht die geringste.«

»Wissen Sie, wer sie war?«

»Nein.«

»Und Sie wollten es auch nie wissen?«

»Selbst wenn dem so gewesen wäre, hätte es mir nichts genützt.«

»Wie meinen Sie das?«

»Niemand hat gewusst, wer sie war.«

»Das verstehe ich nicht. So etwas kann man doch herausfinden, Alan. Das geht sogar relativ einfach.«

»In meinem Fall nicht. Dafür hat sie schon gesorgt.«

»Wie denn?«

»Sie hat mich ausgesetzt. In einem kleinen Park neben einer Wohnsiedlung in Hoxton. Der Zeitungsjunge hat mich gefunden. Es war Winter und sehr kalt, und ich war nur in ein Handtuch gewickelt.« Er sah Frieda an. »Wie in einem Märchen. Mit dem Unterschied, dass es in meinem Fall real war. Warum also sollte mir etwas an ihr liegen?«

»Was für ein schwieriger Start ins Leben«, bemerkte Frieda.

»Ich kann mich nicht daran erinnern, also spielt es für mich keine Rolle. Es ist nur eine Geschichte.«

»Eine Geschichte über Sie.«

»Ich habe diese Frau nicht gekannt und sie mich auch nicht. Sie hat für mich keinen Namen, keine Stimme, kein Gesicht. Und sie kennt auch meinen Namen nicht.«

»Es ist ziemlich schwierig für eine Frau, Schwangerschaft und Geburt zu überstehen und das Baby dann auch noch auszusetzen, ohne dass ihr jemals ein Mensch auf die Schliche kommt«, stellte Frieda fest.

»Ihr ist es gelungen.«

»Demnach waren Sie ganz klein, als Ihre Eltern Sie adoptiert haben. Sie erinnern sich an nichts anderes?«

»So ist es. Deshalb hat es auch nichts mit meinen momentanen Problemen zu tun.«

»Wie beispielsweise Ihrem Kinderwunsch. Denken Sie daran, wie Sie reagiert haben, als wir auf die Möglichkeit einer Adoption zu sprechen gekommen sind.«

»Ich habe es Ihnen doch gesagt. Ich will kein Kind adoptieren. Ich möchte mein eigenes, nicht das von jemand anderem.«

Frieda musterte ihn eindringlich. Ein paar Sekunden lang erwiderte er ihren Blick, dann senkte er wie ein kleiner Junge, der beim Lügen ertappt worden war, den Kopf.

»Unsere Zeit ist um. Wir sehen uns am Donnerstag. Ich möchte, dass Sie bis dahin über das alles nachdenken.«

Sie standen beide auf. Wieder bewegte er auf diese für ihn typische, hilflos-traurige Art langsam den Kopf hin und her, als versuchte er ihn dadurch wieder klar zu bekommen.

»Ich weiß nicht, ob ich das durchhalte«, sagte er. »Ich bin dafür einfach nicht geschaffen.«

»Wir gehen immer nur einen Schritt.«

»Durch die Dunkelheit.« Alans Worte trafen Frieda so unerwartet, dass sie nur nicken konnte.

Als Frieda nach Hause kam, fand sie auf ihrer Türmatte ein kleines Päckchen vor. Sofort erkannte sie auf dem Umschlag Sandys Handschrift. Sie beugte sich hinunter und hob es ganz vorsichtig auf, als könnte es bei der kleinsten Bewegung explodieren. Allerdings öffnete sie es nicht gleich, sondern nahm es mit in die Küche und machte sich erst einmal eine Tasse Tee. Während sie wartete, bis das Wasser kochte, blieb sie am Fenster stehen und blickte über ihr Spiegelbild hinweg zum klaren, kalten Nachthimmel empor.

Erst als sie mit einer Tasse Tee am Tisch saß, öffnete sie das Päckchen und nahm den Inhalt heraus: einen silbernen Armreif, einen kleinen Zeichenblock mit ein paar von ihren Skizzen, einen weichen Bleistift und fünf Haarklammern, zusammengehalten von einem schmalen braunen Haarband. Das war alles. Sie schüttelte den Umschlag, doch es fielen weder ein

Brief noch irgendein Zettel heraus. Sie betrachtete die armseligen Gegenstände auf dem Tisch. War das wirklich alles, was sie dort zurückgelassen hatte? Wie war es möglich, so wenige Spuren zu hinterlassen?

Das Telefon klingelte, und sie griff danach. Bereits in dem Moment, als sie das tat, wünschte sie, sie hätte das Band laufen lassen.

»Frieda. Du musst mir helfen. Ich bin mit meinem Latein am Ende, und dieser dämliche Idiot von ihrem Vater ist mir auch keine Hilfe.«

»Ich höre mit, nur damit du es weißt«, meldete Chloë sich zu Wort. »Auch wenn es dir lieber wäre, es gäbe mich gar nicht.«

Frieda hielt den Hörer ein Stück von ihrem Ohr weg. »Hallo?«, sagte sie. »Mit welcher von euch beiden soll ich reden?«

»Mit mir«, antwortete Olivia schrill. Ich habe dich angerufen, weil ich mir einfach keinen Rat mehr weiß. Und wenn eine gewisse *Person* unhöflich genug ist, den anderen Hörer abzuheben und unser Gespräch zu belauschen, dann ist diese *Person* selber schuld, wenn sie Dinge zu hören bekommt, die ihr vielleicht nicht gefallen.«

»Bla, bla, bla, bla!«, johlte Chloë. »Sie will mir Hausarrest verpassen, weil ich betrunken war. Ich bin sechzehn. Mir war so übel, dass ich kotzen musste. Na und? Das ist doch keine große Sache. Sie sollte sich lieber selbst Hausarrest geben.«

»Chloë, hör zu …«

»So, wie sie mit mir redet, würde ich nicht mal mit einem Hund reden.«

»Ich auch nicht. Ich mag Hunde. Hunde schreien nicht, nörgeln nicht und tun sich auch nicht selber leid.«

»Dein *Bruder* hat mir gerade erklärt, so etwas gehöre eben zum Erwachsenwerden«, meldete Olivia sich wieder zu Wort und unterstrich ihren Beitrag mit einem abschließenden Schluchzer. Sie bezeichnete David immer dann als Friedas Bruder oder Chloës Vater, wenn sie noch wütender auf ihn war als üblich. »Er sollte lieber mal versuchen, selbst erwachsen zu werden. Schließlich war er derjenige, der sich eine junge Schlampe mit gefärbtem Haar aufgerissen hat und mit ihr auf und davon ist.«

»Vorsicht, Olivia«, warnte Frieda sie in scharfem Tonfall.

»Wenn du mir Hausarrest verpasst, gehe ich und bleibe bei ihm!«

»Das wäre wunderbar, aber wie kommst du auf die Idee, dass er dich haben will? Er hat dich verlassen, oder etwa nicht?«

»Ihr beide müsst mit diesem Unsinn sofort aufhören«, ermahnte Frieda sie.

»Er hat nicht mich verlassen, sondern *dich*. Was ich ihm nicht verdenken kann.«

»Ich lege jetzt auf«, verkündete Frieda sehr laut und setzte ihre Drohung umgehend in die Tat um.

Sie stand auf, schenkte sich ein kleines Glas Weißwein ein und setzte sich wieder. Sie betrachtete erneut die Sachen, die Sandy ihr zurückgeschickt hatte, und drehte nachdenklich eine der Haarklammern zwischen den Fingern hin und her. Das Telefon klingelte erneut.

»Hallo«, meldete Olivia sich kleinlaut.

»Hallo.« Frieda wartete.

»Ich habe die Lage gar nicht gut im Griff.«

Frieda nahm einen Schluck Wein. Sie dachte an ihre Badewanne, ihr Buch, das bereits vorbereitete Feuer und die Dinge, über die sie nachdenken wollte. Draußen war Winter, und ein kalter Wind blies durch die dunklen Straßen. »Soll ich vorbeischauen?«, fragte sie. »Das wäre nämlich kein Problem.«

23

Am nächsten Nachmittag berief Karlsson eine Pressekonferenz ein, bei der die Faradays einer Reihe Fotografen und Journalisten gegenübersaßen, um an den Entführer zu appellieren, ihren Sohn herauszugeben, und gleichzeitig das öffentliche Interesse neu zu wecken.

Karlsson hatte den Vormittag damit verbracht, Hunderte von sogenannten Zeugenaussagen durchzugehen, die sein Team aufgenommen hatte. Die Berichte über angebliche Sichtungen wurden immer weniger. Nun stand er etwas abseits an der Wand und betrachtete das Paar im Scheinwerferlicht. Die Gesichter der beiden hatten sich seit Matthews Verschwinden sehr verändert. Tag für Tag hatte er miterlebt, wie der Kummer neue Falten in ihre Züge grub, ihre Haut erschlaffen ließ und den Glanz ihrer Augen dämpfte. Alec Faradays Gesicht war infolge des Überfalls immer noch geschwollen und blau, und seine Bewegungen wirkten wegen der Rippenbrüche sehr steif. Beide sahen extrem schmal und mitgenommen aus, und der Mutter versagte beinahe die Stimme, als sie von ihrem Liebling sprach. Trotzdem brachten sie die Sache recht gut über die Bühne. Sie gaben die üblichen herzerweichenden Dinge von sich. Sie baten die Welt im Allgemeinen um Mithilfe bei der Suche und den Entführer im Speziellen um die Herausgabe ihres geliebten Jungen.

Natürlich war es eine sinnlose Aktion. Für gewöhnlich dienten diese Shows in erster Linie dem Zweck, die Eltern unter Druck zu setzen und bei der Gelegenheit vielleicht herauszufinden, ob sie selbst die Schuldigen waren. In diesem Fall aber war allen klar, dass die Faradays es nicht gewesen sein konnten. Selbst die Zeitungen, für die der Vater zunächst der Hauptverdächtige gewesen war, hatten eine kühne Kehrtwendung hingelegt und einen leidenden Heiligen aus ihm gemacht. Während der fraglichen Zeit hatte er in der Buchhaltungsfirma, für die er arbeitete, ein Kundengespräch geführt, was Dutzende von Zeugen belegen konnten. Die Mutter, eine Sprechstundenhilfe, war währenddessen von ihrer Arbeitsstelle zur Schule gerast, um ihren Sohn möglichst pünktlich abzuholen. Die Vorstellung, der Kerl, der sich Matthew geschnappt hatte, könnte plötzlich ein Einsehen haben, wenn er ihren Appell hörte und ihre von Angst gezeichneten Gesichter sah, war natürlich absurd – nicht zuletzt deswegen, weil der Junge mit ziemlicher Sicherheit tot war, und zwar vermutlich schon seit geraumer Zeit. Es blieb also der Welt überlassen, auf die Worte der Eltern zu reagieren, und dass sie reagieren würde, stand fest. Die Flut aus Fehlinformationen und falschen Hoffnungen, die zum Glück allmählich verebbt war, würde erneut mit voller Wucht über sie hereinbrechen.

An diesem Abend machte er Überstunden. Er starrte lange Zeit auf die Fotos, die den Jungen und den Ort seines Verschwindens zeigten. Dann betrachtete er eine Weile den großen Stadtplan, der in der Einsatzzentrale an der Wand hing, versehen mit unzähligen Nadeln und Fähnchen. Schließlich wandte er sich wieder den Zeugenaussagen zu. Sein Schädel brummte, und seine Brust schmerzte.

Er starrte den anderen Jungen an, und der starrte zurück. Es war Simon. Er streckte eine Hand nach Simon aus, um herauszufinden, ob er freundlich reagieren würde. Im selben Moment streckte auch Simon die Hand aus, lächelte dabei aber nicht. Er war sehr dünn und sehr weiß. An den Schultern und den Hüften standen seine Knochen hervor, und sein Pipimann sah aus wie eine kleine rosa Schlange. Als er einen Schritt auf Simon zuging, kam der ihm einen Schritt entgegen. Es war eine ruckartige kleine Bewegung, wie Marionetten sie machten, und dann ließ Simon sich auch wie eine Marionette zu Boden sinken. Matthew tat es ihm gleich. Wieder starrten sie einander an. Matthew hob einen Finger an das magere Gesicht des Jungen – ein Koboldgesicht mit eingefallenen Wangen, tiefen Augenhöhlen und einem bandagierten Mund. Er berührte den kalten, fleckigen Spiegel und beobachtete, wie dort, wo er seinen Finger liegen hatte, Tränen über die Haut kullerten. Auf einmal spürte er hinter sich Hände, die nach ihm griffen. Er hörte leise Worte und fühlte, wie Atem über seine Haut strich. »Du wirst unser kleiner Junge sein«, sagte die Stimme. »Aber pass auf, dass du nicht unser unartiger kleiner Junge bist. Wir mögen nämlich keine unartigen kleinen Jungen.«

Als Frieda ihm die Tür öffnete, stand Karlsson schon knapp an der Schwelle, als hätte sie ihn erwartet, und in gewisser Weise hatte sie das auch. Sie wusste, dass die Sache mit Matthew Faraday noch nicht ausgestanden war.

»Kommen Sie herein«, sagte sie.

Sie traten ins Wohnzimmer, wo im Kamin ein Feuer brannte und ein Stapel von Fachzeitschriften auf der Armlehne von Friedas Sessel lag.

»Störe ich?«

»Nicht besonders. Nehmen Sie Platz.« Karlsson stellte die Ledertasche, die er über der Schulter getragen hatte, auf den Boden und zog seinen Mantel aus. Als er schließlich saß, zögerte Frieda einen Moment, dann fragte sie: »Möchten Sie etwas trinken? Einen Kaffee?«

»Hätten Sie eventuell auch etwas Stärkeres?«

»Wein? Whisky?«

»Whisky, glaube ich. Heute ist so ein Abend.«

Frieda schenkte ihnen beiden je ein kleines Glas Whisky ein, fügte einen Schuss Wasser hinzu und ließ sich dann Karlsson gegenüber nieder. »Wie kann ich Ihnen helfen?«

Sie wirkte viel sanfter als sonst. In seiner momentanen Verfassung rührte ihn das so, dass ihm fast die Tränen kamen.

»Ich kann nur noch an den Jungen denken. Wenn ich aufstehe, gilt mein erster Gedanke ihm, und sobald ich mich ins Bett lege, träume ich von ihm. Ansonsten tue ich so, als wäre alles ganz normal. Wenn ich mit den Kollegen ins Pub gehe, reden wir das übliche Zeug, und ich höre die üblichen Worte aus meinem Mund kommen. Es ist schon erstaunlich, dass man es schafft herumzulaufen und so zu tun, als wäre alles ganz normal, obwohl dem gar nicht so ist. Beispielsweise telefoniere ich mit meinen Kindern, frage sie, wie ihr Tag war, und erzähle ihnen albernes, lustiges Zeug über meinen. Dabei habe ich die ganze Zeit nur ihn vor Augen. Obwohl er bestimmt längst tot ist. Zumindest hoffe ich das, denn wenn nicht… Was kann bestenfalls passieren? Dass wir seine Leiche finden und den Dreckskerl schnappen, der ihm das angetan hat. Das ist noch die beste Variante.«

»Ist es denn wirklich so hoffnungslos?«

»Selbst in zehn oder zwanzig Jahren werde ich immer noch der Bulle sein, der Matthew Faraday nicht retten konnte. Wenn ich eines Tages in Pension bin – wie der alte Detective, den ich kürzlich besucht habe, der damals für den Fall von Joanna Vine zuständig war –, werde ich in meinem Haus sitzen und über Matthew nachdenken. Ich werde mir immer noch das Gehirn zermartern, wie das alles gelaufen sein könnte, wo er wohl begraben liegt, wer es war und wo der Betreffende inzwischen ist.

Er ließ seinen Whisky im Glas kreisen, ehe er einen Schluck nahm. »Sie verbringen wahrscheinlich die Hälfte Ihrer Zeit mit Leuten, die schwer an der Last ihrer Schuldgefühle tragen, aber meiner Erfahrung nach empfinden die Leute längst nicht genug Schuldgefühle. Sie schämen sich, wenn sie erwischt werden, das ja, aber sie haben kein schlechtes Gewissen, wenn sie ungeschoren davonkommen. Auf der ganzen Welt gibt es Menschen, die schreckliche Dinge getan haben und trotzdem ein rundherum zufriedenes Leben mit ihren Familien und Freunden führen.«

Er kippte seinen Whisky hinunter. Frieda schenkte ihm nach, ohne zu fragen. Sie selbst hatte ihr Glas noch gar nicht angerührt.

»Wenn es schon mir so geht«, fuhr er fort, »wie mag es dann erst den Eltern gehen?« Mit einer ungeduldigen Handbewegung lockerte er seine Krawatte. »Wird mich das nun mein Leben lang verfolgen?«

»Hatten Sie vorher noch nie einen solchen Fall?«

»Mit Morden, Selbstmorden und häuslicher Gewalt kenne ich mich aus. Da ist es schwer, sich den Glauben an das Gute im Menschen zu bewahren. Vielleicht ist das auch der Grund, warum ich geschieden bin und mein Herz gerade einer Frau ausschütte, die ich erst ein paarmal getroffen habe, und nicht meiner Ehefrau. Der Junge ist doch erst fünf, im selben Alter wie mein Jüngstes.«

»Es gibt kein Heilmittel gegen Ihre Gefühle«, erklärte Frieda. In dem Raum, in dem sie saßen, herrschte eine seltsame Stimmung, träumerisch und traurig.

»Ich weiß. Ich musste nur mal mit jemandem darüber reden. Bitte entschuldigen Sie.«

»Sie brauchen sich nicht zu entschuldigen.«

Mehr sagte sie dazu nicht. Während sie nachdenklich in ihr Glas blickte, betrachtete Karlsson sie. Er hatte das Gefühl, eine neue Seite an ihr entdeckt zu haben. Nach einer Weile bat er: »Erzählen Sie mir von Ihrer Arbeit.«

»Was wollen Sie wissen?«

»Keine Ahnung. Sind Sie Ärztin?«

»Ja. Wobei das keine zwingende Voraussetzung ist. Ich hatte mich auf Psychiatrie spezialisiert, bevor ich die praktische Ausbildung zu meinem eigentlichen Beruf machte. Es ist ein langer Prozess und eine strenge Disziplin. Ich habe eine Menge Buchstaben hinter meinem Namen.«

»Verstehe. Und behandeln Sie hauptsächlich Privatpatienten? Wie viele kommen pro Tag zu Ihnen? Was sind das für Leute? Warum machen Sie den Job? Können Sie damit tatsächlich etwas bewirken? Das sind so in etwa die Dinge, die mich interessieren.«

Frieda musste ein wenig lachen, ehe sie anfing, die Antworten auf seine Fragen an den Fingern abzuzählen. »Erstens. Ich behandle sowohl Privat- als auch Kassenpatienten. Ich bekomme Überweisungen aus der Warehouse-Klinik, wo ich meine praktische Ausbildung absolviert und jahrelang gearbeitet habe, außerdem von Hausärzten und Krankenhäusern. Darüber hinaus nehme ich auch Leute, die aus eigenem Antrieb zu mir kommen, weil jemand aus ihrem Bekanntenkreis mich ihnen empfohlen hat. Es ist mir wichtig, nicht nur Leute anzunehmen, die reich genug sind, um sich die Therapie leisten zu können. Ansonsten hätte ich das Gefühl, mich nur um die Psyche der Reichen zu kümmern. Wenn man die Therapie privat bezahlen muss, kommt sie ziemlich teuer.«

»Wie teuer?«

»Ich habe da so eine Daumenregel. Ich verlange zwei Pfund für jeden Tausender, den die Leute verdienen. Wenn Sie also dreißigtausend verdienen, müssten Sie mir sechzig Pfund pro Sitzung geben. Ich hatte mal einen Klienten, der zu mir gesagt hat, nach dieser Regel müsste er mir fünfhunderttausend pro Stunde zahlen. Sein Glück war, dass ich bei hundert Pfund die Grenze ziehe. Ich bin bekannt dafür, dass ich schon Leute für 'nen Appel und ein Ei behandelt habe, auch wenn meine Kollegen das gar nicht gerne sehen. Über den Daumen gepeilt würde ich sagen, dass sich der Anteil meiner Kassenpatienten auf rund siebzig Prozent beläuft, vielleicht auch etwas weniger.

Zweitens. Für gewöhnlich kommen meine Patienten dreimal die Woche, und ich habe in der Regel sieben Patienten – also insgesamt etwa zwanzig Sitzungen pro Woche. Ich kenne Therapeuten, die jeden Tag acht Sitzungen im Terminkalender stehen haben – also vierzig pro Woche. Wenn der eine Patient geht, kommt schon der nächste. Das macht diese Kollegen zwar reich, aber ich könnte das nicht. Ich würde es auch gar nicht wollen.«

»Warum nicht?«

»Ich muss das Gehörte erst einmal verdauen, über jeden Patienten, der zu mir kommt, intensiv nachdenken und den Therapieprozess ausführlich dokumentieren. Außerdem reicht mir, was ich momentan verdiene. Mehr Geld benötige ich nicht. Aber ich brauche Zeit. Wie lautete noch mal der nächste Punkt?«

»Was sind das für Leute?«

»Diese Frage kann ich Ihnen nicht beantworten. Zu mir kommen ganz unterschiedliche Menschen, die im Grunde nicht viel gemeinsam haben.«

»Abgesehen davon, dass sie am Ende sind.«

»Letztendlich sind doch die meisten von uns irgendwann im Leben mal völlig am Ende: so unglücklich, dass wir es kaum noch ertragen können, oder so funktionsgestört, dass es für unser Umfeld nicht mehr akzeptabel ist. Oder einfach nur festgefahren.« Sie musterte ihn mit ihrem stechenden Blick. »Sehen Sie das anders?«

»Schwer zu sagen.« Karlsson runzelte verlegen die Stirn. »Weisen Sie auch mal jemanden ab?«

»Nur wenn ich der festen Überzeugung bin, dass die betreffende Person keine Therapie braucht, oder wenn ich den Eindruck habe, dass sie bei jemand anderem besser aufgehoben wäre. Ich nehme ausschließlich Patienten an, von denen ich glaube, dass ich ihnen helfen kann.«

»Was hat Sie dazu bewogen, Therapeutin zu werden?« Das war die Frage, die ihn wirklich interessierte, auch wenn er wenig Hoffnung hatte, von ihr eine Antwort zu erhalten. Obwohl sie nun schon eine ganze Weile gemütlich beisammensaßen, hatte er nicht das Gefühl, sie deswegen viel besser zu kennen oder mehr Ahnung von ihren Schwächen oder Selbstzweifeln zu haben. Sein Eindruck war, dass sie niemanden an sich heranließ. Schon bei ihrer ersten Begegnung war ihm aufgefallen, wie gut sie sich unter Kontrolle hatte. Allem Anschein nach war diese Selbstbeherrschung bei ihr mehr oder weniger ein Dauerzustand.

»Das sind mir ein bisschen zu viele Fragen für einen Abend. Was waren denn Ihre Beweggründe?«

»Meine Beweggründe?«

»Was hat Sie dazu bewogen, zur Polizei zu gehen?«

Karlsson zuckte mit den Achseln und starrte dann in seinen Whisky. »Das weiß der Teufel. Kürzlich habe ich mich mal gefragt, warum ich nicht Anwalt geworden bin, wie ich eigentlich sollte. Dann würde ich wenigstens anständig Geld verdienen und nachts vielleicht besser schlafen.«

»Und? Warum sind Sie nicht Anwalt geworden?«

»Ich habe darauf keine Antwort. Als Detective arbeite ich zu viel, werde schlecht bezahlt, ersticke in Papierkram und finde nur Beachtung, wenn etwas schiefläuft. Ich werde nicht nur von der Presse, sondern auch von meinem eigenen Boss niedergemacht, und die Öffentlichkeit misstraut mir. Seit ich bei der Kripo die Karriereleiter hinaufsteige, pflege ich hauptsächlich Umgang mit Mördern, gewalttätigen Ehemännern, Perversen und Drogendealern. Was soll ich sagen? Damals schien es mir eine gute Idee zu sein.«

»Aber Ihre Arbeit macht Ihnen doch Spaß.«

»Spaß? Es ist nun mal mein Beruf, und die meiste Zeit bin ich darin sogar recht gut. Auch wenn es in diesem Fall nicht danach aussieht.«

Offenbar fiel ihm gerade etwas ein, denn er griff in seine Tasche und zog zwei Aktenordner heraus. »Das sind die Aussagen von Rosalind Teale, der Schwester von Joanna Vine. Ihre ersten Aussagen hat sie gleich nach Joannas Verschwinden gemacht, und vor Kurzem haben wir sie ein weiteres Mal befragt.«

»Ist dabei etwas herausgekommen, das Ihnen weiterhilft?«

»Ich weiß, dass es Ihnen widerstrebt, aber es wäre mir sehr lieb, wenn Sie trotzdem mal einen Blick in die Protokolle werfen könnten.«

»Wozu?«

»Mich würde einfach interessieren, was Ihnen dazu einfällt.«

»Sie meinen, jetzt gleich?«

»Das wäre großartig.«

Karlsson schenkte sich nach, verzichtete jedoch auf das Wasser. Dann stand er auf und wanderte im Raum umher, als befände er sich in einer Galerie. Frieda mochte es nicht, wenn ihr jemand beim Lesen zusah. Die Vorstellung, dass er womöglich gerade versuchte, anhand ihrer Habseligkeiten auf ihre Persönlichkeit zu schließen, gefiel ihr ebenso wenig. Am schnellsten aber konnte sie dem Ganzen ein Ende bereiten, indem sie die Aussagen las. Sie schlug zunächst den älteren Ordner auf und legte los, wobei sie sich bewusst dazu zwang, langsam zu lesen, Wort für Wort.

»Haben Sie alle diese Bücher gelesen?«, fragte Karlsson.

»Seien Sie still«, murmelte Frieda, ohne von der Akte aufzublicken. Als sie sich dann den zweiten, neueren Ordner vornahm, sah sie aus dem Augenwinkel, das Karlsson sie beobachtete. Schließlich klappte sie die Akte zu, ohne etwas zu sagen, obwohl sie genau wusste, dass er auf ihre Reaktion wartete.

»Und?«, fragte er. »Wenn sie Ihre Patientin wäre, was würden Sie sie fragen?«

»Wenn sie meine Patientin wäre, würde ich sie gar nichts fragen. Ich würde versuchen, ihr die Schuldgefühle wegen ihrer Schwester zu nehmen. Abgesehen davon bin ich der Meinung, man sollte sie in Ruhe lassen.«

»Sie ist die einzige potenzielle Zeugin«, entgegnete Karlsson.

»Aber sie hat doch nichts gesehen. Außerdem liegt das alles schon zwanzig Jahre zurück. Jedes Mal, wenn Sie mit ihr sprechen, reißen Sie die alten Wunden wieder auf.«

Karlsson ließ sich gegenüber Frieda nieder. Nachdenklich betrachtete er sein Whiskyglas. »Das Zeug ist gut«, stellte er fest. »Wo haben sie es her?«

»Jemand hat es mir geschenkt.«

»Erzählen Sie mir etwas über die Aussagen«, forderte er sie auf. »Sie sind doch eine kluge Frau. Sehen Sie das nicht als Herausforderung?«

»Glauben Sie bloß nicht, dass Sie mich auf diese Weise ködern können«, entgegnete Frieda.

»Ich will Sie gar nicht ködern. Ich befinde mich nur in einem Stadium, in dem ich für jede Anregung dankbar bin. Jeder, der über Dinge Bescheid weiß, von denen ich keine Ahnung habe, ist für mich von großem Interesse.«

Frieda schwieg einen Moment. »Haben Sie schon mal die Möglichkeit in Betracht gezogen, dass Joanna von einer Frau entführt worden sein könnte, und nicht von einem Mann?«

Karlsson stellte sein Glas ganz behutsam auf den niedrigen Tisch neben seinem Sessel. »Wie kommen Sie darauf?«

»Das Mädchen ist so schnell verschwunden«, antwortete Frieda. »Rosie Vine hat ihre Schwester höchstens eine Minute aus den Augen gelassen. Offenbar gab es keine Aufregung, keinen Lärm – und das, obwohl das Mädchen keineswegs auf einer einsamen Straße gepackt und in einen Lieferwagen geworfen wurde. Ganz im Gegenteil, es handelte sich um eine belebte Geschäftsstraße, in der eine Menge Leute unterwegs waren. Ich könnte mir durchaus vorstellen, dass ein kleines Mädchen mit einer Frau mitgeht. Sich von ihr vielleicht sogar an der Hand nehmen lässt.« Frieda malte sich die Szene aus. Sie stellte sich vor, wie das kleine Mädchen vertrauensvoll nach einer Frauenhand griff. Dann versuchte sie rasch, das Bild wieder aus ihrem Kopf zu verscheuchen.

»Das ist sehr interessant«, sagte Karlsson.

»Tun Sie nicht so gönnerhaft«, erwiderte Frieda. »Es ist keineswegs besonders interessant, sondern liegt auf der Hand. Sie müssen diese Möglichkeit doch von Anfang an in Betracht gezogen haben.«

»Der Gedanke ist uns in der Tat gekommen«, räumte er ein. »Wie Sie sehr richtig festgestellt haben, handelt es sich um eine Möglichkeit. Aber Sie müssen zugeben, dass Sie interessiert sind.«

»Warum sagen Sie das?«, fragte Frieda. »Was wollen Sie jetzt von mir hören?«

»Ich hätte gern, dass Sie mit Rose Teale sprechen. Vielleicht kommen Sie anders an sie heran, als wir das können.«

»Was erwarten Sie sich davon?« Sie griff nach der Akte und blätterte sie noch einmal durch.

»Ist das nicht frustrierend?«, meinte Karlsson. »Jedes Mal, wenn ich die Aussage lese, wünsche ich mir, ich könnte in eine Zeitmaschine steigen und für eine Minute an jenen Punkt zurückkehren, oder wenigstens für fünf Sekunden. Dann könnte ich herausfinden, was damals wirklich passiert ist.«

Er lächelte säuerlich. »Erwachsene Polizisten sollten nicht solches Zeug daherreden.«

Frieda warf erneut einen Blick auf die Aussage: die Worte einer Neunjährigen, die über ihre kleine Schwester sprach. Sie hatte das Gefühl, auf eine Reise eingeladen zu werden. Sobald sie zugesagt hatte, gab es kein Zurück mehr. Hatte das Ganze überhaupt einen Sinn? Konnte sie tatsächlich etwas beisteuern? Nun ja, vielleicht. Und wenn diese Möglichkeit bestand, blieb ihr gar keine andere Wahl.

»Also gut«, sagte sie.

»Wirklich?«, freute sich Karlsson. »Das finde ich großartig.«

»Was ich dazu unbedingt brauche«, erklärte Frieda, »ist einer von diesen Polizeikünstlern, die Phantombilder anfertigen. Haben Sie so einen?«

Karlsson schüttelte lächelnd den Kopf. »Nein«, antwortete er, »wir haben etwas viel Besseres.«

24

Tom Garret war sichtlich begeistert, eine Fachfrau zu treffen, die wusste, wovon er sprach, wenn er sich über die neurologischen Aspekte der Gesichtserkennung ausließ.

»Das alte Prinzip des Phantombilds basierte auf der primitiven Vorstellung, dass wir Gesichter als eine Kombination von Einzelteilen wahrnehmen – blaue Augen, eine große Nase, buschige Augenbrauen, ein spitzes Kinn – und daher nur die entsprechenden Teile zusammenzusetzen brauchen, um ein Gesicht zu erhalten, das wir wiedererkennen. In Wirklichkeit aber nehmen wir Gesichter gar nicht auf diese Weise wahr. Was auch der Grund ist, warum Phantombilder immer so lächerlich aussehen.«

»Na ja, nicht richtig lächerlich«, wandte Karlsson ein.

»Dann eben komisch. Und in der Regel bringen sie auch nicht viel. Wie Ihnen sicher bekannt ist« – und damit wandte er sich eindeutig wieder an Frieda –, »spielt der Gyrus-fusiformis-Bereich des Gehirns bei der Gesichtswahrnehmung eine besonders wichtige Rolle. Wenn der betreffende Bereich geschädigt wird, ist der Patient nicht mehr in der Lage, Gesichter wiederzuerkennen – nicht einmal die seiner nächsten Angehörigen. Dieses Wissen haben wir uns zunutze gemacht, als wir unser Programm hier entwickelt haben, das auf einer ganzheitlichen Gesichtswahrnehmung basiert.«

»Hervorragend.«

Frieda lehnte sich noch näher zu Garrets Bildschirm hinüber.

Garret sprach weiter über evolutionäre Gesichtskombinationssysteme und genetische Algorithmen, bis Karlsson schließlich hüstelte und sie daran erinnerte, dass Rosalind Teale draußen saß. »Ist es in Ordnung, wenn wir im Raum bleiben?«, fragte er.

»Ja«, antwortete Frieda, »aber bitte überlassen Sie ansonsten alles mir.«

Obwohl Frieda die Akte gelesen und Fotos gesehen hatte, war sie schockiert über Rose Teales Aussehen. Man hätte meinen können, sie hätte erst am Vortag ein traumatisches Erlebnis gehabt, und nicht schon vor zwanzig Jahren. Hatte diese Frau denn keine Hilfe bekommen? Hatte man sich nicht um sie gekümmert? Rose blickte sich um. Sie sah zunächst zu Garret, der wie wild auf seine Tastatur eintippte und ihr keinerlei Beachtung schenkte, und dann Karlsson, der mit verschränkten Armen an der Wand lehnte. Als Frieda vortrat und ihren Namen nannte, stellte Rose keine Fragen, sondern ließ sich einfach von ihr durch den Raum führen und auf einen Stuhl setzen. Frieda nahm ihr gegenüber Platz. Karlsson hatte gemeint, Rose würde sich vielleicht besser fühlen, wenn man ihr das Gefühl gab, gebraucht zu werden. Angesichts der passiven, gebrochen wirkenden Frau, die sie vor sich hatte, kamen Frieda da so ihre Zweifel.

»Ich habe alles versucht«, erklärte Rose. »Ich habe versucht, mich zu erinnern. Immer wieder bin ich das Ganze im Geist durchgegangen. Bis am Ende nichts mehr übrig war.«

»Ich weiß. Sie haben alles in Ihrer Macht Stehende getan.«

»Warum bin ich dann hier?«

»Es gibt Möglichkeiten, sich Zugang zu gewissen Dingen in Ihrem Gehirn zu verschaffen, von denen Sie gar nicht wissen, dass sie vorhanden sind. Das hat nichts mit Zauberei zu tun. Es ist eher so, als würde man einen alten, längst in Vergessenheit geratenen Aktenschrank öffnen«, erklärte Frieda. »Ich werde Ihnen keine Fragen stellen«, fuhr sie fort, »und niemand hier im Raum erwartet etwas von Ihnen. Ich möchte Sie lediglich bitten, sich einen Moment lang auf ein kleines Experiment einzulassen. Fühlen Sie sich dazu in der Lage?«

»Was für ein Experiment?«

»Ich möchte, dass wir gemeinsam etwas ausprobieren. Sie sollen dabei gar nicht viel denken. Tun Sie einfach, was ich Ihnen sage.« Frieda bemühte sich um einen sanfteren Ton. »Bestimmt fühlen Sie sich ein bisschen angespannt. Man sucht schließlich nicht jeden Tag ein Polizeirevier auf, um mit Leuten zu sprechen, die man nicht kennt. Trotzdem hätte ich gern, dass sie sich jetzt so bequem und entspannt hinsetzen, als würde Ihnen gleich jemand eine Geschichte vorlesen. Ich möchte, dass Sie dabei die Augen schließen.«

Rose wirkte skeptisch. Sie warf einen nervösen Blick zu Karlsson hinüber, der jedoch keine Miene verzog. »Na gut.« Sie schloss die Augen.

»Ich möchte, dass Sie sich jetzt in die Vergangenheit zurückversetzen«, sagte Frieda. »Stellen Sie sich vor, es ist wieder jener Tag. Sie verlassen die Schule, gehen den Gehsteig entlang, überqueren die Straße und sehen sich die Schaufenster an, die Leute und die Autos. Sagen Sie nichts. Stellen Sie sich nur vor, wie Sie das alles tun.«

Frieda betrachtete das Gesicht der jungen Frau, die zarten Falten rund um ihre Augenwinkel, die zuckenden Lider. Sie wartete eine Minute. Zwei Minuten. Als sie sich schließlich vorbeugte und weitersprach, geschah das ganz leise, fast schon im Flüsterton: »Sagen Sie jetzt nichts, Rose. Versuchen Sie nicht, sich an irgendetwas zu erinnern. Ich möchte, dass Sie etwas für mich tun. Stellen Sie sich eine Frau vor. Jung oder mittleren Alters, das bleibt Ihnen überlassen.« Frieda sah, wie Rose' Gesicht vor Überraschung zuckte. »Tun Sie es einfach«, fuhr sie fort, »ohne groß nachzudenken. Sie brauchen sich gar keine Gedanken darüber zu machen. Stellen Sie sich einfach eine Frau vor. Irgendeine Frau, die ihnen gerade in den Sinn kommt. Vielleicht steht sie an der Gehsteigkante. Gleich neben dem Randstein. Sie ist gerade aus einem Auto gestiegen und blickt sich um. Geben Sie ihr einen Platz in der Szene, in der Sie sich gerade befinden. Und dann sehen Sie sich die Frau an. Bekommen Sie das hin?«

»Ja.«

»Sehen Sie sie?«

»Ja.«

»Gut«, sagte Frieda. »Machen Sie noch ein bisschen weiter. Schauen Sie sich die Frau, die Ihnen in den Sinn gekommen ist, genau an. Prägen Sie sich ein, wie sie aussieht.«

Eine Minute verging. Frieda war durchaus bewusst, dass Karlsson sie schon die ganze Zeit mit gerunzelter Stirn anfunkelte, doch sie ignorierte ihn einfach. »Gut«, sagte sie schließlich, »nun dürfen Sie die Augen wieder öffnen.«

Rose blinzelte, als wäre sie gerade erst aufgewacht und vom Licht geblendet.

»Nun setzen Sie sich bitte zu Tom hinüber. Er wird Ihnen etwas zeigen.«

Tom Garret erhob sich und forderte Rose mit einer Handbewegung auf, sich auf seinen Stuhl zu setzen. Nachdem sie Platz genommen hatte, sah er Frieda fragend an, als wollte er sagen: Ist das wirklich Ihr Ernst?

»Nur zu«, ermunterte ihn Frieda.

Er zuckte mit den Achseln. Auf dem Bildschirm war ein Raster mit achtzehn weiblichen Gesichtern zu sehen.

»Die haben alle keine Ähnlichkeit mit ihr«, erklärte Rose.

»Das sind ganz beliebig ausgewählte Gesichter«, beruhigte Tom sie. »Die sollen ihr gar nicht ähnlich sehen. Ich möchte, dass Sie die sechs anklicken, die noch am ehesten ihrem Typ entsprechen. Tun Sie es möglichst schnell, ohne groß darüber nachzudenken. Keine Sorge. Es gibt keine richtige oder falsche Antwort. Das Ganze ist kein Test.«

»Was soll das bringen?«

»Es ist nur ein Versuch«, mischte Frieda sich ein. »Ich möchte sehen, was passiert.«

Rose stieß einen Seufzer aus, als würde sie sich widerstrebend in ihr Schicksal fügen. Sie legte die Hand auf die Maus und bewegte den Pfeil über den Bildschirm.

»Keine von denen sieht ihr ähnlich«, wiederholte sie.

»Wählen Sie diejenigen aus, die noch am ehesten in ihre Richtung gehen«, forderte Tom sie auf, »oder diejenigen, die sich am wenigsten von ihr unterscheiden, um es anders herum auszudrücken.«

»Also gut.« Sie klickte ein Gesicht an, das schmalste, dann noch eines, und noch eines, bis schließlich sechs markiert waren. »Und jetzt?«

»Klicken sie auf ›Beenden‹«, befahl Tom.

Sie tat, wie ihr geheißen, woraufhin auf dem Bildschirm achtzehn neue Gesichter auftauchten.

»Was sind das jetzt für welche?«, fragte Rose.

»Sie wurden aus den sechs generiert, die Sie ausgewählt haben«, erklärte Tom. »Nun wählen Sie wieder sechs aus.«

Sie wiederholte die ganze Prozedur, und als sie fertig war, ging das Spiel von vorne los, und dann noch einmal und noch einmal, immer wieder. Ab und zu schloss sie einen Moment die Augen. Frieda, die das Experiment über Roses Schulter hinweg verfolgte, konnte sehen, wie sich langsam etwas tat. Aus einer Schar von Fremden entwickelte sich eine Familiengruppe, deren Ähnlichkeit immer mehr hervortrat. Das Gesicht wurde schmaler, die Mandelform der Augen deutlicher. Nach zwölf Generationen wirkten die Gesichter nicht mehr wie entfernte Verwandte, sondern wie Geschwister, und nach zwei weiteren Generationen sahen sie nahezu identisch aus.

»Entscheiden Sie sich für eines«, forderte Tom sie auf.

»Sie sehen alle fast gleich aus.« Rose zögerte. Der Pfeil wanderte ein paarmal auf dem Bildschirm hin und her, bevor er auf einem der Gesichter landete. »Das ist es.«

»Das ist das Gesicht, das Sie gesehen haben?«, fragte Frieda.

»Ich habe es nicht *gesehen*. Es ist das Gesicht, das ich mir vorgestellt habe.«

Karlsson kam herüber und schaute sich das Bild an. »Was ist mit den Haaren?«, fragte er.

»Die konnte ich nicht sehen. Die Frau, die ich mir vorgestellt habe, trug ein Kopftuch.«

»Tücher habe ich auch im Angebot.« Tom klickte ein Auswahlmenü an, woraufhin dasselbe Gesicht achtzehnmal mit jeweils unterschiedlich gebundenem oder drapiertem Tuch erschien. Rosie deutete auf ein Bild.

»Trifft es das?«

»Mehr oder weniger«, meinte Rose. »Doch, ja, ich finde, es sieht ihr sogar ziemlich ähnlich.«

»Sehr gut, Rose«, sagte Frieda. »Sie haben das wirklich gut gemacht. Vielen Dank.«

»Wie meinen Sie das? Was habe ich gut gemacht?«

»Ich weiß, wie schwer es für Sie war, das alles noch einmal zu durchleben. Das hat Mut erfordert.«

»Aber ich musste es doch gar nicht noch einmal durchleben. Ich habe mich an nichts erinnert, sondern mir nur ein Bild vorgestellt, und anschließend haben Sie versucht, es zu rekonstruieren. Das ist zwar clever, aber ich verstehe trotzdem nicht, inwiefern Ihnen das weiterhilft.«

»Wir werden sehen. Dürfte ich Sie bitten, einen Moment lang draußen auf dem Gang Platz zu nehmen?«

Karlsson wartete, bis Rose den Raum verlassen und die Tür hinter sich zugezogen hatte. »Was sollte denn das?«

»Trauen Sie Ihrem eigenen Gesichtserkennungssystem nicht?«

»Ich meine nicht das Gesichtserkennungssystem. Ich habe Sie hinzugezogen, weil ich dachte, Sie könnten sie vielleicht hypnotisieren oder so was in der Art. Eine Nadel vor ihren Augen hin und her schwenken. Ich dachte, Sie könnten Ihr psychologisches Zeug zur Anwendung bringen und verschüttete Erinnerungen wachrufen. Stattdessen haben Sie sie nur dazu gebracht, sich irgendein Gesicht auszudenken.«

»Ich habe vor Jahren mal ein bisschen in diese Richtung geforscht«, erklärte Frieda. »Dabei habe ich mit Leuten gearbeitet, die blinde Flecken in ihrem Gesichtsfeld hatten. Wir haben ihnen eine Ansammlung von Punkten gezeigt, die genau im nicht funktionierenden Bereich ihres Gesichtsfeldes lagen. Obwohl sie die Punkte nicht sehen konnten, haben wir sie gebeten, Schätzungen hinsichtlich der Anzahl abzugeben. In den meisten Fällen haben sie richtig geraten. Die eingehende Information kam zwar nicht in ihrem Bewusstsein an, wurde aber trotzdem verarbeitet. Es hätte keinen Sinn gehabt, noch einmal die Dinge durchzugehen, an die Rose sich bewusst erinnern kann. Sie schlägt sich schon ihr ganzes Leben lang mit diesen Erinnerungen herum. Mittlerweile sind sie hoffnungslos verfälscht, selbst wenn Rose damals tatsächlich etwas gesehen haben sollte. Ich dachte mir, auf diese Weise könnte man das alles vielleicht umgehen.«

Karlsson sah zu Tom Garret hinüber. »Wie denken Sie darüber? Das ist doch alles Schwachsinn, oder?«

»Sie sprechen von unbewusster Wahrnehmung?«, wandte Tom sich an Frieda.

»Genau.«

»Schwachsinn«, wiederholte Karlsson, der offensichtlich sehr wütend war.

»Ich habe noch nie davon gehört, dass das auch beim Gedächtnis funktioniert«, erklärte Tom.

»Einen Versuch ist es wert.«

Karlsson ließ sich auf den Stuhl sinken und starrte auf den Bildschirm, von dem ihm eine Frau mittleren Alters mit einem Tuch über dem Haar entgegenstarrte. »So, meinen Sie?« Seine Stimme troff vor Sarkasmus. »Das sind doch nur blöde Spielchen, die Sie da spielen. Unbewusste Wahrnehmung!«

»Können wir das ausdrucken?«, wandte sich Frieda an Tom, wobei sie Karlsson bewusst ignorierte, doch der griff nach dem Blatt Papier, sobald es aus dem Drucker kam, und wedelte damit vor ihrem Gesicht herum.

»Was für ein Bockmist! Wahrscheinlich hat Rose sich die Frau nur ausgedacht. Weil sie uns eine Hilfe sein wollte. Sie ist ein sehr hilfsbereiter Mensch. Sie wollte uns nicht enttäuschen.«

»Ja«, sagte Frieda, »vermutlich.«

»Selbst wenn sie es sich nicht ausgedacht hat und Sie tatsächlich auf eine Erinnerung gestoßen sind, dann könnte es sich dabei genauso gut um das Gesicht einer Frau handeln, die an jenem Tag dort zufällig gerade ihre Einkäufe erledigte.«

»Stimmt.«

»Und selbst wenn – und das ist das größte gottverdammte Wenn, das mir je untergekommen ist – diese Frau tatsächlich etwas mit der Sache zu tun hatte, dann verfügen wir auch nur über ein Bild, das uns zeigt, wie irgendeine Person vor zwanzig Jahren ausgesehen hat. Es gibt keine Verdächtigen, mit denen wir es vergleichen können, keine Zeugen, die wir dazu befragen können.«

»Sie könnten das Bild anderen Leuten zeigen, die damals vor Ort waren. Vielleicht erinnert sich jemand.«

»Und dann? Selbst wenn dem so wäre – was bestimmt nicht der Fall sein wird –, was würde uns das nützen? Sollen wir die Betreffenden hier antanzen lassen, damit Sie sie in Trance versetzen und dazu bringen können, sich eine Adresse vorzustellen?«

»Das bleibt Ihnen überlassen«, gab Frieda zurück. »Sie sind der Detective.«

»Dann zeige ich Ihnen jetzt mal, was ich von Ihrer Aktion halte.« Mit diesen Worten zerknüllte Karlsson den Ausdruck und zielte damit auf den metallenen Papierkorb, traf allerdings daneben.

»Das ist zumindest eine klare Stellungnahme«, meinte Frieda.

»Sie verschwenden meine Zeit.«

»Nein. *Sie* verschwenden *meine*, Detective Chief Inspector Karlsson. Noch dazu auf eine höchst unhöfliche Weise.«

»Sie können jetzt gehen. Es gibt nämlich auch Leute, die wirklich etwas zu tun haben.«

»Mit dem allergrößten Vergnügen.« Sie beugte sich hinunter und hob das zusammengeknüllte Papier auf.

»Was wollen Sie damit?«

»Vielleicht behalte ich es als Souvenir.«

Rose saß draußen auf einem Stuhl, die Hände auf dem Schoß, den Blick in die Ferne gerichtet.

»Wir sind fertig«, sagte Frieda zu ihr, »und wir sind Ihnen sehr dankbar.«

»Ich glaube nicht, dass ich Ihnen groß helfen konnte.«

»Wer weiß? Einen Versuch war es wert. Sind Sie in Eile?«

»Hm, ich weiß nicht so recht ...«

»Zehn Minuten.« Frieda nahm sie am Arm und führte sie in Richtung Ausgang. »Da vorne ist gleich ein Café.«

Sie bestellte eine Kanne Tee für zwei Personen und einen Muffin, falls Rose Hunger hatte, doch das Gebäckstück blieb unberührt zwischen ihnen liegen.

»Waren Sie je in Therapie?«

»Ich? Warum? Glauben Sie, ich brauche eine? Merkt man das so deutlich?«

»Ich glaube, jeder Mensch in Ihrer Situation bräuchte eine. Nach allem, was Sie durchgemacht haben ... Sind Sie denn nach dem Verschwinden Ihrer Schwester nicht professionell betreut worden?«

Rose schüttelte den Kopf. »Gleich danach habe ich ein bisschen mit einer Polizistin geredet. Sie war sehr nett.«

»Aber sonst nichts?«

»Nein.«

»Sie waren erst neun. Ihre Schwester verschwand praktisch vor Ihrer Nase. Sie sollten eigentlich auf sie aufpassen – zumindest hielten Sie das damals für Ihre Aufgabe. Meiner Meinung nach kann man einer Neunjährigen noch nicht die Verantwortung für einen anderen Menschen aufbürden. Ihre Schwester ist nie wieder aufgetaucht, und Sie fühlen sich seitdem schuldig. Sie glauben, es war Ihre Schuld.«

»War es ja auch«, flüsterte Rose, »das haben alle so gesehen.«

»Das bezweifle ich – aber im Moment ist nur wichtig, was Sie selbst empfunden haben. Und was Sie inzwischen empfinden. Ich habe den Eindruck, dass Ihre Psyche stark durch diesen alles überschattenden Verlust geprägt wurde. Aber glauben Sie mir, es ist nie zu spät. Sie können sich immer noch verzeihen.«

Rose schaute sie an und schüttelte dann langsam den Kopf. In ihren Augen standen Tränen.

»Doch, das können Sie. Aber dazu brauchen Sie Hilfe. Wenn Sie wollen, sorge ich dafür, dass Sie für die Therapie nichts zu bezahlen brauchen. Natürlich müssten Sie Zeit investieren, so etwas geht nicht von heute auf morgen. Ihre Schwester ist tot. Sie müssen sich endlich von ihr verabschieden und sich ein eigenes Leben aufbauen.«

»Sie verfolgt mich«, flüsterte Rose.

»Ja?«

»Es ist, als wäre ich nie ohne sie. Sie ist stets an meiner Seite, wie ein kleiner Geist. Immer im selben Alter. Wir alle werden älter, aber sie bleibt ein kleines Mädchen. Sie war so ein ängstliches kleines Ding. So viele Sachen machten ihr Angst – das Meer, Spinnen, laute Geräusche, Kühe, die Dunkelheit, Feuerwerke, das Benutzen von Aufzügen, das Überqueren einer Straße. Nur im Schlaf sah sie nicht ängstlich aus. Wenn sie schlief, hatte sie immer die Handflächen aneinandergepresst, als würde sie beten, und schmiegte die Wange an die Hände. Wahrscheinlich hat sie tatsächlich immer beim Einschlafen gebetet und Gott angefleht, er möge die Monster von ihr fernhalten.«

Sie stieß ein kleines Lachen aus, verzog aber sofort schuldbewusst das Gesicht.

»Es ist völlig in Ordnung, über sie zu lachen. Genauso, wie es in Ordnung ist, sich an ihre Fehler und Macken zu erinnern.«

»Mein Vater sieht in ihr inzwischen eine Heilige, müssen Sie wissen. Oder einen Engel.«

»Das ist für Sie bestimmt nicht einfach.«

»Und meine Mutter erwähnt sie überhaupt nicht mehr.«

»Dann wird es höchste Zeit, dass Sie jemanden finden, mit dem Sie über sie sprechen können.«

»Ginge das denn auch bei Ihnen?«

Frieda zögerte. »Ich weiß nicht, ob das eine gute Idee ist. Aus Sicht der Polizei bin ich in Ihren Fall involviert. Das würde vermutlich die Grenzen verwischen. Aber ich kann Ihnen jemand Guten empfehlen.«

»Danke.«

»Sie sind also einverstanden?«

»Ja.«

25

In acht Tagen war der kürzeste Tag des Jahres. Die Klinik würde über die Feiertage ihre Pforten schließen und erst Anfang des neuen Jahres wieder aufmachen. Bis dahin mussten die Patienten ihre Probleme auf Eis legen. Wenn sie dann zurückkehrten, war vermutlich auch Reuben zurück, um sie willkommen zu heißen – vorausgesetzt, Frieda teilte Paz mit, dass er wieder einsatzfähig sei. Deswegen steuerte sie nun an einem Sonntagnachmittag auf sein Haus zu, angeblich, um ihm ein paar Aktenordner zu bringen, die er in seinem Behandlungsraum vergessen hatte. Allzu lange würde er ihr das allerdings nicht abkaufen. Schließlich hatte sie es immer noch mit Reuben zu tun – seinem kühlen, prüfenden Blick und seinem spöttischen Lächeln.

Bevor sie die Hand heben konnte, um zu klopfen, flog die Tür auf, und Josef stürmte heraus, beladen mit einem Berg zerbrochener Bretter. Er eilte an ihr vorbei auf den bereits überquellenden Container zu, der, wie sie erst jetzt registrierte, am Straßenrand stand. Nachdem er seine Last hineingeworfen hatte, rieb er sich den Staub von den Händen und kehrte zum Haus zurück.

»Was tun Sie denn hier? Heute ist Sonntag.«

»Sonntag, Montag, wer weiß denn schon, was für ein Wochentag gerade ist!«

»Ich weiß es, und Reuben weiß es auch. Hoffe ich zumindest.«

»Gehen Sie ruhig rein. Er liegt auf dem Küchenboden.«

Zögernd trat Frieda durch die Haustür. Nach ihrem letzten Besuch wusste sie nicht recht, was sie erwartete. Überrascht schnappte sie nach Luft. Man merkte, dass Josef schon eine Weile dort arbeitete. Der Mief der Vernachlässigung war gewichen, und an seine Stelle war der beißende Geruch von Terpentin und Farbe getreten. Die vielen Flaschen, Dosen und verkrusteten Teller waren verschwunden, die Vorhänge zurückgezogen. Doch damit nicht genug: Die Diele wirkte frisch gestrichen, und die Küche wurde gerade abgebaut. Die alten Schränke hatten sie herausgerissen, und ein neuer Rahmen für eine in den Garten führende Tür war bereits eingebaut. Draußen auf dem schmalen Rasenstreifen qualmten die Überreste eines Feuers vor sich hin. Und tatsächlich lag da Reuben auf dem Küchenboden, halb unter einem neuen Porzellanspülbecken verborgen.

Frieda war so überrascht, dass sie ihn einen Moment lang mit offenem Mund anstarrte. Unter seinem schönen, etwas nach oben gerutschten Leinenhemd blitzte ein Stück Bauch hervor. Von seinem Kopf war nichts zu sehen.

»Bist das wirklich du?«, fragte sie schließlich.

Die Füße in den lila Socken zuckten, und langsam schlängelte sich der Körper unter der Spüle hervor, bis schließlich auch der Kopf zum Vorschein kam. »Es ist nicht so schlimm, wie es aussieht«, erklärte Reuben.

»Du bist in flagranti erwischt worden. *Do it yourself?* Noch dazu an einem Sonntagnachmittag! Demnächst wirst du auch noch dein Auto selber waschen.«

Er richtete sich auf und zog sein Hemd zurecht. »Das ist kein richtiges DIY. Zumindest nicht im engeren Sinn. Du kennst mich doch: Auf mich allein gestellt, bin ich nicht mal in der Lage, eine Glühbirne auszuwechseln. Ich helfe bloß Josef.«

»Das hoffe ich. Ihn am Wochenende arbeiten zu lassen! Zahlst du ihm wenigstens den doppelten Lohn?«

»Ich zahle ihm gar nichts.«

»Wie bitte?«

»Reuben ist mein Vermieter«, meldete sich Josef zu Wort. »Er gibt mir ein Dach über dem Kopf und dafür ...«

»Repariert er es«, ergänzte Reuben, während er leicht schwankend aufstand. Lachend wandten sich beide Männer Frieda zu, um zu sehen, wie sie reagierte. Offenbar hatten sie diesen kleinen Witz vorab geprobt.

»Sie sind hier eingezogen?«

Josef deutete auf den Kühlschrank. Frieda entdeckte ein Foto mit Eselsohr, das per Magnet an der Tür befestigt war: eine dunkelhaarige Frau auf einem Stuhl, flankiert von zwei in steifer Haltung posierenden Jungen. »Meine Frau, meine Söhne.«

Frieda sah Josef an. Eine Hand an sein Herz gepresst, wartete er auf ihren Kommentar.

»Sie sind ein Glückspilz«, sagte sie.

Woraufhin er eine Zigarettenschachtel aus der Hemdtasche zog und sie erst Reuben hinhielt, ehe er sich selbst eine herausnahm. Reuben holte sein Feuerzeug hervor und zündete beide an. Befremdet sah Frieda ihnen zu. Zwischen den zwei Männern herrschte irgendeine Art stillschweigendes Einvernehmen, als würden sie sich insgeheim über Frieda lustig machen. Als wären sie zwei ungezogene Lausbuben und Frieda die strenge Erwachsene.

»Tee, Frieda?«, fragte Reuben.

»Ja, bitte. Wobei ihr mir ruhig etwas von dem Wodka anbieten könntet, den ihr da unter dem Spülbecken versteckt habt.«

Die beiden Männer schauten sich an.

»Du bist hier, um mich auszuspionieren«, stellte Reuben fest. »Um herauszufinden, ob ich wieder einsatzfähig bin.«

»Und? Bist du?«

»Mein Niedergang ist quasi der Tod deiner Vaterfigur«, verkündete Reuben theatralisch, »also genau das, was du dir schon so lange wünschst.«

»Was ich mir wünsche, ist, dass die Vaterfigur erst wieder zur Arbeit erscheint, wenn sie wirklich so weit ist, und nicht vorher.«

»Heute ist Sonntag. Ich kann mich am Sonntag betrinken

und trotzdem am Montag zur Arbeit gehen. Ich kann mich sogar am Montagmorgen betrinken und dann zur Arbeit gehen, wenn mir danach ist. Du bist nicht mein Aufpasser.«

»Ich mache uns mal Tee«, meinte Josef verlegen.

»Ich will keinen Tee!«, herrschte Reuben ihn an. »Die Engländer meinen immer, Tee wäre ein Allheilmittel.«

»Ich bin aber kein Engländer«, gab Josef zu bedenken.

»Es war keineswegs mein Herzenswunsch herzukommen«, erklärte Frieda.

»Warum bist du dann gekommen? Weil man es dir befohlen hat? Bist du *geschickt* worden? Von der eifrigen jungen Paz? Das klingt gar nicht nach der Frieda Klein, die ich kenne. Meine Frieda Klein tut, was sie will.« Er ließ seine Zigarette auf den Boden fallen und trat sie aus. Josef beugte sich hinunter, hob die Kippe auf und trug sie zum Mülleimer.

»Dein Privatleben ist deine Sache, Reuben. Du kannst meinetwegen den ganzen Tag Wodka trinken und dein Haus zumüllen, wenn du meinst. Aber du bist Arzt. Es ist deine Aufgabe, Menschen zu heilen. Manche von den Leuten, die in die Klinik kommen, sind sehr verletzlich, sehr instabil, und sie vertrauen uns. Wir lassen dich erst wieder arbeiten, wenn wir uns darauf verlassen können, dass du deine Macht nicht missbrauchst. Und es ist mir völlig egal, wie wütend du auf mich bist.«

»Ich bin sogar sehr wütend.«

»In Wirklichkeit tust du dir nur selber leid. Ingrid hat dich verlassen, und nun hast du auch noch das Gefühl, von deinen Kollegen schlecht behandelt worden zu sein. Aber Ingrid hat dich verlassen, weil du ihr über Jahre hinweg mit wechselnden Geliebten untreu warst, und deine Kollegen haben lediglich auf die einzig mögliche Art auf dein Verhalten in der Klinik reagiert. Deswegen bist du so wütend. Weil du genau weißt, dass du im Unrecht bist.«

Reuben öffnete den Mund, um etwas zu erwidern, hielt dann

jedoch abrupt inne. Stöhnend zündete er sich eine weitere Zigarette an und setzte sich an den Küchentisch. »Du lässt einem Mann keinen Platz zum Verstecken, was, Frieda?«

»Brauchst du denn einen Platz zum Verstecken?«

»Natürlich. Braucht den nicht jeder?« Er fuhr sich mit den Händen durchs Haar. Seit er in Zwangsurlaub war, hatte er es nicht mehr schneiden lassen, so dass es ihm mittlerweile bis über die Schultern fiel und er noch mehr aussah wie ein Dichter nach einer durchzechten Nacht. »Kein Mensch mag es, wenn man ihn beschämt.«

Frieda ließ sich ihm gegenüber nieder. »Apropos«, sagte sie, »ich habe ein paar Sachen angestellt, von denen ich dir erzählen möchte.«

Er lächelte sie zerknirscht an. »Ist das jetzt dein *quid pro quo*, damit ich mich wieder besser fühle? Ein Austausch von Peinlichkeiten? Meine gegen deine?«

»Ich würde gern etwas mit dir durchsprechen«, erklärte Frieda, »wenn es dir recht ist.«

»Es ist mir recht«, antwortete er. »Es kommt nur völlig unerwartet.«

Am darauffolgenden Dienstag erzählte Alan Frieda eine Geschichte, sprach dabei aber ganz anders als sonst. Normalerweise verhaspelte er sich oft und sprang zeitlich vor und zurück, weil ihm immer wieder etwas einfiel, das er ausgelassen hatte. Diesmal jedoch erzählte er flüssig, und seine Geschichte wirkte strukturiert und kohärent. Frieda kam sie irgendwie einstudiert vor, als hätte er sie schon mehrmals aufgesagt. Bestimmt war er sie im Geiste etliche Male durchgegangen, um alle Unsicherheiten und Widersprüche zu eliminieren.

»Gestern Vormittag …«, begann er, nachdem er die Beine erst in die eine Richtung und dann in die andere übereinandergeschlagen hatte. »Gestern Vormittag musste ich ein Bauprojekt überprüfen. Obwohl ich ja eigentlich beurlaubt bin, schaue ich doch ab und zu im Amt nach dem Rechten. Es gibt ein paar Dinge, über die nur ich Bescheid weiß. In diesem Fall betraf das eine Baustelle in Hackney, einen umgebauten Büroblock nahe dem Eastway. Kennen Sie die Gegend?«

»Das ist nicht wirklich meine Ecke von London«, entgegnete Frieda.

»Es geht dort gerade ein bisschen chaotisch zu, weil doch das ganze Zeug für Olympia gebaut wird. Es ist, als würde auf den Trümmern einer alten Stadt im Eilverfahren eine neue errichtet. Und da sie die Deadline nicht nach hinten hinausschieben können, schicken sie einfach immer mehr Leute hin. Jedenfalls beschloss ich, eine Runde spazieren zu gehen, nachdem ich dort fertig war. Ich brauchte trotz der Kälte noch ein bisschen frische Luft, einfach, um wieder einen klaren Kopf zu bekommen. Ehrlich gesagt wird mir im Moment jedes Mal etwas schummrig, wenn ich in der Arbeit vorbeischaue. Ich ging also den Kanal entlang und bog dann in Richtung Victoria Park ab. Ich empfand es fast als Wohltat, mal in einer ganz anderen Gegend als sonst herumzuspazieren. Im Park waren etliche Leute unterwegs, aber niemand außer mir hing einfach nur herum. Alle schienen es eilig zu haben und steuerten in strammem Tempo und mit gesenktem Kopf auf irgendein Ziel zu. Nur ich hatte kein Ziel. Zumindest kam es mir so vor. Obwohl ich mir die Leute gar nicht so genau ansah. Ich setzte mich eine Weile auf eine Bank, gleich neben dem Bowlingplatz, und dachte über die vergangenen Wochen nach, wobei ich mich fragte, was mir wohl noch alles bevorstand. Ich fühlte mich ziemlich müde. Mittlerweile bin ich eigentlich ständig müde. Jedenfalls war mir immer noch leicht schummrig. Von meiner Bank aus konnte ich ein paar von den Kränen erkennen, die in Richtung Stratford und Lee Valley Park stehen. Ich stand auf und schlenderte zwischen den Teichen entlang. Es gibt dort einen Musikpavillon und einen Brunnen. Alles wirkte verlassen und für den Winter bereit. Ich kam auf der anderen Parkseite heraus, überquerte die Straße und sah mir die Schaufenster an. Dabei stieß ich auf einen Laden mit Antiquitäten – obwohl Antiquitäten in dem Fall vielleicht ein wenig zu hoch gegriffen ist. Im Grunde war es hauptsächlich Krimskrams. Früher habe ich viele alte Möbel gekauft. Ich bildete mir immer ein, ein Auge für besondere Stücke zu haben. Carrie hasst das. Ihr wäre es am liebsten, ich würde das ganze Zeug, das ich schon habe, möglichst schnell wieder loswerden, statt weitere Sachen zu kaufen. Trotzdem macht es mir immer noch Spaß, durch solche Läden zu stöbern und mir anzuschauen, welche Preise die Leute verlangen. In der besagten Straße gab es ein paar urige alte Geschäfte, unter anderem eine Eisenwarenhandlung voller Schrubber und Metallkübel und einen seltsamen Klamottenladen, in dem nur Kleidung für Omas hing, lauter altmodische Strickjacken und Tweedmäntel. Bestimmt fragen Sie sich, warum ich Ihnen das alles erzähle?« Frieda gab im keine Antwort. »Jedenfalls stand ich gerade vor einem weiteren Krimskramsladen, vollgestopft mit altem Krempel, bei dem normalerweise kein Mensch auf die Idee käme, ihn zu kaufen oder zu verkaufen. Ich weiß noch, dass ich eine ausgestopfte Eule anstarrte, die auf einer Art künstlichem Ast saß, und schon halb überlegte, ob Carrie wohl einen weiteren toten Vogel im Haus dulden würde. Während ich da so stand und starrte, kam eine Frau auf mich zu. Anfangs schenkte ich ihr gar keine Beachtung. Sie marschierte einfach nur durch mein Gesichtsfeld, wenn Sie wissen, was ich meine. Sie trug eine Jacke in einem knalligen Orange, einen sehr kurzen, engen Rock und dazu diese hochhackigen Stiefel.«

Alan wechselte verlegen die Sitzposition und senkte den Blick. Dann erzählte er weiter, sah Frieda dabei aber nicht mehr an.

»Plötzlich begriff ich, dass sie mit mir redete. Sie sagte: ›Wen haben wir denn da?‹, und drängte sich an mich.« Alan stockte einen Moment. »Sie schlang die Arme um mich und küsste mich. Sie… es war ein richtiger Kuss. Mit Zunge und allem Drum und Dran. Wissen Sie, wie das ist, wenn man im Traum seltsame Dinge erlebt und sie einfach geschehen lässt, ohne sich dagegen zu wehren? So war das in dem Moment auch. Deswegen habe ich die Frau auch nicht weggeschoben. Ich kam mir vor wie in einem Film oder so. Als würde das gar nicht wirklich mir passieren, sondern einer anderen Person.« Er schluckte krampfhaft. »Dabei hatte ich schon blutige Lippen. Nach einer Weile ließ sie von mir ab. Sie sagte: ›Ruf mich an. Wir haben uns lange nicht gesehen. Habe ich dir denn gar nicht gefehlt?‹ Dann war sie weg. Ich stand da wie angewurzelt und beobachtete, wie sie in ihrer orangeroten Jacke davonstöckelte.«

Einen Augenblick herrschte Schweigen.

»Geht es noch weiter?«, fragte Frieda schließlich.

»Reicht Ihnen das denn noch nicht? Eine Frau, die ich nicht kenne, kommt auf mich zu und küsst mich! Was wollen Sie mehr?«

»Wie haben Sie sich danach gefühlt?«

»Am liebsten wäre ich ihr hinterhergelaufen. Wenn es nach mir gegangen wäre, hätte dieser Film nicht so schnell zu enden brauchen. Aber ich bin stehen geblieben, und dann war sie weg, und ich wurde wieder ich selbst – der langweilige alte Alan, der nie etwas wirklich Aufregendes erlebt.«

»Wie hat die Frau ausgesehen?«, fragte Frieda. »Oder haben Sie nur Jacke, Rock und Stiefel wahrgenommen?«

»Sie hatte langes Haar. Rötlich blond. Und klimpernde Ohrringe.« Alan fasste an seine eigenen Ohrläppchen. Er hüstelte und lief rot an. »Einen großen Busen. Und sie roch nach Zigaretten und irgendetwas anderem.« Er rümpfte die Nase. »Hefe oder so was in der Art.«

»Und ihr Gesicht?«

»Das weiß ich nicht.«

»Sie haben ihr Gesicht nicht gesehen?«

Er starrte sie bestürzt an. »Ich kann mich nicht daran erinnern. Ich glaube, sie war…« – er musste husten – »…recht gut aussehend. Es ist alles so schnell gegangen. Außerdem hatte ich die meiste Zeit die Augen zu.«

»Sie hatten also eine erotische Begegnung auf der Straße. Mit einer wildfremden, quasi gesichtslosen Frau.«

»Ja«, antwortete Alan. »Dabei bin ich eigentlich gar nicht der Typ für so was.«

»Ist das Ganze wirklich passiert?«

»Die Frage habe ich mir auch schon gestellt. Womöglich bin ich einfach nur auf der Parkbank eingeschlafen und habe es geträumt.«

»Haben Sie es genossen?«

Alan überlegte einen Moment. Dabei sah er aus, als müsste er sich ein Grinsen verkneifen. »Ich war erregt, falls Sie das meinen. Doch, ja. Und das ist ziemlich schlimm, ganz egal, ob es wirklich passiert ist oder nicht. Schlimm ist es so oder so, auf die eine oder andere Weise. Stellen Sie sich vor, was Carrie dazu sagen würde!«

»Sie haben es ihr nicht erzählt?«

»Nein! Nein, natürlich nicht. Wie kann ich ihr erzählen, dass ich mich, obwohl wir beide schon seit Monaten keinen Sex mehr haben, von einer attraktiven Frau mit großem Busen habe küssen lassen, nun aber nicht mehr weiß, ob es wirklich passiert ist oder nur ein Wunschtraum von mir war?«

»Können Sie sich irgendeinen Reim auf die ganze Geschichte machen?«

»Ich habe Ihnen ja schon erzählt, dass ich mich immer als unsichtbar empfunden habe. Die meisten Leute nehmen mich kaum wahr, und wenn doch, dann nur, weil sie mich mit jemand anderem verwechseln. Als mir die Sache mit dieser Frau passiert ist, war wohl ein klitzekleiner Teil von mir versucht, mit ihr mitzugehen und in die Rolle des Mannes zu schlüpfen, mit dem sie mich verwechselt hat. Es klang ganz danach, als hätte er mehr Spaß als ich.«

»Was wollen Sie jetzt von mir hören?«

»Hinterher war ich ganz durcheinander, und dann schoss mir plötzlich durch den Kopf: Das ist genau die Sorte Geschichte, die Dr. Klein eigentlich von mir hören möchte. Ich glaube, das meiste von dem, was ich Ihnen bisher erzählt habe, war ziemlich langweilig. Dieses Erlebnis aber fand ich richtig schräg. Fast schon ein bisschen unheimlich. Deswegen dachte ich mir, es könnte genau das Richtige für Sie sein.«

Über diese Bemerkung musste Frieda gegen ihren Willen lächeln. »Sie glauben, ich interessiere mich für schräge, unheimliche Dinge?«

Er ließ den Kopf in die Hände sinken. Zwischen seinen Fingern hindurch sagte er: »Früher war alles so einfach. Jetzt ist auf einmal gar nichts mehr einfach. Ich weiß nicht mal mehr, wer ich eigentlich bin. Oder was real ist und was sich nur in meinem Kopf abspielt.«

26

»Wofür hältst du das?«, fragte Frieda.

Jack zog eine Grimasse. »Eine klassische Fantasie«, antwortete er.

Sie saßen in der Nummer 9, ihrem neuen Stammplatz für Jacks Tutorengespräche, die inzwischen häufiger stattfanden und wesentlich weniger steif verliefen. Mittlerweile waren Frieda und er sogar zum Du übergegangen. Jack schlürfte gerade seinen zweiten Cappuccino. Er fühlte sich in dem Café sehr wohl. Kerry scharwenzelte ständig um ihn herum, wobei sie ihn halb bemutterte und halb mit ihm flirtete. Hin und wieder kam auch Marcus aus der Küche und bestand darauf, dass Jack seine neueste Kreation probierte (an diesem Tag eine Bakewell-Torte mit Orangenmarmelade, von der Jack brav ein Stück aß, obwohl er eigentlich weder Mandeln noch Orangenmarmelade besonders mochte), und gelegentlich sauste Katya herbei und setzte sich auf Friedas Schoß. Jack hatte den Verdacht, dass Katya Frieda auf die gleiche Art mochte, wie Katzen Menschen mögen, die ihretwegen kein großes Theater veranstalten. Die meiste Zeit ignorierte Frieda sie nämlich. Manchmal hob sie die Kleine nach einer Weile wieder von ihrem Schoß und stellte sie einfach auf den Boden.

»Inwiefern?«

»Viele Männer träumen doch von so etwas: Eine sexuell aufreizende Frau taucht auf, reißt einen aus seinem langweiligen Alltagstrott und beschert einem ein wildes, aufregendes Leben.«

»Wofür steht diese Frau?«

»Möglicherweise für dich.« Jack nahm einen hastigen Schluck von seinem Kaffee.

»Mich? Eine vollbusige Sexbombe mit einer Jacke in Knallorange, engem Minirock und rotblondem Haar?«

Jack bekam einen roten Kopf und blickte sich im Café um, weil er befürchtete, jemand könnte ihren Wortwechsel mitbekommen haben. »Vielleicht handelt es sich um eine sexuell aufgeladene Version von dir«, erklärte er, »und somit um einen klassischen Fall von Übertragung: Du bist die Frau, die in sein langweiliges Leben tritt. Mit dir kann er auf eine Art sprechen, wie es ihm sonst nicht einmal mit seiner Partnerin möglich ist. Trotzdem braucht er dafür ein Deckmäntelchen, und das kommt in Gestalt dieser übermäßig sexuell geprägten weiblichen Person zum Ausdruck.«

»Interessant«, meinte Frieda. »Ein bisschen zu sehr wie aus dem Lehrbuch, aber interessant. Andere Theorien?«

Jack überlegte einen Moment. »Mir ist noch aufgefallen, dass er die ganze Zeit auf seinem Allerweltsgesicht herumreitet und ständig das Gefühl hat, mit anderen Leuten verwechselt zu werden. Es könnte ein Fall von Solipsismussyndrom sein. Du weißt schon, dieser gestörte Geisteszustand, in dem der Betroffene sich einbildet, die einzig reale Person zu sein, während alle anderen nur Schauspieler sind oder durch Roboter oder etwas Ähnliches ersetzt.«

»In diesem Fall müsste man eine MRT-Aufnahme machen lassen.«

»Es ist nur eine Theorie. Ich würde einen solchen Schritt erst empfehlen, wenn es darüber hinaus noch andere Anzeichen für eine kognitive Beeinträchtigung gibt.«

»Weitere Möglichkeiten?«

»Mir wurde eingebläut, wie wichtig es ist, dem Patienten gut zuzuhören. Vermutlich besteht durchaus die Möglichkeit, dass eine Frau ihn einfach nur mit jemandem verwechselt hat und wir der Sache gar keine große Bedeutung beizumessen brauchen.«

»Kannst du dir vorstellen, auf eine junge Frau zuzugehen und sie tatsächlich aus Versehen zu küssen?«

Jack war schwer in Versuchung, ein, zwei Exemplare zu nennen, bei denen ihm das nur allzu leicht passieren könnte, riss sich dann aber zusammen. »Er muss dem Mann, mit dem sie ihn verwechselt hat, ziemlich ähnlich sehen«, antwortete er. »Vorausgesetzt, die Begegnung hat wirklich stattgefunden. Aber wenn ich eine Sache von dir gelernt habe, dann die, dass unsere Aufgabe primär darin besteht, uns mit den Vorgängen im Kopf des Patienten auseinanderzusetzen. So gesehen ist es im Grunde gar nicht so wichtig, ob die Sache wirklich passiert ist oder nicht. Wir müssen uns vielmehr darauf konzentrieren, welche Bedeutung Alan selbst der Geschichte beimisst und aus welchem Grund er sie dir erzählt hat.«

Frieda runzelte die Stirn. Es war ein seltsames Gefühl, die eigenen Worte derart vorgekaut zu bekommen. Sie klangen dogmatisch und wenig überzeugend. »Nein«, entgegnete sie. »Es macht einen großen Unterschied, ob jemand – aus welchen Gründen auch immer – oft mit anderen verwechselt wird, oder ob er sich nur einbildet, mit anderen verwechselt zu werden. Meinst du nicht auch, dass es interessant wäre herauszufinden, ob die besagte Begegnung tatsächlich stattgefunden hat?«

»*Interessant* wäre es vielleicht schon«, entgegnete Jack, »aber es ist praktisch unmöglich. Du müsstest den ganzen Tag um den Victoria Park herumwandern und auf den unwahrscheinlichen Zufall hoffen, dass dir eine Frau über den Weg läuft, die zwei Tage zuvor mal in der Gegend war – und die du vermutlich nicht mal erkennen würdest, weil du nicht genau weißt, wie sie aussieht.«

»Ich hatte eigentlich gehofft, du würdest dich freiwillig melden«, sagte Frieda.

»Oh.« Jack war versucht, sie darauf hinzuweisen, dass das alles nichts mit seiner Ausbildung zu tun habe und dass es unprofessionell von ihr sei, ihn darum zu bitten. Außerdem waren seine Chancen, die Frau zu finden, gleich null, und selbst wenn er sie tatsächlich finden sollte, lohnte es die Mühe doch gar nicht. Er überlegte sogar einen Moment, ob es nicht irgendeine Vorschrift gab, die es einem Therapeuten untersagte, ohne Einwilligung des Patienten Nachforschungen über diesen anzustellen. Aber er hielt den Mund. Eigentlich freute es ihn ja, dass Frieda ihn darum bat. Auf eine seltsame Art freute es ihn sogar noch mehr, dass sie ihn bat, etwas so Ungewöhnliches für sie zu tun. Hätte es sich um normale zusätzliche Arbeit gehandelt, hätte er sie als lästige Pflicht empfunden. Diese Sache aber war ein bisschen ungehörig und hatte daher etwas Vertrauliches. Oder machte er sich da nur etwas vor?

»Na schön.«

»Sehr gut.«

»Frieda!«, rief eine Stimme hinter seinem Rücken, und bevor er sah, wer es war, registrierte er Friedas Miene, die sich schlagartig verfinsterte.

»Was machst *du* denn schon hier?«

Jack drehte sich um. Hinter ihm stand eine langbeinige junge Frau mit aschblondem Haar. Ihr Gesicht war stark geschminkt, wirkte unter der dicken Schicht Farbe aber noch sehr jung und unfertig.

»Ich komme zu meiner Chemiestunde. Du hast doch selbst gesagt, wir könnten uns zur Abwechslung heute mal hier treffen.« Neugierig musterte sie Jack, der prompt rot wurde.

»Du bist früh dran.«

»Das sollte dich doch eigentlich freuen.« Sie setzte sich zu ihnen an den Tisch und zog ihre Handschuhe aus. Ihre Fingernägel waren abgekaut und dunkellila lackiert. »Draußen ist es so kalt, Ich brauche dringend was Warmes zu trinken. Willst du uns denn nicht vorstellen?«

»Jack wollte sowieso gerade aufbrechen«, antwortete Frieda kurz angebunden.

»Ich bin Chloë Klein.« Sie streckte ihm die Hand hin, und er schüttelte sie. »Friedas Nichte.«

»Jack Dargan«, stellte er sich vor.

»Woher kennt ihr beiden euch denn?«

»Das geht dich gar nichts an«, mischte Frieda sich hastig ein, »denn jetzt ist Chemie angesagt.« Sie nickte zu Jack hinüber. »Vielen Dank für deine Hilfe.«

Er verstand den Wink mit dem Zaunpfahl und erhob sich.

»Es war nett, dich kennenzulernen«, sagte Chloë. Sie wirkte recht zufrieden mit sich.

Jack war in Hackney Wick ausgestiegen. Nach einem Blick auf seinen Stadtplan wandte er sich der Seite zu, wo der Grand Union Canal in östlicher Richtung vom Fluss Lea abzweigte. Er trug ein Sweatshirt, einen Pulli, eine Regenjacke, Fahrradhandschuhe und eine Wollmütze mit Ohrenklappen, bibberte aber trotzdem vor Kälte. Die Oberfläche des Kanals war mit einer Art körnigem Schneematsch überzogen, der sich noch nicht ganz zu Eis verhärtet hatte. Jack ging den Treidelpfad entlang, bis zu seiner Rechten das Parktor auftauchte. Er warf einen Blick auf die Notizen, die er sich zu Alans Geschichte gemacht hatte. Ein Stück weiter vorne konnte er den Spielplatz sehen. Der Wind, der ihm ins Gesicht wehte, war so eisig, dass er nicht mal mehr spürte, ob seine Wangen kalt oder heiß waren. Nichtsdestotrotz standen am Spielplatz Kinderwagen, und er sah dick vermummte kleine Gestalten herumsausen. Auf dem Tennisplatz waren sogar zwei Leute in Jogginganzügen zugange. Jack blieb stehen und spähte durch den Zaun. Zwei grauhaarige alte Männer droschen den Ball flach und hart hin und her. Jack war beeindruckt. Einer der beiden stürmte vor zum Netz, doch der andere lobbte den Ball über ihn hinweg. Der ausgetrickste Spieler raste zurück. Der Ball landete gerade noch im Feld.

»Aus!«, rief der andere laut. »Pech für dich!«

Jack hatte das Gefühl, als würden ihm in den Handschuhen die Finger gefrieren. Während er den Tennisplatz hinter sich ließ, zog er die Rechte aus dem Handschuh und schob sie unter sein Hemd, um sie an seiner Brust zu wärmen. Er bog nach links auf den Hauptweg ein. Rechter Hand entdeckte er den Bowlingplatz und kurze Zeit später auch den Musikpavillon und den Brunnen. Er blickte sich um. Hier war kaum jemand unterwegs. Lediglich ein paar Leute mit Hunden. Ein ganzes Stück weiter vorne machte er an der Parkseite eine Gruppe von Jugendlichen aus, die herumalberten und sich gegenseitig schubsten. Ansonsten trieb sich bei diesem Wetter kein vernünftiger Mensch draußen herum. Jack versuchte sich vorzustellen, wie Alan Dekker hier durch den Park marschiert war, um einen klaren Kopf zu kriegen. Falls das überhaupt den Tatsachen entsprach. Nun, da Jack selbst hier war, gelangte er allmählich zu der Überzeugung, dass Alan sehr wohl die Wahrheit gesagt hatte, oder zumindest eine Version davon. Die Einzelheiten über den Kanal, den Spielplatz und den Musikpavillon waren zu präzise. Warum hätte er sich die Mühe machen sollen, derart ins Detail zu gehen, wenn alles nur ein Traum war? Während Jack der heftige Nordwind um die Ohren pfiff, hatte er das Gefühl, ebenfalls einen klareren Kopf zu bekommen. In letzter Zeit hatte ihn die Aussicht, Therapeut zu werden, immer weniger befriedigt. War es wirklich so wichtig, des Langen und Breiten über jede Kleinigkeit zu sprechen? Führte dieses ganze Gerede nicht letztendlich dazu, dass man sich selbst zu sehr in die Probleme des Patienten verstrickte, während man ihm doch eigentlich helfen sollte, besser damit umzugehen? Vielleicht war das ein weiterer Grund, warum er sich bereit erklärt hatte, für Frieda Detektiv zu spielen. Es tat gut, sich in die Welt hinauszubegeben und zu überprüfen, ob Alan die Wahrheit gesagt hatte oder nicht. Wobei es andererseits fraglich war, ob es ihm überhaupt gelingen würde, irgendetwas in Erfahrung zu bringen.

Jack kam an der südlichen Ecke des Parks heraus, überquerte die Straße und schlenderte an den Läden entlang. Alles war genau so, wie Alan es beschrieben hatte. Als er die Eisenwarenhandlung erreichte, ging er sogar hinein. Es handelte sich um die Art Laden, von der er gedacht hatte, sie wäre längst ausgestorben. Es schien dort buchstäblich alles zu geben, was er für das Haus, das er sich mit ein paar Leuten teilte, längst hätte kaufen sollen, auch wenn er irgendwie nie dazugekommen war: metallene Spülschüsseln, Trittleitern, Schraubenzieher, Taschenlampen. Vielleicht sollte er demnächst mit dem Wagen eines Freundes hier vorbeifahren und eine Ladung von dem Zeug erstehen. Nach ein paar weiteren Schritten stand er vor dem Trödelladen mit der ausgestopften Eule im Fenster. Sie wirkte schmuddelig und verlor Federn. Während Jack sie betrachtete, schien sie mit ihren großen Glasaugen zurückzustarren. Jack versuchte sich vorzustellen, wie es wohl war, wenn man eine Eule schoss und dann ausstopfte. Er konnte kein Preisetikett entdecken. Wahrscheinlich stand sie gar nicht zum Verkauf.

Suchend blickte er sich um. Hier war Alan der Frau begegnet, falls das überhaupt stimmte. Er hatte behauptet, die Straße sei menschenleer gewesen, und dann sei plötzlich die Frau auf ihn zugekommen. Konnte es sein, dass sie hier irgendwo lebte? Jack trat einen Schritt zurück und ließ den Blick nach oben schweifen. Über den Läden schienen sich tatsächlich Wohnungen zu befinden, und zwischen den Ladenfronten gab es etliche Hauseingänge. Bei einigen der Häuser waren die Türen mit Brettern zugenagelt und darüber hingen »Zu verkaufen«-Schilder. Aber er konnte ja wohl kaum aufs Geratewohl überall klingeln, um zu sehen, ob ihm irgendwo eine vollbusige Blondine aufmachte. Beim nächsten Laden handelte es sich um eine Wäscherei mit einem Sprung im Fenster. Alan hatte nichts von Wäsche erwähnt, andererseits aber auch nicht gesagt, dass die Frau mit leeren Händen unterwegs gewesen sei. Dankbar atmete Jack den warmen Dampf ein, der ihm entgegenschlug, als er die Tür öffnete. Im hinteren Teil des Raums war eine Frau gerade damit beschäftigt, ein paar Kleidungsstücke zusammenzulegen. Als sie Jack bemerkte, trat sie auf ihn zu. Sie hatte schwarzes Haar und einen dunklen Leberfleck über der Lippe.

»Haben Sie was zu waschen?«, fragte sie.

»Eine Bekannte von mir war möglicherweise vor ein paar Tagen mal hier«, erklärte er, »eine Frau in einer orangeroten Jacke.«

»Nie gesehen.«

Jack ging durch den Kopf, dass er wegen des Leberflecks eigentlich etwas sagen sollte. Zunächst entschied er sich dagegen, überlegte es sich dann aber doch anders. »Ich bin übrigens Arzt. Diesen Leberfleck sollten Sie bei Gelegenheit anschauen lassen.«

»Was?«

Jack tippte auf eine Stelle über seinem Mund. »Am besten wäre es, ein Hautarzt würde mal einen Blick darauf werfen.«

»Kümmern Sie sich gefälligst um Ihren eigenen Mist!«, fauchte die Frau.

»Ja, klar, Entschuldigung«, stammelte Jack und trat den Rückzug an. Nebenan gab es ein altmodisches, leicht schmuddelig wirkendes Café. Er ging hinein. Der einzige andere Gast war ein zahnloser alter Mann, der in einer Ecke laut und vernehmlich seinen Tee schlürfte. Er betrachtete Jack mit wässrigen Augen. Jack schaute auf sein Handy: zwanzig nach eins. Nachdem er sich niedergelassen hatte, schlurfte eine Frau mit einer blauen Nylonschürze auf seinen Tisch zu. Obwohl der Boden nicht allzu sauber wirkte, trug sie Hausschuhe. Jack blickte zur Tafel hoch und bestellte gebratene Eier, Schinkenspeck, Würstchen, gegrillte Tomaten, Pommes und eine Tasse Tee.

»Sonst noch was?«, fragte die Frau.

»Ich suche eine Frau, eine Blondine mit einer knallig orangeroten Jacke und viel Modeschmuck. Kennen Sie sie?«

»Was wollen Sie?« Die Frau sprach mit starkem Akzent.

Sie musterte ihn misstrauisch.

»Mich interessiert nur, ob sie schon mal hier war.«

»Sie sagen, Sie wollen Sie hier treffen?«

»Sie treffen?«

»Nicht hier!«

Nach einer ganzen Reihe weiterer derartiger Fragen und Antworten wusste Jack noch immer nicht, ob die Kellnerin die Frau kannte. Er war nicht mal sicher, ob sie seine Fragen überhaupt verstanden hatte. Als schließlich sein Essen gebracht wurde, überkam ihn ein ganz eigenartiges Gefühl von Freude. Eine solche Mahlzeit konnte er nur allein zu sich nehmen, an einem fremden Ort, wo ihn niemand kannte.

Gerade tunkte er seine letzten Pommes in einen Rest Eidotter und überlegte, was er als Nächstes tun solle, als er sie plötzlich sah. Zumindest sah er eine langhaarige Blondine in einer orangeroten Jacke und engen schwarzen Leggings am Fenster vorbeistöckeln. Einen Moment saß er wie gebannt da. Litt er neuerdings an Halluzinationen, oder hatte er sie tatsächlich gerade gesehen? Und wenn ja, was sollte er jetzt tun? Er konnte sie nicht einfach ziehen lassen. Dies war das richtige Leben. Er musste sie ansprechen. Aber wie? Was sollte er bloß zu ihr sagen? Er sprang so ungestüm auf, dass ein wenig Tee auf die fettigen Überreste seines Essens schwappte, und durchwühlte seine Taschen nach Kleingeld. Vor lauter Eile warf er viel zu viele Münzen auf den Tisch. Ein paar sprangen davon und fielen zu Boden. Ohne auf die Rufe der Kellnerin zu achten, stürmte er hinaus. Er konnte die Frau noch sehen. Zwischen den Grau- und Brauntönen der anderen Passanten leuchtete ihre Jacke wie ein greller Farbfleck.

Keuchend rannte er hinter ihr her. Obwohl sie so hohe Absätze trug, legte sie ein erstaunliches Tempo an den Tag und wackelte dabei auch noch mit den Hüften. Als er näher kam, bemerkte er, dass sie keine Strümpfe trug und geschwollene Füße hatte. Ihre Sandalen machten den Eindruck, als wären sie ihr eine Nummer zu klein. Sobald er sie eingeholt hatte, legte er ihr eine Hand auf den Arm. »Entschuldigen Sie!«

Als sie sich umdrehte, lief ihm ein Schauder über den Rücken. Er hatte mit einer Frau gerechnet, die jung und schön oder zumindest sexy war – jedenfalls hatte er das aus Alans Geschichte herausgelesen. Aber diese Frau war nicht jung. Sie hatte einen Hängebusen, ihr Gesicht war von Falten und Furchen durchzogen, und unter dem dick aufgetragenen Make-up wirkte ihre Haut blass. An der Stirn hatte sie einen Ausschlag. Ihre schwarz umrandeten, von dick getuschten Wimpern umrahmten Augen wiesen rote Flecken auf. Auf Jack machte sie einen müden, kranken und mitgenommenen Eindruck. »Was kann ich für dich tun, Süßer?« Sie verzog das Gesicht zu einem angedeuteten Lächeln.

»Bitte entschuldigen Sie, dass ich Sie einfach so anspreche. Ich wollte Sie nur etwas fragen.«

»Ich heiße Heidi.«

»Also … Heidi … ich … es ist schwer zu erklären, aber …«

»Du bist einer von der schüchternen Sorte, was? Für dreißig Pfund blase ich dir einen.«

»Ich wollte nur kurz mit Ihnen sprechen.«

»Sprechen?« Er spürte ihren kühlen Blick und lief knallrot an. »Wir können uns gerne unterhalten, wenn du möchtest«, fuhr sie fort, »aber es kostet trotzdem dreißig Pfund.«

»Es geht doch nur um …«

»Dreißig Pfund.«

»Ich glaube nicht, dass ich so viel bei mir habe.«

»War wohl eine spontane Idee von dir, mich aufzuhalten, was? Da vorne ist ein Bankautomat.« Sie deutete in die Richtung. »Danach kannst du mich gerne besuchen kommen, wenn du immer noch reden möchtest. Ich wohne in 41 B. Oberste Klingel.«

»Ich glaube, Sie haben mich missverstanden.«

Sie zuckte mit den Achseln. »Dreißig Pfund, und ich verstehe dich so gut, wie du nur willst.« Mit diesen Worten wandte sie sich ab und überquerte die Straße.

Jack schaute ihr nach. Am liebsten hätte er auf der Stelle das Weite gesucht. Aus irgendeinem Grund schämte er sich. Andererseits konnte er jetzt ja wohl kaum kneifen, nachdem er sie tatsächlich gefunden hatte. Also ging er zum Bankautomaten, hob vierzig Pfund ab und begab sich dann zu Nummer 41 B. Die Wohnung lag über einer ehemaligen Halal-Metzgerei, die einem Schild zufolge inzwischen zugemacht hatte. Die heruntergelassenen Metallrollläden zierten Graffiti. Jack holte tief Luft. Er hatte das Gefühl, dass alle Passanten ihn anstarrten und in sich hineingrinsten, während er den obersten Klingelknopf drückte. Heidi betätigte den Türöffner.

Sie trug ein weit ausgeschnittenes, lindgrünes Oberteil. Laut Alan roch sie nach Hefe, doch nun war sie eindeutig mit Parfüm eingesprüht. Außerdem hatte sie sich die Lippen frisch nachgezogen und ihr Haar gebürstet.

»Komm rein und setz dich.«

Jack betrat ein kleines, schummrig beleuchtetes Wohnzimmer, in dem eine drückende Hitze herrschte. Die violetten Vorhänge waren zugezogen. An der gegenüberliegenden Wand hing über einem großen, niedrigen Sofa eine Reproduktion der Mona Lisa. Auf jedem freien Fleck standen Porzellanfigürchen.

»Ich sollte vorab gleich klarstellen, dass ich nicht das bin, wofür Sie mich halten«, verkündete Jack mit viel zu lauter Stimme, nachdem er sich gesetzt hatte. »Ich bin Arzt.«

»Schon gut.«

»Ich würde Sie gerne etwas fragen.«

Das Lächeln verschwand aus ihrem Gesicht. Ihr Blick wurde wachsam und misstrauisch. »Du bist gar kein Freier?«

»Nein.«

»Was willst du dann von mir? Ich brauche keinen Arzt. Ich bin gesund, und clean bin ich auch, falls du das meinst.«

Jack wusste sich langsam keinen Rat mehr. »Sie kennen da so einen Mann«, sagte er, »mit rotem Haar.«

Heidi ließ sich aufs Sofa sinken. Jack fiel auf, wie müde sie wirkte. Sie griff nach einer Flasche süßem Dubonnet, der neben ihren Füßen auf dem Boden stand, goss ein kleines Glas bis zum Rand voll und kippte es so schnell hinunter, dass ihre Kehle sichtlich Mühe damit hatte. An ihrem Kinn schimmerte eine schmale Speichelspur. Sie griff nach der Schachtel Zigaretten, die vor ihr auf dem Tisch lag, zündete sich eine an und inhalierte gierig. Sofort hing Rauchgeruch in der drückend heißen Luft.

»Sie haben ihn kürzlich auf der Straße geküsst.«

»Was du nicht sagst!«

Jack zwang sich weiterzusprechen, obwohl er sich so unbehaglich fühlte, dass er nervös auf seinem Platz herumrutschte. Er sah sich selbst plötzlich mit den Augen dieser Heidi. Vermutlich wirkte er auf sie wie ein verklemmter, ein wenig linkischer junger Mann, der seine pubertären Ängste in Bezug auf Frauen trotz seines Alters und Berufs noch nicht abgelegt hatte. Er spürte die Schweißtropfen auf seiner Stirn. Seine Haut juckte, als würde seine Kleidung plötzlich kratzen.

»Sie haben ihn auf der Straße getroffen und geküsst. Ungefähr auf Höhe des Cafés und des Ladens mit der Eule im Fenster.«

»Soll das ein schlechter Witz sein?«

»Nein.«

»Wer schickt dich?«

»Nein, wirklich, Sie verstehen mich falsch – aber mein Freund, der Mann mit dem roten Haar, er war sehr überrascht, und deswegen wollte ich nachfragen…«

»Der Drecksack.«

»Wie bitte?«

»Dein Kumpel. Du hast seltsame Freunde, das muss ich schon sagen. Aber wenigstens zahlt er. Es macht ihm Spaß, Frauen zu bezahlen. Das gibt ihm das Recht, uns wie Dreck zu behandeln.«

»Alan?«

»Was?«

»Er heißt Alan.«

»Nein, so heißt er nicht.«

»Wie nennt er sich denn bei Ihnen?«

Heidi schenkte sich ein weiteres randvolles Glas Dubonnet ein und kippte es hinunter.

»Bitte.« Er zog das Geld aus seiner Hosentasche, nahm eine Zehnpfundnote und reichte ihr den Rest.

»Dean Reeve. Aber wenn du ihm sagst, dass du das von mir hast, werde ich dafür sorgen, dass du es bereust, das schwöre ich dir.«

»Ich sag es ihm nicht. Wissen Sie zufällig, wo er wohnt?«

»Ich hab ihn ein einziges Mal dort besucht, als seine Frau nicht da war.«

Jack durchwühlte seine Jackentasche und fand einen Stift und eine alte Quittung. Er reichte Heidi beides, woraufhin sie ihm auf der Rückseite der Rechnung die Adresse notierte.

»Was hat er angestellt?«

»Das weiß ich noch nicht so genau«, antwortete Jack.

Bevor er ging, drückte er ihr seinen letzten Zehnpfundschein in die Hand. Am liebsten hätte er sich bei ihr entschuldigt, auch wenn ihm selbst nicht so ganz klar war, wofür.

Er saß gegenüber einem kahlköpfigen Mann, der seinen Schnurrbart mit Pomade in Form gebracht hatte und eine Zeitschrift über Waffen las. Nachdem Jack bei Frieda angerufen und ihr berichtet hatte, dass Alans geheimnisvolle Frau tatsächlich existierte, hatte sie darauf bestanden, sofort bei ihm vorbeizukommen. Jack hatte schwach protestiert: Er wollte nicht, dass sie wusste, wo er wohnte. Mit Schrecken dachte er daran, wie es dort ausgesehen hatte, als er an diesem Morgen aus dem Haus gegangen war. Außerdem fragte er sich besorgt, welche seiner Mitbewohner da sein und was sie wohl zu Frieda sagen würden. Zu allem Überfluss blieb der Zug auch noch eine

Weile in einem Tunnel stehen – ein Personenunfall, verkündete der Lautsprecher. Als er schließlich seinen Schlüssel ins Schloss schob, sah er sie bereits die Straße entlangkommen. Obwohl es schon dunkel wurde und Frieda wegen der Kälte warm angezogen war, hätte er sie überall sofort erkannt – allein an der Art, wie sie ging, aufrecht und zielstrebig. Sie wusste genau, was sie wollte, dachte er, und empfand dabei ein plötzliches Hochgefühl, weil er erfolgreich gewesen war und etwas für sie in Erfahrung hatte bringen können.

Sie erreichte ihn, als er gerade die Tür aufschob. Die Diele war voller Schuhe, und auf dem Boden lagen stapelweise Werbesendungen herum. An der Wand lehnte ein Fahrrad, an dem sie sich mühsam vorbeiquetschen mussten. Von oben schallte laute Musik nach unten.

»Es könnte ein bisschen unordentlich sein«, erklärte er.

»Das macht nichts.«

»Ich weiß nicht, ob noch Milch da ist.«

»Ich brauche keine Milch.«

»Die Heizung funktioniert auch nicht so richtig.«

»Ich bin warm angezogen.«

»In der Küche ist geheizt.« Nachdem er jedoch einen Blick hineingeworfen hatte, zog er schnell den Kopf wieder zurück. »Ich glaube, im Wohnzimmer ist es doch gemütlicher«, meinte er. »Ich schalte den Heizlüfter an.«

»Das ist schon in Ordnung, Jack«, beruhigte ihn Frieda. »Ich möchte nur ganz genau hören, was passiert ist.«

»Es war unglaublich«, antwortete Jack.

Im Wohnzimmer sah es fast so schlimm aus wie in der Küche. Er betrachtete es durch Friedas Augen: Das Sofa war ein schreckliches Lederding, das ihnen die Eltern eines Mitbewohners zum Einzug geschenkt hatten. Entlang der einen Armlehne verlief ein breiter Riss, aus dem weiße Flusen quollen. Die Wände waren in einem hässlichen Grün gestrichen. Im ganzen Raum lagen verstreut Flaschen, Tassen, Teller und seltsame

Kleidungsstücke herum. Auf dem Fensterbrett standen ein paar vertrocknete Blumen. Seine Squashtasche lag offen vor ihnen – mit einem schmutzigen Shirt und einem zusammengerollten Paar Socken obenauf. Das anatomisch korrekte Skelett, das er seit seinem ersten Studienjahr besaß, stand – behängt mit blinkendem Christbaumschmuck – mitten im Raum. Auf seinem Schädel türmten sich mehrere Hüte, und von seinen langen Fingern hing ein Spitzenslip. Rasch fegte Jack die Zeitschriften vom Tisch und griff nach einem auf dem Sofa liegenden Mantel, um sie damit zu bedecken. Wäre Frieda seine Therapeutin gewesen, hätte er ihr von dem Chaos erzählen können, in dem er hauste und das auch ihm selbst ein wenig das Gefühl gab, sein Leben nicht ganz unter Kontrolle zu haben. Wäre er derjenige gewesen, der besagte Zeitschriften las (was nicht der Fall war, auch wenn er hin und wieder einen verstohlenen Blick darauf warf), hätte er auch darüber mit ihr sprechen und ihr erklären können, dass er sich vorkam, als befände er sich in einer Art Schwebezustand zwischen seinem alten Studentenleben und jener Erwachsenenwelt, die er immer nur mit anderen in Verbindung brachte, aber nie mit sich selbst. Er wäre also durchaus in der Lage gewesen, ihr das Durcheinander in seiner Seele zu beschreiben. Er wollte nur nicht, dass sie es mit eigenen Augen sah.

»Setz dich doch. Entschuldige, lass mich das wegräumen.« Er nahm den Laptop und die Ketchupflasche vom Stuhl. »Das ist nur eine Übergangslösung«, bemerkte er. »Ein paar von meinen Mitbewohnern sind ein bisschen unordentlich.«

»Ich habe auch mal studiert«, antwortete Frieda.

»Wir sind aber keine Studenten mehr«, gab Jack zu bedenken. »Ich bin Arzt, oder zumindest etwas Ähnliches, und Greta ist Buchhalterin, auch wenn es nicht danach aussieht.«

»Du hast die Frau gefunden«, kam Frieda auf ihr eigentliches Thema zu sprechen.

»Ja.« Jacks Miene hellte sich auf. »Kaum zu glauben, oder?

Ich hatte schon fast aufgegeben, da sah ich sie plötzlich. Wobei mich ihr Aussehen ehrlich gesagt ein bisschen irritiert hat. Eigentlich ergibt das alles gar keinen rechten Sinn – einerseits war sie die Frau, von der Alan dir erzählt hat, aber … na ja, andererseits war sie es auch wieder nicht. Nicht wirklich.«

»Von Anfang an«, befahl Frieda.

Jack erzählte ihr in allen Einzelheiten, was er erlebt hatte. Während er sein Gespräch mit der Frau so wörtlich wiedergab, wie er nur konnte, hörte Frieda ihm konzentriert zu. Als er fertig war, schwiegen sie beide eine Weile.

»Und?«, fragte Jack schließlich.

Die Tür ging auf, und ein Gesicht lugte herein. Bei Friedas Anblick zog es sich anzüglich grinsend wieder zurück. Jack wurde bis unter die Haarwurzeln rot.

»Sie hat ihn Drecksack genannt?«, hakte Frieda nach.

»Ja. Wobei sie allerdings behauptete, sein Name sei Dean.«

»Alles, was Alan gesagt hat, entsprach also der Wahrheit.« Frieda schien jetzt mehr mit sich selbst zu reden als mit Jack. »All die Dinge, von denen er dachte, dass sie möglicherweise nur in seinem Kopf existierten, spielten sich sehr wohl in der realen Welt ab. Er hat sie nicht erfunden. Aber die Frau – die er angeblich noch nie gesehen hatte – kannte ihn.«

»Sie kannte diesen Dean Reeve«, stellte Jack richtig, »zumindest hat sie das behauptet.«

»Warum sollte sie lügen?«

»Ich glaube nicht, dass sie gelogen hat.«

»Sie hat alles, was er gesagt hat, bestätigt – mit dem einzigen Unterschied, dass es sich ihr zufolge um jemand anderen handelte.«

»Hm.«

»Lügt er uns an? Und wenn ja, weswegen?«

»Sie war nicht die glamouröse Frau, mit der ich gerechnet hatte«, erklärte Jack. Es war ihm peinlich, über Heidi zu reden, aber er wollte Frieda wissen lassen, wie er sich gefühlt hatte, als er in dem stickigen, unangenehm süßlich riechenden Raum stand und versuchte, nicht an all die Männer zu denken, die schon die schmale Treppe zu ihr hinaufgestiegen waren. Er erinnerte sich an die roten Flecken in Heidis Augen, wobei ihm leicht übel wurde, als wäre das seine Schuld.

»Ein paar ehemalige Kollegen von mir kümmern sich um Prostituierte«, brach Frieda das Schweigen. Dabei sah sie Jack an, als könnte sie seine Gedanken lesen. »Die meisten von ihnen sind suchtkrank, werden misshandelt und haben kein Geld. So ein Leben hat nicht viel Glamouröses.«

»Alan geht also unter dem Namen Dean zu Prostituierten, schafft es dir gegenüber aber nicht, das offen zuzugeben, sondern muss es in diese seltsame Geschichte verpacken, die ihn von jeder Verantwortung entbindet und die Frau weniger wie ein Opfer wirken lässt. So lautet doch deine Theorie, oder?«

»Es gibt eine Möglichkeit herauszufinden, ob sie stimmt.«

»Ich könnte dich begleiten.«

»Ich glaube, es ist besser, wenn ich das allein mache«, entgegnete Frieda. »Du hast mir sehr geholfen, Jack. Ich weiß das zu schätzen und bin dir wirklich dankbar dafür. Vielen Dank.«

Er murmelte irgendetwas Unverständliches. Sie wusste nicht so recht, ob er sich über ihr Lob freute oder enttäuscht war, weil sie ihn nicht mitnahm.

27

Alans Begegnung mit Heidi hatte in der Nähe des Victoria Park stattgefunden. Die Adresse, die Jack bekommen hatte, lag in der Brewery Road in Poplar, etliche Kilometer weiter östlich. Frieda nahm einen Regionalzug. Bei ihrer Ankunft starrte sie vom Bahnsteig einen Moment auf den Fluss Lea, der sich in diesem Teil Londons schmutzig und grau dahinschlängelte, ehe er schließlich in die Themse mündete. Frieda wandte sich ab und ging am Busbahnhof vorbei unter der großen Straßenkreuzung hindurch. Über sich hörte sie die Lastwagen hinwegdonnern. Die Unterführung mündete auf einer Seite in einen großen Supermarkt. Frieda warf einen Blick auf ihren Stadtplan und bog dann nach rechts ab, in Richtung der Wohnsiedlung, die auf der anderen Seite lag. Sie befand sich hier im Herzen des alten East End, das während der deutschen Luftangriffe im Zweiten Weltkrieg viele von den Bomben abbekommen hatte, die eigentlich für die Hafenanlangen bestimmt gewesen waren. Alle paar hundert Meter standen trotzig ein paar alte Häuser zwischen den Wohnblöcken und Hochhäusern, die auf dem zerbombten Gelände errichtet worden waren. Doch auch die Fassaden der neueren Wohngebäude bröckelten bereits wieder, viele wirkten fleckig und ausgebleicht. Hin und wieder entdeckte Frieda Fahrräder und Blumentöpfe auf den schmalen Balkonen und Vorhänge vor den Fenstern. Bei anderen Häusern waren Türen und Fenster mit Brettern zugenagelt. In einem Hof hatte sich eine Horde Teenager um ein Feuer versammelt, für das kaputtes Mobiliar als Brennholz diente.

Frieda ging absichtlich langsam, um ein Gefühl für die Gegend zu bekommen, die für sie bisher nur ein Name gewesen war. Es handelte sich um einen vergessenen, verratenen Teil der Stadt. Selbst die lieblose Art, mit der man hier Neues über dem Alten errichtet hatte, wirkte wie eine Zurückweisung. Frieda kam an einer stillgelegten Tankstelle vorbei. Wo einmal die Pumpen gestanden hatten, klafften nun tiefe Gruben, und dahinter ragten ruinenhaft die Überreste eines alten Ziegelbaus auf. In der daran anschließenden Ladenzeile hatten bis auf zwei Geschäfte alle dichtgemacht, nur ein Friseur und ein Laden für Angelbedarf waren noch geöffnet. Als Nächstes folgte eine ungenutzte Fläche, wo bereits Nesseln aus dem aufgerissenen Asphalt wucherten. Frieda kam an einer Reihe von Straßen vorbei, die man nach Grafschaften im Westen benannt hatte – Devon, Somerset, Cornwall. Danach war man zu Dichtern übergegangen: Milton, Cowper, Wordsworth.

Schließlich erreichte sie einen Abschnitt mit Gebäuden, die den Bomben getrotzt hatten. Frieda spähte durch den Zaun einer Grundschule. Auf dem Pausenhof spielten ein paar Jungen Fußball. Abseits von ihnen hatte sich eine Gruppe kichernder kleiner Mädchen versammelt, alle mit Kopftuch. Beim nächsten Gebäude handelte es sich um eine aufgelassene Fabrik. Laut einem Schild an der Vorderseite sollten daraus Büroräume und Apartments entstehen. Dann folgten ein Pub mit schmutzigen Fenstern und schließlich eine Reihe von Häusern, bei denen sämtliche Türen und Fenster mit Metallplatten versiegelt waren, die man mit dicken Bolzen an den Wänden befestigt hatte. Frieda warf erneut einen Blick auf ihren Stadtplan. Sie überquerte die Straße und bog in die Brewery Road ein. Die Straße beschrieb eine Rechtskurve, sodass Frieda ihren weiteren Verlauf nicht sehen konnte, aber einem Schild zufolge handelte es sich um eine Sackgasse. An der Ecke gab es weitere Läden, die jedoch alle geschlossen und verlassen waren. Frieda las die alten Beschriftungen. Demnach hatte dort eine Taxifirma, ein Geschäft für Elektrogeräte und ein Zeitungsladen existiert. Nun hingen dort die Schilder etlicher Immobilienmakler:

»Geschäftsräume zu vermieten«. Dann folgten wieder Wohnhäuser. Viele standen leer, andere waren in einzelne Wohnungen unterteilt. Eines aber war mit einem Baugerüst versehen. Jemand hatte den Schritt gewagt. Schließlich war man hier nur ein paar Minuten von der Isle of Dogs entfernt. In zehn Jahren würden diese Häuser alle renoviert sein, und in der Straße würde es ein Restaurant und ein schickes neues Pub geben.

Er drückte das Gesicht gegen das Glas. Skelette aus Schnee fielen in die verlorene Welt. Die Frau hatte schwarzes Haar. Ihr Gesicht konnte er nicht sehen. Er wusste, dass es sie nicht wirklich gab. Solche Menschen gab es nicht mehr. Zierlich und gepflegt. Wie eine Tänzerin auf einer Spieluhr, die sich zu drehen begann, wenn man sie aufzog. Es gab einmal eine Frau mit langem rotem Haar, die ihn ihren Honigkuchen nannte. Als er noch Matthew war. Bevor er ihre Hand losgelassen hatte.

Ob sie wohl sein Gesicht sehen würde, wenn sie aufblickte? Aber es war ja gar nicht mehr sein Gesicht, sondern das von Simon, und Simon gehörte jemand anderem.

Die Tänzerin verschwand. Er hörte die Türglocke bimmeln.

Sie erreichte Hausnummer siebzehn, die Adresse auf ihrem Zettel. Auf seine ganz eigene Art wirkte auch dieses Haus renoviert. Die Haustür war dunkelgrün lackiert und mit einem Ziergebälk im georgianischen Stil versehen. An der Vorderseite des Hauses hatten sämtliche Fenster neue Rahmen aus schimmerndem Aluminium erhalten. Die kleine Gartenmauer war mit einbetonierten Glasscherben gespickt, die auf Frieda wie eine Warnung wirkten. Was sollte sie sagen? Was wollte sie eigentlich herausfinden? Frieda hielt es für besser, darüber gar nicht erst nachzudenken, weil sie sonst vermutlich auf der Stelle umgekehrt wäre. Also verdrängte sie jeden Gedanken daran. Sie drückte auf den Klingelknopf und hörte es drinnen läuten. Nachdem sie eine Weile gewartet hatte, klingelte sie erneut und lauschte dann angestrengt.

Nichts, sagte Frieda zu sich selbst, doch in dem Moment tat sich drinnen etwas. Zunächst hörte sie nur ein undefinierbares Geräusch, aus dem dann eindeutig Schritte wurden. Die Tür schwang auf. Vor ihr stand eine Frau, die fast den ganzen Rahmen ausfüllte. Sie war groß, bleich und fett. Letzteres wurde noch dadurch betont, dass ihr schwarzes T-Shirt eine Nummer zu klein für sie war und die schwarzen Leggings, die sie dazu trug, nur bis zur Mitte ihrer Waden reichten. Eine Tätowierung, die wie ein lila Zopf anmutete, zog sich um ihren linken Oberarm, und eine zweite – ein Vogel, der für Frieda wie ein Kanarienvogel aussah – prangte an ihrem Unterarm. Ihr blondes Haar wuchs dunkel nach, und sie hatte Tränensäcke unter den Augen, die durch ihren blauen Lidschatten nur noch deutlicher hervortraten. Ihr Lippenstift war so dunkellila, dass ihr Mund damit fast schwarz wirkte, wie ein schlimmer Bluterguss. Sie hatte eine Zigarette in der Hand und klopfte die Asche über der Türschwelle ab, sodass Frieda einen Schritt zur Seite treten musste, um nichts davon abzubekommen. Die Situation erinnerte Frieda daran, wie sie als kleines Mädchen mal auf einer Kirmes gewesen war, einer gefährlichen Kirmes mit lauter klapprigen Fahrgeschäften, wie sie heute wohl gar nicht mehr zulässig wären. Damals hatte die achtjährige Frieda ihre fünfzig Pence einer Frau dieses Typs gereicht, die in einer gläsernen Kabine vor dem Eingang zur Geisterbahn oder zum Autoscooter saß.

»Was wollen Sie?«

»Entschuldigen Sie die Störung«, sagte Frieda. »Wohnt hier ein Dean Reeve?«

»Warum?«

»Ich würde gern kurz mit ihm sprechen.«

»Er ist nicht da«, antwortete die Frau, ohne sich von der Stelle zu rühren.

»Aber er wohnt hier?«

»Wer will das wissen?«

»Ich möchte nur kurz mit ihm sprechen«, entgegnete Frieda. »Es hat etwas mit dem Freund eines Freundes zu tun. Keine große Sache.«

»Geht es da um etwas Berufliches?«, fragte die Frau. »Ist irgendetwas schiefgelaufen?«

»Nein, ganz und gar nicht.« Frieda bemühte sich um einen beruhigenden Ton. »Ich möchte nur kurz mit ihm reden. Es dauert nur eine Minute. Wissen Sie, wann er zurückkommt?«

»Er ist nur auf einen Sprung weg«, erklärte die Frau.

»Darf ich hier auf ihn warten?«

»Ich lasse keine Fremden in mein Haus.«

»Nur ein paar Minuten. Bitte.« Entschlossen trat Frieda einen Schritt vor. Sie stand nun so knapp vor der Frau, dass sie einander fast berührten. Dadurch wurde ihr die Größe und die feindselige Ausstrahlung ihres Gegenübers nur noch mehr bewusst. Die Diele hinter der massigen Gestalt wirkte dunkel. Frieda stieg ein seltsam süßlicher Geruch in die Nase, den sie nicht identifizieren konnte.

»Was wollen Sie von Dean?«, fragte die Frau mit einem schrillen Unterton in der Stimme. Sie klang zornig, aber auch ein wenig ängstlich.

»Ich bin Ärztin«, antwortete Frieda. Mit diesen Worten schob sie sich einfach an der Frau vorbei in die enge Diele. Der Raum war dunkelrot gestrichen, wodurch er noch kleiner wirkte, als er ohnehin schon war.

»Was für eine Sorte Ärztin?«

»Keine Sorge«, antwortete Frieda knapp, »das ist reine Routine. Es dauert nur einen Moment.« Sie versuchte, selbstsicherer zu klingen, als sie sich fühlte. Die Frau schob die Tür zu. Mit einem Klicken fiel sie ins Schloss.

Als Frieda sich umblickte, fuhr sie erschrocken zusammen. Von einem kleinen Sims links über der Tür starrte ihr ein ausgestopfter Vogel, eine Art Falke, mit ausgebreiteten Flügeln entgegen.

»Dean hat ihn aus einem Laden um die Ecke. War auch ganz billig. Kein Wunder, wahrscheinlich wird man so was heutzutage kaum noch los. Mir macht das Ding Angst.«

Frieda trat ins Wohnzimmer, das von einem großen Fernseher mit Musikanlage beherrscht wurde. Mehrere Verstärker und Lautsprecher waren durch ein kompliziertes Gewirr aus Kabeln miteinander verbunden. Auf dem Boden stapelten sich DVDs. An den Fenstern, die zur Straße hinausgingen, waren die Vorhänge zugezogen. Das Mobiliar schien eher spärlich: An der Außenwand stand ein Sofa und an der gegenüberliegenden Wand eine riesige Truhe mit unzähligen kleine Schubladen.

»So ein Möbelstück sieht man selten«, bemerkte Frieda.

Die Frau drückte am Kaminsims ihre Zigarette aus und zündete sich gleich wieder eine neue an. Ihre Nägel waren lackiert, aber an den Fingerspitzen konnte Frieda die für Kettenraucher typischen gelblichen Verfärbungen sehen. Der Ringfinger wirkte rund um den breiten goldenen Ehering ein wenig geschwollen.

»Er hat es aus einem Laden, wo sie Möbel aus Geschäftsauflösungen verkaufen. Das Ding stand wohl mal in irgendeinem altmodischen Bekleidungsladen. Oder in einem Handarbeitsgeschäft. Die vielen Fächer waren für kleine Sachen wie Socken oder Wollknäuel. Dean bewahrt darin sein Werkzeug auf, den ganzen Kleinkram, Sie wissen schon: Sicherungen, Schrauben, Lineale. Und das Zeug für seine Modelle.«

Frieda lächelte. Die Frau schien durchaus zum Plaudern aufgelegt, auch wenn auf ihrer breiten Stirn Schweißtropfen glänzten und ihr Blick immer wieder nervös umherschweifte, als rechnete sie damit, dass jeden Moment jemand den Raum betreten könnte.

»Was baut er denn?«

»So kleine Boote. Richtige kleine Miniaturen. Manchmal

nimmt er sie mit zu den Teichen und lässt sie eine Runde fahren.«

Frieda blickte sich suchend um. Sie hatte ein ganz sonderbares Gefühl, das sie nicht recht einordnen konnte. Als wäre sie schon einmal hier gewesen. So als würde sie versuchen, sich an einen Traum zu erinnern, der sich immer mehr verflüchtigte, je verzweifelter sie ihn festhalten wollte. Eine kleine Schildpattkatze schlich auf leisen Pfoten in den Raum und schmiegte sich um ihre Beine. Als Frieda sich hinunterbeugte, um sie zu streicheln, kam eine zweite Katze herein – ein riesiges Exemplar mit einem mattgrauen Fell, aus dem große verfilzte Knäuel hervorstanden. Frieda trat einen Schritt zurück. Diese Katze wollte sie nicht anfassen. Sie entdeckte zwei weitere, die ineinander verschlungen in der Sofaecke lagen. Nun wusste sie, wonach es roch: nach Katzenklo, Katzenscheiße und Raumspray.

»Wie viele Katzen haben Sie denn?«

Die Frau zuckte mit den Achseln.

»Sie kommen und gehen.«

Er lag auf dem Boden, ein Ohr an das Holz gepresst, und lauschte. Die eine Stimme kannte er. Die andere klang weich und klar. Wie ein Bach, den er durch seinen Körper fließen lassen konnte. Das Wasser würde den Schmutz wegwaschen. Denn er war ein schmutziger Junge. Einer, dem der Mund ausgewaschen gehörte. Einer, der keine Ahnung hatte, wie undankbar er war. Der das alles gar nicht verdient hatte. Schämen sollte er sich. So ein Schmutzfink.

»Mein Name ist Frieda.« Sie sprach langsam, weil es ihr plötzlich so vorkam, als wäre sie durch einen Spiegel in eine andere Welt getreten. »Frieda Klein.« Da die Frau nicht reagierte, fragte sie: »Und wie heißen Sie?«

»Terry«, antwortete die Frau. Sie drückte ihre Zigarette in einen überquellenden Aschenbecher und nahm sich sofort eine neue, wobei sie dieses Mal auch Frieda eine anbot. Frieda hatte schon vor Jahren mit dem Rauchen aufgehört. Seitdem war sie fast allergisch dagegen. Sie hasste es, wenn Zigarettenqualm in der Luft hing oder wenn Kleidung nach Rauch roch. Nun aber würde es ihr einen Vorwand liefern, noch ein wenig länger zu bleiben. Es hatte immer etwas Tröstliches, wenn zwei Leute miteinander rauchten. Sie konnte sich noch gut an die Partys ihrer Teenagerzeit erinnern: Beim Rauchen waren wenigstens die Hände beschäftigt, und man hatte etwas, womit man herumspielen konnte, wenn man nicht wusste, was man sagen sollte. Das war heutzutage auch noch so. Man konnte es beobachten, wenn die Raucher vor den Eingängen von Cafés oder Kneipen auf der Straße standen. Bestimmt wurde das auch bald verboten. Wo sollten sie dann hingehen? Frieda nickte, nahm die Zigarette und beugte sich vor, als Terry ihr billiges Plastikfeuerzeug aufflammen ließ. Frieda nahm einen Zug und spürte sofort die inzwischen ungewohnte Wirkung. Als sie ausatmete, wurde ihr davon fast ein wenig schwindlig.

»Wohnt Dean die ganze Zeit hier?«

»Klar, was glauben Sie denn?« Terry musterte Frieda mit zusammengekniffenen Augen. Ihr geschminktes, aufgedunsenes Gesicht bekam einen misstrauischen Zug. »Was soll die Frage?«

»Arbeitet er auch zu Hause?«

»Nein.«

»Was macht er denn beruflich?«

Terry klopfte die Asche ihrer Zigarette in den Aschenbecher und kaute auf ihrer Unterlippe herum. »Versuchen Sie gerade, mich über ihn auszuhorchen?«

Frieda zwang sich zu einem Lächeln. »Ich bin nur eine harmlose Ärztin.« Sie blickte sich um. »Ich nehme an, er arbeitet auf dem Bau.«

»Unter anderem«, antwortete Terry. »Warum wollen Sie das wissen?«

»Ich habe kürzlich einen Bekannten von ihm kennengelernt.« Sie hörte selbst, wie lahm ihre Worte klangen. »Dazu wollte ich ihn etwas fragen. Vielleicht kann er mir Auskunft geben. Wenn er in einer Minute nicht zurück ist, gehe ich wieder.«

»Ich habe so einiges zu erledigen«, erklärte die Frau, »deswegen wäre es mir lieber, Sie würden jetzt gleich gehen.«

»In einer Minute.« Frieda fuchtelte mit ihrer Zigarette durch die Luft. »Wenn ich die zu Ende geraucht habe. Arbeiten Sie auch?«

»Verlassen Sie mein Haus.«

In dem Moment ging die Haustür auf, und in der Diele war eine Stimme zu hören.

»Hier drin!«, rief Terry.

Eine Gestalt tauchte im Türrahmen auf. Frieda sah zunächst nur eine Lederjacke, Jeans und Arbeitsstiefel, doch als der Mann ins Licht trat, bestand kein Zweifel mehr. Zwar war er – abgesehen von dem bunt karierten Hemd – etwas anders gekleidet als sonst, aber es handelte sich eindeutig um ihn.

»Alan«, sagte sie. »Alan, was geht hier vor?«

»Wie bitte?«

»Ich bin's …« Frieda brach abrupt ab, weil sie plötzlich begriff, wie unglaublich dumm sie gewesen war. Einen Moment lang fühlte sie sich so benebelt, dass sie nicht mehr wusste, was sie sagen sollte. Dann versuchte sie sich mit aller Gewalt zusammenzureißen. »Sie sind Dean Reeve.«

Der Mann ließ den Blick zwischen den beiden Frauen hin und her wandern.

»Wer sind Sie?« Seine Stimme klang ruhig. »Was haben Sie hier zu suchen?«

»Es handelt sich wohl um eine Verwechslung«, stieß Frieda hervor. »Ich dachte, wir hätten einen gemeinsamen Bekannten.«

Sie musste an die Frau in der orangeroten Jacke denken. Und an Terry. Deans Frau. Sie betrachtete sein ausdrucksloses Gesicht, seine dunkelbraunen Augen. Als sie es mit einem vorsichtigen Lächeln versuchte, verzog der Mann wütend das Gesicht.

»Wie sind Sie hier hereingekommen? Was führen Sie im Schilde?«

»Ich habe sie reingelassen«, mischte Terry sich ein. »Sie hat gesagt, sie will mit dir reden.«

Der Mann trat auf Frieda zu und hob dabei eine Hand – aber nicht so, als wollte er sie schlagen, sondern als wollte er sie berühren, um zu sehen, ob sie tatsächlich aus Fleisch und Blut war. Sie wich einen Schritt zurück.

»Es tut mir leid. Ich fürchte, mir ist da ein Fehler unterlaufen. Es muss sich um eine Verwechslung handeln.« Nach einer kurzen Pause fügte sie hinzu: »Ist Ihnen das schon öfter passiert?«

Der Mann starrte sie an, als könnte er in sie hineinsehen. Es kam ihr vor, als würde er sie abtasten. Fast hatte sie das Gefühl, seine Hände auf der Haut zu spüren.

Er wusste, dass er sie warnen musste. Sonst würden sie auch sie fangen und in etwas anderes verwandeln. Dann wäre sie keine Tänzerin mehr. Sie würden ihr die Füße zusammenbinden und ihr etwas in den Mund stopfen.

Er versuchte zu schreien, brachte aber nur ein Summen zustande, das in seinem Mund und seiner Kehle gefangen blieb. Dabei hatte er wieder diesen scheußlichen Geschmack im Mund, der nie ganz wegging. Schwankend rappelte er sich auf, nahm seine ganze Kraft zusammen und sprang auf und ab, auf und ab, immer wieder, bis sich um ihn herum alles zu drehen begann und die Wände auf ihn zukamen und er zurück auf den Boden fiel. Er schlug mit dem Kopf gegen die Holzdielen. So laut, dass sie ihn bestimmt hörte. Sie musste ihn einfach hören.

Die Stimme klang ebenfalls gleich. Ein bisschen selbstsicherer, aber ansonsten genau gleich.

»Tut mir leid«, stammelte Frieda, »mein Fehler.« Sie hielt die Zigarette hoch. »Vielen Dank. Ich finde selbst hinaus. Entschuldigen Sie die Störung.« Sie drehte sich um und versuchte, einen möglichst gelassenen Eindruck zu machen, während sie in die Diele trat und an der Haustür herumfummelte. Es gelang ihr nicht auf Anhieb, sie zu öffnen, aber dann fand sie doch den richtigen Griff und trat ins Freie, wo sie die Zigarette auf den Boden warf und sich dann langsam in Bewegung setzte. Sobald sie um die Ecke gebogen war, begann sie zu rennen. Sie rannte den ganzen Weg bis zum Bahnhof, obwohl ihr die Brust wehtat und sie kaum noch Luft bekam und bereits den Geschmack von Galle im Mund hatte. Ihr schien, als liefe sie durch einen dicken Nebel, der all die vertrauten Schilder verhüllte und die Welt in einen unheimlichen, irrealen Ort verwandelte.

Er sah sie gehen. Erst langsam, dann immer schneller. Dann fing sie zu tanzen an. Sie war entkommen und würde nie zurückkehren, weil er sie gerettet hatte.

Hinter ihm ging die Tür auf.

»Da war aber jemand ein sehr unartiger Junge, hmm?«

Als sie endlich wohlbehalten im Zug saß, wünschte sie zum ersten Mal in ihrem Leben, sie besäße ein Handy. Sie blickte sich um. Ein paar Plätze weiter entdeckte sie eine junge Frau, die einigermaßen harmlos aussah. Frieda ging zu ihr.

»Entschuldigen Sie.« Sie bemühte sich um einen nüchternen Ton, als hätte sie ein ganz gewöhnliches Anliegen. »Dürfte ich mir bitte ganz kurz Ihr Handy ausleihen?«

»Was?«

»Dürfte ich mir ganz kurz Ihr Handy ausleihen?«

»Sie haben Sie wohl nicht mehr alle!«

Frieda zog ihren Geldbeutel aus der Tasche. »Ich gebe Ihnen auch etwas dafür«, erklärte sie. »Einen Fünfer?«

»Einen Zehner.«

»Also gut, einen Zehner.«

Sie gab der Frau das Geld und bekam dafür deren Handy überreicht. Es handelte sich um ein sehr kleines und schmales Exemplar. Frieda brauchte mehrere Minuten, bis sie begriffen hatte, wie man damit einen einfachen Anruf tätigte. Ihre Hände zitterten immer noch.

»Hallo! Hallo! Bitte verbinden Sie mich mit Detective Inspector Karlsson.«

»Mit wem spreche ich?«

»Hier ist Dr. Klein. Frieda.«

»Bitte warten Sie einen Moment.«

Frieda wartete. Ihr Blick schweifte zum Fenster hinaus, wo eine Häuserruine nach der anderen vorüberzog.

»Dr. Klein?«

»Ja.«

»Ich fürchte, er ist gerade beschäftigt.«

Frieda musste daran denken, wie wütend er bei ihrem letzten Treffen gewesen war. »Es ist dringend«, erklärte sie, »ich habe eine sehr wichtige Information für ihn.«

»Tut mir leid.«

»Ich muss *sofort* mit ihm sprechen. Auf der Stelle.«

»Das geht leider nicht. Soll ich Sie mit jemand anderem verbinden?«

»Nein!«

»Möchten Sie, dass ich ihm etwas von Ihnen ausrichte?«

»Ja. Sagen Sie ihm, dass er mich schleunigst zurückrufen soll. Ich telefoniere von einem fremden Handy aus. Oje, ich weiß die Nummer nicht.«

»Die sehe ich auf meinem Display«, sagte die Stimme am anderen Ende.

»Ich erwarte seinen Rückruf.«

Sie behielt das Telefon in der Hand, in der Hoffnung, es möge jeden Moment klingeln. Der Zug hielt an, und eine Gruppe schmuddliger, pickeliger Teenager stieg zu. Abgesehen von einem mageren Mädchen, das unter seinem grob aufgetragenen Make-up aussah wie dreizehn, waren es lauter Jungs. Alle trugen ihre Jeans bis unter die Pobacken hängend. Frieda beobachtete, wie einer der Jungs dem Mädchen eine Dose mit weißem Cider an die Lippen hielt und ihr etwas davon einzuflößen versuchte. Obwohl sie den Kopf schüttelte, ließ er nicht locker, bis sie schließlich doch den Mund aufmachte und ihn einen Schluck hineinschütten ließ. Ein wenig ging daneben und rann an ihrem spitzen Kinn hinunter. Sie hatte den Reißverschluss ihres fellgefütterten Parkas geöffnet, sodass Frieda sehen konnte, dass sie darunter nur ein dünnes, vermutlich rückenfreies Oberteil mit Nackenverschluss trug, unter dem sich ihre flachen Brüste und knochigen Schlüsselbeine deutlich abzeichneten. Frieda ging durch den Kopf, dass dieses arme, halb verhungert wirkende Gör doch schrecklich frieren musste. Einen Augenblick überlegte sie, ob sie hinübergehen und den kichernden Teenagern mit ihrem Schirm eine überziehen sollte, verkniff es sich dann aber. Sie hatte an diesem Tag schon genug Unheil angerichtet.

Ruckelnd kam der Zug zum Stehen. Sie waren mittlerweile schon am nächsten Bahnhof angekommen. Als Frieda aus dem Fenster schaute, stellte sie fest, dass es inzwischen wieder schneite: Unglaublich große Flocken segelten am Fenster vorbei. Sie kniff die Augen zusammen: War der große Vogel, der dort drüben am Ufer so still und elegant zwischen den Dornbüschen stand, tatsächlich ein Reiher? Sie starrte wieder auf das Handy, als könnte sie es durch ihre bloße Willenskraft zum Läuten bringen. Als das nicht klappte, rief sie noch einmal bei der Polizei an, hörte am anderen Ende dieselbe Stimme, fragte ein weiteres Mal nach Karlsson und bekam erneut – in einem Ton, der vor lauter Höflichkeit ganz steif klang – die Auskunft, er könne ihren Anruf noch immer nicht entgegennehmen.

»Wer war die?«

Obwohl er sie das in ruhigem Ton fragte, wich sie vor ihm zurück.

»Ich weiß es nicht. Sie hat einfach an der Tür geklingelt.«

Dean nahm sie sanft am Kinn und hielt ihren Kopf so, dass sie ihm direkt in die Augen sah. »Was wollte sie?«

»Ich habe nur die Tür aufgemacht. Sie hat sich an mir vorbeigedrängt. Ich wusste nicht, wie ich sie aufhalten sollte. Sie hat sich als Ärztin ausgegeben.«

»Hat sie dir ihren Namen genannt?«

»Nein. Doch. Es war kein ganz gewöhnlicher Name.« Sie leckte über ihre violetten Lippen. »Frieda und irgendein kurzer Nachname. Ich weiß nicht mehr ...«

»Es wäre besser, du würdest dich erinnern.«

»Klein. Ja, genau. Frieda Klein.«

Er ließ ihr Kinn wieder los. »Dr. Frieda Klein. Und sie hat mich Alan genannt ...« Er lächelte seine Frau an und tätschelte ihr leicht die Schulter. »Warte auf mich. Rühr dich nicht von der Stelle.«

Der Zug ruckte einmal heftig und blieb dann mit quietschenden Bremsen stehen. Frieda beobachtete, wie das Mädchen noch mehr von dem Cider trank. Einer von den Jungs griff der Kleinen unter den Rock, woraufhin sie laut kicherte. Ihre Augen wirkten glasig. Ruckelnd setzte der Zug sich wieder in Bewegung. Frieda holte ihr Adressbuch aus der Tasche und blätterte es durch, bis sie auf den gewünschten Namen stieß. Sie überlegte einen Moment, ob sie die junge Frau noch einmal um ihr Handy bitten sollte, entschied sich jedoch dagegen. Als der Zug schließlich durch den langsam fallenden Schnee in den nächsten Bahnhof einfuhr und ächzend zum Stehen kam, stieg sie aus und steuerte schnurstracks auf die Telefonzelle neben dem Ausgang zu. Wie sich herausstellte, nahm das Ding keine Münzen an. Frieda musste ihre Kreditkarte einschieben, bevor sie wählen konnte.

»Dick? Hier ist Frieda. Frieda Klein.«

»Dick« war Richard Lacey, seines Zeichens Professor für Neurologie an der Universität von Birmingham. Sie hatte ihn vier Jahre zuvor auf einer Konferenz kennengelernt. Er hatte sie ein paarmal eingeladen, mit ihm auszugehen, aber sie hatte immer unter irgendeinem Vorwand abgelehnt. Trotzdem waren sie locker in Kontakt geblieben. Er war genau der Mann, den sie jetzt brauchte.

Ein Mann mit guten Verbindungen, der Gott und die Welt kannte.

»Frieda? Du hast lange nichts von dir hören lassen! Wo bist du denn abgeblieben?«

»Ich brauche einen Namen«, antwortete Frieda.

28

Frieda hatte für diesen Vormittag sämtliche Patiententermine abgesagt, kam aber rechtzeitig zurück, um ihre Nachmittagssitzungen wahrnehmen zu können, einschließlich der mit Alan. Während sie zu ihrer Praxis marschierte, hatte sie das Gefühl, immer noch nach Dean Reeves Haus zu riechen: nach kaltem Rauch und Katzenscheiße. Die Dämmerung brach bereits herein. Nur noch drei Tage bis zum kürzesten Tag des Jahres. Aus dem Schneefall des Vormittags war mittlerweile ein Schneeregen geworden, der auf der Straße zu matschigen Rinnsalen schmolz. Frieda hatte in ihren Stiefeln feuchte Füße, und ihre Haut fühlte sich wund an. Sie sehnte sich nach ihrem Haus, ihrem Sessel am Kaminfeuer.

Alan war der Letzte ihrer Patienten. Sie hatte sich vor dem Wiedersehen mit ihm gefürchtet, ihm mit fast körperlichem Widerwillen entgegengeblickt und musste sich noch einmal wappnen, als er schließlich zur Tür hereinkam. Sein Gesicht war von der Kälte ganz rot, und auf seinem Dufflecoat zeichneten sich dunkle Wasserflecken ab. Obwohl Frieda unter den langen Ärmeln ihres Pullis vor Anspannung die Fäuste ballte, zwang sie sich, ihn in ruhigem Ton aufzufordern, ihr gegenüber Platz zu nehmen. Sein Gesicht sah nicht anders aus als bei ihrem letzten Treffen, und auch nicht anders als das des Mannes, dem sie ein paar Stunden zuvor begegnet war. Es fiel ihr schwer, ihn nicht offen anzustarren. Sollte sie ihm sagen, was sie wusste? Aber wie konnte sie das? Was sollte sie sagen? Ich habe ohne Ihr Wissen und Einverständnis in Ihrem Leben herumgeschnüffelt, weil ich herausfinden wollte, ob das, was Sie mir innerhalb dieser vier Wände unter dem Siegel der Verschwiegenheit anvertraut haben, der Wahrheit entsprach, und bei der Gelegenheit herausgefunden, dass Sie einen eineiigen Zwilling haben? Oder wusste er das schon? War das sein Geheimnis, das er sowohl ihr als auch seiner Frau verschwieg? War da womöglich irgendeine seltsame Verschwörung im Gange?

»Was soll ich machen, wenn ich Weihnachten nicht zurechtkomme?«

Er sprach mit ihr. Sie bemühte sich, seine Worte zu verstehen und ihm eine vernünftige Antwort zu geben. In seiner unsicheren Stimme schwang für sie die ganze Zeit die kräftigere, fast ein wenig spöttisch klingende von Dean Reeve mit. Bei der Begegnung mit Dean hatte sie Alan in ihm gesehen, und nun sah sie in Alan Dean. Ihre Sitzung war schon wieder vorüber; Alan war bereits aufgestanden und zwängte seinen stämmigen Körper mühsam in den Dufflecoat, um anschließend mit größter Sorgfalt die Knebelverschlüsse zu schließen. Zum Abschied dankte er Frieda und erklärte, er wüsste gar nicht, wie er das alles ohne sie durchstehen sollte, woraufhin sie ihm steif die Hand schüttelte. Nun, da er endlich weg war, ließ sie sich erschöpft in ihren Sessel zurücksinken und presste die Finger an die Schläfen.

Dean stand auf der anderen Straßenseite und rauchte eine weitere Zigarette. Obwohl er dort schon seit fast zwei Stunden wartete, war sie bisher nicht herausgekommen. Wenn sie endlich kam, würde er ihr folgen und sehen, wohin das führte, aber in ihrem Zimmer brannte immer noch Licht, und gelegentlich konnte er durchs Fenster schemenhafte Gestalten ausmachen. Er schaute sich jede Person, die das Gebäude betrat oder verließ, ganz genau an. Manche waren wegen des Schneeregens so vermummt, dass er ihre Gesichter nicht sehen konnte. Ihm selbst machte das kalte, scheußliche Wetter nicht so viel aus. Er gehörte nicht zu den Waschlappen, die keine nassen Füße bekommen durften und schon bei den ersten Regentropfen den

Schirm aufspannten oder sich in die Eingänge der Läden und Büros drängten, um zu warten, bis es wieder aufhörte.

Auf der anderen Straßenseite ging erneut die Tür auf, und eine Gestalt kam heraus. Er selbst kam heraus. Als der Mann sich umblickte, war sein Gesicht ganz deutlich zu erkennen. Es bestand kein Zweifel. Dean erstarrte. Reglos blieb er stehen, bis die Gestalt fast außer Sichtweite war. Dann breitete sich auf seinem Gesicht plötzlich ein Lächeln aus, und er streckte eine Hand in Richtung des Mannes aus, der ihm wie aus dem Gesicht geschnitten war, als könnte er ihn auf diese Weise zurückholen.

Na so was. Ma, du verschlagener alter Fuchs!

Frieda blieb zehn Minuten mit geschlossenen Augen in ihrem Sessel sitzen, ohne sich ein einziges Mal zu bewegen. Sie versuchte, wieder Ordnung in das Durcheinander ihrer Gedanken zu bringen. Dann stand sie abrupt auf, zog ihren Mantel an, schaltete das Licht aus, drehte zweimal den Schlüssel im Schloss um und ging.

Ihr Weg führte sie schnurstracks zu Reubens Haus. Sie zweifelte nicht daran, dass er da sein würde. Er und Josef hatten sich angewöhnt, abends immer gemeinsam Bier und Wodka zu trinken und sich dabei irgendeine Quizsendung anzusehen. Reuben schrie die Antworten laut hinaus, und jedes Mal, wenn er richtig lag, prostete Josef ihm bewundernd zu.

Wider Erwarten stand Reuben allein in der Küche und briet sich ein Omelett. Von Josef war nichts zu sehen, obwohl sein alter weißer Lieferwagen vor der Tür parkte, und zwar mit dem Vorderreifen auf dem Gehsteig.

»Er ist oben«, erklärte Reuben.

»Allein?«

Reuben grinste Frieda herausfordernd an, fast als wollte er sie zu einer missbilligenden Bemerkung provozieren. Sie warf einen Blick auf das Foto von Josefs Frau und Söhnen, das immer noch per Magnet an der Kühlschranktür befestigt war. Mit ihrer steifen Pose, ihrer altmodischen Kleidung und den dunklen Augen sahen die drei aus, als gehörten sie in eine ganz andere Welt. »Ich wollte sowieso erst mit dir reden. Ich brauche deinen Rat.«

»Seltsam, dass du den ausgerechnet jetzt brauchst, wo ich als Ratgeber nicht gerade in Bestform bin.«

»Es ist etwas passiert.«

Während Frieda zu erzählen begann, verspeiste Reuben sein Omelett gleich direkt aus der Bratpfanne. Hin und wieder schüttelte er Tabascosoße darüber oder griff nach seinem Glas, um einen Schluck Wasser zu trinken. Nach einer Weile aber hörte er zu essen auf, legte seine Gabel beiseite und schob die Pfanne von sich weg. Während des gesamten Rests der Geschichte verhielt er sich mucksmäuschenstill, auch wenn Frieda in den kurzen Pausen das Gefühl hatte, oben ein Bett ächzen zu hören.

»So«, sagte sie, als sie fertig war. »Wie denkst du darüber?«

Reuben stand auf. Er ging zu seiner neu eingebauten Terrassentür und blickte auf den matschigen, ungepflegten Garten hinaus. In der Dunkelheit waren nur die von Schnee und Nässe niedergedrückten Formen der Büsche und ein paar kahle Bäume auszumachen und dahinter die beleuchteten Fenster einer anderen Küche. Das Ächzen im oberen Stockwerk schien aufgehört zu haben. Reuben drehte sich um.

»Du hast eine Grenze überschritten«, meinte er grinsend. Aus unerfindlichen Gründen schien ihn das sehr heiter zu stimmen.

»Nicht nur eine, sondern gleich mehrere.«

»Also, ich denke folgendermaßen darüber: Erstens solltest du zur Polizei gehen. Was das betrifft, lasse ich kein Nein gelten.« Er zählte die Punkte an den Fingern ab: »Zweitens solltest du Alan alles sagen, was du über ihn weißt, und drittens solltest du mit diesem Experten aus Cambridge sprechen. Die

Reihenfolge ist mir egal, Hauptsache, du machst das alles möglichst schnell.«

»Ja, gut.«

»Ach – und viertens, melde dich selbst zu einer Therapiesitzung an. Ich war ja schließlich nicht dein einziger Tutor. Hast du noch zu jemandem aus der alten Riege Kontakt?«

»Da fällt mir nur eine Tutorin ein, die ich recht gern mochte, aber die habe ich als Betreuerin schon vor Jahren auf Eis gelegt.«

»Vielleicht ist es an der Zeit, sie wieder aufzutauen. Jedenfalls solltest du dich wegen der Sache nicht so quälen. Das passt nicht zu dir.«

Frieda erhob sich. »Eigentlich wollte ich Josef fragen, ob er mich nach Cambridge fährt, aber es ist wohl kein besonders guter Zeitpunkt, ihn darum zu bitten.«

»Ich glaube, die sind schon fertig.« Reuben ging hinaus in die Diele und rief durchs Treppenhaus nach oben: »Josef! Hast du mal eine Minute?«

Oben war eine gedämpfte Antwort zu hören, und kurz darauf kam Josef barfuß die Treppe herunter. Als er Frieda entdeckte, schaute er leicht betreten drein.

Frieda ging durch den Regent's Park zurück, die Hände tief in den Manteltaschen vergraben. Der kalte Nordwind fühlte sich gut an, als würde er ihre Gedanken ersticken. Nachdem sie die Euston Road überquert hatte, machte sie einen kurzen Abstecher in einen Laden und kaufte sich eine Packung Nudeln, ein Glas Soße, einen Beutel Salat und eine Flasche Rotwein. Zu Hause angekommen, suchte sie gerade nach ihrem Schlüssel, als sie plötzlich erschrocken zusammenzuckte, weil jemand sie an der Schulter berührte.

»Alan«, stieß sie hervor, »was, zum Teufel, machen Sie hier?«

»Es tut mir leid. Ich muss unbedingt mit Ihnen reden. Ich konnte nicht warten.«

Frieda blickte sich hilflos um. Sie kam sich vor wie ein wildes Tier, das ein Jäger bis zu seinem Bau zurückverfolgt hatte. »Sie kennen die Regeln«, sagte sie, »wir müssen uns daran halten.«

»Ich weiß, ich weiß, aber …«

Sein Ton klang flehend. Sein Dufflecoat war falsch zugeknöpft, sein Haar zerzaust. Sein Gesicht wirkte von der Kälte fleckig. Frieda hielt inzwischen ihren Schlüssel in der Hand und brauchte ihn nur noch ins Schloss zu stecken. Sie hatte viele Regeln, aber die wichtigste – diejenige, die sie auf keinen Fall verletzen wollte –, besagte, nie einen Patienten in ihr Haus zu lassen. Es war der Wunschtraum eines jeden Patienten, sich Zutritt zu ihrem Leben zu verschaffen und herauszufinden, wie sie wirklich war – um sie dadurch irgendwie zu fassen zu kriegen und bei ihr das Gleiche zu versuchen, was sie bei ihren Patienten versuchte: hinter ihre Geheimnisse zu kommen. Andererseits hatte sie bereits so viele Regeln gebrochen, dass es darauf nun auch nicht mehr ankam.

Sie schob den Schlüssel ins Schloss und drehte ihn herum.

»Fünf Minuten«, sagte sie.

Er betrachtete seine Hand. Die Finger hatten sich in dürre Zweige verwandelt. Niemand würde ihn nun noch essen wollen. Auch seine schmutzigen nackten Füße waren keine Füße mehr, sondern Wurzeln, die langsam in die Erde krochen. Bald würde er sich nicht mehr bewegen können, da war er sich ganz sicher.

Aber sie rissen ihn hoch und wickelten ihn ein. Er spürte, wie seine Zweige knackten und seine Wurzeln in einen Sack gesteckt wurden. Dann stopften sie ihm den Mund mit Erde voll und versenkten ihn in neuer Dunkelheit. Das kleine Schwein musste zum Markt. Wer würde eine Goldmünze für ihn zahlen? Er wurde gepackt und hochgehoben, woraufhin er noch tiefer in den Sack sank und die Stimmen keuchten und grobe Worte sagten. Die Hexe rief, dass Simon sagte, Simon sagte, aber Simon sagte gar nichts, denn sein Mund war verschlossen, und er hatte keine Stimme mehr.

Holterdipolter, holterdipolter. Dann lag er plötzlich auf etwas Hartem, und über ihm knallte etwas. Die Dunkelheit wurde noch dunkler, und es gab einen neuen Geruch, ölig und tief. Er hörte ein lautes Husten, ein Prusten und dann ein Summen, das klang wie das Geräusch, das die Hexenkatze machte, wenn sie ihm die Krallen in seine wunde Haut schlug, nur lauter. Sein Körper prallte auf und ab. Mehrere Male schlug sein Kopf gegen den harten Untergrund.

Dann lag er wieder ganz still. Er hörte ein Klicken und spürte, wie grobe Finger durch den Sack nach ihm tasteten – auf der Suche nach seiner Schulter, seinem weichen Oberschenkel. Er wusste, dass sein Körper sich auflöste, denn er spürte, wie der Schmerz durch ihn strömte wie ein Fluss und dabei in jede Ritze von ihm drang. Das Wort für »warum?« hatte er vergessen, und auch an das Wort für »bitte« konnte er sich nicht mehr erinnern. Es war nichts mehr übrig. Kein Matthew. Holterdipolter über den Boden. Kalt. So kalt. Kalt wie Feuer. Etwas klapperte und ruckte, dann keuchten die Stimmen wieder, und plötzlich wurde er aus dem Sack gezogen.

Zwei Gesichter in der Finsternis. Münder, die sich öffneten und schlossen. Simon sagte, aber er konnte nicht sprechen. Sie schoben ihn in ein Loch. War das ein Ofen? Obwohl seine Finger inzwischen Zweige waren, Eiszapfen, viel zu scharfkantig, um gegessen zu werden? Aber es konnte gar kein Ofen sein, denn da war keine Hitze, sondern nur eine pochende, kalte Dunkelheit. Sein Mund wurde freigelegt, und er öffnete ihn, aber es kam nichts heraus. Nur Atem.

»Einen einzigen Laut, und du wirst in kleine Stücke geschnitten und an die Vögel verfüttert«, verkündete die Stimme des Hexenmeisters. »Hörst du?«

Hörte er? Nun hörte er jedenfalls nichts mehr, außer dem Geräusch eines Steins, der über den Boden geschleift wurde.

Dann war schwarze Nacht, kalte Nacht, stille Nacht und verlorene Nacht, und nur sein Herz sagte noch etwas. Wie eine Trommel unter seiner trockenen Haut. Ich-bin, ich-bin, ich-bin.

29

Ich habe gestern mit Alan gesprochen«, bemerkte Frieda.

Es war so ziemlich das Erste, was sie sagte. Seit Josef sie mit seinem Lieferwagen abgeholt hatte, erzählte er ihr von Reuben, seiner Arbeit und seiner Familie. Als Frieda sich nun zu Wort meldete, klang es fast, als spräche sie zu sich selbst.

»Deswegen kommt er doch zu Ihnen, oder nicht?«

»Er stand plötzlich vor meiner Haustür. Irgendwie hat er herausgefunden, wo ich wohne, und ist einfach bei mir zu Hause aufgetaucht. Natürlich hatte ich zu ihm gesagt, wenn es ihm schlecht gehe, könne er sich jederzeit bei mir melden, aber dabei dachte ich an einen Anruf und nicht an einen Überraschungsbesuch. Ich empfinde so etwas als eine Verletzung der Privatsphäre. Unter normalen Umständen hätte ich ihn gleich wieder weggeschickt. Vielleicht hätte ich sogar die Therapie mit ihm abgebrochen und ihn an jemand anderen überwiesen.«

Josef gab ihr keine Antwort. Er wechselte mit seinem Lieferwagen gerade mehrere Fahrbahnen hintereinander. »Wir nehmen die Autobahn, oder?«

»Ja.« Instinktiv riss Frieda die Hände vors Gesicht, als er in eine Lücke zwischen zwei Lastwagen einscherte.

»Keine Angst«, beruhigte er sie.

Frieda blickte sich um. Sie hatten bereits eine recht ländlich anmutende Gegend erreicht: winterliche, frostbedeckte Felder, auf denen hin und wieder ein paar einzelne Bäume standen.

»Eine Verletzung der Privatsphäre«, wiederholte Josef nachdenklich. »Haben Sie das bei mir auch gedacht, als ich zu Ihrem Haus gekommen bin?«

»Das ist doch etwas ganz anderes«, entgegnete Frieda,

»schließlich machen Sie keine Therapie bei mir. Meine Patienten stelle ich in der Regel vor ein großes Rätsel. Viele von ihnen haben Fantasien, die mich betreffen, und etliche verlieben sich sogar in mich. Das geht aber nicht nur mir so. Es ist eine Begleiterscheinung des Berufs. Trotzdem muss man da ein bisschen aufpassen.«

Josef sah zu ihr hinüber. »Verlieben Sie sich auch?«

»Nein«, antwortete Frieda. »Als Therapeut weiß man alles über seine Patienten, man kennt ihre Fantasien, ihre geheimen Ängste, ihre Lügen. Man verliebt sich nicht in jemanden, über den man all das weiß. Ich erzähle meinen Patienten ganz bewusst nichts von meinem Leben, und ich lasse sie für gewöhnlich nicht mal in die Nähe meines Hauses.«

»Was haben Sie dann mit Alan gemacht?«

»Meine Regel gebrochen«, erwiderte Frieda. »Ich habe ihn in mein Haus gelassen, wenn auch nur für ein paar Minuten. In diesem besonderen Fall musste ich mir eingestehen, dass er ein Recht darauf hatte, neugierig zu sein.«

»Sie haben ihm alles erzählt?«

»Wie soll ich ihm alles erzählen, wenn ich es selbst noch kaum verstehe? Deswegen fahren wir jetzt ja hier heraus.«

»Was haben Sie ihm gesagt?«

Frieda schaute aus dem Fenster. Wie seltsam, zehn Minuten außerhalb von London auf einem Bauernhof zu leben. Sie hatte sich immer vorgestellt, dass sie, sollte sie London je verlassen, irgendwo ganz weit draußen leben würde, Stunden oder gar Tage von der Stadt entfernt. Ein stillgelegter Leuchtturm wäre gut. Oder vielleicht sogar ein nicht stillgelegter. Konnten Therapeuten auf Leuchtturmwärter umschulen? Gab es überhaupt noch Leuchtturmwärter?

»Es war ziemlich schwierig«, berichtete Frieda. »Ich habe versucht, es ihm möglichst schonend beizubringen. Vielleicht habe ich dabei auch nur *mich* zu schonen versucht. Wie soll man jemandem wirklich schonend beibringen, dass er einen

Bruder hat, von dem er bisher nichts wusste?« Frieda war nicht sicher, inwieweit Josef überhaupt verstand, was sie sagte.

»War er wütend auf Sie?«

»Er hat eigentlich kaum eine Reaktion gezeigt. Abgesehen davon, dass er ganz still wurde«, antwortete Frieda. »Viele Leute verfallen vor lauter Schock erst mal in eine seltsame Art von Starre, wenn man ihnen etwas wirklich Einschneidendes mitteilt – etwas, das ihr ganzes Leben verändert. Ich habe ihm erklärt, dass ich ihm bestimmt bald mehr dazu sagen könne, aber dass die Polizei vielleicht noch einmal ins Spiel kommen werde – wobei ich das natürlich nicht mit Sicherheit weiß. Ich habe keine Ahnung, ob die Sache tatsächlich etwas mit dem kleinen Jungen zu tun hat oder ob da meine Fantasie mit mir durchgegangen ist. Jedenfalls habe ich ihm gesagt, dass es mir leidtäte, falls es noch einmal dazu kommen sollte, aber dass es diesmal nicht das Geringste mit ihm zu tun habe. Das war viel harter Tobak auf einmal.«

»Was hat er gesagt?«

»Ich habe versucht, ihm einen Kommentar zu entlocken, aber er wollte nicht darüber sprechen. Er hat nur für eine Weile den Kopf in die Hände sinken lassen. Vielleicht hat er sogar geweint, da bin ich mir aber nicht sicher. Ich nehme an, er braucht Zeit für sich allein, um über das alles nachzudenken. So etwas muss sich erst einmal setzen.«

»Glauben Sie, er will seinen Zwilling kennenlernen?«

»Keine Ahnung«, erwiderte Frieda. »Darüber denke ich auch schon die ganze Zeit nach. Ich habe das Gefühl, dazu wird es nicht kommen. Meiner Meinung nach geht es Alan in erster Linie um die Schuldgefühle, die er empfindet, deren Ursache er aber nicht versteht. Am meisten hat ihn erschüttert, dass ich noch einmal mit der Polizei reden will. Die Vorstellung, erneut zu der Sache befragt zu werden, macht ihm offenbar schwer zu schaffen. Deswegen war es gut, dass er es gleich von mir erfahren hat. Ich dachte eigentlich, er würde deswegen wieder sauer auf mich werden, aber dafür war er wohl zu schockiert. Er ist einfach gegangen. Ich hatte das Gefühl, ihn im Stich zu lassen. Eigentlich ist es ja meine Aufgabe, meinem Patienten zu helfen.«

»Sie finden die Wahrheit«, meinte Josef zuversichtlich.

»In meiner Berufsbeschreibung steht aber nichts von Wahrheitsfindung«, entgegnete Frieda. »Das Ziel sollte eigentlich sein, den Patienten im Umgang mit seinen Problemen zu unterstützen.«

Frieda warf einen Blick auf die Route, die sie ausgedruckt hatte. Es war ganz einfach zu finden. Nach einer weiteren halben Stunde auf der M11 verließen sie die Autobahn und fuhren in Richtung eines kleinen Dorfes, das nur ein paar Kilometer von Cambridge entfernt war.

»Hier muss es sein«, sagte Frieda.

Josef bog in eine kurze gekieste Auffahrt ein, die zu einem großen georgianischen Haus führte. Auf beiden Seiten der Zufahrt parkten schimmernde Nobelkarossen, so dass es schwierig war, mit dem Lieferwagen durchzukommen. »Die Autos sehen teuer aus«, stellte Josef fest.

»Versuchen Sie, ihnen möglichst keine Schrammen zu verpassen«, gab ihm Frieda zur Antwort. Als sie schließlich ausstieg, spürte sie, wie ihre Füße in den feinen Kieselsteinen versanken. »Möchten Sie mitkommen? Ich könnte Sie als meinen Assistenten ausgeben.«

»Ich höre ein bisschen Radio«, entgegnete Josef, »davon wird mein Englisch besser.«

»Es ist wirklich nett von Ihnen, dass Sie sich die Zeit genommen haben«, erklärte sie. »Ich bezahle Sie natürlich.«

»Sie können bezahlen, indem Sie für mich kochen«, sagte er. »Ein englisches Weihnachtsessen.«

»Ich glaube, es wäre besser, mein Geld anzunehmen«, erwiderte Frieda.

»Nun gehen Sie schon«, sagte er. »Worauf warten Sie noch?«

Frieda tat, wie ihr geheißen, und kämpfte sich durch die Kieselsteine bis zur Haustür vor, die mit einem prächtigen Weihnachtskranz geschmückt war. Sie drückte auf die Klingel, aber nachdem sie im Haus nichts hörte, betätigte sie schließlich den großen Messingklopfer. Das ganze Haus schien zu wackeln. Eine Frau in einem langen, aufwendig gearbeiteten Kleid öffnete ihr die Tür. In Erwartung eines Gastes lächelte sie herzlich, doch bei Friedas Anblick verschwand das Lächeln aus ihrem Gesicht.

»Ach, Sie sind es«, stellte sie fest.

»Ist Professor Boundy zu sprechen?«, fragte Frieda.

»Ich hole ihn«, antwortete die Frau. »Er kümmert sich gerade um unsere Gäste.« Sie zögerte einen Moment, ehe sie hinzufügte: »Sie kommen wohl besser herein.«

Frieda trat in eine große Diele. Sie hörte gedämpfte Stimmen. Als die Frau den Raum durchquerte, hallte das Klacken ihrer Absätze über den Holzboden. Sie öffnete eine Tür, und Frieda erhaschte einen Blick auf eine Gruppe von Leuten: Männer in Anzügen, Frauen in schicken Kleidern. Während Frieda wartete, ließ sie den Blick durch die Diele schweifen. Auf einer Seite wand sich eine mit Schnitzereien verzierte Holztreppe nach oben. In einer Mauernische stand ein Bonsai. Als Frieda Schritte hörte, drehte sie sich um und sah einen Mann auf sich zukommen. Sein graues Haar war streng nach hinten gekämmt, und auf seiner Nase funkelte eine randlose Brille. Er trug einen dunklen Anzug mit einer bunt gemusterten Krawatte.

»Wir wollten gerade mit unseren Gästen essen«, erklärte er. »Hat es einen bestimmten Grund, dass Sie nicht am Telefon mit mir sprechen wollten?«

»Fünf Minuten«, sagte Frieda, »länger brauchen wir nicht.«

Er warf einen demonstrativen Blick auf seine Uhr. Frieda fand es fast amüsant, so unhöflich behandelt zu werden.

»Wir gehen vielleicht besser in mein Arbeitszimmer.«

Er geleitete sie in einen Raum am anderen Ende der Diele,

der fast ganz aus Bücherwänden zu bestehen schien, abgesehen von einer Glasfassade mit einer Terrassentür, durch die man auf eine weite Rasenfläche gelangte. Ein Pfad führte vom Haus weg zum Prunkstück des Gartens, einer Laube mit einem gemauerten Sitzplatz. Der Professor ließ sich hinter einem hölzernen Schreibtisch nieder. »Dick Carey hat Sie in den höchsten Tönen gepriesen«, bemerkte er. »Er hat gesagt, Sie müssten unbedingt mit mir sprechen, und die Sache dulde keinen Aufschub. Deswegen habe ich mich bereit erklärt, Sie zu empfangen, obwohl Weihnachten ist und meine Familie mit mir feiern möchte.« Er löste den Verschluss seiner Uhr und legte sie auf den Schreibtisch. »Also fassen Sie sich kurz.«

Er deutete auf einen Sessel, doch Frieda ignorierte die Aufforderung, ging stattdessen zum Fenster und blickte einen Moment hinaus. Sie überlegte, wie sie beginnen sollte. »Ich habe etwas sehr Seltsames erlebt«, erklärte sie, als sie sich schließlich wieder umwandte. »Ein Patient von mir hat gewisse familiäre Probleme. Ein wichtiger Faktor ist dabei, dass er adoptiert wurde. Er wurde als Säugling ausgesetzt und weiß nicht das Geringste über seine leiblichen Eltern. Er hat auch nie den Versuch unternommen, sie zu finden. Ich glaube, er wüsste gar nicht, wie er das anstellen sollte.«

Sie hielt einen Moment inne.

»Hören Sie«, sagte Professor Boundy, »wenn es Ihnen darum geht, irgendwelche Angehörigen aufzuspüren …«

Frieda unterbrach ihn: »Durch gewisse Umstände bin ich an die Adresse eines Mannes gelangt, von dem ich dachte, er könnte etwas mit meinem Patienten zu tun haben. Normalerweise mache ich so etwas nicht, aber in diesem Fall bin ich einfach unangemeldet zu der Adresse gefahren.« Frieda war plötzlich fast verlegen. »Es fällt mir ziemlich schwer, es zu erklären. Als ich das Haus betrat, kam es mir vor, als wäre ich in einen Traum hineingeraten. Vielleicht hätte ich vorausschicken sollen, dass ich schon einmal bei Alan im Haus war. Alan ist mein

Patient. Als ich dann das andere Haus betrat, hatte ich das Gefühl: ›Hier war ich schon mal.‹ Die Häuser waren keineswegs identisch eingerichtet, aber jedes hatte etwas an sich, das jeweils an das andere erinnerte.«

Sie warf einen Blick zu Professor Boundy hinüber. Würde er sie für verrückt halten? Würde er sie auslachen?

»Inwiefern?«, fragte er.

»Zum Teil war es nur so ein Gefühl«, antwortete Frieda. »Beide Häuser hatten etwas Beklemmendes. Dabei wirkte Alans Haus mit seinen vielen kleinen Räumen durchaus gemütlich. In dem anderen Haus war die Raumeinteilung ähnlich, aber dort fand ich die beklemmende Wirkung noch schlimmer. Ich bekam fast ein bisschen Platzangst. Es war, als wollten die Bewohner das Licht aussperren. Mir sind aber auch noch andere, ungewöhnlichere Ähnlichkeiten aufgefallen. Zum Beispiel bewahren beide Männer ihre Sachen in kleinen, ordentlich beschrifteten Schubfächern auf. Darüber hinaus gab es richtige seltsame Übereinstimmungen. Besonders verblüfft war ich, als ich feststellte, dass beide Männer einen ausgestopften Vogel herumstehen haben, Alan einen armen kleinen Eisvogel und Dean einen Falken. Das war wirklich unheimlich. Ich wusste gar nicht, was ich davon halten sollte.«

Sie sah Professor Boundy an. Er hatte sich zurückgelehnt, die Arme vor der Brust verschränkt und den Blick zur Decke gerichtet. Wartete er nur darauf, dass sie zum Ende kam?

»Aber es war mehr als das«, fuhr Frieda fort. »Das Ganze erschien mir wie ein Traum. Als ich Dean Reeves Haus betrat, hatte ich wie gesagt das Gefühl, schon einmal dort gewesen zu sein. Als wäre ich an einen Ort zurückgekehrt, an dem ich als kleines Kind gelebt hatte. Kennen Sie das? Man weiß, man war schon mal dort, aber man weiß nicht, warum. Beide Häuser hatten so eine eigenartige Ausstrahlung. Eine Art drückende Schwüle, die einem die Luft raubt. Jedenfalls sprach ich gerade mit seiner Lebensgefährtin oder Ehefrau, als plötzlich er selbst – dieser Dean – auftauchte. Einen Moment dachte ich, dass es Alan sei und dass er ein Doppelleben führe. Dann begriff ich, dass Alan nicht nur als Baby ausgesetzt wurde, sondern darüber hinaus auch noch einen Zwilling hat, von dem er nichts weiß.«

»Er wurde ausgesetzt, *weil* er einen Zwilling hatte«, erwiderte Professor Boundy.

»Was?«

Es klopfte, und die Tür ging auf. Es war die Frau, die Frieda hereingelassen hatte. »Wir setzen uns gerade zum Essen, Liebling. Soll ich ihnen sagen, dass du gleich kommst?«

»Nein.« Professor Boundy machte sich nicht einmal die Mühe, sich ihr zuzuwenden. »Fangt einfach ohne mich an.«

»Wir können auch auf dich warten.«

»Nun geh schon.«

Die Frau – offensichtlich Boundys Ehefrau – bedachte Frieda mit einem argwöhnischen Blick.

»Und mach die Tür hinter dir zu!«, fügte Boundy in lautem Ton hinzu. Die Arbeitszimmertür wurde sanft zugezogen.

»Bitte entschuldigen Sie«, sagte er. »Darf ich Ihnen etwas anbieten? Vielleicht ein Glas Champager? Wir haben ihn eben erst aufgemacht.« Frieda schüttelte den Kopf. »Jedenfalls wollte ich Ihnen gerade erklären«, fuhr er fort, »dass es Mütter gibt, die mit Zwillingen überfordert sind und deswegen eines der Kinder zur Adoption freigeben. Oder eines einfach aussetzen.« Boundy blickte wieder kurz zur Decke hoch, doch dann fixierte er Frieda plötzlich mit beinahe brutaler Direktheit. »Also, warum sind Sie die ganze Strecke nach Cambridge gefahren, um mit mir zu sprechen?«

»Wegen der seltsamen Dinge, die ich Ihnen gerade erzählt habe. Ich frage mich die ganze Zeit, was genau ich da erlebt habe, als ich das Haus betrat. Ein bisschen fühlte es sich an wie Zauberei, aber ich glaube nicht an Zauberei. Ich habe mit Dick Carey gesprochen und mich daraufhin über Sie informiert und erfahren, dass Sie sich besonders für Zwillinge interessieren, die getrennt voneinander aufgewachsen sind. Mir ist natürlich klar, dass solche Fälle für die Debatte über das Thema Vererbung versus Erziehung von beträchtlicher Bedeutung sind. Ich habe ein paar Studien darüber gelesen. Aber das, worauf ich in dem Haus gestoßen bin, war nach meinem Empfinden nicht mehr durch Wissenschaft oder Vernunft zu erklären. Für mich hat sich das eher angefühlt wie eine Art komplizierte Scharade. Als wollte jemand meinem Gehirn einen bösen Streich spielen. Aus diesem Grund musste ich unbedingt mit einem Fachmann sprechen.«

Boundy lehnte sich wieder zurück. »Auf dem Gebiet bin ich wirklich Fachmann«, erklärte er. »Mir geht es vor allem um die Frage, welche Rolle genetische Faktoren bei der Persönlichkeitsentwicklung spielen. Die Forschung interessiert sich ja seit jeher für Zwillinge. Das Problem ist, dass sie für gewöhnlich nicht nur die gleichen Gene haben, sondern auch in der gleichen Umgebung aufwachsen. Am liebsten würden wir Forscher uns zwei eineiige Zwillinge schnappen und sie an verschiedenen Orten aufwachsen lassen, nur um zu sehen, wie sich das unterschiedliche Umfeld auf sie auswirkt. Bedauerlicherweise dürfen wir das nicht, aber manchmal, wenn auch nur ganz selten, tun Eltern uns den Gefallen, ihre Zwillinge gleich nach der Geburt zu trennen. Solche eineiigen Zwillinge sind für unsere Zwecke ideal. Ihre genetische Ausrüstung ist identisch, sodass jeder Unterschied in ihrer Entwicklung durch das Umfeld bedingt sein muss. Aus diesem Grund haben wir jahrelang nach solchen Zwillingen Ausschau gehalten, und jedes Mal, wenn wir welche fanden, haben wir ihre Lebensgeschichte ganz genau unter die Lupe genommen und zusätzlich alle möglichen Persönlichkeitstests und medizinischen Untersuchungen mit ihren durchgeführt.«

»Und zu welchen Ergebnissen sind Sie gekommen?«

Boundy stand auf, trat an eines der Bücherregale und zog

einen Band heraus. »Das habe ich geschrieben«, erklärte er. »Besser gesagt, ich und noch jemand. Aber die Ideen stammen von mir. Sie sollten es lesen.«

»Könnten Sie mir vielleicht vorab …?«

Boundy legte das Buch fast ehrfürchtig auf den Schreibtisch und ließ sich dann halb auf der Tischkante nieder. »Vor gut zwanzig Jahren habe ich auf einer Konferenz in Chicago meinen ersten Vortrag über unsere Ergebnisse gehalten. Die Basis bildete eine Studie zu sechsundzwanzig Zwillingspaaren, die jeweils getrennt voneinander aufgewachsen sind. Können Sie sich vorstellen, wie meine Kollegen reagiert haben?«

»Nein.«

»Das war eine rhetorische Frage. Sie zerfielen in zwei Lager: diejenigen, die mich der Inkompetenz, und diejenigen, die mich der Unehrlichkeit bezichtigten.«

»Wie meinen Sie das?«, fragte Frieda.

»Nehmen wir zum Beispiel den Fall, wo ein Zwilling in Bristol lebte und der andere in Wolverhampton. Als sie mit Ende dreißig wiedervereint wurden, stellten sie fest, dass sie beide jeweils eine Frau namens Jane geheiratet hatten, mittlerweile aber geschieden und in zweiter Ehe mit einer Frau namens Claire verheiratet waren. Beide hatten als Hobby eine Miniatureisenbahn, beide schnitten die Sammelcoupons aus ihren Cornflakespackungen und beide trugen Schnauzbart und Koteletten. Oder nehmen wir ein weibliches Zwillingspaar. Eine lebte in Edinburgh, die andere in Nottingham. Die eine arbeitete als Sprechstundenhilfe bei einem Arzt, die andere bei einem Zahnarzt. Beide trugen vorzugsweise Schwarz, beide litten unter Asthma und hatten solche Angst vor Aufzügen, dass sie sogar in sehr hohen Gebäuden lieber die Treppe benutzten. Und so weiter und so fort. Als wir uns zum Vergleich zweieiige Zwillinge genauer ansahen, fanden wir kaum derartige Übereinstimmungen.«

»Warum dann die Anschuldigungen?«

»Die anderen Psychologen glaubten mir einfach nicht. Was hat Hume noch mal über Wunder gesagt? Dass alles andere – Betrug, menschliche Fehleinschätzung, was auch immer – wesentlich wahrscheinlicher sei und man daher von einer dieser anderen Möglichkeiten ausgehen solle. Genau das taten auch meine Kollegen. Nach meinem Vortrag standen sie auf und erklärten, ich müsse mich irren. Bestimmt hätten die Zwillinge sich in Wirklichkeit doch gekannt. Oder meine Leute hätten bei ihren Recherchen nur die Ähnlichkeiten herausgepickt und den Rest unter den Tisch fallen lassen. Meine Kritiker argumentierten, beim Vergleich von zwei Menschenleben ließen sich vermutlich immer ein paar seltsame Übereinstimmungen finden.«

»Ich glaube, ich wäre auch skeptisch gewesen«, gab Frieda zu.

»Glauben Sie, ich war nicht skeptisch? Wir haben alles überprüft. Die Zwillinge wurden von anderen Mitarbeitern ein zweites Mal befragt, das ganze Umfeld wurde ebenfalls genau unter die Lupe genommen, alles noch einmal gründlich recherchiert. Wir haben nach Kräften versucht, unsere ersten Ergebnisse zu widerlegen, aber sie erwiesen sich als richtig.«

»Aber wenn es tatsächlich stimmt«, sagte Frieda, »was, zum Teufel, hat das dann zu bedeuten? Wir reden hier doch wohl nicht von einer Art übersinnlicher Wahrnehmung, denn in diesem Fall …«

Boundy lachte. »Nein, natürlich nicht. Aber Sie sind Therapeutin. Sie gehen davon aus, dass wir vernunftbegabte Wesen sind, die über ihre Probleme reden können und …«

»Das trifft nicht genau …«

Boundy sprach weiter, als hätte er ihren Einwand gar nicht gehört. »Die Leute reden immer davon, dass unser menschliches Gehirn wie ein Computer funktioniert. Wenn man das so sehen will – obwohl es nicht ganz den Tatsachen entspricht –, dann kommt dieser Computer mit einer Menge bereits installierter Software zur Welt. Sie wissen schon – wie eine weibliche Schildkröte, die ihr ganzes Leben im Meer verbringt. Sie bekommt von ihrer Mutter nicht beigebracht, wie man sich an Land begibt, dort seine Eier legt und sie hinterher verbuddelt. Bestimmte Neuronen beginnen einfach auf eine für uns noch unverständliche Art Impulse auszusenden, woraufhin die Schildkröte genau weiß, was sie zu tun hat. Meine Zwillingsstudien belegen, dass vieles, wovon wir glauben, es handle sich dabei um Reaktionen auf das jeweilige Umfeld oder um persönliche Entscheidungen, die auf freiem Willen beruhen, in Wirklichkeit angeborene Verhaltensmuster sind.« Boundy breitete die Hände aus wie ein Zauberer, der gerade einen besonders cleveren Trick vorgeführt hatte. »Bitte schön! Problem gelöst. Sie brauchen keine Angst zu haben, wahnsinnig zu werden.«

»Na, da bin ich aber froh«, antwortete Frieda, wirkte dabei aber gar nicht so, als wäre sie sonderlich erleichtert.

»Das Problem ist, dass solche getrennten Zwillinge seltener werden. Sozialarbeiter und Adoptionsagenturen tendieren zunehmend dazu, sie zusammenzulassen. Für die Zwillinge ist das natürlich gut, für Leute wie mich eher weniger.« Er runzelte die Stirn. »Aber Sie haben meine Frage noch nicht beantwortet. Warum war die Angelegenheit so dringend?«

Frieda wirkte irgendwie abwesend. »Sie haben mir sehr geholfen«, murmelte sie, »aber nun muss ich noch etwas erledigen.«

»Vielleicht kann ich Ihnen helfen. Wollen Sie mehr über die Familie Ihres Patienten herausfinden?«

»Ja, wahrscheinlich.«

»Mein Team hat sehr viel Erfahrung darin, solche verschütteten Familiengeschichten auszugraben. Auf eine diskrete Weise, versteht sich. Wir haben im Lauf der Jahre ein paar recht nützliche – wenn auch inoffizielle – Kontakte aufgebaut. Meine Leute verstehen sich darauf, verwandtschaftliche Verhältnisse aufzuspüren, von denen die Betroffenen selbst gar keine Ahnung haben. Wahrscheinlich ähnelt unsere Methode derjenigen, über die Sie wohl eher zufällig gestolpert sind, bloß dass wir dabei ein bisschen systematischer vorgehen.«

»Was von Vorteil sein könnte«, räumte Frieda ein.

»Wenn ich Ihnen also irgendwie behilflich sein kann …«, sagte Professor Boundy. Er klang inzwischen weniger ungehalten, fast schon freundlich. »Vielleicht könnte ich auf diese Weise wiedergutmachen, dass ich anfangs so unhöflich zu Ihnen war. Was ich sehr bedaure, aber Sie sind mitten in eine dieser schrecklichen Festivitäten geplatzt, zu denen wir unsere Nachbarn einladen. Sie kennen so etwas sicher. Es ist der unpassendste Zeitpunkt des Jahres.«

»Verstehe.«

»Natürlich kann ich meine Leute erst nach den Feiertagen auf die Sache ansetzen. Wie Sie sicher wissen, macht das Geschäftsleben Englands jetzt erst einmal rund zehn Tage Pause. Aber wenn Sie mir die Namen dieser zwei Brüder nennen, und vielleicht auch ihre Adressen oder andere wichtige Informationen, über die Sie verfügen, dann könnten wir möglicherweise ein paar Nachforschungen anstellen, sobald wir alle wieder im Einsatz sind.«

»Welche Art Nachforschungen?«, fragte Frieda.

»Beispielsweise bezüglich ihrer Stammbäume«, antwortete er, »und ob es mal Probleme mit dem Sozialamt gab oder Vorstrafen oder Kreditprobleme. Diese Informationen wären natürlich nur für unsere Augen bestimmt. Wir sind da sehr diskret.«

Er griff nach dem Buch auf seinem Schreibtisch und reichte es Frieda. »Wenn Sie das lesen, können Sie sich davon überzeugen, wie diskret wir sind.«

»Also gut«, sagte Frieda und notierte die beiden Namen und Adressen.

»Wahrscheinlich kommt nicht viel dabei heraus«, erklärte Professor Boundy. »Ich kann Ihnen nichts versprechen.«

»Das macht nichts.«

Er nahm ihr das Buch wieder aus der Hand. »Lassen Sie es mich noch signieren«, sagte er. »Vielleicht kann ich Sie auf diese Weise davon abhalten, es gleich an der nächsten Ecke zu verkaufen.« Er schrieb etwas hinein und gab es ihr zurück.

Frieda warf einen Blick auf die Widmung. »Vielen Dank.«

»Möchten Sie vielleicht zum Essen bleiben?«

Sie schüttelte den Kopf. »Sie waren mir eine große Hilfe, aber ich habe es leider sehr eilig.«

»Das verstehe ich«, antwortete er. »Ich bringe Sie hinaus.«

Während er sie zur Haustür begleitete, sprach er über Kollegen, von denen er dachte, Frieda könnte sie auch kennen, und Konferenzen, auf denen sie sich vielleicht schon mal über den Weg gelaufen waren. Als er schließlich die Hand ausstreckte, um sich von ihr zu verabschieden, fiel ihm noch etwas ein. »Getrennte Zwillinge sind wirklich etwas Interessantes«, sagte er. »Ich habe mal einen Artikel über Zwillinge geschrieben, bei denen der eine jeweils schon im Mutterleib gestorben war. Die Überlebenden schienen das zu wissen, auch wenn sie es nicht wussten. Es ist, als wären sie von einer unbestimmten Trauer erfüllt und ewig auf der Suche nach etwas, von dem sie eigentlich gar nicht wissen können, dass sie es verloren haben.«

»Wie wirkt sich das denn auf ein Menschenleben aus?«, fragte Frieda. »Dieses Gefühl, dass einem ein Stück fehlt – wie geht man damit um?«

»Keine Ahnung«, antwortete Boundy. »Es scheint mir aber ein wichtiger Aspekt zu sein.« Er schüttelte ihre Hand. »Ich hoffe, wir sehen uns bald mal wieder.«

Er blieb an der Tür stehen und verfolgte, wie sie einstieg und der Lieferwagen langsam die Zufahrt entlangzuckelte, wobei er beinahe den dort parkenden Mercedes rammte, der dem Leiter von Professor Boundys College gehörte. Nachdem er die Haustür geschlossen hatte, eilte er noch immer nicht zu seinen Gästen, sondern blieb einen Moment nachdenklich stehen. Dann kehrte er in sein Arbeitszimmer zurück, zog die Tür hinter sich zu und griff zum Telefon.

»Kathy? Hier ist Seth. Was machst du denn gerade? … Hör zu, lass es sein und komm her, dann erzähle ich dir, worum es geht … Ich weiß, dass Weihnachten ist. Weihnachten ist nächstes Jahr auch wieder, aber eine Sache wie diese passiert einem nur einmal im Leben.« Er warf einen Blick auf seine Uhr. »In einer halben Stunde? … Gut. Ich erwarte dich.«

Lächelnd legte Boundy auf. Drüben hörte er Stimmengewirr und das Klirren der Gläser.

30

Nachdem Frieda wieder eingestiegen war, schaltete Josef das Radio aus und sah sie erwartungsvoll an.

»Lassen Sie uns von hier verschwinden«, sagte sie, »und leihen Sie mir Ihr Handy. Ich muss dringend jemanden anrufen.«

Doch wie sich herausstellte, mussten sie erst ein paar Kilometer fahren, ehe sie wieder Empfang hatten. Als schließlich das entsprechende Zeichen auf dem Handydisplay erschien, bat Frieda Josef anzuhalten.

»Ich rauche eine«, erklärte er und stieg aus.

Frieda rief währenddessen bei der Polizei an. »Ich muss mit Detective Inspector Karlsson sprechen. Vermutlich ist er samstags nicht im Haus, und mir ist klar, dass Sie mir seine private Festnetznummer nicht geben werden, aber ich nenne Ihnen jetzt eine Handynummer, und dann richten Sie ihm bitte von mir aus, dass er mich umgehend anrufen soll. Sagen Sie ihm, wenn er sich nicht innerhalb der nächsten zehn Minuten bei mir meldet, rufe ich bei den Zeitungen an und gebe denen die Informationen über Matthew Faraday, die er selbst offenbar nicht hören will. Richten Sie es ihm bitte in genau diesen Worten aus.« Die Frau am anderen Ende setzte zu einer Erwiderung an, doch Frieda schnitt ihr das Wort ab. »Zehn Minuten«, wiederholte sie.

Sie beobachtete Josef, der mit heiterer Miene am Straßenrand saß. Er hatte sich für einen Platz unter einem kahlen Baum entschieden, der, nachdem er in dieser flachen Landschaft wohl schon jahrzehntelang dem Wind ausgesetzt gewesen war, eine recht einseitige und krumme Form angenommen hatte. Der Himmel wirkte weiß und das umgepflügte Feld hinter Josef wie ein gefrorenes braunes Meer.

Das Handy klingelte.

»Hier Frieda.«

»Was, zum Teufel, soll das?«

»Wir müssen uns sofort treffen. Wo sind Sie?«

»Zu Hause. Ich habe heute meine Kinder. Ich kann nicht weg.

»Wo wohnen Sie?« Sie notierte sich die Adresse, die er ihr nannte, auf einem Fetzen Papier. »Ich bin gleich da.«

Sie öffnete die Tür und rief nach Josef. »Nach Hause?«, fragte er, als er wieder in den Lieferwagen stieg.

»Können Sie mich vorher noch schnell zu jemand anderem fahren?«

Karlsson wohnte ganz in der Nähe von Highbury Corner in einem viktorianischen Doppelhaus, das in mehrere Wohnungen unterteilt worden war. Als Frieda die paar Stufen zur Haustür hinaufging, konnte sie durch das Fenster direkt unter ihr einen Blick in die Souterrainwohnung werfen, in der er lebte. Genau in dem Moment, als sie hineinspähte, lief er mit einem kleinen Mädchen auf dem Arm in ihr Gesichtsfeld. Die Kleine umklammerte ihn wie ein Koalabärjunges seine Mutter.

Das war auch noch so, als er die Tür aufmachte. Er wirkte unrasiert und trug Jeans und eine dicke blaue Strickjacke. Das kleine Mädchen hatte goldblonde Locken und mollige nackte Beinchen. Sie schluchzte vor sich hin, die feuchte Wange an seine Brust gepresst. Vorsichtig öffnete sie ein leuchtend blaues Auge und sah Frieda einen Moment an, dann schloss sie es wieder.

»Wo bleiben Sie denn so lange?«

»Fußballstau.«

»Sie haben sich keinen guten Zeitpunkt ausgesucht.«

»Ich wäre gar nicht hier, wenn Sie nicht alle meine Anrufe ignoriert hätten.« Das große Wohnzimmer war mit Spielsachen und Kinderklamotten übersät. Auf dem Sofa saß ein kleiner Junge, der sich gerade irgendeinen Zeichentrickfilm anschaute und nebenbei Popcorn futterte. Behutsam befreite Karlsson sich aus der Umklammerung seiner Tochter und setzte sie neben ihren Bruder. Ihr Schluchzen wurde lauter.

»Nur noch ein paar Minuten«, sagte er, »dann fahr ich mit euch beiden zum Schwimmen, das verspreche ich. Gib ihr ein bisschen was von dem Popcorn ab, Mikey.«

Ohne den Blick vom Bildschirm abzuwenden, hielt ihr der Junge den Behälter hin, woraufhin sie eine Handvoll nahm und sie sich in den Mund stopfte. Ein paar kleine weiße Flocken blieben an ihrem Kinn kleben. Frieda und Karlsson begaben sich ans andere Ende des Raums, von wo aus Frieda durchs Fenster Josef in seinem Lieferwagen sitzen sehen konnte. Karlsson stellte sich leicht schräg hinter sie, als wollte er seine Kinder von ihr abschirmen.

»Also?«

Frieda berichtete von den Ereignissen der vergangenen Tage, und währenddessen wurde Karlssons Haltung immer steifer, und der gereizte, ungeduldige Gesichtsausdruck, mit der er ihr zunächst gegenübergetreten war, verwandelte sich in höchste Konzentration. Als sie fertig war, schwieg er einen Moment. Dann griff er nach seinem Handy.

»Ich muss jemanden organisieren, der auf die Kinder aufpasst. Ihre Mutter lebt in Brighton.«

»Das könnte ich doch machen«, bot Frieda an.

»Sie kommen mit mir.«

»Wie wär's mit Josef?«

»Josef?«

Frieda deutete zum Lieferwagen hinaus.

»Wie bitte?«, bellte Karlsson. »Sind Sie wahnsinnig?«

»Er ist ein Freund von mir«, entgegnete Frieda ruhig. »Er hat sich auch schon sehr nett um einen Kollegen von mir gekümmert. Normalerweise arbeitet er auf dem Bau.«

Karlsson wirkte immer noch skeptisch. »Sie verbürgen sich für ihn?«

»Er ist ein Freund.«

Sie ging zu Josef hinaus.

»Nach Hause?«, fragte er sie erneut. »Mir ist kalt, und Hunger habe ich inzwischen auch.«

»Sie müssen für mich auf zwei kleine Kinder aufpassen«, antwortete sie, »und ab jetzt sagen wir Du.«

Er wirkte keineswegs überrascht, sondern nickte nur ergeben, ehe er aus dem Wagen stieg. Sie wusste nicht recht, ob er sie überhaupt verstanden hatte.

»Die beiden werden vermutlich nicht begeistert sein. Vielleicht versuchst du es einfach mit … ich weiß es ja auch nicht … Süßigkeiten oder so was. Du wirst bald abgelöst.«

»Schließlich bin ich selbst Vater«, erklärte er würdevoll.

»Ich komme so schnell wie möglich zurück«, versprach Frieda.

Ehe Josef die Wohnung betrat, wischte er sich an der Türmatte sehr gründlich die Stiefel ab. Karlsson tauchte bereits mit Mantel und Tasche auf. »Darf ich Sie meinen Kindern vorstellen?«, wandte er sich an Josef. »Ihre Mutter wird in etwa anderthalb Stunden hier sein. Danke fürs Einspringen. Mikey, Bella, dieser Mann wird auf euch aufpassen, bis Mummy kommt. Seid brav.«

Die beiden Kinder starrten Josef an. Bella öffnete den Mund.

»Ich bin Josef«, sagte er, ehe sie losheulen konnte, und machte seine kleine, steife Verbeugung.

31

Es klingelte an der Tür. Dean Reeve wandte nicht mal den Kopf. Er hatte damit gerechnet. Rasch erhob er sich und lief nach oben, wo Terry mit unregelmäßigen Pinselstrichen den kleinen Raum weiß tünchte. Sie war fast fertig, es fehlte höchstens noch ein knapper Quadratmeter. Er streichelte ihr übers Haar. »Alles in Ordnung?«

»Klar.«

»Das möchte ich dir auch geraten haben.«

»Ich sage doch, dass alles in Ordnung ist.« Es klingelte erneut. »Willst du nicht aufmachen?«, fragte sie.

»Die laufen schon nicht weg. Sieh zu, dass du hier fertig wirst, und zwar schnell.«

Er ging hinunter und öffnete die Tür. Es war nicht der Besuch, mit dem er gerechnet hatte. Vor ihm stand eine junge Frau mit randloser Brille. Ihr braunes Haar war ordentlich zurückgebunden, nur ein paar einzelne Strähnen fielen ihr in die Stirn. Bekleidet war sie mit einer schwarzen Wildlederjacke und einer blauen Jeans. Die Hose steckte in Lederstiefeln, die ihr fast bis zu den Knien reichten. Sie trug eine lederne Aktentasche. »Sind Sie Dean Reeve?«, fragte sie lächelnd.

»Und wer sind Sie?«

»Sie müssen entschuldigen, dass ich Sie einfach so überfalle. Mein Name ist Kathy Ripon, und ich bin gekommen, um Ihnen ein Angebot zu unterbreiten. Ich arbeite für eine Universität, und wir befragen zu Forschungszwecken willkürlich ausgewählte Personen. Sie müssten lediglich mit mir zusammen einen Fragebogen durchgehen. Es handelt sich um einen ganz einfachen Persönlichkeitstest. Es würde nur eine halbe Stunde

Ihrer Zeit in Anspruch nehmen oder höchstens ein bisschen länger. Ich würde Ihnen dabei helfen, und natürlich erhalten Sie für Ihren Zeitaufwand eine Entschädigung. Meine Arbeitgeber zahlen Ihnen hundert Pfund.« Sie lächelte. »Nur dafür, dass Sie ein schlichtes Formular ausfüllen. Wobei ich Ihnen auch noch helfe.«

»Für so was habe ich keine Zeit.« Er machte Anstalten, die Tür wieder zu schließen.

»Bitte! Es dauert doch nicht lange. Sie werden es bestimmt nicht bereuen.«

Er kniff die Augen zusammen. »Ich habe Nein gesagt.«

»Wie wäre es mit hundertfünfzig?«

»Was soll das?«, fragte er. »Mal ehrlich. Warum ausgerechnet ich?«

»Das ist reiner Zufall.«

»Warum ist Ihnen dann so viel daran gelegen, dass ich es mache? Klopfen Sie doch einfach an der nächsten Tür.«

»Die Sache hat wirklich keinen Haken«, erklärte sie, obwohl sie mittlerweile ein wenig nervös wirkte. »Ihr Name wird in keiner Veröffentlichung auftauchen. Wir erforschen lediglich verschiedene Persönlichkeitstypen.« Sie zog eine Geldbörse aus ihrer Manteltasche, nahm eine Karte heraus und hielt sie ihm hin. Es war ein Universitätsausweis mit einem Foto von ihr. »Sehen Sie? Für dieses Institut arbeite ich. Sie dürfen gerne meinen Chef anrufen, wenn Sie wollen, oder einen Blick auf unsere Website werfen.«

»Ich frage Sie noch einmal: Warum ich?«

Dieses Mal wirkte ihr Lächeln ein wenig verhalten. Das Geld reichte für gewöhnlich aus, um ihr alle Türen zu öffnen. Sie begriff nicht, wo das Problem lag. »Unser Computer hat zufällig Ihren Namen ausgespuckt. Wir suchen für unsere Studie möglichst viele unterschiedliche Leute, und Ihr Name stand eben auch auf der Liste. Sie bekommen hundert Pfund für eine halbe Stunde Ihrer Zeit. Das Ganze ist in null Komma nichts vorbei.«

Dean überlegte kurz. Er betrachtete die nervöse Miene der jungen Frau und ließ dann den Blick über ihre Schulter hinweg die menschenleere Straße entlangschweifen. »Also gut, kommen Sie rein.«

»Danke.«

Einen Moment empfand sie einen Anflug von Unruhe, schüttelte das ungute Gefühl aber sofort wieder ab und trat ins Haus.

»Ich glaube nicht, dass Sie mir die ganze Wahrheit sagen«, erklärte er. Mit einem kleinen, aber entschiedenen Klicken fiel die Tür hinter ihnen ins Schloss.

Dunkel, so dunkel. Sehr ruhig. Leises Wassergetröpfel. Mit trockener, geschwollener Zunge die Nässe kosten. Eisengeschmack. Das Rascheln winziger Füße. Sind da lange gelbe Zähne, die schon darauf warten, kleine Stückchen für die Vögel abzubeißen? Nur nichts sagen. Kein Wort. Lieber vor Kälte verbrennen als ein Wort sagen.

Ein Kratzen. Ein Keuchen. Hellere Dunkelheit, die den weichen Augen wehtut. Die leise Stimme des Meisters. Nur nichts sagen. Keinen Laut. Nicht einmal atmen.

Wieder das Kratzen, dann dunklere Dunkelheit.

O nein. O nein. Dieses Geräusch, das kam nicht von ihm. Es klang wie das Keuchen eines wilden Tiers. Wie ein wildes Tier, das neben ihm schrie. Wieder und immer wieder. Da war etwas, das nach ihm tastete, ihn schüttelte und dabei plärrte und schrie. Endloses Geschrei. Schrill und wahnsinnig. Gleich würden ihm davon die Ohren platzen. Er durfte nicht sprechen. Es war ein Test, und er musste ihn bestehen, denn wenn er ihn nicht bestand, dann war es vorbei.

Es ging immer weiter. Das Geschrei war um ihn herum und in ihm drin, ein schwellendes, hallendes Kreischen, dem er nicht entkommen konnte. Die Finger über die Ohren gelegt, den Körper zusammengerollt. Kopf auf Stein, scharfe Knie auf scharfen Steinen. Sand in den Augen, brennende Haut, mach keinen Laut. Es war einmal ein kleiner Junge.

Es lief nicht so, wie Frieda sich das vorgestellt hatte. Sie sprangen nicht in den Wagen, um schnurstracks zu dem Haus zu fahren. Stattdessen fand Frieda sich eine Stunde später in Karlssons Büro wieder, wo eine uniformierte Beamtin ihre Aussage aufnahm, während Karlsson mit gerunzelter Stirn an der Wand lehnte. Anfangs konnte Frieda sich vor Ungeduld kaum beherrschen.

»Warum sitzen wir hier herum?«, fragte sie. »Halten Sie die Sache denn nicht für ein ganz klein wenig dringend?«

»Je schneller wir Ihre Aussage haben, desto schneller bekommen wir einen Durchsuchungsbefehl und können handeln.«

»So viel Zeit haben wir nicht.«

»Sie sind diejenige, die uns aufhält.«

Frieda musste tief Luft holen, um nicht zu explodieren.

»Also gut«, sagte sie so ruhig, wie sie nur konnte, »was wollen Sie von mir hören?«

»Fassen Sie sich kurz«, antwortete Karlsson. »Es geht nur darum, dass der Richter uns den Durchsuchungsbefehl gibt. Also bitte keine Einzelheiten über Träume oder Fantasien oder was auch immer das war, was ihrem Patienten im Kopf herumspukte. Am besten, Sie erwähnen gar nichts davon.«

»Sie meinen, ich soll nicht die Wahrheit sagen?«

»Beschränken Sie sich einfach auf den Teil der Wahrheit, den wir für das Prozedere brauchen.« Er wandte sich mit fragender Miene an Yvette Long. »Bereit?« Lächelnd ließ die Beamtin ihren Kugelschreiber klicken. Frieda wusste sofort Bescheid. Verliebt in ihren Chef, dachte sie. Karlsson überlegte einen Moment. »Sagen Sie etwas in der Art: ›Während seiner Therapiesitzungen machte mein Patient Alan Dekker gewisse Bemerkungen, die darauf hindeuteten, dass sein Bruder Dean Reeve etwas zu tun haben könnte mit der Entführung von bla, bla, bla.‹«

»Warum diktieren Sie es nicht einfach selbst?«

»Wenn wir zu sehr ins Detail gehen, fängt der Richter womöglich an, unangenehme Fragen zu stellen. Falls wir den Jungen finden, spielt es hinterher keine Rolle mehr, ob der entscheidende Tipp vom Mann im Mond kam. Wir brauchen einfach nur den Durchsuchungsbefehl.«

Während Frieda eine kurze Aussage machte, nickte Karlsson die meiste Zeit zustimmend. Nur hin und wieder konnte er sich einen Kommentar nicht verkneifen.

»Das reicht«, sagte er schließlich.

»Ich unterschreibe Ihnen alles«, erklärte Frieda, »Hauptsache, Sie tun etwas.«

Yvette reichte ihr das Formular in zweifacher Ausfertigung. Frieda unterzeichnete beide Exemplare.

»Was soll ich als Nächstes tun?«, fragte Frieda.

»Sie können nach Hause gehen und tun, was Sie wollen.«

»Und was machen Sie?«

»Unsere Arbeit. Wir warten auf den Durchsuchungsbeschluss, der in ein, zwei Stunden eintreffen müsste.«

»Kann ich denn nicht irgendwie helfen?«

»Polizeiarbeit ist kein Zuschauersport.«

»Das ist nicht fair«, entgegnete Frieda. »Schließlich haben Sie erst durch mich davon erfahren.«

»Wenn Sie bei polizeilichen Ermittlungen mitwirken wollen, müssen Sie zur Polizei gehen.« Er riss sich am Riemen. »Entschuldigen Sie. Ich wollte nicht… Hören Sie, ich melde mich bei Ihnen und berichte über den Stand der Dinge, sobald es mir möglich ist. Mehr kann ich wirklich nicht tun.«

Als sie wieder zu Hause war, kam Frieda sich vor wie ein Kind, das man fünf Minuten vor Ende des Films aus dem Kino gezerrt hatte. Zunächst tigerte sie nervös in ihrem Wohnzimmer auf und ab. Die ganze Action spielte sich anderswo ab. Was konnte sie nur tun? Sie versuchte vergeblich, Josef auf seinem Handy zu erreichen. Als sie daraufhin bei Reuben anrief, erfuhr sie lediglich, dass Josef noch nicht zurück sei. Sie ließ sich ein heißes Bad einlaufen und legte sich hinein, wobei sie die meiste Zeit den Kopf unter Wasser hielt und erfolglos versuchte, nicht nachzudenken. Frustriert stieg sie wieder aus der Wanne und schlüpfte in eine Jeans und ein altes Shirt. Sie hatte definitiv ein paar Dinge zu erledigen. Beispielsweise galt es, so etwas wie Weihnachtspläne zu schmieden. Das verdrängte sie nun schon seit Wochen, aber irgendetwas musste sie schließlich machen. Außerdem musste sie mit ein paar Patienten Ersatztermine für die abgesagten Sitzungen vereinbaren. In der momentanen Situation aber erschien es ihr völlig unmöglich, auch nur einen einzigen Gedanken an so etwas zu verschwenden.

Sie kochte sich eine ganze Kanne Kaffee und trank eine Tasse nach der anderen. Auf einmal kam sie sich vor wie das Versuchskaninchen in einem psychologischen Experiment, das demonstrieren sollte, wie schnell ein Mangel an Kontrolle und Autonomie zu heftigen, fast schon lähmenden Angstsymptomen führen konnte. Draußen war es bereits stockdunkel, als es gegen sechs an ihrer Haustür klingelte. Es war Karlsson.

»Bringen Sie gute Nachrichten?«

Karlsson schob sich an ihr vorbei. »Sie wollen wissen, ob wir ihn gefunden haben? Nein, haben wir nicht.« Er griff nach Friedas halb voller Kaffeetasse und nippte daran. »Der ist ja kalt«, stellte er fest.

»Ich kann Ihnen frischen kochen.«

»Machen Sie sich keine Umstände.«

»Ich hätte mitkommen sollen.«

»Wozu?«, fragte Karlsson in sarkastischem Ton. »Um einen Blick in den Schrank zu werfen, den wir übersehen haben?«

»Ich hätte gern Dean Reeves Reaktion gesehen.«

»Er wirkte ziemlich selbstsicher, falls Sie das meinen. Wie ein Mensch, der nichts zu verbergen hat.«

»Außerdem war ich vorher schon einmal in dem Haus. Ich

hätte Ihnen sagen können, ob die beiden seitdem etwas verändert haben.«

»Bedauerlicherweise gestattet uns so ein Durchsuchungsbeschluss nicht, Touristen mitzunehmen.«

»Moment«, sagte Frieda.

Sie schenkte den restlichen Kaffee aus der Kanne in eine frische Tasse und stellte sie kurz in die Mikrowelle, ehe sie sie Karlsson reichte. »Möchten Sie etwas dazu?«, fragte sie. »Oder hinein?«

Er schüttelte den Kopf und nahm einen Schluck.

»Dann hat sich das also auch erledigt«, bemerkte Frieda.

»Dieses Phantombild von kürzlich... die Rekonstruktion des Frauengesichts...«, begann Karlsson.

»Was ist damit?«

»Haben Sie den Ausdruck noch?«

»Ja.«

Sie schwiegen beide einen Moment.

»Ich wollte nicht nur wissen, ob Sie ihn noch haben. Wären Sie vielleicht so freundlich, ihn zu holen, damit ich ihn mir noch einmal ansehen kann?«

Wortlos verließ Frieda den Raum und kehrte mit dem zerknüllten Ausdruck zurück. Sie legte ihn auf den Tisch und strich das Blatt einigermaßen glatt. »Da konnte sich jemand nicht beherrschen«, bemerkte sie.

Karlsson beugte sich darüber und betrachtete das Gesicht.

»Während die Kollegen das Haus auf den Kopf gestellt haben, bin ich durchs Schlafzimmer gewandert und dabei auf das hier gestoßen.« Er zog ein kleines gerahmtes Foto aus der Seitentasche seiner Jacke und legte es neben den Ausdruck. »Erinnert Sie das an was?«

32

Es ist dieselbe Frau«, sagte Frieda.

»Zumindest sieht sie ihr ähnlich.« Karlsson rieb sich heftig mit der Hand übers Gesicht.

»Ja, meinen Sie?«

»Natürlich.«

Er betrachtete sie mit grimmiger Miene.

»Das ist die Frau, an die Rose sich erinnert hat«, erklärte Frieda.

»Rose hat sich nicht erinnert. Man hat sie per Multiple Choice durch eine Bilderserie gelotst, die am Ende auf dieses Gesicht hier reduziert wurde. Das ist nicht dasselbe wie sich erinnern.«

»Aber es ist trotzdem die Frau. Natürlich ist sie es. Fällt Ihnen dazu eine andere Erklärung ein?«

»Es bedarf keiner gottverdammten Erklärung! Durch eine Abfolge von vorgegebenen Bildern wurde einer gestörten jungen Frau ein Gesicht suggeriert, das sie unter Umständen vor zwanzig Jahren mal gesehen hat, das aber genauso gut auch ein Produkt ihrer Fantasie sein könnte. Und zufällig ähnelt dieses Gesicht ein wenig einem Frauenfoto aus dem Haus eines Mannes, der gerade ansatzweise verdächtigt wird, ein anderes Verbrechen begangen zu haben. Was glauben Sie, wie das vor Gericht ankäme?«

Frieda gab ihm keine Antwort.

»Von Matthew nach wie vor keine Spur. Und wenn ich sage, keine Spur, dann meine ich damit: nicht die geringste. Keinen Faden, keine Faser. In dem Haus gab es einen Raum, den sie gerade frisch gestrichen haben. Die Farbe war noch feucht. Mal angenommen, sie hätten ihn dort gefangen gehalten, dann wäre jetzt jede Spur von ihm überdeckt. Wissen Sie, was ich glaube? Ich glaube, dass er längst tot ist und ich mich gerade für dumm verkaufen lasse. Es kommt mir vor, als wollte mich jemand in eine Welt aus Schatten und Hoffnungen locken. Wenn es die Eltern des Jungen wären, könnte ich es ja noch verstehen. Aber Sie steigen voll darauf ein.«

Frieda betrachtete das Foto so eindringlich, dass ihr davon fast schon der Kopf schmerzte. »Es ist ein altes Familienfoto«, stellte sie fest.

»Ja, wahrscheinlich.«

»Schauen Sie mal.« Frieda legte eine Hand über den oberen Teil des Bildes, sodass das Haar der Frau abgedeckt war.

»Was?«

»Sehen Sie denn nicht die Ähnlichkeit? Mit Dean Reeve, und auch mit Alan. Es muss seine Mutter sein. *Ihre* Mutter.« Frieda begann nachdenklich vor sich hin zu murmeln.

»Sollte ich jetzt verstehen, was Sie da von sich geben?«

»Wissen Sie noch, wie ich zu Ihnen gesagt habe, Joanna könnte von einer Frau entführt worden sein? Mit einem Mann wie Dean Reeve wäre sie bestimmt nicht mitgegangen. Aber vielleicht mit ihr. Meinen Sie nicht auch?«

»Tut mir leid«, antwortete Karlsson, »aber ich war in Gedanken wohl gerade bei anderen Dingen. Unter anderem muss ich eine Ermittlung leiten, Leute verhören, diversen falschen Spuren nachgehen und alle möglichen anderen Lappalien erledigen. Es gibt so etwas wie Regeln. Wir brauchen konkrete Anhaltspunkte, handfeste Beweise.«

Frieda ignorierte ihn. Sie fixierte das Foto, als könnte sie es auf diese Weise zur Herausgabe seiner Geheimnisse zwingen. »Ob sie wohl noch lebt? Rein vom Alter her wäre das durchaus denkbar.«

»Das lässt sich herausfinden«, sagte er.

Plötzlich fiel Frieda wieder ein, was sie ihn schon die ganze Zeit fragen wollte. »Ist mit Ihren Kindern alles in Ordnung?«

»Sie sind wieder bei ihrer Mutter, falls Sie das meinen.«

»Sind die beiden mit Josef klargekommen?«

»Er hat Pfannkuchen für sie gemacht und ihnen mit wasserfester Tinte Muster auf die Beine gezeichnet.«

»Gut«, meinte sie grinsend, wurde aber gleich wieder ernst. »Behalten Sie Dean im Auge?«

»Klar, auch wenn es nicht viel nützen wird«, gab Karlsson in grimmigem Ton zurück. »Selbst wenn Sie richtig liegen, weiß er jetzt ja, dass wir ihn auf dem Kieker haben.«

»Sie meinen, er wird Sie nicht zu Matthew führen, weil er davon ausgeht, dass Sie ihn beobachten?«

»Genau.«

»Aber wenn die beiden Matthew irgendwo anders versteckt haben, müssen sie ihm doch etwas zu essen und zu trinken bringen.«

Er zuckte mit den Achseln. Seine Miene wirkte düster. »Wahrscheinlich ist dieser Dean gar nicht unser Mann«, gab er zu bedenken, »und wenn doch, dann hat er den Jungen wahrscheinlich längst getötet. Sollte er sich damit aber wider Erwarten noch Zeit gelassen haben, dann hat er ihn vermutlich umgebracht, nachdem Sie an seine Tür geklopft hatten. Und wenn nicht … nun, dann braucht er jetzt nur auf seinem Hintern sitzen zu bleiben und zu warten.«

Karlsson beugte sich über Rose, die gerade das Foto studierte. In ihrer kleinen Küche war es kalt. Ein hässlicher brauner Fleck verunzierte die Decke des Raums. Der Heizkörper an der Wand gurgelte, und ein Wasserhahn tropfte.

»Und?«, fragte er schließlich.

Rose blickte zu ihm hoch. Ihm fiel auf, was für eine bleiche, zarte Haut sie hatte und wie deutlich man die feinen blauen Äderchen unter der Oberfläche sehen konnte.

»Ich weiß nicht«, sagte sie.

»Aber Sie sind der Meinung, sie könnte es sein?« Am liebsten hätte er sie an ihren schmalen Schultern gepackt und geschüttelt.

»Ich weiß nicht«, wiederholte sie, »ich kann mich nicht erinnern.«

»Das Bild weckt bei Ihnen also keine Erinnerung?«

Sie schüttelte traurig den Kopf. »Damals war ich doch noch ein kleines Mädchen«, erklärte sie. »Ich habe das alles längst vergessen.«

Karlsson richtete sich auf. Sein Rücken schmerzte, und sein Nacken fühlte sich steif und wund an. »Natürlich«, sagte er. »Was habe ich eigentlich erwartet?«

»Es tut mir leid. Aber Sie wollen doch nicht, dass ich etwas sage, das Sie auf eine falsche Spur bringt?«

»Warum nicht?« Sie erschraken beide über sein plötzliches lautes Lachen. »Alle anderen tun das doch auch.«

Frieda saß an ihrem kleinen Schachtisch und spielte eine Partie aus ihrem Buch berühmter Spiele nach, Beliawski gegen Nunn aus dem Jahr 1985. Bedächtig ließ sie ihre Figuren, die an der Unterseite mit Filz überzogen waren, auf dem Brett vorrücken. Im Kamin flackerte ein Feuer. Die Uhr tickte vor sich hin, die Minuten vergingen. Ein Bauer nach dem anderen fiel, während die Königin weiter vorrückte. Frieda musste an Dean und Alan denken, an ihre dunkelbraunen Augen. Sie versuchte sich Matthews sommersprossiges, fröhliches Gesicht vorzustellen, und dann das von Joanna, mit ihrer Zahnlücke und dem ängstlichen Lächeln. Sie versuchte, sich nicht vorzustellen, wie die beiden mit schriller, angsterfüllter Stimme nach ihren Müttern riefen – in der Hoffnung, sie könnten kommen und sie retten. Frieda schien, als fiele ihr Gehirn zwischen die Ritzen des Schachbretts. Irgendetwas hatte sie übersehen, irgendeinen winzigen, verborgenen Schlüssel zu dem unlösbar scheinenden Rätsel. Egal, welche Gräuel dadurch ans Tageslicht kämen, alles wäre besser als dieser Zustand der Unklarheit. Sie rief sich ins Gedächtnis, wie Matthews Eltern bei der Pressekonferenz ausgesehen hatten – von Angst und Schrecken gezeichnet. Was mochten sie empfinden, wenn sie Nacht für Nacht schlaflos im Bett lagen und sich vorstellten, wie ihr Sohn nach ihnen rief? Wie hatten sich die Eltern von Joanna gefühlt, als schließlich Monate und dann Jahre ins Land zogen und sie nie Gewissheit bekamen – und auch kein Grab, auf das sie Blumen hätten legen können?

Um Mitternacht klingelte das Telefon.

»Haben Sie schon geschlafen?«, fragte Karlsson.

»Ja«, log Frieda, die gerade einen Läufer vom Brett genommen hatte und ihn nun abwartend in der Hand hielt.

»Ich besuche morgen früh Mrs. Reeve in einem Altersheim in Beckton. Möchten Sie mitkommen?«

»Sie lebt also noch. Ja, natürlich komme ich mit.«

»Gut. Ich schicke Ihnen einen Wagen vorbei.«

Als Schülerin war Frieda mal in Beckton gewesen, um das Gaswerk zu besichtigen. Es war ihr damals vorgekommen wie eine riesige Ruine in der Wüste. Sie hatte sogar noch das Foto, das sie an dem Tag gemacht hatte. Inzwischen war das alles verschwunden. Nur ein grasbewachsener Schlackehügel erinnerte noch daran, wo es einmal gestanden hatte. Offenbar hatte man alles Alte und Befremdliche abgerissen, und an ihre Stelle waren nun Reihenhäuser aus den Achtzigern, Wohnblöcke, Einkaufszentren und kleine Gewerbegebiete getreten.

Beim River View Nursing Home – dessen Name höchst irreführend war – handelte es sich um ein großes modernes Gebäude aus nackten orangeroten Ziegeln. Der ganze Komplex war einstöckig und um einen Innenhof herumgebaut. In der Mitte befand sich eine kleine Rasenfläche mit etlichen kahlen Stellen. Bäume oder Büsche gab es keine. Die metallgerahmten Fenster waren mit Gittern versehen. Frieda fand, dass das Ganze an eine Kaserne erinnerte. In der überheizten Eingangshalle standen jede Menge Rollstühle, Gehhilfen und Gehstöcke herum. Die Dekoration beschränkte sich auf einen großen Krug mit Plastikblumen. Es roch, als würde gerade irgendwo Porridge gekocht, wobei zusätzlich auch der Kiefernnadelduft irgendeines Raumsprays in der Luft hing. Frieda hörte das leise Gedudel eines Radios, aber ansonsten war es sehr ruhig. Umso lauter hallten nun ihre Schritte durch den Eingangsbereich. Vielleicht lagen die meisten Bewohner noch im Bett. Im Aufenthaltsraum befanden sich nur zwei Personen. Bei der einen handelte es sich um einen sehr dünnen Mann mit glänzender Glatze und einer Brille, deren runde Gläser das Licht reflektierten, bei der anderen um eine dicke Frau, die in einen zeltähnlichen orangeroten Umhang gehüllt war. Ihr Hals steckte in einer Halskrause, ihre Füße in überdimensionalen Plüschhausschuhen. Auf den Tischen lagen jede Menge Puzzleteile herum.

»Hier geht es zu Mrs. Reeve«, erklärte die Frau, die sie in Empfang genommen hatte. Sie trug ihr graues Haar zu festen, gleichmäßigen Locken gewickelt und wackelte beim Gehen mit dem Hintern. Außerdem fiel Frieda auf, dass sie ausgesprochen muskulöse Waden und Unterarme besaß und sich ihre Mundwinkel selbst dann nach unten zogen, wenn sie lächelte. Ihr Name war Daisy, aber sie sah nicht aus wie eine Daisy.

»Ich sollte Sie vielleicht darauf vorbereiten«, erklärte sie, bevor sie die Zimmertür aufschob, an deren Außenseite ein kleiner Spion angebracht war, »dass sie Ihnen nicht viel erzählen wird.« Sie bedachte die beiden Besucher mit ihrem nach unten gezogenen Lächeln.

Sie betraten einen kleinen, rechteckigen Raum. Die Luft war drückend und roch nach Desinfektionsmitteln. Vor dem Fenster befand sich ein Gitter. Das Zimmer wirkte leer. Lief ein Leben am Ende darauf hinaus? Ein schmales Bett, ein Bild von der Seufzerbrücke an der Wand, ein kleines Bücherregal, in dem eine ledergebundene Bibel stand, ein Hündchen aus Porzellan, eine Vase ohne Blumen und ein großes, silbergerahmtes Foto von dem Sohn, den sie behalten hatte. In einem Sessel neben dem Schrank saß eine stämmige Gestalt, bekleidet mit einem Hauskleid aus Flanell und dicken braunen Stützstrümpfen.

June Reeve war so klein, dass ihre Füße im Sitzen kaum den Boden berührten, und ihr Haar war zum gleichen Grauton verblasst wie das von Alan und Dean. Als sie ihnen den Kopf zuwandte, konnte Frieda zunächst keine Ähnlichkeit mit dem Foto erkennen. Ihr Gesicht war breiter geworden und schien dabei seine ursprüngliche Form verloren zu haben. Übrig geblieben waren nur noch ein paar in Fleisch gebettete Gesichtszüge: ein ehemals markantes Kinn, ein kleiner Mund mit trockenen Lippen und trüb gewordene braune Augen, die trotzdem noch an die ihrer Söhne erinnerten. Es war schwer zu sagen, wie alt sie war. Siebzig? Hundert?

»Besuch für Sie«, verkündete Daisy laut.

»Was hat sie mit ihren Händen gemacht?«, fragte Karlsson.

»Sie kaut an ihren Fingern herum, bis sie bluten, deswegen haben wir ihr diese Mullfäustlinge verpasst.«

»Hallo, Mrs. Reeve«, sagte Frieda.

June Reeve gab ihr keine Antwort, reagierte aber mit einer seltsamen, ruckartigen Bewegung ihrer Schultern. Sie taten ein paar Schritte in den Raum hinein, der für vier Personen kaum groß genug war.

»Ich lasse Sie dann mal allein«, meinte Daisy.

»Mrs. Reeve?«, wandte Karlsson sich an sie. Dabei schnitt er eine Grimasse und zog den Mund in die Breite, als könnte eine möglichst klare Aussprache den Sinn seiner Worte verdeutlichen. »Mein Name ist Malcolm Karlsson, und das hier ist Frieda.«

Der Kopf von June Reeve fuhr herum. Sie richtete ihren glasigen Blick auf Frieda.

»Sie sind Deans Mutter.« Frieda ging neben ihr in die Knie. »Dean? Erinnern Sie sich an Dean?«

»Wer will das wissen?« Ihre Stimme klang undeutlich und

heiser, als wären ihre Stimmbänder beschädigt. »Ich mag keine neugierigen Wichtigtuer.«

Frieda betrachtete ihr Gesicht und versuchte aus den Falten und Furchen eine Geschichte herauszulesen. War dieses Gesicht vor zweiundzwanzig Jahren am Schauplatz von Joannas Entführung gewesen?

June Reeve rieb ihre behandschuhten Hände aneinander. »Ich mag meinen Tee stark, mit viel Zucker.«

»Ein hoffnungsloser Fall«, meinte Karlsson.

Frieda beugte sich so weit vor, dass ihr der säuerliche Geruch der alten Frau in die Nase stieg. »Erzählen Sie mir von Joanna«, sagte sie.

»Kümmern Sie sich um Ihren eigenen Kram.«

»Joanna. Das kleine Mädchen.«

June Reeve gab ihr keine Antwort.

»Haben Sie sie entführt?«, fragte Karlsson in grobem Ton. »Sie und Ihr Sohn? Erzählen Sie uns davon.«

»So wird das nichts«, ermahnte ihn Frieda. Mit sanfter Stimme sagte sie: »Es war vor dem Süßwarenladen, stimmt's?«

»Warum bin ich hier?«, fragte die alte Frau. »Ich möchte nach Hause.«

»Haben Sie ihr Süßigkeiten gegeben?«

»Zitronenbrause«, antwortete sie, »Gummibärchen.«

»Die haben Sie ihr gegeben?«

»Wer will das wissen?«

»Und dann haben Sie sie in einen Wagen gesetzt«, fuhr Frieda fort. »Zu Dean.«

»Warst du ein unartiges Mädchen?« Ein fast schon obszönes Lächeln breitete sich auf dem Gesicht der alten Frau aus. »Hast dir wohl in die Hosen gemacht, was? Und dann auch noch beißen. Wie *unartig* von dir.«

»War Joanna unartig?«, hakte Frieda nach. »Erzählen Sie uns von Joanna, June.«

»Ich möchte meinen Tee.«

»Hat sie Dean gebissen?« Sie schwieg einen Moment, ehe sie hinzufügte: »Hat er sie getötet?«

»Wo bleibt mein Tee? Mit drei Stück Zucker!« Sie verzog das Gesicht, als würde sie gleich in Tränen ausbrechen.

»Wohin haben Sie Joanna gebracht? Wo liegt sie begraben?«

»Warum bin ich hier?«

»Hat er sie gleich getötet, oder habt ihr sie erst irgendwo versteckt?«

»Ich habe ihn in ein Handtuch gewickelt«, erklärte die alte Frau in kampflustigem Ton. »Bestimmt hat ihn jemand gefunden und mitgenommen. Woher nehmen Sie das Recht, über mich zu urteilen?«

»Sie spricht von Alan«, wandte Frieda sich leise an Karlsson. »Er wurde in einem kleinen Park nahe einer Wohnsiedlung gefunden. Eingehüllt in ein Handtuch.«

»Wer sind Sie überhaupt? Ich habe Sie nicht hereingebeten. Jeder soll sich um seine eigenen Angelegenheiten kümmern.«

»Wo ist die Leiche?«

»Ich will meinen Tee. Ich will meinen Tee!« Sie wurde so laut, dass ihre Stimme kippte. »Tee!«

»Lassen Sie uns von Ihrem Sohn Dean sprechen.«

»Nein.«

»Dean hat Joanna irgendwo versteckt.«

»Von mir erfahrt ihr gar nichts. Er wird sich um mich kümmern. Ihr seid doch nur sensationsgeile Zeitungsfritzen! Neugierige Schnüffelnasen! Rotzarrogante Weicheier!«

»Sie ist schon ganz durcheinander.« Daisy war hinter ihnen in der Tür aufgetaucht. »Nun werden Sie nichts mehr aus ihr herausbekommen.«

»Sie haben recht.« Frieda erhob sich. »Wir lassen sie besser in Ruhe.«

Sie gingen mit Daisy auf den Gang hinaus. »Hat sie je etwas über ein Mädchen namens Joanna gesagt?«, fragte Karlsson sie.

»Sie ist ziemlich verschlossen«, antwortete Daisy. »Die meiste Zeit bleibt sie in ihrem Zimmer. Sie redet grundsätzlich nicht viel, außer, um sich zu beschweren.« Sie verzog das Gesicht. »Darin ist sie ziemlich gut.«

»Hatten Sie jemals das Gefühl, dass sie wegen irgendetwas Schuldgefühle plagen?«

»Die? Die ist höchstens mal wütend. Oder entrüstet.«

»Worüber denn?«

»Sie haben es doch gerade gehört. Über Leute, die sich in ihre Angelegenheiten einmischen.«

Während sie in Richtung Ausgang liefen, sagte Karlsson kein Wort.

»Und?«, fragte Frieda schließlich.

»Was, und?« Karlsson klang verbittert. »Erst habe ich es mit einer Frau zu tun, die ein Gesicht zu rekonstruieren versucht, an das sie sich vorher zweiundzwanzig Jahre lang nicht erinnern konnte. Dann schlage ich mich mit einem eineiigen Zwilling herum, dem beunruhigende Träume und Fantasien im Kopf herumspuken, und zu guter Letzt befrage ich jetzt auch noch eine Frau, die unter Alzheimer leidet und von Zitronenbrause faselt.«

»Sie hat durchaus ein paar interessante Dinge von sich gegeben. Auch wenn es nur Bruchstücke waren.«

Karlsson verpasste der Tür einen solchen Stoß, dass sie laut gegen die Wand knallte.

»Bruchstücke. O ja! Nichts als Unsinn, schattenhafte Erinnerungen, eigenartige Zufälle, seltsame Gefühle, unausgegorene Eingebungen. Darauf läuft dieser ganze gottverdammte Fall doch letztendlich hinaus. Womöglich versaue ich mir damit meine ganze Karriere, genau wie der Detective vor zweiundzwanzig Jahren im Fall von Joanna.«

Sie traten in die Kälte und erstarrten.

»Morgen!«, grüßte Dean Reeve. Er war frisch rasiert und trug das Haar aus dem Gesicht gekämmt. Sein freundliches Lächeln hatte etwas Provozierendes.

Frieda brachte kein Wort heraus. Karlsson nickte verhalten.

»Wie geht es meiner Ma denn heute?« Er hielt eine braune Papiertüte hoch, die ein paar Fettflecken zierten. »Ich bringe ihr einen Doughnut. Sonntags isst sie immer gerne einen Doughnut. Ihr Appetit ist das Einzige, was sie nicht verloren hat.«

»Auf Wiedersehen«, sagte Karlsson mit heiserer Stimme.

»Ich bin mir sicher, dass wir uns bald wiedersehen werden«, gab Dean freundlich zurück. »So oder so.«

Als er an ihnen vorbeiging, zwinkerte er Frieda von der Seite zu.

33

Obwohl es schon kurz nach zehn war, saß Frieda noch allein in ihrem Sprechzimmer. Sie warf einen Blick auf ihre Uhr. Alan kam zu spät. War das ein Wunder? Was hatte sie eigentlich erwartet? Dass er nach allem, was er über sich selbst und Friedas verräterisches Verhalten erfahren hatte, trotzdem weiter zu ihr kommen würde? Sein erster Therapeut hatte ihm nicht zugehört, und nun, bei seinem zweiten Versuch, war er von ihr, Frieda, so schnöde getäuscht und verraten worden. Wie würde er darauf reagieren?

Vielleicht würde er ja die ganze Therapie abbrechen. Das wäre eine logische Konsequenz. Natürlich bestand auch die Möglichkeit, dass er sich beschwerte. Zum zweiten Mal. Wobei es dieses Mal schlimme Folgen haben konnte. Frieda dachte kurz darüber nach, doch es fiel ihr schwer, darin eine ernste Gefahr zu sehen. Sollte es tatsächlich dazu kommen, würde sie sich zum gegebenen Zeitpunkt damit auseinandersetzen. Im Moment machte ihr viel mehr zu schaffen, dass sie sich irgendwie fehl am Platz fühlte, als wäre sie zur falschen Zeit am falschen Ort. Sie hatte ewig wach gelegen, ihrem Empfinden nach die ganze Nacht, Stunde für Stunde. Normalerweise hätte sie sich in einem solchen Fall angezogen und wäre zu einem Spaziergang durch die leeren Straßen aufgebrochen, aber stattdessen war sie liegen geblieben und in Gedanken noch einmal durchgegangen, was Karlsson zu ihr gesagt hatte. Er lag damit gar nicht so falsch. Sie hatte Träume und Bruchstücke von Erinnerungen ans Tageslicht gezerrt, oder Bilder, die etwas von Erinnerungen hatten, Ähnlichkeiten. Denn genau das war ihr Beruf, das Material, mit dem sie arbeitete: Dinge, die in den

Köpfen der Leute abliefen und sie glücklich, unglücklich oder ängstlich machten; Verbindungen, die jeder für sich selbst zwischen verschiedenen Ereignissen knüpfte, um auf diese Weise einen Weg durch Chaos und Angst zu finden.

Nun aber gab es da noch etwas anderes. Irgendwo dort draußen war Matthew. Oder Matthews Leiche. Vielleicht, oder sogar sehr wahrscheinlich, war er bereits innerhalb einer Stunde nach seiner Entführung ermordet worden. So lauteten die Statistiken. Aber was, wenn er noch lebte? Frieda zwang sich, den Gedanken weiterzudenken, als müsste sie sich dazu überwinden, in die Sonne zu starren, egal, wie weh es tat. Was hatte jener andere Detective, Tanner, wohl all die Jahre empfunden? Hatte er ab irgendeinem Zeitpunkt vielleicht sogar gehofft, eine Leiche zu finden? Nur, um Gewissheit zu haben? Es klingelte. Demnach kam Alan also doch noch. Frieda betätigte den Türöffner.

Als sie ihm die Tür aufmachte, spazierte er ganz lässig herein und ließ sich in seinen üblichen Sessel sinken. Frieda nahm ihm gegenüber Platz.

»Tut mir leid«, sagte er, »meine U-Bahn stand zwanzig Minuten in einem Tunnel. Ich konnte nichts machen.«

Dann zappelte er eine Weile nervös in seinem Sessel herum, ohne etwas zu sagen. Erst rieb er sich die Augen, dann fuhr er sich mit den Fingern durchs Haar. Frieda war das schon gewöhnt. Außerdem fand sie es wichtig, ihm seine Phasen des Schweigens zuzugestehen und die Pausen auf keinen Fall mit ihrem eigenen Geplapper zu füllen, wie frustrierend das für sie selbst auch sein mochte. Schweigen konnte durchaus auch eine Form der Kommunikation sein. Sie hatte schon Patienten gehabt, die ihr zehn oder gar zwanzig Minuten wortlos gegenübersaßen, ehe sie das erste Wort herausbrachten. Frieda erinnerte sich sogar an ein Problem aus ihrer Ausbildungszeit: Wenn ein Patient einschlief, sollte sie ihn dann aufwecken? Nein, lautete die entschiedene Antwort ihrer damaligen Tutorin. Während einer Therapiesitzung zu schlafen sei auch schon eine Art von Aussage. Frieda hatte das nie so ganz akzeptieren können. Falls es tatsächlich eine Art von Kommunikation war, dann eine sehr teure und unproduktive. Sie hatte immer gefunden, ein sanftes Anstupsen sei kein richtiger Verstoß gegen die Regeln, die man hinsichtlich der Beziehung zwischen Patient und Therapeut beachten musste. Während Alan weiter schwieg, ging ihr durch den Kopf, dass so ein sanftes Stupsen vielleicht auch in seinem Fall angebracht wäre.

»Wenn ein Mensch nicht sprechen möchte«, erklärte sie, »dann liegt das manchmal daran, dass es zu viel zu besprechen gibt und man nicht recht weiß, wo man anfangen soll.«

»Ich bin nur müde«, erwiderte Alan. »Ich schlafe immer so schlecht, und meine gelegentlichen Abstecher in die Arbeit fallen mir auch noch sehr schwer.«

Es folgte eine weitere Pause. Frieda war verblüfft. Spielte er irgendwelche Spielchen mit ihr? War sein Schweigen als eine Art Strafe gedacht? Hinzu kam eine gewisse Enttäuschung: Statt die Gelegenheit zu nutzen und gemeinsam mit ihr zu erforschen, wie sich seine neue Situation auf sein Persönlichkeitsempfinden auswirkte, setzte er einfach Scheuklappen auf. Dafür war nun wirklich nicht der richtige Zeitpunkt.

»Ist das der wahre Grund?«, fragte sie. »Sollen wir weiter so tun, als wäre es nie passiert?«

»Was?«

»Mir ist klar, dass Ihnen das, was Sie da erfahren haben, noch lange zu schaffen machen wird«, fuhr sie fort. »Vermutlich kommt es Ihnen vor, als wäre Ihre ganze Welt auf den Kopf gestellt worden.«

»So schlimm ist es nun auch wieder nicht«, entgegnete er mit leicht erstaunter Miene. »Aber woher wissen Sie überhaupt davon? Hat Carrie Sie angerufen? Hat sie sich hinter meinem Rücken mit Ihnen in Verbindung gesetzt?«

»Carrie?«, fragte Frieda. »Ich glaube, wir reden gerade irgendwie aneinander vorbei. Worum geht es eigentlich?«

»Ich habe neuerdings so seltsame Gedächtnislücken. Ich dachte, dass Sie darauf anspielen.«

»Was meinen Sie mit Gedächtnislücken?«

»Ich habe Carrie Blumen geschickt, besser gesagt schicken lassen, kann mich aber nicht mehr daran erinnern. Was hat das zu bedeuten? Eigentlich sollte ich so was viel öfter tun. Aber warum erinnere ich mich nicht daran? So fühlt es sich an, wenn man verrückt wird, oder?«

Frieda schwieg. Sie konnte sich darauf keinen Reim machen. Es schien, als spräche Alan auf einmal eine Fremdsprache, die sie nicht verstand. Noch schlimmer aber war ihr plötzliches Gefühl, dass da etwas ganz und gar nicht stimmte. In dem Moment kam ihr ein Gedanke, und dieser Gedanke traf sie wie ein Schlag. Es dauerte eine ganze Weile, bis sie sich wieder so weit im Griff hatte, dass sie sprechen konnte, ohne dass ihre Stimme allzu zittrig klang.

»Alan.« Es war ihr, als hörte sie sich selbst aus weiter Ferne. »Können Sie sich erinnern, dass Sie am Samstagabend bei mir zu Hause waren?«

Er starrte sie bestürzt an.

»Ich? Nein. Nein… daran würde ich mich erinnern.«

»Das heißt also, Sie haben mich nicht zu Hause besucht?«

»Ich weiß doch nicht mal, wo Sie wohnen. Wie könnte ich Sie da besuchen? Wie kommen Sie überhaupt darauf? Nein, das kann ich auf keinen Fall vergessen haben. Ich war den ganzen Abend zu Hause. Wir haben uns einen Film angesehen und uns was zum Essen kommen lassen.«

»Entschuldigen Sie mich einen Moment«, sagte Frieda so ruhig, wie sie nur konnte. »Ich muss nur rasch…« Sie eilte in das kleine Badezimmer und beugte sich über das Waschbecken, weil sie das Gefühl hatte, sich möglicherweise übergeben zu müssen. Nachdem sie ein paarmal langsam und tief durchgeatmet hatte, drehte sie das kalte Wasser auf und ließ es über ihre Fingerspitzen laufen. Noch ein paar tiefe Atemzüge. Sie drehte den Hahn wieder zu und kehrte ins Sprechzimmer zurück.

Alan musterte sie besorgt. »Geht es Ihnen nicht gut?«

Ohne auf seine Frage einzugehen, nahm sie wieder Platz. »Sie brauchen sich keine Sorgen zu machen, Alan, Sie werden nicht verrückt. Ich muss jetzt nur eine Sache ganz sicher wissen: Sie haben seit unserer letzten Sitzung wirklich keinen Versuch unternommen, sich mit mir in Verbindung zu setzen, um … nun ja, noch einmal über alles zu reden?«

»Was soll das?«, fragte Alan. »Spielen Sie irgendein Spielchen mit mir? Falls ja, dann lassen Sie das gefälligst sein. Sie haben dazu kein Recht.«

»Alan, bitte!«

»Also schön«, sagte er. »Nein. Ich habe keinen Versuch unternommen, mich mit Ihnen in Verbindung zu setzen. Unsere Sitzungen sind auch so schon anstrengend genug.«

»Wir müssen die Sitzung an dieser Stelle kurz unterbrechen. Ich möchte, dass Sie ein paar Minuten draußen warten. Dann reden wir weiter.«

Alan stand auf. »Was geht hier vor? Wovon, zum Teufel, sprechen Sie?«

»Ich muss einen Anruf tätigen. Es ist sehr dringend.«

Nachdem sie Alan mehr oder weniger zur Tür hinausgescheucht hatte, stürzte sie zum Telefon und rief Karlsson auf seinem Handy an. Sie wusste, dass er stinksauer sein würde, und während sie ihm erklärte, was passiert war, fühlte sie sich immer schlechter.

»Wie konnte das passieren?«, fragte Karlsson. »Sind Sie denn blind?«

»Ich weiß, ich weiß, aber sie sehen wirklich völlig identisch aus. Außerdem muss er seinen Bruder vorher gesehen haben, denn er war genauso angezogen wie er. Oder zumindest ähnlich genug.«

»Warum hat er das getan? Was wollte er damit bezwecken?«

Frieda holte tief Luft und erklärte es ihm.

»Ach du lieber Himmel! Was haben Sie ihm denn erzählt?«

»Ich habe ihm erzählt, was er meiner Meinung nach wissen musste. Besser gesagt, was Alan meiner Meinung nach wissen musste.«

»In anderen Worten also alles.«

»Mehr oder weniger.« Frieda hörte am anderen Ende der Leitung ein lautes Geräusch. »Was war das?«

»Das war der Fußtritt, den ich gerade meinem Schreibtisch versetzt habe. Sie haben dem Kerl also auch von Ihrem Verdacht erzählt? Wie konnten Sie nur? Schauen Sie sich Ihre Patienten denn nicht an?« Frieda hörte es erneut krachen. »Demnach hat er gewusst, dass wir kommen?«

»Er muss darauf vorbereitet gewesen sein. Schätzungsweise gehen die Blumen, die Alans Frau bekommen hat, auch auf sein Konto. Irgendjemand muss den Strauß ja in Auftrag gegeben haben. Ich glaube, dass er es war.«

»Weshalb?«

»Vermutlich versucht er uns zu demonstrieren, wer bei der ganzen Sache die Oberhand hat.«

»Das wissen wir doch schon. Er. Wir müssen ihn trotzdem einkassieren. Und seine Frau oder Lebensgefährtin ebenfalls. Auch wenn es uns nicht viel nützen wird.«

»Er spielt mit uns.«

»Wir werden sehen.«

34

Seth Boundy wählte Kathy Ripons Handynummer. Er lauschte dem Klingelton, bis sich die Mailbox einschaltete. Er hinterließ eine weitere Nachricht, die jedoch genauso lautete wie seine vorherigen Nachrichten: Ruf mich sofort zurück. Er warf noch einmal einen Blick in seine Mails, um sich zu vergewissern, dass in den wenigen Minuten, die vergangen waren, seit er zum letzten Mal nachgeschaut hatte, nicht doch noch eine Mail von ihr eingegangen war. Nur für den unwahrscheinlichen Fall, dass sie in seiner Junk Mail gelandet war, sah er auch diesen Ordner durch. Ihr Schweigen ärgerte ihn so, dass er an gar nichts anderes mehr denken konnte. Was führte sie im Schilde?

Seine Frau klopfte kurz an seiner Arbeitszimmertür und kam herein, ehe er ihr sagen konnte, dass er beschäftigt sei. »Es gibt Mittagessen«, sagte sie.

»Ich habe keinen Hunger.«

»Ich dachte, du wolltest zum Einkaufen. Du hast gesagt, du hättest einiges zu erledigen, bist aber offenbar noch zu gar nichts gekommen. Soll ich vielleicht ein Geschenk für deine Schwester besorgen?«

»Nein, das mache ich später.«

»Es sind nur noch drei Tage bis Weihnachten. Du hast Ferien.«

Boundy bedachte seine Frau mit einem derart vernichtenden Blick, dass sie freiwillig den Rückzug antrat und die Tür hinter sich schloss. Dieses Mal versuchte er es auf Kathys Festnetz. Es klingelte und klingelte, ohne dass jemand ranging. Er überlegte krampfhaft. Natürlich wohnte sie in Cambridge, aber wohin fuhr sie in den Ferien? Wo lebten ihre Eltern? Er konnte sich vage daran erinnern, dass sie ihm von ihrer Familie erzählt hatte. Obwohl er ihr damals nicht richtig zugehört hatte, war irgendetwas in seinem Gedächtnis hängen geblieben. Was war das bloß gewesen? Irgendetwas über Käse. Genau. In ihrer Heimatstadt gab es einen Käserollwettbewerb. Er gab das Stichwort Käserollen bei Google ein und stieß sofort auf Dutzende Einträge zu dem Käserollwettbewerb, der jedes Jahr auf Copper's Hill in Gloucester stattfand.

Seth rief bei der Auskunft an und fragte nach der Nummer einer Familie Ripon in Gloucester, von der er leider keinen Vornamen wisse. Wie sich herausstellte, gab es nur einen einzigen Eintrag unter diesem Namen. Er wählte die Nummer. Eine Frau ging ran. Ja, sie sei Kathys Mutter. Nein, ihre Tochter sei nicht da. Sie komme zwar zu Weihnachten, sei aber noch nicht eingetroffen. Nein, sie wisse nicht, wo sich ihre Tochter gerade aufhalte. Seth Boundy beendete das Gespräch. Was zunächst Ärger gewesen war, verwandelte sich zuerst in Verwirrung und dann allmählich in Sorge. Diese Frau, Dr. Klein … Warum hatte sie eigentlich so dringend mit ihm reden wollen? Warum hatte die Sache keinen Aufschub geduldet? Die Aussicht auf ein neues, noch unentdecktes Zwillingspaar hatte ihn derart in Aufregung versetzt, dass er über den Hintergrund von Dr. Kleins Besuch kaum mehr nachgedacht hatte. War das womöglich ein schlimmer Fehler gewesen? Eine Weile saß er reglos in seinem Sessel, die Stirn in tiefe Falten gezogen. Dann griff er ein weiteres Mal nach seinem Handy.

Das hohe, schrille Geräusch war schon lange verstummt. Wie lange, wusste er nicht. Es gab keine Tage mehr, nur noch endlose Nacht. Das Geräusch hatte ihn nur so lange begleitet, wie seine Mutter brauchte, um ihm abends vor dem Zubettgehen eine Geschichte vorzulesen. Als er noch Matthew war. *Rotkäppchen*, das vom Wolf verschlungen wurde. *Hänsel und*

Gretel, die sich im Wald verliefen und vergeblich darauf warteten, dass ihr Vater kam und sie fand. Da war ein Keuchen gewesen und ein Schnauben, und dann lautes Gekreische und ein Geratter wie von einer rostigen Maschine, die verrückt spielte und sich selbst zerhackte. Aber die schrecklichen Geräusche waren ganz schnell vorbei gewesen und hatten ihn wieder in Ruhe gelassen. Er war wieder allein gewesen mit dem Rascheln in der Ecke, dem Wassergetröpfel, dem Holpern seines Herzens und dem scheußlichen Gestank nach ihm selbst. Sein Körper war ausgelaufen. Er lag in seinen eigenen Überresten. Aber wenigstens war er allein. Er hatte sein Versprechen gehalten und keinen Laut von sich gegeben.

Frieda tigerte in ihrem Sprechzimmer auf und ab. Dass Alan vor der Tür saß, machte sie nervös. Sie wollte nicht mit ihm sprechen, ehe Karlsson eintraf. Sie hatte schon genug Fehler gemacht. Als das Telefon klingelte, ging sie sofort ran.

»Frieda?«

»Chloë! Ich kann jetzt nicht telefonieren. Ich rufe dich später zurück, ja?«

»Nein, nein, nein, warte! Mein Dad fliegt Weihnachten nach Fidschi.«

»Ich bin gerade sehr beschäftigt.«

»Ist dir das wirklich scheißegal? Was mache ich jetzt bloß? Er sollte doch eigentlich mit mir wegfahren und nicht mit seiner Tussi. Nun sitze ich die ganzen Weihnachtsferien mit meiner Mutter in unserem dreckigen Rattenloch fest.«

»Chloë, wir reden später darüber!«

»Ich habe hier eine Rasierklinge, nur damit du es weißt. Ich sitze mit einer Rasierklinge in meinem Zimmer.«

»Ich lasse mich nicht erpressen!«

»Du bist meine Tante. Du müsstest mich doch lieben. Ich habe sonst niemanden, der mich liebt. Dad liebt mich jedenfalls nicht, und meine Mutter – die hat sie nicht mehr alle.

Und ich drehe auch bald durch. Da kannst du Gift drauf nehmen.«

»Ich komme heute Abend vorbei. Dann reden wir darüber.«

»Dürfen wir an Weihnachten bei dir feiern?«

»Bei mir?«

»Ja.«

»Dafür ist mein Haus viel zu klein, und kochen kann ich auch nicht. Außerdem hasse ich Weihnachten. Bei mir gibt's nicht mal einen Baum.«

»Bitte, Frieda. Du kannst mich doch hier nicht verrotten lassen.«

»Also gut, also gut.« Hauptsache, Chloë gab endlich Ruhe. »Ich muss jetzt aufhören.«

Frieda war beeindruckt von Karlsson. Er schien in der Lage zu sein, mehrere Dinge gleichzeitig zu tun. Während er in dringlichem Ton mit jemandem auf dem Polizeirevier telefonierte und dabei klare, knappe Befehle erteilte, lotste er Frieda und den bestürzten Alan aus dem Gebäude und zu seinem Wagen. »Ich möchte, dass Sie und Dr. Klein mit mir kommen«, sagte er an Alan gewandt. »Wir erklären es Ihnen unterwegs.« Mit diesen Worten hielt er ihnen die Wagentür auf.

»Habe ich mir etwas zuschulden kommen lassen?«, fragte Alan.

Frieda legte ihm beruhigend eine Hand auf die Schulter. Karlsson stieg vorne ein. Frieda bekam Bruchstücke seiner Befehle mit. »Lasst die beiden ja nicht zusammen!«, bellte er, und dann: »Ich will, dass jeder Zentimeter dieses Hauses genau unter die Lupe genommen wird!«

Währenddessen sprach Frieda so klar und ruhig mit Alan, wie sie nur konnte. Dabei hatte sie ständig das seltsame Gefühl, die Geschichte zum zweiten Mal demselben Mann zu erzählen. Sie konnte nicht umhin, die beiden miteinander zu vergleichen. Wieso war ihr der Unterschied nicht gleich aufgefallen? Trotz des ähnlichen Mienenspiels wirkte Alan bei jeder neuen Information wie vom Schlag getroffen. Als Frieda etwa die Hälfte erzählt hatte, flüsterte er: »Ich habe noch eine Mutter! Und einen Zwillingsbruder! Wie lange wissen Sie das schon?«

»Noch nicht lange. Erst ein paar Tage.«

Er holte tief Luft und klang dabei ein wenig zittrig. »Meine Mutter …«

»Ihr Gedächtnis funktioniert nicht mehr allzu gut, Alan. Sie ist alt und krank.«

Er blickte auf seine Hände hinunter. »Ist er mir sehr ähnlich?«

»Ja.«

»Auch von der Art her?«

Frieda wusste, was er meinte. »In mancherlei Hinsicht schon«, antwortete sie. »Das ist alles ein bisschen kompliziert.«

Alan betrachtete sie plötzlich mit einer Schärfe, die Frieda bisher immer nur hatte erahnen können. »Es geht Ihnen dabei gar nicht um mich, oder? Nicht wirklich. Sie benutzen mich nur, um an ihn heranzukommen.«

Einen Moment schämte sich Frieda, war aber gleichzeitig fast stolz auf ihn. Er brach unter der Last der Neuigkeiten nicht einfach wimmernd zusammen, sondern wehrte sich. Er war wütend auf sie. »So dürfen Sie das nicht sehen. Ich bin hier, um Ihnen beizustehen. Trotzdem gibt es da …« – sie machte eine ausladende Geste – »… diese ganze Sache.«

»Sie glauben, er hat in die Tat umgesetzt, was ich mir nur gewünscht habe?«

»Es könnte sein, dass Sie gewisse Gefühle teilen«, antwortete Frieda.

»Dann bin ich also wie er?«

»Wer weiß?«, meldete Karlsson sich vorne so überraschend zu Wort, dass Alan erschrocken zusammenzuckte. »Auf jeden Fall hätten wir gerne eine Aussage von Ihnen«, fuhr Karlsson fort. »Wir wären Ihnen sehr dankbar, wenn Sie mit uns zusammenarbeiten würden.«

»In Ordnung.«

Als sie sich dem Polizeirevier näherten, sahen sie vor dem Gebäude eine Gruppe von Männern und Frauen, zum Teil mit Kameras.

»Was wollen die denn da?«, fragte Frieda.

»Sie haben sich häuslich niedergelassen«, erklärte Karlsson. »Wie Möwen rund um eine Müllkippe. Wir fahren zum Hintereingang.«

»Ist er da drin?«, fragte Alan plötzlich.

»Sie brauchen ihn nicht zu sehen.«

Alan drückte das Gesicht an die Scheibe wie ein kleiner Junge, der in eine Welt hinausspähte, die er nicht verstand.

35

Frieda saß mit Alan in einem kleinen kahlen Raum. Sie hörte Telefone klingeln. Jemand brachte ihnen lauwarmen, sehr milchigen Tee und verschwand dann wieder. Der Minutenzeiger der Wanduhr drehte sich langsam, während der Nachmittag verging. Draußen glitzerte alles frostig, aber bei ihnen im Raum war die Luft abgestanden und schwül warm. Sie sprachen kaum miteinander, denn dafür war das nicht der richtige Ort. Alan zog immer wieder sein Handy aus der Tasche und warf einen Blick darauf. Irgendwann schlief er ein. Frieda erhob sich und spähte aus dem kleinen Fenster. Draußen standen zwei Baucontainer. Die Dämmerung setzte bereits ein.

Die Tür ging auf. Es war Karlsson. »Kommen Sie.« Frieda sah auf den ersten Blick, dass er vor Wut kochte. Sein Gesicht zuckte, als könnte er sich kaum beherrschen.

»Was ist los?«

»Folgen Sie mir!«

Sie durchquerten ein Großraumbüro, in dem hektische Betriebsamkeit herrschte. Ständig klingelten Telefone, und der ganze Raum war von Stimmengewirr erfüllt. An einem Ende war eine Besprechung im Gange. Vor einer Tür blieb Karlsson stehen.

»Da drin ist jemand, mit dem Sie reden sollten«, erklärte er mit grimmiger Miene. »Ich komme auch gleich.«

Frieda wollte ihn noch etwas fragen, doch er hatte die Tür bereits geöffnet, und sie hielt überrascht inne. Der Anblick von Seth Boundy kam für sie so unerwartet, dass sie sich im ersten Moment nicht einmal erinnern konnte, wer er war. Er sah auch anders aus. Das Haar stand ihm in kleinen Büscheln vom Kopf ab, und seine Krawatte war gelockert. Auf seiner Stirn glänzten Schweißtropfen. Als er Frieda sah, stand er auf, setzte sich jedoch gleich wieder.

»Sie müssen entschuldigen, aber ich verstehe nicht recht …«, begann Frieda. »Was tun Sie hier?«

»Ich wollte mich lediglich verhalten wie ein verantwortungsbewusster Bürger«, murmelte er. »Ich wollte bloß kundtun, dass ich mir um jemanden Sorgen mache, und plötzlich werde ich nach London verschleppt. Das ist wirklich …«

»Um wen machen Sie sich denn Sorgen?«, fiel Frieda ihm ins Wort.

»Eine von meinen wissenschaftlichen Hilfskräften scheint irgendwie abhanden gekommen zu sein. Wahrscheinlich hat es gar nichts zu bedeuten. Sie ist schließlich eine erwachsene Frau.«

Frieda nahm ihm gegenüber Platz, stützte beide Ellbogen auf den zwischen ihnen stehenden Tisch und musterte Boundy eindringlich. Nervös schweifte sein Blick zum Fenster und wieder zurück. Als sie ihn erneut ansprach, klang ihre Stimme ruhiger, aber auch härter. »Aber warum sind Sie hier? Warum hat man Sie nach London gebracht?«

»Ich …« Er hielt inne und fuhr sich mit den Fingern durchs Haar. Seine Brille saß schief. »Es war so eine einmalige Gelegenheit. Sie können das vielleicht nicht nachvollziehen, Sie sind ja keine Wissenschaftlerin. Solche Fälle werden immer seltener.«

»Die Adressen«, dämmerte es Frieda. Boundy sah sie verlegen an und leckte sich dabei nervös die Lippen. »Sie haben jemanden zu den Adressen geschickt, die ich Ihnen gegeben habe«, fuhr sie fort.

»Sie sollte doch nur den ersten Kontakt herstellen. Das machen wir immer so.«

»Und Sie haben seitdem nichts mehr von ihr gehört?«

»Sie geht nicht ans Telefon«, antwortete Boundy.

»Warum haben Sie mich nicht informiert?«

»Das Ganze war reine Routine.«

»Wie heißt diese wissenschaftliche Hilfskraft?«

»Katherine Ripon. Sie ist eine sehr fähige Kraft.«

»Und Sie haben sie allein losgeschickt?«

»Sie ist Psychologin. Es ging doch nur um ein kurzes Interview.«

»Ist Ihnen eigentlich klar, was Sie da getan haben?«, herrschte Frieda ihn an. »Wissen Sie denn nicht, wer dieser Mann ist?«

»Woher hätte ich das wissen sollen?«, entgegnete Boundy. »Mein Eindruck war, dass Sie die Zwillinge für sich behalten wollten. Sie haben mir nichts über den Mann erzählt.«

Am liebsten hätte Frieda ihn geohrfeigt oder angeschrien, doch sie beherrschte sich. Vielleicht war es ja genauso sehr ihre Schuld wie seine. Hätte ihr nicht klar sein müssen, was er tun würde? Setzte man bei ihrem Beruf nicht eine gute Menschenkenntnis voraus? »Und Sie haben wirklich nichts von ihr gehört?«

Boundy schien gar nicht mehr mitzubekommen, was sie sagte.

»Es wird ihr doch nichts passiert sein, oder?« Er sprach mehr mit sich selbst. »Es ist nicht meine Schuld. Sie taucht bestimmt wieder auf. Ein Mensch verschwindet doch nicht einfach so.«

Karlsson wartete, bis sein Zorn ein wenig verraucht war. Er wollte weder die Beherrschung verlieren noch seine Angst zeigen. Zorn sollte eine Waffe sein, die man gezielt einsetzte, ging ihm durch den Kopf, aber keine Schwäche, die zu Kontrollverlust führte. Alle anderen Emotionen wollte er sich für später aufsparen. Ruhigen Schrittes betrat er den Raum und zog behutsam die Tür hinter sich zu. Nachdem er sich gegenüber von Dean Reeve niedergelassen hatte, betrachtete er ihn ein paar Augenblicke schweigend. Reeve hatte so große Ähnlichkeit mit dem Mann, der vorhin bei ihm im Auto gesessen hatte, dass man auf den ersten Blick überhaupt keinen Unterschied sah. Beide Männer waren eher klein und stämmig gebaut. Beide hatten ein rundes Gesicht und graues Haar mit einem Wirbel in der Mitte, und bei beiden sah man noch einen Hauch von dem roten Farbton, den ihr Haar einmal gehabt hatte – das Rot von Matthew Faraday und dem Jungen aus Alans Fantasien. Beide hatten schöne braune Augen und eine sommersprossige Haut. Sie trugen sogar beide Karohemden, wobei das von Alan eher blaugrün kariert gewesen war, wenn Karlsson sich richtig erinnerte, während Dean sich für ein farbenfroheres Karo entschieden hatte. Beide Männer kauten an den Fingernägeln und hatten die Angewohnheit, im Sitzen mit den Händen über die Oberschenkel zu reiben und die Beine in kurzen Abständen mal in die eine und mal in die andere Richtung übereinanderzuschlagen. Es war richtiggehend unheimlich – wie ein seltsamer und ziemlich beunruhigender Traum, in dem alles doppelt vorkam oder zumindest stark an etwas anderes erinnerte. Das galt sogar für die Art, wie Dean sich auf die Unterlippe biss. Doch als er dann die verschränkten Arme auf die Tischplatte stützte und zu sprechen begann, erinnerte er Karlsson überhaupt nicht mehr an seinen Zwillingsbruder, auch wenn beide die gleiche, leicht gedämpft klingende Stimme hatten.

»So schnell sieht man sich wieder«, stellte er fest.

Karlsson hatte eine Aktenmappe dabei. Er nahm ein Foto heraus und platzierte es so auf dem Tisch, dass Reeve es richtig herum vor sich liegen hatte. »Sehen Sie sich das an«, forderte er ihn auf.

Dabei beobachtete er genau Reeves Mienenspiel, weil er auf eine Reaktion hoffte, eine Spur von Wiedererkennen im Blick, doch da war nichts.

»Ist er das?«, fragte Reeve. »Der Junge, nach dem Sie suchen?«

»Lesen Sie denn keine Zeitungen?«

»Nein.«

»Und die Nachrichten im Fernsehen verfolgen Sie auch nicht?«

»Ich schaue mir nur Fußballspiele an. Terry mag am liebsten die Kochsendungen.«

»Und was ist mit diesem Foto? Haben Sie dieses Mädchen schon mal gesehen?«

Karlsson legte das alte Foto von Joanna auf den Tisch. Reeve betrachtete es ein paar Sekunden und zuckte dann mit den Schultern.

»Ist das ein Nein?«

»Wer soll das sein?«

»Wissen Sie es nicht?«

»Wenn ich es wüsste, würde ich Sie dann fragen?«

Reeve sah Karlsson nicht an, wich seinem Blick aber auch nicht aus. Manche Leute brachen sofort zusammen, sobald man sie zu verhören begann. Anderen merkte man an, dass sie unter Druck standen: Sie schwitzten, stolperten über ihre Worte oder plapperten hektisch vor sich hin. Karlsson begriff schnell, dass Reeve zu keiner dieser beiden Gruppen zählte. Wenn sich sein Gesichtsausdruck überhaupt irgendwie beschreiben ließ, dann höchstens als gleichgültig oder vielleicht sogar leicht amüsiert.

»Haben Sie dazu denn gar nichts zu sagen?«, wandte Karlsson sich erneut an ihn.

»Sie haben mir keine Frage gestellt.«

»Haben Sie den Jungen schon mal gesehen?«

»Diese Frage habe ich Ihnen schon beantwortet, als sie mich das letzte Mal zu Hause besucht haben, und seitdem ist er mir auch nicht über den Weg gelaufen.«

»Wissen Sie etwas über seinen Verbleib?«

»Nein.«

»Wo waren Sie am Freitag, den dreizehnten November, gegen vier Uhr nachmittags?«

»Das hatten wir doch auch schon mal. Sie stellen mir wieder genau die gleichen Fragen. Und ich werde Ihnen die gleiche Antwort geben: Ich weiß es nicht. Das ist so lange her. Wahrscheinlich war ich arbeiten oder auf dem Heimweg von der Arbeit. Vielleicht war ich auch schon zu Hause, bereit fürs Wochenende.«

»Wo haben Sie zu der Zeit gearbeitet?«

Reeve zuckte mit den Achseln. »Keine Ahnung. Ich arbeite mal hier, mal da. Ich bin mein eigener Chef. Das behagt mir am besten. Da kann einen wenigstens keiner verarschen.«

»Vielleicht könnten Sie sich ein bisschen mehr bemühen, sich zu erinnern.«

»Wer weiß, womöglich habe ich an dem Tag sogar für mich selbst gearbeitet. Terry liegt mir ständig damit in den Ohren, dass ich das Haus renovieren soll. Frauen!«

»Heißt das, Sie waren zu Hause?«

»Vielleicht, vielleicht auch nicht.«

»Mr. Reeve, wir werden alle Ihre Nachbarn befragen – jeden, der Sie an dem Tag gesehen haben könnte. Vielleicht wären Sie so freundlich, etwas genauere Angaben zu machen.«

Reeve kratzte sich mit gespieltem Ernst am Kopf. »Bei uns in der Gegend gibt es nicht viele Nachbarn«, bemerkte er, »und sehr gesellig sind wir auch nicht.«

Karlsson ließ sich zurücksinken und verschränkte die Arme. »Kommen wir zu Katherine Ripon. Sie ist fünfundzwanzig Jahre alt und wurde zum letzten Mal gesehen, als sie in Cambridge losfuhr, um zwei Adressen aufzusuchen. Eine davon war die Ihre.«

»Wer ist die Frau?«

»Eine Wissenschaftlerin. Sie wollte mit Ihnen über eine Art Forschungsprojekt sprechen, und nun ist sie verschwunden.«

»Worum geht es denn bei dem Projekt, über das sie mit mir sprechen wollte?«

»Haben Sie sie gesehen?«

»Nein.«

»Wir werden uns auch mit Ihrer Frau unterhalten.«

»Sie ist genau wie ich in der Lage, Nein zu sagen.«

»Unser Durchsuchungsbefehl für Ihr Haus ist immer noch gültig.«

»Sie haben es doch schon durchsucht.«

»Wir durchsuchen es noch mal.«

Die Andeutung eines Lächelns huschte über Reeves Gesicht. »Ich kenne das Gefühl. Kein schönes Gefühl, was? Wenn man etwas verloren hat und vor lauter Verzweiflung anfängt, überall dort, wo man schon gesucht hat, noch einmal zu suchen.«

»Außerdem werden wir uns alle vorhandenen Videoaufzeichnungen ansehen. Wenn sie in Ihrer Gegend war, finden wir das heraus.«

»Wie schön für Sie«, antwortete Reeve.

»Falls Sie uns also etwas zu sagen haben, tun Sie das am besten gleich.«

»Ich habe Ihnen nichts zu sagen.«

»Wenn Sie uns verraten, wo der Junge ist«, fuhr Karlsson unbeirrt fort, »dann können wir einen Deal aushandeln. Wir können dafür sorgen, dass Sie mit einem blauen Auge davonkommen. Und falls er tot ist, können Sie zumindest dieser quälenden Ungewissheit ein Ende setzen. Denken Sie an die Eltern!«

Reeve zog ein Taschentuch aus der Tasche und schnäuzte sich lautstark. »Gibt es hier keinen Mülleimer?«, fragte er.

»Nein«, antwortete Karlsson, »hier drin nicht.«

Reeve legte das zusammengeknüllte Taschentuch auf den Tisch.

»Wir wissen, dass Sie in die Rolle Ihres Zwillingsbruders geschlüpft sind«, erklärte Karlsson. »Warum haben Sie das getan?«

»Was getan? Ich habe doch nur ein paar Blumen verschickt.« Wieder huschte dieses angedeutete Lächeln über sein Gesicht.

»Wahrscheinlich bekommt sie sonst nicht so viele Blumen. Frauen mögen Blumen.«

»Ich kann dafür sorgen, dass Sie hierbleiben.«

Reeve sah ihn nachdenklich an. »Vermutlich sollte ich jetzt wütend werden und nach einem Anwalt verlangen.«

»Wenn Sie einen wollen, können wir einen für Sie organisieren.«

»Wissen Sie, was ich wirklich will?«

»Was?«

»Eine Tasse Tee. Mit Milch und zwei Würfeln Zucker. Und vielleicht einen Keks dazu. Was die Sorte betrifft, bin ich nicht wählerisch. Ich mag alle Sorten: Kekse mit Vanillecreme genauso wie Ingwerplätzchen oder Schokokekse.«

»Das ist hier kein Café.«

»Aber wenn Sie mich hierbehalten wollen, müssen Sie mir was zu essen geben. Tatsache ist, dass Sie mein Haus bereits durchsucht und nichts gefunden haben. Nun haben Sie mich hierhergebracht und gefragt, ob ich das Kind und die Frau gesehen habe, und ich habe Nein gesagt. Damit ist die Sache für mich erledigt. Wenn Sie trotzdem wollen, dass ich hier sitzen bleibe, dann tue ich das. Und wenn Sie mich die ganze Nacht und den ganzen morgigen Tag hier sitzen lassen wollen, dann bleibe ich eben sitzen, sage aber immer noch Nein. Für mich ist das kein Problem, ich habe Geduld. Das lernt man beim Fischen. Gehen Sie auch gerne zum Fischen?«

»Nein.«

»Ich fahre am liebsten hoch zu den Stauseen. Ich spieße einen Mehlwurm auf den Haken, werfe ihn rein und setze mich einfach hin. Manchmal sitze ich da den ganzen Tag, ohne dass der Schwimmer sich bewegt, und es ist trotzdem ein guter Tag. Deswegen bleibe ich auch gerne hier sitzen und trinke Ihren Tee und esse Ihre Kekse, wenn Sie wollen. Allerdings wird Ihnen das nicht helfen, diesen Jungen zu finden.«

Karlsson blickte über Reeves Kopf hinweg auf die Wanduhr. Er beobachtete, wie sich der zweite Zeiger über das Zifferblatt bewegte. Plötzlich war ihm übel, und er musste heftig schlucken.

»Ich hole Ihnen Ihren Kaffee«, erklärte er.

»Tee«, sagte Reeve.

Karlsson verließ den Raum. Seine Kollegin Yvette Long stand schon bereit, um seinen Platz im Verhörraum zu übernehmen. Fast im Laufschritt eilte Karlsson raus auf den Hinterhof, der bisher als Parkplatz gedient hatte. Nun entstand hier ein Anbau. Gierig saugte er die kalte Luft ein, als wollte er sie in großen Schlucken trinken. Er warf einen Blick auf seine Armbanduhr: sechs Uhr. Es kam ihm vor, als würde die Zeit wie mit Krallen an ihm kratzen. Aus einem beleuchteten Zimmer blickte ein Gesicht zu ihm heraus. Einen Augenblick glaubte er, darin das Gesicht des Mannes zu erkennen, den er gerade verhört hatte, doch dann begriff er, dass es sich um dessen Zwillingsbruder handelte, Alan. Er ging wieder hinein und bat einen Beamten, den Tee für Reeve zu holen. Er selbst begab sich ins Untergeschoss. Als er den Raum betrat, in den man Terry gebracht hatte, stritt sie gerade mit einer Polizistin. Die Beamtin wandte sich um. »Sie will hier rauchen.«

»Tut mir leid«, sagte Karlsson an Terry gewandt, »die Vorschriften sind nun mal so. Sie wissen schon, Gesundheitsschutz und Sicherheit.«

»Kann ich draußen eine rauchen?«, fragte sie.

»Gleich. Erst müssen wir uns noch ein bisschen unterhalten.«

Er ließ sich nieder und betrachtete sie. Über ihrer Jeans trug Terry eine glänzende, neongrüne Bomberjacke. Zwischen dem Saum der Jacke und dem Bund ihrer Jeans quoll eine weiße Speckrolle hervor. Karlsson erhaschte einen Blick auf den Rand einer Tätowierung. Irgendetwas Orientalisches. Er zwang sich zu einem freundlichen Lächeln. »Wie lange sind Sie und Ihr Mann denn schon zusammen?«, fragte er.

»Was soll die Frage?«

»Hintergrundinformation.«

Sie presste einen Moment die Handflächen aneinander und rieb sich dann nervös die Finger. Offenbar hielt sie es ohne Zigarette kaum noch aus. »Schon immer, wenn Sie es genau wissen wollen. Und jetzt fragen Sie einfach, was Sie fragen müssen.«

Karlsson zeigte ihr das Foto des Jungen. Sie betrachtete es, als handelte es sich dabei um eine bedeutungslose Kritzelei. Als er ihr das Foto von Joanna Vine vorlegte, machte sie sich kaum die Mühe, einen Blick darauf zu werfen. Karlsson erzählte ihr vom Verschwinden Katherine Ripons, aber sie schüttelte nur den Kopf.

»Die sind mir alle drei nicht über den Weg gelaufen.«

Als er sie daraufhin fragte, was sie am dreizehnten November gemacht habe, schüttelte sie erneut den Kopf. »Keine Ahnung.« Sie hatte etwas Schwerfälliges und zugleich Unzugängliches an sich, das Karlsson wütend machte. Er spürte, wie sich seine Brust vor Ungeduld verkrampfte. Am liebsten hätte er Terry geschüttelt.

»Als wir zu Ihnen ins Haus kamen, hatten Sie gerade einen Raum im ersten Stock frisch gestrichen. Warum?«

»Der Raum hatte es eben nötig.«

»Mit jeder Minute, die vergeht«, erklärte er, »wird die Lage ernster. Aber es ist noch nicht zu spät. Wenn Sie sich dazu entschließen, mit uns zusammenzuarbeiten, tue ich alles in meiner Macht Stehende, um Ihnen zu helfen. Ich kann Ihnen wirklich helfen, und Dean auch, aber dafür müssen Sie mir sagen, was Sie über die vermissten Personen wissen.«

»Die sind mir nicht über den Weg gelaufen.«

»Falls Ihr Mann etwas mit ihrem Verschwinden zu tun hat und Sie ihm eine Hilfe sein wollen, dann sollten Sie jetzt besser mit der Wahrheit herausrücken.«

»Die sind mir nicht über den Weg gelaufen.«

Mehr konnte er ihr nicht entlocken.

Karlsson fand Frieda in der Cafeteria. Zuerst hatte er den Eindruck, dass sie etwas schrieb, aber als er näher kam, begriff er, dass sie zeichnete. Sehr gekonnt hatte sie auf ihrer Papierserviette das halb volle Wasserglas verewigt, das vor ihr auf dem Tisch stand.

»Sie machen das gut«, bemerkte er.

Als sie hochblickte, sah er, wie müde und blass sie wirkte. Fast schon durchsichtig. Plötzlich hatte er das Gefühl, auf der ganzen Linie versagt zu haben, und wandte den Blick ab.

»Sehen Sie Ihre Kinder an Weihnachten?«, fragte sie.

»Ja, am Heiligen Abend für eine Stunde oder so und dann noch einmal am zweiten Weihnachtsfeiertag.«

»Das muss schwer für Sie sein.«

Er zuckte nur mit den Achseln, weil er befürchtete, bei diesem heiklen Thema könnte ihm die Stimme den Dienst versagen.

»Ich habe keine Kinder«, fuhr Frieda fort, als spräche sie mit sich selbst. »Vielleicht weil ich mich diesem ganzen Schmerz nicht aussetzen will. Bei meinen Patienten kann ich es ertragen, aber wenn es um die eigenen Kinder geht… Ich weiß nicht.«

»Meine Wut auf Sie war nicht angebracht«, wechselte er das Thema. »Sie können ja im Grunde nichts dafür.«

»Nein, Sie hatten schon recht. Ich hätte ihm die Adressen nicht geben sollen.« Sie wartete einen Moment. »Bei den Reeves kommen Sie wohl nicht weiter?«

»DC Long ist gerade drinnen bei Dean Reeve, um alles noch einmal mit ihm durchzukauen. Sie hat normalerweise ein Händchen dafür, die Leute zum Reden zu bringen, aber in diesem Fall habe ich wenig Hoffnung.«

Er griff nach dem Glas, das Frieda gezeichnet hatte, trank einen Schluck und wischte sich mit dem Ärmel den Mund ab. »Es gibt Leute«, erklärte er, »die dem Druck standhalten. Ich habe es gleich gespürt, als ich den Verhörraum betrat und mich ihm gegenüber niederließ. Der Kerl macht einen völlig unbekümmerten Eindruck.«

»Sie meinen, er fühlt sich sicher?«

»Sieht ganz danach aus. Er ist offenbar der Meinung, dass wir ihm nichts anhaben können. Die Frage ist nur: warum?«

Frieda wartete. Karlsson griff nach dem Glas, betrachtete es einen Moment und stellte es dann wieder hin. »Der Junge ist tot«, sagte er. »Oder wenn nicht, wird er es bald sein. Wir werden ihn nicht finden. Verstehen Sie mich bitte nicht falsch. Wir geben nicht auf. Wir tun alles in unserer Macht Stehende. Obwohl Weihnachten ist und meine Leute eigentlich bei ihren Kindern sein sollten, sind alle im Einsatz. Wir nehmen das Haus der Reeves noch einmal gründlich unter die Lupe. Wir klopfen an alle Türen, an die wir bereits geklopft haben. Wir werden uns über jeden Job informieren, den Dean Reeve im Lauf des letzten Jahres gemacht hat. Vielleicht bringt uns das ja irgendwie weiter. Wir werden mit allen uns zur Verfügung stehenden Leuten die Gegend durchkämmen und dabei auch Spürhunde einsetzen. Aber Sie wissen ja selbst, wie es dort aussieht: lauter mit Brettern vernagelte Gebäude, alte Lagerhäuser, leer stehende Wohnungen. Es gibt dort Tausende solcher Wohnungen, und in jeder könnte er sein – oder an einem ganz anderen Ort. Wobei wir wahrscheinlich am ehesten nach einem frisch umgegrabenen Fleckchen Erde Ausschau halten sollten oder nach einer im Fluss treibenden Leiche.«

»Aber Sie glauben, dass Reeve unser Mann ist.«

»Ich rieche es förmlich«, erklärte Karlsson mit einem wilden Ausdruck in den Augen. »Ich weiß, dass er es ist, und er weiß, dass ich es weiß. Das ist genau der Grund, warum er das Ganze so genießt.«

»Er ist also davon überzeugt, dass Sie ihm nichts anhaben können. Warum? Wie kann er da so sicher sein?«

»Weil er alle Beweise vernichtet hat.«

»Was ist mit seiner Frau? Sagt die etwas?«

»Die?« Er schüttelte frustriert den Kopf. »Die ist noch schlimmer als er, falls das überhaupt möglich ist. Sie sitzt nur da, sieht einen an, als würde man lauter wirres Zeug reden, und wiederholt ständig den gleichen Satz. Er ist der dominante Partner, daran besteht kein Zweifel, aber es kann einfach nicht sein, dass sie nichts weiß. Ich vermute, dass sie mit Matthew das Gleiche gemacht hat, was Dean Reeves Mutter mit Joanna getan hat: das Kind in den Wagen gelockt. Aber das ist wie gesagt nur eine Vermutung. Ich habe nicht die Spur eines Beweises.«

»Gar nichts?«

»Nun ja.« Er bedachte sie mit einem grimmigen Blick. »Natürlich haben wir unseren neuen großen Joker, Kathy Ripon. Sie wollte zu ihm und ist seitdem verschwunden. Wir sprechen gerade mit den Eltern, ihrem Freundeskreis, allen Leuten, die sie gesehen haben könnten, und organisieren eine groß angelegte Suchaktion. Zusätzlich sichten wir sämtliche Videoaufzeichnungen. Mal schauen, ob wir nachweisen können, dass sie in der Gegend war. So, wie die Medien auf dem Thema herumhacken, möchte man meinen, es gäbe an jeder Ecke eine Kamera, und nichts bliebe unbeobachtet, aber dem ist keineswegs so. Außerdem habe ich manchmal das Gefühl, dass die Tage oder Wochen, die man braucht, um sich die ganzen Aufzeichnungen anzusehen, die Ermittlungen eher aufhalten als vorantreiben.« Er warf einen Blick auf seine Armbanduhr und zog eine Grimasse. »Trotzdem, wenn sie an dem Tag nach London gefahren ist, wie Professor Boundy sagt, dann müssten die Kameras sie eigentlich bei King's Cross oder in der Liverpool Street festgehalten haben, und vielleicht können wir von dort aus ihre Spur verfolgen. Wir haben ein Zeitfenster zwischen ihrer Abreise in Cambridge im Anschluss an ihr Telefonat mit dem Professor und dem Zeitpunkt, als wir ein paar Stunden später im Rahmen unserer Ermittlungen das Haus der Reeves durchsuchten.«

»Was ist mit Alan?«

»DC Wells nimmt gerade seine Aussage auf. Natürlich war

die zweite Adresse, die Kathy Ripon aufsuchen sollte, die seine.«

»Ich glaube, ich warte hier, bis er fertig ist, und begleite ihn dann nach Hause.«

»Danke. Am besten, Sie kommen danach gleich wieder her.«

»Ich arbeite nicht für Sie, falls Sie das vergessen haben.«

»Könnten Sie danach bitte noch einmal herkommen?«, versuchte er es ein zweites Mal. Allerdings verdarb er es dann wieder, indem er hinzufügte: »Na, gefällt Ihnen das besser?«

»Nicht nennenswert. Aber ich komme trotzdem wieder, weil ich gerne helfen möchte.«

»Ich kenne das Gefühl«, meinte Karlsson in verbittertem Ton. »Also, wenn gar nichts anderes mehr hilft, können Sie sich ja immer noch ihre Träume erzählen lassen.«

36

Als Frieda Alan anbot, ihn nach Hause zu begleiten, starrte er sie nur an.

»Alan? Haben Sie Carrie schon angerufen?«

»Nein.«

»Sie können sie von unterwegs aus anrufen.«

»Ich gehe erst, wenn ich ihn gesehen habe.«

»Sie meinen Dean?«

»Meinen Bruder. Meinen Zwilling. Mein anderes Selbst. Ich muss ihn sehen.«

»Das ist im Moment sicher nicht möglich.«

»Ich gehe erst, wenn ich ihn gesehen habe.«

»Die Polizei verhört ihn gerade.«

»Während meiner ersten vierzig Lebensjahre wusste ich nicht das Geringste über meine Familie, ich hatte nicht einmal einen Namen, und nun erfahre ich, dass ich eine Mutter habe, die noch lebt, und einen Zwillingsbruder. Einen Zwillingsbruder, der jetzt hier im Haus ist, wahrscheinlich nur wenige Meter von mir entfernt. Was glauben Sie, wie sich das anfühlt? Sie kennen sich doch angeblich mit solchen Sachen aus. Sagen Sie es mir!«

Frieda nahm Platz und beugte sich vor. »Was erwarten Sie sich davon?«

»Keine Ahnung. Aber nun bin ich schon so nahe an ihm dran. Da kann ich doch nicht einfach wieder gehen!«

»Es tut mir leid«, sagte Frieda, »aber man wird Sie nicht zu ihm lassen. Nicht jetzt.«

»Na gut.« Alan stand auf und begann sich in seinen Dufflecoat zu kämpfen. »Dann besuchen wir eben sie.«

»Sie?«

»Meine Mutter. Die Frau, die ihn behalten, aber mich hergegeben hat.«

»Wollen Sie ihn deshalb sehen? Um herauszufinden, warum sie sich für ihn entschieden hat und nicht für Sie?«

»Das muss doch einen Grund gehabt haben, oder nicht?«

»Sie beide waren damals einfach nur zwei Babys. Außerdem erinnert sie sich wahrscheinlich gar nicht mehr an Sie.«

»Ich muss sie sehen.«

»Es ist schon spät.«

»Das ist mir völlig egal, und wenn es mitten in der Nacht wäre! Sagen Sie mir, wo sie ist? Oder muss ich das selbst in Erfahrung bringen? Irgendwie bekomme ich es schon heraus. Vielleicht verrät es mir ja Ihr Freund, der Detective.«

Frieda lächelte und stand ebenfalls auf. »Wenn Sie das wirklich wollen«, antwortete sie, »dann sage ich es Ihnen. Aber rufen Sie vorher Carrie an, und lassen Sie sie wissen, wann Sie nach Hause kommen und dass mit Ihnen alles in Ordnung ist. Das Taxi geht auf mich.«

»Sie kommen mit?«

»Wenn Sie wollen.«

Karlsson saß vor Dean Reeve. Auf jede Frage, die er ihm stellte, folgte eine schnelle, knappe Antwort – Reeve schoss den Ball jedes Mal sofort zurück, und immer mit dem gleichen widerlichen Lächeln im Gesicht. Dabei ließ er seinen Gegner keine Sekunde aus den Augen. Er wusste, dass Karlsson wütend war und dass er sich zunehmend hilflos fühlte.

Gegenüber Yvette Long verhielt er sich genauso – nur dass er bei ihr den Blick immer wieder von ihrem Gesicht nach unten gleiten ließ, was sie wider Willen zum Erröten brachte und sehr wütend machte.

»Er spielt mit uns!«, schimpfte sie, als sie sich hinterher mit ihrem Chef beriet.

»Lassen Sie sich nicht von ihm provozieren. Sonst gewinnt er.«

»Er hat doch schon gewonnen.«

»Fühlen Sie sich dem wirklich gewachsen?«, fragte Frieda.

Alan stand neben ihr. Er machte einen ängstlichen Eindruck und hatte bereits Tränen in den Augen. »Kommen Sie mit rein?«

»Wenn Sie das möchten.«

»Ja, bitte. Ich kann nicht…« Er schluckte.

»Na, dann wollen wir mal!«

Frieda nahm ihn wie ein Kind an der Hand und führte ihn den Gang entlang zu dem kleinen Zimmer, in dem seine Mutter saß. Alan ging schleppend, und seine Finger fühlten sich eiskalt an. Frieda lächelte ihm aufmunternd zu, ehe sie an die Tür klopfte und sie dann öffnete. Alan trat ein. Sie hörte, wie gepresst er atmete. Einen Moment stand er reglos da und starrte auf die alte Frau, die dort in gebückter Haltung in ihrem Sessel saß. Dann stolperte er zu ihr hinüber und sank neben ihr auf die Knie.

»Mutter? Mum?«

Frieda musste sich abwenden, weil sie den entsetzten und zugleich inbrünstig flehenden Ausdruck auf seinem Gesicht nicht ertragen konnte.

»Bist du wieder ein unartiger Junge gewesen?«

»Ich bin nicht er. Ich bin der andere.«

»Du warst immer unartig.«

»Du hast mich weggegeben.«

»Nein! Das hätte ich *niemals* getan. Lieber hätte ich mir die Zunge herausgeschnitten. Wer hat dir denn so etwas eingeredet?«

»Du hast mich ausgesetzt. Warum hast du das getan?«

»Unser kleines Geheimnis, was?«

Frieda, die auf dem Bett saß, musterte Mrs. Reeve aufmerksam. Bestimmt sprach sie gerade von dem, was sie und ihr Sohn vor all den Jahren getan hatten.

»Warum mich?«

»Du bist ein unartiger Junge. Was soll man mit so einem Jungen nur machen?«

»Ich bin Alan. Nicht Dean. Ich bin dein anderer Sohn. Dein verlorener Sohn.«

»Hast du einen Doughnut für mich?«

»Du musst mir sagen, warum du das getan hast. Ich muss es wissen. Dann lasse ich dich in Ruhe.«

»Ich esse gerne Doughnuts.«

»Du hast mich in ein dünnes Handtuch gewickelt und einfach irgendwo liegen lassen. Ich hätte sterben können. War dir das denn egal?«

»Ich möchte jetzt nach Hause.«

»Was hat mit mir nicht gestimmt?«

Mrs. Reeve tätschelte sanft seinen Kopf. »Du ungezogener, ungezogener Dean. Macht aber nichts.«

»Was bist du nur für eine Mutter?«

»Ich bin *deine* Mutter, Liebling.«

»Er steckt in Schwierigkeiten, dein heiß geliebter Dean. Er hat etwas sehr Schlimmes getan. Etwas Böses.«

»Ich weiß nichts.«

»Er ist gerade bei der Polizei.«

»Ich weiß nichts.«

»Sieh mich an – sieh *mich* an. Ich bin nicht er.«

»Ich weiß nichts.« Sie begann sich in ihrem Sessel vor und zurück zu wiegen, wobei sie den Blick auf Frieda gerichtet hielt und die Worte vor sich hin sang wie ein Wiegenlied. »Ich weiß nichts. Ich weiß nichts. Ich weiß nichts.«

»Mum.« Vorsichtig nahm Alan ihre Hand und verzog gequält das Gesicht, ehe er das Wort ausprobierte: »Mummy?«

»Ungezogen. Sehr ungezogen.«

»Ich war dir völlig egal, oder? Du hast nie auch nur einen

Gedanken an mich verschwendet. Was bist du bloß für ein Mensch?«

Frieda stand auf und nahm Alan am Arm. »Kommen Sie«, sagte sie, »das reicht. Sie müssen jetzt nach Hause, wo Sie hingehören.«

»Ja«, sagte er. Sein Gesicht war tränennass. »Sie haben recht. Sie ist nur ein böses altes Weib. Sie ist nicht meine Mutter. Ich kann sie nicht mal hassen. Sie bedeutet mir nichts, gar nichts.«

Im Taxi schwiegen sie. Alan blickte auf seine Hände hinunter, Frieda schaute in die Nacht hinaus. Es hatte wieder zu schneien begonnen, und dieses Mal blieb der Schnee liegen. Wie Puderzucker fiel er auf die Gehsteige, die Dächer und die Äste der Platanen. Sie würden weiße Weihnachten bekommen, ging Frieda durch den Kopf. Zum ersten Mal seit vielen Jahren. Sie musste daran denken, wie sie und ihr Bruder als Kinder auf einem Schlitten den Hügel hinuntergesaust waren, nicht weit vom Haus ihrer Großmutter entfernt. Mit brennenden Wangen und Schneeflocken auf den Wimpern, den Mund weit aufgerissen, während die Welt weiß und verschwommen an ihnen vorbeirauschte. Wann war sie das letzte Mal Schlitten gefahren? Wann hatte sie das letzte Mal einen Schneemann gebaut oder einen Schneeball geworfen? Und wie lange hatte sie ihren Bruder schon nicht mehr gesehen? Ihre Eltern? Die ganze Welt ihrer Kindheit hatte sich in Nichts aufgelöst, und anstelle dieser Welt hatte sie sich eine Erwachsenenwelt voller Verantwortung aufgebaut, geprägt von den Qualen und Bedürfnissen anderer Menschen – eine wohlgeordnete Welt mit vielen verschiedenen Fächern und gut geschützten Grenzen.

»Es ist gleich hier, auf der linken Seite«, sagte Alan zum Taxifahrer, der daraufhin seitlich ranfuhr. Alan stieg aus. Er ließ die Tür offen, aber Frieda folgte ihm nicht.

»Wollen Sie denn nicht mit hineinkommen?«, fragte er. »Ich weiß gar nicht, wie ich ihr das beibringen soll.«

»Carrie?«

»Es wäre mir sehr lieb, wenn Sie mir helfen könnten, ihr das alles begreiflich zu machen.«

»Aber, Alan ...«

»Sie können sich gar nicht vorstellen, wie sich das anfühlt. Was ich heute alles erfahren habe. Was mir alles passiert ist. Ich kann das bestimmt nicht richtig erzählen. Sie wird total schockiert sein.«

»Wieso glauben Sie, dass meine Anwesenheit da hilfreich sein könnte?«

»Aus Ihrem Mund klingt es – ich weiß auch nicht – professioneller oder so. Sie können ihr erzählen, was Sie mir erzählt haben. Dann wirkt es nicht ganz so ... beängstigend. Sie wissen schon.«

»Fahren Sie nun weiter, oder steigen Sie aus?«, mischte der Taxifahrer sich ein.

Frieda zögerte. Sie sah Alans angsterfülltes Gesicht, und sie sah die Schneeflocken durch das Licht der Straßenlampe wirbeln und auf seinem grauen Haar landen. Dann musste sie plötzlich an Karlsson denken, der auf dem Polizeirevier auf sie wartete und vor lauter Frust vermutlich schon knurrte. »Sie brauchen mich nicht«, sagte sie zu Alan. »Sie brauchen Carrie. Geben Sie ihr die Chance, Sie zu verstehen. Sie können morgen um elf zu mir kommen, dann reden wir darüber.« Frieda wandte sich an den Taxifahrer. »Können Sie mich bitte zurück zum Polizeirevier fahren?«

37

Frieda war davon ausgegangen, dass sich der Trubel inzwischen gelegt hatte und sie in ein dunkles, fast menschenleeres Polizeirevier zurückkehren würde, aber dem war ganz und gar nicht so. Als sie es betrat, schlug ihr erneut Lärm entgegen. Metallstühle wurden scharrend zurückgeschoben, Türen geöffnet und wieder geschlossen. Telefone klingelten, irgendwo im Haus schrie jemand vor Wut oder Angst, und draußen auf dem Gang hörte man immer wieder eilige Schritte. Frieda ging durch den Kopf, dass auf einem Polizeirevier während der Weihnachtszeit wahrscheinlich besonders viel Betrieb herrschte, weil die Betrunkenen um diese Zeit noch betrunkener und die Einsamen noch einsamer waren. Die Traurigen und die Verrückten fanden ihr Los noch unerträglicher als sonst, und die ganze Qual und Scheußlichkeit des Lebens kam an die Oberfläche. Jeden Moment konnte jemand mit einem Messer in der Brust oder einer Nadel im Arm zur Tür hereintaumeln oder eine Frau mit einem blau geschlagenen Gesicht auf die Theke am Eingang zuschwanken und erklären, er habe ihr nicht wehtun wollen.

»Nichts Neues?«, wandte sie sich an Karlsson, der sie im Eingangsbereich in Empfang nahm. Wobei sich die Frage eigentlich erübrigte, weil ihm die Antwort ins Gesicht geschrieben stand.

»Uns läuft die Zeit davon«, erklärte er. »Am Ende muss ich die beiden wieder laufen lassen. Dann haben sie gewonnen. Kein Matthew Faraday, keine Kathy Ripon.«

»Was erwarten Sie sich von mir?«

»Keine Ahnung. Vielleicht könnten Sie mit ihnen reden. Ist das nicht Ihr Beruf?«

»Ich bin keine Hexe. Ich habe auch keinen Zauberspruch auf Lager, der sie zum Reden bringt.«

»Schade.«

»Ich spreche trotzdem mit ihnen. Wird das eine offizielle Sache?«

»Wie meinen Sie das?«

»Werden Sie dabei sein? Wollen Sie die Gespräche aufzeichnen?«

»Wie hätten Sie es denn gern?«

»Am liebsten würde ich alleine mit ihnen reden.«

Dean Reeve sah überhaupt nicht müde aus, ganz im Gegenteil. Er wirkte viel frischer als bei ihrer ersten Begegnung, fast als zöge er aus der Situation so viel Kraft, dass er sich inzwischen unangreifbar fühlte. Während Frieda sich einen Stuhl zurechtrückte, ging ihr durch den Kopf, dass er das Ganze richtig zu genießen schien. Er lächelte sie an.

»Jetzt sollen also Sie mit mir reden. Das ist nett. Eine hübsche Frau.«

»Ich soll nicht reden«, widersprach sie, »sondern zuhören.«

»Was wollen Sie denn hören? Vielleicht das hier?«

Er begann mit dem Zeigefinger auf die Tischplatte zu klopfen. Auf seinem Gesicht lag immer noch die Andeutung eines liebenswürdigen Lächelns.

»Sie sind also ein Zwilling«, begann Frieda.

Tap, tap-tap, tap.

»Noch dazu ein eineiiger Zwilling. Wie fühlt sich das denn an?«

Tap, tap-tap, tap.

»Sie haben es nicht gewusst, oder?«

Tap, tap-tap, tap.

»Ihre Mutter hat es Ihnen nie gesagt. Was ist das für ein Gefühl, wenn man plötzlich erfährt, dass man nicht einzigartig ist? Dass es da draußen jemanden gibt, der so aussieht wie man selbst, so spricht wie man selbst und so denkt wie man selbst? All die Jahre dachten Sie doch, es gäbe nur einen von Ihrer Sorte.« Während er sie weiter liebenswürdig anlächelte, fuhr sie fort: »Sie sind wie ein Klon. Und haben nie etwas davon gewusst. Ihre Mutter hat Ihnen das all die Jahre verheimlicht. Fühlen Sie sich dadurch nicht irgendwie verraten? Schließlich hat sie Sie ganz schön für dumm verkauft.«

Er klopfte weiter mit seinem dicken Finger auf die Tischplatte, ohne auch nur für eine Sekunde den Blick von Frieda abzuwenden. An seiner lächelnden Miene veränderte sich nichts, aber Frieda spürte seine Wut auf ihrer Haut, die den ganzen Raum verpestete.

»Alle Ihre Pläne sind gescheitert. Jeder weiß, was Sie getan haben. Wie fühlt sich das an, wenn so eine Sache, die man klammheimlich machen wollte, plötzlich ans Tageslicht gezerrt wird? Der Junge sollte Ihr Sohn werden, stimmt's? So war das doch geplant, oder?«

Das Klopfen wurde lauter. Frieda spürte den heimtückischen Rhythmus bis in ihr Gehirn.

»Wenn Sie sich vorkommen wie Matthews Vater, wie können Sie ihn dann in Gefahr bringen? Ihre Aufgabe ist es, ihn zu beschützen. Wenn Sie mir sagen, wo er ist, retten Sie damit nicht nur ihn, sondern auch sich selbst. Und Sie behalten die Kontrolle.«

Frieda wusste, dass er nichts sagen würde. Er würde sie nur weiter sanft anlächeln und mit dem Finger auf die Tischplatte klopfen. Er würde nicht zusammenbrechen, sondern einfach alle aussitzen, die kamen und ihm gegenüber Platz nahmen. Er würde jeden von ihnen anstarren, bis sein Gegenüber irgendwann den Blick abwandte. Er würde sein Schweigen nicht brechen. Und jedes Mal, wenn wieder jemand unverrichteter Dinge abzog, war das für ihn ein weiterer kleiner Sieg, der ihn stärkte. Als Frieda aufstand und ging, spürte sie sein triumphierendes Lächeln in ihrem Rücken.

Terry war anders. Sie schlief, als Frieda zu ihr in den Raum kam. Sie hatte den Kopf auf die gefalteten Hände gebettet, und aus ihrem offenen Mund drang leises Schnarchen. Ein wenig Speichel lief ihr übers Kinn. Selbst als sie schließlich hochschreckte und Frieda einen Moment verschlafen anstarrte, als wüsste sie nicht, wer sie war, richtete sie sich nicht auf, sondern behielt ihre hingelümmelte Haltung bei. Von Zeit zu Zeit legte sie sogar den Kopf auf die Tischplatte, als wollte sie weiterschlafen. Ihr Make-up war verschmiert, und an ihren Zähnen klebte Lippenstift. Ihr Haar wirkte fettig. Frieda hatte den Eindruck, dass sie weder Angst noch größere Wut empfand, sondern einfach nur sauer war, weil man sie zwang, stundenlang in diesem ungemütlichen Raum zu sitzen. Sie wollte zurück in ihr überheiztes Haus, zu ihren Katzen. Sie lechzte nach einer Zigarette, und sie fror. Außerdem hatte sie Hunger. Das Zeug, das sie ihr vorgesetzt hatten, war scheußlich gewesen. Müde war sie auch – was man ihr deutlich ansah: Ihr Gesicht wirkte aufgedunsen, ihre Augen waren gerötet. Hin und wieder schlang sie die Arme um ihren großen, erbärmlichen Körper, als wollte sie sich selbst zum Trost umarmen.

»Wie lange kennen Dean und Sie sich schon?«, fragte Frieda.

Terry zuckte mit den Achseln.

»Wann haben Sie geheiratet?«

»Vor einer Ewigkeit.«

»Wie haben Sie sich kennengelernt?«

»Das ist schon viele Jahre her, wir waren damals noch Kinder. Kann ich jetzt endlich eine rauchen?«

»Gehen Sie zur Arbeit, Terry?«

»Was genau sind Sie eigentlich? Sie gehören doch gar nicht zu denen, oder? Sie sehen nicht aus wie eine Polizistin.«

»Ich habe es Ihnen doch schon gesagt. Ich bin so eine Art Ärztin.«

»Mir fehlt nichts. Abgesehen davon, dass sie mich hier festhalten.«

»Haben Sie das Gefühl, immer tun zu müssen, was Dean Ihnen sagt?«

»Ich brauche eine Zigarette.«

»Sie müssen nicht tun, was Dean Ihnen sagt.«

»Ja, schon klar.« Sie gähnte übertrieben. »Sind Sie jetzt fertig?«

»Sie müssen ihm nicht gehorchen. Erzählen Sie uns ruhig von Matthew. Erzählen Sie uns von Joanna und Kathy. Das wäre sehr mutig von Ihnen.«

»Ich habe keine Ahnung, wovon Sie sprechen. Sie bilden sich ein, über mein Leben Bescheid zu wissen, aber das tun Sie nicht. Leute wie Sie wissen nichts über Leute wie uns.«

38

Sie hatte eine Mail von Sandy bekommen. Geschrieben um ein Uhr morgens. Die Nachricht besagte, er habe sich ursprünglich zwar fest vorgenommen, sich nicht mehr bei ihr zu melden, es am Ende aber doch nicht geschafft. Sie fehle ihm so sehr, dass es richtig wehtue. Die Vorstellung, sie nie wieder zu sehen, sie nie wieder im Arm zu halten, sei ihm unerträglich, und deswegen bitte er sie hiermit um ein Treffen. Er breche schon in wenigen Tagen nach Amerika auf, würde sie aber gerne noch einmal sehen. Er *müsse* sie noch einmal sehen. Bitte, schrieb er: *Bitte, Frieda, bitte.*

Frieda saß mehrere Minuten reglos vor dem Bildschirm und starrte auf den Text. Dann drückte sie die Löschtaste, stand auf und schenkte sich ein Glas Wein ein. Sie trank es im Stehen, neben dem Kamin, der voller kalter Asche war. Mittlerweile war es halb drei Uhr morgens – die schlimmste Zeit, um wach und von heftiger Sehnsucht erfüllt zu sein. Sie setzte sich wieder an den Computer und holte die Nachricht aus dem Papierkorb. Während der letzten Tage war es ihr vorgekommen, als wäre die Sache mit Sandy schon lange vorbei und ganz weit weg. Während er sich nach ihr verzehrt hatte, war sie in Gedanken bei dem entführten Jungen gewesen. Nun aber, mit dieser Mail, brach auch über sie wieder die Sehnsucht herein, eine Flut aus Traurigkeit. Wäre er jetzt bei ihr gewesen, hätte sie mit ihm über ihre Gefühle reden können. Sandy verstand sie wie kein anderer. Er war ein aufmerksamer Zuhörer, der einem nie ins Wort fiel. Ihm konnte sie sogar Versagensängste, Selbstzweifel oder Schuldgefühle eingestehen. Er verstand sie selbst dann, wenn sie schwieg.

Sie schrieb: »Sandy, komm vorbei, sobald du das hier liest, egal, um welche Zeit.« Einen Moment stellte sie sich vor, wie es sich anfühlen würde, die Tür aufzumachen und sein Gesicht zu sehen. Dann blinzelte sie und schüttelte den Kopf. Wieder drückte sie auf die Löschtaste, sah zu, wie ihre Nachricht verschwand, schaltete den Computer aus und ging hinunter in ihr Schlafzimmer.

Drei Uhr morgens war eine gefährliche Zeit zum Nachdenken. Während Frieda im Bett lag und zur Decke hinaufstarrte, konnte sie zwar sehr klar denken und wurde durch nichts abgelenkt, doch ihre Gedanken hatten auch etwas Kaltes, als läge sie auf dem Grund des Meeres. Sie dachte an Dean Reeve. Und an Terry. Was musste sie tun, um in die Köpfe dieser beiden zu gelangen? Sollte sie aufgrund ihres Berufes nicht eigentlich wissen, wie das ging? Frieda hatte den Großteil ihres Erwachsenenlebens damit zugebracht, in irgendwelchen Räumen zu sitzen und zuzuhören, während andere Leute redeten und redeten und redeten. Manche erzählten ihr Wahrheiten, die sie vorher nicht einmal sich selbst eingestanden, geschweige denn laut ausgesprochen hatten. Andere logen, waren selbstgerecht oder ergingen sich in Selbstmitleid. Wieder andere waren wütend, traurig oder völlig am Boden zerstört, doch solange sie sprachen, war Frieda in der Lage, ihre Worte aufzugreifen und daraus eine Geschichte zu machen, die dem Leben der betreffenden Leute so etwas wie Sinn verlieh oder ihnen vielleicht auch nur eine Art Refugium lieferte, in dem sie überleben konnten. Es handelte sich dabei stets um Leute, die von sich aus ihre Hilfe suchten oder durch andere an sie verwiesen wurden. Was aber machte man mit Menschen, die gar nicht bereit waren zu reden – oder nicht in der Lage, aus sich herauszugehen? Wie kam man an die heran?

In den vergangenen Jahren hatte sie mehrfach Seminare besucht, in denen das Thema Folter zur Sprache gekommen war.

Warum war das zur Zeit so aktuell? Warum fanden die Leute dieses Thema plötzlich derart faszinierend, dass sie immer wieder das Bedürfnis hatten, darüber zu diskutieren? Lag das irgendwie in der Luft? Dean Reeve. Sie hatte sein Gesicht gesehen, sein bedächtiges Lächeln. Er würde nichts sagen, egal, was man mit ihm anstellte. Vermutlich würde er es sogar noch als eine Art Triumph betrachten, gefoltert zu werden, weil die gegnerische Seite dadurch ihre eigene Menschlichkeit und all ihre Werte verriet – noch dazu ohne Erfolg. Aber was war mit Terry? Wenn man … nein, dachte Frieda, nicht man, sondern ich, Frieda Klein. Wenn ich mit Terry Reeve allein in einem Raum wäre. Nur für eine Stunde. Frieda stellte sich die medizinischen Instrumente vor, die Skalpelle, die Klammern. Ein paar Drähte, die sich unter Strom setzen ließen. Einen Haken an der Decke. Eine Kette oder ein Seil. Eine Wanne mit Wasser. Ein Handtuch. Frieda verfügte über eine medizinische Ausbildung. Sie wusste, auf welche Weise man einem Menschen echten, tiefen Schmerz zufügen konnte. Sie wusste, wie man jemanden so weit bringen konnte, dass er das Gefühl hatte, jeden Moment sterben zu müssen. Eine Stunde allein mit Terry Reeve, ohne dass jemand Fragen stellte. Man brauchte sich das Ganze nur wie eine mathematische Formel vorzustellen. Die Information X befand sich in Terry Reeves Kopf. Wenn es gelänge, besagtes X durch irgendeine Folterprozedur aus ihrem Kopf herauszulösen, dann würde Kathy Ripon gefunden und könnte das Leben leben, das sie verdient hatte. Zu solchen Mitteln zu greifen wäre falsch – so falsch, wie etwas nur sein konnte. Aber wenn nun sie selbst, Frieda, irgendwo in der Dunkelheit läge, mit Draht gefesselt und mit Klebeband über dem Mund, was würde sie dann von einer Person halten, die mit Terry Reeve in einem Verhörraum saß und sich voller Skrupel sagte, dass man manche Dinge nun mal nicht machen dürfe? Die sich den Luxus gönnte, moralisch integer zu bleiben, während sie, Frieda, oder Kathy noch immer irgendwo da draußen in der Dunkelheit lag? Wobei es natürlich sein konnte, dass Terry tatsächlich nichts oder so gut wie nichts wusste. Man würde also unter Umständen versuchen, per Folter ein X zu finden, das gar nicht da war, und sich dann womöglich denken: Vielleicht haben wir noch nicht genug gefoltert.

Trotzdem war es leicht, etwas moralisch Richtiges zu tun, um jemanden zu retten. Aber wäre sie, Frieda, auch bereit, etwas moralisch Falsches zu tun, um dieses Ziel zu erreichen? Solche dummen Gedanken schwirrten einem durch den Kopf, wenn man um drei Uhr morgens mit niedrigem Blutzuckerspiegel wach lag. Frieda wusste aufgrund ihrer Ausbildung, aber auch aus Erfahrung, dass man um diese Zeit zu negativen, destruktiven Gedanken neigte. Deswegen stand sie normalerweise auch mitten in der Nacht auf. Ein Spaziergang, ein Schundroman, ein heißes Bad oder ein Drink – alles war besser, als im Bett zu liegen und sich mit düsteren Gedanken zu quälen. Dieses Mal aber stand sie nicht auf. Sie zwang sich, liegen zu bleiben und sich weiter über das Problem Gedanken zu machen. Der Schlüssel befand sich aller Wahrscheinlichkeit nach in Dean Reeves Kopf. Und sie kam nicht an diesen Schlüssel heran. Was konnte sie tun? In dem Moment hatte Frieda einen Einfall. Auch mit solchen Einfällen kannte sie sich bestens aus: Man hatte mitten in der Nacht eine geniale Idee, aber wenn man dann am Morgen aufwachte und sich seine tolle Idee ins Gedächtnis rief, war sie plötzlich gar nicht mehr so toll, sondern entpuppte sich im harschen Morgenlicht als dumm oder albern oder lächerlich.

Es war noch nicht richtig hell, als sie ihr Haus verließ und in Richtung Norden marschierte, über die Euston Road und dann den Park entlang. Als sie schließlich an Reubens Haustür klingelte, war es erst kurz nach acht. Josef machte ihr auf. Der Geruch von Kaffee und gebratenem Speck schlug ihr entgegen.

»Musst du nicht arbeiten?«, fragte sie.

»Das hier ist meine Arbeit«, erwiderte Josef, »und ich wohne auf der Baustelle. Komm rein.«

Frieda folgte ihm in die Küche. Reuben saß am Tisch und hatte einen noch halb vollen Teller mit Rührei, Speck und gebratenem Brot vor sich stehen. Er legte die Zeitung weg und betrachtete Frieda mit besorgter Miene. »Geht es dir nicht gut?

»Ich bin nur müde.«

Die prüfenden Blicke der beiden Männer machten sie ganz verlegen. Sie fuhr sich mit den Fingern durchs Haar, als hätte sich irgendetwas, das sie nicht sehen konnte, darin verfangen.

»Du siehst nicht gut aus«, sagte Josef. »Setz dich.«

Frieda ließ sich am Tisch nieder. »Es geht mir gut«, erklärte sie, »ich hatte nur keine rechte Zeit zum Schlafen.«

»Möchtest du Frühstück?«, fragte Reuben.

»Nein, ich habe keinen Hunger«, antwortete sie. »Ich nehme mir nur einen Happen von dir.« Mit diesen Worten stibitzte sie ein Stück geröstetes Brot von Reubens Teller und begann darauf herumzukauen. Josef stellte ihr einen Teller hin und füllte ihn im Lauf der nächsten paar Minuten mit Ei, Speck und Toast. Frieda warf einen Blick zu Reuben hinüber. Vielleicht wirkte sie selbst nur so kränklich, weil er inzwischen wieder so gut aussah.

»Ihr beide gebt ein nettes Paar ab«, bemerkte sie.

Reuben trank einen Schluck Kaffee. Dann nahm er eine Zigarette aus der Schachtel, die vor ihm auf dem Tisch lag, und zündete sie sich an. »Glaub mir«, antwortete er, »das Zusammenleben mit Josef ist um Welten angenehmer als das mit Ingrid. Und sag jetzt nicht, das sei nicht die richtige Art, mit meinen Problemen umzugehen.«

»Also gut, ich halte den Mund.«

»Ich bin übrigens am Überlegen, ob ich Paz bitten soll, mal mit mir auszugehen.«

»O nein, das tust du nicht.«

»Nein?«

»Nein. Außerdem würde Paz sowieso Nein sagen, falls du tatsächlich so blöd sein solltest, ihr die Gelegenheit dazu zu geben.«

Josef setzte sich zu ihnen an den Tisch. Er schüttelte eine Zigarette aus Reubens Schachtel. Frieda konnte sich ein Lächeln nicht verkneifen. Die lockere, vertraute Art, wie die beiden miteinander umgingen, amüsierte sie. Reuben warf sein Feuerzeug quer über den Tisch, und Josef fing es auf.

»Außerdem bin ich nicht hier, um über *deine* Probleme zu sprechen«, erklärte Frieda.

»Was steht an?«, fragte Reuben.

Frieda schob sich ein Stück Speck in den Mund. Wann hatte sie zum letzten Mal etwas gegessen? Sie sah Josef an. »Reuben war eine Weile mein Therapeut«, erklärte sie. »Während der Ausbildung muss man sich auch selbst analysieren lassen. Damals bin ich dreimal die Woche bei Reuben erschienen, gelegentlich sogar viermal, und habe mit ihm über mein Leben gesprochen. Reuben kennt alle meine Geheimnisse. Oder zumindest die, die ich ihm verraten habe. Deswegen war es auch so schwierig für ihn, als ich versucht habe einzuschreiten und ihm zu helfen. Das war, als würde ein Vater von seiner missratenen Tochter gesagt bekommen, was er zu tun hat.«

»Missraten?«, hakte Josef nach.

»Unartig«, antwortete Frieda. »Ungezogen, schnippisch, unbezähmbar.«

Reuben sagte nichts dazu, wirkte aber keineswegs sauer. In der Küche sah es fast so aus, als hinge Nebel in der Luft. Reuben und ein Bauarbeiter aus Osteuropa: Frieda konnte sich nicht erinnern, wann sie zuletzt in einem derart verrauchten Raum gewesen war.

»Wenn man mit der Therapie aufhört«, fuhr sie fort, »dann ist das fast wie die Abnabelung von zu Hause. Es dauert eine Weile, bis man es schafft, seine Eltern als ganz normale Menschen zu sehen.«

»Hast du inzwischen wieder jemanden?«, fragte Reuben.

»Nein, aber ich sollte mir jemanden suchen.«

»Nun geht es um einen Freund«, sagte Josef.

»Nein«, stellte Frieda richtig. »Wenn Therapeuten fragen, ob es jemanden gibt, dann meinen sie damit einen Therapeuten. Freunde und Freundinnen, Ehemänner und Ehefrauen, die kommen und gehen. Die einzige wirklich wichtige Bezugsperson im Leben eines Menschen ist sein Therapeut.«

»Du klingst zornig, Frieda«, bemerkte Reuben.

Sie schüttelte den Kopf. »Ich möchte dir eine Frage stellen. Nur eine einzige Frage, dann gehe ich wieder.«

»Lass hören«, sagte er. »Oder sollen wir uns lieber ins stille Kämmerlein zurückziehen?«

»Hier finde ich es ganz in Ordnung.« Frieda blickte auf ihren fast leeren Teller hinunter. »Mehr als jeder andere meiner Lehrer hast du mir eingebläut, dass es meine Aufgabe ist, Ordnung in das zu bringen, was im Kopf meiner Patienten vorgeht.«

»Das ist unbestreitbar deine Aufgabe.«

»Man kann nicht das Leben des Patienten ändern. Man muss einfach die Einstellung des Patienten zu seinem Leben ändern.«

»Ich hoffe, meine Ausführungen waren ein klein wenig differenzierter«, meinte Reuben.

»Aber was ist, wenn man einen Patienten als Mittel einsetzt, um einem anderen Menschen zu helfen?«, fragte Frieda.

»Das klingt ziemlich schräg.«

»Aber ist es falsch?«

Reuben ließ sich mit seiner Antwort Zeit. Erst einmal drückte er auf einer Untertasse seine Zigarette aus und zündete sich eine neue an. »Ich weiß, dass es sich hierbei nicht um eine Sitzung handelt«, sagte er schließlich, »aber du weißt ja aus eigener Erfahrung, wie man als Therapeut normalerweise reagiert, wenn einem ein Patient eine solche Frage stellt: Man weist den Patienten darauf hin, dass er die Antwort auf die Frage höchstwahrscheinlich selbst schon weiß, aber aus Angst vor der eigenen Courage versucht, die Verantwortung auf den Therapeuten abzuwälzen. War es die Mühe wirklich wert, die ganze Strecke bis Primrose Hill zu marschieren, obwohl du genau gewusst hast, was ich sagen würde?«

»Es war mir trotzdem wichtig, es laut ausgesprochen zu hören«, antwortete Frieda. »Außerdem habe ich ein gutes Frühstück bekommen.«

Frieda hörte die Tür aufgehen und blickte sich um. Eine junge Frau kam herein. Eine sehr junge Frau. Sie war barfuß und trug nur einen Herrenmorgenmantel, der ihr einige Nummern zu groß war. Mit ihrem wild verwuschelten blonden Haar sah sie aus, als wäre sie gerade erst aufgewacht. Sie setzte sich zu ihnen an den Tisch. Reuben fing Friedas Blick auf und nickte fast unmerklich in Richtung Josef. Die Frau streckte Frieda die Hand hin. »Ich bin Sofia«, sagte sie mit einem Akzent, den Frieda nicht recht einordnen konnte.

39

Wie immer?«, fragte Alan. »Sie wollen, dass ich einfach drauflosrede?«

»Nein«, entgegnete Frieda, »heute möchte ich mit Ihnen über ein besonderes Thema sprechen. Über Geheimnisse.«

»Was das betrifft, habe ich jede Menge zu bieten. Wie sich gerade herausstellt, hatte ich von den meisten Geheimnissen in meinem Leben selbst keine Ahnung.«

»Solche Geheimnisse meine ich nicht. Ich meine solche, von denen Sie *wissen*.«

»Welche Art Geheimnisse?«

»Was ist beispielsweise mit denen, die Sie vor Carrie haben?«

»Ich weiß nicht, was Sie meinen.«

»Jeder Mensch braucht Geheimnisse«, antwortete Frieda, »sogar in einer ganz engen Beziehung. Man braucht persönlichen Freiraum. Ein abschließbares Zimmer, einen Schreibtisch, vielleicht auch nur eine Schublade.«

»Sie meinen, eine Schublade, in der ich meine Pornohefte aufbewahre?«

»Zum Beispiel«, bestätigte Frieda. »Haben Sie eine solche Schublade?«

»Nein. Ich habe das nur gesagt, weil es so ein Klischee ist.«

»Klischees existieren, weil sie immer einen wahren Kern haben. Selbst wenn Sie tatsächlich in irgendeiner Schublade ein paar Pornohefte aufbewahren würden, wäre das doch kein Verbrechen.«

»Ich habe keine Pornohefte. Weder in einer Schublade noch in einer Schachtel, und auch nicht im Garten vergraben. Ich weiß nicht, was Sie von mir hören wollen. Es tut mir leid, wenn ich Sie enttäuschen muss, aber ich habe vor Carrie keine Geheimnisse. Ich habe ihr sogar ausdrücklich gesagt, dass sie jederzeit einen Blick in meine Schubladen, meine Post oder meine Brieftasche werfen darf. Ich habe vor ihr nichts zu verbergen.«

»Vielleicht ist ›Geheimnis‹ das falsche Wort. Lassen Sie es mich anders nennen«, sagte Frieda. »Was mir vorschwebt, ist eine Art andere Welt, in die Sie sich zurückziehen können. Nennen wir es mal ein Hobby. Viele Männer haben ein Hobby und einen besonderen Raum, in den sie gehen können, um es auszuüben. So eine Art Zufluchtsort, ein Refugium. Sie verschwinden in ihren Schuppen und bauen Flugzeugmodelle oder die Tower Bridge aus Zündholzern.«

»Sie sagen das, als wäre es etwas Dummes.«

»Ich versuche nur, es möglichst harmlos klingen zu lassen. Ich versuche herauszufinden, wie Sie sich Ihren persönlichen Freiraum schaffen. Haben Sie einen Gartenschuppen?«

»Ich weiß zwar nicht, worauf Sie hinauswollen, aber ich habe tatsächlich einen Schuppen, allerdings mit Carrie zusammen. Ich habe ihn selbst gebaut und bin gerade erst damit fertig geworden. Wir bewahren dort ein paar Werkzeuge auf und mehrere Kisten mit irgendwelchem Krimskrams. Der Schlüssel hängt neben der Tür, durch die man in den Garten gelangt. Wir haben beide Zugang dazu.«

»Vielleicht habe ich mich falsch ausgedrückt, Alan. Mich interessiert lediglich, ob Sie ein stilles Plätzchen haben, an das Sie sich zurückziehen können, wenn Sie persönlichen Freiraum brauchen. Es geht mir überhaupt nicht darum, Ihnen irgendwelche Heimlichkeiten nachzuweisen. Ich möchte nur, dass Sie mir folgende Frage beantworten: Gab es in Ihrem Leben jemals einen Ort, der sich nicht dort befand, wo Sie lebten, und an den Sie sich zurückziehen konnten, um irgendeinem Hobby nachzugehen oder einfach nur allein zu sein? Einen Ort, von dem kein anderer Mensch etwas wusste? Wo niemand Sie finden konnte?«

»Ja«, antwortete Alan. »Als ich noch ein Teenager war, hatte ein Freund von mir, Craig, eine angemietete Garage, in der er einen Wagen und ein Motorrad stehen hatte. Da bin ich immer hin und habe mit ihm zusammen an dem Motorrad herumgebastelt. Zufrieden?«

»Genau so etwas habe ich gemeint«, antwortete Frieda. »War das für Sie so eine Art Zuflucht?«

»Man kann sich so ein Motorrad ja wohl kaum ins Wohnzimmer stellen, oder?«

Frieda atmete tief durch. Sie versuchte seine Feindseligkeit zu ignorieren. »Gab es noch etwas anderes in der Art?«

Alan überlegte einen Moment. »Mit neunzehn oder zwanzig habe ich viel an Automotoren herumgeschraubt. Ein Freund von mir hatte eine kleine Werkstatt unten in Vauxhall. Im Grunde war es nur ein Verschlag unter einer Eisenbahnbrücke. Ich habe einen Sommer lang für ihn gearbeitet.«

»Sehr gut«, sagte Frieda. »Ein Verschlag unter einer Eisenbahnbrücke. Eine angemietete Garage. Gab es sonst noch einen Ort, wo Sie hin sind, wenn Sie mal von zu Hause wegwollten?«

»Als Kind bin ich manchmal in einen Jugendklub gegangen, so eine Art Hütte am Rand einer Wohnsiedlung. Da haben wir immer Tischtennis gespielt. Ich war darin nie besonders gut.«

Frieda überlegte einen Moment. Ihr war klar, dass das alles viel zu sehr an der Oberfläche blieb und sie auf diese Weise nicht weiterkam. Bis vor ein paar Wochen hatte Alan nicht gewusst, dass er ein Zwilling war. Nun wusste er es. Die Quelle war kontaminiert, wie Seth Boundy gesagt hätte. Er war nicht mehr unbefangen, sondern spielte für sie eine Rolle. Vielleicht musste sie ihn ein bisschen austricksen.

»Ich möchte, dass Sie sich etwas vorstellen«, sagte sie. »Wir haben ja gerade davon gesprochen, dass man gelegentlich einen Ort braucht, wo man hinkann, wenn man zu Hause mal rausmöchte. Wohin man sich zurückziehen kann. Eine Art Zuflucht. Ich möchte, dass Sie sich jetzt etwas vorstellen, zum Beispiel, dass Sie doch ein Geheimnis hätten. Sie hätten etwas, das niemand sehen dürfte und das Sie zu Hause nirgendwo verbergen könnten. Wo würden Sie es verstecken? Denken Sie nicht rational darüber nach. Lassen Sie Ihr Herz entscheiden oder Ihren Bauch. Was fällt Ihnen da spontan ein?«

Zunächst kam keine Reaktion. Alan schloss die Augen. Dann riss er sie plötzlich wieder auf und starrte Frieda mit einem gehetzten Ausdruck an. »Ich weiß, warum Sie das fragen. Es geht dabei gar nicht um mich, oder?«

»Wie meinen Sie das?«

»Sie spielen ein Spiel mit mir. Sie benutzen mich, um etwas über ihn herauszufinden.«

Frieda schwieg.

»Sie stellen mir diese Fragen nicht, weil Sie mir helfen wollen, meine Probleme zu lösen, sondern weil Sie sich davon irgendeinen Anhaltspunkt für die Suche nach dem kleinen Jungen erhoffen. Irgendetwas, womit Sie zur Polizei gehen können.«

»Sie haben recht«, antwortete Frieda schließlich. »Das war wahrscheinlich nicht richtig von mir. Nein, es war definitiv falsch. Aber es hätte ja durchaus etwas Hilfreiches dabei herauskommen können. Deswegen dachte ich, wir sollten es zumindest versuchen.«

»Wir?«, wiederholte Alan. »Was meinen Sie mit ›wir‹? Ich war der Meinung, ich käme zu Ihnen, um zu lernen, besser mit meinen Problemen umzugehen. Ich dachte, Sie stellen mir Fragen, um mich zu heilen. Sie kennen mich doch! Ich würde alles tun, um zur Rettung dieses Jungen beizutragen. Sie dürfen alle Ihre Experimente mit mir machen, damit habe ich kein Problem. Schließlich geht es um einen kleinen Jungen. Aber Sie hätten es mir sagen sollen. Sie hätten es mir verdammt noch mal sagen sollen!«

»Das konnte ich nicht«, entgegnete Frieda. »Wenn ich es Ihnen gesagt hätte, dann hätte es nicht funktioniert – wobei es natürlich auch so nicht funktioniert hat. Es war nur so eine Idee von mir, aus der Not geboren. Ich wollte einfach wissen, was Ihnen spontan dazu einfällt.«

»Sie haben mich benutzt«, sagte Alan.

»Ja, ich habe Sie benutzt.«

»Damit die Polizei anfangen kann, in angemieteten Garagen und unter Eisenbahnbrücken nach ihm zu suchen.«

»Ja.«

»Wo sie ihn vermutlich ohnehin schon suchen.«

»Ja, vermutlich.«

Es folgte eine weitere Pause.

»Ich glaube, damit hätte sich das erledigt«, sagte Alan.

»Wir vereinbaren einen neuen Termin«, schlug Frieda vor, »einen richtigen.«

»Darüber muss ich erst nachdenken.«

Sie standen beide ziemlich verlegen auf. Wie zwei Menschen, die gerade festgestellt hatten, dass sie zufällig zur selben Zeit eine Party verlassen wollten.

»Ich habe noch ein paar Weihnachtseinkäufe zu erledigen«, erklärte Alan. »Auf diese Weise kann ich die restliche Zeit wenigstens noch sinnvoll nutzen. Von hier aus ist es ja nicht weit bis zur Oxford Street, oder?«

»Zu Fuß brauchen Sie etwa zehn Minuten.«

»Gut.«

Frieda begleitete Alan zur Tür und hielt sie ihm auf. Im Gehen wandte er sich noch einmal um. »Ich habe meine Familie gefunden«, meinte er, »aber es ist keine besonders beglückende Familienzusammenführung.«

»Was haben Sie sich davon erwartet?«

»Und schon bricht wieder die Therapeutin durch.« Alan bedachte sie mit einem kleinen Lächeln. »Ich habe darüber nachgedacht. Im Grunde habe ich mir wohl gewünscht, was man manchmal in Filmen sieht oder in Büchern liest: wenn die Leute ans Grab ihrer Eltern und Großeltern gehen, um mit ihnen zu reden oder einfach nur an sie zu denken. Wobei meine Mutter natürlich noch am Leben ist. Wahrscheinlich wird es mir leichter fallen, mit ihr zu reden, wenn sie erst mal tot ist. Dann kann ich wenigstens so tun, als wäre sie gewesen, was sie niemals war – eine Mutter, die einem zuhört und einen versteht, wenn man ihr sein Herz ausschüttet. Das würde ich mir wünschen: neben einem Grab zu liegen und mit meinen Vorfahren zu reden. Natürlich passiert das im Film meistens auf einem besonders idyllischen Friedhof, an einem Berghang oder so.«

»Wir wünschen uns alle eine Familie.«

»Das klingt wie ein Spruch aus einem dieser Knallbonbons, die wir Engländer an Weihnachten so gern aufmachen«, meinte Alan, »also genau passend für die Jahreszeit.«

40

Ich übernehme die Nachspeise«, verkündete Chloë. Sie klang ungewohnt lebhaft. »Allerdings wird es ganz bestimmt keinen Plumpudding geben. Den kann ich nämlich nicht ausstehen – mal ganz davon abgesehen, dass er ungefähr eine Billion Kalorien pro Löffel hat. Außerdem hätte ich den schon vor Wochen machen müssen, aber da bin ich ja noch davon ausgegangen, dass ich mit meinem Dad feiern würde – dem dann ja was Besseres eingefallen ist. Schätzungsweise gäbe es so einen Pudding auch schon fertig, aber das wäre geschummelt. An Weihnachten muss man schon selbst kochen. Da kann man nicht einfach was Fertiges kaufen und für ein paar Minuten in die Mikrowelle schieben.«

»Nein?« Frieda trat mit dem Telefon vor die große Londonkarte, die sie an der Wand hängen hatte. Das Licht war so schwach, dass sie die Augen zusammenkneifen musste.

»Jedenfalls mache ich eine Nachspeise, die ich im Internet gefunden habe«, fuhr Chloë fort. »Mit Himbeeren, Erdbeeren und Preiselbeeren. Und mit weißer Schokolade.«

Frieda legte ihren Zeigefinger auf die Gegend, die sie gerade in Augenschein nahm, und zeichnete mit dem Finger eine Route.

»Was hast du denn geplant?«, fuhr Chloë fort. »Hoffentlich keinen Truthahn. Truthahn schmeckt nach gar nichts. Mum hat gesagt, dass du bestimmt keinen Truthahn machst.«

»Da wäre ich mir nicht so sicher.« Mittlerweile war Frieda auf dem Weg in ihr Schlafzimmer. »Lasst euch überraschen.«

»Sag jetzt bloß nicht, dass du noch gar nicht darüber nachgedacht hast. Bitte nicht! Morgen ist Heiligabend. Es ist mir egal, ob ich Geschenke bekomme oder nicht. Im Grund ist es mir auch egal, was es übermorgen bei dir zu essen gibt, aber ich fände es schrecklich, wenn du dir nicht mal die Mühe machen würdest, darüber nachzudenken. Als würde es sowieso keine Rolle spielen. Das könnte ich nicht ertragen. Das meine ich ernst. Wir reden von Weihnachten, Frieda, vergiss das nicht. Alle meine Freundinnen gehen zu großen Familienfeiern oder fliegen mit ihrem Dad nach Mauritius oder so was in der Art. Ich komme zu dir. Du musst dir schon ein bisschen Mühe geben, damit es ein besonderer Festtag wird.«

»Ich weiß.« Frieda fiel es schwer, sich auf das Gespräch mit ihrer Nichte zu konzentrieren. Sie zog einen dicken Pulli aus dem Schrank und warf ihn aufs Bett, gefolgt von einem Paar Handschuhen. »Das werde ich. Bestimmt. Ich verspreche es.« Beim Gedanken an Weihnachten wurde ihr leicht übel. Ein verschwundener Junge und eine vermisste Frau. Dean und Terry Reeve wieder auf freiem Fuß. Und sie selbst sollte mit einer Papierkrone auf dem Kopf essen, trinken und lachen.

»Sind es nur wir drei, oder hast du noch andere Leute eingeladen? Für mich wäre das kein Problem. Ganz im Gegenteil, ich fände es nett. Schade, dass Jack nicht kommen kann.«

»Was?«

»Jack. Du weißt schon.«

»Du kennst Jack doch gar nicht.«

»Doch.«

»Du hast ihn ein einziges Mal getroffen, und zwar für ungefähr dreißig Sekunden.«

»Stimmt. Weil du ihn sofort hinausgescheucht hast, damit ich mich ja nicht mit ihm unterhalten konnte. Aber wir sind jetzt auf Facebook miteinander befreundet.«

»Was du nicht sagst!«

»Ja. Wenn er wieder da ist, treffen wir uns mal. Ist das ein Problem?«

Ob das ein Problem war? Natürlich war das ein Problem.

Ihr Praktikant und ihre Nichte. Aber damit würde sie sich später auseinandersetzen, nicht jetzt. »Wie alt bist du?«, fragte sie.

»Du weißt genau, wie alt ich bin. Sechzehn. Alt genug.«

Frieda biss sich auf die Lippe. Sie wollte nicht fragen: Alt genug wofür?

»Wir könnten Scharaden spielen«, fuhr Chloë fröhlich fort. »Wann sollen wir kommen?«

»Was meinst du denn?«

»Vielleicht am frühen Nachmittag? Andere Familien machen das auch so. Sie öffnen ihre Geschenke und hängen eine Weile gemütlich herum. Ab dem späten Nachmittag oder frühen Abend wird dann geschlemmt bis zum Umfallen. So könnten wir es auch machen.«

»Ja.«

Sie zog ihre Hausschuhe aus. Das Telefon zwischen Kinn und Schulter geklemmt, schlüpfte sie aus Rock und Strumpfhose.

»Wir bringen den Sekt mit, hat Mum gesagt. Das ist ihr Beitrag. Was ist mit Knallbonbons?«

Frieda musste an das denken, was Alan zum Abschied gesagt hatte, und riss sich zusammen. »Ich besorge die Knallbonbons«, erklärte sie in entschiedenem Ton, »und es wird bestimmt keinen Truthahn geben.«

»Was denn …«

»Lass dich überraschen.«

Bevor sie aufbrach, rief sie bei Reuben an. Josef ging ans Telefon. Im Hintergrund lief laute Musik. »Hättest du Lust, mit Reuben bei mir Weihnachten zu feiern?«, fragte sie ohne Einleitung.

»Das haben wir doch schon besprochen.«

»Wie bitte?«

»Wir haben doch abgemacht, dass du mir ein englisches Weihnachtsessen kochst. Truthahn und Plumpudding.«

»Ich habe mir das eigentlich ein bisschen anders vorgestellt. Vor allem das mit dem Kochen. Was gibt es denn bei euch in der Ukraine zu Weihnachten?«

»Es wäre mir eine große Ehre, für meine Freunde zu kochen. Zwölf Speisen.«

»Zwölf? Nein, Josef. Eine reicht.«

»Bei mir zu Hause müssen es zwölf sein.«

»Aber das ist zu viel.«

»Es ist nie zu viel.«

»Wenn du meinst«, entgegnete Frieda skeptisch. »Ich dachte an etwas ganz Einfaches. Fleischbällchen oder so. Ist das nichts Ukrainisches?«

»Kein Fleisch. An dem Tag essen wir nie Fleisch. Fisch ist gut.«

»Vielleicht bringst du Reuben dazu, dass er dir hilft. Eine andere Frage: Was machst du gerade?«

»Ich muss einkaufen. Für mein Weihnachtsessen.«

»Ich bezahle. Das ist das Mindeste, was ich tun kann. Würdest du vorher noch einen Spaziergang mit mir machen, Josef?«

»Draußen ist es nass und kalt.«

»Bestimmt nicht so kalt wie in der Ukraine. Ich könnte ein zweites Paar Augen gebrauchen.«

»Wo willst du denn mit mir hingehen?«

»Wir treffen uns vor der U-Bahn-Station. Reuben kann dir sagen, wie du da hinkommst.«

Frieda schlug den Mantelkragen hoch, um ihr Gesicht vor dem Wind zu schützen.

»Deine Schuhe sind nass«, sagte sie zu Josef.

»Die Füße auch«, entgegnete er. Er trug eine dünne Jacke, die Frieda irgendwie bekannt vorkam. Vermutlich gehörte sie Reuben. Handschuhe hatte er keine, dafür aber einen leuchtend roten Schal, den er sich mehrmals um den Hals und die untere Gesichtshälfte geschlungen hatte, sodass seine Stimme sehr gedämpft klang. Sein vom Schneeregen feuchtes Haar klebte ihm platt am Kopf.

»Danke, dass du gekommen bist«, sagte sie. Er quittierte das mit seiner typischen, lustigen kleinen Verbeugung, wobei er gleichzeitig einen Schritt zur Seite trat, um einer Pfütze auszuweichen.

»Worum geht es?«, fragte er.

»Wir drehen eine Runde durch London. Das mache ich oft. Es hilft mir beim Nachdenken. Normalerweise ziehe ich alleine los, aber dieses Mal wollte ich Gesellschaft. Natürlich keine beliebige. Ich dachte, du könntest mir vielleicht helfen. Die Polizei sucht hier überall nach Matthew und Kathy. Oder nach ihren Leichen. Ich hatte das Bedürfnis, ebenfalls herzukommen. Einfach nur, um ein Gespür für die Gegend zu kriegen.«

Sie musste an Alans Worte denken. Mit Brettern vernagelte Gebäude, leer stehende Werkstatträume unter irgendwelchen Brücken, angemietete Garagen, Verschläge, Tunnels. Irgendetwas in der Art. Denk dich in den Mann hinein. Stell dir vor, wie er sich gefühlt haben muss, als er voller Panik nach einem Versteck suchte. Nach einem Ort, wo niemand hinkommt. Einem Ort, wo man es nicht hört, wenn jemand um Hilfe ruft. Unschlüssig ließ sie den Blick über die Wohnungen und Häuser schweifen, von denen einige weihnachtlich beleuchtet und geschmückt waren. Sie betrachtete die Läden, durch deren weit geöffnete Türen Wärme auf die winterlichen Straßen strömte, den stockenden Verkehr und die vielen Leute, die mit prallen Tüten voller Geschenke und Essen vorbeiliefen. »Irgendwo müssen sie ja sein. Hinter dicken Wänden oder unter unseren Füßen. Ich weiß es ja auch nicht. Wir gehen erst mal gemeinsam los und trennen uns dann. Ich habe mir so eine Art Route überlegt.«

Josef nickte.

»Ein, zwei Stunden, dann kannst du losziehen und dein Essen kaufen.«

Mit diesen Worten schlug Frieda ihren Stadtplan auf. Nachdem sie die richtige Seite gefunden hatte, deutete sie auf einen bestimmten Punkt. »Wir befinden uns hier«, erklärte sie. Sie bewegte den Finger einen Zentimeter zur Seite. Ich glaube, dass er ursprünglich hier gefangen gehalten wurde. Dean war gezwungen, den Jungen schnell an einen anderen Ort zu verfrachten. Deswegen behaupte ich jetzt einfach mal, dass er ihn höchstens einen Kilometer von dort weggebracht hat. Allerhöchstens anderthalb.«

»Warum nur anderthalb? Warum nicht zehn oder zwanzig?«

»Es musste ganz schnell gehen. Reeve musste sich irgendein nahe gelegenes Versteck einfallen lassen. Einen Ort, den er kannte.«

»Vielleicht hat er ihn bei einem Freund untergebracht?«

Frieda schüttelte den Kopf. »Das glaube ich nicht«, entgegnete sie. »Einen Gegenstand würde man vielleicht zu einem Freund bringen, aber nicht ein Kind. Das müsste schon ein besonders enger Freund sein, und ich kann mir nicht vorstellen, dass er so einen hat. Meiner Meinung nach hält er Matthew irgendwo versteckt. An einem Ort, zu dem er jederzeit Zugang hatte. Aber dann wurde er von der Polizei beobachtet und konnte dort nicht mehr hin.«

Josef verschränkte die Arme, als wollte er sich auf diese Weise vor der Kälte schützen. »Da bleiben aber viele Fragen. Ist er überhaupt der Mann, der den Jungen entführt hat? Lebt der Junge noch? Hat er ihn wirklich in der Nähe des Hauses versteckt?«

»Für mich steht das außer Frage«, erwiderte Frieda.

»Anderthalb Kilometer«, sagte Josef. Er legte den Zeigefinger an die Stelle auf der Landkarte, wo Dean Reeve wohnte. »Anderthalb«, wiederholte er und zeichnete mit dem Finger einen Kreis rund um den Punkt. »Das sind mindestens sechs Quadratkilometer, wahrscheinlich sogar mehr.«

»Ich habe dich mitgenommen, damit du mir hilfst«, erklärte

Frieda, »und nicht, damit du mir sagst, was ich sowieso schon weiß. Wenn du er wärst, was hättest du getan?«

»Wenn ich etwas stehlen würde, dann vielleicht Werkzeug. Einen Bohrer oder eine Schleifmaschine. So was kann man für ein paar Pfund verkaufen. Ich würde doch kein kleines Kind stehlen.«

»Nehmen wir trotzdem mal an, du hättest es getan.«

Josef zuckte ratlos mit den Schultern. »Keine Ahnung«, sagte er. »Wahrscheinlich hätte ich ihn in einem Schrank versteckt oder in einer großen Kiste. In einem Raum, den man absperren kann. An einem Ort, wo keine Leute sind.«

»Hier in der Gegend gibt es viele Orte, wo keine Leute sind«, antwortete Frieda. »Also? Drehen wir eine Runde?«

»In welche Richtung sollen wir gehen?«

»Nachdem wir nicht wissen, wo er sein könnte und wo genau wir nach ihm suchen sollen, ist es im Grunde egal, in welche Richtung wir gehen. Ich habe mir gedacht, wir bewegen uns spiralförmig von seinem Haus weg.«

»Spiralförmig?«

Frieda zeichnete mit dem Finger eine Spirale in die Luft. »Du weißt schon: wie wenn Wasser in ein Loch läuft.« Sie deutete die Straße hinauf. »Diese Richtung.« Sie gingen an einer Wohnsiedlung vorbei, die nach John Ruskin benannt war. Frieda ließ den Blick die Häuserreihe entlangschweifen. Mehr als die Hälfte der Wohnungen wiesen Metallgitter vor den Türen und Fenstern auf. Jede dieser leer stehenden Wohnungen kam als Versteck infrage. Am Ende der Wohnsiedlung stand ein Gaswerk mit rostigen Ketten vor dem Eingang. Einem alten Schild zufolge wurde das Gelände von Hunden bewacht. Frieda hielt das für eher unwahrscheinlich. Inzwischen gingen sie in Richtung Norden. Am Ende der Straße bogen sie nach Osten ab, vorbei an einem Lastwagendepot und einem Schrotthändler.

»Hier sieht es aus wie in Kiew«, stellte Josef fest. »Weil es in Kiew so war, bin ich nach London gekommen.« Vor einer

Reihe geschlossener Läden blieb er stehen. Sie blickten zu den alten Geschäftsnamen hinauf, die noch an den Ziegelfassaden prangten: *Evans & Johnsons Stationers, J. Jones Stores, The Black Bull.* »Alle weg«, stellte Josef fest.

»Vor hundert Jahren war das hier eine ganze Stadt«, erklärte Frieda. »Dort unten befanden sich die größten Hafenanlagen der Welt. Die Schiffe standen bis zum Meer hinunter Schlange, um ihre Waren zu entladen. Zehntausende von Arbeitern lebten hier mit ihren Frauen und Kindern. Im Krieg wurde dann alles zerbombt und niedergebrannt. Nun ist es wie in Pompeji, auch wenn immer noch Menschen versuchen, hier zu leben. Wahrscheinlich wäre es besser gewesen, man hätte die Gegend in Felder, Wälder und Sümpfe zurückverwandelt.«

Ein Streifenwagen fuhr vorbei.

»Suchen die auch?«, fragte Josef.

»Vermutlich«, antwortete Frieda. »Ich habe keine Ahnung, wie die vorgehen.«

Während sie sich wieder in Bewegung setzten, warf Frieda einen Blick auf ihre Karte, um sich zu vergewissern, dass sie noch ihrer Route folgten. An Josef schätzte sie unter anderem, dass er keine unnötigen Worte machte. Er hatte nicht das Bedürfnis, besonders schlau zu wirken oder so zu tun, als verstünde er Dinge, die er in Wirklichkeit gar nicht verstand. Aber wenn er etwas sagte, dann meinte er es auch so. Sie gingen gerade an einem alten Lagerhaus vorbei, als Frieda merkte, dass Josef stehen geblieben war. Sie kehrte zu ihm zurück.

»Hast du etwas entdeckt?«

»Warum tun wir das?«

»Das habe ich dir doch gesagt.«

Er nahm ihr den Stadtplan aus der Hand und studierte ihn. »Wo sind wir jetzt?«

Sie deutete auf die entsprechende Stelle, woraufhin er den Finger auf die Karte legte und die kurze Strecke nachzeichnete, die sie bereits zurückgelegt hatten.

»Das bringt doch nichts«, stellte er fest. »Wir gehen an lauter leeren Wohnungen vorbei, an leeren Häusern und leeren Kirchen. Wir gehen nicht hinein. Natürlich nicht. Wir können ja nicht in jedes Loch und jeden Raum schauen und auch nicht aufs Dach oder in die Räume unter den Häusern. Wir suchen gar nicht nach ihm, jedenfalls nicht richtig. Wir wandern nur herum, und du erzählst mir von den Bomben im Krieg. Warum tun wir das? Damit wir uns besser fühlen?«

»Nein. Wahrscheinlich fühlen wir uns dadurch eher noch schlechter. Ich hatte nur gehofft, es würde uns irgendwie weiterbringen, wenn wir herkämen und durch die Straßen liefen.«

»Die Polizisten suchen nach ihm. Sie können in die Häuser gehen und Fragen stellen. Das ist eine Aufgabe für die Polizei. Dass wir hier sind, ist nur ...« Josef suchte nach dem richtigen Wort und fuchtelte dabei hilflos mit den Händen.

»Eine Geste?«, schlug Frieda vor. »Immer noch besser, als gar nichts zu tun.«

»Aber was nützt so eine Geste?«

»Wir müssen doch irgendetwas tun! Wir können nicht einfach zu Hause herumsitzen.«

»Wie stellst du dir das vor?«, fragte Josef. »Wenn der kleine Matthew auf der Straße liegt, stolpern wir vielleicht über ihn. Aber wenn er tot ist oder irgendwo eingesperrt? Dann nützt das gar nichts.«

»Du warst doch derjenige, der mir den Rat gegeben hat. Erinnerst du dich nicht mehr? Ich war der Meinung, dass es etwas bringt, in einem Raum zu sitzen und zu reden, aber du hast gesagt, ich soll losziehen und den Leuten helfen, ihre Probleme zu lösen. Es hat nicht funktioniert, oder?«

»Ich habe nicht ...« Wieder suchte er nach den richtigen Worten. »Das Losziehen allein löst keine Probleme. Ich gehe ja auch nicht nur durchs Haus, wenn ich es reparieren soll. Ich baue die Wand neu und verlege die Rohre und Drähte. Wenn man nur durch die Straßen wandert, findet man keinen Jungen.«

»Die Polizei findet ihn auch nicht«, wandte Frieda ein, »von der jungen Frau ganz zu schweigen.«

»Wenn man nach Fischen Ausschau hält«, erklärte Josef, »geht man dahin, wo die Fische sind. Man wandert nicht einfach nur über die Wiesen.«

»Ist das so eine Art ukrainisches Sprichwort?«

»Nein, das ist mir gerade eingefallen. Es hat keinen Sinn, bloß durch die Straßen zu wandern. Warum bist du mit mir hergekommen? Wir laufen herum wie Touristen.«

Frieda warf einen letzten Blick auf ihren Stadtplan, ehe sie ihn zusammenklappte. Er war durch den Eisregen feucht geworden und schon leicht zerfleddert. »Du hast recht«, sagte sie.

Atem. Herz. Zunge auf Stein. Leises Pfeifen in der Brust. Lichter in den Augen. Feuerwerk im Kopf. Rot, blau und orange. Raketen. Funken. Flammen. Nun hatten sie doch noch ein Feuer entzündet. Erst so kalt und dann so heiß. Aus dem Eis in den Ofen. Schnell die Sachen ausziehen, der schrecklichen Hitze entkommen. Sein Körper schmolz. Nichts würde übrig bleiben. Nur Asche. Asche und ein paar Knochen. Niemand würde wissen, dass das einmal Matthew war. Matthew mit den braunen Augen und dem roten Haar und einem Teddy mit samtenen Pfoten.

41

In der U-Bahn herrschte das übliche abendliche Gedränge. Während der gesamten Rückfahrt sprachen sie kein einziges Wort miteinander. Als Frieda schließlich die Tür ihres Hauses aufschloss, hörte sie das Telefon klingeln. Es war Karlsson.

»Ich habe Ihre Handynummer nicht«, erklärte er.

»Ich habe kein Handy«, antwortete Frieda.

»Sie gehören wohl nicht zu den Ärzten, die man in einem Notfall verständigt.«

»Was gibt es Neues?«

»Deswegen rufe ich an. Reeve und Partnerin sind seit etwa einer halben Stunde wieder auf freiem Fuß.«

»Sie konnten die beiden nicht länger festhalten?«

»Ein bisschen hätten wir es vielleicht noch hinauszögern können, wenn wir wirklich gewollt hätten. Aber ist es nicht besser, wenn sie wieder draußen sind? Vielleicht macht er ja einen Fehler. Vielleicht führt er uns zu seinem Versteck.«

Frieda überlegte einen Moment. »Ich wünschte, ich könnte das glauben«, sagte sie. »Bei meinem Gespräch mit ihm hatte ich nicht das Gefühl. Es kam mir eher so vor, als hätte er seine Entscheidung bereits getroffen.«

»Wenn er einen Fehler macht, erwischen wir ihn.«

»Dem ist doch klar, dass Sie ihn beschatten. Wahrscheinlich genießt er das inzwischen sogar. Dank uns hat er jetzt das Gefühl, Macht zu besitzen. Er weiß, was wir durchmachen. Ich glaube nicht, dass wir irgendetwas tun oder ihm geben könnten, woran er genauso viel Freude hätte.«

»Für Sie ist es ja nicht so tragisch«, sagte Karlsson. »Sie haben Ihre Arbeit, die Sie ablenkt.«

»Sie sagen es«, antwortete Frieda. »Für mich ist es nicht tragisch.«

Im Anschluss an dieses Gespräch starrte Frieda erst einmal eine ganze Weile ins Leere. Dann ging sie nach oben und starrte aus ihrem Schlafzimmerfenster auf die zum Teil mit Schnee bedeckten Dächer. Es war ein kalter, klarer Abend. Sie ließ sich ein Bad einlaufen und blieb fast eine Stunde in der Wanne. Danach zog sie sich an und stieg in ihr Speicherstübchen hinauf, wo sie sich an ihr Zeichenbrett setzte. Wann hatte sie das letzte Mal hier gesessen? Wann hatte sie das letzte Mal Zeit für sich gehabt? Sie konnte sich nicht erinnern. Nachdenklich griff sie nach ihrem weichen Bleistift und hielt ihn zwischen Daumen und Zeigefinger, machte aber keine Anstalten zu zeichnen. Sie musste wieder an Matthew denken, der irgendwo dort draußen in der eisigen Kälte lag, möglicherweise noch am Leben und voller Angst, höchstwahrscheinlich aber längst tot. Und an Kathy Ripon, die an die falsche Tür geklopft hatte. Daran, dass Dean und Terry als freie Bürger das Polizeirevier verlassen hatten.

Am Ende legte sie ihren Bleistift auf das leere Blatt und ging wieder nach unten. Sie machte im Wohnzimmer Feuer und wartete, bis die ersten Flammen an den Kohlen leckten. Dann ging sie in die Küche, wo sie im Kühlschrank einen noch halb vollen Behälter mit Kartoffelsalat fand. Sie aß ihn gleich im Stehen, ans Fenster gelehnt. Anschließend nahm sie ein Glas aus dem Waschbecken, spülte es aus und goss ein wenig Whisky hinein. Sie trank ihn ganz langsam, in der Hoffnung, auf diese Weise ein wenig Zeit totzuschlagen. Sie wünschte, diese Nacht wäre bereits vorüber. Das Telefon schrillte.

»Sie dachten wohl, nun hätten Sie eine Weile Ruhe vor mir?«

»Karlsson?«

»Natürlich, wer sonst.«

»Sie vergessen wohl, dass Sie sich an einem Telefon befinden. Ich kann Sie schließlich nicht sehen.«

»Hat Reeve versucht, Kontakt mit Ihnen aufzunehmen?«, fragte er.

»Nicht seit Ihrem letzten Anruf.«

»Immerhin stand er schon einmal vor Ihrer Tür.«

»Was ist los?«

»Wir haben sie verloren.«

»Wen, sie?«

»Reeve. Und seine Terry.«

»Ich dachte, Sie beschatten die beiden.«

»Ich muss mich vor Ihnen nicht rechtfertigen.«

»Mir ist völlig egal, vor wem Sie sich rechtfertigen müssen oder nicht. Ich wundere mich nur, wie so etwas passieren kann.«

»Tja, was soll ich sagen? Menschenmassen in der U-Bahn, kombiniert mit ein bisschen verflucht schlechter Polizeiarbeit. Vielleicht hatten die beiden es darauf angelegt, uns zu entwischen. Vielleicht auch nicht, keine Ahnung. Jedenfalls habe ich keinen blassen Schimmer, was sie nun vorhaben.«

Frieda warf einen Blick auf ihre Armbanduhr. Bereits nach Mitternacht. »Sie werden wohl kaum nach Hause gehen, oder doch?«

»Möglich wäre es. Warum nicht? Sie stehen nicht unter Anklage. Außerdem ist es mitten in der Nacht. Wo sollten sie sonst hin?«

Frieda zwang sich nachzudenken. »Möglicherweise ist das Ganze ja sogar ein Glücksfall«, meinte sie. »Vielleicht werden sie jetzt leichtsinnig, weil sie sich unbeobachtet fühlen.«

»Ich weiß nicht«, antwortete Karlsson. »Ich weiß nicht mal genug, um irgendwelche Mutmaßungen anzustellen. Wahrscheinlich spielt es auch gar keine Rolle mehr. Welche Verstecke kommen denn in Frage? Wenn sie den Jungen und die Frau in irgendeiner verlassenen Wohnung gefesselt in einen Schrank gesperrt haben, wie lange können sie dann ohne Wasser überleben? Wenn sie nicht sowieso längst … na ja, Sie wissen schon.

Jedenfalls könnte es sein, dass er Kontakt zu Ihnen aufnimmt. Es sind schon seltsamere Dinge passiert. Seien Sie vorbereitet.«

Nachdem Frieda aufgelegt hatte, schenkte sie sich zwei weitere Fingerbreit Whisky ein und kippte ihn hinunter. Sie spürte das vertraute Brennen in der Kehle, das sie dennoch jedes Mal aufs Neue verblüffte. Sie kehrte ins Wohnzimmer zurück, doch das Feuer war ausgegangen, und der Raum fühlte sich kalt und trist an. Ihr war klar, dass sie dringend Schlaf brauchte, doch die Vorstellung, sich wieder mit offenen Augen im Bett herumzuwälzen, während ihr all die Bilder durch den Kopf wirbelten, machte ihr Angst. Sie legte sich für eine Weile aufs Sofa und deckte sich mit einer Wolldecke zu, doch an Schlaf war nicht zu denken. Stattdessen wurde sie immer wacher, und eine nervöse Unruhe ergriff von ihr Besitz. Schließlich stand sie wieder auf und ging in die Küche, von wo sie in ihren kleinen Garten hinaustrat. Obwohl die kalte Luft sie keuchen ließ und ihr die Tränen in die Augen trieb, empfand Frieda sie gleichzeitig auch als sehr wohltuend. Die Kälte riss sie aus ihrem Delirium der Erschöpfung, klärte ihren Kopf und schärfte ihre Sinne. Ohne Mantel und Handschuhe stand sie da, bis sich ihr Gesicht schon ganz steif anfühlte und sie es nicht mehr ertragen konnte. Erst dann kehrte sie ins Haus zurück.

Sie ging hinaus in die Diele und trat vor den Stadtplan, den sie neben der Tür hängen hatte. Da sie in dem schwachen Licht nicht alle Details und Straßennamen erkennen konnte, riss sie ihn von der Wand und nahm ihn mit ins Wohnzimmer, wo sie ihn auf dem Tisch ausbreitete und das Deckenlicht einschaltete. Selbst das reichte nicht aus. Sie holte die Leselampe, die sie neben dem Bett stehen hatte, trug sie ins Wohnzimmer und stellte sie auf den Stadtplan. Dann holte sie einen Bleifstift und zeichnete ein Kreuz auf die Straße, wo Dean Reeve lebte. Plötzlich hatte sie das schwindelerregende Gefühl, an einem völlig wolkenfreien Tag in einem Flugzeug zu sitzen und aus einer Höhe von knapp einem Kilometer auf London hinunterzublicken. Sie sah die großen Erkennungszeichen: die Windungen der Themse, den Millenium Dome, den City Airport, den Victoria Park und den Bereich von Lea Valley. Als sie genauer hinschaute, konnte sie auch die Straßen erkennen, die sie mit Josef abgegangen war. Sie sah die schraffierten Flächen, mit denen die Wohnsiedlungen und Fabriken eingezeichnet waren.

Frieda musste daran denken, wie sie bei Alan versagt hatte, nicht nur als Therapeutin, sondern auch als Ermittlerin. Alan und Dean hatten das gleiche Gehirn, dachten die gleichen Gedanken und träumten die gleichen Träume – so wie zwei Vögel, die derselben Art angehörten, identische Nester bauten. Doch der einzige Weg in ihr Gehirn führte über das Unbewusste, und bei ihrem letzten Gespräch mit Alan war es so ähnlich gewesen, als hätte sie einen Radfahrer gebeten, ihr zu erklären, wie man mit einem Rad fuhr. Alan war nicht nur unfähig gewesen, in Worte zu fassen, was sie von ihm wissen wollte, sondern hatte darüber hinaus auch seine Unbefangenheit verloren. Wenn man während des Radfahrens darüber nachdachte, wie man mit einem Rad fuhr, fiel man aller Wahrscheinlichkeit nach herunter. Alan war ihr auf die Schliche gekommen und sauer auf sie geworden. Vielleicht war das ein Zeichen von Stärke. Man konnte es auch als Zeichen dafür deuten, dass die Therapie Erfolg zeigte – und damit womöglich bereits zu Ende war. Frieda hatte das Gefühl, dass sie durch ihre Fragen die Verbindung zwischen ihnen beiden zerstört hatte. Vermutlich ließ sich dieser Schaden nicht wiedergutmachen. Alan würde sich ihr nie wieder so öffnen können, wie das für einen Patienten erforderlich war. Wieder musste sie an ihr letztes Gespräch denken. Bezeichnenderweise hatte der beste Teil dieses Gesprächs – der einzige Moment echter Vertrautheit zwischen ihnen – erst nach der eigentlichen Sitzung stattgefunden, als sie beide bereits im Gehen begriffen waren und Alan sie nicht mehr als seine Therapeutin sah. Wie hatte er es noch mal formuliert? Sie versuchte sich an seine Worte zu erinnern. Es war um seine Mutter gegangen. Seine Familie.

Ihr kam ein Gedanke. War das möglich? In dem Moment hatte er aufgehört, krampfhaft über Verstecke nachzudenken. Konnte es sein, dass er …?

Frieda ließ den Finger einmal um den Standort von Dean Reeves Haus kreisen und arbeitete sich dann spiralförmig nach außen vor, bis sie plötzlich an einer bestimmten Stelle verharrte. Sie schnappte sich Mantel und Schal und rannte aus dem Haus. Es war noch dunkel. Um diese Zeit waren die Nebenstraßen menschenleer. Nur ihre eigenen Schritte hallten nach. Erst als sie die Euston Road erreichte, wo der Verkehr auch nachts nie ganz einschlief, entdeckte sie ein Taxi, das sie herbeiwinken konnte. Während der Wagen losbrauste, ging sie im Geist noch einmal alles durch. Hätte sie die Polizei anrufen sollen? Was hätte sie sagen können? Sie musste an Karlsson und seine Leute denken, die von Tür zu Tür zogen und Aussagen aufnahmen. Der Fluss war bereits von Tauchern abgesucht worden. Die Polizei brauchte endlich etwas Handfestes, ein Stück Stoff oder auch nur eine Faser oder einen Fingerabdruck, doch alles, was Frieda bisher zu bieten gehabt hatte, waren Erinnerungen, Fantasien und Träume, die zum Teil übereinzustimmen schienen. Aber sah sie womöglich nur imaginäre Muster, ähnlich wie Kinder in den Wolken Formen und Gestalten zu erkennen glaubten? Es hatte so viele Rückschläge gegeben. Würde auch diese nächtliche Fahrt in einer Sackgasse enden?

»Wo soll ich Sie denn rauslassen?«, fragte die Fahrerin. Eine Frau am Steuer eines Londoner Taxis. Das war ungewöhnlich.

»Gibt es einen Haupteingang?«

»Es ist sowieso nur der eine offen«, antwortete die Frau. »Zwar befindet sich an der Rückseite noch ein zweiter Eingang, aber der ist abgeschlossen.«

»Dann nehme ich den an der Vorderseite.«

»Wobei ich mir selbst da nicht sicher bin, ob Sie um diese Zeit schon reinkommen. Normalerweise ist von Sonnenaufgang bis Sonnenuntergang geöffnet.«

»Die Sonne geht gerade auf. Schauen Sie.«

Es war kurz vor acht – und Weihnachten.

Ein paar Minuten später hielt das Taxi. Frieda bezahlte und stieg aus. Auf einem verzierten viktorianischen Schild stand: »Chesney Hall Cemetery«. Alan hatte gesagt, er wünsche sich ein Familiengrab, wo er sich ins Gras legen und mit seinen Vorfahren sprechen könne. Der arme Alan. Er hatte kein solches Grab, das er besuchen konnte – zumindest keines, von dem er wusste. Aber vielleicht Dean Reeve? Das große Friedhofstor war geschlossen, doch daneben gab es eine kleine Pforte für Fußgänger. Frieda ging hinein und blickte sich um. Der Friedhof war riesig wie eine Stadt. Es gab unzählige, wie Alleen angelegte Reihen von Grabsteinen, viele mit Figuren, bröckelnden Säulen oder Kreuzen versehen. Hier und dort ragte zwischen den normalen Gräbern ein Mausoleum auf. Linker Hand entdeckte sie einen Bereich, der so überwuchert war, dass die Gräber fast unter dem ganzen Grünzeug verschwanden. Frieda blickte sich suchend um. In der kalten Luft bildete ihr Atem kleine Wölkchen.

Ein Stück weiter vorne erkannte sie eine schlichte Holzhütte, die an der Hauptallee lag. Die Tür stand offen, und durchs Fenster sah man Licht. Führten Friedhöfe so etwas wie Register? Während sie sich in Bewegung setzte, glitt ihr Blick über die Gräber auf beiden Seiten. Eines erregte ihre Aufmerksamkeit. Das Grab der Familie Brainbridge. Emily, Nicholas, Thomas und William Brainbridge waren in den sechziger Jahren des neunzehnten Jahrhunderts gestorben, alle vier noch keine zehn Jahre alt. Ihre Mutter, Edith, war 1883 gestorben. Wie hatte sie es geschafft, alleine weiterzuleben, während ihre toten Kinder in die Vergangenheit entschwanden? Vielleicht hatte sie noch andere Kinder gehabt, um die sie sich kümmern musste – Kinder, die als Erwachsene fortgezogen waren und nun anderswo begraben lagen.

Irgendein Rascheln veranlasste Frieda dazu, sich umzudrehen. Durch den Zaun sah sie eine Gestalt, anfangs nur undeutlich, weil sie in Bewegung war, doch als sie dann am Eingang auftauchte, erkannte Frieda sie. Ihre Blicke trafen sich: Frieda starrte Terry Reeve an, und Terry Reeve starrte Frieda an. Dabei lag in ihrem Blick eine Intensität, die Frieda bei ihr bis dahin nicht erlebt hatte. Frieda rannte den Weg zurück, den sie gerade gekommen war, doch als sie schließlich durch die kleine Pforte hinausstürmte, war von Terry nichts mehr zu sehen. Verzweifelt blickte Frieda sich um. Erneut machte sie kehrt und lief die Hauptallee entlang, bis sie die Holzhütte erreichte. Hinter einem provisorischen Schreibtisch saß eine alte Frau. Vor ihr standen eine Thermoskanne und ein kleines Schild mit der Aufschrift: »Freunde des Friedhofs von Chesney Hall«. Wahrscheinlich hatte sie draußen auch einen geliebten Menschen liegen, einen Ehemann oder ein Kind. Vielleicht fühlte sie sich hier zu Hause, umgeben von ihrer Familie. Frieda kramte ihren Geldbeutel heraus und wühlte darin herum.

»Haben Sie hier ein Telefon?«, fragte sie.

»Ja, aber ich bin kein …«, begann die Frau.

Frieda fand die gesuchte Karte. »Es ist ganz dringend«, erklärte sie, »ich muss die Polizei anrufen.«

Nachdem sie mit ein paar hektischen Worten Karlsson informiert hatte, wandte Frieda sich wieder der alten Frau zu.

»Ich muss ein Familiengrab finden. Ist das möglich?«

»Wir haben hier Pläne des Friedhofs vorliegen«, antwortete die Frau. »Darauf sind fast alle Gräber verzeichnet. Wie lautet denn der Name?«

»Reeve. R-E-E-V-E.«

Die Frau erhob sich und ging zu einem in der Ecke stehenden Aktenschrank. Sie schloss ihn auf und kehrte mit einem dicken Buch zu Frieda zurück. Wie sich herausstellte, war es voller handschriftlicher Aufzeichnungen. Die Tinte war ursprünglich wohl schwarz gewesen, inzwischen aber zu Grau verblasst. Langsam und bedächtig begann die alte Frau die Seiten durchzublättern, wobei sie hin und wieder mit der Zunge ihren Zeigefinger befeuchtete.

»Wir haben hier drei Reeves aufgelistet«, erklärte sie schließlich. »Theobald Reeve, der 1927 starb, seine Frau Ellen Reeve, 1936, und eine Sarah Reeve, 1953.«

»Wo sind sie begraben?«

Die Frau kramte in einer Schublade herum und zog eine gedruckte Karte des Friedhofs heraus.

»Hier.« Sie legte ihren Finger auf die Stelle. »Sie sind alle recht nah beieinander beerdigt. Wenn sie den Mittelpfad entlanggehen und dann den dritten Pfad zu Ihrer …«

Doch Frieda hatte ihr bereits das Blatt Papier aus der Hand gerissen und war davongestürmt. Die alte Frau blickte ihr einen Moment nach. Dann schraubte sie ihre Thermoskanne auf und wartete weiter auf die Hinterbliebenen, die an diesem Tag auf den Friedhof kommen würden, um die Toten zu besuchen. An Weihnachten herrschte immer viel Betrieb.

Frieda eilte den Hauptweg entlang und bog in den betreffenden Pfad zu ihrer Rechten ein. Es war ein schmaler, aber offenbar viel begangener Weg. Zu beiden Seiten ragten Grabsteine auf, darunter auch einige recht neue aus weißem Marmor, auf denen die Namen der Verstorbenen in klaren schwarzen Buchstaben prangten. Andere Steine waren älter und bereits mit Flechten oder Efeu überwachsen. Zum Teil hatten sich die Steine im Lauf der Jahre auch nach hinten geneigt. Die Namen mancher der dort ruhenden Verstorbenen waren kaum noch lesbar, sodass Frieda mit den Fingern über die Buchstaben streichen musste, um sie entziffern zu können. Die Philpotts, die Bells, die Farmers, die Thackerays. Einige von ihnen waren sehr alt geworden, andere nicht einmal über die Teenagerjahre hinausgekommen. Manche bekamen noch Blumen hingestellt, viele waren längst vergessen.

So schnell, wie sie nur konnte, setzte Frieda ihren Weg zwischen den Grabsteinen fort, musste sich aber fast bei jedem bücken und die Augen zusammenkneifen, um im schwachen Licht die Namen lesen zu können. Die Lovatts, die Gorans, die Booths. Ihre Augen brannten vor Müdigkeit, während ihre Brust vor Hoffnung schmerzte. Von einem kahlen Dornbusch starrte sie eine Amsel an, und in der Ferne hörte sie Motorengeräusche. Fairley, Fairbrother, Walker, Hayle. Dann erstarrte sie plötzlich mitten in der Bewegung. In ihren Ohren begann es zu rauschen. Reeve. Hier war ein Reeve – ein kleiner, bröckelnder Grabstein, der sich leicht zur Seite neigte. Sie hatte das Versteck gefunden.

Dann aber begriff sie mit einem niederschmetternden Gefühl des Scheiterns, dass sie gar nichts gefunden hatte. Denn wie sollte hier, zwischen all den mickrigen Gräbern, die sie umgaben, ein Kind versteckt sein? Mit einem Anflug von Entsetzen blickte sie sich nach einer frisch umgegrabenen Stelle um, wo jemand eine Leiche verscharrt haben könnte, doch alles war dicht mit Unkraut überwuchert. Hier hatte man niemand versteckt oder verscharrt. Sie sank neben dem Grabstein von Theobald Reeve auf die Knie. Das Gefühl, versagt zu haben, überfiel sie mit einer solchen Heftigkeit, dass ihr davon fast übel wurde. Matthew war also doch nicht hier. Es war nur eine Illusion von ihr gewesen, ein letztes Aufflammen von Hoffnung.

Sie konnte nicht sagen, wie lange sie so in der bitteren Kälte kniete, nachdem ihr klar geworden war, dass sie verloren hatte. Doch als sie schließlich den Kopf hob, um sich wieder auf die Beine zu kämpfen, entdeckte sie es – ein hohes steinernes Mausoleum, das hinter einem Gestrüpp aus Dornbüschen und Nesseln kaum zu erkennen war. Während sie darauf zustürmte, spürte sie, wie die dornigen Ranken an ihr rissen. Ihre Füße sanken in den matschigen Boden ein, und der Wind peitschte ihr das Haar ins Gesicht, sodass sie kaum etwas sehen konnte. Trotzdem sah sie genug, um zu wissen, dass erst vor Kurzem jemand hier gewesen war. Die Dornbüsche und Nesseln waren zu einer Art schmalem Pfad niedergetrampelt. Als sie den Eingang erreichte, musste sie feststellen, dass er mit einem schweren steinernen Tor verschlossen war, doch an den Furchen im nassen Boden konnte man deutlich erkennen, dass jemand dieses Tor vor nicht allzu langer Zeit zur Seite geschoben hatte.

»Matthew!«, schrie sie dem kahlen, verwitterten Stein entgegen. »Gib nicht auf! Halt durch! Wir sind gleich bei dir. Halt durch!«

Dann begann sie mit den Fingern an dem Stein zu rütteln. Verzweifelt versuchte sie, irgendwo Halt zu finden, und lauschte gleichzeitig angestrengt, um vielleicht etwas zu hören, das darauf hinwies, dass er dort drin war, und noch am Leben.

Die Steintür gab ein wenig nach. Einen Spalt weit stand sie schon offen. Sie zerrte mit aller Kraft daran. Jenseits des Hügels leuchtete Licht auf, und dann hörte sie auch schon mehrere Wagen, die zum Stehen kamen. Stimmen wurden laut, und eine ganze Schar von Leuten rannte auf sie zu. Unter ihnen entdeckte sie Karlsson. Beim Anblick seiner Miene fragte sie sich, ob sie wohl auch so aussah.

Dann waren sie bei ihr – eine Armee aus Polizeibeamten, die den Stein wegziehen und mit ihren Taschenlampen in die feuchte Dunkelheit hineinleuchten konnten, ehe sie hineinkrochen.

Frieda trat zurück. Eine schreckliche Ruhe senkte sich über sie.

Er konnte sein Herz nicht mehr hören. Das machte nichts. Es hatte zu wehgetan, als es noch wie wild schlug. Der Blechmann hatte unrecht. Richtig atmen konnte er auch nicht mehr. Die Luft kam nur in ganz kleinen Stößen und füllte ihn nicht aus. Das Feuer war weg, und das Eis auch. Sogar der harte Boden war nun nicht mehr hart, weil sein Körper nur noch wie eine Feder auf dem Untergrund zitterte und bald vom Wind hochgehoben und davongetragen werden würde.

O nein. Bitte nicht. Nein. Er wollte die lauten Geräusche nicht hören, und er wollte auch nicht, dass ihm das weiße Licht die Augen zerriss. Er wollte das alles nicht: die starrenden Gesichter, die Hände, die nach ihm griffen, den Wirrwarr der Stimmen und die ruckartigen Bewegungen. Er war zu müde für eine Fortsetzung der Geschichte. Er hatte geglaubt, die Geschichte wäre endlich vorbei.

Dann sah er plötzlich die Tänzerin, die Frau mit den Schneeflocken im Haar. Sie schrie nicht herum, und sie lief auch nicht wie die anderen hektisch hin und her. Sie stand einfach nur ganz still auf der anderen Seite der Welt, um sie herum lauter Grabsteine. Sie sah ihn an. Ihr Gesicht war besser als jedes Lächeln. Er hatte sie gerettet, und nun hatte sie ihn gerettet. Sie beugte sich über ihn. Ihre Lippen berührten seine Wange. Der böse Zauber war gebrochen.

42

Frieda stand neben dem Bett. Der kleine Körper war noch immer so zusammengerollt, wie sie ihn gefunden hatten. Zu dem Zeitpunkt war er halb entkleidet gewesen, denn in seinem Todesdelirium hatte sich der Junge die Kleidung – unter anderem ein kariertes Hemd von der Sorte, wie beide Zwillinge sie bevorzugten – vom Leib gerissen und sich nahezu nackt auf den kalten Erdboden des Mausoleums gelegt. Nun war er auf eine Warmwassermatratze gebettet und mit mehreren leichten Stoffschichten zugedeckt. Seine Brust war im Herzbereich mit Monitoren verkabelt. Sein ehemals so rundes, eher rötliches Gesicht, das auf den Fotos, die Frieda von ihm kannte, so fröhlich dreingeblickt hatte, war so weiß, dass es ihr fast schon grünstichig erschien. Seine Sommersprossen leuchteten daraus hervor wie rostige kleine Münzen. Die Lippen wirkten völlig blutleer. Eine Wange sah blau und geschwollen aus. Seine Hände waren beide bandagiert, weil er sich an den Steinwänden des Mausoleums die Finger aufgerissen hatte. Friedas Blick wanderte zu seinem stümperhaft gefärbten schwarzen Haar, an dessen Scheitel schon wieder ein Streifen Rot hervorlugte. Nur die Monitore bewiesen, dass er nicht tot war.

In einer Ecke des Raums saß Detective Constable Munster, ein junger Mann mit dunklem Haar und dunklen Augen, der an der Suche nach Matthew vom ersten Tag an beteiligt gewesen war. Er wirkte fast so bleich wie der Junge und saß völlig reglos da, wie in Stein gemeißelt. Er wartete darauf, dass der Junge das Bewusstsein wiedererlangte. Matthews Augen zuckten. Einen Moment lang öffneten sie sich einen Spalt, schlossen sich aber gleich wieder. Seine Wimpern waren lang und rötlich, seine Augenlider durchscheinend. Frieda war von Karlsson gebeten worden, bei Matthew zu bleiben, bis die Kinderpsychologin eintraf. Trotzdem fühlte sie sich irgendwie fehl am Platz und von dem ganzen Prozess ausgeschlossen: Fast neidvoll lauschte sie den schnellen Schritten, dem Klappern der Rollwagen, dem Gemurmel der Ärzte und Schwestern. Noch schlimmer war, dass sie sämtliche Fachausdrücke verstand. Sie wusste, was es bedeutete, wenn von intravenös verabreichter warmer Kochsalzlösung und der Gefahr eines hypovolämischen Schocks die Rede war. Während alle mit vereinten Kräften versuchten, Matthews Kerntemperatur zu erhöhen, musste sie sich mit der Rolle einer Zuschauerin begnügen.

Jemand führte die Eltern herein. Ihren bleichen, abgehärmten Gesichtern war deutlich anzusehen, dass sie tagelang mit schlimmen Nachrichten gerechnet hatten. Nun gab es für sie wieder Hoffnung, was jedoch neue Ängste mit sich brachte. Die Frau kniete sich neben das Bett, schob die Schläuche beiseite, griff nach Matthews verbundener Hand und presste ihr Gesicht an seinen Körper. Zwei Schwestern mussten sie von ihm wegziehen. Der Mann wirkte erregt und auf eine wütende Art verwirrt. Sein Blick schweifte nervös im Raum umher. Ihm entgingen weder die vielen Apparaturen noch die allgemeine Hektik.

»Was fehlt ihm?«

Ein Arzt studierte gerade das Krankenblatt. Er nahm kurz die Brille ab und rieb sich die Augen. »Wir tun alles in unserer Macht Stehende, aber er ist extrem dehydriert und leidet unter starker Hypothermie. In anderen Worten, er ist gefährlich unterkühlt.«

Mrs. Faraday stieß ein gequältes Schluchzen aus. »Mein kleiner Junge! Mein wunderschöner Sohn!« Sie hob seine Hand an ihre Lippen und drückte einen Kuss darauf. Dann ging sie dazu über, ihn am Arm und am Hals zu streicheln, während sie gleichzeitig immer wieder zu ihm sagte, nun werde alles gut und er sei in Sicherheit.

»Aber er kommt wieder in Ordnung?«, fragte Mr. Faraday. »Er kommt doch wieder in Ordnung, nicht wahr?« Als könnte er durch sein Insistieren bewirken, dass dieser Wunsch sich erfüllte.

»Wir sind gerade dabei, ihn zu rehydrieren«, erklärte der Arzt. »Außerdem werden wir einen sogenannten kardiopulmonalen Bypass legen, was bedeutet, dass wir ihn an eine Maschine hängen, das Blut aus seinem Körper pumpen, es aufwärmen und dann wieder hineinpumpen.«

»Und dadurch kommt er wieder in Ordnung?«

»Sie warten jetzt besser draußen«, sagte der Arzt. »Wir informieren Sie, sobald sich etwas tut.«

Frieda trat vor und griff nach der Hand von Mrs. Faraday, die einen sehr verstörten Eindruck machte und sich widerstandslos hinausführen ließ. Ihr Mann folgte ihnen. Man brachte sie in ein kleines, fensterloses Wartezimmer mit nur vier Stühlen und einem Tisch, auf dem eine Vase mit Plastikblumen stand. Dort sah Mrs. Faraday Frieda an, als hätte sie sie eben erst bemerkt.

»Sind Sie Ärztin?«, fragte sie.

»Ja«, antwortete Frieda. »Ich habe mit der Polizei zusammengearbeitet. Ich habe schon auf Sie gewartet.« Mit diesen Worten ließ sie sich neben den beiden nieder, und Mrs. Faraday begann zu reden wie ein Wasserfall. Ihr Mann dagegen sagte kein Wort. Frieda registrierte seine ungepflegten Fingernägel und seine rot geränderten Augen. Sie selbst sprach auch kaum. Nur einmal, als Mrs. Faraday ihr direkt in die Augen sah und sie fragte, ob sie Kinder habe, verneinte sie.

»Dann können Sie das nicht nachvollziehen«, sagte Mrs. Faraday.

»Nein, wahrscheinlich nicht.«

Da meldete sich plötzlich Mr. Faraday zu Wort. Seine Stimme klang rau, als hätte er eine Halsentzündung. »Wie lange war er in dem Grab?«

»Nicht lange.«

Zu lange. Kathy Ripon hatte am Samstagnachmittag bei Dean Reeve vorgesprochen. Inzwischen war Weihnachten. Frieda musste an die vergangenen Tage denken. Regen, Schneeregen, Schnee. Bestimmt war von den Wänden Wasser herabgelaufen, das er wie ein Tier auflecken konnte. Sie sah ihn wieder vor sich, wie er dort lag. Stark abgemagert und mit blauen Flecken übersät. Mit offenen, aber blicklosen Augen und angstverzerrtem Mund. Das war das Schlimmste gewesen. Anfangs hatte er nämlich nicht begriffen, dass sie gekommen waren, um ihn zu retten. Er hatte geglaubt, Dean und Terry seien zurückgekehrt.

Frieda ging noch etwas anderes durch den Kopf. Wo war Kathy? Lag sie auch irgendwo neben einer feuchten Wand?

»Was er durchgemacht haben muss!«, sagte Mr. Faraday. Er beugte sich zu Frieda hinüber. »Hat man ihn … wurde er … Sie wissen schon.«

Frieda schüttelte den Kopf. »Was dieser Mann getan hat, war sehr, sehr schrecklich«, erklärte sie, »aber ich glaube, er hat ihn trotzdem als sein Kind gesehen.«

»Dieser Mistkerl!«, stieß Mr. Faraday hervor. »Haben sie ihn schon erwischt?«

»Ich weiß es nicht«, antwortete Frieda.

»Er verdient es, lebendig begraben zu werden – so, wie er es mit meinem Sohn gemacht hat.«

Eine junge, sehr hübsche Ärztin trat in das Wartezimmer. Sie hatte eine rosige Pfirsichhaut und blondes, zu einem strengen Pferdeschwanz zurückgebundenes Haar. Ihr strahlendes Gesicht sagte Frieda, dass sie mit guten Nachrichten kam.

Sie knieten zu beiden Seiten des Bettes unter gleißenden Lampen, umgeben von herabhängenden Schläuchen, und hielten seine verbundenen Hände. Dabei wiederholten sie ständig seinen Namen und gurrten zusätzlich alle möglichen Kosenamen, als wäre er ein neugeborenes Baby: Mäuschen, Schätzchen, Muffin, Mattie-Boy, Täubchen. Er hatte die Augen immer noch geschlossen, aber sein Gesicht wirkte nicht mehr so totenbleich. Das grünstichige Weiß war einer etwas gesünderen Hautfarbe gewichen. Sein Körper wirkte auch nicht mehr ganz so steif. Die völlig aufgelöste Mrs. Faraday schluchzte und redete gleichzeitig. Immer wieder quoll ein Schwall liebevoller Worte aus ihr heraus. Ihr Sohn reagierte kaum. Er wirkte so benommen, als wäre er mitten in der Nacht aus einem tiefen Schlaf gerissen worden.

»Matthew, Matthew«, murmelte Mrs. Faraday mit der Nase fast an seiner Wange. Als er plötzlich etwas flüsterte, rückte sie noch näher an ihn heran. »Was sagst du?« Er wiederholte es, woraufhin sie sich mit fragender Miene zu Frieda umwandte.

»Er hat ›Simon‹ gesagt. Was meint er damit?«

»So haben sie ihn wohl genannt«, erklärte Frieda. »Ich glaube, sie haben ihm einen neuen Namen gegeben.«

»Was?« Mrs. Faraday brach in Tränen aus.

DC Munster trat neben Mr. Faraday, beugte sich über das Bett und begann auf Matthew einzureden. Dann hielt er dem Jungen ein Foto von Kathy Ripon vors Gesicht. Matthew hatte sichtlich Schwierigkeiten, sich darauf zu konzentrieren.

»Das ist nicht richtig!«, zeterte Mrs. Faraday. »Es geht ihm viel zu schlecht. Das kann er noch nicht. Bestimmt schadet es ihm!«

Eine Krankenschwester erklärte, die Kinderpsychologin sei bereits unterwegs, habe jedoch telefonisch Bescheid gegeben, dass sie im Stau stecke. Frieda hörte, wie DC Munster den Eltern zu erklären versuchte, dass sie zwar ihren Sohn zurückhätten, ein anderes Elternpaar aber immer noch um eine Tochter bange, woraufhin Mr. Faraday irgendetwas sehr Wütendes antwortete und Mrs. Faraday noch lauter weinte.

Frieda presste die Finger an die Schläfen. Sie versuchte den Lärm auszublenden, um nachdenken zu können. Matthew war von den Reeves entführt und versteckt worden. Offenbar hatten sie ihn nicht nur geschlagen, sondern auch hungern lassen und ihm außerdem eingeredet, seine Mutter sei nicht mehr seine Mutter und sein Vater nicht mehr sein Vater. Sie hatten ihn davon zu überzeugen versucht, dass er nicht mehr er selbst sei, sondern ein anderer Junge – ein Junge namens Simon –, und dann hatten sie ihn in das Grab gesperrt, um ihn halbnackt und mutterseelenallein in der Kälte sterben zu lassen. Nun lag er blinzelnd in einem viel zu grell beleuchteten Raum, wo sich immer wieder fremde Gesichter zu ihm hinunterbeugten und einander Worte zuriefen, die er nicht verstand, sodass er sich vermutlich erneut wie in einem Albtraum vorkam. Er war schließlich noch ein kleiner Junge, gerade mal dem Kleinkindalter entwachsen. Trotzdem hatte er überlebt. Als niemand ihn retten konnte, hatte er sich selbst gerettet. Was für Geschichten er sich wohl erzählt hatte, als er dort in der Dunkelheit lag?

Frieda trat gegenüber von Mrs. Faraday ans Bett.

»Darf ich?«, fragte sie.

Mrs. Faraday starrte sie verwirrt an, verneinte aber nicht. Frieda beugte sich dicht über Matthews Gesicht, um in möglichst leisem Ton mit ihm zu sprechen. »Keine Angst«, sagte sie, »du bist wieder daheim. Du bist gerettet.« Sie registrierte ein leichtes Flackern in seinen Augen. »Hier bist du in Sicherheit. Du bist aus dem Hexenhaus entkommen.«

Er stieß einen Laut aus, den sie aber nicht verstand.

»Wer war dort bei dir?«, fragte sie. »Wer war mit dir im Hexenhaus?«

Plötzlich klappten seine Augen auf wie die einer Puppe.

»Frau Naseweis«, stieß er hervor. »Die neugierige Schnüffelnase.«

Frieda kam es vor, als wäre plötzlich Dean im Raum – als wäre er ein Bauchredner und Matthew seine Puppe, durch die er sprach.

»Wo ist sie?«, fragte sie. »Wo haben sie sie hingebracht, die neugierige Frau Naseweis?«

»Weggebracht«, antwortete er. »In der Nacht.«

Dann begann er zu schluchzen, und sein Körper bäumte sich auf wie von einem Krampf geschüttelt. Erschrocken schlang Mrs. Faraday die Arme um ihren zuckenden, röchelnden Sohn und drückte ihn fest an ihre Brust.

»Keine Angst«, sagte Frieda in beruhigendem Ton.

»Was hat das zu bedeuten?«, fragte Munster.

»Das klingt nicht gut. Gar nicht gut.«

Frieda richtete sich auf und ging durch das Wartezimmer auf den Gang hinaus, wo sie sich suchend umblickte. Ein Pfleger schob gerade eine alte Frau in einem Rollstuhl vorbei. »Kann ich hier irgendwo ein Mineralwasser bekommen?«, wandte Frieda sich an den Mann.

»Unten am Haupteingang ist ein McDonald's«, antwortete der Pfleger.

Sie hatte erst ein paar Meter des langen Gangs zurückgelegt, als sie hinter sich jemanden rufen hörte. Es war Munster. Im Laufschritt kam er auf sie zu. »Ich habe gerade einen Anruf bekommen«, erklärte er, »der Chef möchte Sie sehen.«

»Weswegen?«

»Sie haben die Frau gefunden.«

»Kathy?« Vor Erleichterung wurde ihr fast schwindlig.

»Nein, die Ehefrau«, stellte Munster richtig. »Terry Reeve. Unten wartet ein Wagen auf Sie.«

43

Yvette Long musterte Karlsson mit gerunzelter Stirn.

»Stimmt etwas nicht?«

»Ihre Krawatte«, antwortete sie. »Sie sitzt schief.« Mit diesen Worten beugte sie sich vor und zog sie zurecht.

»Sie müssen sich den Kameras von Ihrer besten Seite präsentieren«, meinte sie, »schließlich sind Sie ein Held. Polizeipräsident Crawford wird auch da sein. Seine Assistentin hat gerade angerufen. Er ist sehr zufrieden mit Ihnen. Das wird eine richtig große Pressekonferenz. Der Saal, den sie dafür ausgewählt haben, kann bei Bedarf sogar noch erweitert werden.«

Sein Handy, das auf dem Tisch lag, begann zu vibrieren. Seine Exfrau hatte ihm schon mehrfach aufs Band gesprochen, wann er denn vorhabe, seine Kinder wieder abzuholen, und dabei jedes Mal wütender geklungen.

»Die Medien interessiert im Grunde doch nur, dass wir den kleinen Jungen gefunden haben«, erklärte Karlsson. »Wo ist Terry Reeve?«

»Gerade eingetroffen. Sie sitzt unten.«

»Hat sie etwas über Kathy Ripon gesagt?«

»Das weiß ich nicht.«

»Ich möchte, dass zwei Beamte bei ihr bleiben und sie keine Sekunde aus den Augen lassen.«

Er griff nach seinem Handy und tippte eine kurze Nachricht: »Sorry. Melde mich bald.« Dann drückte er auf »Senden«. Vielleicht hörte sie ja die Nachrichten und verstand, warum er keine Zeit hatte. Wobei ihm durchaus klar war, dass das nicht so lief. Anderer Leute Kinder hatten nicht denselben Stellenwert wie die eigenen. Eine Beamtin streckte den Kopf zur

Tür herein und verkündete, Dr. Klein sei eingetroffen. Karlsson bat die Kollegin, sie gleich zu ihm zu schicken. Als Frieda den Raum betrat, nahm er erstaunt das Leuchten in ihren Augen wahr, erkannte darin aber seine eigene überdrehte Euphorie wieder. In diesem Zustand war an Schlaf gar nicht zu denken.

»Wie geht es ihm?«, fragte er.

»Er lebt«, antwortete Frieda. »Seine Eltern sind bei ihm.«

»Ich meine, wird er es schaffen?«

»Woher soll ich das wissen?«, gab Frieda zurück. »Kleine Kinder sind erstaunlich widerstandsfähig. Zumindest steht das so im Lehrbuch.«

»Es ist Ihr Verdienst. Sie haben ihn gefunden.«

»Ich habe den einen gefunden und die andere in den Tod geschickt«, sagte Frieda. »Verzeihen Sie mir, wenn ich keinen Freudentanz aufführe. Wie ich höre, ist Ihnen Terry Reeve ins Netz gegangen.«

»Sie sitzt unten.«

»Draußen musste ich an der Meute vorbei«, berichtete Frieda. »Ich habe schon halb damit gerechnet, ein paar mit Mistgabeln und Fackeln zu sehen.«

»Es ist nur verständlich, dass die Leute aufgebracht sind.«

»Die sollen lieber heimgehen und sich um ihre eigenen Kinder kümmern«, meinte Frieda. »Wo haben Sie sie geschnappt?«

»In ihrem Haus.«

»In ihrem Haus?«, wiederholte Frieda.

»Es stand natürlich unter Beobachtung«, erklärte Karlsson. »Sie ist nach Hause gegangen, und wir haben sie dort verhaftet. Eine ganz simple Angelegenheit, die keinerlei kriminalistisches Gespür erforderte.« Er schnitt eine Grimasse.

»Warum ist sie denn zurück nach Hause?«, fragte Frieda mehr sich selbst als Karlsson. »Ich dachte, die beiden hätten einen Plan.«

»Den hatten sie auch«, erwiderte Karlsson, »aber Sie haben ihnen einen Strich durch die Rechnung gemacht, als sie ihr auf dem Friedhof über den Weg gelaufen sind. Danach hat sie ihn sofort angerufen. Das wissen wir, weil wir ihr Handy haben. Sie hat ihn gewarnt. Ihm blieb genug Zeit, sich aus dem Staub zu machen.«

»Warum ist sie nicht auch abgehauen?«, fragte Frieda. »Und wieso war sie überhaupt auf dem Friedhof?«

»Das können Sie sie selbst fragen«, antwortete Karlsson. »Ich möchte, dass Sie mitkommen.«

»Mir wäre es lieber, ich würde die Antwort schon kennen«, erklärte Frieda. »Wie heißt es bei den Anwälten so schön? Man sollte nie eine Frage stellen, bei der man die Antwort noch nicht weiß.«

»Wir müssen ihr sehr wohl eine Frage stellen, bei der wir die Antwort nicht wissen«, entgegnete Karlsson, »und diese Frage lautet: ›Wo ist Kathy Ripon?‹«

Frieda ließ sich auf der Ecke von Karlssons Schreibtisch nieder. »Was das betrifft, habe ich ein schlechtes Gefühl.«

»Bei Matthew hatten Sie auch ein schlechtes Gefühl«, wandte Karlsson ein.

»Da lag der Fall aber ganz anders. Die beiden wollten einen Sohn. Sie haben den Jungen als ihr Kind betrachtet. Selbst dann, als sie ihn loswerden mussten, haben sie ihn nicht getötet. Sie haben ihn versteckt. So ähnlich wie im Märchen, wenn ein Kind im Wald ausgesetzt wird.«

»Sie haben ihn nicht im Wald ausgesetzt, sondern lebend begraben.«

»Bei Kathy Ripon verhält sich das ganz anders. Sie war nicht Teil des Plans, sondern nur ein zufällig auftauchendes Hindernis. Aber was wollte Terry auf dem Friedhof? Und warum ist sie anschließend nach Hause?«

»Vielleicht wollte sie nachsehen, ob er schon tot ist«, meinte Karlsson, »oder ihm den Rest geben. Womöglich hatte sie durchaus vor abzuhauen und wollte nur noch kurz nach Hause, um etwas zu holen. Oder ihr Mann hat sie vorgeschickt – um zu sehen, ob die Luft rein ist.« Karlsson bemerkte, dass Friedas Hände zitterten. »Möchten Sie etwas trinken? Oder vielleicht einen Happen zu essen?«

»Nur einen Schluck Wasser«, antwortete Frieda.

Karlsson setzte sich und sah zu, wie Frieda einen Plastikbecher voll Wasser leerte. Anschließend tranken sie beide noch einen Becher schwarzen Kaffee und hingen dabei ihren Gedanken nach.

»Sind Sie bereit?«, brach Karlsson schließlich das Schweigen.

Terry Reeve saß im Verhörraum auf einem Stuhl und stierte vor sich hin. Karlsson nahm ihr gegenüber Platz, während Frieda hinter ihm stehen blieb und sich gleich neben der Tür an die Wand lehnte. Sie war erstaunt, wie kalt sich die Mauer in ihrem Rücken anfühlte.

»Wo ist Katherine Ripon?«, fragte Karlsson.

»Sie ist mir nicht über den Weg gelaufen«, antwortete Terry.

Langsam löste Karlsson die Armbanduhr von seinem Handgelenk und legte sie zwischen ihnen auf den Tisch. »Ich möchte, dass Sie sich über Ihre Situation im Klaren sind«, erklärte er. »Vielleicht bilden Sie sich ja ein, mit einer harmlosen Anklage wegen Freiheitsberaubung und einer netten kleinen Haftstrafe davonzukommen. Bei guter Führung wären Sie dann nach ein paar Jahren wieder draußen. Ich fürchte allerdings, das können Sie vergessen. Im Moment befinden wir uns in einem schalldichten Raum, aber wenn wir Sie auf den Gang hinausführen würden, könnten Sie draußen eine Menschenmenge toben hören. Die Leute toben Ihretwegen. Wenn wir hier in Großbritannien eines nicht mögen, dann sind es Menschen, die Kinder oder Tiere quälen. Und ganz besonders hassen es die Leute, wenn Frauen an so etwas beteiligt sind – auch wenn unsere Frau Dr. Klein das wahrscheinlich sexistisch findet. Sie werden lebenslänglich bekommen, und wenn Sie glauben, dass Sie Ihre Zeit dort nur mit Töpferkursen und Lesegruppen verbringen werden, dann täuschen Sie sich. Menschen, die gegenüber Kindern gewalttätig geworden sind, haben im Gefängnis nichts zu lachen.«

Karlsson schwieg einen Moment. Terry starrte immer noch vor sich hin.

»Aber wenn Sie uns sagen, wo sie ist«, fuhr er fort, »könnte es für Sie ganz anders laufen.«

Sie sagte nach wie vor kein Wort.

»Ihr Mann hat sich aus dem Staub gemacht«, stellte Karlsson fest. »Wir werden ihn zwar bald haben, aber bis dahin bekommen Sie die ganze Wucht des Hasses ab. Ich kann Ihnen einen Ausweg aus diesem Schlamassel anbieten. Allerdings wird dieses Angebot nicht sehr lange bestehen. Wenn Sie uns nicht helfen, werden die Leute erst so richtig wütend werden.«

»Sie brauchen gar nicht erst zu versuchen, mich gegen ihn aufzuwiegeln«, brach Terry plötzlich ihr Schweigen. »Wir haben alles gemeinsam gemacht.«

»Genau darauf verlässt er sich«, entgegnete Karlsson. »Er kommt ungestraft davon, oder versucht es zumindest. Und Sie dürfen das Ganze allein ausbaden.«

»Er kann sich auf mich verlassen«, antwortete Terry. »Das war schon immer so. Ich kann für ihn stark sein.«

»Warum tun Sie das?«, fragte Karlsson in fast schon flehendem Ton. »Die Sache ist gelaufen. Das hat doch gar keinen Sinn mehr.«

Sie zuckte nur mit den Achseln. Karlsson warf Frieda einen frustrierten Blick zu. Dann griff er nach seiner Armbanduhr, schob sie in seine Jackentasche, stand auf und trat neben Frieda. »Was bringt ihr das? Was hat sie noch zu verlieren?«

»Vielleicht ihn«, antwortete Frieda leise. »Darf ich mit ihr reden?«

»Tun Sie sich keinen Zwang an.«

Frieda ging zu ihr, ließ sich auf dem Stuhl nieder, den Karlsson gerade geräumt hatte, und musterte Terry eindringlich.

Terry wich ihrem Blick nicht aus, sondern reckte trotzig das Kinn vor, als wollte sie Frieda zum Kampf herausfordern.

»Sie haben Matthew das Leben gerettet«, begann Frieda. »Ich sage das nur ungern, und ich glaube auch nicht, dass es Ihnen die Meute da draußen zugute halten wird, aber es stimmt.«

Terry beäugte sie misstrauisch. »Sie versuchen doch nur, sich bei mir einzuschleimen. Sie wollen mich zum Reden bringen.«

»Ich sage nur die Wahrheit. Als ich Sie auf dem Friedhof sah, war mir klar, dass ich Matthew dort finden würde. Hätte ich ihn recht viel später gefunden, wäre er bereits tot gewesen.«

»Und?«

»Er ist nicht gestorben. Das ist doch immerhin ein positiver Aspekt der ganzen Geschichte, oder etwa nicht? Sind Sie deswegen noch einmal zurück auf den Friedhof? Um zu sehen, ob er noch lebt?«

Terry bedachte sie mit einem verächtlichen Blick. »Ich habe dazu nichts zu sagen.«

»Das muss Ihnen ganz schön zu schaffen gemacht haben«, fuhr Frieda fort. »In gewisser Weise wäre es wahrscheinlich leichter gewesen, wenn Sie ihn umgebracht hätten. So aber hatten Sie bestimmt die ganze Zeit sein Bild vor Augen, während Sie hier festgehalten und verhört wurden. Ein kleiner Junge, allein in der Dunkelheit. Deswegen sind Sie noch einmal zum Friedhof zurückgekehrt. Ihr Beweggrund war wohl eine Art... Ich weiß nicht recht, welches Wort das richtige dafür ist. Vielleicht ›Fürsorge‹. Dann haben Sie mich entdeckt und auch gemerkt, dass ich Sie ebenfalls gesehen hatte. Sie sind weggelaufen und haben Dean angerufen. Sein Wohl lag Ihnen ebenfalls am Herzen. Sie wollten nicht, dass ihm etwas passiert. Glauben Sie, Ihr Wohl liegt ihm auch so am Herzen?«

»Es wird Ihnen nicht gelingen, mich gegen ihn aufzuhetzen.«

»Das versuche ich doch gar nicht.«

»Verdammte Lügnerin.«

»Matthew wird es schaffen«, erklärte Frieda. »Ich komme

gerade aus dem Krankenhaus. Vielleicht freuen Sie sich über diese gute Nachricht.«

»Es ist mir völlig egal, wie es ihm geht.«

»Das glaube ich Ihnen nicht. Aber jetzt müssen wir über Kathy reden.«

Terry reagierte mit ihrem üblichen Schulterzucken.

»Und Joanna. Was ist mit Joanna passiert, Terry? Wo liegt sie begraben?«

»Fragen Sie Dean.«

»Das werden wir.«

»Wo bleiben mein Tee und meine Zigarette?«

»Eines würde ich gerne noch von Ihnen wissen: Warum sind Sie zurück nach Hause?«

»Keine Ahnung«, antwortete Terry. »Warum nicht?«

Frieda überlegte einen Moment. »Ich glaube, ich weiß, warum.«

»Ach ja?«

»Nach unserer Begegnung auf dem Friedhof war Ihnen klar, dass wir den Jungen finden würden. Sie haben Dean angerufen. Damit hatten Sie alles getan, was Sie für ihn noch tun konnten. Und dann? Wollten Sie wirklich weg? Ich meine, wirklich? Hätten Sie so leben können? Immer auf der Flucht? Unter einem neuen Namen? Ich an Ihrer Stelle hätte es wahrscheinlich genauso gesehen wie Sie. Für mich wäre das auch eine erschreckende Vorstellung. Ich hätte genau wie Sie alles in meiner Macht Stehende für meinen Liebsten getan, dann aber nur noch den Wunsch gehabt, nach Hause zu gehen. Und sei es nur für eine Minute. Ich hätte einfach nur nach Hause gewollt.«

Terry atmete tief durch. Dann zog sie ein zerknülltes altes Taschentuch aus ihrer Jeans, schnäuzte sich laut und warf es anschließend auf den Boden. Trotzig sah sie Frieda an. »Sie werden mich nicht dazu bringen, etwas gegen ihn zu sagen«, erklärte sie. »Ich habe nichts zu sagen.«

»Ich weiß.« Frieda ging zu ihr hinüber und hob das feuchte Taschentuch auf. »Wir wollen doch nicht, dass Sie auch noch wegen Vermüllung öffentlicher Gebäude angezeigt werden. Sie haben auch so schon genug Probleme.«

»Sie können mich mal!«, fauchte Terry.

Frieda und Karlsson verließen den Raum. Karlsson wies zwei Beamtinnen an, zu Terry hineinzugehen und sie nicht aus den Augen zu lassen. Er war gerade im Begriff, noch etwas hinzuzufügen, als ein anderer Detective um die Ecke bog. Der Mann keuchte so heftig, dass er kaum sprechen konnte. »Alan Dekker«, stieß er hervor. »Er hat gerade angerufen. Er hat mit Dean Reeve gesprochen. Er hat sich mit ihm getroffen.«

»Heiliger Strohsack!« Karlsson wandte sich an Frieda. »Wollen Sie mitkommen? Ihm die Hand halten?«

Frieda überlegte einen Moment. »Nein. Ich habe noch etwas zu erledigen.«

Karlsson konnte sich ein Lächeln nicht verkneifen. »Ist das nicht interessant genug für Sie?«

»Ich habe wirklich noch etwas zu erledigen.«

»Handelt es sich dabei um Weihnachtseinkäufe oder um etwas, das ich wissen müsste?«

»Schwer zu sagen«, antwortete Frieda.

Karlsson wartete einen Moment, doch von Frieda kam nichts mehr

»Na dann eben nicht!« Mit diesen Worten stürmte Karlsson davon.

An der Wand standen ein paar Stühle und ein kleiner Tisch. Frieda ließ sich einen Moment nieder und trommelte nachdenklich mit den Fingern auf der Tischplatte herum. Dann erhob sie sich wieder und ging in die Einsatzzentrale. Am anderen Ende des Raums hörte sie Gelächter und klirrende Gläser. Offenbar betrachteten einige den Fall als abgeschlossen und begannen bereits zu feiern. Frieda wühlte in ihrer Tasche nach einem Notizbuch. Fündig geworden, blätterte sie es durch.

Rasch trat sie an einen Schreibtisch, griff nach einem Telefon und wählte eine Nummer.

»Spreche ich mit Sasha? ... Hier ist Frieda ... Gott sei Dank habe ich Sie gleich erwischt. Sie müssen mir einen Gefallen tun, und zwar einen richtig großen. Können wir uns kurz treffen? ... Ich meine, jetzt sofort. Ich komme bei Ihnen vorbei, egal, wo Sie gerade sind ... Großartig. Bis gleich.«

Sie knallte das Telefon auf den Schreibtisch. Auf der anderen Seite des Raums wandte ein junger Detective den Kopf und fragte sich, was diese Ärztin wohl dazu veranlasste, wie eine Bekloppte durch die Einsatzzentrale zu stürmen.

44

Karlsson hatte noch kaum an die Tür geklopft, als sie bereits aufschwang. Vor ihm stand eine kleine, aber kräftig gebaute Frau. Sie trug eine alte Jeans und einen orangeroten Pullover, bei dem sie die Ärmel bis zu den Ellbogen hochgeschoben hatte. Ihr ungeschminktes Gesicht wirkte müde und ängstlich.

»Carrie Dekker, das hier ist Detective Constable Yvette Long. Ich glaube, Sie und Ihr Mann erwarten uns.«

»Alan ist in der Küche.« Sie zögerte. »Er ist ziemlich durcheinander.«

»Wir müssen ihm trotzdem ein paar Fragen stellen.«

»Darf ich dabei sein?«

»Wenn Sie wollen.«

Karlsson folgte ihr in die Küche.

»Alan«, sagte sie in sanftem Ton. »Sie sind da, Alan.«

Der Mann wirkte in sich zusammengesunken und völlig verstört. Er trug noch seinen schäbigen Dufflecoat und saß in gebeugter Haltung am Küchentisch. Als sie den Raum betraten, hob er den Kopf. Sein Gesicht sah aus, als hätte er stundenlang oder gar tagelang geweint.

»Wir müssen dringend mit Ihnen sprechen«, wandte Karlsson sich an ihn. »Erzählen Sie uns bitte ganz genau, was passiert ist.«

»Ich habe ihn gebeten, nicht zu gehen«, erklärte Carrie. »Ich wollte nicht, dass er sich selbst in Gefahr bringt.«

»Ich war nicht in Gefahr, das habe ich dir doch gesagt. Wir haben uns an einer belebten Straße getroffen und nur ein paar Minuten miteinander geredet.« Er schluckte. »Es war, als würde ich in einen Spiegel schauen. Ich weiß, ich hätte Sie informieren müssen. Ich hätte Sie sofort anrufen müssen, als er sich bei mir gemeldet hat. Aber vor ein paar Wochen wusste ich noch nicht mal, dass es ihn gibt. Ich musste mich einfach mit ihm treffen. Es tut mir leid.«

Er zitterte sichtlich und hatte auch wieder Tränen in den Augen. Carrie setzte sich neben ihn und griff nach seiner Hand. Sie drückte ihm einen Kuss auf die Fingerknöchel, woraufhin er seinen großen, schweren Kopf an ihre Schulter sinken ließ. »Ist schon gut, mein Liebling«, sagte sie in beruhigendem Ton.

Schützend legte sie den Arm um ihn. Auf Karlsson wirkte ihre Art mütterlich und sehr zärtlich. »Wann hat er Sie angerufen?«, fragte er.

»Wann war das, Carrie? Gegen neun, würde ich sagen, vielleicht auch ein bisschen früher. Wie ich gehört habe, ist der kleine Junge wieder aufgetaucht?«

»Was wir zum Teil Ihnen zu verdanken haben.«

»Ich bin nur froh, dass ich etwas tun konnte.«

»Was hat er gesagt, als er Sie angerufen hat?«

»Dass wir uns unbedingt treffen müssten. Dass ihm nicht viel Zeit bleibe und dass es unsere einzige Chance sei. Er hat gesagt, er wolle mir etwas geben.«

»Und Sie sind darauf eingegangen?«

»Ja«, murmelte er. »Ich hatte das Gefühl, wenn ich es nicht täte, würde ich ihn niemals sehen. Es war vielleicht wirklich meine einzige Chance, und hätte ich sie nicht wahrgenommen, würde ich es womöglich mein Leben lang bereuen. Klingt das für Sie dumm?«

»Haben Sie die Nummer, unter der er angerufen hat?«

»Es war eine Handynummer«, mischte Carrie sich ein. »Nachdem Alan gegangen war, habe ich die 1471 gewählt und mir die Nummer aufgeschrieben.« Sie gab ihm einen Zettel, den Karlsson an DC Long weiterreichte.

»Wo haben Sie sich verabredet?«

»An der Hauptstraße. Er hat gesagt, er sei schon dort. Beim alten Woolworths. Das Kaufhaus ist inzwischen geschlossen und mit Brettern vernagelt. Er hat gesagt, er werde nach mir Ausschau halten. Gleich im Anschluss an das Telefongespräch habe ich Carrie davon erzählt.«

»Dir ist ja gar nichts anderes übrig geblieben. Ich habe das Gespräch schließlich mit angehört. Ich wollte ihn begleiten«, wandte sie sich an Karlsson. »Ich wollte mit, aber er hat gemeint, sein Bruder würde vielleicht nicht mit ihm reden wollen, wenn ich dabei wäre. Also habe ich ihn gehen lassen, ihm vorher aber das Versprechen abgenommen, mich alle fünf Minuten anzurufen. Ich musste unbedingt wissen, ob mit ihm alles in Ordnung war.«

»Wann genau hat das Treffen stattgefunden?«

»Ich bin ganz langsam gegangen. Mir war vor Aufregung ganz schlecht. Ich schätze, ich habe für die Strecke zehn Minuten gebraucht.«

»Hat er Sie schon erwartet?«

»Plötzlich war er hinter mir. Ich bin total erschrocken.«

»Was hatte er an? Können Sie sich daran erinnern?«

»Eine alte Lederjacke. Eine Jeans. Außerdem eine Wollmütze in so einem grünlichen Braunton, die er sich bis in die Stirn gezogen hatte, sodass man seine Haare nicht sah.«

»Erzählen Sie weiter.«

»Er hat mich Bruder genannt. ›Hallo, Bruder, nett, dich kennenzulernen‹, hat er gesagt. Als fände er das alles recht lustig.«

»Was noch?«

»In dem Moment hat Carrie mich auf meinem Handy angerufen, und ich habe ihr gesagt, dass es mir gut gehe und dass ich nicht in Gefahr sei. Ich habe ihr versprochen, so schnell wie möglich zurückzukommen. Danach hat er … tut mir leid, Liebling, aber er hat mich gefragt: ›Kann es sein, dass du ein bisschen unter dem Pantoffel stehst? Du hast doch hoffentlich keine Frau, die ständig nörgelt? Das sind die Schlimmsten, glaub mir.‹ Dann hat er gesagt, ich solle mich mal richtig ansehen lassen. Und dass er mir etwas geben wolle.«

»Was denn?«

»Moment.«

Karlsson beobachtete, wie er eine große Segeltuchtasche unter dem Tisch hervorzog. Sie war offensichtlich schwer, und ihr Inhalt klapperte metallen. Er stellte die Tasche zwischen ihnen auf den Tisch.

»Er wollte mir sein Lieblingswerkzeug schenken«, erklärte er. »Ich habe mir die Sachen noch gar nicht angesehen.«

Er machte sich mit seinen dicken Fingern am Reißverschluss zu schaffen.

»Rühr das Zeug nicht an!«, sagte Carrie in scharfem Ton. »Fass nichts an, was ihm gehört hat.«

»Aber er hat es mir doch geschenkt.«

»Er ist ein böser Mensch. Wir wollen die Sachen nicht im Haus haben.«

»Ich nehme sie mit«, mischte Karlsson sich ein. »Hat er sonst noch was gesagt?«

»Eigentlich nicht. Oder doch, etwas ziemlich Seltsames. Ich solle nicht vergessen, dass einem Schlimmeres passieren könne, als tot zu sein.«

»Was hat er damit gemeint?«

»Keine Ahnung.«

»Wie war er? Aufgeregt?«

»Ich war mit den Nerven völlig fertig, aber er wirkte ganz ruhig. Er schien es auch gar nicht eilig zu haben. Als wüsste er genau, wie es bei ihm weitergehen würde.«

»Fällt Ihnen sonst noch etwas ein?«

»Nein. Zum Abschied hat er mir einen Klaps auf die Schulter gegeben und gesagt, es sei nett gewesen, mich kennenzulernen. Dann ist er einfach gegangen.«

»Wohin?«

»Das kann ich Ihnen nicht genau sagen. Ich habe ihn nur

noch von der Hauptstraße abbiegen sehen. In die Straße, die zum Busbahnhof führt, und zu dem Stück Brachland, wo sie jetzt den Megamarkt bauen.«

»Er hat Ihnen nicht gesagt, wo er als Nächstes hinwolle?«

»Nein.«

»Sie versuchen aber nicht, ihn zu schützen, oder?«

»Das würde ich nie tun. Er ist ein böser Mensch. Er hatte so etwas an sich …« Er klang plötzlich fast angewidert.

»Sind Sie nach Ihrem Treffen gleich nach Hause zurück?«

»Vorher habe ich noch Carrie angerufen und ihr gesagt, dass es mir gut gehe und dass er weg sei. Es war ein seltsames Gefühl, aber irgendwie fühlte ich mich auch erleichtert. Als wäre eine Last von mir abgefallen – als wäre ich dadurch von ihm befreit.«

»Sie sind danach nicht noch anderswo hingegangen oder haben mit jemand anderem gesprochen?«

»Nein. Mit niemandem.«

»Und sonst fällt Ihnen wirklich nichts mehr ein?«

»Das ist alles. Es tut mir leid. Ich weiß, dass das nicht richtig von mir war.«

Karlsson stand auf. »DC Long bleibt erst einmal hier bei Ihnen. Ich schicke noch jemanden zur Verstärkung vorbei. Tun Sie einfach, was die Kollegen Ihnen sagen.«

»Sie meinen, er kommt hierher?« Carrie schlug die Hand vor den Mund.

»Das ist nur eine Vorsichtsmaßnahme.«

»Sie glauben, wir sind in Gefahr?«

»Er ist ein gefährlicher Mann. Womöglich ist die Geschichte noch nicht zu Ende. Ich wünschte, Sie hätten uns angerufen.«

»Es tut mir leid. Ich konnte einfach nicht anders, ich … Ich musste ihn sehen. Nur das eine Mal.«

Karlsson beorderte zusätzliche Suchtrupps in das Viertel, in dem Reeve sich mit seinem Bruder getroffen hatte, machte sich allerdings keine großen Hoffnungen. Obwohl es noch früh am Nachmittag war, bewegte sich der insgesamt recht düstere Tag schon wieder in Richtung Dämmerung. Die Leute hatten die Fenster ihrer Häuser oder Wohnungen bereits festlich beleuchtet, und an den Türklopfern hingen Weihnachtskränze. In den Läden standen farbenfroh geschmückte Bäume, und auf den Straßen funkelten Neonglocken, Rentiere und Zeichentrickfiguren. Vor einem Supermarkt sang ein kleiner, aus Männern und Frauen bestehender Chor Weihnachtslieder. Mittlerweile segelte wieder die eine oder andere Schneeflocke durch die bitterkalte Luft. Es waren zumindest einigermaßen weiße Weihnachten, ging Karlsson durch den Kopf, auch wenn dieses Fest für ihn seltsam irreal blieb. Er dachte einen Moment an seine Kinder, die weit von hier entfernt in ihrem Haus feierten. Er konnte es sich in etwa vorstellen: den Baum, unter dem sich die Geschenke stapelten, den Geruch nach Mince Pies, die geröteten Wangen der Kinder – das ganze Familienleben, das wie gewohnt weiterging, wenn auch ohne ihn. Matthew war gerettet und in Sicherheit. Mit dieser frohen Botschaft hatte inzwischen niemand mehr gerechnet. Die Zeitungen würden die Rettung des Jungen als das schönste Weihnachtsgeschenk bezeichnen, das seine Eltern je bekommen würden. Ein Wunder. Für Karlsson war es wahrhaft ein Wunder, denn er hatte Matthew längst schon für tot gehalten. Nun empfand er eine solche Freude, dass er seine Müdigkeit gar nicht mehr spürte. Ganz im Gegenteil, er fühlte sich auf eine fast schmerzhafte Weise wach. Es kam ihm vor, als hätte er schon seit Tagen keinen so klaren Kopf mehr gehabt.

Als er wieder auf dem Revier eintraf, befand sich Frieda immer noch dort. In ziemlich aufrechter Haltung und mit frisch frisiertem Haar saß sie in einem leeren Verhörraum und trank aus einem großen Becher Tee. Karlsson stieg der Geruch von Pfefferminze in die Nase. Erwartungsvoll sah sie ihn an.

»Die Suche nach ihm läuft noch. Er muss sich irgendwo da draußen herumtreiben. Wo kann er nur hin sein?«

»Geht es Alan gut?«

»Er steht ziemlich unter Schock. Wer wäre nach einer solchen Sache nicht schockiert? Er hat etwas sehr Traumatisches erlebt, und es ist noch nicht vorbei. Zum Glück hat er eine starke Frau.«

»Ja, darüber kann er wirklich froh sein.«

»Seinem Aussehen nach zu urteilen wird er sich bald mit Ihnen in Verbindung setzen.«

»Möglich, aber vielleicht bin ich ja auch der letzte Mensch auf der Welt, den er jetzt sehen möchte. Ich für meinen Teil würde sehr gern mit ihm sprechen. Von allem anderen mal abgesehen, wird er bald das am meisten gehasste Gesicht des Landes haben.«

»Ich weiß. Und die Meute da draußen …« Er nickte in Richtung Vorderseite des Gebäudes, wo noch immer eine aufgebrachte Menschenmenge versammelt war. »Die Leute vergessen so etwas nicht so schnell.«

Mit diesen Worten verließ er den Raum, doch ehe Frieda Zeit hatte, darüber nachzudenken, was sie nun tun sollte, und ob es vielleicht an der Zeit war, nach Hause zu gehen und zumindest zu versuchen, ein wenig zu schlafen, kam Karlsson wieder hereingestürmt. »Sie haben ihn gefunden«, erklärte er.

»Wo?«

»In einer alten Hafenanlage seitlich vom Kanal, nur einen Katzensprung von dort entfernt, wo er sich mit Dekker getroffen hat. Unter einer Brücke. An einem Strick hängend.«

45

Mit dem Wagen kam Karlsson nicht ganz bis ans Wasser heran. Er hielt an einer Brücke, die den Kanal kreuzte. Dort stand schon ein Beamter bereit und führte ihn die Treppe zum Treidelpfad hinunter.

»Wer hat die Leiche denn entdeckt?«, fragte Karlsson.

»Ein alter Mann, der mit seinem Hund unterwegs war«, antwortete der Beamte. »Er hatte kein Handy dabei und konnte auch keine Telefonzelle finden, deswegen ist er den ganzen Weg zurück nach Hause marschiert, noch dazu mit einem wehen Bein. Es hat eine ganze Stunde gedauert, bis endlich jemand vor Ort war. Hätte der Mann ein Handy gehabt, dann hätte der Notarzt vielleicht noch etwas machen können.«

Weiter vorne auf dem Treidelpfad sah Karlsson etliche Schaulustige, vor allem Jugendliche, die versuchten, einen Blick auf die Leiche zu erhaschen. Er und der Beamte schoben sich unter dem Absperrband hindurch und bogen vom Hauptweg zu einer kleinen Bucht ab, die eine Art Sackgasse aus Wasser bildete. Früher hatte sie als Hafen für Frachtkähne gedient, die auf diese Weise direkt neben einer Fabrik anlegen konnten. Mittlerweile war die Fabrik stillgelegt und bot mit ihren rissigen Wänden, aus denen bereits Büsche wucherten, ein trostloses Bild. Mehrere Beamte standen dort beisammen, wirkten aber alle recht entspannt. Ein Stück weiter vorne sah Karlsson eine Beamtin aus seinem Team, Melanie Hackett, mit einem Kollegen sprechen. Er rief sie zu sich.

»Sie haben ihn schon runtergeholt«, informierte sie ihn und deutete auf die grüne Abdeckplane am Boden. »Wollen Sie einen Blick auf ihn werfen?«

Karlsson nickte. Sie zog die Plane zurück. Obwohl er auf den Anblick vorbereitet war, verzog er dennoch das Gesicht. Die Augen, deren Pupillen deutlich vergrößert waren, starrten ins Leere. Zwischen den Zähnen ragte die geschwollene Zunge heraus. Hackett zog die Plane ein Stück weiter zurück. Das Seil war entfernt worden, doch am Hals war deutlich zu sehen, wo es in die Haut eingeschnitten hatte. Die Spur zog sich bis hinters Ohr.

»Er ist nicht einmal mehr dazu gekommen, sich umzuziehen«, stellte sie fest. »Er trägt noch dieselben Sachen wie auf dem Revier.«

»Er war seitdem nicht mehr zu Hause.« Karlsson zog eine Grimasse. Es roch definitiv nach Fäkalien. Als Hackett seinen Gesichtsausdruck bemerkte, deckte sie die Leiche rasch wieder zu.

»Das passiert, wenn man sich erhängt«, erklärte sie. »Wenn die Leute das wüssten, würde es vielleicht ein paar von ihnen abschrecken.«

Karlsson blickte sich um. Die alte Fabrik wies eine Reihe von Fenstern auf, aber die waren längst mit Brettern vernagelt.

»Ist der Bereich hier aus irgendeiner Richtung einsehbar?«

»Nein«, antwortete Hackett. »An diesem Abschnitt des Kanals ist ausgesprochen wenig los. Hier kommt so gut wie nie jemand her.«

»Aus dem Grund hat er sich die Stelle vermutlich ausgesucht.«

»Er wusste wohl, dass das Spiel für ihn gelaufen war.«

»Wie können Sie da so sicher sein?«

»Wir haben in seiner Jackentasche einen Brief gefunden.«

»Was für einen Brief?«

»Er liegt da in der Kiste, zusammen mit dem restlichen Zeug aus seinen Taschen.« Sie ging zu einer kleinen blauen Kiste und nahm eine Klarsichtmappe heraus. »Er hatte ein Handy dabei, außerdem eine Schachtel Zigaretten, ein Feuerzeug, einen Stift und das hier. Der Brief steckte in einem nicht adressierten Umschlag.«

Sie reichte ihm die transparente Mappe. Karlsson konnte die Nachricht lesen, ohne die Mappe aufschlagen zu müssen. Er ging ein paar Schritte den Pfad entlang, bis er aus dem Schatten der Brücke getreten war. Es handelte sich um eine kleinformatige Seite aus einem Spiralblock. Er kannte die große, geschwungene Handschrift von der Unterschrift, die Reeve unter die letzte Seite seiner Aussage gesetzt hatte. Der Text war kurz und gut lesbar:

Ich weiß, was mir bevorsteht. Das will ich alles nicht. Richtet Terry aus, dass es mir leid tut. Sorry, dass ich dich allein lasse, Süße! Sie weiß, dass sie immer die einzig Richtige für mich war. Sie hatte mit der ganzen Sache nichts zu tun, auch wenn sie selbst vermutlich nichts zu ihrer Verteidigung vorbringen wird. Sagt ihr, dass ich mein Bestes gegeben habe. Zeit zu gehen.

Dean Reeve

Karlsson schaute zu Melanie Hackett hinüber. »Er lässt sie die Sache allein ausbaden.«

»Was sollen wir jetzt machen?«, erwiderte sie.

»Ihr so heftig zusetzen, wie wir nur können. Sie ist alles, was wir noch haben.«

Karlsson rief Frieda an und informierte sie über Deans Abschiedsbrief.

»Irgendwie konnte ich ihn mir nie in einem Gerichtssaal vorstellen.«

»Ich weiß nicht, was Sie mir damit sagen wollen«, knurrte Karlsson. »Wie auch immer, ich habe Ihnen versprochen, Sie auf dem Laufenden zu halten, und hiermit meine Schuldigkeit getan.«

»Ich halte Sie auch auf dem Laufenden«, gab Frieda zurück.

»Wie meinen Sie das?«

»Das weiß ich selbst nicht so genau«, antwortete Frieda, »aber falls sich noch irgendetwas ergeben sollte, melde ich mich bei Ihnen.«

Nachdem Frieda das Gespräch beendet hatte, blieb sie eine Weile reglos sitzen. Auf dem Tisch vor ihr stand eine Kaffeetasse aus weißem Steingut. Durchs Fenster fiel Licht auf die Tasse, sodass sie auf der anderen Seite einen starken, fast bläulichen Schatten warf. Frieda hatte einen Zeichenblock vor sich liegen und versuchte gerade, das Ganze mit einem Kohlestift festzuhalten, ehe sich Licht und Schatten veränderten und das Bild verloren war. Sie starrte auf die Tasse und dann wieder auf ihr Blatt. Irgendetwas stimmte nicht. Der Schatten auf ihrer Zeichnung sah zwar aus, wie ein Schatten aussehen sollte, passte aber nicht zu dem, was sie tatsächlich vor Augen hatte. Sie fetzte die Seite aus dem Block, riss sie in der Mitte durch und dann gleich noch einmal. Während sie überlegte, ob sie es schaffen würde, von vorne anzufangen, klingelte das Telefon. Es war Sasha Wells.

»Frohe Weihnachten!«, sagte sie. »Ich habe Neuigkeiten für Sie.«

Sie verabredeten sich in der Nummer 9, weil das Café ganz in der Nähe von Sashas Arbeitsstelle lag. Als Frieda dort eintraf, musste sie feststellen, dass der ganze Raum mit Lametta, Sternen und kleinen Christbaumkugeln geschmückt war. Kerry begrüßte sie und deutete auf die Schaufensterdekoration. »Gefällt dir unser Santa Claus?«

»Ich sähe ihn lieber an ein Kreuz genagelt«, antwortete Frieda.

Kerry bedachte sie mit einem schockierten und höchst missbilligenden Blick. »Er ist doch für die Kinder gedacht«, erklärte sie, »und außerdem das Werk von Katya.«

Frieda bestellte den stärksten Kaffee, den sie zustande brachten. Als Sasha hereinkam, fiel Frieda sofort auf, wie sehr sie sich schon rein optisch von der zitternden, ängstlichen jungen Frau unterschied, die sie ein paar Wochen zuvor kennengelernt hatte. Natürlich hieß das nicht automatisch, dass es ihr besser ging, aber sie trug das Haar ordentlich zurückgebunden und sah in ihrem schicken Hosenanzug aus, als fühlte sie sich der Welt durchaus gewachsen. Als sie Frieda entdeckte, begann sie übers ganze Gesicht zu strahlen. Frieda stand auf, machte sie mit Kerry bekannt und bestellte ihr einen Kräutertee und einen Muffin. Gemeinsam nahmen sie wieder Platz. Sashas eben noch lächelnde Miene wirkte plötzlich besorgt.

»Wann haben Sie denn das letzte Mal richtig geschlafen?«

»Ich hatte die letzten Tage viel zu tun«, antwortete Frieda ausweichend. »Also, was gibt's?«

Sasha trank einen Schluck Tee und biss fast gleichzeitig ein Stück von ihrem Muffin ab. »Ich bin am Verhungern«, murmelte sie mit vollem Mund. Es dauerte einen Moment, bis sie alles hinuntergeschluckt hatte. »Als Erstes möchte ich Sie darauf hinweisen, wie dankbar Sie mir sein sollten. Ich arbeite zwar im Bereich Genetik, führe aber keine derartigen Tests durch. Allerdings kenne ich ein paar Leute, die ihrerseits auch wieder ein paar Leute kennen, die ich extra aus einer Weihnachtsfeier holen und erst mal dazu überreden musste, im Schnellverfahren diesen Test für mich zu machen.«

»Was ist dabei herausgekommen?«

»Erst müssen Sie ›danke‹ sagen.«

»Ich bin Ihnen wirklich sehr dankbar, Sasha.«

»Zugegebenermaßen stehe ich tief in Ihrer Schuld, weil Sie diesem Widerling eine verpasst und dafür sogar riskiert haben, ins Gefängnis zu wandern. Aber selbst auf die Gefahr hin, dass Sie das extrem ermüdend finden, muss ich dem Ganzen vorausschicken, dass diese Sache absolut nicht offiziell ist, sondern unter uns bleiben muss.«

»Natürlich.«

»Ferner muss ich Ihnen sagen, dass ich schwer hin- und hergerissen bin zwischen meiner Neugier bezüglich der Frage, warum Sie unbedingt über dieses Stück Taschentuch Bescheid wissen müssen, und meinem Verdacht, dass es besser ist, wenn ich so wenig wie möglich darüber weiß.«

»Sie dürfen mir glauben, dass es sich wirklich um eine Angelegenheit von größter Wichtigkeit handelt«, antwortete Frieda. »Alles andere fällt ohnehin unter die Schweigepflicht.«

»Und natürlich sind Sie Ärztin, bla, bla, bla, und als solche darüber informiert, dass es hier um juristische Dinge geht, die mit Datenschutz zu tun haben, weshalb Sie die betreffenden Informationen auf keinen Fall als Beweismaterial vor Gericht verwenden können.«

»Keine Sorge. Das ist kein Problem.«

»Ich will damit eigentlich nur sagen, dass ich mich einerseits zwar sehr freue, von Ihnen zu hören – ich hatte ohnehin gehofft, wir würden uns mal auf einen Drink und einen Plausch treffen –, andererseits aber wirklich hoffe, dass ich nicht demnächst aufgefordert werde, irgendwo als Zeugin auszusagen.«

»Dazu wird es nicht kommen, das verspreche ich Ihnen.«

»Dann verraten Sie mir jetzt doch mal, warum Sie unbedingt einen mitochondrialen DNA-Test wollten.«

»Liegt das denn nicht auf der Hand?«

»Na ja, irgendwie schon, aber es ist trotzdem sehr ungewöhnlich.«

Sie schwiegen beide einen Moment. »Also, wie ist das Ergebnis ausgefallen?« Frieda spürte das Zittern in ihrer Stimme.

Sashas Miene wurde plötzlich ernst.

»Positiv.«

»Ah.« Frieda hatte vor Anspannung die Luft angehalten. Als sie nun ausatmete, klang es wie ein langer Seufzer.

»Dann wäre das also geklärt«, meinte Sasha und musterte sie dabei eindringlich.

»Aber was bedeutet das genau? Ich meine, was bedeutet

es wirklich? DNA-Tests treffen doch nur mit einer gewissen Wahrscheinlichkeit zu, oder nicht?«

Sashas Gesichtszüge entspannten sich. »In diesem Fall nicht. Sie sind doch Ärztin. Sie kennen sich in Biologie aus. Die mitochondriale DNA wird in der weiblichen Linie unverändert weitergegeben. Sie stimmt überein oder nicht. In diesem Fall tut sie es.«

»Demnach besteht also kein Zweifel.«

»Ich bin mir nicht sicher, ob ich wirklich wissen will, wo diese Proben herstammen.«

»Sie haben recht, Sie wollen es nicht wissen. Danke. Vielen Dank für Ihre Hilfe.«

»Der Dank gebührt meinen Kollegen.«

»Aber Sie haben das Ganze in die Wege geleitet.«

»Ich bin mir dabei vorgekommen wie eine Spionin«, erklärte Sasha. »Deswegen habe ich auch alle Spuren vernichtet, sowohl die Proben als auch die Testbelege. Ich habe Ihnen nur das Ergebnis mitgeteilt. Mehr bekommen Sie von mir nicht.«

»Damit bin ich auch voll und ganz zufrieden. Das hatte ich Ihnen ja von Anfang an versprochen.«

Sasha trank ihren Tee aus. »Was machen Sie denn an Weihnachten?«

»So genau weiß ich das selbst nicht. Gerade ist alles noch ein bisschen komplizierter geworden.«

»Das habe ich mir schon gedacht.«

46

»Haben Sie an Weihnachten denn wirklich nichts Besseres zu tun?« Karlsson stand an der Tür des Verhörraums. Er war müde, seine Augen fühlten sich an, als wären sie voller Sand, und sein schmerzender Hals ließ befürchten, dass er sich irgendetwas eingefangen hatte. Mittlerweile war es schon acht. Das Polizeirevier wirkte nun tatsächlich fast menschenleer, und in den meisten Räumen brannte kein Licht mehr.

»Im Moment eigentlich nicht«, antwortete Frieda. »Ich feiere erst morgen.«

»Ich hoffe für Sie, dass Sie etwas wirklich Wichtiges auf Lager haben. Ich wollte nämlich gerade Feierabend machen.«

In Wirklichkeit hatte er gar keine große Lust, den Weihnachtsabend in seinem leeren Haus zu verbringen. Er stellte sich vor, wie seine Kinder, ganz hektisch vor Aufregung, einen Mince Pie für Santa vor die Tür stellten. Ohne ihn.

»Hat sie etwas gesagt?«

»Nein. Zumindest nichts über Kathy.«

Frieda betrat den Verhörraum. Eine junge Polizistin saß in einer Ecke und rieb sich verstohlen die Augen. Terry lümmelte auf ihrem Stuhl am Tisch. Unter ihrem wasserstoffblonden Haar wirkte ihr Gesicht fleckig und müde. Bei Friedas Anblick verzog sie keine Miene.

»Ich habe Ihnen nichts zu sagen. Er ist tot. Daran sind nur Sie und die Bullen schuld. Außerdem haben Sie den Jungen doch schon. Was wollen Sie noch? Ich musste die Leiche identifizieren. Reicht Ihnen das nicht? Lassen Sie mich doch einfach in Ruhe!«

»Ich bin nicht hier, um über Dean zu sprechen.«

»Ich habe es dem da schon gesagt.« Sie machte eine Kopfbewegung zu Karlsson hinüber, der mit verschränkten Armen neben der Tür stand. »Von mir erfahren Sie nichts mehr. Ich habe nichts getan, genau, wie es in dem Brief steht.«

»Bestimmt sind Sie froh, dass Matthew am Leben ist.« Frieda betrachtete Terrys ungepflegte Nägel, ihre schlaffe weiße Haut.

Terry zuckte mit den Achseln.

»Es muss schwer für Sie gewesen sein zu wissen, dass er in dem Grab gefangen war und Sie ihm nicht helfen konnten.«

Terry gähnte demonstrativ. Dabei riss sie den Mund so weit auf, dass Frieda die Nikotinflecken an ihren Zähnen sehen konnte. Hinter ihrem Rücken hörte sie Karlsson ungeduldig mit den Füßen scharren.

»Ist es für Sie nicht ein tröstlicher Gedanke, dass Sie ihn gewissermaßen gerettet haben, indem Sie auf den Friedhof zurückgekehrt sind?«

»Lassen Sie es gut sein, Frieda.« Karlsson trat neben sie. Sie merkte, dass er sich zwingen musste, leise zu sprechen. »Das haben wir doch alles schon durchgekaut. Wenn sie uns im Hinblick auf Kathy nicht weiterhelfen kann, was soll das dann noch bringen?«

Frieda ignorierte ihn. Sie beugte sich über den Tisch und starrte in Terrys braune, glanzlose Augen. »Ein kleines Kind, seinem Zuhause entrissen und weggesperrt. Aus Matthew wäre Simon geworden. Er hätte seine erste Mutter ebenso vergessen wie seinen ersten Vater und all die Tage, die er erlebt hatte, ehe er aus dem einen Leben gerissen und in ein anderes verpflanzt wurde. So ein armer Wurm. Ein armes Kind. Was wird nach einer solchen Verpflanzung aus einem Menschen? Wie kommt man mit sich selbst zurecht, wenn man es dabei mit einem derart verlorenen und veränderten Selbst zu tun hat? Vielleicht fühlt sich das ein bisschen so an, als wäre man für den Rest seiner Tage lebendig begraben. Haben Sie mir wirklich nichts zu sagen, Terry? Dean ist tot. Er kann Ihnen nichts mehr tun, und Sie können auch nichts mehr für ihn tun. Sie müssen sich jetzt um sich selbst kümmern, um jenes Selbst, das Sie damals begraben mussten. Nein? Sie haben nichts dazu zu sagen? Na schön.«

Frieda stand auf. Sie sah ein paar Augenblicke auf Terry hinunter. »Ich wollte Sie nur darauf vorbereiten. Draußen wartet Ihre Schwester.«

Einen Augenblick herrschte in dem kleinen Raum eine spannungsgeladene Stille. Frieda spürte, dass alle Augen auf sie gerichtet waren.

»Was, zum Teufel …?«, stieß Karlsson hervor.

»Terry?« Friedas Stimme klang sanft.

»Wovon sprechen Sie?«

»Ich rufe sie herein, ja?«

Frieda ließ Terry nicht aus den Augen, doch Terry verzog nach wie vor keine Miene. Sie starrte Frieda nur teilnahmslos an. Frieda öffnete die Tür und eilte durch den menschenleeren Gang zum Wartezimmer. »Sie können jetzt kommen, Rose.«

»Das ist hier keine gottverdammte West-End-Show! Sie führen hier nicht Regie!«, schrie Karlsson sie an.

Er tigerte in seinem Büro auf und ab und machte seinem Ärger lautstark Luft. Sein Gesicht war vor Wut ganz weiß.

»Was fällt Ihnen ein, das einfach so zu verkünden wie ein Zauberer, der plötzlich ein Kaninchen aus dem Hut zieht?«

»Ich wollte nicht, dass sie es von der Polizei erfährt. Ich wollte es ihr schonend beibringen.«

»Das ist Ihnen ja wunderbar gelungen!«

»Warum sind Sie so wütend?«

»Lieber Himmel, wo soll ich da nur anfangen?« Karlsson brach sein Gerenne durch den Raum abrupt ab, ließ sich auf einen Stuhl fallen und rieb sich heftig das Gesicht. »Wie sind Sie darauf gekommen?«

»Das weiß ich selbst nicht so genau«, antwortete Frieda.

»Ich musste bloß die ganze Zeit daran denken, dass sie einfach nach Hause gegangen ist und ihr dieses Zuhause wohl sehr viel bedeutet hat. Und dass die beiden Matthew trotz allem nicht getötet haben. Auch Dean nicht. Selbst er brachte es nicht übers Herz, ihn zu töten. Und dann habe ich sie gesehen, als sie schlief.«

»Als sie schlief?«

»Ich kam in den Verhörraum, nachdem sie eingeschlafen war. Sie hatte das Gesicht auf die gefalteten Hände gebettet. Rose hat mir irgendwann erzählt, dass Joanna immer genau so eingeschlafen ist – mit dem Gesicht auf den Händen, die sie vorher wie zum Gebet gefaltet hatte. Es gibt ein paar Dinge, die man nicht auslöschen kann, zum Beispiel eine bestimmte Art zu lächeln oder irgendwelche kleinen Gesten. Oder die Art, wie man einschläft. Aber um ganz sicher zu gehen, musste ich es testen lassen. Deswegen habe ich das Taschentuch mit ihrer DNA mitgenommen und mir zusätzlich die von Rose besorgt.«

»Sie sieht so viel älter aus. Laut den wenigen Dokumenten, die wir von ihr vorliegen haben, ist sie etwa in Deans Alter. Es kann doch gar nicht sein, dass sie noch keine dreißig ist!«

»Sie ist in ärmlichen Verhältnissen aufgewachsen, und in gewisser Weise wurde sie ihr Leben lang missbraucht.«

»Gleich werden Sie mir sagen, dass sie ein Opfer ist.«

»Sie ist ein Opfer.«

»Aber auch eine Täterin. Sie hat Dean dabei geholfen, Matthew zu entführen, vergessen Sie das nicht.«

»Ich weiß.«

»Der Junge hätte sterben können. Dann wäre sie wegen Beihilfe zum Mord dran gewesen. Und wo ist Kathy Ripon? Sie rückt nicht damit heraus.«

»Ich glaube nicht, dass sie das weiß.«

»Ach nein? Und worauf gründet sich dieser Glaube? Auf Ihr Bauchgefühl?«

»Ja, vermutlich. Aber dass sie an der Entführung des Jungen

beteiligt war, ergibt durchaus einen Sinn. Für sie war es sozusagen eine Möglichkeit, Mutter zu werden.«

»Sie saß die ganze Zeit vor meiner Nase!«, stöhnte Karlsson.

»Freuen Sie sich doch«, entgegnete Frieda. »Sie sind sowieso schon ein Held, weil sie ein verlorenes Kind wiedergefunden haben. Nun haben Sie sogar zwei gefunden. Matthew und Joanna.«

»Sie ist kein verlorenes Kind.«

»O doch, das ist sie. Mit ihr habe ich sogar am meisten Mitleid.«

Karlsson verzog das Gesicht, als hätte er schreckliche Kopfschmerzen. »Es war doch im Grunde alles Ihr Verdienst«, stellte er richtig. »Sie haben die beiden gefunden.«

Frieda trat auf ihn zu und legte ihm eine Hand auf die Wange. Er schloss einen Moment lang die Augen. »Wissen Sie, was ich mir wünsche?« Frieda klang nachdenklich.

»Was?«, fragte Karlsson leise. »Anerkennung und Liebe, wie wir alle?«

»Nein«, antwortete sie. »Tiefen, erholsamen Schlaf. Ich würde gerne nach Hause gehen, tausend Jahre schlafen und anschließend frisch ausgeruht zu meinen Patienten zurückkehren. Ich möchte nicht an einer Pressekonferenz teilnehmen und erklären müssen, wie ich einen Patienten benutzt habe, um einen Mörder zu finden. Ich muss über viele Dinge nachdenken, und dazu brauche ich meine Ruhe. Ich möchte zurück in meinen Bau kriechen. Sie haben Matthew gefunden. Sie können einen DNA-Test machen lassen – einen legalen – und damit beweisen, dass Terry Joanna ist. Und Dean Reeve ist tot.« Nach einer kurzen Pause fügte sie hinzu: »Sollten Sie allerdings mit dem Gedanken spielen, Joanna des Mordes anzuklagen und sie nun, da Dean Selbstmord begangen hat, zum Sündenbock zu machen, dann überlege ich mir die Sache noch mal. Selbst wenn Sie sie nur wegen Beihilfe zum Mord anklagen.«

»Was wollen Sie damit sagen? Sie ist schuldig, das wissen Sie genau.«

»Mir ist klar, dass die Meute da draußen ihren Kopf will – und dass man sie als Frau noch viel schlimmer behandeln wird, als man es mit einem Mann machen würde. Mir ist aber auch bekannt, dass sie entführt wurde, als sie noch kaum sprechen konnte. Dass sie psychologisch missbraucht und einer Gehirnwäsche unterzogen wurde und daher nicht für ihre Taten verantwortlich gemacht werden kann. Falls Sie vorhaben, sie wegen einer Sache vor Gericht zu stellen, in die sie nur verstrickt war, weil sie selbst Opfer eines Verbrechens wurde, das mehr als zwei Jahrzehnte lang angedauert hat, dann sehen Sie mich vor Gericht wieder, und zwar als Sachverständige der Verteidigung.«

»Finden Sie nicht, dass sie trotz allem die Verantwortung für ihr Handeln trägt?«

»Lassen Sie es darauf ankommen«, erwiderte Frieda.

Karlsson warf einen Blick auf seine Uhr. »Nun ist schon der erste Weihnachtsfeiertag angebrochen.«

»In der Tat.« Frieda erhob sich.

»Einer von meinen Leuten kann Sie nach Hause fahren.«

»Ich würde lieber zu Fuß gehen.«

»Mitten in der Nacht? Bis zu Ihrem Haus sind es mehrere Kilometer.«

»Das ist schon in Ordnung.«

»Außerdem herrscht draußen klirrende Kälte.«

»Das ist auch in Ordnung.«

Es war mehr als in Ordnung: Es war gut. Frieda sehnte sich danach, allein durch die Dunkelheit und die Kälte der Stadt zu wandern, die sie liebte. Sie wollte dahinmarschieren, bis Körper und Geist so richtig müde wurden. Ihr kuscheliges kleines Haus erschien ihr wie ein fernes Ziel, das sie durch enorme körperliche Anstrengung erreichen musste.

Als sie mit Rose in den Verhörraum gegangen war, in dem ihre Schwester saß, hatte sie die junge Frau am Arm gehalten und gespürt, wie diese am ganzen Körper zu zittern begann. Rose war gleich in der Tür stehen geblieben und hatte mit beängstigender und zugleich ängstlicher Eindringlichkeit die vor ihr sitzende Gestalt angestarrt.

Zweiundzwanzig Jahre zuvor war ihre kleine Schwester auf dem Heimweg von der Schule hinter ihr hergetrottet und plötzlich verschwunden, verschluckt von den Ritzen im Gehsteig. Ein mageres kleines Mädchen mit dunklem Haar und einer Zahnlücke. Seitdem verfolgte dieses kleine Mädchen Rose wie ein Geist. Das schmale, blasse Gesicht und die flehende, lispelnde Kinderstimme, die immer wieder ihren Namen rief, waren bis in ihre Träume vorgedrungen. Rose hatte sich ihre Schwester in all ihren späteren Lebensphasen vorzustellen versucht – mit zehn, im Teenageralter, als junge Erwachsene. Computergenerierte Bilder hatten ihr gezeigt, wie Joanna wohl jeweils ausgesehen hätte. Sie hatte auf der Straße nach ihr Ausschau gehalten und sich manchmal eingebildet, sie in einer Menschenmenge zu erspähen. Obwohl sie all die Jahre davon ausgehen musste, dass ihre Schwester längst tot war, hatte sie sie nie ganz losgelassen.

Wie viele Male hatte Rose sich diese Wiedervereinigung schon ausgemalt? Wie sie beide nach Luft ringen und zögernden Schrittes aufeinander zugehen würden, um sich dann einen Moment tief in die Augen zu blicken, ehe sie sich in die Arme fielen und einander liebevolle Worte des Trostes ins Ohr flüsterten. Nun aber saß da diese übergewichtige, wasserstoffblonde Frau mittleren Altes, die sie mit gleichgültiger, fast schon apathischer Miene musterte, als wäre sie eine Fremde. Falls sie überhaupt eine Gefühlsregung zeigte, dann höchstens Verachtung.

Frieda beobachtete, wie Rose ihr Gegenüber einen Moment ungläubig anstarrte und dann mit einem plötzlichen Gefühl von Entsetzen begriff, dass es sich tatsächlich um Joanna handelte. Woran hatte sie ihre Schwester erkannt? Vielleicht an den Augen, an der Form des Kinns, einer bestimmten Bewegung des Kopfes.

»Jo-Jo?«, fragte sie mit zittriger Stimme.

Aber Terry – Joanna – reagierte nicht.

»Joanna, bist du es wirklich? Ich bin es, Rose.«

»Ich weiß nicht, was das soll.«

»Ich bin Rose. Rosie«, stieß sie mit einem Schluchzen hervor. »Weißt du denn nicht, wer ich bin?« Dabei klang sie, als würde sie das selbst nicht mehr so genau wissen.

»Mein Name ist Terry.«

Rose zitterte vor Aufregung. Sie drehte sich kurz zu Frieda um, wagte dann aber sofort einen neuen Versuch. »Du bist meine Schwester. Deine Name ist Joanna. Du bist als kleines Mädchen entführt worden. Erinnerst du dich nicht? Wir haben dich überall gesucht. Du musst dich doch daran erinnern. Aber jetzt bist du ja wieder da.«

Joanna sah Frieda an. »Muss ich mir das anhören?«

»So etwas braucht seine Zeit«, antwortete Frieda, sowohl an Rose als auch an Joanna gewandt. Keine von beiden schien sie zu hören.

Frieda ging den kleinen Park entlang, der im Mondlicht still und weiß dalag. Vorbei an der Kirche, die samt etlichen eng beieinanderstehenden Grabsteinen in eine Straßengabelung gequetscht war. Hindurch unter knorrigen, kahlen Platanen und Lichterketten, die menschenleere Straßen beleuchteten. Vorbei an demolierten Telefonzellen und einer umgeworfenen Mülltonne, aus der eine scheußliche zähflüssige Masse quoll und das jungfräuliche Weiß der dünnen Schneedecke verschandelte. Rostige Geländer. Mit Brettern zugenagelte Türen. Reihenweise parkende Autos. Leere Büroblöcke, in denen sämtliche Computer und Telefone während der Feiertage ruhten. Metallene

Rollläden voller Graffiti. Häuser mit blinden Fenstern, hinter denen Menschen schliefen, schnarchten, vor sich hin murmelten, träumten.

Am Horizont explodierte ein Feuerwerkskörper und ergoss sich wie eine Blume aus Farbe in den Himmel. Ein Streifenwagen fuhr an Frieda vorbei, gefolgt von einem Lastwagen, dessen Fahrer hoch oben in seinem Führerhaus thronte. Ein Betrunkener torkelte im Zickzackkurs die Straße entlang, den Blick starr auf einen Punkt in weiter Ferne gerichtet. Matthew war am Leben. Joanna war am Leben. Kathy Ripon war immer noch vermisst und aller Wahrscheinlichkeit nach tot. Dean Reeve war tot. Der erste Weihnachtsfeiertag brach an, und Frieda wurde um halb fünf Uhr morgens klar, dass sie keinen Weihnachtsbaum besorgt hatte. Chloë würde stinksauer sein.

47

»Ich habe dir das schon vor Wochen gekauft«, erklärte Matthews Mutter. Sie legte ein großes rotes Feuerwehrauto, das noch in seiner Schachtel steckte, neben Matthews Bett. »Du hast es mal im Spielzeugladen gesehen, erinnerst du dich? Das ist schon eine Ewigkeit her. Du hast geweint, als ich sagte, du könntest es nicht haben, aber später bin ich dann zurück und habe es gekauft.«

»Ich glaube nicht, dass er es richtig sehen kann«, bemerkte Matthews Vater in sanftem Ton.

»Ich habe gewusst, dass du wieder nach Hause kommen würdest. Ich wollte alles für dich parat haben.«

Der kleine Junge öffnete die Augen und starrte sie an. Sie konnte nicht sagen, ob er sie wirklich wahrnahm oder durch sie hindurchschaute, den Blick auf etwas anderes gerichtet.

»Es ist Weihnachten. Der Weihnachtsmann war da. Bald schauen wir uns an, was er dir gebracht hat. Ich habe dir doch gesagt, dass er dich nicht vergessen würde. Er weiß immer, wo die Kinder sind. Er hat auch gewusst, dass du hier im Krankenhaus bist. Deswegen ist er extra deinetwegen vorbeigekommen.«

Plötzlich fragte Matthew mit piepsiger Stimme: »Aber war ich denn ein artiger Junge?«

»Ein artiger Junge? Der artigste auf der ganzen Welt!«

Matthew schloss die Augen. Sie saßen auf beiden Seiten des Bettes und hielten seine verbundenen Hände.

Richard Vine saß zusammen mit Rose in seinem kleinen Zimmer. Die Luft roch abgestanden, und es war viel zu warm. Rose kam an Weihnachten immer zu ihm zum Brunch, und dabei machten sie die Päckchen auf, die sie sich gegenseitig schenkten – einen Morgenmantel für ihn und eine Flasche Parfüm für sie, das Gleiche, das er ihr jedes Jahr zu Weihnachten schenkte. Sie hatte es noch nie übers Herz gebracht, ihm zu sagen, dass sie es nicht mochte und nie hernahm. Abends war sie bei ihrer Mutter und ihrem Stiefvater zum Weihnachtsessen eingeladen – Truthahn mit sämtlichen Beilagen, auch wenn sie seit ihrem dreizehnten Lebensjahr Vegetarierin war und sich daher mit den Beilagen begnügen musste. So handhabten sie das schon, seit ihr Vater die Familie verlassen hatte und Joanna verschwunden war.

Als sie nun die unrasierte Wange ihres Vaters küsste, roch sie den Tabak, seine süßliche Alkoholfahne und den Schweißgeruch, den er verströmte. Krampfhaft versuchte sie, ihn ihren Widerwillen nicht spüren zu lassen. Ihr war klar, dass er sich im Anschluss an ihren Besuch vor den Fernseher setzen und bis zur Besinnungslosigkeit betrinken würde. Rose musste an ihre Mutter denken, die sich so resolut dazu entschlossen hatte, ihr Leben ohne Joanna weiterzuleben, weil sie keinen Sinn darin sah, jahrelang in einem Zustand lähmender Trauer auf die Tochter zu warten, von der sie doch im Grunde wusste, dass sie tot war. Was würde sie zu der Neuigkeit sagen? Wie würde sie reagieren? Rose war sich durchaus im Klaren darüber, was sie alle im Anschluss an ihr tristes weihnachtliches Familienritual erwartete: hektischer Presserummel und Neugier von allen Seiten – eine Welt, die aus ihrer normalen Ordnung gerissen sein würde.

»Danke.« Sie tupfte sich ein wenig von dem Parfüm auf die Handgelenke. »Wunderbar, Dad.«

Sie war von lauter Fotos von Joanna umgeben. Ihr Vater hatte kein einziges weggeräumt oder aussortiert. Manche waren inzwischen verblasst, andere in ihren Rahmen verrutscht. Obwohl sie ihr so vertraut waren, sah Rose sie sich noch einmal an: das strahlende, aber zugleich ängstliche Lächeln, den dunklen Pony, die knochigen Knie – das nervöse, hilfsbedürftige kleine Mädchen, das sich im Gedächtnis ihres Vaters dermaßen festgesetzt und ausgebreitet hatte, dass er nie mehr in der Lage gewesen war, ein normales Leben zu führen. Obwohl Rose noch nicht wusste, wie sie es formulieren sollte, setzte sie zum Sprechen an.

»Dad«, begann sie, »ich muss dir etwas sagen, bevor du es von jemand anderem erfährst. Mach dich auf eine heftige Überraschung gefasst.« Sie holte tief Luft und legte ihre Hand auf seine.

Tanner schenkte Whisky in zwei Gläser. Karlsson sah, dass seine mit Leberflecken übersäten Hände zitterten. Die Hände eines alten Mannes. »Ich wollte es Ihnen persönlich mitteilen«, erklärte er, »bevor die Zeitungen es bringen.«

Tanner reichte ihm eines der Gläser.

»Frohe Weihnachten!«, sagte Karlsson.

Tanner schüttelte den Kopf. »Bei uns wird es dieses Jahr kein so frohes Weihnachtsfest. Sonst hat das immer alles meine Frau gemacht. Ich werde mich zu ihr ins Schlafzimmer setzen, und wir werden ein bisschen fernsehen.« Er hob das Glas. »Auf Ihren Erfolg!«

»Es war nur ein halber Erfolg«, entgegnete Karlsson. »Eine junge Frau ist immer noch vermisst und wird wohl nie wieder auftauchen.«

»Das tut mir leid.«

»Die Presse wird das weniger schlimm finden. Es handelt sich ja nur um eine Erwachsene. Ich weiß schon genau, wie die Schlagzeile lauten wird: ›Das schönste aller Weihnachtsgeschenke‹. Es ist bereits eine Pressekonferenz anberaumt. Ich hätte Sie gerne dabei.«

»Das ist Ihr großer Moment«, erwiderte Tanner. »Den haben Sie sich verdient. Immerhin haben Sie zwei vermisste Kinder lebend wiedergefunden. Einen solchen Erfolg können die meisten Polizisten in ihrem ganzen Leben nicht aufweisen. Wie, zum Teufel, haben Sie das bloß geschafft?«

»Das ist ein bisschen schwierig zu erklären.« Karlsson hielt einen Moment inne, als hätte er es selbst noch nicht ganz begriffen. »Eines Tages hat sich so eine Art Psychiaterin bei mir gemeldet, bei der Reeves Bruder in Behandlung war. Er hat ihr erzählt, was ihm alles im Kopf herumspukte. Seine Träume. Da haben bei ihr irgendwie die Alarmglocken geschrillt. Auf irgendeine Weise.«

Tanner kniff die Augen zusammen, als hätte er den Verdacht, von seinem Gast zum Narren gehalten zu werden. »Seine Träume«, wiederholte er. »Und das wollen Sie auf der Pressekonferenz sagen?«

Karlsson nahm einen Schluck von seinem Whisky und behielt ihn einen Moment im Mund. Erst als sein Gaumen und seine Zunge richtig schön brannten, schluckte er ihn hinunter. »Mein Chef war von diesem Aspekt der Ermittlungen nicht gerade begeistert«, erklärte er. »Ich glaube, auf der Pressekonferenz konzentriere ich mich lieber auf die effektive Arbeitsweise meines Teams, die gute Zusammenarbeit mit anderen Stellen, die breite Unterstützung durch Öffentlichkeit und Medien sowie die Lehre, die wir daraus ziehen können: dass wir alle stets wachsam bleiben sollten. Sie wissen schon. Das Übliche.«

»Und die Psychiaterin? Was sagt die denn dazu?«

Karlsson verzog den Mund zu einem kleinen Lächeln. »Die ist eine ziemlich harte Nuss«, erklärte er. »Sie weiß genau, was sie will. Aber auf den Medienrummel ist sie nicht scharf.«

»Sie meinen, auf die Lorbeeren.«

»Wenn Sie so wollen.«

Tanner deutete auf die Whiskyflasche.

»Ich glaube, ich sollte langsam wieder aufbrechen.«

»Eins noch«, sagte Tanner. »Warum ist Joanna nicht weggelaufen?«

»Wovor?«, entgegnete Karlsson. »Sie kannte doch nichts anderes. Es war ihr Zuhause. Ich befürchte fast, in gewisser Weise wird es das auch bleiben. Eigentlich sollten wir uns alle über ihre Rückkehr freuen, aber ich bin mir nicht so sicher, ob wir sie wirklich zurückhaben.«

An der Tür war Tanner gerade im Begriff, noch etwas zu sagen, das wie ›danke‹ klang, als ihn ein lautes Klopfen von oben innehalten ließ. »Sie hat einen Stock«, erklärte er, »und sie benutzt ihn wie eine von diesen Glocken, mit denen man nach einem Butler läutet.«

Karlsson zog die Tür hinter sich zu.

»In meinem Land nennen wir diese Kohlrouladen *Golubsti*«, verkündete Josef. »Zu Hause in der Ukraine. Und das hier ist eingelegter Fisch, den man eigentlich im Eis fangen sollte, aber weil ich zu wenig Zeit hatte, musste ich ihn kaufen.« Dabei sah er Frieda vorwurfsvoll an. »Außerdem habe ich noch drei Sorten *Piroggen*: mit Kartoffeln, mit Sauerkraut und mit Pflaumen.«

»Das ist ja unglaublich!« Olivia machte einen ziemlich verkaterten, benebelten Eindruck. Sie trug ein lila Seidenkleid, das im Kerzenlicht schimmerte. Sie sah darin sehr sinnlich aus, wie ein Filmstar aus den Fünfzigern. Neben ihr saß Paz in einem extrem kurzen rosa Kleid und mit Schleifen im Haar, die bei jeder anderen Frau völlig lächerlich gewirkt hätten, ihr jedoch bestens zu Gesicht standen.

»Mein Freund und Vermieter Reuben hat für euch *Pampuschky* gemacht.«

Reuben hob sein Wodkaglas und vollführte eine wackelige Verbeugung.

»Und ihr müsst unbedingt *Kutja* essen. Aus Weizen, Honig, Mohn und Nüssen. Ohne *Kutja* geht es nicht. Damit sagen wir ›Freude, Erde, Freude!‹« Nach einer kurzen Pause sagte er noch einmal: »Freude, Erde, Freude!«

»Freude, Erde, Freude«, wiederholte Chloë mit lauter, klarer Stimme. Sie strahlte übers ganze Gesicht und rückte ein Stück näher an Josef heran, der das genauso freudestrahlend zur Kenntnis nahm. Chloë kicherte. Frieda sah zu Olivia hinüber, doch Olivia schenkte dem verliebten Gehabe ihrer Tochter keine Beachtung. Stattdessen stocherte sie in den Köstlichkeiten herum, die sich auf dem mit Platten und Tellern vollgestellten Tisch türmten.

»Du meine Güte! Wie lange hast du denn dafür in der Küche gestanden?«

»Viele Stunden, ohne Pause. Weil Frieda meine Freundin ist.«

»Deine Freundin Frieda hat nicht mal einen Baum besorgt. Und auch keine Knallbonbons«, bemerkte Chloë.

»Frieda ist hier, falls du es noch nicht bemerkt hast, und Frieda war beschäftigt«, erklärte Frieda, die sich vor Müdigkeit ganz schwer fühlte und das Ganze wie aus weiter Ferne wahrnahm. Sie fragte sich, was Kathy Ripons Eltern wohl gerade taten. Dieses Weihnachtsfest war für sie der Beginn eines neuen Lebens – eines Lebens ohne ihre Tochter. Der erste von vielen kinderlosen Tagen.

»Das mit den Knallbonbons ist nicht so schlimm. Wir können uns nach dem Essen ja Witze erzählen«, meinte Reuben mit einem lüsternen Blick auf Paz, die nur die Augen verdrehte. »Nein? Na, dann eben nicht.«

»Einen Trinkspruch!«, rief Josef, der in Friedas Haus offenbar die Rolle des Gastgebers übernommen hatte.

»Zum Teufel mit allen untreuen Ehemännern!«, schlug Olivia vor. Ihr Versuch, ihren Wodka hinunterzukippen, ging leicht daneben, sodass der Großteil davon in ihrem Gesicht landete.

»Sei nicht zu hart zu den untreuen Ehemännern«, meinte Reuben. »Sie sind auch nur Männer. Schwache, törichte Männer.«

»Einsam und fern von daheim!«, warf Josef ein.

»Ist das ein Trinkspruch?«, fragte Paz. »Darauf trinke ich.« Woraufhin sie schwungvoll ihr Glas leerte.

»Armer Josef«, sagte Chloë in mitfühlendem Ton.

»Das schmeckt wirklich köstlich, Josef. Soll man da Süßes mit Herzhaftem mischen?«, erkundigte sich Olivia.

»Du bist so still«, wandte Reuben sich an Frieda.

»Ja. Ich bin sogar zum Reden zu müde.«

»Ist dir schon aufgefallen, dass hier jeder jemanden vermisst?«

»Da hast du vermutlich recht.«

»Was für eine Ansammlung von Verlassenen und Eigenbrötlern wir doch sind!«

Frieda blickte sich an dem von Kerzen beleuchteten Tisch um. Paz, die mit ihren lächerlichen Schleifen so süß und sinnlich aussah. Josef mit seinem wilden Haar und seinen dunklen Augen. Olivia, ebenfalls sehr sinnlich, aber völlig neben der Spur und so betrunken, dass die Worte nur so aus ihr herausquollen. Und natürlich Reuben, der seinen eigenen Niedergang ironisch kommentierte und an diesem Abend eine rote Weste trug, mit der er wie ein Dandy wirkte. Alle redeten durcheinander, keiner hörte dem anderen zu.

»Wir hätten es schlimmer erwischen können«, meinte Frieda und hob ihr Glas.

Mehr brachte sie als Trinkspruch oder Willkommensgruß einfach nicht zustande.

Nachdem er sich von ihr heruntergerollt hatte, ließ Carrie sich in ihrem dunklen Schlafzimmer keuchend zurücksinken. Sie spürte die Feuchtigkeit nicht nur zwischen ihren Beinen, sondern auch auf dem Laken, und rückte ein klein wenig zur Seite. Sie fühlte sein Gewicht neben sich. Sie wartete ein bisschen. Obwohl sie unbedingt etwas loswerden musste, hielt sie es für besser, damit noch ein, zwei Minuten zu warten. Hoffentlich schlief er vorher nicht ein. Sie zählte bis fünfzig, ehe sie zu sprechen begann.

»Das war wundervoll«, sagte sie.

»Ja, nicht wahr?«

»Für mich ist es das schönste Weihnachtsfest meines Lebens. Es ist eine Ewigkeit her, dass wir das letzte Mal so miteinander geschlafen haben, Alan. Manchmal habe ich schon gedacht, wir würden es nie wieder tun. Aber jetzt!« Sie stieß ein kehliges Lachen aus, das fast wie das Gurren einer Taube klang. »Das war wirklich wundervoll!«

»Wir haben schließlich einiges nachzuholen.«

Als er die Hand auf ihren nackten Oberschenkel legte, drehte sie sich um und lächelte ihn verträumt an, während sie die Hände an seiner Wirbelsäule hinabgleiten ließ.

»Ich muss dir etwas sagen.«

»Schieß los.«

»Bitte versteh mich jetzt nicht falsch. Ich weiß, was du durchgemacht hast. Ich weiß, wie schrecklich das alles für dich war, und wie aufwühlend. In jeder erdenklichen Hinsicht. Ich habe mich immer bemüht, dich nach Kräften zu unterstützen, und ich habe nie auch nur einen Augenblick aufgehört, dich zu lieben – auch wenn ich dich manchmal am liebsten geschüttelt und angeschrien hätte. Aber jetzt ist es vorbei, und wir bekommen unser Leben zurück. Hörst du, Alan? Wir haben das beide verdient. Wir haben unser Glück verdient. Vielleicht sollten wir doch über eine Adoption nachdenken. Ich wünsche mir ein Kind, und du gibst bestimmt einen wunderbaren Vater ab. Ich weiß, du hast immer gesagt, du willst unbedingt ein eigenes, aber vielleicht ist das jetzt ja anders, nachdem du das alles durchgemacht hast. Wichtig ist doch nur, dass wir das Kind lieben und das Kind uns.«

Sie streichelte sein dichtes graues Haar. »Und irgendwann musst du auch wieder anfangen, unter Leute zu gehen. Wir haben unsere Freunde schon eine Ewigkeit nicht mehr gesehen. Ich kann mich gar nicht mehr erinnern, wann wir das letzte Mal Besuch hatten. Ich verstehe natürlich, dass du jetzt erst einmal ein paar Tage deine Ruhe willst, nachdem dieser Albtraum endlich vorüber ist, aber ein Dauerzustand darf das nicht werden. Irgendwann musst du auch wieder richtig zur Arbeit gehen. Du musst wieder raus in die Welt. Falls du das Gefühl hast, dass es noch nötig ist, könntest du ja auch wieder zu Dr. Klein gehen.« Sie schwieg einen Moment. »Alan. Alan? Schläfst du schon?«

Dean Reeve murmelte irgendetwas Unverständliches vor sich hin. Er hoffte, dass es so klang, als hätte er schon halb geschlafen und ihren Vortrag gar nicht recht mitbekommen. Falls sie ihn nun im Verdacht hatte, dass er nur so tat, als würde er schlafen, um einem unangenehmen Gespräch aus dem Weg zu gehen, dann war das auch in Ordnung. Ihm war ohnehin klar, dass er dieses Spiel höchstens noch ein paar Tage fortsetzen konnte. Bisher war es besser gelaufen als erwartet: Sie hatte noch keine Sekunde an seiner Identität gezweifelt und sich richtig ins Zeug gelegt. Zu seiner Überraschung war sie eine recht leidenschaftliche Frau. Trotzdem betrachtete er das Ganze nur als eine Art Kurzurlaub. Bald würde er verschwinden und damit alle vor ein Rätsel stellen. Sie würden schon einen Grund finden, auf den sie es schieben konnten: vielleicht eine Midlife-Crisis, vielleicht auch seine traumatischen Erlebnisse oder die Erkenntnis, dass er und seine Frau sich auseinandergelebt hatten, oder einfach ein starkes Bedürfnis nach Veränderung. Hauptsache, er war frei und konnte noch einmal ganz von vorne anfangen.

Er rollte sich herum, tat dabei recht benommen, als würde er schon halb schlafen oder zumindest versuchen, ihr das weiszumachen, und legte den Arm über ihren schweißnassen Busen. Er musste an die arme Terry denken. Wobei die ihre besten Jahre auch schon hinter sich hatte. Vermutlich würde sie schon irgendwie klarkommen, vorausgesetzt, sie sagte den Leuten, was sie hören wollten. Dann musste er an die andere denken – die, die sie nicht gefunden hatten und nun auch nie mehr finden würden, weil sie längst unter der kalten Erde lag, wo sie nicht mehr reden konnte. Und selbst wenn sie aus dem Grab heraus sprechen könnte, würde ihm das nicht mehr schaden. Nichts konnte ihm mehr etwas anhaben. Selbst diese Frieda Klein, deren schlanke Finger er einmal kurz auf seiner Hand gespürt und die mit ihren Augen bis in sein Innerstes geblickt hatte, besaß nun keine Macht mehr über ihn. Er war ein neuer Mensch und konnte gehen, wohin es ihm beliebte, und sein, wer er wollte. Nur ganz wenige auf diese Erde bekamen eine solche Chance. Nur wenigen wurde eine solche Freiheit zuteil. Er lächelte in Carries weiche Schulter hinein, hinein in die samtene Nacht, und spürte dabei, wie er langsam in einen Traum versank, einen Traum von Dunkelheit, Wärme und Geborgenheit.

48

Am Morgen vor Silvester, einem eisigen, windstillen Morgen, an dem sämtliche Autofenster und Dächer mit einer Frostschicht überzogen waren, wachte Frieda noch früher als sonst auf. Sie blieb lange in der Dunkelheit liegen, ehe sie aufstand, sich ankleidete und hinunterging, um sich eine Kanne Tee zu kochen. Die erste Tasse trank sie gleich im Stehen, an die Hintertür gelehnt, den Blick auf ihren kleinen Garten gerichtet, der in frostüberzogener Stille vor ihr lag. In vier Tagen würde sie wieder an die Arbeit zurückkehren. Ein neues Jahr. Sie wollte keine guten Vorsätze fassen. Es gab nichts, womit sie aufhören wollte.

Während die Medien seit Tagen die Rückkehr von Matthew Faraday feierten, quälte Frieda nach wie vor der Gedanke an Kathy Ripon, die sie nicht hatten retten können und für deren Schicksal sie sich verantwortlich fühlte. Nacht für Nacht hatte sie von ihr geträumt, und auch wenn sie wach war, ging ihr die junge Frau nicht aus dem Kopf. Sie hatte auf den Fotos so nett ausgesehen, so klug und selbstironisch. Ihr war nicht klar gewesen, dass sie in ihr Verderben lief, als sie die Schwelle von Dean Reeves Haus überschritt und hineingesaugt wurde in jenes schwarze Loch. Was hatte sie dabei wohl empfunden? Was war das für ein Gefühl gewesen, als sie begriff, dass es vorbei war und niemand kommen würde, um sie zu retten? Bei dem Gedanken wurde Frieda übel, doch sie zwang sich, immer wieder darüber nachzudenken, als könnte sie dadurch einen Teil von Kathy Ripons Schmerz und Angst auf sich nehmen. Zwei verlorene Kinder waren wiedergefunden worden, aber man konnte Menschenleben nicht gegeneinander aufrechnen. Dazu waren sie zu kostbar.

Frieda wusste, dass sie sich das mit Kathy niemals verzeihen würde, und sie wusste auch, dass die Geschichte nicht vorbei war, solange Kathys Leiche nicht gefunden wurde und ihre Eltern nicht die Möglichkeit bekamen, sie zur Ruhe zu betten und mit ihrer Trauerarbeit zu beginnen. Aber nachdem man Kathy bis jetzt noch nicht gefunden hatte, würde man sie womöglich niemals finden.

Schließlich fasste Frieda einen Entschluss, verließ ihren Beobachtungsposten am Fenster und zog rasch ihren langen, warmen Mantel und ihre Handschuhe an. Eilig verließ sie das Haus, fuhr mit der U-Bahn nach Paddington und stieg dort in den Zug um. Er war fast leer, außer ihr saßen nur noch ein paar Leute mit Reisegepäck im Abteil. Sie wollte gar nicht allzu genau über ihr Vorhaben nachdenken. Im Grunde wusste sie selbst nicht so recht, was sie eigentlich vorhatte.

Wie immer war das Terminal drei am Flughafen Heathrow völlig überfüllt. Das schien wirklich ein Dauerzustand zu sein, egal, ob es gerade mitten in der Nacht war oder Weihnachten. An einem grauen Februartag herrschte dort ebenso viel Betrieb wie an einem sonnigen Junitag. Es spielte auch keine Rolle, ob die Wirtschaft boomte oder kriselte, ob die Leute trauerten oder feierten – auf Reisen gingen sie immer. An den Schaltern zum Einchecken standen lange Schlangen: Familien mit zu vielen Taschen, kleine Kinder, die mit fiebrigen Wangen auf riesigen Koffern saßen und sich nicht trösten ließen, einzelne Reisende, die frisch und entspannt wirkten. Eine zierliche Farbige schob langsam eine Reinigungsmaschine über den Boden und konzentrierte sich dabei so auf ihre Aufgabe, dass sie die vorwärts drängenden Menschenschlangen gar nicht zu bemerken schien – nicht einmal die gereizt dreinblickenden Männer mit den dicken Bäuchen, über denen die Hemden spannten.

Frieda studierte die Tafel mit den Abflugzeiten. Der Flug ging in zweieinhalb Stunden. Der Check-in war noch nicht offen, auch wenn vor dem betreffenden Schalter bereits etliche

Leute anstanden. Frieda marschierte zu dem Kiosk hinüber, an dem es Kaffee und Gebäck gab, kaufte sich eine Portion dickes, cremiges Porridge und ließ sich damit auf einer Bank nieder, von der sie einen guten Blick hatte.

Sandy war spät dran. Sie war nie mit ihm verreist, schätzte ihn aber als einen von denen ein, die stets auf den letzten Drücker kamen, ohne dabei jedoch gehetzt zu wirken. Für jemanden, der das Land auf unbestimmte Zeit verließ, hatte er nicht viel Gepäck dabei – oder vielleicht alle seine Sachen schon per Schiff in die Staaten transportieren lassen: all seine schönen Klamotten, die medizinischen Fachbücher, die schweren Bratpfannen mit den massiven Böden, seine Tennis- und Squashschläger und die Bilder, die seine Wände geziert hatten. Jedenfalls trat er mit nur zwei bescheidenen Reisetaschen und seiner Laptop-Tasche über der Schulter an den Schalter. Er trug eine schwarze Jeans und eine Jacke, an die Frieda sich nicht erinnern konnte. Vielleicht hatte er sie sich ja speziell für diese Reise angeschafft. Sein Gesicht wirkte unrasiert und schmäler als bei ihrer letzten Begegnung. Er machte einen müden, sorgenvollen Eindruck. Sein Anblick rührte ihr Herz so sehr, dass sie schon halb stand, doch dann setzte sie sich wieder und beobachtete, wie er seinen Pass vorzeigte. Sie sah ihn etwas sagen, höflich nicken und seine Taschen auf das Fließband stellen, das sie davontrug.

Sie hatte sich diesen Moment immer wieder ausgemalt. Sich vorgestellt, wie sie ihm eine Hand auf die Schulter legen und er sich daraufhin zu ihr umdrehen würde. Wie sich seine Miene bei ihrem Anblick vor Freude und Erleichterung aufhellen würde. Lächeln würden sie beide nicht. Manche Gefühle waren zu stark, um sie durch ein Lächeln zum Ausdruck zu bringen. Doch als er den Schalter schließlich verließ, rührte sie sich noch immer nicht von der Stelle. Er blieb einen Moment stehen, als wüsste er nicht, wohin er sich wenden solle. Dann straffte er die Schultern, setzte eine entschlossene Miene auf und ging zielstrebig in Richtung Abflüge – mit großen Schritten, als hätte er es plötzlich eilig, von hier wegzukommen. Nun konnte sie nur noch seinen Rücken erkennen. Wenige Augenblicke später tauchte er in die Menge der Reisenden ein, die sich durch einen schmalen Durchgang in den gewölbeartigen, grell beleuchteten Saal dahinter drängten. Frieda war klar, dass er, wenn sie sich nicht ganz schnell in Bewegung setzte, gleich verschwunden sein würde – ohne sie auf dem Weg in seine neue Welt. Dann wäre es endgültig vorbei.

Frieda stand auf. Sie spürte plötzlich ein seltsames Gefühl in der Brust, eine Mischung aus tiefer Traurigkeit und ruhiger Entschlossenheit. In dem Moment begriff sie, dass sie hierhergehörte. In dieses kalte, windige, übervölkerte, gemäßigte Land. In diese wimmelnde, schmutzige, lärmende, pulsierende Stadt. In das kleine Haus in der versteckt gelegenen Kopfsteinpflasterstraße, das sie zu ihrem Refugium gemacht hatte. Sie wandte sich um und machte sich auf den Weg nach Hause.

Dank

Dies ist das erste Buch einer Serie und für uns der Beginn einer neuen Reise. Wir möchten Michael Morris, Dr. Julian Stern und Dr. Cleo Van Velsen für ihre großzügige Unterstützung und Beratung danken. Sie sollten nicht unbedingt für unsere Interpretation dieser Unterstützung und Beratung verantwortlich gemacht werden.

Tom Weldon und Mari Evans stehen uns schon so viele Jahre treu zur Seite, dass sich wohl niemand von uns an die genaue Jahreszahl erinnern möchte. Ihnen und dem dynamischen Team von Penguin schulden wir großen Dank.

Ferner sind wir jeden Tag dankbar für die nie nachlassende liebevolle Betreuung und Unterstützung durch unsere Agenten, Sarah Ballard und Simon Trewin, und auch durch St. John Donald und alle bei United Agents. Sam Edenborough und Nicki Kennedy von ILA beschützen und betreuen uns schon all die Jahre unseres gemeinsamen Schreibens.

Bitte lesen Sie weiter >>

LESEPROBE

»Frieda wird von Tag zu Tag besser.«
TV Movie

Bei einer Routinekontrolle macht eine Sozialarbeiterin in der Wohnung der psychisch kranken Michelle Doyce einen grausamen Fund: Auf dem Sofa sitzt ein nackter Mann, der offensichtlich schon seit Tagen tot ist. Doch aus Michelle sind keine zusammenhängenden Sätze herauszubekommen. Hat sie den Mann getötet? Frustriert bittet Inspektor Karlsson Psychotherapeutin Frieda Klein um Hilfe. Die hat gerade ihre eigenen Probleme: Die Presse macht sie für den Tod einer jungen Frau verantwortlich. Trotzdem beißt Frieda sich an Michelles Fall fest und forscht nach den wahren Umständen des Mordes. Bald hat sie eine schreckliche Vermutung …

1

Im Laufschritt eilte Maggie Brennan die Deptford Church Street entlang. Während sie in ihr Handy sprach, überflog sie eine Akte und suchte gleichzeitig im Straßenverzeichnis ihres Stadtplans nach der Adresse. Obwohl erst der zweite Tag der Woche war, hinkte Maggie ihrem Zeitplan bereits zwei Tage hinterher. Dabei hatte sie die zusätzlichen Fälle, die sie von einer längerfristig krankgeschriebenen Kollegin geerbt hatte, noch gar nicht mit einberechnet.

»Nein«, sagte sie ins Telefon und warf einen Blick auf ihre Armbanduhr, »ich versuche es in die Besprechung zu schaffen, bevor ihr fertig seid.«

Sie steckte ihr Handy wieder in die Tasche. In Gedanken war sie noch ganz bei dem Fall, von dem sie gerade kam: einem dreijährigen Jungen mit Blutergüssen – verdächtigen Blutergüssen, wie der Arzt in der Ambulanz meinte. Maggie hatte mit der Mutter gesprochen, sich das Kind angesehen und die Wohnung überprüft, in der die beiden lebten. Obwohl es sich um eine schreckliche, feuchtkalte Bude handelte, bestand dort für das Kind – zumindest auf den ersten Blick – keine unmittelbare Gefahr. Die Mutter behauptete, keinen Freund zu haben. Die Tatsache, dass Maggie im Bad keinen Rasierer gefunden hatte, schien das zu bestätigen. Der Mutter zufolge war der kleine Junge die Treppe hinuntergefallen. Das sagten die Leute immer, wenn sie ihre Kinder schlugen. Andererseits fielen Dreijährige tatsächlich manchmal die Treppe hinunter. Maggie war nur zehn Minuten in der Wohnung gewesen, wäre aber auch nach zehn Stunden kaum zu einem anderen Ergebnis gekommen. Wenn sie das Kind abholen ließ, würde die strafrechtliche Verfolgung der Mutter vermutlich zu nichts führen, und sie selbst bekäme eine auf den Deckel. Ließ sie den Jungen aber nicht abholen und er wurde irgendwann tot aufgefunden, dann gab es eine Untersuchung und sie, Maggie, wurde entlassen und womöglich ihrerseits strafrechtlich verfolgt. Deswegen hatte sie beschlossen, demnächst noch einmal der Mutter einen Besuch abzustatten, ehe sie eine endgültige Entscheidung fällte.

Sie wandte sich wieder dem Stadtplan zu. Ihre Hände fühlten sich schon ganz eisig an, weil sie vergessen hatte, Handschuhe mitzunehmen, und dank ihrer billigen Stiefel hatte sie nun auch noch nasse Füße. Obwohl sie schon mehrfach in dem Wohnheim gewesen war, konnte sie sich den Weg dorthin einfach nicht merken. Bei der Howard Street handelte es sich um eine kleine Sackgasse, die gut versteckt irgendwo in Richtung Fluss lag. Maggie musste erst ihre Lesebrille aufsetzen und mit dem Finger die Straßen entlangfahren, ehe sie fündig wurde. Na bitte, da war sie ja, nur ein paar Gehminuten entfernt.

Als sie von der Hauptstraße abbog, fand sie sich zu ihrer Überraschung neben einem Kirchhof wieder. Sie lehnte sich einen Moment an die Mauer, um noch einmal einen Blick in die Akte der Frau zu werfen, die sie gleich aufsuchen würde: Michelle Doyce, geboren 1959. Die Informationen über sie waren äußerst dürftig: Entlassungspapiere einer Klinik, die in Kopie an das Sozialamt gegangen waren, ein Formular, das bestätigte, dass man ihr eine Unterkunft zugewiesen hatte, ein Antrag auf Beurteilung.

Maggie blätterte die Formulare ein weiteres Mal durch: keine Angehörigen. Aus den Unterlagen ging nicht einmal der Grund für den Klinikaufenthalt klar hervor, auch wenn der Name der Einrichtung vermuten ließ, dass es etwas Psychisches gewesen sein musste. Maggie konnte das Ergebnis ihrer Beurteilung schon im Voraus erahnen: schlichte allgemeine Hoffnungslosigkeit. Bestimmt hatte sie es mit einer bemitleidenswerten Frau mittleren Alters zu tun, die einfach einen Platz zum Wohnen brauchte – und jemanden, der hin und wieder nach ihr schaute und sie davon abhielt, durch die Straßen zu streifen. Maggie warf einen Blick auf ihre Armbanduhr. Für eine umfängliche Beurteilung reichte die Zeit an diesem Tag nicht aus. Sie konnte nur kurz nach dem Rechten sehen und die grundlegenden Fragen klären: sich vergewissern, dass Michelle nicht unmittelbar gefährdet war und ausreichend Nahrung zu sich nahm.

Sie klappte die Akte zu und setzte sich wieder in Bewegung. Nachdem sie die Kirche hinter sich gelassen hatte, kam sie an einem Block mit Sozialwohnungen vorbei. Bei einigen waren die Fenster und Türen mit Metallplatten verrammelt, die meisten aber wirkten bewohnt. Aus einer Tür im zweiten Stock trat ein Junge im Teenageralter und eilte den Balkon entlang, die Hände tief in die Taschen seiner weiten Jacke geschoben. Maggie blickte sich um. Wahrscheinlich bestand kein Anlass zur Sorge. An diesem Dienstagvormittag lagen die gefährlichen Leute wohl größtenteils noch im Bett.

Nachdem sie um die Ecke gebogen war, warf sie erneut einen Blick auf die Adresse, die sie in ihr Notizbuch geschrieben hatte: Apartment eins, Howard Street Nummer drei. Ja, nun konnte sie sich wieder erinnern. Es handelte sich um ein ganz eigenartiges Haus, das aussah, als wäre es aus den gleichen Materialien wie der Block mit den Sozialwohnungen gebaut und auch genauso schnell heruntergekommen. Im Grunde war es gar kein richtiges Wohnheim, sondern ein normales Haus, welches das Sozialamt von Privatleuten gemietet hatte. Dort wurden Personen so lange untergebracht, bis das Amt entschied, wie es mit ihnen verfahren wolle. Für gewöhnlich zogen sie einfach weiter oder gerieten in Vergessenheit. Es gab andere derartige Häuser, die Maggie aus Sicherheitsgründen nur in Begleitung aufsuchte, aber über dieses hier war ihr noch nichts Besonderes zu Ohren gekommen. Seine Bewohner stellten hauptsächlich für sich selbst eine Gefahr dar.

Nachdenklich ließ sie den Blick an der Fassade hinaufwandern. Im zweiten Stock hatte jemand ein zerbrochenes Fenster provisorisch mit brauner Pappe abgedichtet. Der nicht sehr große Vorgarten des Gebäudes war geteert, und links vom Haus verlief eine kleine Seitengasse. Neben der Haustür lehnte ein aufgeplatzter Müllsack, was aber kaum ins Gewicht fiel, weil ohnehin überall Müll herumlag.

Nachdem Maggie sich in ihrem Büchlein eine Notiz gemacht hatte, die aus nur einem Wort bestand, wandte sie sich den fünf Klingelknöpfen neben der Haustür zu. Namensschilder gab es keine. Sie drückte zweimal kurz hintereinander auf den untersten Knopf, konnte jedoch nicht hören, ob die Klingel funktionierte. Sie überlegte, ob sie mit der Faust gegen die Tür hämmern oder durchs Fenster in die Erdgeschosswohnung spähen solle. In dem Moment hörte sie eine Stimme und fuhr erschrocken herum. Direkt hinter ihr stand ein hagerer Mann mit rotblondem, zu einem Pferdeschwanz zusammengebundenem Haar und Piercings im ganzen Gesicht. Als sie einen Schritt zur Seite trat, entdeckte sie seinen Begleiter, einen kleineren Kampfhund, dessen Besitz rein theoretisch verboten war, auch wenn sie bereits drei Exemplare dieser Sorte gesehen hatte, seit sie in Deptford aus dem Zug gestiegen war.

»Keine Sorge, der ist brav«, erklärte der Mann, »nicht wahr, Buzz?«

»Wohnen Sie hier?«, fragte Maggie.

Der Mann wirkte misstrauisch. An seiner einen Wange zuckte ein Nerv. Rasch zog Maggie eine laminierte Karte aus der Tasche und hielt sie ihm unter die Nase.

»Ich bin vom Sozialamt«, erklärte sie. »Ich komme wegen Michelle Doyce.«

»Ist das die im Erdgeschoss?«, fragte der Mann. »Die habe ich noch kaum zu Gesicht bekommen.« Er trat vor die Tür und sperrte auf. »Wollen Sie rein?«

»Ja, bitte.«

Der Mann zuckte nur mit den Achseln.

»Komm schon, Buzz«, sagte er. Maggie hörte die Krallen des Hundes über den Boden klacken, als er ins Haus und dann die Treppe hinaufrannte. Sein Herrchen folgte ihm nach oben.

Sobald Maggie eingetreten war, schlug ihr der Gestank von Schimmel, Müll, Bratfett und Hundekot entgegen, vermischt mit anderen Gerüchen, die undefinierbar waren – ein Potpourri, das ihr fast das Wasser in die Augen trieb. Sie zog die Haustür hinter sich zu. Was früher einmal die Diele eines Privathauses gewesen sein mochte, war nun mit Paletten, Farbdosen, offenen Müllsäcken und einem alten Fahrrad ohne Reifen zugestellt. Die Treppe lag direkt vor ihr. Die erste Tür links, durch die man früher wohl das Wohnzimmer betreten hatte, war zugemauert. Maggie ging an der Treppe vorbei bis zu einer Tür weiter hinten, klopfte fest dagegen und lauschte. Drinnen war ein kurzes Rascheln zu hören, dann nichts mehr. Sie klopfte noch ein paarmal und wartete. Schließlich klapperte etwas, dann schwang die Tür nach innen auf. Erneut zückte Maggie ihre laminierte Karte.

»Michelle Doyce?«, fragte sie.

»Ja«, antwortete die Frau.

Maggie konnte selbst nicht genau festmachen, was sie an ihrem Gegenüber so seltsam fand. Die Frau wirkte gewaschen und trug ihr Haar ordentlich gekämmt – allerdings fast *zu* ordentlich, als hätte sie es wie ein kleines Mädchen angefeuchtet und dann derart glatt gestriegelt, dass es ganz flach am Kopf anlag. Noch dazu war es so dünn, dass überall die bleiche Kopfhaut hindurchlugte. Ihr glattes Gesicht leuchtete rosig und war von einem Hauch aus feinen Härchen überzogen. Mit ihrem knallroten Lippenstift hatte sie ein klein wenig zu weit über die Lippenkonturen hinausgemalt. Sie trug ein weites, ausgewaschenes Blumenkleid.

Maggie stellte sich vor und zeigte ihre Karte.

»Ich wollte nur mal nach Ihnen sehen, Michelle«, erklärte

sie, »und hören, wie es Ihnen geht. Ist bei Ihnen alles in Ordnung? Fühlen Sie sich gut?«

Die Frau nickte.

»Darf ich reinkommen?«, fragte Maggie. »Um mich davon zu überzeugen, dass alles in Ordnung ist?«

Sie trat in die Diele und holte ihr Notizbuch heraus. Soweit sie es auf den ersten Blick beurteilen konnte, achtete Michelle auf Körperpflege. Sie machte auch durchaus den Eindruck, als würde sie ausreichend Nahrung zu sich nehmen, und reagierte auf Fragen. Trotzdem erschien Maggie irgendetwas seltsam. Prüfend ließ sie den Blick durch die schäbige kleine Diele schweifen. Der Gegensatz zum Hausgang war beeindruckend. Die Schuhe standen fein säuberlich aufgereiht, ein Mantel hing ordentlich an einem Haken. In der Ecke lehnte ein Kübel mit einem Wischmob.

»Wie lange wohnen Sie schon hier, Michelle?«

Die Frau runzelte die Stirn.

»Hier?«, wiederholte sie. »Ein paar Tage.«

Aus Maggies Unterlagen ging hervor, dass man die Frau am fünften Januar aus der Klinik entlassen hatte. Mittlerweile war der erste Februar. Trotzdem war eine derart vage Zeitangabe nichts wirklich Ungewöhnliches. Während die beiden Frauen so dastanden, wurde Maggie auf ein Geräusch aufmerksam, das sie nicht recht zuordnen konnte. Wahrscheinlich drang von draußen Verkehrslärm herein, oder im Stockwerk über ihnen war gerade jemand mit dem Staubsauger zugange. Oder es handelte sich um das Summen eines weit entfernten Flugzeugs. Wobei ihr nun auch ein seltsamer Geruch in die Nase stieg. Als hätte etwas Essbares zu lange im Warmen gestanden. Maggie blickte zur Dielenlampe empor. Der Strom war offenbar angeschaltet. Vielleicht sollte sie überprüfen, ob Michelle über einen Kühlschrank verfügte. Andererseits machte die Frau einen recht gesunden und wohlgenährten Eindruck.

»Darf ich mich ein bisschen umsehen, Michelle?«, wandte

Maggie sich an sie. »Mich vergewissern, dass alles in Ordnung ist?«

»Möchten Sie ihn kennenlernen?«, entgegnete Michelle.

Maggie starrte sie verblüfft an. Ein Partner war in der Akte nicht erwähnt worden.

»Sie haben einen Freund?«, fragte sie. »Es wäre nett, wenn Sie ihn mir vorstellen würden.« Michelle übernahm die Führung und öffnete die Tür zu einem Raum, der auf die Rückseite des Hauses hinausging und früher wahrscheinlich so eine Art Hinterzimmer gewesen war. Maggie, die ihr folgte, spürte sofort etwas auf ihrem Gesicht. Zuerst hielt sie es für Staub. Es fühlte sich an, als würde einem von einer nahenden U-Bahn warme, staubige Luft entgegenwehen. Gleichzeitig aber wurde das Geräusch lauter, und Maggie begriff, dass es sich nicht um Staub, sondern um Fliegen handelte – eine dicke Wolke aus Fliegen, die ihr ins Gesicht klatschte.

Ein paar Augenblicke lang starrte sie irritiert zu dem Mann auf dem Sofa hinüber. Ihre Wahrnehmung hatte sich verlangsamt und irgendwie verschoben, als befände sie sich tief unter Wasser oder in einem Traum. Benommen fragte sie sich, ob er eine Art Taucheranzug trug – einen bläulichen, wie marmoriert wirkenden und an manchen Stellen leicht aufgerissenen Taucheranzug –, und warum seine Augen so gelb und trüb aussahen. Dann wurde sie auf einmal hektisch und fischte ihr Handy aus der Tasche, doch vor lauter Aufregung ließ sie es fallen, und plötzlich wollten ihre Finger ihr nicht mehr gehorchen. Maggie konnte sie einfach nicht dazu bewegen, das Telefon von dem schmutzigen Teppich aufzuheben, denn nun sah sie, dass es sich keineswegs um einen Taucheranzug handelte, sondern um sein nacktes, aufgedunsenes, platzendes Fleisch, und dass der Mann tot war. Lange tot.

2

Der Februar«, sagte Sasha, während sie einer Pfütze auswich, »sollte abgeschafft werden.«

In der Straße, die sie und Frieda gerade entlanggingen, ragten zu beiden Seiten hohe Büroblöcke auf, die den Blick auf den Himmel einengten und den dunklen Tag noch dunkler erscheinen ließen. Alles war schwarz, grau und weiß wie auf einer alten Fotografie: Die Gebäude wirkten monochrom, der Streifen Himmel kalt und leer, und all die Männer und Frauen – aber es waren hauptsächlich Männer –, die mit ihren schmalen Laptoptaschen und griffbereiten Schirmen vorübereilten, trugen nüchterne Geschäftskleidung und Mäntel in gedeckten Tönen. Nur der rote Schal um Friedas Hals sorgte für einen Farbklecks in der Landschaft.

Frieda marschierte in strammem Tempo dahin, so dass Sasha, obwohl sie eigentlich die Größere war, Mühe hatte, Schritt zu halten.

»Genau wie die Dienstage«, fuhr sie fort. »Der Februar ist der schlimmste Monat im Jahr, viel schlimmer als der Januar, und der Dienstag der schlimmste Tag der Woche.«

»Heißt es das nicht immer vom Montag?«

»Die Dienstage sind noch schlimmer. Das ist wie …« Sasha legte eine Pause ein, weil sie erst darüber nachdenken musste, wie es eigentlich war. »Der Montag ist wie ein Sprung ins eiskalte Wasser. Durch den Kälteschock bekommt man wenigstens einen Adrenalinstoß. Am Dienstag treibt man immer noch im Wasser, aber der Schock hat sich gelegt, und man ist nur noch am Frieren.«

Als Frieda zu ihr hinübersah, stellte sie fest, dass Sasha mit ihrer winterlichen Blässe noch zerbrechlicher wirkte als sonst, was ihrer außerordentlichen Schönheit aber keinen Abbruch tat. Daran änderte auch die Tatsache nichts, dass sie in einen dicken Mantel gehüllt war und ihr dunkelblondes Haar streng zurückgebunden trug.

»Schlimmen Vormittag gehabt?«

Auf Höhe eines Weinlokals bogen sie kurz in die Cannon Street ab, wo der übliche Trubel aus roten Bussen und Taxis herrschte. Der Himmel spie die ersten Regentropfen aus.

»Eigentlich nicht. Nur eine Besprechung, die sich länger hinzog als nötig, weil sich manche Leute einfach gerne reden hören.« Abrupt blieb Sasha stehen und blickte sich um. »Ich hasse diesen Teil von London«, sagte sie, klang dabei aber keineswegs wütend, sondern eher so, als hätte sie gerade erst realisiert, wo sie sich befand. »Als du einen Spaziergang vorgeschlagen hast, dachte ich, du würdest mit mir den Fluss entlanggehen oder in einen Park. Diese Ecke hier hat einfach etwas Unwirkliches.«

Frieda verlangsamte ihren Schritt. Sie passierten gerade ein winziges Fleckchen eingezäunten Grüns, um das sich offenbar niemand kümmerte, da dort Nesseln und Gestrüpp wucherten.

»Hier stand mal eine Kirche«, erklärte Frieda. »Natürlich gibt es die schon lange nicht mehr, ebenso wenig wie den dazugehörigen Friedhof, aber dieser kleine Fleck hat überlebt. Vermutlich ist er zwischen all den Bürogebäuden irgendwie in Vergessenheit geraten. Ein Fragment aus der Vergangenheit.«

Sasha blickte über den Zaun auf den herumliegenden Müll.

»Inzwischen kommen die Leute wohl nur noch her, um rasch eine zu rauchen.«

»Als ich sieben oder acht Jahre alt war, ist mein Vater mal mit mir nach London gefahren.«

Sasha betrachtete sie aufmerksam. Es war das erste Mal, dass ihre Freundin ein Mitglied ihrer Familie erwähnte und auf eine Kindheitserinnerung zu sprechen kam. Sasha selbst hatte Frieda mittlerweile fast alles über ihr Leben erzählt: über ihre Beziehung zu ihren Eltern und ihrem nichtsnutzigen jüngeren Bruder, ihre Liebesgeschichten, ihre Freundschaften. Viele Dinge, die sie bisher immer unter Verschluss gehalten hatte, waren zutage getreten, aber Friedas Leben blieb ihr weiterhin ein Rätsel.

Sie beide kannten sich seit gut einem Jahr. Sasha hatte Frieda als Patientin aufgesucht und konnte sich noch genau an die eine Sitzung erinnern, in der sie Frieda damals im Flüsterton erzählte – und dabei kaum wagte, den Kopf zu heben und Friedas ruhigem Blick zu begegnen –, wie sie mit ihrem vorherigen Therapeuten geschlafen hatte. Besser gesagt, der Therapeut mit ihr. Es war wie eine Beichte: Ihr schmutziges Geheimnis breitete sich in dem ruhigen Raum aus, und Frieda, die in ihrem roten Sessel leicht nach vorne gebeugt saß, nahm ihr durch die Art, wie sie ihr zuhörte, den Schmerz und die Scham. Als Sasha die Praxis wieder verließ, fühlte sie sich ausgelaugt, aber gereinigt. Erst später erfuhr sie, dass Frieda im Anschluss an ihre Sitzung schnurstracks in das Restaurant geeilt war, in dem besagter Therapeut gerade mit seiner Frau saß. Sie hatte dort ein ziemliches Chaos angerichtet, indem sie den Mann mit einem Kinnhaken niederstreckte, wobei auch etliche Gläser und Teller zu Bruch gingen. Am Ende war sie mit einer bandagierten Hand in einer Polizeizelle gelandet, aber der Therapeut hatte von einer Anklage abgesehen und darauf bestanden, für den Schaden im Restaurant aufzukommen. Später hatte Sasha – die von Beruf Genetikerin war – sich bei Frieda revanchiert, indem sie bei einem Beweisstück, das Frieda aus dem Polizeipräsidium entwendet hatte, einen heimlichen DNA-Test durchführen ließ. Sie waren Freundinnen geworden, auch wenn es sich dabei um eine Art von Freundschaft handelte, die Sasha völlig neu war. Frieda sprach nicht über ihre Gefühle. Sie hatte ihren Exfreund Sandy, der aus beruflichen Gründen nach Amerika gegangen war, mit keinem Wort erwähnt und das eine Mal, als Sasha sie auf das Thema ansprach, in beängstigend höflichem Ton geantwortet, sie wolle nicht darüber reden. Stattdessen sprach Frieda über Bauwerke oder seltsame Fakten, die sie im Zusammenhang mit London ausgrub. Hin und wieder lud sie Sasha zu einer Ausstellung ein oder rief sie an, um sie zu fragen, ob sie spontan Zeit zu einem Spaziergang habe. Dann sagte Sasha eine andere Verabredung ab oder ließ ihre Arbeit liegen, um mit Frieda durch die Straßen Londons zu ziehen. Sie hatte das Gefühl, dass das Friedas Art war, sich ihr anzuvertrauen, und dass sie, Sasha, die Einsamkeit ihrer Freundin vielleicht ein wenig linderte, indem sie sie auf ihren Streifzügen begleitete.

Nun wartete sie geduldig, bis Frieda weitersprach, weil sie genau wusste, dass es nichts brachte, sie zu drängen.

»Wir besuchten den Spitalfields Market, wo er mir plötzlich erklärte, dass wir auf einer Pestgrube stünden und unter unseren Füßen Hunderte von Menschen begraben lägen, die am schwarzen Tod gestorben waren. Das hätten die Untersuchungen ergeben, die an den Zähnen einiger ausgegrabener Leichen durchgeführt worden seien.«

»Hätte er nicht mit dir in den Zoo gehen können?«, fragte Sasha.

Frieda schüttelte den Kopf und schaute sich um.

»Ich finde diese Gebäude auch schrecklich. Wir könnten überall sein, solche Scheußlichkeiten findet man in jeder Stadt. Trotzdem gibt es hier ein paar kleine Details, die sie zu eliminieren vergessen haben: das eine oder andere besondere Fleckchen und die Straßennamen: Threadneedle Street, Wardrobe Terrace, Cowcross Street. Erinnerungen und Geister.«

»Das klingt fast nach Therapie.«

Frieda lächelte sie an. »Ja, nicht wahr? Komm, ich möchte dir etwas zeigen.«

Sie kehrten wieder in die Cannon Street zurück und blieben gegenüber dem Bahnhof vor einem in die Wand eingelassenen Eisengitter stehen.

»Was ist das?«

»Der London Stone.«

Skeptisch betrachtete Sasha den hinter dem Gitter liegenden Sandsteinklumpen, der nicht allzu ansehnlich, sondern pockennarbig und langweilig wirkte und sie an die unbequemen Felsbrocken erinnerte, auf denen man sich am Strand oft niederließ, um sich den Sand von den Füßen zu reiben, bevor man die Schuhe wieder anzog.

»Wozu dient der?«

»Er beschützt uns.«

Sasha lächelte verblüfft.

»Inwiefern?«

Frieda richtete den Blick auf ein kleines Schild neben dem Stein.

»›Solange dem Stein des Brutus nichts geschieht, solange wird London gedeihen.‹ Angeblich handelt es sich dabei um das Herz der Stadt, den Punkt, von dem aus die Römer die Reichweite ihres Imperiums maßen. Manche Leute sind der Meinung, dass er Zauberkräfte besitzt. Niemand weiß wirklich, woher er stammt – ob von irgendwelchen Druiden oder den Römern. Vielleicht handelt es sich um einen alten Altar oder Opferstein oder, wie gesagt, um eine Art mystischen Mittelpunkt.«

»Du glaubst an so etwas?«

»Was mir daran gefällt«, antwortete Frieda, »ist die Tatsache, dass er sich in der Seitenmauer eines Ladens befindet und die meisten Leute vorbeigehen, ohne ihn überhaupt zu bemerken. Und dass man ihn nie wieder finden würde, falls er verloren ginge, weil er aussieht wie ein ganz gewöhnlicher Felsbrocken. Welche Bedeutung er für uns hat, hängt ganz davon ab, was wir in ihm sehen wollen.«

Nachdem sie beide ein paar Augenblicke geschwiegen hatten, legte Sasha eine Hand auf Friedas Schulter.

»Sag mal, wenn es dir schlecht ginge, würdest du dich dann jemandem anvertrauen?«

»Keine Ahnung.«

»Würdest du dich mir anvertrauen?«

»Vielleicht.«

»Also, ich bin immer für dich da.« Sie fühlte sich gehemmt und peinlich berührt, weil in ihrer Stimme so viel Gefühl mitschwang. »Ich wollte nur, dass du das weißt.«

»Danke.« Friedas Stimme klang ganz neutral.

Sasha ließ die Hand wieder sinken, und sie wandten sich von dem Gitter ab. Die Luft war inzwischen merklich kühler geworden, und der Himmel sah aus, als würde es bald schneien.

»Ich habe in einer halben Stunde einen Patienten«, bemerkte Frieda.

»Eins noch.«

»Ja?«

»Wegen morgen. Da bist du doch bestimmt nervös. Ich hoffe, es geht alles gut. Gibst du mir Bescheid?«

Frieda zuckte nur mit den Achseln. Sasha blickte ihrer schlanken, aufrechten Gestalt nach, bis die Menge sie verschluckte.

**Er schleicht in dein Haus. Er beobachtet dich.
Er hat keine Eile. Und du ahnst nichts ...**

London wird von einer Hitzewelle lahmgelegt, als Detective Erika Foster in einer drückenden Sommernacht an einen Tatort gerufen wird. Ein angesehener Arzt wurde in seinem eigenen Bett gefesselt und erstickt. Was ihre Kollegen zunächst für ein missglücktes Liebesspiel halten, enttarnt Erika schnell als kaltblütigen Mord. Wenige Tage später wird ein weiteres Opfer gefunden, dann ein drittes. Nur eines haben alle drei gemeinsam: Sie alle waren Männer, sie alle lebten allein. Davon abgesehen, führten sie gänzlich unterschiedliche und völlig unauffällige Leben. Doch irgendetwas muss sie miteinander verbinden – und mit dem Killer.

PENGUIN VERLAG